Freja Schaub

La Maîtresse

Freja Schaub

La Maîtresse

Die Deutsche Nationalbibliothek verzeichnet diese Publikation in der Deutschen Nationalbibliografie; detaillierte bibliografische Daten sind im Internet über dnb.dnb.de abrufbar. Die Schweizerische Nationalbibliothek (NB) verzeichnet aufgenommene Bücher unter Helveticat.ch und die Österreichische Nationalbibliothek (ÖNB) unter onb.ac.at.

Unsere Bücher werden in namhaften Bibliotheken aufgenommen, darunter an den Universitätsbibliotheken Harvard, Oxford und Princeton.

Freja Schaub:
La Maîtresse
ISBN: 978-3-03830-540-8

Buchsatz: Danny Lee Lewis, Berlin: dannyleelewis@gmail.com

Paramon® ist ein Imprint der
Europäische Verlagsgesellschaften GmbH
Erscheinungsort: Zug
© Copyright 2019
Sie finden uns im Internet unter: www.paramon.de

Paramon® Urheberrecht fördert die freie Rede und ermöglicht eine vielfältige, lebendige Kultur. Es fördert das Hören verschiedener Stimmen und die Kreativität. Danke, dass Sie dieses Buch gekauft haben und für die Einhaltung der Urheberrechtsgesetze, indem Sie keine Teile ohne Erlaubnis reproduzieren, scannen oder verteilen. So unterstützen Sie Schriftsteller und ermöglichen es uns, weiterhin Bücher für jeden Leser zu veröffentlichen.

Für Maximilian

Prolog

*A*n einem milden Sommerabend sassen zwei junge Mädchen auf einer Parkbank, nicht weit von der *Pont Neuf* entfernt und erzählten sich hinter hervorgehaltener Hand von der Tragödie, die sich vor einigen Monaten zugetragen hatte.

Ganz Paris – ja ganz Europa schien es – sprach über jene Sache. Über die unbegreiflichen Begebenheiten, jenseits des Ärmelkanals, die sämtliche zivilisierte Gesellschaft in ihren Grundfesten erschüttert hatte.

Nun, meine liebe Leserschaft, wollen die beiden Mädchen nicht länger grausam sein und uns in ihre Mitte nehmen, sich zu uns herüberbeugen und die nebelhafte Geschichte der *femme frivole* ins Ohr flüstern ...

Weder die beiden Mädchen noch sonst eine Menschenseele kannte all die Einzelheiten, die von Nöten sind, um die Geschichte in ihrer Gänze einem menschlichen Verstand unverkennbar und logisch begreiflich machen zu können. So will ich die Lücken schliessen, die die beiden Mädchen mit ihrem einfältigen Wissen nicht auszufüllen vermögen und ein wenig Licht ins Dunkle des Lebens von unserer tragischen Heroin werfen ...

Die Geschichte handelt von der jungen, kaum zwanzig Jährigen Marseillerin Minna Juna Dupont. Welche, gesegnet mit aussergewöhnlicher Schönheit, einem scharfen Verstand und nicht allzu viel Gefühlstiefe, gemeinsam mit ihrer älteren Schwester Philine aus reichem Haus stammte. Nach dem Tod des Vaters – den Minna stets bloss mit einem Hauch von Zynismus den Karoshi-Unfall zu bezeichnen pflegte –, zogen die Schwestern gemeinsam mit ihrer geistig trägen Mutter in Monsieur Duponts Ferienhaus ins verregnete England.

Wegen bestimmten Spannungen zwischen Vater und Kind, entwickelte Minna schnell eine tiefe Abneigung gegen ihr Familienoberhaupt und dessen stetigen Geschäftsreisen.

Gewisse Vorkommnisse in ihrer frühen Kindheit und die Haltlosigkeit ihrer unvernünftigen Mutter, verleiten unsere schönen Französin bald dazu, ihre emotionale Stabilität und Führung bei anderen Individuen zu suchen.

So traf es sich, dass sie und ihre Schwester, kaum waren sie reif genug, die Männerwelt anzogen, wie Licht die Motten.

Doch wo Licht fällt, da fällt auch Schatten und im Zwielicht ihrer unschuldigen, weibischen Zerstreuungen, zog Minna bald ein Wesen an, dass sich als den stärksten und schicksalhaftesten aller Nachtfalter herausstellen würde, der sich Minnas Licht jemals genähert hatte.

Durch ihre kokette Flatterhaftigkeit hatte die femme frivole, wie sie später spöttisch von den Zeitungen genannt wurde, den Arzt und Psychiater Dr. Magnus Moore dazu verlockt, sie sich einmal genauer anzusehen und bald schon, hatte sie sein frostklirrender Charme und seine elegante Reserviertheit vollkommen in den Bann gezogen.

Ohne auf die mahnenden Worte ihres getreuen Freundes, dem jungen Polizisten und baldigen Detective Inspector Finn McKenzie, zu hören, gab sie sich ohne grosse Gegenwehr den feurigen Leidenschaften für den eisigen Doktor mit den silbergrauen Augen hin.

Was zuerst als reines Arzt-Patienten-Verhältnis begann, entwickelte sich rasant und dennoch für die naive Französin nicht schnell genug, zu einer glühenden Liebschaft.

Auf Anweisung des Doktors und durch seine Hand verordnet, schickte und begleitet dieser seine wertvolle Patientin auf eine Erholungsreise. In der Hoffnung, ihr durch die frische Luft des Nordens und die Abwesenheit ihrer nervenaufreibenden Mutter, ein wenig Zerstreuung zu verschaffen. Denn, die arme litt unter Schlaflosigkeit und schlimmen Albträumen, die, wie der kluge Doktor schnell erkannte, unmittelbar mit ihrem Vater und dessen Tod in Verbindung stehen musste.

Zur selben Zeit wurden in England und im Norden Irlands immer öfters junge Frauen als vermisst gemeldet. Der energische Detective Inspek-

tor McKenzie, von Scotland Yard auf die Fährte geschickt, kommt der Sache binnen kurzem auf die Spur. Man fand die Mädchen tot. Allesamt erwürgt.

Es dauerte lange – zu lange -, bis McKenzie realisierte, dass seine Ermittlungen und die Reiseroute des Doktors seiner jungen Freundin auf sonderbarer Art und Weise parallel zueinander verliefen.

Während Dr. Moore mit seinen nebelhaften Aktivitäten ungeniert fortfuhr, folgte ihm der Bluthund McKenzie unbeirrt weiter hinein in ein Dickicht aus falschen Fährten, Fallen und Verwicklungen, aus denen es dem gutmütigen Schotten letzten Endes nur mit allergrösster Not gelang zu entrinnen.

Minnas kokette Spielchen, die beiden Kavaliere gegeneinander auszuspielen, nahmen die Zeit hindurch immer beflügelter eine gefährliche Schärfe an, die sie sich kaum je bewusst wurde.

Verfallen, wie sie dem galanten Doktor war, tat sie schliesslich alles in ihrer Macht stehende, um ihren Liebsten aus der unglücklichen Angelegenheit zu ziehen, in die Finn McKenzie den Doktor immer tiefer hineinzog. Doch alle Bemühung schlug fehl.

Ihr Adonis – ihr Geliebter – im letzten Moment in Donegal gefangengenommen und überwältigt, wurde ihrem Herzen gewaltsam von der Staatsmacht entrissen und wegen zwölffachen Mordes, ominösem Betäubungsmittelmissbrauchs und dem Versuch, einen Beamten zu ermorden, lebenslänglich im Wandsworth Prison in London eingesperrt.

Minna, ernüchtert, grob aus ihrem goldenen Traum erwacht, kehrte nach einem Psychiatrieaufenthalt entkräftet und zerrüttet – durch die an die Öffentlichkeit gekommenen Geschehnisse von der Gesellschaft verachtet und ausgegrenzt – nach Frankreich zurück ...

» ... Wo sie nun bei ihrer Tante leben soll.«, schloss der frech grinsende Rotschopf.

»Und das weisst du ganz bestimmt?«, fragte das blonde Mädchen mit grossen Augen.

»Hundertprozentig! Mutter hat es mir gesagt, sie kennt die Dame.«

»Die Tante?«

Sie nickte stolz, die Beine fröhlich über die Seine schaukelnd.

»Mister Beau – wie der Doktor von den Medien genannt wird – war laut eigenen Angaben der Überzeugung, die Gesellschaft von minderwertigen Mädchen und Frauen reinigen zu müssen, um den wahrhaft wertvollen Exemplaren den Weg frei zu machen ... «, las sie laut vor und schüttelte die Zeitung auf, so wie sie es bei ihrem Vater oft beobachtet hatte.

»Frei wofür?«, fragte die Blonde aufgeregt.

»Für das erfolgreiche, angenehme Leben, nehme ich an.«, antwortete sie achselzuckend.

»Was hat den Mörder schliesslich überführt?«, hakte sie weiter nach, neugierig auf den Zeitungsartikel schielend.

»Das steht hier nicht«, berichtete die kecke Rothaarige enttäuscht, »vielleicht hat er sich irgendwann in seinen eigenen aufgestellten Fallen verheddert ... « Sie gluckste, »Das sagt Mutter jedenfalls.«

»Ist es wahr, dass sich das Scheusal ohne ein Wort des Abschieds, von der armen Dupont getrennt hat?«

Die Rothaarige nickte eilig und ihre blauen Augen blitzten. »So ist es! Aber dem Verhörprotokoll nach, soll er ihr einen Grossteil seines Vermögens überschrieben haben! Denkst du, dass ist die übliche Art wie sich Erwachsene verabschieden?«

Beide Mädchen brachen in hysterisches Gekicher aus und wisperten eifrig weiter, bis die Mutter der Rothaarigen sie beide schliesslich zum Abendessen ins Haus rief.

Einen Monat zuvor

Das kleine Café in der Nähe des *Champ de Mars* war für diese Uhrzeit ungewöhnlich leer. Zwei Damen sassen in ein tiefes Gespräch vertieft zusammen im Pavillon und nippten an ihren Tequila-Sunrise.

Beide Frauen waren in dicke Mäntel gekleidet, die jüngere der beiden trug einen edlen, scharlachroten Kaschmirschal und an ihren Ohren baumelten funkelnde Brillanten.

Nicht weit von dem schicken Café entfernt, ragte der Eiffelturm mit all seiner rohen Pracht in den schiefergrauen Himmel auf. Dahinter funkelte die Seine im blassen Schein der Wintersonne wie von abertausenden Diamanten durchwirkt.

Touristen aus aller Welt tummelten sich auf der schneebedeckten Grünfläche davor und knipsten mit ihren Kameras eifrig Bilder. Von weitem hatte es den Anschein, als würden bunte Ameisen emsig an ihrem Hügel werkeln.

Es war ein frischer Wintermorgen, um ganz genau zu sein war es der einundzwanzigste Dezember.

Erstaunlich, dass zwischen diesem schönen, belebten Morgen und dem Tag von Dr. Moores Verhaftung bereits zwölf ganze Monate verstrichen waren.

Die Zeit war für Minna Juna Dupont ganz und gar nicht schnell vergangen. Dies anzunehmen wäre schlichtweg falsch und grenze nebenbei ungemein an menschlicher Geschmacklosigkeit.

Nein, um die Wahrheit zu sagen, das vergangene Jahr war für die einundzwanzig Jährige so unstetig und schmerzlich gewesen, dass sie es im Nachhinein als viel, viel länger empfunden hatte.

Die beiden Frauen beendeten gemütlich ihr Frühstück, schlenderten zufrieden Arm in Arm den *Quai Branly* entlang und überquerten schliesslich die Seine über die *Pont d'Iéna*.

Die ältere Frau, ein geübtes Auge würde sie so auf die fünfundvierzig Jahre alt schätzen, war Fleur Duponts Schwester und somit Minnas Tante.

Aliette de Fournier war eine Pariserin wie es im Buche steht.

Tägliche Stadtbesuche und Einkäufe in exquisiten Boutiquen, ausschweifende, abendliche Festlichkeiten und eine stetige, feine Eleganz in allem was sie tat, gehörten zu ihrem natürlichen Standard.

Sie zählte zu der gehobenen, Pariser Gesellschaft, verkehrte mit den wichtigsten Leuten und wurde stets zu den exklusivsten Veranstaltungen eingeladen.

Aliette besass eine grosse, elegante Wohnung in einer der schicksten Gegenden der ganzen Stadt, nämlich im Stadtviertel *Saint-Germain-des-prés,* südlich der Seine und mitten im Herzen von Paris.

Die sündhaft teure Eigentumswohnung hatte ihr Gatte erstanden, einige Monate bevor er mit einer jungen Spanierin für immer auf und davon lief und seine Frau samt Grossteil seines Vermögens zurückgelassen hatte. Es hatte ihm wohl damals gedünkt, als würde diese grosszügige Aufmerksamkeit sein plötzliches Verschwinden wieder gut machen und Aliettes Zorn besänftigen. Dem war tatsächlich so, sie erwähnte ihren ehemaligen Gatten kaum noch und wenn, dann in ausnahmslos freundlichem Ton.

Minna für ihre Person, hatte mit einem kleineren, aber dennoch sehr schicken Apartment weiter nördlich am Fusse des *Montmartre* vorliebgenommen. Von ihrem Salonzimmer aus hatte sie eine wunderbare Sicht auf die alabasterweissen Kuppeln der *Sacré-Coeur* und die im Sommer in sattem Grün schimmernde Parkanlage davor.

Aliette hatte sie anfangs viele Male gebeten, bei ihr einzuziehen. Ihre Wohnung wäre doch ohnehin gross genug und sie würde sich über ihre angenehme Gesellschaft sehr freuen.

Aber Minna hatte freundlich abgelehnt mit der Begründung, sie bräuchte nun einen Rückzugsort für sich ganz allein. Aliette, die sich in vielerlei Hinsicht von ihrer Schwester unterschied, hatte dafür grösstes Verständnis gehabt, wofür Minna sehr froh gewesen war.

Trotz dieser gewünschten Zurückgezogenheit und den getrennten Wohnungen, besuchten sich die beiden Damen häufig.

Sie trafen sich allwöchentlich drei Mal zu einem gemeinsamen Frühstück in jenem Café, welches sie vorhin gerade verlassen hatten und bummelten anschliessend in ausschweifenden Unterhaltungen vertieft durch die Stadt.

Und auch heute taten sie dies, und besuchten darauffolgend gemeinsam das *Théatre de Paris* in der *Rue Blanche* nicht weit von Minnas Wohnviertel entfernt.

Gegen Abend trennten sich die Freundinnen, Tante Aliette ging auf eine ihrer Lustbarkeiten und Minna entschuldigte sich mit den Worten, sie sei zu müde, um sie zu begleiten.

Dies entsprach durchaus der Wahrheit, auch wenn sie die alten Albträume nicht mehr so vehement heimsuchten wie früher, so fiel es ihr dennoch nicht leicht einzuschlafen. Und so verbrachte sie viele schlaflose Nächte auf ihrem Balkon und malte sich aus wie ungemütlich eine Gefängnispritsche wohl war und wie grässlich es sein musste, jeden Tag mit wild fremden Leuten duschen und speisen zu müssen.

Und spätestens, wenn sie auf diesem Gedankenpfad angekommen war, füllten Tränen ihre Augen und ihr wurde schmerzlich und in aller Deutlichkeit bewusst, dass sie Magnus Moore nie mehr wiedersehen würde.

Eine Hand voll lebenslänglich. Die Approbation war ihm entzogen worden. Kurzgesagt, er hatte auf einen Schlag alles verloren. Seine Freiheit, seinen Ruf, sein Ansehen und seine Angebetete.

Minna war anwesend gewesen als der Richter das Urteil gesprochen hatte. Der Gerichtssaal war an jenem Morgen brechend voll gewesen. Alle möglichen Leute waren gekommen, die Öffentlichkeit war ganz wild auf diesen Fall gewesen. Mister Beau war gefasst worden, das ganze Land war völlig aus dem Häuschen gewesen.

Minna hatte in der vordersten Reihe gesessen, zu ihrer Rechten Mrs. Loving, ihre damalige Psychologin. Zu ihrer Linken Philine, ihr Schwesterherz.

Zu diesem Zeitpunkt hatte sie ihre Verhandlung bereits hinter sich. Sie war freigesprochen worden – die Staatsanwaltschaft hatte sämtliche Anklagepunkte restlos fallen gelassen. Sie wurde als unzurechnungsfähig erklärt, und war zu drei Monaten stationärem Psychiatrieaufenthalt mit darauffolgender therapeutischer Behandlung verdonnert worden.

Minna war durchaus bewusst, dass Magnus das letzte Quäntchen Einfluss als ehemals angesehener Psychiater hatte spielen lassen, um sie vor grösserem Schaden zu bewahren. Ohne sein Zutun wäre ihr Urteil bestimmt nicht so glimpflich ausgefallen und trotzdem milderte diese Tatsache ihren tiefen Hader gegen ihn nicht. Er hatte sie verlassen, er war fort. Dies genügte, um Zorn und Enttäuschung in ihr zu entfachen.

Kaum hatte Minna ihre Auflagen zur Zufriedenheit erfüllt, hatte sie ihre Koffer gepackt und war zurück in ihre Heimat gekehrt. Sie hatte weder Philine noch ihrer Mutter erlaubt sie zu begleiten. Diese Zeit war vorbei, Minna brauchte einen Bruch, um den langen Weg des Abschliessens betreten zu können. So war sie ohne Umschweife nach Paris gefahren, Marseille und ihre Familie hinter sich lassend. Hatte sie sich mit ihrer Tante gutgestellt, die einzige Person in ihrer Familie, für die sie stets eine tiefe und unerschütterliche Verehrung gehegt hatte.

Zu Philine, Fleur oder dem dazumal wieder vollständig genesenen Finn McKenzie hatte Minna wie sie es sich geschworen hatte, seit jener Abreise vor neun Monaten keinerlei Verbindung mehr.

Sie hatte einen schmerzhaften, aber notwendigen Schnitt gemacht, der Vergangenheit den Rücken gekehrt und war nun erpicht hier in der Stadt der Liebe einen neuen Beginn zu wagen.

Eine neue Ära war angebrochen, die ersten wackeligen Schritte eines neuen Lebensabschnitts waren ausgeführt worden und Minna wurde mit jedem anbrechenden Morgen trittsicherer.

Die Tage, Wochen und Monate verstrichen und Minna erlangte langsam wieder einen gewissen Halt. Dieses Gefühl des hilflosen Taumelns verebbte allmählich zu einem steten, kalten und schweren Gewicht auf ihrer Brust. Es war nicht angenehm, aber sie lernte schnell es zu ertragen. Und wenn der Schmerz doch zu gross wurde, zog Minna ihr kleines, silbernes Schmuckkästchen aus dem Bücherregal hervor und las den Brief, den Magnus ihr an jenem Tag der Urteilsverkündung vor dem Gerichtssaal wortlos überreicht hatte. Seine weichen Hände waren von Handschellen umfasst gewesen und seine Haut war bleicher gewesen als sonst. Dies war das letzte Mal gewesen, dass sich die beiden gesehen hatten. Dies war der Moment des Abschieds gewesen.

Es war nicht viel, was auf dem dicken, edlen Pergamentbogen stand, ja kaum mehr als ein kleiner Satz.

Le Paradis Terrestre Est Où Je Suis.

Mehr stand auf dem Blatt nicht geschrieben. Keine Erklärung, keine Abschiedsworte. Nur dieses Zitat. Nichts weiter als eine kleine Zeile geschriebener Buchstaben, und dennoch besass sie genügend Kraft, Minna jeden Tag aufs Neue zum Lächeln zu bringen. Es war ein wehmütiges Lächeln, ein trauriges Lächeln. Ein Lächeln voller Liebe und voller Tapferkeit.

So verging die Zeit und mit dem grosszügigen Vermögen, welches Magnus Moore ihr vor seiner endgültigen Verhaftung überschreiben lassen hatte, konnte sie sehr gut leben.

Sein Anwalt hatte die Sache in seinem Namen geregelt. Und als sie ihn damals nach dem Grund gefragt hatte, da sagte dieser nur: *Doktor Moore wird es nicht länger benötigen, es ist sein ausdrücklicher Wunsch, dass Sie es annehmen.* Und war mit einem steifen Nicken davongeeilt.

Ihr Arzt war fort. Eingesperrt, ohne Aussicht auf Wiederkehr. Auch wenn er es nie für Wichtig erachtet hatte Menschen wirklich zu helfen; für Minna würde er dennoch immer als ihr Seelenretter in Erinnerung bleiben.

1. Kapitel

1986, Sieben Jahre später.

$\mathcal{P}$ARIS ÄCHZTE UNTER DER BLEIERNEN HITZE DES HOCHSOMMERS. Die Sonne brannte heiss und resolut auf die Stadt nieder und das breite Flussband der Seine schimmerte im goldenen Sonnenlicht in hellstem Azur.

Es war ein schwüler Tag Anfangs Juli und in den Strassen der Hauptstadt wimmelte es nur so von Touristen, Urlaubern und Geschäftsleuten aus aller Welt.

Betrachtete man nun diese vielen Strassen und Winkel, Parkanlagen und Plätze genauer und folgte man mit wachsamem Auge dem *Quai Voltaire* am südlichen Ufer der Seine entlang in Richtung der *Pont Neuf*, so erspähte man dort, unter diesen abertausenden von Menschen und ganz umringt von einer Gruppe plappernden Urlaubern, eine junge Frau.

Entschlossenen Schrittes bahnte sie sich einen Weg durch dieses bunte, schwitzende Durcheinander. Es wirkte ganz so, als kenne diese Dame den Weg ganz genau und als könne sie es kaum erwarten, an ihrem Ziel anzukommen.

Von der *île de la Cité* ertönten die mächtigen Glocken der *Notre-Dame,* es schlug gerade Mittag.

Das hübsche Gesicht der jungen Frau erblasste in jähem Entsetzen und sie raffte ihr langes Sommerkleid zu einem letzten Spurt. Sie würde viel zu spät kommen! Die letzten Meter bis zur Strasse überbrückte sie in einer solchen Hast, dass sie das *Calife* erreicht hatte, noch ehe die Kirchenglocken ganz verstummt waren.

Ganz ausser Atem betrat die junge Dame das hübsche Restaurant und sah sich, innerlich noch immer ganz erhitzt, nach ihrer Verabredung um.

In einer eleganten Nische, weit hinten und vom Rest des Raums von einer papiernen Trennwand abgeschieden, erspähte sie schliesslich wonach sie gesucht hatte. Sie durchquerte rasch den Saal und setzte sich zu einer älteren Dame an den Tisch.

»Da bist du ja! Wo hast du gesteckt? Ich warte bereits eine Ewigkeit auf dich!«, tadelte diese sogleich als sie ihre Nichte bemerkte und schüttelte den Kopf, dass die Diamanten an ihren schlaffen Ohren nur so stoben.

Aliette de Fournier, dessen Launen stets vom Grad ihres Hungergefühls abhingen, hatte mit der Suppe bereits begonnen.

»Ich weiss, *tantine*, ich bin zu spät. Ich bitte um Verzeihung, aber es ging nicht früher, ich wurde aufgehalten.«, erzählte Minna, bemüht einen beschwichtigenden Ton zu treffen.

»Aufgehalten, soso.«, machte Aliette nur und führte den Löffel zu den in augentränenden grellrosa, geschminkten Lippen.

Nach dem Minna Juna Dupont bei dem zuvorkommenden Kellner einen Kaffee bestellt hatte,- denn Hunger verspürte sie bei dieser Hitze keinen- begann sie ihrer Tante von der sonderbaren Einladung zu berichten, die heute Morgen in ihrem Briefkasten auf sie gewartet hatte.

Wie überrascht sie gewesen war, als ihr die Adresse des Absenders ins Auge fiel, da sie doch üblicherweise mit keinen Leuten, ausser ihrer Tante verkehrte, die in diesem Stadtteil wohnten.

»Es handelt sich um eine Einladung ins *Mariage Frères*, nicht weit von hier. Warst du schon einmal dort? Nicht? Es ist ein wunderschönes Teehaus! Das Ambiente ist ganz entzückend und der Tee ausgezeichnet! Ich bin sehr gerne dort, es erinnert mich ein wenig an die Nachmittage in England...« Minnas Stimme erstarb und ihr Blick senkte sich auf die weisse Tischdecke. Sie hatte lange Zeit nicht mehr so offen über die Zeit in Grossbritannien gesprochen und an die damit verbundenen Erinnerungen. Ihr Mund verzog sich zu einem halbherzigen Lächeln und ein wehmütiger Schatten strich über ihr Gesicht.

»Aber das kann nicht sein, ich kenne doch so gut wie niemanden aus diesen Gesellschaftskreisen!«, fuhr sie fort und zuckte kräftig mit den Schultern, als könne sie so die noch immer schmerzenden Gedanken an jene Zeit abschütteln.

Seit Minnas Rückkehr nach Frankreich waren sieben Jahre verstrichen. Sieben lange Jahre, sieben verworrene und beschwerliche Jahre.

»Aber erzähl, was hat dich heute aufgehalten? Hast du wieder die ganze Nacht gearbeitet und den Tag verschlafen?«

Minnas Wangen färbten sich unter den forschenden Blicken ihrer Tante scharlachrot und sie vergrub das Gesicht in ihrer Kaffeetasse.

Sie war bis weit in die Morgenstunden wach geblieben das stimmte, doch nicht etwa, um zu arbeiten. »Ich hatte Besuch.«, sagte sie und lächelte unverbindlich.

»Männerbesuch?«

Minna nickte.

»Ist er über Nacht geblieben?«

Minna nickte abermals und Aliette schmunzelte zufrieden.

»Sehr gut, das wurde auch Zeit. Eine Frau wie du sollte die Vorzüge ihres jugendlichen Aussehens ausschöpfen, so lange sie noch kann. Glaube mir, es geht nicht mehr lange und du wachst mit steifen Gliedern, grauen Haaren und Falten im Gesicht auf. Und welcher Mann würde dich dann noch wollen?«

»Keiner, *tantine*.« Erwiderte Minna geduldig, den aufkommen brennenden Schmerz in ihrer Kehle ignorierte sie so gut es ging. Nach sieben Jahren war dies immer noch ein heikles Thema. Eine Wunde, die noch immer nicht ganz verheilt war – vermutlich nie ganz heilen würde und die hin und wieder eiterte und juckte.

»So ist es, keiner.«

Eine kleine Schimpftirade über das älter werden und dessen Umstände folgte, aber Minna hörte nicht richtig zu. Eiskalte Übelkeit stieg in ihr hoch. Ihr Magen krampfte sich zusammen und sie konnte ihren erhöhten Puls unangenehm deutlich gegen ihre Rippen wummern spüren.

Ihre Gedanken glitten zu dem Brief, den sie all die Jahre über sorgfältig in der Schatulle in ihrem Bücherregal aufbewahrt hielt.

Le paradis terrestre est où je suis.

Es verging kein Tag, an dem sie das Schriftstück nicht hervorholte und zwischen den Händen hielt. Der schwache Parfumduft von *Terre d'Hermès*, der zu Beginn daran gehaftet hatte war längst vergangen. Doch Minna hatte den Männerduft auftreiben können und besprühte nun den Brief jedes Mal aufs Neue damit.

Sie hatte anfangs auf Aliettes Rat hin versucht loszulassen, den Brief fortzuwerfen und nicht mehr an den Mann zu denken, den ihn ihr gegeben hatte. Aber so sehr sie es auch versucht hatte, es war ihr nicht gelungen. Weder das eine noch das andere.

Sie hatte daran festgehalten, an den Brief in ihrer Schatulle und an den Mann in einem verborgenen Kämmerchen ihres Herzens.

Anzunehmen, Minna hätte die letzten Jahre über in andächtiger Abstinenz gelebt, wäre vielleicht amüsant, ist jedoch falsch.

Natürlich hatte sie das nicht. Ihr Herz erlitt so manche Nacht Qualen, doch ihrem Fleisch erging es ganz prächtig. An Männern fehlte es nicht, solide Freundschaften besass sie ebenfalls und selbst bei der Bildungsstätte hatte sie gute Kontakte.

Einen beherzten Studenten aus der Universität *Sorbonne*, mit dem sie sich, wurde sie von einer Woge der Langeweile und Tristesse geplagt, hin und wieder auf ein ungezwungenes Stelldichein einliess, bot ihr eine wunderbare Grundlage zur Erfüllung ihrer Gelüste und sorgte obendrein noch dafür, dass sie, obwohl sie weder Studentin noch Doktorandin war, freien Zugriff zu der Unibibliothek erhielt. Und da Minna ihre Freizeit grösstenteils mit den vielen Zweigen der Literatur verbrachte, jedoch nicht ernsthaft daran interessiert war sie zu studieren, kam ihr diese günstige Verbindung sehr gelegen.

Sie hatte besagten Studenten letzten Winter auf einem nachmittäglichen Spaziergang im *Latin Viertel*, in der Nähe des Luxemburg angetroffen und aus einer spontanen Eingebung heraus zu sich auf einen Kaffee eingeladen. Seitdem hing er an ihr und Minna war das ganz recht. Es war schliesslich nie verkehrt für eine junge Frau in einer grossen Stadt, ein starkes, treues Männerherz in ihrer Nähe zu wissen.

»Der Brief stammt von einer Madame L. d'Urélle, ich kenne aber überhaupt keine Person mit diesem Namen. Man wird mich bestimmt verwechselt haben ...«, sagte Minna schliesslich leise, den Blick immer noch glasig in die Ferne gerichtet.

»Das hat schon seine Richtigkeit, Liebes«, fuhr Aliette dazwischen, sie strahlte und schien die Suppe vor ihr völlig vergessen zu haben, »Weisst du, ich habe diese Einladung ebenfalls erhalten. Wie es mich freut, dass sie an dich gedacht hat! Ich habe deinen Namen bei unserem letzten Treffen fallen gelassen und es scheint, als hätte Madame d'Urélle sich tatsächlich gebückt, um ihn aufzuheben!«

»Aber warum? Das ist deine Freundin, Aliette! Nicht meine. Ich werde mich dort bestimmt völlig fremd fühlen.«

»Ach, was!«, entgegnete Aliette unbekümmert, »es ist an der Zeit, dass du in geeignete Gesellschaft eingeführt wirst! Ich habe nun viele Jahre stumm zugesehen, aber diese Leute, mit denen du dich umgibst, gefallen mir gar nicht, meine Liebe. Du gehörst nicht in die Arbeiterklasse, *mon enfant*, es wird Zeit, dass du das einsiehst!«

Diskussionen dieser Art waren üblich und so liess Minna sich nicht aus der Ruhe bringen.

»Ich fühle mich wohl unter diesen Leuten, sie sind nett und unkompliziert, und ihnen fehlt diese fortwährende Überheblichkeit, die an vielen der reichen Leute haftet.«

Tante Aliette lächelte. »Du möchtest dich erhaben fühlen, nicht? Dich von diesen Arbeitern abheben können, so ist es doch? Das versteht niemand besser als ich, aber dennoch solltest du dich nach geeigneterer Gesellschaft umsehen. Werden dir die Besuche in der Bibliothek nicht langsam langweilig? Such dir eine nette Freundin von unserem Stand und lade sie in die Oper ein. Ja oder geht zusammen meinetwegen in das *Crazy Horse*, wenn dir solche Art der Unterhaltung mehr zusagt. Man hat dir ein Vermögen vermacht, meine Liebe. Benutze es zur Abwechslung mal für deine Steckenpferde, das wird dir guttun.«

Minna verschluckte sich an ihrem Kaffee. »Darüber spreche ich nicht, Tante«, brachte sie hustend hervor, »über diesem Thema steht ein Tabu, das weisst du doch.«

»Ach, Tabu«, winkte ihre Tante ab, »ich verstehe, dass du ungern an diese schreckliche Zeit zurückdenkst, aber den Mantel des Schweigens darüber auszubreiten wird auf Dauer auch nicht helfen. Etwas Unangenehmes verschwindet nicht einfach, nur weil man es nicht beachtet. Es verschwindet nur dann, wenn man es sich genauer ansieht und verarbeitet.«

»Du hörst dich an wie mein Therapeut.«

»Und recht hat er!«, entgegnete Aliette aufgebracht, »dieser Verbrecher schmort nun bereits seit sieben Jahren in seiner Zelle, wann begreifst du endlich, dass sein teuflischer Einfluss auf dich vor langer Zeit ein Ende genommen hat? Du wirst diese Person nie wiedersehen! Es ist vorbei, du bist frei und er sitzt hinter Gittern wie es sich gehört! Du musst keine Angst mehr haben, er wird nie wieder freigelassen werden, nie wieder.«

Minna nickte mechanisch. Wenn dies doch nur der Wahrheit entspräche, dann wäre sie bestimmt glücklicher. Doch Aliette wusste nicht wovon sie sprach und ebenso wenig wusste sie, wie es in ihrer Nichte wirklich aussah. Minna fürchtete sich nicht vor einem Ausbruch, sie fürchtete keine Rache von Magnus Moore, denn um ebendiesen handelte es sich. Was sie am meisten ängstigte, war die Aussicht, als alte Greisin zu sterben, ohne ihren Doktor je wieder gesehen zu haben.

Sie hatte keine Angst vor ihm, insgeheim verzehrte sich ein Stück ihrer selbst noch immer nach diesem Mann.

Minna hatte ihrer Tante diese traurigen Gefühle nie anvertraut, niemandem hatte sie es. Ja nicht einmal ihr jetziger Therapeut wusste, wie es wirklich in ihrem Herzen aussah. Ihr Anwalt hatte ihr damals strikt davon abgeraten, es hätte womöglich ihr ganzes Urteil geändert, wenn sie verkündet hätte, sie wäre vollkommen bewusst und aus freien Stücken bei ihrem ehemaligen Psychiater geblieben. Sie hätte von seinen Gräueltaten sehr wohl gewusst und es schweigend als gegeben hingenommen.

Stockholm Syndrom. So hatte das Fazit ihrer psychiatrischen Begutachtung gelautet und dementsprechend glimpflich war sie aus dieser schrecklichen Sache herausgekommen.

Doch so einfach war es nicht, so einfach ist es nie.

Die Medien waren sofort darauf angesprungen. Minna Dupont, das einzige überlebende Opfer des grauenvollen Mister Beau. Unzählige Wochen hatte Minna nach ihrer Rückkehr nach Frankreich die Strassen meiden müssen um nicht von einem Mob aus neugierigen und teilweise wütenden Menschen belästigt zu werden, hatte still in ihrem Zimmer gesessen und mit leerem Herzen darauf gewartet, dass sich dieser Sturm über ihrem Kopf endlich legen würde. Dass die Öffentlichkeit sie endlich vergessen würde.

Das einzige, überlebende Opfer. Detective Inspector Finn McKenzie hatte man vollkommen übersehen. Mit keinem Wort war er erwähnt worden.

Finn, der die Spur ihres Doktors bis zum bitteren Ende verfolgt hatte, Finn, der beim Versuch Gerechtigkeit walten zu lassen, beinahe umgekommen wäre.

In den ersten zwei, drei Jahren hatte McKenzie noch herzzerreißend darum gerungen, Minnas Aufmerksamkeit zurück zu erlangen. Er hatte ihr unzählige Briefe geschickt, sie jeden Tag angerufen. Sie schliesslich in Paris aufgespürt und eines Abends vor ihrer Tür gestanden und sie angefleht, ihn anzuhören.

Letztendlich waren die beiden im Bett gelandet, zugehört hatte sie ihm jedoch nicht – geschweige denn verziehen.

Am nächsten Morgen hatte sie ihn der Wohnung verwiesen und seit an jegliche Kontaktversuche strikt abgelehnt.

Vor zwei Jahren schliesslich, hatte sie über die Buschtrommel erfahren, dass der gute Inspektor geheiratet hatte und sich in einem netten Häuschen in den Norden zurückgezogen hatte.

Minna war selbst ganz erstaunt darüber gewesen, mit was für einer Gleichgültigkeit sie diese bittere Neuigkeit aufgenommen hatte.

Sie selbst hatte keine Sekunde daran verschwendet, übers Heiraten nachzudenken. Ihr lag zu viel an Frohsinn und Genuss, als dass sie sich für ihr restliches Leben an eine einzige Person binden könnte. Wie *Wilde* schliesslich einst sagte: Die Ehe ist ein Versuch, zu zweit wenigstens halb so glücklich zu werden, wie man es allein gewesen ist.

Den Wunsch nach Nachwuchs besass sie, zum grossen Leidwesen ihrer Tante, ebenfalls nicht, und so lebte sie allein in ihrer Wohnung und war mit der Gesellschaft ihres treuen Leonbergers und den regelmässigen Besuchen ihrer Liebhaber vollkommen zufrieden.

»Ach, übrigens«, sagte Tante Aliette als ihr das Schweigen zu drückend wurde, »deine Schwester hat letzten Mittwoch ihr zweites Kind bekommen. Hast du es auch gehört? Es ist ein Junge!«

Minna nickte andächtig, sie war gedanklich immer noch in ihrer düsteren Vergangenheit und es kostete sie sämtliche Willenskraft, in die Gegenwart zurückzufinden.

»Ja, ich habe es gehört. Philine hat mir einen Brief geschrieben… ich habe noch keine Gelegenheit gefunden ihr zu antworten.«

Mit ihrer Schwester, ebenso wie zu McKenzie, hatte die Siebenundzwanzigjährige seit der Rückkehr nach Paris keinerlei nähere Verbindung. Man schrieb sich eine Karte zu Weihnachten und Geburtstag, und hin und wieder liess man der anderen Person durch Tante Aliette einen Gruss ausrichten.

Philine war gewillt gewesen (und sie versuchte es noch heute) die Beziehung mit ihrer Schwester wiederaufzufrischen und Minna war nicht abgeneigt, ihr nun, da sie wieder festen Boden unter den Füssen hatte und sich in ihrem Dasein gefasst hatte, auf halbem Weg entgegenzukommen. Schliesslich liebte sie ihre Schwester, trotz allem was vorgefallen war. Was ihre Mutter betrifft, so war die Sache geregelt, bevor sie überhaupt zur Sprache hätte kommen können.

Fleur Dupont war letzten Winter verstorben. Ihre Trinksucht hatte letzten Endes ihren Tribut gefordert und das Erbe war an Philine übergegangen. Minna war nach dem Vorfall mit Doktor Moore aus dem Testament ihrer Mutter gestrichen worden.

Das störte die gute Minna jedoch nicht und als Philine sie mit aufrichtiger Zärtlichkeit bat, sie, Minna, sollte doch die Hälfte des Erbes ihrer Mutter annehmen, hatte diese sich geweigert. Sie wollte das Geld ihrer Schwester nicht und sie brauchte es auch gar nicht. Sie hatte noch einen Grossteil des Erbanteils ihres Vaters, das nach seinem Tod an sie übergegangen ist, und dazu kam noch das Vermögen ihres ... ja was denn nun? Ihres Partners? Ihres Feindes? Ihres Geliebten? Ihres Despoten? Ihres Beschützers?

Wie bezeichnete man einen Menschen wie Magnus Moore?

Minna wusste es nicht. Sie hütete sich davor, zu lange und zu tiefgründig über diesen Mann nachzugrübeln. Diese Person war wie ein Gift, dessen Nachwirkungen man noch Jahre später im Körper spürte und von dem man nie ganz geheilt werden kann.

Phlegmatisch trank sie ihren Kaffee und lauschte mit einem Ohr den Berichten ihrer Tante.

Aliette hatte ein Näschen dafür Klatsch und Tratsch aufzuspüren, wo immer er in der Luft hing und war über sämtliche Gerüchte und Intrigen in ganz Paris bestens unterrichtet.

Manchmal war dies gewiss ganz nützlich und es gab viele Menschen, die aus diesem Grund ihre, Aliettes, Nähe suchten, aber Minna hatte sich bis jetzt aus solchen gesellschaftlichen Kabalen herauszuhalten gewusst. Sie hatte ihre Lektion gelernt. Der Skandal vor sieben Jahren war gigantisch gewesen und noch heute waren die Nachbeben dieser Woge an sozialem Untergang fühlbar. Ihr Ruf war vollkommen ruiniert gewesen und auch jetzt stand er noch auf recht wackeligen Füssen, ein Fehltritt und er würde gleich wieder verpuffen. Nie wieder würde sie sich hilflos der Grausamkeit der Öffentlichkeit aussetzten. Das hatte sie sich geschworen.

Und so hatte sie sich für eine gewisse Zeit in die Isolation zurückgezogen, um in Ruhe ihre Wunden zu lecken und neue Kraft zu schöpfen.

Sie war klug genug, erst dann in die Schlacht der Gesellschaft einzutauchen, wenn sie kräftig und entschlossen genug war diese auch für sich zu gewinnen.

2. Kapitel

Eine Woche später war es dann soweit. Der Tag der Einladung ins Teehaus, und somit die gesellschaftliche Einführung Minnas in Aliettes Kreisen, war gekommen.

In stiller Zufriedenheit schwelgend, spazierte Minna über die menschenleeren Strassen. Es war noch sehr früh und Paris schlief noch.

Die Morgendämmerung warf blaue Schatten auf die Häuserfassaden und der Park zu ihrer linken war noch ganz in Schwarz getaucht.

Ein frostiger Wind erfasste ihr grünes Halstuch und zupfte daran, als wolle er sie zur Eile ermuntern.

Der grosse Schatten ihres Leonbergers trabte mit federndem Gang an ihrer Seite. Die Krallen des Hunds schabten bei jedem Schritt laut über den Asphalt und weckten in Minna unangenehme Erinnerungen. Erinnerungen an einen gemütlichen Spaziergang in einem hübschen Wäldchen, nahe von Bangor, kaum sieben Jahre zuvor. Damals war sie an der Seite ihres Doktors durch den sonnendurchfluteten Wald geschlendert, so wie sie es nun mit ihrem schweigsamen Hund durch die kahlen Strassen der Stadt tat, nicht ahnend, welche gefährliche Wendung das Schicksal für sie und ihren Liebsten an jenem Nachmittag bereithalten würde.

Die beiden, Minna und der Hund, bogen am Ende der Strasse auf einen Kiesweg und bald darauf waren sie im Dämmerlicht des Parkgeländes von *Père Lachaise* verschwunden.

Nicht nur Persönlichkeiten wie Oscar Wilde, Jim Morrison und Jean de la Fontaine beherbergte diese Ruhestätte. Auch John Dupont und dessen Ehefrau Fleur hatten dort ihre ewige Ruhe gefunden – Minnas Eltern.

Geschickt suchte die junge Frau mithilfe ihrer Spürnase im Schatten einer grossen Birke nach dem vertrauten Riss im Zaun, welcher die

Strasse vom Friedhof trennte, und zwängte sich gemeinsam mit dem Rüden flink hindurch. Irgendwelche Halbwüchsigen mussten sich auf nicht ganz legaler Weise einst an diesem Ort Eintritt verschafft haben, um ihren nebligen Machenschaften ungestört nachgehen zu können.

Da die ausgedehnte Ruhestätte vor acht Uhr nicht öffnete, sah Minna sich vollkommen im Recht sich bei ihren regelmässigen Besuchen im Morgengrauen ebenfalls auf diese Weise Zutritt zu verschaffen. Man liess ihr buchstäblich keine andere Möglichkeit. Sie war schlichtweg zu stolz, um sich an irgendwelche Öffnungszeiten zu halten, wenn sie die Überreste ihrer Eltern sehen wollte, dann tat sie das wann auch immer sie das Bedürfnis danach überfiel.

Im Schein der Morgenröte überquerte Minna den langen Kiesweg, vorbei an dunklen Gräbern, deren Grabsteine wie krumme Zähne aus dem Boden ragten. Dann verliess sie schliesslich an einer bestimmten Stelle den Weg und schritt querfeldein einem schwarzen Waldstück entgegen und kam nach einem zwanzigminütigen Marsch auf der Spitze eines flachen, grasbewachsenen Hügels besetzt mit alten, knorrigen Laubbäumen an.

Mittlerweile war die Morgensonne in all ihrer neugeborenen Strahlkraft am grauen Horizont aufgegangen und beschien den kalten Marmor der *Krypta de famille Dupont* mit einer solch friedlichen Vehemenz, als wolle sie die Kälte daraus vertreiben und ihr, Minna, den Eintritt ein wenig erträglicher machen.

Eines Tages würde sie ebenfalls in den steinernen Wänden dieser Grabstätte ihren letzten Schlaf antreten. Diese Tatsache erschütterte sie jedes Mal aufs Neue. Wenn sie, Minna, bereits zu Lebtagen keinen rechten Anschluss an diese Leute hatte finden können, wie sollte ihr dies in der zeitlosen Einöde der Ewigkeit gelingen können?

Seufzend stand sie unter dem schmalen, kunstvoll verzierten Rundbogen und starrte auf die Flügeltür, welche fest verschlossen darauf wartete, geöffnet zu werden.

Sie würde dieses Tor nicht öffnen, nicht heute – nicht in einem Jahrzehnt. Niemals. Minna und ihre Eltern trennten zwei Welten und sie war nicht so töricht, den Schleier zu lüften und die Tür zu öffnen.

Denn wenn sie dies tun würde – wenn sie die Hand ausstrecken und den kleinen Miniaturpalast der Toten betreten würde – so war sie sich sicher, würde sie nie wieder ganz hinausfinden.

Mit beherrschter Distanz legte Minna den Strauss gelber Nelken vor die Tür der Gruft und trat einen Schritt zurück, so wie sie es immer zu tun pflegte. Dann befeuchtete sie ihre bebenden Lippen und sprach ihr Mantra: »Mit gelben Nelken komme ich und mit nichts als kalter Enttäuschung im Herzen werde ich wieder gehen.«

Und das tat sie auch. Weder ihr Vater noch ihre Mutter hatten sie zur Kenntnis genommen, ganz so wie sie es zu Lebtagen nicht getan hatten.

Gegen Mittag kehrten Minna und ihr treuer Begleiter in ihre geräumige Fünfzimmer Wohnung zurück. Die ersten drei Jahre hatte sie im Norden von Paris gelebt, doch nach einem unangenehmen Vorfall, auf den hier nicht weiter eingegangen wird, hatte sie beschlossen in den hübschen und sicheren Vorort *Neuilly-sur-Seine* zu ziehen. Wo sie nun direkt am Rand des *Parc de Bagatelle* wohnte. Einem wunderschönen, grossen Parkgelände, in dem sich sowohl sie wie auch ihr tierischer Kamerad, sehr wohl fühlten.

Von der früh morgendlichen Kälte war nichts mehr zu spüren und mit dem Sonnenaufgang hatte sich eine drückende Hitze über die Dächer der Stadt gesenkt.

Vom Park her wehte das ausgelassene Gelächter kleiner Kinder zum geöffneten Fenster empor und die Vögel zwitscherten auf den Dächern.

Minna stand vor dem Spiegel im Salon und betrachtete gedankenverloren den Bernstein auf ihrer blassen Brust. Der Stein schimmerte durch das sonnendurchwirkte Blätterwerk vor ihrem Fenster in einem sanften Grün und die silbernen Efeuranken um ihren Hals leuchteten.

Sie hatte diese Halskette lange Zeit nicht mehr hervorgeholt, geschweige denn getragen und mit einem schweren, bittersüssen Gefühl der Nostalgie in ihrem Herzen, entledigte sie sich ihres Morgenmantels und zog sich rasch an.

Minna hatte vor Freude geweint, als Magnus Moore ihr vor vielen Jahren das Schmuckstück überreicht hatte. Es war ein altes Erbstück seiner Mutter gewesen, sein wertvollster Besitz.

Gegen zwei Uhr machte sie sich schliesslich auf den Weg. Unten auf der Strasse wurde sie jedoch jäh aufgehalten.

Mister Jasper Martin, ein englischer Gentleman wie es im Buche steht, kam ihr mit einem freundlichen Strahlen auf den Lippen entgegenspaziert und hielt sie auf einen kurzen Plausch an.

Begegnet waren sich die beiden vor ungefähr sechs Jahren das erste Mal auf einem hübschen Gemüsemarkt in *Passy*. Minna war von ihm angesprochen und höflich auf einen Tee eingeladen worden. Die gemeinsame Verbindung zum Vereinigten Königreich und die Vorliebe für guten englischen Tee, sorgte für ausreichend Gesprächsstoff und schnell für eine warme Freundschaft.

Geboren war Mister Martin in einem schäbigen Londoner Wohnviertel. Aufgewachsen als fünftes Kind einer Arbeiterfamilie, kam er kurz nach seinem Collegeabschluss mit Anfangs Zwanzig hierher, um sein Glück zu machen. Und dies war ihm wahrhaftig gelungen.

Nun, mit sechsundzwanzig, war er CEO einer internationalen Kosmetikfirma, in ganz Paris sehr angesehen und auf jeder Veranstaltung ein gern geladener Gast.

»Guten Morgen, Darling!«, begrüsste er Minna, nach dem er sie kurz prüfend gemustert und ihr einen hauchzarten Kuss auf den linken Mundwinkel gedrückt hatte (etwas, was er bei ihr stets zu tun pflegte, und gegen das Minna sich längst aufgehört hatte zu sträuben). »Du siehst bezaubernd aus! Wohin geht es in dieser strahlenden Aufmachung, wenn du mir die Neugierde erlaubst?«

Minna errötete über dieses charmante Kompliment und strahlte nun ebenfalls.

»Ich wurde von Madame d'Urélle und ihren Frauen auf einen Nachmittagstee eingeladen. Es ist nichts Besonderes, aber ich hoffe dennoch mit meinem Auftreten einen guten, ersten Eindruck zu hinterlassen.«

Sie hob die Arme und drehte sich einmal im Kreis. »Was denkst du?

Du bist in der Modebranche tätig, deine Meinung liegt mir ganz besonders am Herzen!«

Jaspers Miene wurde ernst. »Madame d'Urélle? *Die* Madame d'Urélle? Du verkehrst in Laeticias Kreisen?«, fragte er erstaunt. Sein Blick glitt erneut an ihr herunter, doch dieses Mal wirkte es, als betrachte er sie mit der kühlen Professionalität eines Experten.

»Aber nein, so geht das nicht. Es freut mich sehr, dass du dich scheinbar endlich gefangen hast und deinen natürlichen Anspruch auf gute Gesellschaft geltend machen willst, aber *so* lasse ich dich nicht gehen! Das reicht vielleicht für ein einfaches Rendezvous aber gewiss nicht für eine Frau wie Laeticia d'Urélle! Diese Frau ist Inhaberin der Hälfte aller Boutiquen der Champs-Élysées!«

Er ergriff ihre Hand und zog sie zurück zur Haustür. »Du würdest dich vollkommen lächerlich machen, als dein Freund und als Mann mit Geschmack, kann ich das nicht zulassen. Komm, ich suche dir etwas Schönes zum Anziehen!«

Und so kam es, dass Minna erst eine halbe Stunde später als geplant bereit zum Aufbruch war. In einem eleganten Sommerkleid aus cremeweisser Seide, hohen, schlichten Riemchenschuhen und mit einem korallenen Glanz auf den Lippen stand sie schliesslich erneut auf der Strasse unterhalb ihrer Wohnung. Jasper war mit seinem Wagen, den er kurz zuvor zu Fuss geholt hatte, vorgefahren und hielt ihr nun galant die Tür auf.

»Jetzt siehst du wirklich umwerfend aus! Die Damen werden dich lieben, so wie ich!«

Die Fahrt versüsste ihr Jasper mit unverschämten Komplimenten und lodernden Seitenblicken. Jedes Mal, wenn sich im Rückspiegel ihre Augen begegneten, stellte Minna mit Genugtuung fest, dass seine dunkelblauen Augen hungrig an ihr hafteten.

»Du musst auf die Strasse sehen, mein Lieber!«, rief sie dann immer und lachte ausgelassen.

»Das ist gar nicht so einfach«, erwiderte er darauf grinsend, »ich kann kaum die Augen von dir lassen, Darling.«

Vor dem Teehaus angekommen, umrundete er eilig den Wagen, um Minna beim Aussteigen zu helfen und verabschiedete sich mit einem innigen Kuss.

Minna, ein wenig überrascht, deren Jaspers zärtliche Launen jedoch nichts Unbekanntes war, mass dem keine weitere Bedeutung zu und verschwand – nach dem sie ihm zum Abschied lächelnd gewunken hatte – in Richtung Eingang.

Kaum war sie über die Schwelle getreten, wurde sie bereits von einer jungen Kellnerin empfangen und durch den Laden ins angrenzende private Speisezimmer geführt, wo bereits Aliette und eine Reihe anderer Damen mittleren Alters auf sie wartete.

»Meine Damen!«, erklang die dröhnende Stimme ihrer Tante, kaum war sie eingetreten, »darf ich euch meine Nichte vorstellen, Minna Dupont.«

Ein lautstarker Begrüssungsschwall brandete auf und Minna war für die nächsten zehn Minuten ganz damit beschäftigt Hände zu schütteln, freundlich zu lächeln, ›es ist mir eine Freude‹ zu sagen und sich Namen und Gesichter zu merken.

Trotz ihrer scharfen Auffassungsgabe war es ihr unmöglich, sich auf alle Frauen mit derselben Aufmerksamkeit einzulassen. Viele der Damen waren schlichtweg so uninteressant und einfältig, dass Minna sich kaum ernsthaft die Mühe machen konnte, aber mit der Zeit kristallisierten sich zwei Damen aus der Menge, die ihr scheinbar aufrichtig zugetan waren.

Von Aliette ganz abgesehen, waren es diese zwei Frauen, auf die sich Minna bald schon mit geballtem Interesse einliess.

Die erste Frau war keine andere als Madame d'Urélle persönlich, bei der zweiten handelte es sich, wie Minna mit einem flüchtigen Blick unschwer erkennen konnte, um die Tochter.

Nach dem sie sich für eine gewisse Zeit Laeticia gewidmet und ihr gebührend für die Einladung gedankt hatte, wandte sie sich schliesslich an deren Tochter, die scheinbar bereits die ganze Zeit über auf eine Gelegenheit gewartet zu haben schien, mit Minna eine Unterhaltung zu beginnen. Ja, sie stürzte sich regelrecht auf sie.

»Wie schön Sie endlich kennenzulernen, Mademoiselle! Ihre Tante hat uns bereits so viel von Ihnen erzählt. Ich konnte es kaum erwarten, Ihnen persönlich zu begegnen!«, rief sie, griff nach Minnas Hand und schenkte ihr ein hinreissendes Lächeln.

»Überfahre unseren Gast doch nicht gleich so, Appoline!«, tadelte ihre Mutter gebieterisch und wandte sich sogleich vertraulich an Minna. »Sie müssen ihr ungestümes Verhalten entschuldigen, aber sie ist noch jung. Sie wird schon noch lernen, wie man sich in guter Gesellschaft benimmt.«

Minna, die darauf nichts zu erwidern wusste, lächelte nachsichtig und nippte an ihrem Tee.

»Nennen Sie mich Minna, Mademoiselle d'Urélle.«

»Oh, es wäre mir ein Vergnügen! Und nennen Sie mich bitte Appoline!«, beeilte diese sich zu sagen, nach dem sie ihren Kaffee geleert hatte.

»Was für ein schöner Name.«, war alles, was Minna dazu einfiel. Sie war ein bisschen überrumpelt von so viel Waghalsigkeit. Sie konnte verstehen, dass dieses Mädchen noch jung war, aber das war keine Entschuldigung für diese Dreistigkeit. Sie, Minna, war in ihrem Alter ganz sicher nicht so unverfroren gewesen.

Diese Madame d'Urélle war vielleicht eine hervorragende Geschäftsfrau, aber wenn sie nur die Hälfte ihrer Begabungen in der Ehrziehung ihrer Tochter angewendet hätte, wäre diese bestimmt ein wenig beherrschter geworden.

»Ist es wahr, dass Sie eine Zeit lang in England gewohnt haben?«, begann Appoline aufgeregt, »das muss schrecklich gewesen sein! Dieser Regen die ganze Zeit! Sind sie froh, wieder hier in Frankreich zu sein? Gefällt es Ihnen hier nicht auch viel besser?«

Zu gerne hätte Minna ihrer Antwort einen gewissen zynischen Ton gegeben, doch da sie wusste, wie viel Tante Aliette von dieser Familie hielt, nahm sie sich zusammen und erwiderte freundlich: »So ist es. Ich habe ein paar Monate mit meiner Familie in Manchester gelebt, das war jedoch nicht von Dauer. Dies lag jedoch nicht etwa daran, dass es mir dort nicht gefallen hätte, sondern vielmehr an ... an gewissen anderen Umständen.

Im Großen und Ganzen fällt mein Fazit über Grossbritannien sehr gut aus. Wären mir dort nicht gewisse, unglückliche Dinge zugestossen, hätte ich mich bestimmt länger dort niedergelassen.«

Appolines Miene nahm für einen Moment einen bedrückten Zug an, dann lichtete sie sich sogleich wieder und sie strahlte. »Ich erinnere mich. Zur Zeit dieses Skandals war ich vierzehn, und die Nachrichten waren voll damit gewesen. Ich habe ein Bild von Ihnen in der Zeitung gesehen und mich sofort in es verliebt!«

Sie kicherte und beachtete den mahnenden Blick von ihrer Mutter kaum.

»So gesehen, hat dieser Mörder uns allen einen grossen Dienst erwiesen. Wäre er nicht gewesen, hätten Sie vermutlich nicht das Land verlassen und somit hätten wir uns nun, so viele Jahre später, auch nicht kennengelernt!«

»Man kann die Dinge immer auf zwei Arten betrachten.«, pflichtete Minna ihr kühl bei und winkte nach der Kellnerin, sie solle ihr ein Glas Wein bringen.

Nach dem zweiten Glas Chianti legte sich ihre innere Überspannung allmählich wieder und sie erblickte die Situation in einem klareren Licht.

Dieses Mädchen hatte ein keckes Mundwerk, aber genau das machte für Minna den Charme aus. Diese Appoline wirkte einen gewissen Reiz auf sie aus, und so entschied sie sich, fürs erste nachsichtig mit ihr zu sein und zu sehen, wohin sich diese Bekanntschaft noch entwickeln würde.

»Sagen Sie, Appoline«, brach sie nach einer Weile das Schweigen, »was machen Sie eigentlich beruflich?«

Appoline, sichtlich erleichtert den Gesprächsball wieder in Bewegung zu sehen, gab ihr sogleich einen ausschweifenden Bericht.

Sie arbeite als Model, habe einen Agent, der ihr stets die besten Jobangebote lieferte, und vor kurzem habe sie sich bereit dazu erklärt das Gesicht eines neuen Parfums zu werden. Der Dreh des Werbefilms sei unglaublich anstrengend aber gleichzeitig auch wahnsinnig aufregend.

Nun da Minna die junge Frau genauer betrachtete, war es recht einleuchtend. Das Mädchen besass eine erstaunliche Schönheit und in ihren Bewegungen schwang eine Feinheit mit, die mit der Haltung einer Balletttänzerin verglichen werden könnte.

Ihr schulterlanges Haar war kunstvoll frisiert und schimmerten in schönstem goldrot. Die grossen, veilchenblauen Augen umringt von einem tiefschwarzen Wimpernkranz verliehen ihnen einen starken Ausdruck. Den breiten, markanten Mund hatte sie von ihrer Mutter geerbt und die hohe Stirn und die starken Wangenknochen offenbar von ihrem Vater.

Dank den guten Kontakten ihrer Mutter hatte diese Frau es in so jungen Jahren schon sehr weit gebracht. Minna war aufrichtig erstaunt und beglückwünschte sie zu ihrem Erfolg.

Anstatt falscher Bescheidenheit, die hier normalerweise angebracht gewesen wäre, rühmte Appoline sich mit ihren Errungenschaften und zählte all die Magazine auf, deren Vorderseite ihr herrlicher Körper bereits zierte.

Madame d'Urélle machte dem Selbstlob ihrer Tochter jedoch sehr schnell ein entschiedenes Ende, in dem sie Minna nach ihrem Privatleben ausfragte. Ob sie verheiratet sei, Kinder hätte, wo sie denn wohne und was sie arbeitete.

Minna erzählte, dass sie keinen Mann hätte, Kinder ebenso wenig, dass sie jedoch einen Hund besässe und leidenschaftlich alte Bücher und kostbare Manuskripte sammelte. Mehr jedoch zu ihrem persönlichen Vergnügen, denn dank ihres Vermögens war sie eigentlich nicht auf regelmässige Geldeinkommen angewiesen. Aber das erwähnte sie natürlich nicht.

Appoline war ganz hingerissen von allem was Minna sagte und berührte bei jeder sich ihr nur bietenden Gelegenheit flüchtig deren Hand.

Minna war von so viel Anhänglichkeit ganz amüsiert und als gegen Abend hin von Madame d'Urélle vorgeschlagen wurde, ein Taxi zu nehmen und im Restaurant *L'Avenue* gemeinsam zu speisen, stimmte sie dieser Idee fröhlich zu.

Und so löste sich die Gesellschaft auf. Minna setzte sich mit Appoline in ein Taxi, und Aliette und Madame d'Urélle folgten in einem zweiten.

3. Kapitel

Minna hatte bei den zwei Damen d'Urélle einen grossen Eindruck hinterlassen. Bei der Mutter, weil sie ihrer Tochter mit so viel Nachsicht und Geduld begegnete, und dieser wiederrum, weil sie ganz offensichtlich leidenschaftlich für Minna schwärmte.

Sie waren kaum beim Dessert angelangt, da behauptete Appoline bereits mit aller Aufrichtigkeit, sie und Minna wären auf dem sicheren Weg, unzertrennliche Freundinnen zu werden und Aliette, die ihr Glück kaum fassen konnte ihre Nichte endlich in solch guter Gesellschaft gebettet zu wissen, war in Freudentränen ausgebrochen und hatte laut nach Champagner verlangt.

Madame war ebenfalls ganz erfreut gewesen, hielt sich jedoch mit ihrer üblichen, kühlen Art – und zu Minnas grosser Erleichterung – zurück. Minna hatte sehr schnell eine tiefe Verehrung für Madame d'Urélle entwickelt. Ihr distanziertes, freundliches und stets besonnenes und beherrschtes Auftreten, imponierte ihr sehr. Irgendwo tief in ihrem Innern, erinnerte sie Laeticias Verhalten an jemanden... Doch bevor diese Erkenntnis an die Oberfläche dringen konnte, wurde es gekonnt von ihrem Unterbewusstsein eingefangen und unter seinem schweren Mantel der Unzugänglichkeit vergraben.

Und so schieden die vier Frauen schliesslich mit der Aufforderung, Minna müsse bald bei Madame und Appoline zu einem Dinner vorbeikommen und der Versicherung seitens Minna, sie würde sich darüber sehr freuen.

Diese Einladung wurde bereits zwei Tage später erneuert.

Minna hatte sich mit Jasper Martin um die Mittagszeit in einem hübschen Pavillon eines Cafés zum Lunch verabredet und lauschte gerade aufmerksam seinem Bericht über die Arbeit, als ihr plötzlich von hinten auf die Schulter getippt wurde. Erstaunt drehte sie sich um und erkannte das perlweisse Lächeln Appolines.

Ein süsslicher Parfumduft umgab das schöne Mädchen und Minna vermutete, dass es bei diesem unbekannten Duft um das neue Parfum handeln musste.

»Appoline!«, rief sie erstaunt, »was machen Sie denn hier?«

»Oh, Minna!«, erwiderte diese beschwingt und errötete unter Minnas fragender Miene, »ich habe Sie im Vorbeigehen erspäht und konnte nicht umhin, Sie kurz zu begrüssen! Die Einladung zum Essen haben Sie doch nicht vergessen, nicht wahr? Sie werden doch kommen, ja?«

Da Appoline offensichtlich keinerlei Absichten hatte, sich bei Minnas Begleitung vorzustellen, übernahm Minna an dieser Stelle.

»Appoline, darf ich vorstellen: Mister Martin. Jasper, das ist Appoline, eine Bekannte von mir und Madame d'Urélles Tochter.«

»Sehr erfreut, Miss.«, sagte Jasper schlicht. Offenbar hin und hergerissen, zwischen dem Bemühen sich bei einer solch angesehenen Person gutzustellen und dem Drang, seinem Ärger über diese unhöfliche Unterbrechung Luft zu verschaffen.

»Ebenfalls.«, erwiderte Appoline, nach dem sie ihn flüchtig gemustert hatte, in ähnlich nüchternem Ton und wandte sich erneut Minna zu.

»Aber was sagen Sie da für einen Unsinn!«, sie warf ihr einen gespielt tadelnden Blick zu, »wir sind über schlichte Bekanntheit längst hinaus. Ich muss Minna berichten, wir sind uns nicht nur bekannt, sondern auch sehr eng befreundet.«

Appoline legte ihr lässig die Hand auf die Schulter und starrte von oben so erwartungsvoll auf sie herab, dass Minna ganz unwohl dabei wurde.

Ein leichter Druck auf Minnas Fuss signalisierte ihr, dass Jasper unauffällig ihre Aufmerksamkeit erregen wollte und als sie aufblickte, erkannte sie, dass er lächelte. Es war ein verdrossenes, trockenes Lächeln und bedeutet so viel wie ›sorg dafür, dass diese Person uns augenblicklich verlässt oder ich gehe selbst‹.

Beschwichtigend schmiegte sie unter dem Tisch ihr Bein gegen seinen Oberschenkel und versuchte ihm nonverbal zu versichern, dass dieses Mädchen keinesfalls unhöfliche Absichten verfolgte.

»Meine Liebe«, fuhr sie an Appoline gewandt fort: »ich habe Ihre Einladung gewiss nicht vergessen und ich freue mich sehr darauf. Informieren Sie mich umgehend und sobald sie sich mit Ihrer Mutter einig geworden sind über das genaue Datum der Soiree, ja?«

Appolines Miene strahlte wieder bei diesen Worten. »Aber deswegen bin ich ja hier! Wir sind uns einig geworden, es ist morgen Abend um Neun. Ich werde mich darum kümmern, dass Sie um acht Uhr dreissig in Ihrer Wohnung abgeholt und nach dem Essen wieder wohlbehalten zurückgefahren werden.«

»Sehr freundlich.«

»Oh, eine Selbstverständlichkeit!«

Die beiden Frauen verabschiedeten sich und nach dem Appoline Jasper kurz zugenickt, und dann mit einem letzten, langen Blick auf Minna, auf dem Absatz kehrt gemacht und davon stolziert war, brachen die beiden in ein gedämpftes Gelächter aus.

»Was für ein unverschämtes Ding!«, rief Jasper kopfschüttelnd, »wie sie meinen Namen überhaupt nicht zur Kenntnis genommen hat! Als ob sie nicht wüsste, wer ich bin!«

»Ihre Mutter würde ihr gewiss Beine machen, würde sie jemals davon erfahren.«, pflichtete Minna ihm schmunzelnd bei und bestellte für sich und ihren Begleiter zwei Tequila Sunrise.

Am darauffolgenden Abend, pünktlich zur halben Stunde, fuhr ein schwarzer Wagen unten auf der Strasse vor ihrer Wohnung vor.

Minna liess den Chauffeur noch zehn Minuten warten, dann verliess sie das Haus und liess sich von ihm die Wagentür schliessen.

Die Fahrt verlief in südöstliche Richtung und dank der guten Ortkenntnis des Fahrers waren sie bald darauf bereits mitten im Herzen der Stadt. Es ging über die Champs-Élysée und über die *Pont Alexandre III*. Südwestlich des *Palais Bourbon* bog der Wagen schliesslich von der

Strasse und hielt vor einem edel wirkenden Haus in einem noblen Villenviertel.

Die Fassade war in einem barocken Stil errichtet worden und der Eingang wurde von einer hohen Hecke elegant von der Strasse abgegrenzt.

Minna wartete nicht erst darauf, dass der Fahrer ausgestiegen war und ihr die Wagentür aufhielt, sondern öffnete selbst und trippelte auf ihren hohen Schuhen eilig die alabasterweissen Stufen zur Haustür hinauf.

Geöffnet wurde ihr von einem Hausangestellten. Mit der freundlichen Bitte ihm zu folgen, verschwand er im Eingangsbereich und führte sie durch eine Reihe grosser, mit hohen Fenstern bestückter Flure und luftiger Vorzimmer, bis er schliesslich in einem geräumigen Salon im nördlichen Flügel des Hauses stehen blieb.

Sämtliche Räume waren in einem luxuriösen und dennoch sehr geschmackvollen Stil gehalten. Schwere, kostbare Teppiche, an den weissgetünchten, mit Ornamenten verzierten Decken hingen funkelnde Kronleuchter und sämtliche hölzerne Möbel waren aus edlem Mahagoni, Eichen- und Rosenholz gefertigt.

Madame d'Urélle hatte wahrlich einen wundervollen Geschmack für Ästhetik. Ihre Weitsicht, ihre Eleganz und ihre Bestimmtheit waren in sämtlichen Räumen wiederzuerkennen.

Ganz entzückt von so viel Schönheit, bemerkte Minna erst gar nicht, dass sie nicht allein im Salon war. Auf der anderen Seite des Zimmers stand eine, mit dem Rücken zu ihr gekehrte Person. Die scheinbar so gedankenversunken aus dem Fenster in den Garten starrte, dass sie sie ebenfalls nicht bemerkte.

Bei jener Person handelte es sich um einen hochgewachsenen, schlanken Mann. Sein schwarzer Haarschopf war mit viel Haargel nach hinten in den Nacken gekämmt worden und war so lang, dass die Spitzen über den Kragen seines Hemds ragten.

Für den Bruchteil einer Sekunde verlor Minna den Boden unter den Füssen von hinten besass dieser Fremde eine unglaubliche Ähnlichkeit zu jemandem. Dann fasste sich jedoch augenblicklich wieder als der zuvorkommende Butler für sie in die Presche sprang und das Wort an den Mann richtete.

»Mademoiselle Dupont ist hier. Wären Sie so freundlich das bitte Madame auszurichten, Monsieur? Ich würde unseren Gast nur ungern allein wartend herumstehen lassen.«

»Nicht nötig«, erklang eine durchdringende Stimme und im nächsten Moment betrat Laeticia d'Urélle das Salonzimmer, Appoline folgte ihr dicht auf den Fersen.

Mit hervorgerecktem Kinn und strenger, gerader Haltung, durchschritt die Hausherrin den Raum und begrüsste Minna mit ihrer üblichen, reservierten Freundlichkeit.

Die rostroten Haare zu einem strengen Dutt frisiert, erschien ihr schnittiges Gesicht noch härter als sonst.

»Wie ich sehe, hast du unseren Gast noch nicht begrüsst, Aramis. Minna muss sich hier ja ganz unwillkommen fühlen. Wie unhöflich, so kenne ich dich gar nicht!«

Der angesprochene Mann drehte sich schliesslich vom Fenster weg und betrachtete Minna flüchtig. Sein breiter Mund besass einen ebenso harten Zug wie der von Madame und seine Augen leuchteten in einem ähnlichen azurblau wie die ihren.

»Aramis-Blaise de Proux«, sprach er förmlich und reichte Minna die Hand, »es ist mir eine Freude Ihre Bekanntschaft zu machen.«

Diese ergriff sie und erwiderte lächelnd: »Aramis? Wie der Musketier?«

Der Mann nickte. »So ist es. Mutter hatte immer schon eine Schwäche für Dumas«, er wandte sich an Madame d'Urélle, »nicht wahr, Mutter?«

»So ist es.«, bestätigte diese mit einem schmalen Lächeln.

Im Gegensatz zu dem jungen Musketier jedoch, wirkte dieser Mann überhaupt nicht gewillt, seine Zeit, und möge es nur ein Minütchen sein, der Theologie und dessen anhängenden Unannehmlichkeiten zu widmen.

»Ich wünsche den Damen einen schönen Tag, aber ich muss jetzt wirklich gehen. Vielen Dank für deine Zeit, Mutter. Ich werde mir deinen Rat zu Herzen nehmen.« Er drückte ihr die Hand, nickte Minna höflich zu und schloss die ungewöhnlich schweigsame Appoline in eine merklich kühle Umarmung.

Als er gegangen war, setzten sich die drei Frauen auf die Couch und tauschten über einem Glas Wein die üblichen Höflichkeiten aus. Es wurde viel geredet, aber wenig gesagt, viel gelacht und dennoch blieb eine ungewisse Anspannung über dem Ganzen bestehen.

Als Madame schliesslich den Raum verliess, um sich nach dem Dinner zu erkundigen, brachte Minna die Sprache auf diesen ominösen Aramis-Blaise.

»Das muss also Ihr Bruder vorhin gewesen sein«, begann sie unbekümmert, »wie nett, dass er Sie beide hin und wieder besuchen kommt.«

»Halbbruder.«, entgegnete Appoline in einem so unterkühlten Ton, dass Minna augenblicklich eine unangenehme Familienangelegenheit witterte.

»Er würde nicht herkommen, wenn es sich irgendwie vermeiden liesse. Sein Vater ist ein einfältiger Lehrer und dessen Frau verdient kaum genug, um für sich selbst sorgen zu können. Wenn Aramis finanzielle Probleme hat, kommt er zu uns. Mutter gibt ihm immer etwas, sie denkt wohl, weil sie damals einen solchen Fauxpas begangen hatte, wäre sie es ihm und seiner Familie schuldig.«

Minna hatte Appoline bis dahin noch nicht in einer solch ernsten Stimmung erlebt und zu sehen, dass dieses unverfrorene Mädchen tatsächlich zu nüchternen Gedanken fähig war, befriedigte sie sehr.

»Mama liebt ihren Bastard, aber ich konnte mich nie wirklich mit ihm anfreunden.«

Minna überkam eine jähe Woge der Zuneigung und sie ergriff sanft Appolines schlanke Hand.

»Die Mutterliebe ist blind, Appoline. Madame d'Urélle hat jedes Recht ihren Sohn zu lieben, das dürfen Sie ihr nicht vorwerfen.«

Appoline schürzte unwirsch die Lippen, entzog sich jedoch trotz ihres Ärgers nicht ihrer Berührung.

»Und genauso haben Sie das Recht den außerehelichen Sprössling Ihrer Mutter zu verachten. Das Geheimnis zum Erfolg, beziehungsweise zu beidseitiger Zufriedenheit, besteht darin beide Gesichtspunkte – beide Rechte – still anzuerkennen und in Einvernehmen darüber zu schweigen.«

Minna drückte zärtlich Appolines schmale, blasse Hand. »Die Grenzen beider Rechte abzustecken. Die Standpunkte des jeweils anderen zu akzeptieren aber dennoch niemandes Gefühle zu verletzten.«

Appoline sah mit tränenverschleiertem Blick zu ihr auf, »Sie sind so klug, Minna. So scharfsinnig und dennoch mangelt es Ihnen nie an Liebenswürdigkeit! Wenn doch nur mehr Menschen so wie Sie wären!«

Minna schmunzelte und gewährte der jungen Rothaarigen, sich seufzend an ihre Schulter zu schmiegen.

»Sie haben wirklich eine wundervolle Meinung zu dieser schwierigen Angelegenheit, es scheint fast so, als hätten Sie diesbezüglich selbst bereits gewisse Erfahrungen gemacht.«

Appoline und Minna fuhren beide hoch. Madame d'Urélle war unbemerkt im Türrahmen erschienen und betrachtete die beiden abwartend.

Sie musste bereits eine Weile dort gestanden und zugehört haben, denn ihre Miene sprach Bände.

»Das ist wahr«, sagte Minna mit der richtigen Mischung aus freundlicher Gelassenheit und Beherztheit in der Stimme, »ich bin selbst nicht umhingekommen, in einer Familie aufzuwachsen. Mit einer Frau wie Fleur Dupont als Mutter war es nicht immer einfach. Man musste lernen, miteinander auszukommen, ohne dem anderen auf die Füsse zu treten. Und später dann ... « – »Später dann mussten Sie lernen mit einem Mann auszukommen, der Sie bei dem kleinsten Fehltritt gemeuchelt hätte.«, schloss Laeticia trocken.

»Wie haben Sie es eigentlich *da* heil hinausgeschafft? Erzählen Sie es mir, ich bitte darum.«

»Mutter!«, zischte Appoline empört. Sie warf Minna einen besorgten

Blick zu, als fürchtete sie, diese würde jeden Moment aufspringen und auf nimmer wiedersehen verschwinden.

»Nun, ich kenne das richtige Mass an Diskretion und Standhaftigkeit«, begann Minna, die nicht im Traum daran dachte davonzulaufen, »Ausserdem besitze ich die Fähigkeit gewisse, schlechte Angewohnheiten von Personen anzuerkennen, solange sie nicht mich selbst betreffen.«

Minna liess sich nicht aus der Ruhe bringen. Sie war keine zwanzig mehr, sie hatte schnell gelernt mit solchen spitzfindigen Vorwürfen umzugehen und sie im Keim zu ersticken.

»Wie lasziv. Und ich hatte Sie mir immer als ein passives, verschrecktes Reh vorgestellt, das unglücklicherweise in die Fänge eines Löwen geraten ist. Aber wie es aussieht, habe ich mich da geirrt.« Madames weinroten Lippen verzogen sich zu einem vergnügten Lächeln und die Kälte fiel von ihr ab. »Psychische Vereinnahmung... emotionale Abhängigkeit... mit was für schrecklichen Begriffen die Medien und Spezialisten damals um sich geworfen haben. Ein kurzer Blick auf Ihr abgebildetes Gesicht in der Zeitung und ich wusste, was für ein ausgemachter Blödsinn das war! Dieser elende Mann – dieser Verbrecher – hat Ihnen kein Haar gekrümmt, nicht wahr? Er hat Ihnen die Überreste seines verdorrten Herzens geschenkt und Sie haben letzten Endes das einzig richtige getan; Sie haben es als Pfand für Ihre persönliche Sicherheit verwendet, um unbeschadet aus der Sache herauszukommen, in die er Sie hineingezogen hatte.«

Madame d'Urélle trat vor die Couch und ergriff Minnas Arm. »Kommen Sie, meine Liebe. Das Abendessen ist fertig. Wir werden es auf dem Balkon einnehmen, ich hoffe, dass ist Ihnen recht.«

Nach dem beendeten Abendessen setzte man sich zurück in den Salon und der Kaffee wurde serviert. Madame d'Urélle entwickelte für die junge Freundin ihrer Tochter mit zunehmender Deutlichkeit einen gewissen Respekt, eine Anerkennung. Das Mädchen war geistreich, zielbewusst und besass einen messerscharfen Verstand. Eigenschaften, mit denen ihre Tochter leider nicht glänzen konnte.

Auch die Tatsache, dass sie ihr entschlossen die Stirn geboten hatte und dennoch nicht ausfallend geworden war, imponierte Laeticia sehr. Sie hoffte aufrichtig, die vielversprechende Aussicht auf eine enge Verbindung zwischen ihr, Minna, und Appoline würde sich noch verfestigen und dementsprechend tat sie alles, um ihr den Aufenthalt in ihrem Haus so angenehm wie möglich zu machen.

Minna auf der anderen Seite spürte, wie sie allmählich begann in der Gunst von Madame d'Urélle aufzusteigen und das gefiel ihr ausserordentlich.

Sie schätzte diese Frau und selbst ihrer Primadonna von Tochter, konnte sie mit zunehmender Zeit etwas abgewinnen.

Nach der Kaffeestunde folgte der Champagner und nach dem Champagner folgte eine ausgelassene Unterhaltung über die neusten Begebenheiten aus Laeticias Geschäftswelt.

Diese liess sich ungnädig über die schier unzumutbare Inkompetenz ihrer Geschäftskollegen aus, wie schwer es war als unabhängige Frau ernstgenommen zu werden und dass die bevorstehende Herbstkollektion ihres eigenen Modelabels umwerfend werden würde.

»Da fällt mir ein«, sagte Minna, als Laeticia geendet hatte, »ich soll Ihnen von Mister Martin seine Grüsse ausrichten lassen. Er hofft, bald mit Ihnen geschäftlich in näheren Kontakt zu treten.«

»Die Zusammenarbeit mit ihm liegt mir sehr am Herzen.«, versicherte Madame d'Urélle. »Aber sagen Sie, in welcher Verbindung stehen Sie zu Monsieur Martin? Kennen Sie ihn etwa persönlich?«

Minna bejahte und erzählte ihr, dass sie eine lange, innige Freundschaft verband.

»Wie sonderbar! Das wir uns erst jetzt kennenlernen und das obwohl wir offensichtlich in ähnlichen Kreisen verkehren.«

»Sagen Sie, was genau beinhaltet diese innige Freundschaft zu diesem Mann?«, mischte sich Appoline an dieser Stelle ein.

»Wie kannst du bloss eine so dreiste Frage stellen!«, fuhr Laeticia empört dazwischen, und fuhr dann an Minna gewandt fort: »würdigen Sie dieser unangemessenen Frage bitte keine Antwort! Appoline wird ihre Neugierde mässigen müssen, das wird ihr zur Abwechslung mal ganz guttun.«

Den restlichen Abend verbrachten sie mit ungefährlicheren Gesprächsthemen. Man war genaustens darauf bedacht in keine Fettnäpfchen mehr zu treten und die Konversation so unbefangen wie möglich zu halten und jegliche persönliche Materie zu umgehen.

Es war weit nach Mitternacht, als Minna sich schliesslich verabschiedete und vom Chauffeur zurück zu ihrer Wohnung gefahren wurde.

Sowohl Madame wie Mademoiselle d'Urélle hatten ihr versichert, in ihrem Heim ein stets willkommener Gast zu sein und ihr ans Herz gelegt, sie bald wieder besuchen zu kommen.

4. Kapitel

Das regelmässige Ticken der Wanduhr liess Minna ganz schläfrig werden. Abgesehen von ihrem Leonberger, der zu ihren Füssen lag und müde dreinblickte, war sie ganz allein im Wartezimmer.

Eine eindämmende Stille herrschte, so wie man sie nur in Arztpraxen wiederfindet und Minna fiel es schwer, dem Bedürfnis augenblicklich einzuschlafen, zu widerstehen.

Wie immer an einem Dienstagmorgen um acht Uhr, war sie pünktlich in der Privatpraxis ihres Psychotherapeuten erschienen und wartete nun geduldig darauf, aufgerufen zu werden.

Dieser, eher recht bescheidene Wunsch, wurde fünf Minuten später erfüllt. Ein kleiner Mann mit grauen Haaren und einer halbmondgläsernen Brille auf der langen Adlernase, trat aus seinem Behandlungszimmer und hielt ihr mit einem freundlichen Lächeln die Tür auf.

Minna erhob sich und folgte seiner Aufforderung, der Hund stand auf und trottete ihr brav hinterher.

Und wie immer wurden die üblichen Höflichkeiten ausgetauscht, man setzte sich gegenüber in zwei lederne Sessel und die Patientin wurde aufgefordert, über die vergangene Woche zu berichten.

Wie es ihr ginge, ob sich etwas Aufregendes ereignet habe, wie sie denn schliefe und ob sie (wie beim letzten Termin abgesprochen) das Grab ihrer Eltern besucht habe.

Ihr ginge es soweit gut, das Einschlafen mache ihr immer noch Schwierigkeiten, und ja das Grab ihrer Eltern habe sie in der Tat erst kürzlich besucht.

Dr. Bonnet bot ihr, wie jedes Mal, eine leichte Einschlafhilfe an und Minna schlug wie immer dankend, jedoch entschieden ab.

»Sie sind in dieser Hinsicht unerschütterlich, nicht wahr?«, fragte er mit einem nachsichtigen Lächeln.

»Ich habe meine Lektion gelernt.«, entgegnete sie nüchtern.

Vor vielen Jahren hatte ihr ein Arzt eine ›leichte Einschlafhilfe‹ verschrieben und letztendendes musste sie dann erfahren, dass es sich dabei um ein starkes Opiat gehandelt hatte und nicht um ein harmloses Schlafmittelchen. Sie war schamlos mit harten Drogen ausser Gefecht gesetzt worden, damit ein gewisser Jemand ungestört seinen zweifelhaften Angelegenheiten nachgehen konnte.

Bei diesem Gedanken schnürte sich ihr die Kehle zu und eine heisse Woge der Scham trieb ihr das Blut in die Wangen.

»Wissen Sie«, begann der Doktor erneut, »ich bewundere Ihre eiserne Standhaftigkeit. Aber ... « – »Nein, Doktor. Kein Aber. Ich konsumiere keine bewusstseinsverändernden Medikamente, das ist mein letztes Wort.«

Sie sah ihm entschlossen in die Augen. »Und nichts anderes wären diese Pillen. Sie würden in meinen Verstand eingreifen und gewisse Abläufe meines Gehirns verändern. Was für ein Mensch müsste ich sein, um so etwas gutzuheissen?«

Ein desolates Lächeln breitete sich auf ihren Lippen aus und sie legte abwartend den Kopf schräg. Neugierig, was der gute Seelendoktor darauf zu erwidern wüsste.

»Nun, Mademoiselle Dupont, wenn Sie sich nicht helfen lassen *wollen*, dann kann ich Sie selbstverständlich nicht zwingen. Aber manchmal ist es schlichtweg nötig, die Abläufe eines Gehirns zu ändern, nämlich dann, wenn diese defekt sind.«

Ihr bekümmertes Lächeln gewann an Tiefe. »Wissen Sie was ich glaube? Ich glaube Sie kümmern sich keinen Deut um meine Schlafprobleme. Ich denke das einzige, woran Ihnen liegt, ist Ihr eigenes Honorar aufzubessern indem Sie Ihren Patienten Arzneien andrehen, die sie in Wahrheit gar nicht brauchen. Aber wissen Sie was? Es gibt einen Punkt, da muss man lernen zu akzeptieren, dass aus einem Viereck kein Kreis werden kann, es sei denn man beginnt Stücke davon zu entfernen.«

Dr. Bonnet schwieg.

»Ich komme nun seit sechs Jahren jede Woche zu Ihnen, in all dieser Zeit haben Sie nichts anderes getan als mich nach meiner Laune zu fragen und mir Medikamente anzubieten.

Die einzige Person, die in dieser Zeit wirklich davon profitiert hat, sind Sie, Doktor. Wissen Sie, ich denke nun ist der Zeitpunkt gekommen einzusehen, dass diese wöchentlichen Zusammenkünfte keinen Sinn haben. Wenn ich jemanden brauche, der mich nach meinem Tag fragt und dem ich mein Herz ausschütten kann, dann lege ich mir einen Mann zu. Wenn es mir schlecht geht, dann rufe ich meinen Hund. Der hört ebenfalls aufmerksam zu, wenn ich ihm mein Leid klage und lächelt hin und wieder freundlich ... und das Gute daran ist, er verlangt kein Geld dafür.«

Minna erhob sich, verabschiedete sich förmlich und verliess, den Hund dicht an ihrer Seite, die Praxis.

Ein Schritt, den sie bereits viel früher hätte machen sollen war nun getan und sie fühlte wie ihr ein gewaltiger Stein vom Herzen fiel.

Auf dem Weg zur Busstation, (denn Minna fuhr niemals und unter gar keinen Umständen mit der Metro), kaufte sie sich ein grosses Eis.

Sie fühlte sich ganz leicht und unbeschwert, als wäre ihr endlich und nach langer Zeit eine schwere Last von den Schultern genommen worden.

In dem kleinen Eiscafé war es brechend voll. Minna wollte sich gerade nach einem freien Plätzchen auf der Terrasse umsehen, da fiel ihr eine vertraute Person ins Auge.

Gegenüber dem Eingang an einem runden Tisch, erspähte sie ein bekanntes Gesicht.

Sie verharrte für eine Weile unschlüssig, nicht sicher, ob sie sich bemerkbar machen sollte oder nicht. In diesem Moment wandte sich der rostrote Kopf in ihre Richtung und die Entscheidung wurde ihr abgenommen.

»Ma chére Minna!«, rief Laeticia entzückt, als sich ihre Blicke begegneten, »wie schön Sie hier zu treffen! Kommen Sie, setzten Sie sich doch bitte zu uns!«

So blieb Minna nichts anderes übrig als dieser Bitte nachzukommen und sich zu den drei Leuten an den Tisch zu setzten.

Die beiden anderen Personen, stellten sich als zwei Geschäftspartner von Laeticia heraus. Beide waren sie grosse, edel gekleidete Männer mit angenehm symmetrischen Gesichtszügen und einer charmanten Ausstrahlung.

Der eine der beiden, der mit den helleren Haaren und den auffallend bernsteinfarbenen Augen, stellte sich als Laurent Lefeuvre vor. Enger Familienfreund von Madame d'Urélle, sowie Hauptproduzent und Regisseur des Werbefilms von Appolines Parfumsache.

Der andere, unscheinbarere Mann mit den schlichten, haselbraunen Haaren hiess Dorian Morel und war Vize Geschäftsführer von Madame d'Urélles Unternehmen.

»Und das muss Ihr treuer Freund sein!«, fuhr Laeticia mit Blick auf den hechelnden Hund zu Minnas Füssen fort. Sie winkte eine Kellnerin her und veranlasste für das Tier ein Schälchen Wasser herbeizuholen.

Minna war für diese freundliche Geste sehr dankbar und die Tatsache, dass Laeticia trotz ihrer peniblen Art offensichtlich aufrichtige Freude an dem Tier hatte, erfüllte sie mit tiefer Befriedigung.

»Darf ich euch vorstellen: das ist Minna Dupont, eine sehr gute Freundin meiner Tochter.«

»Es ist mir eine Freude, Sie endlich persönlich kennenzulernen!«, sprach Monsieur Lefeuvre und schenkte ihr ein umwerfendes Lächeln, »Laeticia hat mir bereits von Ihnen erzählt und Sie in den höchsten Tönen gelobt.«

Monsieur Morel, dessen Manieren offenbar ganz seinem schlichten Aussehen glichen, reichte ihr bloss die Hand und murmelte ein kurzes ›sehr erfreut‹.

Minna erwiderte diese Begrüssung mit ungerührter Höflichkeit, sie liess sich von solchen Modegestalten nicht einschüchtern. Grösstenteils lag das daran, dass sie schlichtweg nicht sehr viel über die Modewelt von Paris und dessen Persönlichkeiten wusste und dementsprechend vollkommen verloren war, als die drei kurz darauf in einer anregenden Diskussion über ebendieses Thema versanken.

Schweigend und hin und wieder verständnisvoll lächelnd und *gewiss, natürlich* oder *ganz Ihrer Meinung* sagend, leckte sie an ihrem Eis und lies den Blick durch das Café schweifen.

Es war ein sengend heisser Tag, die Sonne stand nun beinahe im Zenit und alle Menschen drängten sich in die klimatisierten Cafés und Restaurants, um Schutz vor der Mittagshitze zu suchen.

»Wie geht es eigentlich Monsieur Dubois? Ich habe gehört er ist schrecklich krank.«, bemerkte Laeticia nach einer Weile und Minna spitzte, nun da das Gespräch versprach eine interessantere Richtung einzuschlagen, die Ohren.

»Ach, Unsinn!«, entgegnete Monsieur Laurent Lefeuvre lachend. In Minnas Augen besass er das anziehendste Lachen, dass ihr seit langer Zeit zu Ohren gekommen war. Es war tief und wohlklingend, nicht zu dröhnend aber auch keineswegs schrill oder gar keuchend.

»Gabriel geht es bestens. Er hat eine harmlose Sommergrippe erwischt, das ist alles. In ein, zwei Tagen wird er wieder auf den Beinen sein, das versichere ich Ihnen!«

Und mit einem freundlichen Zwinkern zu Minna gewandt, fügte er hinzu: »Monsieur Gabriel Dubois ist der Parfümeur von *Une touche de destin*. So heisst der Werbefilm, sowie auch das Eau du Parfum, das vor kurzem auf dem Markt erschienen ist. Das Konzept... aber nein, ich sollte noch nichts verraten. Sie werden bald sehen... aber da fällt mir ein, haben Sie besagtes Parfum bereits? Nein? Wie unglücklich! Aber geraten Sie bitte nicht in Verlegenheit, ich werde Ihnen den Duft besorgen, versprochen. Sie werden Ihn lieben! Er wird Ihnen bestimmt ganz wunderbar schmeicheln.«

Minna, die den Duft bereits an Appoline gerochen zu haben glaubte, war nicht ganz so angetan von der Idee, ihn bald besitzen zu werden.

Und auf der anderen Seite, entging ihr jedoch nicht die Ehre, die von diesem freundlichen Angebot ausging. Wenn ein Mann einer Frau ein Parfum schenkt, dann hat das etwas zu bedeuten.

»Dann muss dieser Monsieur Dubois ja ein richtiger Zauberer sein! Ich habe eine Schwäche für Düfte! Ich muss den Mann unbedingt kennenlernen! Und zu Ihrem grosszügigen Angebot, nun da kann ich nur sagen es würde mich sehr freuen!«, erwiderte sie lächelnd und liess sich von Monsieur Lefeuvre einen Kaffee spendieren.

Jetzt, da sie von der lästigen Pflicht sich wöchentlich in den Kopf gucken zu lassen entbunden war, vergingen die Tage in einem angenehm, heiteren Rhythmus. Sie fühlte sich entspannter als zuvor, irgendwie befreiter.

Allein in dieser Woche war sie zwei Mal von Appoline zum Essen eingeladen worden.

Einmal zu einem Brunch im Luxemburg, dann zu einem Dinner und schliesslich war der Tag gekommen, an dem Minna sich bereit machte, von ihr in den Louvre ausgeführt zu werden.

Appoline hatte sich zuvor ausgiebig bei ihr erkundigt, welches Ambiente ihr für ein nettes Beisammensein am ehesten zusagen würde und Minna hatte nicht lange überlegen müssen.

Sie hatte einen Hang für das Kunstmuseum und suchte es auf, wann immer sie Gelegenheit dazu fand.

Gegen Vormittag klingelte es an ihrer Tür. Minna zählte, während sie sich ihre blonden Haare zu einem einfachen Pferdeschwanz band, innerlich auf sechzig, dann lief sie zur Wohnungstür und öffnete.

»Sie sehen wunderschön aus!«, rief Appoline zur Begrüssung freudenstrahlend und drückte sie fest an sich, »aber das ist nichts Neues. Sind Sie soweit? Können wir dann?«

Die beiden Frauen machten sich eingehakt auf den Weg. Unten auf der Strasse stand ein Taxi bereit.

Vor der gigantischen Glaspyramide angekommen, dessen extravagantes Bauwerk den Haupteingang ins Museum bildete, blieben die beiden Damen einen Moment stehen.

Der Innenhof war voller Touristen und Kunstliebhaber und Minna genoss jene ganz bestimmte Atmosphäre, die dieser Ort ausstrahlte.

»Ist es nicht umwerfend!«, sprach sie und betrachtete entzückt die futuristische Architektur der Pyramide und dessen barockes-gotisches Gegenstück in Form des ursprünglichen Palastes dahinter. Der Kontrast war gewaltig, doch genau diese Unverfrorenheit übte auf das Auge einen ungeheuren Reiz aus.

»Ich war bereits unzählige Male hier und dennoch bin ich immer wieder aufgeregt, als wäre es das erste Mal!«

»Beim ersten Mal ist man immer aufgeregt, aber irgendwann legt diese sich und es wird zur Routine.«, war Appolines geistreiche Erwiderung.

Minna überhörte diese geschmacklose Bemerkung und schritt auf den Eingang zu.

»Ich muss schon sagen«, sagte Appoline, als sie die Stufen zur Galerie hinaufliefen, das Glas der Pyramide über ihren Köpfen funkelte im goldenen Sonnenlicht, »ich konnte mich mit Kunst noch nie richtig anfreunden. Ich verstehe einfach nicht, was daran so spannend sein soll.«

»Nun«, machte Minna und setzte ihren Weg mit ungerührter Zielstrebigkeit fort, »bei Kunst spielt die geistige Reife des Betrachters eine entscheidende Rolle. Wenn man das Werk nicht verstehen kann, verliert man zwangsläufig das Interesse dafür.«

Appoline wusste erst einmal nichts darauf zu erwidern, dann, als sie die erste Ausstellung erreicht hatten, sagte sie mit aufforderndem Ton: »In Ordnung, da ich scheinbar nicht reif genug bin, um mit Ihnen mithalten zu können, erklären Sie mir doch bitte dieses Exemplar hier. Ich bitte darum.«

»Ihnen das Exemplar erklären?«, wiederholte Minna irritiert und ihre Stirn legte sich in Falten.

»Ja, da Sie sich doch hier so gut auskennen, wird es Ihnen bestimmt nicht schwerfallen, mich zu unterrichten. Betrachten Sie mich für heute als Ihre Schülerin.«

»Sie scherzen.«

»Ganz und gar nicht. Es ist mein voller Ernst.«

Minna musterte sie einen Moment abschätzend, dann wandte sie sich der Staue zu.

»Nun, dies ist der sterbende Sklave von Michelangelo. Es wurde in der Renaissance geschaffen, von 1513 bis 1516. Sehen Sie, hier auf dem Schildchen steht es.«

Sie deutete auf das metallene Schild neben dem Geländer.

»Ich finde es ganz sonderbar«, fuhr sie mit Blick auf die marmorne Statue fort, »dass der Mann sich scheinbar ganz sehnsüchtig dem Tod entgegenneigt. Sehen Sie, wie sinnlich seine Haltung ist? Wenn man ihn jedoch aus einem anderen Blickwinkel betrachtet...«, sie zupfte Appoline ein Stück zur Seite, »sieht er jedoch gleich viel armseliger aus, meinen Sie nicht? Ein schönes Beispiel dafür, dass man bei einer Sache stets mehrere Ansichten berücksichtigen muss.«

»Trägt er da tatsächlich ein Hemd über der Brust?«

»Kein Hemd«, entgegnete Minna kopfschüttelnd, »eher ein Verband, würde ich sagen. Vielleicht soll es seine Verletzlichkeit verdeutlichen.«

Appoline trat unruhig von einem Bein aufs andere, ihr war offensichtlich schleierhaft, was an dieser Skulptur so faszinierend sein sollte.

»Sie wurde nie vollendet.«

»Ah ja?«, machte Appoline blasiert, »das erklärt so einiges.« Ihr Blick wanderte amüsiert die steinerne Brust hinab und blieb am südlichsten Punkt hängen.

»Sie sind unmöglich!«, entgegnete Minna, als sie ihren Blick bemerkte, konnte sich ein Schmunzeln jedoch nicht ganz verkneifen.

»Kommen Sie, wir gehen in die Gemäldegalerie. Ich möchte Ihnen unbedingt *das Floss der Medusa* zeigen.«

Sie spazierten an der Venus von Milo vorbei und Minna überlief bei ihrem Anblick einen jähen Schauer. Die Venus war ihres Doktors Lieblings Statue gewesen.

Sie ergriff Appoline bei der Hand und beschleunigte ihre Schritte.

So verging die Zeit und Minna versuchte der einfältigen Appoline mit der grössten Geduld, die sie aufbringen konnte, die Grundkenntnisse der Kunst näher zu bringen.

Sie besuchten die berühmtesten Werke der Renaissance, der Romantik und der Neuzeit, darunter *Johannes der Täufer, die Freiheit führt das Volk* und natürlich die *Mona Lisa*.

»Wissen Sie was ich schade finde?«, sprach Minna, als die beiden sich am späten Mittag auf den Weg hinunter zum Lunch machten.

»Hier gibt es kaum ein Gemälde von Vincent van Gogh. Traurig, denn er gehört zu meinen allerliebsten Künstlern! Denken Sie nicht auch, dass seine Bilder selbst heute noch nicht die ganze Anerkennung erhalten, die sie eigentlich verdienen müssten?«

Appoline zuckte bloss müde mit den Schultern und sah sich sehnsüchtig nach einem freien Tisch um.

»Also ich bin ja der Meinung, dass dieser Mann unfassbares Talent besessen hat. Wie Sie bestimmt wissen, hatte er ein sehr schweres Leben. Er war depressiv und sehr arm, und irgendwie wollte es zu seinen Lebzeiten mit dem Erfolg nie richtig funktionieren.

Es ist leicht seine inneren Dämonen auf eine Leinwand zu bannen, seine innersten Landschaften stets im selben Farbton zu malen. Aber sehen Sie sich nur Van Goghs Bilder an! So leidenschaftlich, so farbenfroh! So kräftig! Den inneren Kummer in etwas so Schönes zu verwandeln, in etwas so Lebendiges! Das ist nicht leicht, das erfordert ein Höchstmass an Enthusiasmus und Entschlossenheit. Dieser Mann hat trotz seines Elends niemals den Blick für die Schönheit verloren.

Ich würde alles geben was ich habe, um diesem Mann nur für eine Minute begegnen zu können, und ihm zu zeigen, wie sehr seine Kunst die Welt von heute berührt.«

Von einem Kellner schliesslich an einen freien Tisch geführt, bestellten die beiden Frauen ihr Mittagessen. Minna störten die senfgelben Stühle und den sich furchtbar mit der weissen Decke beissenden ockergelben Boden.

Eine Zumutung für jeden Geschmack, fand sie. Und wenn Appoline nicht darauf bestanden hätte in diesem Restaurant zu essen, dann hätte sie sich ein eleganteres gesucht.

Der blaue Tresen stach ihr ebenfalls unangenehm in den Augen und so tauschte sie mit ihrer Freundin den Platz, um ihn nicht andauernd ansehen zu müssen. Die grellen Primärfarben und die eckige Bauart der Möbel, gaben ihr das Gefühl in einem gigantischen Lego-Baukasten zu sitzen.

Ihrem Geschmack entsprach das ganz und gar nicht. Sie mochte es viel lieber prunkvoll, elegant und verspielt. Mit kunstvollen Ornamenten an den Decken, Kronleuchtern, Samt und schweren, verschnörkelten Holzmöbeln.

Dies ging heutzutage immer mehr verloren, ja galt sogar als abgetan und kitschig. Ein Grund, weshalb sie die moderne Architektur so verabscheute, war auch weil es sich stets zu verhalten pflegte, dass die Kleidermode sich an der Architektur orientierte und somit immer eckiger und geometrischer wurde. Immer schlichter und langweiliger.

Nach den ersten Bissen fühlte sie sich ein wenig besser und der Ärger über Appolines schlechtem Geschmack legte sich allmählich.

»Nun da unsere Gehirne wieder mit Nährstoffen versorgt werden, kann ich den Faden von vorhin wieder aufnehmen und Sie mir bestimmt mit ein wenig mehr Begeisterung folgen.«, sie nippte lächelnd an ihrem Sekt und bemerkte mit Genugtuung, wie Appoline die Schamesröte in die Wangen schoss.

»Es wäre mir eine Freude, ich hänge Ihnen gebannt an den Lippen.«

Minna nickte zufrieden und gewährte ihr, zaghaft über den Tisch hinweg ihre Hand zu berühren.

»Meine liebsten Bilder von van Gogh sind – und in chronologischer Reihenfolge – *blühender Pfirsichbaum, Caféterrasse bei Nacht* und *das Skelett mit der brennenden Zigarette*.

Eine äusserst facettenreiche Auswahl, alle drei so unterschiedlich. Die Stimmung, die Farben, die Szenerie. Der Pfirsichbaum mit seiner Anwandlung blühenden Lebens, diese Farbenfrische, dieses Wechselspiel aus Blau- und Rosatönen. Ein Symbol für die weibliche Stärke, Heiterkeit und den Neuanfang... Für mich, jedenfalls. Und das ist doch das Schöne an der Kunst, jeder Betrachter sieht etwas anderes, empfindet etwas anderes.«

Ihre Augen funkelten und sie hatte sich so in Ektase geredet, dass sie Appolines Hand, die vorsichtig immer weiter hinauf wanderte, kaum wahrnahm.

»Und dann das Bild des Cafés in der Nacht. Eine Strasse, deren Kopfsteinpflaster vom goldenen Schein des Cafés beleuchtet wird. Dieser Kontrast zwischen warmer Zusammenkunft und Geborgenheit, und der kalten, blauen Düsternis von draussen.

Sämtliche Menschen auf dem Bild wenden sich dem Licht zu, für mich besitzt dieses Gemälde eine schrecklich bittersüsse Melancholie. Den Wunsch, aus der frostigen Nacht ins Warme zu kommen. Andererseits kann man es auch als Lichtblick betrachten, denke ich. Als Hoffnungsschimmer in einer ansonsten vollkommenen Dunkelheit.«

Appoline war von ihrem Stuhl aufgestanden und hatte sich ganz dicht neben Minna gesetzt.

»Und was ist mit dem Skelett?«, hauchte sie, mit geweiteten Augen betrachtete sie Minnas roten Mund.

»Oh, das Skelett!«, rief diese lachend, »ja, das gefällt mir sehr! Ein gelungener Scherz als junger Anatomiestudent.«

Minna hatte kaum geendet, da verschlossen Appolines Lippen die ihren zu einem Kuss.

Une touche de destin wehte ihr in die Nase und plötzlich kam ihr der Duft gar nicht mehr so unangenehm vor. Frischer Citrus, weisser Moschus und Iris, gepaart mit einem Hauch von Appolines Haarshampoo und dem leicht herben Geruch ihres Schweisses.

Sie hielt die Rothaarige an den Schultern zurück und musterte sie forschend.

»Schauen Sie mich nicht so überrascht an!«, ein erhitztes Lächeln umspielte ihre von Minnas Speichel glänzenden Lippen. »Sie müssen doch gemerkt haben, dass ich seit dem ersten Augenblick an für Sie schwärme, Minna. Mit jedem Mal, das ich Sie traf, gewannen diese

Gefühle an Tiefe. Ich muss ständig an Sie denken, ohne Sie besteht jeder Tag nur aus grauer Tristesse. Wenn Sie nur hören könnten, wie schnell mein Herz schlägt, kaum sehe ich Sie von weitem!«

Sie ergriff Minnas Hand und drückte sie an ihre Brust. In der Tat, ihr Herz schlug höher.

»Mir ist bewusst, dass Sie sich bei Mars sehr wohlfühlen, aber denken Sie...«, ihre Stimme stockte und ein besorgter Ausdruck trat auf ihr Gesicht, »... ich meine ... besitzt Venus ebenfalls gewisse Reize für Sie, Minna?«

Diese betrachtete die atemlose Frau ein Weilchen, dann lächelte sie sanft. »Nun, wenn mir Venus in Form Ihrer Gestalt erscheint, dann gewiss.«

Sie legte Appoline die Hand ans Kinn und zog sie, beim Anblick ihrer Rosenblütenlippen sich automatisch über die Lippen leckend, in einen ausgiebigen Kuss.

»Wissen Sie, ich habe eine originalgrössengetreue Kopie vom *blühenden Pfirsichbaum* bei mir zu Hause im Salon hängen. Wenn Sie möchten, zeige ich sie Ihnen.«

»Nichts würde mich glücklicher machen«, keuchte Appoline zwischen zwei Küssen und biss sich auf die geschwollene Unterlippe, so wie Minna es zuvor bei ihr getan hatte, »gehen wir und zeigen Sie mir das Bild sofort, ja? Ich brenne darauf es zu sehen ...«

5. Kapitel

Minna und Appoline lagen ausgestreckt auf der purpursamtenen Chaiselongue im Salon. Letztere hatte sich an ihrer Freundin milchweisse Brust geschmiegt und bedeckte diese gelegentlich mit sanften Küssen.

Der grosse Raum war sonnendurchflutet und ein einschläfernder Duft von Narzissen hing in der warmen Luft. Die weissgetünchte Decke strahlte und die aus glänzendem Rosenholz gefertigten Schränke und Tische, Stühle und Kommoden verliehen dem Raum Tiefe und Charakter. Oberhalb der beiden Frauen warf eine Kopie von van Goghs *blühender Pfirsichbaum* seinen bunten Glanz auf die cremeweisse Tapete.

In der Ecke vor der Bücherwand auf der anderen Seite des Zimmers, dort, wo Minna ihre kleine, private Bibliothek errichtet hatte, stand neben einem runden Teetischchen ein lederner Fauteuil.

Es war Minnas Lieblingsplatz und ein plötzliches Bedürfnis überkam sie, den warmen Körper auf ihrer Brust herunterzurollen und sich hinzusetzten und eine Lektüre zu lesen.

Ihr behagte es nicht, dass Appoline immer noch hier war. Es schien, als dachte diese überhaupt nicht ans Fortgehen.

Appoline streckte träge ihre Glieder. Der kupferfarbene Flaum auf ihren Armen und dem Rücken schimmerte im Sonnenlicht ganz reizend und erinnerte Minna an die Haut eines unberührten Pfirsichs.

Es war bereits spät am Nachmittag und wenn das so weiter gehen würde, fürchtete Minna, würde sie Appoline zum Abendessen einladen müssen.

Ein sonderbarer Gedanke. Bis zu diesem Zeitpunkt war stets *sie*, diejenige gewesen, die eingeladen worden war, die auf der Brust ihres

Partners gelegen, und sich geborgen gefühlt hatte. Diese Sache nun andersherum zu sehen, war ihr nicht ganz geheuer.

Eine woge der Einsamkeit überkam sie, so unvorbereitet – so jäh, dass sie sie kaum richtig zu deuten wusste.

Vermutlich rührte diese Gemütsschwankung daher, dass ihr nun zum erneuten Mal bewusst vor Augen geführt wurde, dass sie niemals wieder Gelegenheit haben würde, sich an seine Brust zu kuscheln, von ihm in die Arme geschlossen zu werden.

Sie würde nicht mehr mit derselben Naivität und Leichtigkeit durchs Leben gehen können, denn sie hatte keinen Ast mehr, der sie im Falle eines Ausrutschers auffangen würde.

Sie würde sich keinen Fehltritt mehr leisten können, keinen einzigen. Denn wer hochsteht, wird, wenn er den Halt verliert, umso tiefer fallen. So wollen es die Gesetze der Physik. Und Minna hatte sich entschieden, endlich ihren rechtmässigen Platz in der Gesellschaft geltend machen zu lassen. Diese sieben Jahre im Exil würden nun ein Ende finden.

Das Geheimnis lag also darin, sich gut abzusichern. Sich ein Netz zu spinnen, welches stark genug wäre sie im Notfall auffangen zu können.

Minnas Befürchtung bewahrheitete sich schliesslich, Appoline wollte nicht gehen und besass sogar die Kühnheit sie zu bitten, bei ihr übernachten zu dürfen.

Minna beraubte sie dieser Hoffnung, in dem sie ihr freundlich zu verstehen gab, dass dieses rasante Tempo allmählich gezügelt werden musste.

Die Rothaarige war erst schrecklich enttäuscht gewesen, liess sich dann jedoch von Minnas ganz annehmbaren Kochkünsten milde stimmen und versprach, zeitig aufzubrechen damit Minna genügend Schlaf bekommen würde.

Am Abend darauf stattete Appoline ihrer Freundin einen weiteren Besuch ab, am übernächsten Abend ebenfalls. Und so verging eine

Woche, zwei Wochen ... am Dienstag der dritten Woche dann, anfangs August, kam sie auf ein interessantes Thema zu sprechen.

Die beiden Frauen sassen gerade beim Dinner in einem eleganten, von Minna ausgesuchten Pavillon eines Restaurants auf dem Champs-Élysée, als Appoline mit einem verheissungsvollen Strahlen das Wort ergriff.

»Ich habe wunderbare Neuigkeiten!«, rief sie und winkte den Kellner fieberhaft herbei, um eine Flasche Sekt zu bestellen.

»Ich bin ganz Ohr, *ma minette.*«

Appoline errötete unter diesem Beinamen und sagte: »Na ja, also du weisst ja, dass ich seit einiger Zeit an dieser Parfumwerbung arbeite.«

Minna nickte abwartend, erwiderte jedoch nichts.

»Der Regisseur, ein gewisser Monsieur -...« – »Monsieur Lefeuvre, ja mir ist der Gentleman bekannt.«

Appolines Gesicht verdüsterte sich einen Moment aus Ärger unterbrochen worden zu werden, lichtete sich jedoch sogleich wieder und sie fuhr fort.

»Ja er hat mir erzählt, dass ihr beide euch vor einigen Wochen begegnet seid. Darum geht es ja!«

Sie beugte sich über den Tisch und ergriff Minnas Hand.

»Der Film für das Parfum ist hiermit offiziell beendet und wird in den nächsten Tagen im Fernsehen erscheinen.«

»Wie schön, ich gratuliere dir.«

»Aber das ist noch nicht alles«, fuhr Appoline unbeirrt fort, »Monsieur Lefeuvre und Monsieur Dubois, von dem du bestimmt auch schon gehört hast, sind bereits am Werbefilm für das Eau de Toilette am herumwerkeln. Es soll exakt ein halbes Jahr nach dem Eau de Parfum erscheinen und ich bin bereits jetzt unter Vertrag genommen worden.

Nun brauchen sie für den zweiten Film aber noch eine weitere Rollenbesetzung ... «

Der Kellner kam an ihren Tisch und schenkte den beiden Damen ein, dann entfernte er sich mit einer leichten Verbeugung wieder und sie sprach weiter.

»Ich weiss nicht welche Art von Magie du verwendet hast, aber Laurent Lefeuvre war von dir in diesem Eiscafé so angetan, dass du ihm all diese Wochen über nicht mehr aus dem Kopf gegangen bist. Er kam heute zu mir in die Garderobe und sagte, ich zitiere: diese Natürlichkeit, diese Freimütigkeit ... sie ist so authentisch. Das muss ich haben. Sorge dafür, dass sie die Rolle annimmt, oder der ganze Dreh wird nichts.«

Minna lachte spitz auf. »Du fragst mich gerade wirklich ob ich eine Rolle in einer Parfumwerbung annehmen wollen würde, nicht wahr?«

Appoline nickte eifrig.

»Nun, ich fühle mich geschmeichelt. Richte Monsieur Lefeuvre bitte von mir aus, dass ich sein Angebot ernsthaft in Betracht ziehen werde, jedoch noch eine gewisse Bedenkzeit benötige.«

»Immer diese Reserviertheit«, schimpfte Appoline kopfschüttelnd, »du müsstest völlig aus dem Häuschen sein und sofort ja sagen! Du würdest vielleicht dadurch die Chance erhalten eine grosse Schauspielerin zu werden! Stell dir das vor!«

Minna lächelte. »Ich freue mich aufrichtig über dieses Angebot, Primadonna. Aber ich weiss auch, dass jede Medaille zwei Seiten besitzt. Eine Lektion, die du noch zu lernen hast.«

Appoline winkte bloss entnervt ab. »Du wirst in Monsieur Lefeuvre einen wahren Freund finden, das verspreche ich dir. Du wirst bei ihm und Gabriel in den besten Händen sein!«

Sie warf ihrer Freundin einen vorwurfsvollen Blick zu. »Und wenn du die Rolle abschlagen solltest, kannst du dir sicher sein, dass ich nie wieder ein Wort mit dir reden werde.«

Minna grinste und legte den Kopf in ihre Hände. »Dazu wärst du doch gar nicht in der Lage, du Plappermaul. Und ausserdem ...«, ihre Fingerspitzen wanderten unter den Tisch und an Appolines Schenkeln empor, »gibt es abgesehen vom Sprechen, auch noch andere vergnügliche Dinge, die man gemeinsam tun kann.«

Minna zahlte, Appoline rief ihnen ein Taxi und sie beendeten was sie begonnen hatten bei Letzterer zu Hause.

Wo sie, Minna, im Übrigen bereits jederzeit ein herzlich willkommener Gast war und alle Freiheiten – und dennoch noch den zuvorkommenden Status eines Gasts – besass.

Am nächsten Morgen beim Frühstückstisch, wurde die Sprache erneut auf jenes Thema von letztem Abend gebracht. Appoline, die nichts für sich behalten konnte, selbst dann nicht, wenn ihr Leben davon abhängen würde, hatte ihrer Mutter Laurents Bitte augenblicklich und bei der ersten Gelegenheit brühwarm erzählt.

Diese unkluge, überhastete Tat verlangte nun seinen Tribut. Madame d'Urélle war für einen Kaffee bevor sie gehen musste kurz ins Speisezimmer gekommen und setzte sich neben die beiden.

Sie war in ein elegantes, aus gelber Seide gefertigtes Kostüm gekleidet. An ihren Ohren hingen Diamanten im Wert von je etwas um die viertausend Franc und ihr Parfumduft war so einnehmend, dass Minna für einen Moment innehielt und sie erstaunt betrachtete.

»Sie sehen bezaubernd aus, Madame.«, bemerkte Minna auf ihren fragenden Blick hin.

»Sie sind zu liebeswürdig!«, entgegnete diese bescheiden, konnte ihre Befriedigung jedoch nicht ganz verbergen, »ich werde heute mit ein paar wichtigen Geschäftsleuten aus Monaco zu Mittag essen, da ist es mir eine Erleichterung zu hören, dass jemand wie Sie meinen Aufzug als annehmbar erachtet. Ich halte sehr viel von Ihrer Meinung, wissen Sie, und es ist zwingend, dass ich heute einen guten Eindruck hinterlasse.«

»Das werden Sie bestimmt.«, versicherte Minna lächelnd, »ausserdem eilt Ihnen Ihr guter Ruf voraus. Sie können also diese Leute gar nicht enttäuschen.«

Nun errötete Laeticia tatsächlich ein wenig unter ihrem blassen Puder und ein Strahlen erhellte ihr Gesicht. »Genau das habe ich jetzt hören müssen! Sie sind ein Engel, meine Liebe. Appoline schäme dich, dass deine Freundin auf die Idee gekommen ist mich vor einer solch wichtigen Verabredung aufzubauen und du nicht!«

Appoline, die bis zu diesem Zeitpunkt bloss untätig und schweigend an ihrem Croissant gekaut hatte, senkte verlegen den Blick und murmelte ein leises ›du siehst gut aus, Mama‹.

Laeticia überhörte diese Worte und wandte sich erneut an Minna.

»Da fällt mir ein, ich habe Ihnen noch gar nicht gratuliert! Es scheint, als wäre meine Entscheidung Sie in jenem Café zu uns an den Tisch zu winken, Gold wert gewesen. Laurent ist bezaubert von Ihnen. Normalerweise vergeudet er keine Zeit an no-name Mädchen, selbst für mich war es schwer genug gewesen, Appoline in seine Kreise einzuführen und ihn zu überreden, sie in seiner Modelkartei aufzunehmen. Und nun will er Sie für die Hauptrolle, das ist bemerkenswert, wirklich bemerkenswert. Was auch immer Sie damals für Pheromone sprühen lassen haben – es hat gewirkt.«

»Ich hegte nicht die Absicht, diesen Mann irgendwie von mir zu überzeugen«, erwiderte Minna resigniert, »ich war nur höflich, das ist alles.«

»Oh, Sie waren mehr als das, deutlich mehr! Sie haben Laurent wie einen normalen Mann behandelt, und das hat ihm so gefallen. Wissen Sie, ein Mann wie Laurent Lefeuvre steht so hoch, ist immer an erster Stelle und den Luxus so gewöhnt, dass ihm sämtliche – besonders die weibliche – Gesellschaft mit einer ständigen Ehrfurcht begegnet. Man möchte es ihm immer recht machen, ihm jeden Wunsch von den Lippen lesen und niemand wagt es ihm zu wiedersprechen oder seine Worte auch nur zu hinterfragen.«

Sie legte Minna zärtlich eine Hand auf die Schulter und lächelte mütterlich.

»Ihre ungekünstelte Art gefällt ihm sehr, er schwärmt regelrecht von Ihnen, Minna«, sie beugte sich ein wenig vor und wisperte, so dass Appoline es nicht hören konnte, »Gestatten Sie mir Ihnen einen gut gemeinten Rat zu geben; verscherzen Sie es nicht mit Laurent.

Hier bietet sich eine einmalige Gelegenheit. Wenn es einen Mann in Paris gibt, den an Ihrer Seite zu wissen, Ihnen sämtliche Tore öffnen wird, dann ist es Laurent Lefeuvre. Ich sage Ihnen das, weil mir Ihr

Wohl aufrichtig am Herzen liegt und ich spüre, dass Sie das Potential besitzen es weit zu bringen, wenn Sie nur wollen.«

Laeticia richtete sich auf, leerte ihren Kaffeebecher und verabschiedete sich von den beiden.

Als die Tür ins Schloss gefallen war, erwachte Appoline aus ihrer schweigsamen Starrte.

»Was für eine unverschämte Person! Wenn sie nicht meine Mutter wäre ... «

Sie biss sich aufgebracht auf die Lippen und warf Minna einen scharfen Blick zu.

»Sie wollte, dass du dich bei ihm einschleimst, nicht wahr?«

»Nichts dergleichen.«, versicherte diese ihr geduldig.

»In meiner Anwesenheit davon zu sprechen, wie dieser Mann dich anbetet! Mag ja sein, dass er dich ganz nett findet aber glaub mir, Laurent kann jede Frau haben, die er nur will. Ja und selbst die Männer sind vor seinem Charm nicht sicher. Warum solltest also ausgerechnet du ihm irgendetwas bieten können, was anderen Frauen nicht haben. *Er schwärmt regelrecht von Ihnen*«, ässte sie ihre Mutter nach, »so etwas zu sagen, während ich dabeisitze. Und das obwohl sie doch weiss ... obwohl sie doch weiss, wie sehr ich in dich verliebt bin!«

Appoline endete und brach in Tränen aus.

Schluchzend vergrub sie das Gesicht in den Händen. Ihre zarten Schultern bebten und ihre so sorgfältig aufgelegte Schminke verschmierte und lief ihr mitsamt den Tränen die Wangen runter.

Minna war für einen Moment so sprachlos, dass sie keinen Finger rühren konnte. Das war das erste Mal, dass Appoline diese Worte ausgesprochen hatte. Natürlich kamen sie nicht vollkommen unvorbereitet, da Minna seit längerer Zeit um ihre Gefühle wusste, und dennoch war sie überrascht.

Sie nun aus ihrem Mund zu hören, verlieh dem Ganze eine gewisse Endgültigkeit, es kam einem Urteil gleich. Nun waren die Worte in den Raum gesprochen worden und es gab keine Möglichkeit sie wieder zurückzunehmen. Keine Chance, die Verkettung von Umständen, die sie auslösten, ungeschehen zu machen.

»Ach, *ma minette*« sprach Minna schliesslich und legte der weinenden Freundin matt eine Hand auf die Schulter, »nicht weinen. Deine Mutter hat es gewiss nicht so gemeint, wie du es aufgefasst hast. Die spontane Freude hat aus ihr gesprochen, es ging bestimmt nicht gegen dich.«

Appoline lehnte sich an ihre Seite und rieb sich achtlos über die verschmierte Mascara.

»Meinst du?«

»Natürlich«, versicherte Minna, »du hast selbst gesagt, dass Madame d'Urélle von deinen Gefühlen für mich weiss. Warum sollte sie dir absichtlich weh tun wollen, hm? Sie ist deine Mama und sie hat dich sehr lieb.«

Appoline nickte schwach. »Das weiss ich. Aber sie ist immer so streng mit mir, ich denke manchmal, dass ich es ihr nie recht machen kann. Zu Aramis ist sie nie so. Ihn bemuttert sie mit unendlicher Geduld und Fürsorge. Denkst du es liegt daran, dass ich ein Mädchen bin?«

Minna war dieser Schlenker vom eigentlichen Thema sehr recht und so stieg sie eilig darauf ein.

»Dein Bruder? Nein, ich denke es liegt nicht daran, dass du ein Mädchen bist. Ich denke aber, dass zwischen deinem Bruder, der Fürsorge eurer Mutter und dessen niedrigerer Gesellschaftsschicht, ein gewisser Zusammenhang besteht. Wenn ich das richtig verstanden habe, lebt er in eher bescheidenen Verhältnissen. Denkst du nicht, deine Mutter möchte ihm ein paar Stufen hinaufhelfen, so dass ihr euch als Geschwister auf einer Ebene nähersteht?«

Appoline zuckte mit den Schultern. »Dann soll er eine reiche Pariserin heiraten. Von denen gibt es hier weiss Gott genug. Was mich stört, ist das ihm alles hinterhergetragen wird, Mutter überhäuft ihn geradezu mit finanziellen Spenden und Gesellschaftseinladungen, während ich mir alles selbst erkämpfen muss.«

»Aber genau *das* zeigt dir doch, wie gut es Laeticia mit dir meint! Sie bereitet dich auf den Ernst des Lebens vor, möchte mit aller Kraft dafür sorgen, dass du zu einer selbstständigen, reifen Frau wirst, die sich behaupten kann und ihren Weg findet. Sie nimmt dich so hart heran, weil du ihr sehr wichtig bist, Primadonna. Vertrau mir.«

Appolines Schluchzer waren verstummt und nach dem sie die letzten Tränen vergossen hatte, konnte sie bereits wieder lächeln.

»Du findest immer die richtigen Worte.«, schniefte sie und drückte Minna einen feuchten Kuss auf die Lippen. Ihr Mund schmeckte nach salzigen Tränen und Gesichtspuder.

Nach einem Weilchen löste sich Minna von ihrer Umklammerung und stand auf.

»Ich muss jetzt los. Meine Arbeiten schreiben sich schliesslich nicht von selbst.«

Appoline erhob sich ebenfalls und schlang die Arme um ihre Taille.

»Schreib über mich.«

Sie beugte sich vor und verteilte eine Reihe warmer Küsse auf ihrem Hals. »Schreib, wie schön du mich findest ... und was für ein Vergnügen es ist mit mir zusammen zu sein.«

Minna lachte. »Aber natürlich, Liebes. Nichts würde mich glücklicher machen als der Welt meine intimsten Verbindungen preiszugeben.«

Sie griff nach ihrer Tasche, warf sich ihr Sommer Jäckchen über die Schultern und verliess das Haus.

Appoline blieb allein zurück. Kaum war die Blondine zur Tür hinaus, hatten sich ihre Augen erneut mit Tränen gefüllt. Sie hatte nichts darauf gesagt, Minna hatte ihre Liebeserklärung nicht erwidert.

6. Kapitel

Die darauffolgenden Tage blieb Minna ganz unter sich. Abgesehen von dem regelmässigen Brunch mit ihrer Tante Aliette, besuchte sie niemanden und lud auch niemanden zu sich ein.

Ihr war nicht nach Gesellschaft zumute, besonders der von Appoline ging sie fürs erste gekonnt aus dem Weg.

Minna hatte viel Stoff zum Nachdenken erhalten und ging alles zuerst genaustens im Kopf durch, bevor sie weitere Schritte in Betracht zog.

Durch Appolines steigender Bekanntheit in der allgemeinen Öffentlichkeit, würde – sofern Minna sich dazu entschloss eine ernste Verbindung mit ihr einzugehen – zwangsläufig auch sie selbst in den Mittelpunkt der Aufmerksamkeit rücken. Würde sich dies tatsächlich so verhalten, müsste sie, Minna, jede ihrer Entscheidungen mit einer noch sorgfältigeren Bedachtsamkeit abwägen als sie es ohnehin bereits tat. Nach dem Skandal mit Doktor Moore, würde sie sich nicht das kleinste Vergehen mehr leisten können. Jeder weitere Tropfen, könnte das Fass zum Überlaufen bringen.

Andererseits würde eine offizielle Beziehung zu Appoline ebenso eine Möglichkeit bilden.

Eine Chance, die Ruinen ihres zerstörten Rufs endgültig dem Erdboden gleichzumachen und auf deren Staub ein neues, strahlendes Fundament zu errichten.

Die Verbindung mit Appoline, (und dazu kam noch das Angebot von Monsieur Lefeuvre, dem sie nach reiflicher Überlegung sehr zugetan war es anzunehmen) würde die Macht besitzen, die Peinlichkeit ihrer vergangenen Taten zu überschatten.

Niemand würde sie mehr automatisch mit Mister Beau, dem Würger von Britannien assoziieren. Vielleicht bestand sogar der Hoffnungsschimmer, dass sie in den Augen der Öffentlichkeit das enge, niederträchtige Gewand der Opferrolle endlich abstreifen konnte und man sie als das erkannte, was sie in Wirklichkeit war – eine beherzte, energische Frau.

Noch während Minna tief in Gedanken versunken am Fenster stand und hinaus auf die Strasse blickte, spürte sie instinktiv, dass alle Puzzleteile allmählich an ihren richtigen Platz fielen.

Sie würde einen Weg finden, das zu erreichen wonach sie strebte – Emanzipation.

Als Frau, als Mensch, als Persönlichkeit.

Hätte Minna ein wenig mehr auf die Strasse unter ihr geachtet, wäre sie auf den Besucher vorbereitet gewesen, der nun klingelte und sie somit aus ihren Gedanken riss.

Sie schreckte auf und ging, sich fragend wer das sein könnte da sie doch niemanden erwartete, die Tür zu öffnen.

Der unerwartete Besuch stellte sich als Monsieur Lefeuvre heraus. Mit tropfenden Haaren und feuchtem Mantel stand er im Treppenflur.

»Monsieur!«, rief Minna erstaunt als sie ihn in diesem Aufzug erblickte, »was tun Sie denn hier? Haben wir uns verabredet? Ich könnte mich nicht daran erinnern. Und haben Sie denn keinen Regenschirm dabei? Es schüttet doch bereits den ganzen Tag! Ich fühle mich, als wäre ich zurück in England.«

Laurent lächelte reumütig und wrang verlegen den Schal zwischen den Händen.

»Nein wir haben uns nicht verabredet, das ist wahr. Es tut mir leid, dass ich Sie so unvorbereitet überfalle, ich weiss das gehört sich eigentlich nicht...« Er stockte und wirkte so verloren, wie er so vor ihrer Tür stand, dass sie Mitleid mit ihm bekam und ihn herein ins Warme bat.

Minna führte ihn in den Salon und holte ihm rasch ein Handtuch, damit er seine nassen Haare trocknen konnte.

»Ich habe noch einige Kleidungsstücke von meinen männlichen Bekannten hier«, sagte sie, als sie erneut in den Raum trat, »sehen Sie, vielleicht passt Ihnen etwas davon.«

Sie überreichte ihm einen hellgrauen Hoodie, auf dessen Rücken das Logo der Universität Sorbonne gedruckt war.

Laurent nahm das Handtuch vom Gesicht und musterte den Pulli schmunzelnd.

»Ah, sie verkehren also mit Studenten.«

Minna errötete als er scheinbar ohne irgendwelche Hemmungen zu verspüren, Mantel und Hemd ablegte und sich den grauen Hoodie über die muskulöse Brust streifte.

»Passt wie angegossen, finden Sie nicht? Ich fühle mich bereits viel schlauer.«

Lächelnd gebot sie ihm, sich hinzusetzten und ging in die Küche, um Tee zu machen.

Als sie mit beladenem Silbertablett zurückkam, half er ihr mit einer liebeswerten Zuvorkommenheit den Couchtisch freizuräumen und das englische Teegeschirr herzurichten.

»Vater hat es mir vor vielen, vielen Jahren auf einer Auktion in Shropshire erstanden«, erzählte sie auf seinen neugierigen Blick hin, »es ist bereits über zweihundert Jahre alt. Ich liebe es sosehr, manchmal traue ich mich gar nicht, es zu verwenden aus Furcht es könnte mir kaputtgehen.«

»Oh, wie nett von ihm. Demnach lebt er in England?«

Minna schüttelte den Kopf. »Nein. Er hat sein Plätzchen neben Mutters auf dem *Père Lachaise*.«

Laurents Züge erblassten. »Oh, wie ungeschickt von mir. Das tut mir sehr leid, ich bin manchmal wirklich ein wenig taktlos.«

Sie erwiderte nichts darauf und goss aus einem mit hübschen Goldornamenten verzierten Kännchen Milch in die Tassen.

»So trinkt man ihn in Grossbritannien«, erklärte sie schmunzelnd auf seinen verwirrten Blick hin, »versuchen Sie es, nur zu.«

Es bedurfte noch einige Überredung, bevor Laurent ihrer Aufforderung schliesslich nachkam, die Tasse an den Mund hob und skeptisch seine Lippen benetzte.

Sein Fazit war ein knappes ›Gewöhnungsbedürftig‹. Minna machte sich nichts aus diesem enttäuschenden Urteil und trank ihren Tee mit dem Genuss, der ihm gebührte.

Während der jähen Ruhe die entstand, betrachtete Laurent sie mit unverhohlenem Interesse. Er schien ihre Gesichtszüge buchstäblich mit seinem Blick zu röntgen und bis in ihr Innerstes zu durchleuchten.

»Sie sind wirklich eine Schönheit«, bemerkte er schliesslich an einem Stück süssem Gebäck kauend, »wie schade, dass wir nicht an denselben Ufern stehen.«

Minna verschluckte sich an ihrem Tee und hustete. »Wie bitte?«, brachte sie keuchend hervor.

Laurents Grinsen weitete sich und er lehnte sich zurück. »Oh je, habe ich Sie mit meiner Direktheit in Verlegenheit gebracht? Das tut mir leid.«

»Ganz und gar nicht«, erwiderte sie schroff, »ich bin nur erstaunt darüber, dass sie scheinbar bereits eine so gefestigte Meinung von mir haben. Sagen Sie, woher haben Sie diese Gewissheit?«

Der junge Mann zog die Brauen zusammen und warf ihr einen forschenden Blick zu.

»Nun, es könnte sein, dass ich etwas missverstanden habe, aber wie mir zu Ohren gekommen ist, sind Sie ... na ja, Appoline sagte Sie beide wären sich nähergekommen.«

»Dieses Plappermaul«, rief Minna aufgebracht, halb lachend, halb zähneknirschend, »ich versichere Ihnen, was auch immer zwischen dieser Frau und mir vor sich geht, ich stehe keinesfalls an irgendeinem Ufer. Ich bin da sehr verrückbar, wenn Sie verstehen. Ich bin sozusagen die hübsche weisse Wolke, die über der Mitte des Flusses schwebt. Ich verliebe mich in seine Schönheit, Monsieur, nicht in den Menschen *per se*.«

Laurents bedrückte Miene brach in ein goldenes Strahlen auf.

»Demzufolge sind Sie der Meinung, wer schön ist, verdient es geliebt zu werden? Egal, wie sein Charakter aussieht?«, fragte er, auf seinen Lippen ein schlaues Lächeln.

Sie grinste ebenfalls. »Es ist ein grösserer Vorteil, schön als gut zu sein, doch ziehe ich das Gute noch immer dem Hässlichen vor.«

Laurent brach in ein schallendes Gelächter aus. »Sie sind köstlich, Mademoiselle Minna! Sie haben es verstanden!«

»Ach ja? Was denn?«

Er beugte sich ein wenig zu ihr rüber und flüsterte ihr ins Ohr: »Das Prinzip der Liebe.«

Die Zeit mit Laurent verging wie im Flug. Seine Art und Weise war so angenehm; die Dinge, die er sagte, so gewitzt und anregend, dass es bereits dämmerte, als die beiden sich nach der Uhrzeit vergewisserten.

»Bereits so spät!«, rief er erstaunt, »wie schnell die Zeit vergeht, wenn man in guter Gesellschaft ist. Ich wollte eigentlich gar nicht so lange bleiben. Der einzige Vorwand für meinen Besuch war die Überbringung des Parfums gewesen.«

Ihre beiden Blicke wanderten zu dem gläsernen Flakon, der auf dem Couchtisch vor ihnen stand.

»Das ist in Ordnung«, beschwichtigte Minna ihn, »mir hat Ihre Anwesenheit sehr gefallen.«

»Das freut mich zu hören. Ich muss schon sagen, ich wollte Ihnen eigentlich bereits viel früher einen Besuch abstatten aber meine Arbeit hat mir einfach keine Gelegenheit dafür geboten. Aber kaum waren die Dreharbeiten vorüber, habe ich mir für den ersten freien Tag vorgenommen Sie zu besuchen und hier bin ich nun.«

Er hob die Arme und setzte ein engelsgleiches, unschuldiges Lächeln auf.

»Sie brauchen sich nicht zu rechtfertigen.«, sprach Minna geduldig, jedoch mit einem kühlen Unterton in der Stimme.

Laurent entging er nicht und er versicherte mit einer herzerwärmenden Aufrichtigkeit, dass er, würde Minna ihn denn ausserhalb des geschäftlichen Rahmens überhaupt wiedersehen wollen, sie nie wieder so lange warten lassen würde.

Minna hatte ihm mitgeteilt, dass sie geneigt war sein Angebot, die Rolle im Parfumwerbefilm anzunehmen und er war völlig ausser sich gewesen vor Erleichterung und Freude.

Nun versicherte sie ihm in einer unverbindlichen, aber reservierten Weise, dass sie nichts dagegen einzuwenden hätte, eine mögliche Einladung von ihm in naher Zukunft zu erhalten.

»Sie sind zu nachsichtig, Minna. Ich habe diese Milde nach meinem Fauxpas nicht verdient.«

Minna wusste, dass er nicht bloss von dem langen Versäumnis eines Besuchs sprach, und so nickte sie bloss anerkennend und schwieg.

»Ich weiss wirklich nicht wie Sie Appoline so liebeswürdig ertragen können, Sie ist eine Plage. Ich ertrage sie bloss ihrer Mutter zu liebe.«

»Aber, aber Monsieur«, entgegnete Minna tadelnd, »wie spreche Sie denn von einer Dame?«

Laurent fuhr zusammen als wäre er soeben aus einem Traum erwacht, entschuldigte sich eilig für sein loses Mundwerk, traf bei ihr jedoch auf kein Verständnis.

»Muss ich fürchten, sobald ich nicht mehr in Ihrer Nähe bin, von Ihnen bei anderen Leuten mit ähnlichen Worten beschrieben zu werden?«

Nun schien er zu merken, dass er wirklich zu weit gegangen war und die Schamesröte stieg ihm in die Wangen.

Er verneinte und beteuerte, dass sie bei ihm auf aufrichtige Zuneigung gestossen war. Minna überging seine Bekenntnisse jedoch gelassen und wies ihm in entschiedener Höflichkeit die Tür.

7. Kapitel

Die nächste Woche über, hörte Minna nichts von Laurent. Madame d'Urélle richtete ihr, wenn sie von der Arbeit nach Hause kam, beinahe jeden Tag seine Grüsse aus, aber ansonsten blieb er unaufdringlich. Er schien sich wegen seinem Verhalten zu schämen und das war auch richtig so.

Die beiden waren zu sehr damit beschäftigt, die Dreitagesreise zu Ehren Appolines zweiundzwanzigsten Geburtstags zu planen, als dass Minna sich mehr als die üblichen Gedanken über besagten Mann machen konnte.

Samstagmorgen war es dann endlich soweit. Appoline und Minna waren früh ins Taxi gestiegen, das sie ohne Umschweife an den *Gare de Lyon* fuhr und wurden vom zuvorkommenden Fahrer, schwer beladen mit ihrem Gepäck, bis vor den Zug begleitet.

Der *TGV* war angenehm klimatisiert und die Wagen nach französisch-schweizerischem Standard sauber und komfortabel.

Die beiden Reisenden setzten sich in ein leeres Abteil in der ersten Klasse und legten in entspannter Erwartung die Füsse hoch.

Nach ca. vier Stunden, fuhr der hochmoderne Zug im Bahnhof in Basel ein.

Basel bildete, abgesehen vom weiter östlich gelegenen Schaffhausen, den nördlichsten Zipfel der Schweiz und besass eine wunderschöne Altstadt die Minna gerne besucht hätte, die wegen Appolines Ungeduld jedoch auf dieses Vergnügen fürs erste verzichten musste.

Appoline wollte den einstündigen Aufenthalt, bevor sie die nächste Verbindung nehmen mussten, damit verbringen in den Geschäften auf der Passerelle zu verbringen und Minna zeigte sich einverstanden. Während die Rothaarige also ohne Umschweife auf die Parfumboutique zustrebte, um nachzusehen, ob das Parfum, welches ihr Gesicht besass, bereits hier erhältlich sei, betrat Minna den Läderach, einen Feinkostladen für Schweizer Premiumschokolade.

Die Preise liessen nur erahnen, in was für Dimensionen das Geschmackserlebnis reichen musste und Minna, ganz überwältigt von der Auswahl, tätigte einen Einkauf im Wert von einigen hundert Franken. Sie konnte es sich schliesslich leisten.

Vollbeladen mit zwei Einkaufstüten und einem strahlenden Funkeln in den Augen, trat sie schliesslich wieder auf die Passerelle hinaus und hielt nach ihrer Freundin Ausschau.

Sie fand sie schliesslich, selbstvergessen wie Narziss vor dem Teich, im Parfumladen vor einem gigantischen Poster mit ihrem Gesicht darauf stehen.

»Na komm, Narzissa, gehen wir. Der Zug fährt bald.«

Es war ihr unangenehm wie merkwürdig die Leute sie beide ansahen. Einige wechselten sogar hinter hervorgehaltener Hand verstohlene Worte miteinander und schmunzelten.

»Sehe ich nicht umwerfend aus? Der Fotograf hat mich so gut getroffen, meinst du nicht auch?«, murmelte Appoline entzückt.

»Ja wunderbar. Komm jetzt, du versperrst den anderen Leuten den Weg.«

Sie zog ihre Freundin aus dem Laden und gemeinsam eilten sie zu den Rolltreppen und hinunter zum Gleis. Der Zug stand bereits dort und sie mussten sich beeilen, der Schaffner hatte schon die Pfeife zwischen den Zähnen, die das baldige Schliessen der Türen signalisierte.

»Keine Eile, meine Damen.«, sprach der uniformierte Mann in einer sonderbaren Abwandlung von Deutsch, die Minna nicht verstand und bedeutete ihnen mit einem freundlichen Lächeln und einer Handgeste, einzusteigen. Die Koffer trug er ihnen eigenhändig die Stufen hinauf in den Zug und trotz aller Einwende Minnas, bis ins vorreservierte Abteil.

»Merci, Monsieur! vouse êtes trop aimable!«, bedankten sich die beiden Frauen mit ihrem üblichen, französischen Charm und winkten dem bezauberten Mann hinterher.

»Es scheint wohl zu stimmen, was man sagt«, sprach Minna sorglos, als sie sich gesetzt hatte und voller Vorfreude in ihre Einkaufstüten spähte, »die Schweizer sind ein zuvorkommendes Völkchen.«

»Und reserviert, so wie du. Ihr werdet euch bestimmt prächtig verstehen.«

»Oh, davon bin ich überzeugt«, entgegnete Minna leichthin und zog eine Schachtel Pralinen aus ihrer Tasche, »nun wollen wir man sehen, ob es stimmt was die Leute sagen und das wirklich die beste Schokolade der Welt ist. Möchtest du auch eine?«

Appoline wandte das Gesicht ab und starrte missmutig aus dem Fenster. »Nein, Schokolade macht dick. Du weisst, dass ich als Model auf meine Linie achten muss.«

Minna konnte über so viel Unverstand nur lachen und ass die Pralinen ganz allein.

Die beiden Frauen stiegen während ihres dreitägigen Aufenthalts in Lausanne in ein edles Hotel ab, welches gleich am Ufer des Genfersees im Schatten der Alpen lag.

Minna war hier als Kind bereits mit ihrer Familie gewesen und so erinnerte sie sich an die engen Gassen und Strassen der schönen, hügeligen Altstadt und führte Appoline zu stundenlangen Promenaden über die malerische Riviera am nördlichen Ufers des Sees aus. Am zweiten Tag überredete Minna Appoline zu einem Tagesausflug ins Waldgebiet Jorat und abends ging es in die *Fondation de l'Hermitage*. Die Freundinnen assen stets in den hübschesten und besten Restaurants, wurden von den Einheimischen sofort an die Hand genommen und erlebten eine herrliche Zeit.

Die Kathedrale Notre-Dame war, obwohl nichts im Vergleich zu ihrer Namensvetterin in Paris, ein wunderschönes, gotisches Bauwerk und Minna kam nicht umhin, ihr am frühen Morgen ihrer Abreise, während Appoline noch schlief und ihren Kater von der Geburtstagsfeier letzter Nacht auskurierte, einen kurzen Besuch abzustatten.

Gegen Mittag war es dann leider an der Zeit aufzubrechen. Die Frauen packten ihre Koffer, verliessen das Hotel und schlenderten gemeinsam Hand in Hand zum Bahnhof. Es war kein weiter Weg und so gingen sie ihn zu Fuss.

Sie hatten das, im Vergleich zu Paris eher verschlafene Städtchen und seine Atmosphäre, in der kurzen Zeit sehr liebgewonnen und beiden widerstrebte es, es bereits wieder zu verlassen.

»Wir werden wiederkommen!«, rief Appoline über den Rücken hinweg, als sie in den Zug stiegen. »Was für ein schöner Urlaub das war! Hat es dir nicht auch gefallen? Es war mit Abstand der schönste Geburtstag, denn ich je erlebt habe.«

»Das freut mich, *ma minette*.« Sagte Minna und legte den Arm um ihre Schulter.

Der Zug setzte sich mit einem Ruck in Bewegung bald darauf war der silbrig glänzende See ausser Sichtweite verschwunden.

8. Kapitel

Nach der langen Reise war Minna eigentlich nur noch nach einer kurzen Dusche, einem kleinen Imbiss und ihrem Bett zumute. Und so verliess sie Appoline am Bahnhof und nahm sich ein Taxi nach *Neuilly sur seine*. Bei ihrer Wohnung angekommen, bezahlte sie den Fahrer, griff nach ihrem Koffer und lief zur Tür. Sie leerte routinemässig den Briefkasten, stieg schnaufend die Treppe hinauf in den zweiten Stock und schloss die Wohnungstür auf.

Vollkommen erschöpft liess sie ihr Gepäck im Flur stehen und setzte sich, um wieder ein wenig Kraft zu schöpfen in die Küche an den Tisch und legte die Stirn aufs kühle Holz.

Nach einem Kaffee und einer kalten Dusche, fühlte sie sich wieder besser und ihre gereizten Nerven hatten sich wieder beruhigt.

Minna hatte die Zeit mit Appoline in Lausanne durchaus genossen, und dennoch waren ihre ständigen Launen und die Ungeduld, die sie an den Tag gelegt hatte, irgendwann furchtbar anstrengend geworden.

Mit noch tropfenden Haaren und in nichts weiter als einem hauchdünnen, seidenen Kimono gehüllt, lief sie zurück in die Küche, um die Post durchzusehen.

Sie verabscheute diese lästige Pflicht und sie wollte sie so schnell wie möglich hinter sich bringen, um sich anschliessend angenehmerem widmen zu können. Vermutlich würde sie ihren Studenten anrufen und zu einem spontanen, kleinen Stelldichein einladen.

Ihr war nach unkomplizierter, männlicher Gesellschaft zumute.

Seufzend setzte sie sich und ging den Stapel durch. Rechnungen, Werbung, zwei Einladungen (eine von Madame d'Urélle und die andere von Jasper Martin) zu Abendveranstaltungen und ganz unten ein dicker, schwerer Umschlag.

Neugierig zog sie ihn hervor und betrachtete ihn genauer. Die Absenderadresse liess sie die Stirn runzeln, es sagte ihr zuerst nichts, doch dann traf sie eine jähe Erkenntnis und sie liess den Umschlag fallen, als hätte sie sich daran verbrannt.

Wandsworth Prison, Heathfield Rd. London, UK.

Ihr Herz setzte einen Takt aus und ihr Mund wurde ganz trocken. Das konnte nicht ... aber warum? Warum jetzt, warum hier, warum, warum, warum?

Minna verstand nicht. Eine eisige Furcht stieg in ihrer Magengrube auf und lähmte ihren Verstand. Ihr Puls schoss rasant in die Höhe, eine eiskalte Übelkeit überkam sie und sie konnte gerade noch rechtzeitig aufspringen und die Spüle erreichen, bevor sie ihren sämtlichen Mageninhalt erbrach.

Zitternd kauerte sie sich auf den Boden und legte den Kopf in die Hände.

Wie hatte er ihre Adresse ausfindig gemacht? Woher wusste er, wo sie lebte? Und was wollte er von ihr? Nach all den Jahren eisernen Stille.

Minna überkam ein schrecklicher Verdacht. War ihm vielleicht etwas zugestossen? Wurden die Leute informiert, wenn der Häftling verstorben war? Sie wusste es nicht. Aber andererseits, beruhigte sie sich eilig, wäre diese Neuigkeit gewiss bereits in sämtlichen Medien aufgegriffen worden. Das konnte es also nicht sein. Sie wusste nicht recht, ob sie diese Tatsache erleichtern sollte oder nicht.

Vorsichtig rappelte sie sich auf, goss sich am Hahn ein Glas kaltes Wasser ein und griff nach ihrem Telefon. Den dicken Umschlag legte sie ungeöffnet zum Brief in die metallene Schatulle.

Sie rief Clément den Studenten an, der sich sogleich auf den Weg zu ihr machte und hoffte, er möge für die Nacht soweit für Ablenkung sorgen, dass sie nicht mehr an den Umschlag denken musste.

Trotz Cléments Bemühungen, hoffte sie vergebens.

Die Morgendämmerung war noch kaum angebrochen, da erwachte Minna aus einem unruhigen, von schlimmen Traumbildern geplagten Schlaf.

Der Bursche neben ihr schlief noch tief und fest, seine blanke Brust schimmerte im grauen Zwielicht wie polierter Bernstein.

Seufzend schlang sie sich ihren Morgenmantel um den Leib, öffnete das Fenster, so dass die Geräusche von draussen und der frische Wind den Studenten bald wecken mochten und begab sich in den Salon.

Eine unangenehme Sache darf man niemals hinauszögern, so, oder so ähnlich hatte des Doktors Wortlaut vor vielen Jahren in Bangor gelautet. Minna schnaubte matt, ergriff dann nach langem Zögern die metallene Schatulle, setzte sich in die Küche und machte für sich und ihren jungen Freund Kaffee.

Wenn das Zwitschern der Vögel und das sanfte Brausen des Morgenwinds Clément nicht wach bekommen haben, das markerschütternde Kreischen der Kaffeemaschine schaffte es.

Verschlafen und mit wirren Haaren erschien er im Türrahmen. »Guten Morgen, Mademoiselle. Darf ich Ihre Dusche benutzen?«, fragte er, die Stimme noch ganz heiser vom langen Nichtgebrauch.

»Natürlich, Clément«, entgegnete Minna abwesend, den Blick nicht von der glänzenden Schatulle nehmend, »warme Handtücher liegen auf der Heizung bereit.«

Einige Minuten später erschien er mit feuchten Haaren und mit nichts als einem Handtuch um die Taille gebunden in der Küche. Sein noch immer schwach dampfender Körper versprühte einen angenehmen Geruch nach warmem Lavendel und frischer Minze.

»Es kann sein, dass ich mich täusche, aber ich dachte das letzte Mal meinen Pullover bei Ihnen liegengelassen zu haben. Dürfte ich den wiederhaben? Es ist recht frisch heute.«

»Der befindet sich zurzeit in der Wäsche«, sagte sie schlicht und ohne eine Miene zu verziehen, »aber sieh es doch positiv, das bedeutet du hast nun einen Vorwand, um mich bald wieder zu besuchen.«

Minna reichte ihm eine Kaffeetasse und drückte ihm einen zarten Kuss auf die gerötete Wange.

»Wenn da so ist«, brummte er genüsslich, »dann ist es mir eine Ehre, heute frierend zur Uni zu laufen. Ich werde den ganzen Weg über nur an Sie denken.«

Sie lächelte und schmiegte sich an seine warme Brust. Ihre Stirn reichte ihm gerade bis zur Halsmulde. Clément legte sein Kinn auf ihren Scheitel und schlag die Arme um ihre Mitte.

»Vergiss nicht, mir die Auszüge, von denen wir gesprochen haben, aus der Bibliothek zu schicken. Du weisst, wie sehr ich sie für meine Schreibarbeit brauche.«

»Das ist leider nicht möglich, die Dokumente sind Kopie geschützt. Aber ich habe zufälligerweise eine gute Bekannte, die an regelmässig Lesungen im *Collège de France* beteiligt ist. Sie studiert Literaturwissenschaften und sie besitzt, wenn ich mich nicht irre, besagtes Exemplar. Ich werde es Ihnen gewiss besorgen können.«

»Ja ich kenne besagte Institution, dort bin ich ebenfalls des Öfteren anzutreffen. Sie besitzt also die Erzählungen von Mortati Morte, dem Hysterischen? Bist du dir da sicher?«, Minna hob erstaunt den Kopf, »wie ist das möglich? Er hat seine Werke nie binden lassen, geschweige denn veröffentlicht. Es bedurfte wochenlangen Recherchen, bis ich auf die unvollendete Fassung von *eine Geschichte von Asche – oder die Wechselwirkung des Seins* gestossen bin.«

Clément grinste. »Tja, ich sollte das Ihnen vermutlich eigentlich nicht sagen, aber Sophia, jene Bekannte von mir, besitzt enge Kontakte zu Signore Mortes Ur-Enkelin. Sie hat sie vor einiger Zeit irgendwo in Neapel aufspüren können, da sie, wie Sie, sehr an seinen Werken interessiert war. Sie hat sich mit der Enkelin, einer Signora Strozzi angefreundet und ihr mit einer schier endlosen Geduld ihre Familiengeschichte entlockt.

Besagte Dame war der letzte noch verbleibende Ast des Morte-Geschlechts.

Signora Strozzi also, hat die Schriften von Morte geerbt, sie in einer privaten Buchbinderei zu einem Band binden lassen und aus Furcht, es könne ihm etwas zustossen, eine – und nur *eine einzige* Kopie – davon anfertigen lassen und das Original in einem Bankschliessfach in der Schweiz hinterlegt.«

Clément machte eine kurze Pause, um die Wichtigkeit den folgenden Worten mehr Bedeutung beizumessen, dann sagte er: »Sophia ist im Besitz jener Kopie. Kurz vor Signora Strozzis Tod, hatte diese, da sie keine Nachkommen hat, es ihr vermacht.«

Minna war von dieser Neuigkeit so überrumpelt, ihre Gedanken so eingenommen, dass sie für einen Moment den Brief vor ihr auf dem Tisch völlig vergass.

»Was ist aus dem Original geworden?«, fragte sie tonlos. Sie konnte es gar nicht fassen. Dieser einfältige Junge hatte keine Ahnung was seine Worte für eine Bedeutung hatten! Die ganze Welt der Literaturgelehrten würde sich für den Bruchteil, dessen was er ihr gerade anvertraut hatte, eigenhändig einen Finger ausreissen. Die unveröffentlichten und verschollenen Schriften von Mortati Morte waren Gegenstand vieler Gerüchte. Es hiess, Signor Morte hätte seine Arbeiten unter dem Einfluss von starken, bewusstseinsverändernden Drogen geschrieben, um eine Tür ins eigene Unterbewusstsein öffnen und einen Blick ins Innere erhaschen zu können. Darüber habe er dann geschrieben und geschrieben, sich in seinem Zimmer eingesperrt und Opium geraucht, so lange, bis er keinen einzigen Gedankenstrang mehr fassen konnte. So lange, bis er wegen Hysterie in eine Nervenklinik eingewiesen worden war, in der er schliesslich ein tragisches Ende gefunden hat. Seine Werke hat er, von paranoiden Hirngespinsten geplagt, dem Gemunkel zufolge in der Wand, am Bettende der Alkoven seiner Frau, eingemauert, auf dass es nie wiedergefunden werden sollte.

»Das liegt immer noch unberührt in einer Schweizerbank.«, riss Clément sie ungerührt aus ihren Gedanken, »ich muss jetzt los, heute ist eine wichtige Vorlesung, die ich nicht verpassen sollte. Danke für den Kaffee und ... alles. Darf ich Sie um einen Abschiedskuss bitten? Das wird bestimmt die Kälte fernhalten.«
Minna betrachtete ihn scharf, hinter ihrer Stirn ratterte es fieberhaft.

»Ich gestatte dir mir einen Kuss zu geben, wenn du mir versprichst, eine Verabredung mit jener Sophia zu arrangieren.«

Cléments Grinsen gewann an Tiefe. »Das klingt fair. Ich werde mich noch heute an die Arbeit machen, Mademoiselle.«

Er zog sie in eine feste Umarmung und presste stürmisch seine Lippen auf ihren kirschroten Mund.

Als der junge Student zur Tür hinaus war, liess sie sich seufzend auf den Küchenstuhl sinken.

Ihre Miene hatte einen verbissenen, nachdenklichen Ausdruck angenommen.

»Ich will diese Kopie haben.«, murmelte sie immer wieder vor sich hin.

»Nein, was für ein törichter Gedanke«, sie biss sich ärgerlich auf die Unterlippe, »Ich will das Original.«

9. Kapitel

Es dauerte seine Zeit, bis Minna ihre Gedanken wieder geordnet und die Fassung zurückerlangt hatte. Dieses Wechselbad der Gefühle, erst die Furcht über den angekommenen Umschlag, dann diese dringliche Sehnsucht, jenes Buch in die Finger zu bekommen, verlangte ihr einiges ab und sie entschied sich, sich erst einmal hinzulegen und eine gewisse Zeit zu ruhen bevor sie die nächsten Schritte anging.

Gesagt getan. Minna legte sich auf den Divan, auf dem sie und Appoline sich so gerne liebten, und schloss für ein Weilchen die Augen.

Gegen Nachmittag fühlte sie sich wieder kräftig genug, um am Geschehen des Tags teilzunehmen und so machte sie sich bereit für den bevorstehenden Abend.

Fürs Ausgehen in guter Gesellschaft ankleidet, setzte sie sich wieder in die Küche und zog den Stapel Briefe zu sich heran.

Die Einladung von Madame d'Urélle war auf Mittwochabend vorgesehen und so legte sie diese vorerst zur Seite. Die zweite Einladung von Monsieur Martin, war weitaus intimeren Ursprungs. Er bat sie zu sich nach Hause zum Abendessen, ohne bestimmten Grund, aus reiner Freundschaft. Minna kam so eine Geselligkeit gerade recht. Freundschaft, das war das Stichwort. Sie suchte die Nähe zu einem Freund.

Mit zitternden Fingern drehte sie den schweren Umschlag um und öffnet ihn.

Ein Bogen edles, dicht beschriebenem Papier kam zum Vorschein. Minna erkannte die verschlungene, leicht nach rechts geneigter Handschrift sofort. Sie würde sie überall wiedererkennen, selbst nach so vielen Jahren noch.

Sie atmete einige Male tief durch, blinzelte die aufkommenden Tränen fort und begann zu lesen ...

Meine Liebe Mademoiselle Dupont

Stand da. Minnas Herz machte einen schmerzhaften Satz und sie fürchtete den Boden unter den Füssen zu verlieren. Mit wild klopfendem Herz zwang sie sich, weiterzulesen.

Ein Vöglein hat mir gezwitschert, dass Sie sich nach diesen unglücklichen, langen Jahren endlich wieder zu fangen scheinen. Wie mich das freut! Es hat ja lange genug gedauert.

Was für ein Balsam für mein kosmisches Ego, zu wissen, dass Sie ganze sieben Jahre benötigt haben, um sich von mir zu erholen!

Wobei sieben doch die Zahl des Schicksals ist, der Magie und der Veränderung. Wie passend!

Nun da Sie diese magische Sieben also überschritten haben, – da wir sie beide überschritten haben – kann ich wohl mit einem guten Gewissen davon ausgehen, dass Ihre Seelengesundheit wieder vollkommen hergestellt ist.

Und Ihr Herz, Minna? Hat es sich ebenfalls gut erholt? Sie wissen, das Herz wurde gemacht, um gebrochen zu werden. Sie haben es immer gewusst, ich bin also nur meiner Pflicht nachgegangen.

Ich habe anfangs wirklich mit Ihnen mitgefiebert, wie Sie da am Pranger der Öffentlichkeit standen – eine Schande. Aber Sie haben sich nicht aus der Ruhe bringen lassen, wie ich hörte. Das erfüllt mich mit Stolz. Ob Sie es glauben wollen oder nicht, ich hegte all die Jahre aufrichtige Anteilnahe an Ihrem weiteren Lebensweg.

Ein Teil von mir war ganz gespannt darauf, zu sehen wie Sie ohne mich verblassen. Immer weiter und weiter, bis Sie ganz farblos und leer – ein Schatten Ihrer selbst.

Der andere Teil war nicht zufrieden damit, Minna. Ich muss Sie tadeln, sich von einem Mann so aus der Ruhe bringen zu lassen! Aber, aber!

Doch Sie haben gelernt und sind stärker aus dieser Niederlage hervorgegangen, Sie haben meinen ganzen Respekt.

Wissen Sie, ich habe nicht mehr viel, an dem ich mich erfreuen kann, und deshalb erheitert Ihr kleiner Triumph mich umso mehr.

Sie fragten sich vielleicht für eine sehr lange Zeit, warum ich nie Kontakt mit Ihnen aufgenommen habe, warum ich Sie nicht zu mir in meine hübsche, kleine Zelle eingeladen habe. Nun, einen verletzten Tiger reizt man nicht.

Es dauerte seine Zeit, bis ich mich an die Gitterstäbe vor meinem Fenster gewöhnt habe, an das miserable Essen und die herzlichen Zusammenkünfte in der Dusche.

Seit einiger Zeit hat mich eine Krankheit befallen. Eine Krankheit des Geistes. Ich werde immer müder, immer lustloser. Das Feuer in meinem Innern ist zu einer Glut verkümmert.

Das einzige, was mich jeden Tag aufstehen lässt, ist die Gewissheit, diesen elenden Erdball mit Ihnen teilen zu dürfen.

Aber genug davon, ich bin nicht darauf aus, mir Ihr Mitleid zu ergattern.

Wie sieht es mit Ihren Albträumen aus, Mademoiselle? Reisst Sie, deren haariger, barbarischer Inhalt immer noch jede Nacht aus dem Schlaf?

Wissen Sie noch, womit ich Sie zu jener Zeit unseres Liebesabenteuers stets zu vergleichen gepflegt habe? ...

Minna erschauderte, ihre Augen füllten sich mit Tränen. Natürlich wusste sie das noch.

Sie dachte zurück an jenen Abend in Belfast, als sie trotzig und jung wie sie damals war, nach einem Opernball von ihrem Doktor betrunken ins Hotel bugsiert worden war. Er hatte an diesem Abend mit einer anderen Dame geflirtet und Minna hatte ihn angeschrien. Danach war sie in seinen Armen weinend zusammengebrochen und er hatte ihnen ein Taxi gerufen.

»Wissen Sie, wie Sie mir im Moment vorkommen, Minna?«, hatte er sie in jener Nacht gefragt. »Sie kommen mir vor wie ein Faultier, dass sich an einen Ast klammert, um nicht auf den Boden zu fallen.«

»Sie sind ein bequemer Ast.«, hatte Minna gelallt, sich an seine starke Brust schmiegend.

Der Doktor hatte leise gelacht. »Ich bin ein starker Ast, Minna. Sie sollen wissen, dass ich nicht zu brechen bin. So sehr sie auch wackeln und hüpfen mögen, ich werde niemals unter Ihnen nachgeben.«

Minna, die seine Wärme genossen hatte, hatte nichts darauf erwidert.

»Was würde wohl geschehen, wenn Sie loslassen würden? ... Oder, nur angenommen, wenn man Sie zwingen würde, loszulassen?«

»Ich würde vermutlich auf den Boden fallen und mir sämtliche Knochen brechen. Und bald schon würden andere Tiere kommen, die mein Blut gerochen haben und mich auffressen.«

»Sie legen Ihr Vertrauen in meine Hände.«

Es war keine richtige Frage gewesen, mehr glich es einer Feststellung.

»Wie Sie bereits selbst gesagt haben, Sie sind ein starker Ast.«

Der Doktor hatte bedächtig genickt. »Das ist wahr...«

Der Sekundenzeiger seiner Armbanduhr hatte das Ziffernblatt bereits viele Male umrundet, ehe er schliesslich mit sanfter Stimme weitergesprochen hatte.

»Könnte es sein, dass Sie mich so verehren, weil Sie innerlich überquellen vor Emotionen und Gefühlen und ich das exakte Gegenteil verkörpere?

Fühlen Sie sich wie das überfüllte Zimmer einer Dinnerparty und ich bin der verlockende, leere Balkon? Wollen Sie hinaus in die stille Leere treten, Minna? Wollen Sie die Party verlassen?«

Minna hatte die Augen geöffnet und ihn einen Moment überrascht gemustert. Dann hatte sie nach seiner warmen Hand gegriffen.

»Ja.« War alles was sie darauf erwidert hatte.

... Ich brenne vor Neugierde zu erfahren, ob Sie einen neuen Ast für sich gefunden haben, denn auf dem Waldboden liegen Sie nicht länger...

Mir ist zu Ohren gekommen, dass Ihre Mutter das Zeitliche gesegnet hat. Ich würde Ihnen ja mein aufrichtiges Beileid bekunden, aber das wäre gelogen.

Ich hoffe nur, dass Sie sich an ihrem schlechten Verhalten ein Beispiel nehmen und solchen Schereien aus dem Weg gehen. Alkoholkrank, wie geschmacklos.

Sie fragen sich nun bestimmt, warum ich Ihnen diese Zeilen schreibe. Warum jetzt, warum, warum, warum? Ja und vielleicht etwas in der Art wie: woher kennt dieser elende Verbrecher meine Adresse? Seien Sie unbesorgt, meine Quellen sind zuverlässig und keinesfalls auf Ihr Leid aus. Im Gegenteil.

Nun zur ersten Frage, ich schreibe Ihnen, weil ich denke, dass es an der Zeit ist.

Würde ich keinen Schimmer am Horizont sehen, so würde ich niemals auf die Idee kommen, Sie erneut diesem Durcheinander an Gefühlen auszusetzten, welches mein Schreiben in Ihnen gewiss hervorrufen muss.

Wenn Sie also diesen Brief bis hierhin gelesen haben, wenn Sie ihn überhaupt geöffnet, und nicht sogleich achtlos ins Feuer geworfen haben, so seien Sie sich meiner ungebrochenen Hingezogenheit bewusst.

Ich betrachte Sie in zärtlichem Wohlwollen,
Dr. Magnus Moore   23. Juli.1986

PS: vergessen Sie niemals – jeder Ast kann brechen, mag er noch so dick sein, man muss nur Mittel und Wege finden ihn morsch werden zu lassen.

Minnas Hände bebten als sie den Brief weglegte. Die letzten Zeilen hatte sie mehrere Male lesen müssen, weil ein dichter Tränenschleier ihr die Sicht nahm.

Ein heftiger Schüttelfrost überkam sie und sie legte sich für den Rest des Abends weinend ins Bett.

Jasper Martin war vollkommen vergessen.

10. Kapitel

DIESER JEDOCH, WAR WEIT DAVON ENTFERNT MINNA IHRE DOCH EIGENTLICH SO ATYPISCHE UNZUVERLÄSSIGKEIT ZU VERGEBEN.

Nach einigen unbeantworteten Anrufen bei ihr zu Hause, machte er sich schliesslich kurzerhand auf den Weg zu ihrer Wohnung und verharrte dort mit dem Entschluss, nicht eher zu gehen, bis sie ihm die Tür öffnen und eine Erklärung abgeben würde.

Doch alle seine Bemühungen waren vergebens. Weder das laute Klopfen noch die Rufe hinauf zum geöffneten Fenster liessen sie erweichen. Und da Jasper kein Aufsehen erregen wollte, musste er wohl oder übel enttäuscht umkehren.

Den nächsten Tag über hatte Jasper Martin alle Hände damit zu tun Leute herum zu scheuchen, sich Vorschläge und Konzepte für das bevorstehende Herbstprogramm anzuhören und Termine wahrzunehmen.

So traf es sich, dass er erst zur späten Abendzeit Gelegenheit fand, sich um das rätselhafte Schweigen seiner Freundin zu kümmern.

Und so entschloss er sich die erstbeste Person aufzusuchen, die ihm in den Sinn kam. *Die* Person, die abgesehen von ihm natürlich, Minna am nächsten stand.

Aliette de Fournier, ihr reizendes Tantchen.

Gegen neun Uhr abends, klingelte er an ihrer Haustür am *Boulevard Sait-Germain* und wurde von ihr persönlich freundlich hereingebeten.

»Ich hoffe ich störe nicht, wie unverschämt von mir so unaufgefordert hier aufzutauchen«, begann er sofort, »aber ich wäre nicht hier, wenn es sich nicht um eine dringende Angelegenheit handeln würde.«

Aliette lachte nur. »Ach, das ist nicht weiter schlimm, ich freue mich doch immer über Besuch! Aber fassen Sie sich bitte kurz, Monsieur, ich werde in einer halben Stunde abgeholt.«

Sie führte ihn ins Wohnzimmer und gab ihrem Dienstmädchen einen Wink, dass sie Kaffee aufsetzten sollte.

»Wie kann ich Ihnen helfen, Monsieur Martin?«, fragte sie dann und lächelte ihm liebenswürdig zu.

Jasper kam ohne Umschweife zur Sache. »Es geht um Ihre Nichte. Sie verhält sich sehr sonderbar, gestern waren wir verabredet gewesen und sie ist nicht erschienen. Ein Wort der Erklärung habe ich auch nicht erhalten. Ich bin zu ihrer Wohnung gefahren und sie hat sich geweigert mich einzulassen.«

»Und nun wollen Sie wissen, ob ich etwas darüber weiss.«, schloss Aliette schmunzelnd.

Jasper nickte. Nach dem das Hausmädchen dem Gast Kaffee eingeschenkt und das Zimmer verlassen hatte, begann Aliette zu sprechen.

»Sie müssen meine lange Schweigepause entschuldigen aber mit den Bediensteten ist das so eine Sache, sie können einfach nichts für sich behalten, diese elenden Plappermäuler.«

Sie nahm einen grossen Schluck aus ihrer Tasse, wischte den Lippenstiftabdruck vom Tassenrand und fuhr fort: »Minna ist ein eigensinniges Mädchen. Sie macht sich immer viel zu viele Gedanken über vollkommene Banalitäten. Wenn sie einmal an einem Gedanken festhält, lässt sie ihn so schnell nicht wieder los, – *kann* nicht loslassen. In einer solchen Situation bleibt sie dann gerne unter sich. So lange, bis jener Gedanke, der sie quält, analysiert und als ungefährlich erachtet wurde und sie sich wieder mit voller Begeisterung auf ihre Umwelt konzentrieren kann.«

Aliette warf Jasper einen scharfen Blick zu. »Minna ist trotz ihrer entschlossenen Art ein sehr feinfühliges, zartes Wesen. Bei Schwierigkeiten zieht sie sich stets zurück, nicht um die Personen in ihrer unmittelbaren Nähe zu ärgern, Monsieur, sondern um Sie oder mich nicht mit ihrer Geistesabwesenheit zu kränken.«

Jasper öffnete den Mund, um etwas zu erwidern, wurde jedoch von der schrillen Türklingel unterbrochen.

»Wer ist denn das jetzt schon wieder? *Parbleu*, ich bin heute ja ganz beliebt! Jeder will mich sehen.«, mit einer entschuldigenden Geste erhob sie sich und eilte zur Tür.

Eine schrille Stimme erklang, worauf Aliettes beruhigender Tonfall folgte und kurz darauf erschien sie mit einer jungen Frau im Türrahmen.

Jasper seufzte innerlich tief, es war Laeticias verwöhntes Töchterchen – Appoline d'Urélle.

Er erhob sich von der Couch, reichte der völlig aufgelösten Appoline die Hand und setzte sich wieder.

»Oh, Madame Fournier!«, rief sie mit zitternder Stimme, »ich brauche Ihre Hilfe, ich weiss nicht was ich noch tun könnte! Es geht um Minna, sie spricht nicht mehr mit mir. Was könnte ich denn verbrochen haben, um eine solche Gleichgültigkeit zu verdienen?«

Eine weitere Kaffeetasse wurde verlangt, Appoline erst einmal mit mütterlicher Nachsicht auf den freien Platz neben Jasper gebeten und dann wurde sie aufgefordert ihr Anliegen in Ruhe und ganz von vorne zu erzählen.

Diese nickte eilig, nahm das Taschentuch an sich, dass Jasper ihr gereicht hatte und wischte sich damit über die nassen Augen.

»Also es war so«, begann sie, »seit unserer Aufteilung nach der Reise am Montag- ... « – »Reise?«, unterbrach Jasper sie verdutzt, »was für eine Reise? Minna hat mir von keiner Reise erzählt.«

»Das ist jetzt nicht der entscheidende Punkt«, unterbrach Aliette ihn ungeduldig, »fahren Sie fort, Mademoiselle.«

»Ja, Madame. Eigentlich war geplant, dass wir gemeinsam zu mir nach Hause gehen, aber dann wollte Minna plötzlich alleine sein. Sie wäre müde und erschöpft, sagte sie. Also ist sie zu sich nach Hause gegangen. Das war, wie bereits erwähnt gestern gegen Mittag. Seit her habe ich nichts mehr von ihr gehört. Ich habe ihrem Schweigen zuerst nicht viel Bedeutung beigemessen, aber als sie meine Anrufe gestern Abend immer noch nicht annahm, mir nicht zurückrief und auch sonst nicht auf meine Nachrichten antwortete, wurde ich allmählich nervös. Ich habe mir angefangen Sorgen zu machen und mir die schrecklichsten Dinge ausgemalt! Was, wenn sie mich nicht mehr bei sich will? Was, wenn sie plötzlich das Interesse an mir verloren hat?«

Da brach sie in ein so heftiges Schluchzen aus, dass es geschlagene zehn Minuten, Aliettes ganzer Trost und zwei Gläser Wein brauchte, bis sie sich wieder gefasst hatte.

»Aber, aber ... es ist doch erst Dienstagabend, meine Liebe. Geben Sie ihr doch noch etwas Zeit.«

Jasper indessen, hatte sich schweigend im Hintergrund gehalten und einen grossen Hund hinterm Ohr gekrault, der müde auf dem Teppich zu seinen Füssen lag.

»Was für ein liebes Tier, Ihrer?«

Aliette schüttelte den Kopf. »Oh, nein, nein. Ich spiele nur die Betreuerin. Absolem gehört Minna. Während ihrer Abwesenheit sorge ich für ihn.«

»Ja, jetzt da Sie es sagen ... ich glaube mich daran zu erinnern die beiden hin und wieder gemeinsam im Boulogner Wäldchen spazieren gesehen zu haben.«

»Ach, sagen Sie ihren Namen nicht!«, seufzte Appoline, »es quält mich so sehr, was könnte ich denn bloss getan haben?«

Jasper schwankte zwischen Ärger und Belustigung über so viel Einfältigkeit und erwiderte: »Nun, vielleicht hat ihr Ihr Kleid nicht gefallen. Was haben Sie auf eurer rätselhaften Reise denn getragen?«

Appolines Augen weiteten sich. »Oh! Vielleicht haben Sie recht ... aber ich wüsste nicht was sie daran auszusetzten hätte ... ausschliesslich Gucci und Armani ... «

»Daran lag es ganz bestimmt nicht, machen Sie sich darüber keine Gedanken!«, rief Aliette schnell und warf Jasper einen mahnenden Blick zu.

»Nun, wenn das so ist. Vielleicht stört sie Ihre Lektüre? Was bevorzugen Sie, Groschenromane oder europäische Klassiker? Minna ist da eisern.«

»Genug!«, zischte Aliette und legte der ratlos dreinblickenden Appoline zärtlich eine Hand aufs Knie, »hören Sie nicht auf ihn, er zieht Sie nur auf. Es bereitet ihm grosse Freude, hübsche Damen in Verlegenheit zu bringen.«

»Ganz besonders ohne deren Erkenntnis.«, fügte Jasper lasziv lächelnd hinzu.

Nun konnte Aliette nicht anders als ebenfalls widerwillig zu schmunzeln. »Wie dem auch sei«, sagte sie und nippte eilig an ihrem Kaffee, um das Lächeln auf ihren Lippen zu verbergen, »es rührt mich, als ihre Tante, zu sehen was für treue Freunde meine Minna besitzt. Aber machen Sie sich beide bitte keine allzu grossen Sorgen, sie wird sich bestimmt bald wieder gefangen haben. Ich gehe morgen früh einmal bei ihr vorbei und sehe nach dem Rechten.«

Jasper war erleichtert. »Wie lieb von Ihnen, das beruhigt mich sehr.« Und mit der Unkompliziertheit des Mannes, war für ihn diese Angelegenheit nun erledigt. Er wollte sich gerade erheben und sich verabschieden, da brach Appoline erneut in Tränen aus.

»Sie erkennen den Ernst der Lage nicht!«, stiess sie schluchzend hervor und vergrub das Gesicht in den Händen.

»Sie wird mich verlassen! Ich weiss es ... sie wird mich verlassen.«, murmelte sie vor sich hin.

»Ich bin ihr nicht gut genug, Sie haben es selbst gesagt ... «, fügte sie an den perplexen Jasper hinzu.

»Sie ... wie bitte? Ich habe nichts dergleichen gesagt. Was geht hier vor?«, fragte er und wechselte mit Aliette ratlose Blicke.

Und da erzählte Appoline ausführlich von ihrer Liebschaft, den Gefühlen, die sich entwickelt haben und der Reise nach Lausanne.

»Sie sind also ein ... ein Paar?«, fragte Aliette ungläubig, als Appoline geendet hatte.

Sie nickte. »Aber jetzt wird sie ... « – »Ach Unsinn!«, rief Jasper ungeduldig dazwischen, »wenn Minna Sie wirklich als Partnerin erwählt hat, dann wird sie es sich auch gut überlegt haben. Sie ist nicht die Person, die eine Beziehung nach wenigen Tagen bereits in den Sand setzt.«

»Sind Sie sich sicher?«, schniefte sie, der Zweifel stand ihr ins Gesicht geschrieben.

»Ganz sicher.«, antwortete Aliette an seiner Stelle. Sie wirkte ein wenig überfahren, versuchte jedoch eine zärtliche Fassung zu bewahren.

Jasper witterte, dass es nun an der Zeit war zu gehen. Er stand auf, verabschiedete sich und verliess mit einem unangenehmen, Blei schweren Gefühl auf der Brust das Haus.

Am nächsten Morgen machte sich Aliette früh auf den Weg, um wie versprochen nach ihrer Nichte zu sehen.

Bei ihren Freunden konnte sie es sich gewiss leisten, Besuche abzulehnen doch bei ihrer Tante ging das nicht. Aliette war in Minnas Augen eine Art Mutterfigur, wie Fleur Dupont es nie gewesen war. Der Respekt und die tiefe Zuneigung verboten es ihr, ihrer Tante die kalte Schulter zu zeigen und als sie dann eine Nachricht erhielt, in der geschrieben stand, dass sie sie bald besuchen kommen würde, hatte Minna keine andere Wahl, als sich aufzuraffen und sich rasch empfangsbereit zu machen.

Sie sprang in die Dusche, kleidete sich in ein seidenes Cheongsam, dass sie vor vielen Jahren auf einer Reise in Hongkong erstanden hatte und parfümierte Haare und Dekolleté mit warmem Lavendelwasser.

Kaum hatte sie sich die Knoten aus den Haaren gebürstet, klingelte es bereits an der Tür und Minna eilte in den Flur, um zu öffnen.

Aliette erschrak, als sie die kränkliche Blässe und der stumpfe Glanz in den Augen ihrer Nichte zu Gesicht bekam.

»Du siehst furchtbar aus«, rief sie erschüttert und drückte sie fest an die magere Brust, »was ist denn los mit dir? Alle machen sich die grössten Sorgen!«

Minna bat ihre Tante herein, nahm ihr die Leine von Absolem ab und liess sie in der Küche herumwuseln, während sie sich seufzend auf einen Stuhl sinken liess und den Kopf gegen die kühle Wand lehnte.

Als die beiden Frauen bei Tee sassen und Minna sich so weit gefasst hatte, um wieder zaghaft lächeln zu können, begann Aliette mit beharrlicher Liebenswürdigkeit ihr Kreuzverhör.

»Erzähl Kind, was liegt dir so schwer auf dem Herzen?«

»Ach, tantine. Es ist nur so ... vielleicht hast du bereits davon gehört ... «, Minna stockte. Keine Sekunde hatte sie daran gedacht, ihrer Tante den wahren Grund ihres Kummers zu nennen und so ratterte es in ihrem Kopf fieberhaft nach einem Ausweg.

»Du meinst diese Sache mit Appoline?«

Minna nickte eilig. »Ja. Du weisst davon?«

Aliette lachte. »Zu diesem Zeitpunkt weiss bestimmt ganz Paris davon. Du vergisst, was Appoline für ein loses Mundwerk hat.«

Sie war ganz erleichtert über diesen Themenwechsel, liess sich jedoch nichts anmerken und behielt ihre bekümmerte Maske.

»Liebst du sie denn wirklich, mein Kind? Dieses Mädchen ... ich habe dich nie für eine von diesen ... diesen Frauen gehalten. Du mochtest doch die Männer so gerne, hat sich das etwa geändert?«, fragte Aliette stirnrunzelnd.

Minna seufzte. »Nein. Nein das hat sich nicht geändert, ich fühle mich zum männlichen Geschlecht sehr hingezogen. Aber versteh doch, ich fühle mich auf beiden Seiten wohl ... auf eine andere Art und Weise vielleicht, aber dennoch sehr wohl.«

Das Gesicht ihrer Tante glättete sich ein wenig und sie nickte.

»Du experimentierst. Das ist ganz normal, das tut jede Frau ... « –

»Nein, Tante«, unterbrach Minna sie, »ich experimentiere nicht. Ich habe viele Frauenbekanntschaften hinter mir, daran liegt es nicht.«

Aliettes Augenbrauen wanderten in die Höhe. »Ach, woran liegt es dann? Ganz gewiss daran, was für eine schrecklich ungebildete Person diese Appoline ist, nicht wahr? Du schämst dich, nun mit ihr in der Öffentlichkeit in so intimer Verbindung zu stehen.«

Minnas geduldiges Lächeln genügte als Antwort und ihre Tante nickte zufrieden.

»Na ja, die Hauptsache ist doch, dass sie dir lieb ist. Was auch immer sie herumerzählt, ich bin mir sicher deinem Ruf schadet es nicht. Du fühlst dich doch wohl mit ihr, oder etwa nicht?«

Minnas Lächeln weitete sich. Und sie sagte in voller Nachsicht: »Man kann mit jeder Frau gut zusammenleben, so lange man sie nicht liebt.«

Aliette brach in ein schallendes Gelächter aus.

»Eine solche Sichtweise trifft ganz auf dich zu, meine Liebe. Was mache ich mir denn Sorgen, du kennst deinen Weg und gehst ihn mit aufrichtigem Gang. Manchmal vergesse ich wie erwachsen du geworden bist. Manchmal sehe ich immer noch diese verschreckte, unglückliche Zwanzigjährige vor Augen und dann muss ich kurz blinzeln, um wieder zur Besinnung zu kommen.«

Sie drückte ihre Nichte noch enger an sich und seufzte tief. »Was auch immer man dir angetan haben mag, du bist nur stärker daraus geworden.«

Den restlichen Vormittag verbrachten sie im Salon beim gemeinsamen Frühstück. Ihre Tante zwang Minna mehr zu essen, als sie üblicherweise an einem ganzen Tag schaffen würde und schenkte ihr reichlich Single malt in den Tee.

»Damit du mir wieder zu Kräften kommst«, pflegte sie dann immer zu sagen, »du bist so weiss wie die Wand hinter dir.«

Bald zierte ein frisches Rosa Minnas Wangen und ihre wasserblauen Augen glänzten wieder in ihrer üblichen, aufgeweckten Art.

11. Kapitel

𝓐ls die Tür hinter ihrer Tante ins Schloss gefallen war, machte Minna sich sogleich mit Absolem auf den Weg in den *Bois de Boulogne*. Sie brauchte frische Luft um in Ruhe nachdenken zu können und um den leichten Rausch loszuwerden, den sie ihrer Tante zu verdanken hatte.
Es war ein schöner Tag. Der Himmel war strahlend Blau und ein angenehmer, frischer Wind wehte.

Das Parkareal schillerte in sattem Grün und viele Spaziergänger waren unterwegs. Ihr Hund erhielt, kaum hatten sie das Wäldchen betreten, Gesellschaft von einer Meute herumspringender Collies und helles Vogelgezwitscher schallte von den Baumkronen.

Minna liess ihren Rüden von der Leine und blickte ihm hinterher, wie er den anderen Hunden in grossen Sätzen hinterhersprintete.

Goldene Sonnenstrahlen fielen durchs Blätterdach und wärmten Minnas Wangen. Das Farnkraut duftete und dennoch fand sie keine Ruhe. Immer wiederkehrende Gedanken trüben ihre Stimmung und liessen sie ganz abwesend wirken.

Der wahre Grund für ihre Niedergeschlagenheit bestand nicht in Appolines voreiligen Bekanntgebens ihrer Verbindung, nichts könnte ihr im Moment unwichtiger sein als das.

Minnas Besorgnis rührte von Magnus Moores Brief und dessen widersprüchlichem Inhalt her.

Sie wusste einfach nicht, was sie von dieser ganzen Sache halten sollte. Er hatte ihr in diesem Brief so viel gesagt und dennoch so wenig mitgeteilt. Sie meinte ihn noch so gut in Erinnerung zu haben, um mit Gewissheit sagen zu können, dass seine willkürlich erscheinenden Seitenhiebe schlichtweg zu seiner Persönlichkeit gehören und man ihnen nicht zu viel Gewicht beimessen sollte. Auf der anderen Seite jedoch waren genau diese verbalen Hiebe das, was Minna damals immer so zum Taumeln gebracht hatte. Sie waren so unvorhersehbar, so unverständlich und dementsprechend auch stets so schmerzhaft gewesen.

Am Tag von seiner Urteilsverkündung, hatte sie ganz kurz seine Aufmerksamkeit erhaschen können. Sie sass in der ersten Reihe und Magnus, in Haftuniform und die Hände gefesselt, hatte für einen Moment den Blick schweifen lassen. Ihre Blicke hatten sich gekreuzt, Minnas Augen schwammen in Tränen, seine waren ganz glanzlos und verschleiert gewesen. Als hätte sich das Leben bereits daraus verabschiedet und sich in eine verborgene, sichere Kammer tief in den Labyrinthen seines Verstands zurückgezogen. Latent hatte er ihr zugelächelt, kaum mehr als ein müdes Zucken seines Mundwinkels war es gewesen und dennoch hatte es gereicht, um Minna vollkommen aus der Bahn zu werfen. Sie hatte die Fassung verloren und musste von zwei Beamten hinausbegleitet und in ein Nebenzimmer gebracht werden, wo man dann einen Notarzt konsultiert hatte.

Sie hatte es gerade noch rechtzeitig zurück in den Gerichtssaal geschafft, als das Urteil gefallen war. Magnus Moore hatte nicht darauf reagiert, keinerlei Reaktion. Vollkommen reglos hatte er sein Urteil angenommen, nicht einmal mit der Wimper gezuckt hatte er.

Da war Minna bewusst geworden, dass das letzte bisschen Menschlichkeit in Magnus Moore in eben diesem Moment erkaltet war. Wie eine Kerze, dessen Flamme von einem Windhauch erfasst wurde und erlischt. Eine neue Ära war angebrochen, eine Ära erneuter Schneestürme und Eis, die seine Seelenlandschaft mit so einer gewaltigen Macht einnahmen, dass keine Hoffnung auf ein Ende bestand. Magnus war in diesem Gerichtssaal zu Stein erstarrt – zu Eis erkaltet, endgültig und unwiderruflich. Gänzlich entseelt. Sein Herz war stehen geblieben.

Und das war der Grund, weshalb Minna seit an nie versucht hatte Kontakt zu ihm herzustellen.

Gewiss, sie hätte ihn besuchen gehen können, hätte ihn in einer dieser Besuchszimmer für ein Stündchen ansehen können. Doch wozu? Um sich selbst zu martern ab so viel Gefühlskälte und Teilnahmslosigkeit? Um zu sehen, wie das Leben in den Augen des Mannes erlischt war, den sie so liebte? Zu sehen, wie das Reptil seine Wiederverkörperung in eben diesem Leib vollführt hatte, den sie so begehrte?

Nein, Minna hatte sich selbst zu schützen gewusst und daran hatte sie sehr weise getan.

Magnus Moore war zur Rechenschaft gezogen worden und Minna hatte gelernt dies zu akzeptieren. Sie hatten ihren Frieden geschlossen, mit ihrer sozialen Brandmarkung, die langsam verblasste, mit der Bürde bezüglich der Mädchen, dessen Leben er sie beraubt hatte und damit, dass die Welt sich weiterdreht und die Sonne jeden Morgen aufs Neue scheint – auch ohne ihn.

Und nun, vollkommen aus dem Nichts heraus, hatte sie einen Brief erhalten, dessen Inhalt durchblicken liess, dass er sie noch immer wertschätzte und an sie dachte.

Minnas Gefühle schwankten zwischen Zorn, Enttäuschung, Zweifel und Genugtuung.

Es war eine kräftezehrende, aussichtslose Angelegenheit auch nur ansatzweise schlau daraus werden zu wollen und Minna wusste das. Sie wusste, dass sie die Grübeleien loslassen sollte, den Brief in die Seine werfen, und sich den Mann aus dem Kopf schlagen sollte, aber es ging nicht.

Sie war ausser sich, sie war entrüstet, sie war beleidigt, und das wichtigste von allem – sie war neugierig.

»Man kann allem widerstehen, ausser der Versuchung«, murmelte Minna leise, »so ist es wahrhaftig.«

»Ich könnte Ihnen nicht mehr zustimmen.«, erklang eine wohlklingende, tiefe Stimme hinter ihr und Minna wirbelte erschrocken herum.

Laurent Lefeuvre stand mit einem breiten Grinsen im Gesicht vor ihr. Seine bemerkenswert hellen, beinahe schon gelbgoldenen Augen waren gespannt auf sie gerichtet.

»Sagen Sie, führen sie regelmässig Selbstgespräche?«

»Immerzu.«, entgegnete Minna, ein wenig irritiert von diesem unerwarteten Wiedersehen.

»Und Sie? Folgen Sie jungen Frauen immer ohne deren Wissen durch menschenleere Wälder?«

»Andauernd.«, antwortete er, griff ungefragt nach Minnas Arm und setzte seinen Weg fort.

So war sie gezwungen ihm wohl oder übel zu folgen.

»Sie sind ja sehr siegessicher.«, bemerkte Minna nach einer Weile, als er seinen Arm aus ihrem Griff zog und ihn ihr um die Taille legte.

»So viel Optimismus müssen Sie mir doch zugestehen, Mademoiselle Dupont. Ich bin von Natur aus ein recht unkomplizierter Mensch.«

Minna lachte. »Sie sind gewiss von dieser Sorte Männer, die einfach zulangen. Nicht weil sie es verdient, oder gar gefragt hätten, sondern viel mehr, weil sie niemand davon abhält es nicht zu tun.«

Laurent schmunzelte und zuckte mit den Schultern. »Sie sind eine wagehalsige Person, Minna.«

»Sie sind nicht der erste Mann, der das zu mir sagt, Monsieur.«

Laurent blieb wie angewurzelt stehen und betrachtete sie eine Weile scharf.

»Frauen von Ihrem Schlag bin mich mir nicht gewöhnt, ich muss schon sagen, Sie sind keine leicht verdauliche Kost, da habe ich schwer dran zu knabbern.«

Minna liess sich nicht aus der Ruhe bringen und lief gemächlich weiter.

»Nun, Sie wissen ja was man sagt. Man sollte nicht mehr abbeissen, als man kauen kann.«

Laurent beeilte sich mit ihr Schritt zu halten. Er überholte sie, ergriff ihre Schultern und zwang sie stehen zu bleiben.

»Wie unverschämt, ich sollte Sie auf der Stelle verlassen.«

Minna schmunzelte und legte ihm eine Hand auf die Brust. »Nur zu, Monsieur. Ich scheine Ihnen zu schwirig zu sein, vielleicht sollten Sie ihre Zeit einfacheren Dingen widmen.«

»Da wir von einfachen Dingen sprechen«, entgegnete er trocken, »deswegen bin ich hier. Ich habe von Ihrer Krankheit gehört und wollte mich nach Ihrem Wohlergehen erkundigen, da hat mich Appoline abgefangen und gebeten, ich soll Sie daran erinnern, dass heute Abend ein Ball stattfindet. Laeticia hat Ihnen eine Einladung geschickt, wenn ich mich nicht täusche. Sie müssen kommen, so Appoline. Wenn nicht, wird sie totunglücklich sein.«

Minna nickte nachdenklich. »So, so. Nun, ich bedanke mich für Ihre Anteilnahme aber wie Sie sehen, bin ich bereits wieder über dem Berg. Und die Sache mit dem Ball ... werden Sie auch dort sein?«

»Natürlich«, entgegnete Laurent, immer ungehaltener werdend, »ich gebe ihn ja.«

Sie sah erstaunt auf. »Ach ja? Das wusste ich nicht, da die Einladung von Madame kam, nahm ich an ... « – »Wir haben die Veranstaltung gemeinsam geplant.«, fiel er ihr ins Wort.

Minna nickte erneut. Sie rief ihren Hund und da sie mittlerweile wieder am Anfang ihres Rundgangs angekommen waren, steuerte sie auf den Weg zu, der sie aus dem Park hinaus und zu ihrer Wohnung zurückführte.

»Wenn das so ist, bedanke ich mich für die Einladung. Und jetzt entlasse ich Sie, ich möchte ja nicht, dass Sie sich ab mir noch eine Magenverstimmung holen.«

Sie schenkte ihm ein Lächeln, drückte ihm einen flüchtigen Kuss auf die glattrasierte Wange und entfernte sich.

12. Kapitel

𝒟ᴇʀ Bᴀʟʟ ᴀᴍ Aʙᴇɴᴅ ꜰᴀɴᴅ ɪɴ ᴇɪɴᴇᴍ ᴇxᴋʟᴜsɪᴠᴇɴ Tʜᴇᴀᴛᴇʀ ᴀᴜꜰ ᴅᴇᴍ Cʜᴀᴍᴘs-Éʟʏsées statt. Man hatte das Ambiente extra für die Veranstaltung gemietet und als Minna aus ihrem Taxi stieg und die Stufen zum Eingang hinauf gehen wollte, wurde sie zuerst aufgefordert ihren Namen zu nennen.

Als der Türsteher ihn auf seiner Liste schliesslich gefunden hatte, wurde sie eingelassen.

Sie hatte kaum Gelegenheit gehabt sich in der grossen Empfangshalle umzusehen, da wurde sie bereits von Aliette und Madame d'Urélle begrüsst und an die Hand genommen.

Die beiden Damen stellen sie vielen, ihr unbekannten Leuten vor. Allesamt wichtige, erstklassige Persönlichkeiten aus der europäischen Film- und Modewelt.

Minna liess diese Prozedur geduldig über sich ergehen. Sie schüttelte Hände, lächelte freundlich, sagte die richtigen Worte und verhielt sich, wie es von ihr erwartet wurde.

Aliette wisperte Minna stets zuvor die Namen der Leute zu, die sie ansteuerten.

»Das dort ist Monsieur Jaques Latour, der Chefredakteur von *le secret de la bauté*, Laeticias Modemagazin.«, sagte sie, kurz bevor sie einen älteren Herrn in massgeschneidertem Anzug begrüssten.

»Und diese Dame hat in *une chambre pour deux* die Valentina gespielt.«, flüsterte sie aufgeregt und bugsierte ihre Nichte zu einer äusserst arrogant wirkenden Frau, Mitte dreissig.

Nach ungefähr einer halben Stunde war Minna mit den engsten Freunden von Aliette und Laeticia bekannt gemacht worden und dufte sich zurückziehen.

Ihr schwirrte der Kopf vor lauter Namen, welche sie sich ohnehin niemals merken würde. Seufzend setzte sie sich vor dem Eingang in den Tanzsaal auf eine Bank und rieb sich die Knöchel. Die Füsse taten ihr weh und sie hatte leichte Kopfschmerzen.

Kurze Zeit später setzte sich jemand zu ihr, Minna nahm erst keine grosse Notiz davon, sah dann jedoch jäh auf, als ihr *une touche de destin* in die Nase stieg.

Neben ihr sass Appoline. Ihre Miene war ernst und ein Gleichmut ging von ihr aus, den Minna so gar nicht von ihr kannte.

»*Ma minette*!«, rief sie erstaunt, »wie lange sitzt du schon hier? Macht man sich für gewöhnlich nicht bemerkbar, wenn man sich zu jemandem gesellt?«

»Warum schneidest du mich?«

Minnas Augenbraue wanderte in die Höhe. »Ich schneide dich nicht.«

Appoline schnaubte verächtlich und ihr Blick verfinsterte sich. »Du reagierst nicht auf meine Anrufe, du willst mich nicht sehen. Ich habe mir Sorgen gemacht, du warst krank, ich wollte für dich sorgen, aber du hast mich nicht in deine Nähe gelassen.«

Sie wirkte blasser als sonst und schniefte andauernd mit der Nase. »Wie mir scheint bist du ebenfalls krank«, entgegnete Minna, »brauchst du ein Taschentuch?«

Nun da sie ihre Freundin genauer betrachtete, fielen ihr immer mehr Anzeichen dafür auf, dass es ihr offensichtlich nicht gut ging. Ihre Augen waren rotgerändert und tränten, sie wirkte nervös und angespannt.

»Hast du eine Allergie?«, bohrte Minna nach und musterte sie forschend.

Appoline schüttelte den Kopf und begann, an ihrem Brokat zu zupfen.

»Sieh mich an.«, befahl Minna ärgerlich über ein solch unhöfliches Verhalten, und legte ihr die Hand unters Kinn.

Appoline lachte schrill, stiess ihre Hand fort und sagte: »Mir geht es hervorragend, du hörst dich an wie Mutter.«

Doch Minna hatte genug gesehen und zählte eins und eins zusammen.

Das veilchenblau in Appolines Iris war zu einem schmalen Reif verengt, ihre Pupillen waren trotz der hellen Beleuchtung gross wie die einer Katze im Zwielicht.

Sie betrachtete die Rothaarige einen Moment unverwandt, dann stand sie auf, reichte ihr die Hand und führte sie schweigend auf die Tanzfläche.

Es vergingen keine dreissig Minuten und Appoline entschuldigte sich und lief in Richtung Toiletten davon.

Während ihrer Abwesenheit gesellte sich Laurent zu Minna. Er trat von hinten an sie heran und tippte ihr sanft auf die Schulter.

»Monsieur!«, rief diese, als sie seinen anziehenden Bernsteinaugen begegnete, »wie schön Sie zu sehen. Sie haben mir meine Ungezogenheit von heute Nachmittag verziehen?«

Laurent lächelte schwach und legte die Stirn in Falten. »Natürlich. Ich bin zu gut erzogen worden, als dass ich einer Dame einen Fauxpas grollen könnte.«

Minna lachte bloss und fragte: »Und nun? Wollen Sie mich zum Tanz auffordern, kaum ist meine Begleitung fortgegangen?«

Laurents Grinsen vertiefte sich. »Wie ich bereits sagte, ich bin äusserst unkompliziert.«

»Sie sind skrupellos.«, entgegnete Minna ebenfalls schmunzelnd.

»Das führt aufs selbe hinaus, ich gebe Ihnen in diesem Punkt also recht.«, sagte Laurent gnädig und bot ihr seinen Arm.

Doch Minna wies ihn ab. »Nein, Monsieur. Ich bin bereits in Begleitung, sie wird bestimmt jeden Augenblick zurückkommen. Es wäre äusserst unhöflich von mir, sie einfach zu ersetzten, bedenkt man wie gutaussehend und charmant *Sie* sind. Zu wissen, wie enttäuscht sie wäre, würde sie uns zusammen beim Tanz sehen… ich bringe es einfach nicht übers Herz. Das sehen Sie doch gewiss ein, nicht wahr?« Das spöttische Lächeln und die possierliche Art, wie sie diese Worte sagte, machte auf Laurent einen bleibenden Eindruck.

»Ach und Monsieur«, fügte sie mit einem kleinen Lächeln hinzu, »ich brauche meinen Pullover zurück ... Sie wissen welchen ich meine. Den, den ich Ihnen bei Ihrem regnerischen Besuch ausgeliehen habe.«

Laurent nickte, entschuldigte sich für die Aufdringlichkeit, bedeckte Minnas Hand mit einem flüchtigen Kuss und verschwand in der Menge. Er war noch nie zuvor von einer Frau so entschieden abgewiesen worden. Er wusste nicht recht, was er davon halten sollte und dämpfte die Demütigung sogleich mit reichlich Whiskey und unbedeutenden Spielereien mit zwei Modelmädchen.

Minna indessen, wartete geduldig auf der Tanzfläche und wiegte sich sanft im Rhythmus der Musik. Laurent war nicht klar, dass ihr durchaus bewusst war, wie sehr er sie die ganze Zeit über anstarrte. Trotz den Frauen links und rechts an seiner Seite, konnte er nicht davon ablassen hin und wieder verstohlene Blicke auf Minna zu werfen. Es fuchste ihn, wie unbeeindruckt sie von ihm war.

Kurze Zeit später betrat Appoline das Parkett und gesellte sich zu ihrer Begleitung. Sie wirkte erfrischt und es ging ihr scheinbar sichtlich besser.

»Musstest du dich übergeben?«, fragte Minna, als sie sie in die Arme nahm und sie zu einem langsamen Lied tanzten.

Appoline schüttelte energisch mit dem Kopf und lächelte. »Mir geht es gut. Ich war nur traurig, du hast mir sehr weh getan.«

Minna musterte sie noch für ein Weilchen durchdringend, dann liess sie von ihr ab und zog sie enger an sich. Appoline bot ihr ihren pfirsichroten Mund und die Angelegenheit war bereinigt.

Bezüglich Mortati Morte und dessen Hinterlassenschaften, musste Minna sich reichlich in Geduld üben. Erst zwei Wochen später hörte sie wieder von Clément.

Seine Beteuerungen, mit was für einem Elan er sich auf ihren Auftrag gestürzt hatte, und dass obwohl bei ihm gerade Examen waren, stimmte sie nicht milde und so liess sie ihn erst einmal warten, bevor sie ihm dann schliesslich doch gestattete, sie zu sehen.

Sie trafen sich in einem Strassencafé südlich dem Panthéon. Zu Minnas grossem Erstaunten war ihr junger Student nicht allein.

Eine hochgewachsene, muskulös gebaute Frau stand an seiner Seite. Sie besass kantige Züge, einen schweren Unterkiefer und eine feine gerade Nase, die ihrem Gesicht eine gewisse Schärfe verlieh.

Die beiden setzten sich zu Minna an den Tisch und Clément stellte die Frauen einander vor.

Sophia Åström war der Name dieser unerwarteten Bekanntschaft. Minna glaubte sich vage an ihr Gesicht zu erinnern. Wenn sie sich nicht sehr täuschte, kannte sie sie vom Sehen her aus dem *Collège de France*.

Minna besuchte jene Bibliothek regelmässig und sie meinte diese Frau dort bereits das eine oder andere Mal gesehen zu haben.

»Ich bin erfreut.«, sprach besagte Sophia mit der unterkühlten Verschlossenheit, die den Skandinaviern stets so überdeutlich anhaftete.

Minna erwiderte die Begrüssung freundlich und begann die Schwedin augenblicklich in akzentfreiem Englisch (da diese kaum Französisch sprach) in eine ungezwungene Plauderei zu verwickeln.

Clément bestellte Kaffee und Kuchen und stellte mit eifriger Fürsorge sicher, dass es den beiden Damen an nichts fehlte.

Die arktisch blauen Augen Sophias waren unentwegt auf Minna gerichtet. Was ungewöhnlich war, wie Minna fand. Da es in Skandinavien doch als unhöflich galt, unbekannten Leuten in die Augen zu starren. Und unbekannt war sie, schliesslich war das ihr erstes Zusammentreffen.

»Wie gefällt Ihnen Paris?«, fragte Minna, »wie lange leben Sie bereits hier? Ihrem schrecklichen Französisch zu urteilen, kann es noch nicht lange sein.«

Sophia lächelte schmal und nippte gemächlich an ihrer Tasse. »Seit drei Monaten. Aber da mein Aufenthalt ohnehin bloss von begrenzter Dauer ist, habe ich mir nicht die Mühe gemacht die Sprache zu lernen.«

Sie hielt inne, warf Minna einen ihrer bohrenden Blicke zu und fuhr fort. »Und ob mir die Stadt gefällt... na ja, es ist sehr heiss hier. Ein bisschen zu heiss, für meinen Geschmack.«

Minna nickte bloss. Was für eine einfältige Antwort! Zu heiss, es war ihr zu heiss hier.

Was für ein Wunder, – im Hochsommer! Und dann diese Ignoranz gegenüber der französischen Kultur. Wer in ein Land reist, und sei es nur für ein paar Monate, sollte den Anstand besitzen wenigstens dessen grundlegendsten Sprachkenntnisse zu beherrschen.

»Nun«, machte Minna schlicht, »im Herbst wird es kühler. Dann werden Sie sich hier bestimmt ein wenig wohler fühlen.«

»Wenn ich bis dahin noch hier bin«, entgegnete sie, »ich bin rein beruflich hier, wissen Sie. Sobald meine Arbeit abgeschlossen ist, reise ich zurück nach Stockholm.«

»Wenn das so ist, hoffe ich, dass Ihnen die Arbeit recht angenehm und mühelos von der Hand geht.«

Sophia überging ihre Bemerkung mit einer ungeduldigen Handbewegung.

»Worum geht es, Frau Dupont? Clément sagte, Sie wollen mich sehen, hier bin ich.«

Minna richtete sich auf, straffte die Schultern und kam zur Sache.

»Das ist wahr, und ich bedanke mich für Ihr Kommen. Vermutlich hat Clément Sie bereits im Vorfeld darüber aufgeklärt, dass ich sehr an Mortes Schriften interessiert bin. Ich habe gehört, sie besitzen da gewisse Verbindungen, die mir ein Näherkommen an mein Begehren erheblich erleichtern könnte.«

Sophia Åström versprach, sie würde sich Minnas Bitte überlegen, nämlich einen kurzen Einblick in die Kopie von Signora Strozzi werfen zu dürfen, und verabschiedete sich darauf mit der Begründung, sie hätte noch andere Termine, die sie wahrnehmen müsste.

»Diese Dame wird sich nie wieder bei mir melden.«, bemerkte Minna stirnrunzelnd als besagte Frau davongegangen war.

Clément gluckste nur und füllte seinen Mund mit Kuchen, um nichts darauf antworten zu müssen.

Minna leerte ihre Kaffeetasse, griff nach ihrer Tasche und erhob sich.

»Warten Sie, wohin wollen Sie denn?«, fragte der Student überrascht und ergriff hastig ihren Arm, »ich hätte mir erhofft, Sie nachher auf einen kleinen Spaziergang einladen zu dürfen und danach auf ein schönes Abendessen ins *Le Cinq*. Ich habe trotz meinen bescheidenen Einkünften als Student Gewissheit, dass ich Ihren Ansprüchen heute Abend gerecht werden kann.«

Minna zog eine Augenbraue hoch und schüttelte elegant seine Hand ab. »Ach ja? Wie großmütig von dir. Aber ich muss leider absagen, ich habe wichtige Dinge, denen ich nachgehen muss, nun, da ich auf die Hilfe von dir oder dieser Sophia nicht länger zählen kann. Danke für den Kaffee.«

Sie schickte sich an die Terrasse zu verlassen, doch Clément hielt sie zurück.

»Ich verstehe«, sagte er zähneknirschend, »Sie sind äusserst entschlossen. Na gut, ich werde dafür sorgen, dass Sie diese verfluchte Kopie bekommen werden! Wie ist das? Hört sich das gut an? Gestatten Sie mir im Gegenzug, Sie heute Abend ausführen zu dürfen?«

Minna musterte den strammen Burschen für ein Weilchen schweigend, dann schüttelte sie den Kopf.

»Das geht nicht, mein Lieber. Man sollte uns in einem Restaurant wie dem *Le Cinq* nicht zusammen sehen. Ich habe Freunde, die dort regelmässig speisen.«

Cléments Gesicht verriet herzbrechende Enttäuschung. Er seufzte tief, liess den Kopf hängen und nickte steif. »Ich verstehe. Nun da Sie gebunden sind, müssen Sie vorsichtig sein, das kann ich sehr gut nachvollziehen.«

»Umsichtig, mein Schöner.«, korrigierte Minna ihn lächelnd.

»Da lässt sich nichts machen«, fuhr er in düsterer Betrübnis fort, »Sie sind aus der Oberschicht und bevorzugen die Gesellschaft Ihresgleichen. Es wäre eine Schande, wenn man Sie mit jemandem wie mir sehen würde.«

Minna lachte auf. »Nun ist aber genug Trübsal geblasen. Selbstmitleid steht dir nicht, es macht dich so schrecklich verbittert, und Verbitterung lässt einen Hässlich werden. Merk dir das.«

Sie legte ihm die Hand auf die Schulter, drückte ihm einen zarten Kuss auf den Mundwinkel und wandte sich zum Gehen.

»Ach, und vergiss dein Versprechen nicht«, sprach sie über die Schulter hinweg, »die Kopie ... ich verlasse mich ganz auf deine Fähigkeiten.«

Sie winkte ihm zum Abschied, zupfte kurz an ihrem Rock und lief in Richtung Universitätsbibliothek davon.

Minna war fest davon überzeugt, dass ihre Worte die richtige Wirkung entfalten würden, und dennoch konnte es seiner Motivation nicht schaden, wenn sie ihm im Glauben liess, sie würde ihren Entschluss umgehend in die Tat umsetzten und eigenhändig nach einer Lösung ihres Morte-Problems suchen.

Und so stattete sie der grossen Bibliothek einen kurzen Besuch ab, vertiefte sich für ein Weilchen in eine Lektüre und machte sich dann wieder auf den Heimweg.

13. Kapitel

Es vergingen keine zwei Tage, da erhielt Minna vielversprechenden Besuch. Es hatte nichts mit der Mortati Morte-Affäre zu tun, war jedoch auf eine ganz andere Weise äusserst bedeutend.

Jasper Martin hatte früh morgens vor der Tür gestanden, ganz ausser Atem und mit einer Neuigkeit, so wichtig, dass sie keine Sekunde warten konnte.

Minna bat ihren frühen Gast, noch ganz verschlafen und ermattet, in die Wohnung und setzte sich im Morgenmantel und mit ungekämmten Haaren mit ihm in den Salon.

»Ich würde dir ja einen Tee anbieten«, sagte sie, während sie ihren perlenverzierten Olivenholzkamm aus der Schublade holte und ihm auffordernd entgegenhielt, »aber den musst du dir erst verdienen. Als Entschädigung dafür, dass du mich in aller Herrgottsfrühe aus dem Bett klingelst, wirst du mir jetzt die Haare machen.«

Jasper kam ihrer Aufforderung mit dem grössten Vergnügen nach und bürstete schmunzelnd ihr goldgelbes Haar.

»Weisst du«, murmelte er ihr ins Ohr, »wenn du mich wirklich bestrafen wollen würdest, dann hättest du dir deine Haare selbst gekämmt und mich dabei nur zusehen lassen.«

Sein warmer, nach Sekt und Weisswein riechender Atem kitzelte sie am Hals und ein wohliger Schauer überlief ihre Arme.

»Was ist denn nun so wichtig, dass du es mir um halb sechs morgens persönlich erzählen musst?«

Jasper rutschte ein wenig näher und drehte sich mit dem Oberkörper so, dass sein glattrasiertes Kinn ihren Nacken berührte.

»Wie ungeduldig du bist. Geniess doch erst einmal das schöne Vorspiel.«

Er hielt inne, legte den Kamm beiseite und fuhr mit den Fingern sanft durch ihre langen Haare.

»Erst sagst du es ist von höchster Dringlichkeit und jetzt bezichtigst du mich der Ungeduld.«

Minna lachte und lehnte sich seufzend an seine starke Brust zurück.

Ein Duft von Wildrosen, Vanille und frischer Minze ging von ihm aus und versetzte Minna in Entzücken.

»Du riechst wie ein Weib«, sagte sie neckisch und reckte den Hals, um ihm in die hellen Augen blicken zu können, »und ausserdem bist du betrunken.«

Jasper gluckste nur und erwiderte: »Mag sein. Ich komme geradewegs von einer Feier. Und die Sache mit dem weibischen Geruch, na ja... dir scheint er doch zu gefallen, oder irre ich mich?«

Sie lachte erneut. »Ach, hör doch auf. Ich kann dir ohnehin nicht geben, wonach du verlangst.«

»Woher weisst du so denn so genau?«, raunte er, die Augen wie gebannt auf Minnas Mund geheftet, »meine Gelüste sind kompliziert.«

Er beugte sich zu ihr hinab und verharrte ganz nahe vor ihrem Gesicht. »Konfus...«

Jasper leckte sich über die Lippen und lächelte kokett.

»Und von Alkohol offenbar spielend leicht beeinflussbar.«, fügte Minna trocken hinzu.

»Ach was, der Alkohol gibt mir nur den nötigen Mut, der mir bis jetzt immer gefehlt hat.«

Minna griff wortlos nach seinem Hemdkragen und öffnete die obersten zwei Knöpfe.

Eine Reihe karmesinroter Blutergüsse kamen nahe seinem Schlüsselbein zum Vorschein und sie grinste triumphierend.

»Na hab' ich es doch gewusst. Du hattest bereits deinen Spass, Monsieur. So kompliziert und konfus er auch gewesen sein mochte. Jetzt hör also auf mit diesen Spielereien und komm bitte auf den Punkt.«

Jasper, der ihr noch immer ganz nahe war, grinste breit und zwinkerte ihr zu.

Er beugte sich noch ein wenig tiefer, überbrückte die letzten Zentimeter und presste genüsslich seufzend seine Lippen auf ihren Mundwinkel.

Dann setzte er sich aufrecht und bettete ihren Kopf in seinen Schoss. Während er ihr zärtlich übers Haar strich, begann er zu erzählen.

»Also, es war so. Ich war, wie vorhin erwähnt, bis vor kurzem auf diesem Charité-Événement. Gesammelt wurde für eine bessere Schulausbildung der Mädchen irgendwo in im Kongo. Ich, für meine Person, habe im Übrigen ganze zwanzigtausend Franc gegeben.«

»Wie selbstlos von dir«, Minna stich ihm zärtlich über die Wange, »fahre fort.«

Jasper rückte seine mondäne Hornbrille zurecht, pustete sich eine Haarlocke aus dem Gesicht und sprach weiter.

»Vorhin also, in den frühen Morgenstunden, setzte sich ein Mann zu mir. Wir kamen ins Gespräch und eins entwickelte sich zum anderen -...« – »Daher also diese Blutergüsse.«, fuhr ihm Minna dazwischen und fuhr mit den Fingern sanft über seine Brust.

Jaspers ermahnender Blick genügte, um sie wieder zur Vernunft zu bringen.

»Verzeihung, sprich weiter.«

Doch ihm war die Lust zum Geschichten erzählen vergangen und so kam er mit wenigen Worten, und ganz ohne Ausschweifungen oder Ausschmückungen auf den Punkt.

»Man will dich treffen. Es steht ein Angebot im Raum.«

Minnas Kopf schoss in die Höhe und sie sass kerzengerade auf der Couch.

»Ein Angebot?«, fragte sie naserümpfend, »was für ein Angebot?«

Die Skepsis stand ihr ins Gesicht geschrieben und Jasper musste unweigerlich lachen.

»Nichts anstössiges, Herzchen. So etwas würde ich dir niemals unterbreiten. Es handelt sich um ein harmloses, professionelles Fotoshooting und man sucht noch nach einem Gesicht.«

Minna entspannte sich ein wenig und lehnte sich erneut an seine Brust. »Ach, wenn das so ist, dann gebe ich Appoline Bescheid. Sie wird sich bestimmt riesig freuen.«

Jasper schlang die Arme um ihre Mitte und legte sein Kinn auf ihren Scheitel.

»Unsinn!«, raunte er verärgert, »dieses Weib halte ich nicht aus! Ich möchte nicht ihr diesen Auftrag geben, sondern dir. Verstehst du das nicht?«

Minna stiess ein ungläubiges Lachen aus. »Ich? Ach, ich bitte dich, ich bin doch viel zu alt. In dieser Branche ist man mit siebenundzwanzig bereits eine alte Frau!«

Jasper schüttelte unwillig den Kopf. »Was für ein Blödsinn! Das ist doch gar nicht wahr. Bei Modekatalogen mag das ja vielleicht zutreffen, oder bei Catwalk-Material. Besagtes Fleisch muss jung und mager sein, das stimmt. Aber bei Fotoshootings und dergleichen kommt es auf viel mehr an, als blosse Jugend und sichtbaren Knochen.«

Er warf ihr einen scharfen Blick zu und fuhr fort: »Bei einem Fotoshooting, in diesem Fall handelt es sich um eine Werbung für Geschmeide, geht es um Haltung. Der Fokus liegt auf der Person, dem Individuum. Du wirst kein wandelnder Kleiderständer sein, keine lebendige Schaufensterpuppe, so wie das bei diesen aberhunderten von unwichtigen Modelmädchen der Fall ist. Du wirst das Zentrum sein, der Lichtblick. Die Frauen werden dich ansehen und dich für deine Schönheit beneiden, die Männer werden dich ansehen und sich ausmalen, wie es wäre dir zu begegnen. Sie werden ihren Frauen denselben Schmuck kaufen wollen, mit der Hoffnung, diese würden dir dann ein wenig ähneln, dasselbe Betragen annehmen wie du es hast, dieselbe Eleganz besitzen. Dann haben sie einen Vorwand mit ihnen zu schlafen, ohne ein schlechtes Gewissen zu entwickeln, wenn sie dabei bloss an dich – an die atemberaubende Dame von den Plakaten – denken.«

Minna schmunzelte. Dieser Gedanke gefiel ihr.

»Sei bitte ehrlich, hast du jenem Mann Honig um den Mund geschmiert, damit er mich in Betracht zieht?«, sie verrenkte den Hals um ihn betrachten zu können, »du hast diesen armen Mann doch nicht etwa von deiner verbotenen Frucht kosten lassen, nur damit er die nötige Motivation findet, mich kennenlernen zu wollen?«

Jasper grinste verschmitzt und erwiderte: »Im Gegenteil. Ich habe kaum zwei Worte über dich verloren, da wollte er bereits ein Bild von dir sehen. Danach war es ohnehin aus mit ihm, er wollte dich. Wie ein dickköpfiges Kind hat er darauf bestanden.«

Ein flaues Gefühl machte sich in Minnas Magengegend breit.

»Ach ja? Wie sah dieser Mann eigentlich aus? Beschreib ihn mir.«

Er dachte einen Moment nach dann beschrieb er jemanden, der Minna ganz und gar nicht fremd war.

» ... und seine Augen waren so schrecklich hell! So etwas habe ich noch nie zuvor gesehen, Honiggelb waren sie. Allein für diese Augen hätte ich mich ihm blindlings hingegeben.«

»Hast du das auch?«, fragte Minna ungerührt.

Jaspers Grinsen war Antwort genug.

Minna überfiel eine jähe Woge der Wut und des Ekels, ohne dass sie zu sagen vermocht hätte, woher sie kam, oder ob sie überhaupt gerechtfertigt war.

»Es war – ... « – »Das interessiert mich nicht«, schnitt sie ihm scharf das Wort ab, »erzähl mir einfach das, was für mich von unmittelbarem Interesse ist.«

Jasper war ein wenig enttäuscht, fügte sich jedoch ergeben ihrer Aufforderung.

»Er erzählte mir, dass ihr euch flüchtig kennt. Ihr seid euch in einem Eiscafé begegnet, Madame d'Urélle ist auch dabei gewesen, hat er gesagt.

Er fragte mich ob ich jemanden kenne, der schön sei, gebildet und entwickelt genug, um diese Aufgabe übernehmen zu können. Er brauche eine Person, die wisse, was sie will. Die fest im Leben stünde und den Anforderungen gewachsen ist. Da habe ich ihm dich vorgeschlagen und dein Name ist ihm offensichtlich noch in Erinnerung geblieben. Kaum hat er dein Foto gesehen, hat er genickt und wie gesagt, fest darauf bestanden dich zu nehmen.«

Minna lächelte kühl. »Na, wenn das so ist, habe ich wohl keine andere Wahl, als mich den Wünschen von Monsieur Lefeuvre zu fügen.«

Jasper stiess einen Freudenschrei aus und schloss sie in eine feste Umarmung.

»Wie schön! Du wirst einfach wunderbar sein, ich weiss es schon jetzt. Komm, zieh dich an. Ich organisiere sogleich ein gemeinsames Frühstück, dann könnt ihr die genauen Details besprechen.«

Er zückte sein Mobiltelefon und scheuchte Minna ungeduldig in ihr Ankleidezimmer.

Eine halbe Stunde später stiegen sie in Jaspers Cabriolet und fuhren in die Innenstadt.

Es war noch früh und ein kühler Wind wehte. Gegen Acht Uhr betraten die beiden ein elegantes Café im ersten Arrondissement, nahe des Palastes und setzten sich an einen freien Tisch.

Laurent liess nicht lange auf sich warten. Keine zehn Minuten vergingen, da betrat er das Lokal, sah sich kurz um und steuerte dann mit grossen Schritten auf die beiden zu.

Er wirkte übernächtigt, seine Bernsteinaugen waren rot umrändert und sein Gang war trotz der erhobenen, geraden Haltung eher schleppend.

Der gutaussehende Mann begrüsste Minna mit einer höflichen Zurückhaltung, während er Jasper kaum zur Kenntnis nahm.

Er nickte ihm zu, liess Jaspers Umarmung steif über sich ergehen, und setzte sich neben ihn auf die lederüberzogene Bank.

Minna auf der anderen Seite des Tisches amüsierte sich ganz prächtig. Wie unangenehm es Laurent sein musste, nun mit den beiden Personen zusammenzusitzen, die er so und in diesem Kontext am wenigsten beisammen sehen wollte. Die Qual war ihm buchstäblich ins Gesicht geschrieben!

Die Frau, die zu besitzen er sich in der letzten Zeit so viel Mühe gemacht hatte und die leibhaftige Manifestation all der Unannehmlichkeiten, die unter Alkohol Einfluss geschehen konnten.

Ihm schien die Freundschaft der beiden nicht bewusst gewesen zu sein, als er Shakespeares Bestie mit zwei Rücken nachgeahmt hatte.

Minna kicherte hinter hervorgehaltener Hand und gab sich alle Mühe, nicht in ein unkontrolliertes Lachen auszubrechen.

»Guten Morgen, Monsieur!«, gurrte sie lächelnd, »ich habe gehört Sie waren gestern an einer Charité. Wie generös! Sagen Sie, wie viel haben Sie gespendet?«

Laurent nickte und zuckte mit den Schultern. »Ach, ein paar Tausend... nicht der Rede wert. Wie geht es Ihnen, Mademoiselle? Monsieur Martin hat mir erzählt, Sie haben sich entschieden mein Angebot anzunehmen? Sehr gut, damit habe ich bereits gerechnet.« Er zückte kurzerhand einen Stapel Dokumente aus seiner Umhängetasche und breitete sie vor der jungen Frau aus.

Minna nickte bedächtig, sie war über so viel Unhöflichkeit ganz erstaunt. Sie konnte verstehen, dass Laurent die Situation unangenehm war und er sie daher so schnell wie möglich auflösen wollte, aber so hastig liess sie sich nicht abspeisen.

»Das ist wahr«, sagte sie, »ich bin geneigt es anzunehmen. Wenn Sie nun die Güte hätten, mich über meine genauen Aufgaben und die Bedingungen aufzuklären, bevor ich etwas unterschreibe, das wäre sehr nett.«

»Gewiss.«

Und so verging der Nachmittag mit Diskussionen, der Festsetzung der Bezahlung, Beteuerungen, Bedingungen und schliesslich mit unzähligen Signaturen.

Die ganze Zeit über herrschte ein kühles, professionelles Klima. Laurent liess mit keiner Geste durchblicken, dass er Minna um einiges besser kannte, als es für Jasper den Anschein hatte und Minna beliess es dabei.

Sie war seit je her für Diskretion, egal in welchem Lebensbereich und ganz besonders in diesem. Und ausserdem, ging sie davon aus, dass Laurent ihr diese Rücksichtnahme mit gleicher Münze zurückzahlen würde, falls dies denn irgendwann notwendig sein sollte.

Gegen Mittag dann verliessen die drei das Café und gesellten sich zum Lunch in ein Restaurant, nicht weit entfernt. Dort wurde Minna mit einigen Geschäftsleuten Laurents bekanntgemacht. Dem Redakteur, der Visagistin, Jasper, der als Modeberater hinzugezogen werden würde kannte sie ja bereits, und schliesslich dem Fotografen, der die Bilder machen würde.

Trotz der ungeheuren Geschwindigkeit, in der diese Angelegenheit Form annahm, fügte sich Minna erstaunlich schnell und bald schon hatte sie mit all den wichtigen Leuten, mit denen sie von nun an zusammenarbeiten würde, freundschaftliche Verbindungen geknüpft.

Der Termin für das Shooting wurde auf den dreissigsten August festgesetzt, also auf den Mittwoch in exakt einer Woche.

Das Set würde in einem hübschen Pavillon in einem abgeschiedenen Teil des Boulogner Wäldchens aufgebaut werden. Minna war ganz entzückt, als sie davon erfuhr.

14. Kapitel

𝒟IE NÄCHSTEN TAGE ÜBER war Minna vollumfassend damit beschäftigt, mit Laurent an ihrer Seite mit den richtigen Leuten Kaffee trinken zu gehen, sich in jener Bijouterie die Schmuckstücke anzusehen, die sie am Shooting tragen würde und dergleichen.

Erst gegen Wochenende dann, fand sie endlich Zeit den unentwegten Bitten ihrer Freundin nachzukommen und sie und Madame d'Urélle wieder einmal zu besuchen.

Appoline befand sich die erste halbe Stunde über in einer Stimmung tiefer Entrüstung. Sie war beleidigt und es leid, von Minna so, wie sie es nannte ›vorgeführt‹ zu werden.

»Erst lässt du mich am Bahnhof zurück und dann hört man eine Ewigkeit nichts von dir. Du hast mich die letzten Wochen über überhaupt nicht sehen wollen! Ich habe jede Nacht geweint wegen dir!«

Erst als Minna sie die Treppe hinauf ins Schlafzimmer geführt, ihren Mund mit ihren Lippen versiegelt, und sich ihr mit gebührender Aufmerksamkeit gewidmet hatte, verstummten die jammernden Beschuldigen und die vorwurfsvollen Blicke verwandelten sich in Zärtliche.

»Du wirst das Wochenende über bei mir bleiben, nicht wahr?«, fragte Appoline, als sie sich schweissgebadet in den Armen lagen.

»Versprochen«, entgegnete Minna schläfrig, »ich habe die letzten Nächte kaum geschlafen, ich brauche jetzt ein wenig Ruhe.«

Appoline nahm diese Aussage als eine Aufforderung auf und machte sich sogleich mit einigem Geschick daran Minna, ihrer Meinung nach, so dringend benötigte Zerstreuung zu verschaffen.

Trotz Minnas klarer Ankündigung, wurde aus ihrem Vorhaben ein Schläfchen zu halten, nichts. Appoline löcherte sie mit Fragen über ihr bevorstehendes Fotoshooting und liess nicht eher von ihr ab, bis diese ihr alles haargenau erzählt hatte.

»... Und du wirst auch ordentlich bezahlt?«

»Natürlich.«

»Und Monsieur Lefeuvre benimmt sich auch? Er versucht doch nicht etwa, sich dir in irgendeiner unangemessenen Weise zu nähern?«

»Nein, Primadonna, nichts dergleichen.«

Appoline wirkte nicht überzeugt. »Bist du sicher? So wie ich das sehe, verfolgt er ein ganz bestimmtes Ziel.«

»Ach ja? Welches denn?«

»In dem er dir, einer unbedeutenden Frau, die überhaupt nicht im Modebusiness tätig ist, dieses Angebot verschafft hat, erhofft er sich eine dementsprechende Gegenleistung von dir. Er schwärmt doch ohnehin bereits für dich, das weiss jeder. Die Annahme ist also durchaus plausibel, dass er dir bloss an die Wäsche will.«

Minna schnaubte müde. »*Ma Minette*, kann es sein, dass du ein bisschen neidisch auf mich bist? Missgönnst du mir etwa diesen albernen Modelauftrag?«

»Albern?«, wiederholte Appoline ausser sich, »du nennst das albern? Weisst du denn nicht wie bedeutend diese Aufnahmen sein werden? Diese Marke, dessen Schmuck du tragen wirst, ist auf der ganzen Welt vertreten! London, Paris, New York und Berlin, um nur wenige Orte zu nennen. Viele Model würden sich ein Bein ausreissen, um für diese Marke vor der Kamera stehen zu dürfen!«

Minna schmunzelte. »Also doch ein wenig neidisch, wie?«

Appoline wandte ihr beleidigt den Rücken zu und antwortete nicht. Sie verfiel in ein beharrliches Schweigen und erst als Minna anfing eine Spur zarter Küsse auf ihren Schultern zu verteilen, liess sie sich erweichen.

»Ich gönn' dir diesen Auftrag sehr wohl, es ist nur so, dass mich Monsieur Lefeuvres Absichten nervös machen. Er ist sehr gutaussehend, stünde ich auf Männer, dann hätte ich mich ihm bereits längst hingegeben.«, sagte sie schliesslich unwirsch.

»Was möchtest du mir damit sagen?«

Appoline seufzte und nahm Minnas Gesicht zärtlich zwischen ihre Hände.

»Damit will ich sagen, dass ich mir nicht sicher bin, ob du einem Annäherungsversuch von ihm standhalten könntest. Er ist attraktiv, unheimlich charmant und wenn dann noch Alkohol im Spiel ist... dann könnte es vielleicht geschehen, dass du mich für einen Moment vergisst.«

Minna betrachtete sie für eine Weile abschätzend. Ihr war die Richtung, die diese Unterhaltung einschlug, schrecklich unangenehm und Appolines Verhalten war ihr peinlich.

Diese stetigen Bedenken und Zweifel, diese andauernden Liebesbeweise und Opfergaben, die man bringen musste; Gründe weshalb Minna sich bisher aus festen Beziehungen herauszuhalten gewusst hatte.

Und nun stand sie mehr oder wenig unbeabsichtigt bis zum Hals in einer drin. Sie hatte eine Freundin, die sie so eigentlich nie zu haben beabsichtigt hatte und dazu kam noch, dass diese sich wie ein Klotz an ihr Bein heftete.

»Laurent und mich verbindet eine rein geschäftliche Bekanntschaft.«, versicherte Minna geduldig. Sie entzog sich Appolines Umklammerung, zog sich ihren Kimono über und entschuldigte sich für einen Moment.

Sie verliess das Schlafzimmer und setzte sich auf den weitläufigen Balkon.

Die Sonne stand tief am Horizont und tauchte die Wolken in ein zartes Rosa. Ein frischer Wind wehte und die Luft war durchtränkt mit dem schweren Duft von Rosen und Zedern.

Minna verweilte einen Moment in stillen Grübeleien und war so tief in ihre Gedankenwelt eingetaucht, dass sie gar nicht merkte, wie sich die Terassentür hinter ihr lautlos öffnete und wieder schloss.

»Oh, pardon«, sprach der junge Mann, als er Minna bemerkte, »ich habe nicht gewusst... soll ich wieder gehen?«

Diese fuhr vor Schreck zusammen, sah sich um und musterte ihn bestürzt, als wäre es ihr furchtbar unwohl, so plötzlich angesprochen zu werden.

»Aramis-Blaise, richtig?«, fragte sie, nach dem sie sich wieder gefangen hatte und lächelte freundlich, »nein, keineswegs. Nehmen Sie ruhig Platz.«

Sie rückte ein Stückchen zur Seite und der schwarzhaarige Mann liess sich zögernd neben ihr auf die Hollywoodschaukel sinken.

»Sie müssen Mademoiselle Dupont sein, ja richtig jetzt erkenne ich Sie wieder. Wir haben uns vor einigen Wochen schon einmal getroffen.«

Minna lächelte. »Das ist wahr. Damals waren Sie jedoch nicht so gesprächig wie heute.«

Aramis-Blaise grinste verlegen und zupfte an seinem Hemd.

»Sie brauchen sich nicht zu schämen, ich mache mir keine Illusionen und bin mir durchaus bewusst, dass Menschen menschlich sind und demzufolge gewisse Gefühle haben, schöne wie auch unangenehme. Es ist nicht tragisch, seine Launen zu haben, nur sollte man sie nicht immer so offen zur Schau stellen.«

»Ich merke, Sie ziehen mich auf«, erwiderte Aramis immer noch verlegen grinsend, »ich sage Ihnen also besser gleich, dass ich mit geistreichen Antworten und spitzfindigen Kontern nicht sehr glänzen kann. Ich gehöre nicht zu Ihren Kreisen und kann dementsprechend auch nicht auf selbem Niveau wie Sie, meine Mutter und all die anderen High Society Leuten, Konversation machen. Ich bin eher einfach gestrickt und bevorzuge es, wenn man von Beginn an einfach und ungeschmückt sagt was man denkt und meint was man sagt.«

Minnas Lächeln weitete sich. »Oh, ich meine immer was ich sage, Monsieur.«

Dieser Mann versprach immer langweiliger zu werden. Ein junger Bursche Mitte zwanzig, der so selbstverständlich auf ungezwungene Ausgelassenheit und scherzhaftes Geplänkel verzichtete – Minna war betroffen über so viel Einfältigkeit.

Dieser arme, arme Einfaltspinsel. Sie sah es ganz klar vor sich, in zwei Jahren verheiratet mit einer gehässigen Matriarchin deren Libido kaum die Grösse eines Staubkorns misst, in fünf Jahren den ersten Knirps am Hals, und ein Jahr darauf bereits ergraut, leergesagt und lustlos – so ging es doch für gewöhnlich mit Männern von Aramis' Schlag aus.

Und gegen Vierzig dann, wenn die Reue einsetzt und er langsam realisiert, wie sehr er sein vorheriges Leben vertrödelt hat, wenn der Tiefpunkt erreicht ist und die Panik ihn überfällt, dann wird er sich hals überkopf in eine blutjunge, appetitliche Zwanzigjährige verlieben, die stets so nett zu ihm war und immer so freundlich gelächelt hatte, sie an die Hand nehmen und das Weite suchen.

Und dann hat die polemische Blutsaugerin, die ihre Freude allein daraus zog, ihrem Ehemann das letzte Quäntchen Lebensenergie und Weltenfreude auszusaugen, endlich einen berechtigten Grund in die Welt hinaus zu posaunen wie sehr sie ihren Gatten doch verabscheue, und dass sie immer schon gewusst hatte, was für ein perverser, promiskuitiver Unmensch er doch sei.

Minna seufzte, wie traurig.

Wie gehirngewaschen die Leute doch alle waren. Kleine, dumme Schäfchen die denken das Glück und der Sinn des Lebens bestehe einzig und allein darin sich für immer an eine einzige Person zu ketten, deren Liebe füreinander kaum über die eitle Eigenliebe und den Schein einer intakten Ehe hinausreicht, den Schlüssel weg zu werfen und sich irgendwie für die kommenden Jahrzehnte auszuhalten. Kinder zu machen, sich selbst vollkommen aufzugeben, von der Ehegattin angeschrien und vom Ehegatten angeschwiegen zu werden.

Der Erdball übervölkert und platzt aus allen Nähten, weil die falschen Menschen sich aus den falschen Beweggründen miteinander paaren. Die Liebe ist längst wieder ausser Mode, der Sex gleicht einem Zigarrenrauchen – einem Whiskey Trinken. Mit jedem dahergelaufenen treibt man es, kaum bietet sich die Gelegenheit. Man pflegt es zu tun, weil man es einfach zu tun pflegt, weil man nichts Besseres mit seiner Zeit und seinem Selbstwert anzufangen weiss und die Frucht der herzfremden Zusammenkunft wird halbherzig aufgezogen, von der Mutter vielleicht, oder von den Grosseltern.

»Wissen Sie«, sprach Minna nach einer Weile frei heraus, »ich fragte mich, was Sie hier machen. Besuchen Sie Ihre Mutter regelmässig? Oder treibt Sie eine weitaus nüchterne Angelegenheit zu ihr?«

Aramis-Blaise betrachtete sie einen Moment, als schätze er ab wie viel sie bereits über die Sache wusste und ob er es sich bei ihr leisten konnte, eine Unwahrheit zu sagen.

»Ich habe Mutter um einen Gefallen gebeten, deswegen bin ich hier.«, sagte er schliesslich wahrheitsgemäss.

Minna nickte und antwortete ein unverbindliches: »Das Leben ist manchmal nicht einfach zu bestreiten, jeder braucht ab und zu Hilfe.«

»Darum geht es nicht«, erwiderte er kühl, »ich habe sie nicht um *diese* Art von Hilfe gebeten. Es handelte sich um eine persönliche Bitte. Einen Rat den ich von ihr brauchte, sozusagen.«

Nun wurde sie hellhörig. Neugierig hakte sie nach. »Einen Rat? Worum geht es denn bei Ihrer Misere? Vielleicht kann ich Ihnen auch einen Rat geben. Dann hätten Sie immerhin schon zwei Stück davon und die Wahrscheinlichkeit, dass Ihr Problem sich dadurch löst, würde um das Doppelte wachsen.«

Aramis-Blaise lachte. »Dieses Argument ist stichhaltig.«

Er lehnte sich zurück, schlug die Beine übereinander und begann ihr von seinem Problem zu erzählen.

Es war wahrlich eine sehr delikate Angelegenheit. Wie Minna ganz richtig deduziert hatte, besass Aramis-Blaise eine Verlobte, die ihm bereits jetzt ordentlich zusetzte.

Sie war, wie Minna aus seiner Erzählung schlussfolgerte, eine klassische Xanthippe. Die bei weitem unangenehmste Art von Ehegattin, die man nur haben kann.

Missmutig, nicht zufriedenzustellen, einfältig, ungebildet und herrisch. Dazu kam noch ein hohes Mass an Neid und Eifersucht gegen jedes weibliche Wesen, das es nur wagte, in ihre Nähe zu kommen.

Appolines Halbbruder stiess bei Minna auf aufrichtiges Mitleid. Dieser arme Trottel.

Es war eine Schande, dass er nicht bei Madame d'Urélle grosswerden durfte, in diesem Fall wäre aus ihm gewiss ein ganz anderer Mann geworden.

»Sie armer Tropf.«, sagte Minna und legte ihm mitfühlend eine Hand auf den Oberschenkel.

Innerlich malte sie sich aus, was für ein stattlicher, selbstsicherer und bezaubernder Charmeur aus ihm geworden wäre, hätte seine Erziehung bloss bei Laeticia stattgefunden.

Er war bei Tageslicht sehr wohl anzusehen, an Schönheit fehlte es ihm nicht, doch diese furchtbare tölpelhafte Haltung und diese unsichere, einfache Art verschleierte seine körperlichen Reize sichtlich.

Minna hätte ihm gerne verdeutlicht, dass er niemals an eine Frau mit Wert gelangen wird, nicht so lange er nicht in sich geht, und anfängt die richtigen Signale auszusenden.

Wer Unsicherheit und Einfachheit aussendet, der erhält Unterdrückung und Nichtachtung. So verhielt es sich und so würde es sich auch immer verhalten. Das Gesetzt der Gegensätzlichkeit und deren zwangsläufigen Anziehungskraft ist nicht zu unterschätzen.

Wer Macht demonstriert, der stösst auf Unterwerfung. Wer Feuer im Herzen trägt, der sehnt sich nach Wasser. Zwei Personen vom gleichen Holz würden niemals miteinander glücklich werden können, nicht wenn Leidenschaft im Spiel sein sollte.

Wäre Aramis-Blaise ein devotes Schürzenkind, dann würde er bei dieser Frau gewiss sehr gut aufgehoben sein, aber Minna weigerte sich strikt, ihn in diese Schublade gleiten zu lassen.

Die Peinlichkeit, die daraus resultieren würde, würde sie sich dazu entschliessen dem zuzustimmen, verbot es ihr.

Sie war fest davon überzeugt, dass Aramis-Blaise eine Glut in sich trug, welche lange Zeit bloss vergessen worden war zu füttern. Er benötigte jemand, der sie schürte, die Flammen willkommen hiess, sie ermutigte und Öl ins Feuer goss.

Eine Frau wie seine Verlobte wäre sein Untergang. Jene Person wäre die eiskalte Welle, die sein heruntergebranntes Feuer endgültig auslöschen würde.

Er würde zu einem willenlosen, verdrossenen Mann werden, der seinen Weltenfrust in Alkohol ertränkt, sich in Gedanken ausmalt wie er seine Frau am schönsten beseitigen könnte, den Mut jedoch nicht findet es tatsächlich zu tun und irgendwann an Leberzirrhose sein Ende findet.

Minna erschrak so über diese Erkenntnis, dass sie ihm mit einem lauten Seufzen die Arme um den Hals schlang und ihn fest an ihre Brust presste.

»Sie armer Tropf«, wiederholte sie bekniffen und betrachtete sein verwirrtes Gesicht, »ich kann nicht mitansehen, wie Sie zu Grunde gehen und sich selbst so bereitwillig ans Kreuz nageln lassen. Wissen Sie was, ich habe eine hervorragende Idee. Ich komme Sie in der nächsten Zeit einmal besuchen und dann schütten Sie mir in aller Ausführlichkeit Ihr Herz aus, ja? Wo wohnen Sie überhaupt?«

Aramis-Blaises Gesicht erhellte sich für einen Moment, nahm dann jedoch rasch wieder seinen üblichen, besorgten Zug an.

»Ich habe ein Haus in *Silly-Gallieni*, einem Quartier in *Boulogne-Billancourt*. Ich freue mich wirklich sehr über Ihr Angebot, aber meine Verlobte ... ich denke sie wäre damit nicht einverstanden.«

Minna zeigte sich verständnisvoll. »Das verstehe ich, Sie haben mich ja bereits vor ihrer übersteigerten Eifersucht gewarnt. Nun, dann kommen Sie doch einfach nächste, oder übernächste Woche einmal bei mir auf einen kleinen Besuch vorbei. Ich wohne gleich am Rand des Parkgeländes in Neuilly-sur-Seine. Es bietet sich also ein schöner Spaziergang von ungefähr eineinhalb Stunden an, von Ihnen zu mir meine ich. Ich nehme meinen Hund mit und dann begeben wir uns auf eine nette, kleine Promenade ins Wäldchen, was meinen Sie?

Ich bin die Freundin Ihrer Schwester, Sie können mir diesen Wunsch also gar nicht abschlagen.«, fügte sie lächelnd hinzu, als sie seine zweifelnde Miene bemerkte.

»Und wenn Ihre Verlobte fragt, dann verdeutlichen Sie ihr doch einfach, dass ich mit Ihrer Schwester – also wohlgemerkt einem Mädchen – eine stabile Beziehung führe. Das sollte ihre Zweifel und Ängste ein wenig zerstreuen.«

Dies überzeugte Aramis-Blaise und so willigte er lächelnd ein. Die restliche Zeit über wirkte er viel entspannter und gegen Ende hin sogar richtig zufrieden. Er strahlte, lachte ausgelassen und wirkte restlos zufrieden.

Xanthippe war für einen kurzen Augenblick aus seinem Kopf vertrieben worden – Dank gebührte allein Minna.

»Sie sind eine herzensgute Person.«, sagte Aramis-Blaise, nach dem er sein zweites Glas geleert hatte. Das Dienstmädchen hatte sie beide mit reichlich Wein versorgt und eine Reihe von kniehohen Fackeln angezündet, da mittlerweile bereits die tintenschwarze Nacht hereingebrochen war.

»Sie kennen mich gar nicht richtig, und dennoch wollen Sie mir helfen. Das gibt es leider nicht oft. Sagen Sie, friert es Sie eigentlich nicht in Ihrem dünnen Morgenmantel?«

Minna sah an sich herunter und errötete. Sie hatte ganz vergessen, etwas Passenderes anzuziehen und trug nach wie vor ihren seidenen Kimono.

Ihre milchweissen Beine schimmerten im warmen Feuerschein und mussten für Aramis bereits die längste Zeit über eine ungeheure Versuchung gebildet haben.

»Oh!«, rief sie erschrocken, »das habe ich vollkommen vergessen. Das tut mir sehr leid, ich gehe kurz rein und zieh mir etwas Vernünftiges an. Warten Sie solange hier, ja?«

»Selbstverständlich, Mademoiselle.«, versicherte Aramis, vom Wein gestärkt mit einer Galanterie, die Minna ganz entzückte. Da hatte sie die Lösung, man musste ihn einfach ein wenig betrunken machen, dann war er ganz passabel!

Kichernd schlüpfte sie in Appolines Schlafzimmer. Das Licht war aus und es herrschte ein Zwielicht, an das sich Minnas Augen erst gewöhnen mussten. Aus der Richtung des Betts erklang ein regelmässiges, sachtes Schnarchen und Minna versuchte ganz leise zu sein, um ihre Freundin nicht aufzuwecken.

Vorsichtig tastete sie sich ihren Weg zum Kleiderzimmer entlang, verschwand darin, schloss die Tür und machte Licht.

Eilig zog sie sich ein dunkelgraues Strickjäcken von Appoline an und schlüpfte in ein Paar kniehohe Strümpfe. Dann machte sie sich auf Zehenspitzen wieder auf den Weg zurück zu Aramis.

Unglücklicherweise war sie beim Verlassen des Schlafzimmers nicht so vorsichtig gewesen wie beim Eintreten und so war Appoline erwacht und erschien kurze Zeit später verschlafen und mit wirren Haaren auf dem Balkon.

Als ihr Blick auf Aramis fiel, verfinsterte sich ihre Miene augenblicklich und sie verschränkte die Arme vor der Brust.

»Guten Abend, Pollie«, sagte Aramis und lächelte freundlich, aber Appoline war nicht zum Scherzen aufgelegt.

»Pollie?«, Minna gluckste, »wie niedlich.«

»Du hattest genug.«, mit einem strafenden Blick versuchte sie Minna das Weinglas aus den Händen zu reissen, doch diese blieb beharrlich.

»Ich entscheide selbst, wann es genug ist, meine Liebe.«, entgegnete sie gelassen aber mit einer solchen Unmissverständlichkeit, dass Appoline unweigerlich errötete.

Sie musterte Minna einen Moment unschlüssig, dann streckte sie die Hand aus und sagte in versöhnlichem Ton: »Komm bitte ins Bett, mir ist kalt du musst mich wärmen.«

Aramis brummte etwas, das nach ›kalt im Sommer, parbleu‹ und ›Für etwas wurde die Daunendecke erfunden‹ klang und leerte augenrollend sein Glas.

Minna lächelte und warf Aramis einen Blick zu, der sowohl Tadel wie auch Vergnügen innehielt. Sie war hin und hergerissen, zwischen dem Verlangen noch ein wenig mit Aramis den Zikaden zu lauschen und der Stimme der Vernunft, die ihr zuflüsterte, dass es besser wäre nachzugeben und schlafen zu gehen.

Schliesslich siegte die Einsicht und sie erhob sich seufzend. »Appoline hat recht, es ist bereits spät und ich bin todmüde. Schlafen Sie gut, Aramis. Wir sehen uns bestimmt schon sehr bald wieder.« Minna warf ihm einen langen Blick zu, lächelte ihm dann, als sie sah, dass er sehr wohl verstanden hatte, aufmunternd zu und schlag Appoline einen Arm um die Mitte.

»Schlafen Sie gut, Mademoiselle Dupont«, rief er ihr hinterher, »und du auch, Pollie.«

Aber Appoline antwortete nicht. Sie war schrecklich zornig und Minna ahnte, dass sie so schnell wohl nicht schlafen werden dürfte. Ihr flaues Bauchgefühl sollte recht behalten.

Kaum war die Tür hinter ihnen ins Schloss gefallen, wirbelte Appoline herum und überfiel sie mit einer Schimpftirade.

Wie rücksichtslos von ihr, sie, Appoline, einfach so zurück zu lassen und sich mit ihrem Bruder zu amüsieren. Ob sie sich nicht schäme, ob sie denn nicht verstehe, wie weh sie ihr damit tat. Und dass sie, Appoline, dieses Verhalten nicht länger hinnehmen würde.

Doch Minna achtete kaum auf ihre Worte, mit entsetzter Miene, starrte sie ihre Freundin an. Während diese sich in eine Raserei hochgeschaukelt hatte, war ein dünner Faden scharlachroten Blutes aus ihrem rechten Nasenloch getröpfelt und erst als es ihre Lippen erreicht hatte und benetzte, hielt sie jäh inne und verstummte.

»Appoline ... «, Minna griff eilig nach ihrem Kimono, entfernte den Gürtel und presste diesen auf die blutende Nase ihrer Freundin.

»Du darfst dich nicht so aufregen, *ma minette*. Sieh doch nur, was du davon hast – eine blutende Nase! Hör auf mich fortwährend anzukeifen und küss mich stattdessen.«

Sie zog Appoline an sich und wollte sie küssen, doch diese wandte sich weg.

»Das ist nichts, das geschieht mir in letzter Zeit andauernd.«, sie nahm den Gürtel vom Gesicht und schleuderte ihn achtlos in die Zimmerecke.

Wortlos griff sie nach ihrem Etui, rauschte zur Tür und verliess das Zimmer. In dieser Nacht schlief Minna allein im Bett, Appoline war nicht müde und streifte rastlos und auf ihrer Unterlippe kauend durchs grosse Haus.

Um acht Uhr morgens, fand das Personal Appoline im Speisezimmer. Schlafend, den Kopf auf den Armen gestützt, sass sie am Esstisch. Die Haushälterin hatte grosse Mühe Appoline aus ihrem ohnmachtsähnlichen Schlummer zu reissen und als der Frau schliesslich ihre trüben, rotgeränderten Augen auffielen und den leuchtendroten Ausschlag um die Nase, wusste sie augenblicklich was zu tun ist. Sie arbeitete bereits viele Jahre für Mademoiselle und Madame, und ihr waren ersterer Gewohnheiten nicht fremd.

So machte sie wortlos die grossen Fenster auf, vergewisserte sich rasch, dass Appoline nichts fehlte und wuselte in die Küche, um Kaffee zu machen.

Um neun Uhr erschien Minna auf dem unteren Treppenabsatz. Frisch geduscht, strahlte sie nur so vor Vitalität und Tatendrang – sie hatte ganz prächtig geschlafen.

Sie küsste Appoline zur Begrüssung überschwänglich, schenkte sich eine Tasse Kaffee ein und entschied sogleich, dass sie ihre Freundin heute in den Luxemburg ausführen werde.

Das arme Mädchen war leichenblass und einige Stunden an der frischen Luft und ein paar Sonnenstrahlen würden ihr gewiss guttun.

Die Idee wurde gleich nach dem Frühstück in die Tat umgesetzt. Appoline folgte Minnas Plänen mit sichtlichem Widerwillen, war jedoch zu kraftlos, um sich dagegen ernsthaft zu sträuben und so machten sich die beiden Damen bereit und gingen aus.

15. Kapitel

Montagmorgen machte Minna sich von der Villa d'Urélle aus auf den Heimweg. Der Himmel war so klar und der Wind blies ihr so verlockend um den Nacken, dass sie beschloss den Weg zu Fuss zu machen.

Sie überquerte heiter lächelnd die Pont Alexandre III., folgte der Champs-Élysées, spazierte am Arc de Triomphe vorüber und hielt sich dann in nordwestliche Richtung.

Die Stadtpromenade hatte kaum mehr als eine Stunde benötigt und so kam Minna gerade noch rechtzeitig zum Brunch zu Hause an.

Ihr Leonberger war nicht der einzige, der sie freudig begrüsste als Minna die Tür zu ihrer Wohnung aufschloss.

Auf dem oberen Treppenabsatz wartete Clément. Minna hatte ihn zuerst kaum wahrgenommen, erst als er sich mit einem leisen Räuspern bemerkbar machte, sah sie sich um.

»Ach, du bist es.«, sagte sie schlicht, versperrte dem Hund die Tür, so dass er nicht entwischen konnte und trat in den Flur.

»Komm' herein, wenn du willst. Wie lange wartest du schon hier?«

»Nicht lange, Mademoiselle.«, versicherte er und sprang auf, ihr eilig zu folgen.

»Müsstest du an einem Montagmorgen nicht in der Uni sein und deinem Dozenten deine ungeteilte Aufmerksamkeit schenken?«

Sie hing ihre Tasche auf, durchquerte das Vorzimmer in die Küche und betätigte die Kaffeemaschine. Clément war ihr dicht auf den Fersen gefolgt und lehnte nun unschlüssig im Türrahmen.

»Keine Anwesenheitspflicht.«, antwortete er beiläufig und biss sich zerknirscht auf die Unterlippe.

»Wie töricht. Dein Studium aufs Spiel zu setzten, nur um einer Frau hinterherzurennen.«

Als ihm ihr Lächeln ins Auge sprang, fiel jegliche Anspannung von ihm ab und er grinste ebenfalls.

»Dann bin ich eben ein Narr, mir ist's gleich. Ich musste Sie sehen, mir war nicht wohl dabei wie kühl Sie sich das letzte Mal bei mir verabschiedet haben.«

Minna reicht ihm eine Tasse und nippte an ihrer eigenen. Dann, nach einer Weile, sagte sie: »Ich habe viel zu tun und dafür nur wenig Zeit. Ich kann mir bedeutungslose Rendezvous ohne dementsprechende Entschädigung im Moment nicht leisten.«

Der junge Student musterte sie für einen Moment stirnrunzelnd. Enttäuschung und verletzter Stolz standen ihm auf die Stirn geschrieben.

Beinahe hätte er dem impulsiven Verlangen einfach umzukehren und sie zu verlassen nachgegeben, doch er konnte es nicht. Sein Herz hing an dieser autokratischen Dame und er wollte doch schliesslich ihre Gunst erlangen, nicht ihren Zorn auf sich ziehen.

Also schluckte er die aufkeimende Entrüstung herunter, schob seinen Stolz beiseite und griff in seine Umhängetasche.

»Ist das Entschädigung genug? Was meinen Sie? Reicht Ihnen das aus, um ab und zu meine Anwesenheit ertragen zu können?«

Mit einem Ausdruck grimmiger Genugtuung überreichte er ihr ein, in roter Samt eingeschlagenes Buch. Minna drehte es um und betrachtete die Vorderseite.

Mo. Mo. Stand da auf dem Buchdeckel in schwarzen Lettern.

»Clever von mir, nicht wahr? Jeder wird denken, Sie lesen ein Kinderbuch.«

Minna verlor den Halt und krallte sich schwankend am Tresen fest. Clément eilte augenblicklich zu ihr und fing sie auf.

»Mortati Morte.«, wisperte sie tonlos und starrte entgeistert hoch in seine warmen, braunen, vor Triumph strahlenden Augen.

»Wie? ... «, ihre Stimme bebte und sie blinzelte verwirrt, als fürchtete sie, jeden Moment aus einem Traum zu erwachen.

Clément schlang seine starken Arme um ihre Mitte, hob sie kurzerhand hoch und trug sie in den angrenzenden Salon.

Er setzte sie auf den Divan, griff nach der auf dem Couchtisch stehenden Karaffe und goss ihr ein Glas Whiskey ein.

»Hier«, grinsend drückte er es ihr an die Lippen. Minna nippte und starrte fortwährend auf das Buch. Das Buch, das Buch, *das* Buch.

Minna konnte es nicht fassen. Jahrelang hatte sie davon geträumt Mortes Schriften zu besitzen und nun lagen sie vor ihr. Sie wagte es kaum, das Buch anzusehen, geschweige denn die erste Seite aufzuschlagen, aus Furcht es handle sich um ein Missverständnis oder einen geschmacklosen Scherz.

Eine heisse Woge des Zorns überschattete ihre Erstarrung und sie schlug Clément hart ins Gesicht.

»Wenn das ein Scherz sein soll, dann muss ich dir sagen, dass er nicht meinen Geschmack trifft!«, zischte sie, vor Erregung schwer atmend.

Clément rieb sich die gerötete Wange, das Grinsen auf seinen Lippen war erloschen und er betrachtete sie grimmig. »Oh, kein Scherz, Mademoiselle«, erwiderte er gereizt und schlug das Buch auf einer unbestimmten Seite auf, »überzeugen Sie sich selbst.«

Er hielt es ihr unter die Nase und beobachtete mit steigender Zufriedenheit, dass ihre von Zeile zu Zeile wandernden Augen sich weiteten.

Ihre Wangen erblassten und sie erstarrte erneut in jähem Entsetzten.

Eilig griff sie nach dem Buch und liess es unter den Kissen verschwinden. Auf ihr Gesicht trat ein aufgeregter Ausdruck, sie schien über irgendetwas fieberhaft nachzudenken.

»Ist das die Kopie?«, fragte sie schliesslich, »die Kopie von Sophia Åström? Ich denke nicht, dass sie sie dir einfach so überlassen hat, wie also bist du an sie herangekommen?«

Clément liess sich Zeit mit der Antwort. Er betrachtete sie für einen Moment abschätzend, dann krümmten sich seine geschwungenen Lippen zu einem schmalen Lächeln.

»So wie ich das verstanden habe, handelt es sich hierbei um ein Tauschgeschäft.«

Er lehnte sich zurück und legte abwartend den Kopf schief. Minna lächelte und beugte sich vor. »Pardon, ich vergass.« Sie legte eine Hand an seine Wange, zog ihn mit der anderen an den Haaren zu sich heran und küsste ihn, wie es nur eine Französin zustande bringt.

»Ich bin dir zu grossem Dank verpflichtet«, keuchte sie zwischen zwei Küssen, »du bist ein brillanter Mann, Clément.«

Diesem entfuhr bloss ein begieriges Stöhnen und er presste seine Lippen stürmisch auf ihren Hals. Seine Hände wanderten Richtung Süden, aber Minna hielt ihn zurück.

»Nein, erzähl mir erst wie du das geschafft hast. Damit ich dir auch gebührend dafür danken kann.«

Sie stiess ihn zurück, erhob sich und setzte sich an den Esstisch. Clément folgte ihr widerwillig.

Er liess sich vis-à-vis von ihr auf einen Stuhl fallen, warf ihren roten Lippen einen letzten, hungrigen Blick zu und begann dann zu erzählen.

»Ich habe keine Minuten daran gezweifelt, dass Sie einen anderen Weg finden würden an das Objekt ihrer Begierde zu gelangen, und dennoch kam ich nicht umhin, mir selbst Gedanken darüber zu machen. Der Ehrgeiz hat mich gepackt, ich wollte derjenige sein, der es Ihnen schliesslich bringt. Also habe ich den Kontakt zu Sophia Åström stabilisiert und als ich schliesslich soweit war, dass sie mich mit zu sich in die Wohnung einlud, da erkannte und nutzte ich die Gelegenheit und nahm das Buch an mich.

Ich ging in eine private, kleine Buchbinderei nach Versailles, liess die Kopie bei einem engen Freund von mir duplizieren und brachte sie wohlbehalten und unbemerkt zurück in Sophias Wohnung. Das Ganze ging innert wenigen Stunden vonstatten, sie hat gar nicht gemerkt, dass etwas fehlte.«

»Das bedeutet, dieses Buch hier ist eine Kopie von der Kopie?«, hakte sie nach.

»Ein Duplikat.«, bestätigte er grinsend.

Minnas Herz zog sich vor Glück schmerzhaft zusammen und sie konnte sich eines breiten Strahlens nicht erwehren.

»Diebstahl«, sagte sie, während sie den Tisch umkreiste und sich auf Cléments Schoss setzte, »wie ungezogen. So viel Skrupellosigkeit hätte ich dir gar nicht zugetraut.«

Sie fuhr mit den Fingerspitzen zärtlich seine warme Brust hinauf. »Du hast mir heute einen treuen Dienst erwiesen, das werde ich dir nicht vergessen.«

Clément suchte in ihren Augen nach Einverständnis, fand sie schliesslich und hob sie mit einem Ruck hoch auf den Tisch, und schickte sich an, kurzen Prozess zu machen.

»Was denken Sie, Mademoiselle. Ist Ihr Tisch stark genug, um unser beides Gewicht zu tragen?«

Minna warf lachend den Kopf in den Nacken und schlang die Arme um seinen Hals.

»Ganz bestimmt, der Tisch hat sich als äusserst stabil bewährt.«

Cléments Erregung wurde durch diese dreiste Antwort noch lodernder und so stürzte er sich mit inbrünstiger Leidenschaft auf sie und verschloss ihr unverschämtes Mundwerk mit seinen Lippen.

Mittwochmorgen, war es dann endlich soweit. Das Fotoshooting für die neue Herbstkollektion von *Bijoux Royale* stand bevor.

Der Konzern mit Sitz in London war 1842 von Geilis B. gegründet worden. Einer Angehörigen des britischen Hochadels. Ihr Ehemann, Earl of Leicestershire, war fester Bestandteil des Parlaments und somit, und wie alle *Peers* zu dieser Zeit, im *House of Lords* zugegen.

Wenn man den Geschichten und Ausschmückungen Glauben schenken möchte, litt Geilis B. an einer äusserst hässlichen und in ihrem Fall scheinbar unheilbaren Krankheit, – der Langeweile.

Die Bankette und Gesellschaften waren ihr trist und die Position, die ihr zugeteilt worden war, zuwider. Die prunkvollen, schweren Schmuckstücke wurden ihr so langweilig, dass sie sie schliesslich ganz ablegte und sich weigerte, sie je wieder zu tragen.

Weder ihr Ehemann noch sonst jemand vermochte die eigensinnige Frau umzustimmen und so wurde ihr schlichtweg verboten, sich an öffentlichen Anlässen zu zeigen. So lange, bis sie wieder zu Vernunft käme und sich ordnungsgemäss kleidete.

Auf einer Reise an die Côte d'Azur dann, lernte Geilis einen jungen Franzosen kennen. Einen einfachen *Seigneur* ohne nennenswerten Einfluss, der sie jedoch so bezirzte, dass sie schliesslich einwilligte in Frankreich zu bleiben und mit ihm ein Haus zu beziehen.

Bald schon gerieten die Liebenden in sowohl finanzielle wie gesellschaftliche Sorgen und um den Ruf zu bewahren, wie auch um nicht zu Grunde zu gehen, trennten sich die beiden schliesslich nach zwei Jahren.

Die gestandene Lady nahm die Trennung jedoch nicht lange hin, sie bestand darauf, dass der *Seigneur* bei ihr bliebe und um dies rechtfertigen zu können, eröffnete sie unter dem Namen ihres Mannes ein Modehaus. Von Frankreich aus begann sie Entwürfe und Skizzen von Schmuck, Hüten und Accessoires in schlichtem Stil anzufertigen, die sie dann nach London sendete, um sie dort verwirklichen zu lassen.

Ihre neumodischen Ideen stiessen auf Empörung und Ablehnung, ihre Pläne wurden nie realisiert und bald schon musste sie ihr Geschäft aufgeben.

Der Franzose verliess sie und heiratete eine wohlhabende Comtesse, ihr Ehegatte gewährte ihr nach England zurück zu kehren wo sie für den Rest ihres Lebens stetiger Verhöhnung ausgesetzt war.

Erst ein Jahrhundert später dann, fand eine Nachkommin von Geilis B. die Entwürfe und Pläne und machte es sich zur Aufgabe, diese zu verwirklichen. Im England der 1950 Jahre stiessen die Kreationen auf grosse Beliebtheit. Jede Frau trug den filigranen Schmuck von der Gräfin, wie Geilis, die Urschöpferin von *Bijoux Royale*, genannt wurde. Nicht nur in England, in ganz Europa und schliesslich auch in den Vereinigten Staaten, erfreute sich das Geschmeide grosser Beliebtheit.

Die Dame, die die Ideen ihrer Ahnin verwirklicht hatte und somit die Inhaberin des Konzerns war, hiess Hanna Jane Blackmont. Nur wenigen Leuten war heute noch bewusst, dass nicht sie hinter den phänomenalen Originalentwürfen steckte, die *Bijoux Royale* so erfolgreich machten. Minna jedoch, die sich stets gut zu informieren wusste, war diese Tatsache sonnenklar und so schritt sie, kaum war sie aus dem Wagen gestiegen, zielstrebig auf die alte Dame im Seidenkostüm zu, die in einem hübschen Gartenpavillon im Schatten sass und in einem Magazin blätterte.

»Guten Morgen, Madame Blackmont.«, begrüsste sie die englische Lady freundlich und reichte ihr die Hand.

»Nennen Sie mich Hanna, Herzchen.«, entgegnete diese lächelnd, »Sie müssen Miss Dupont sein, das heutige Model.«

Die Dame rückte ein Stückchen zur Seite und klopfte neben sich auf die Bank. »Setzten Sie sich neben mich. Unterhalten wir uns ein wenig. Tee?«

Minna setzte sich und nahm dankend die Tasse, die Hanna ihr reichte.

»Es freut mich ausserordentlich, Ihre Bekanntschaft zu machen. Dass Sie persönlich von London hierherreisten nur um beim Shooting anwesend zu sein, ehrt mich sehr.«

Die alte Frau stiess ein keuchendes Lachen aus. »Ach, wie charmant Sie sind! Man könnte meinen Sie seien eine Engländerin, so gepflogen und einnehmend wie Sie sich auszudrücken wissen. Wissen Sie, bis her hatte ich den Eindruck, dass viele Französinnen zur Herablassung neigen.«

Minna lächelte belustigt. »Nun, da haben Sie eigentlich nicht ganz unrecht. Es scheint wohl, als würde ich in diesem Fall die Ausnahme zur Regel bilden.«

Hanna Blackmont war entzückt. Ihr Lächeln weitete sich und sie liess sich mit grosser Freude auf eine Plauderei mit der jungen Dame ein.

Während um sie herum die Vorbereitungen für das Shooting in vollem Gange waren, Beleuchtungen, Dekoration und Hintergrund aufgebaut, verschoben und geprüft wurden, erzählte die alte Frau von dem Konzept, das hinter dem Namen steckte.

»Das Haus *Bijoux Royale* steht seit je her für englische Eleganz. Die Mischung aus konventioneller Mode und einem Schuss mutigem Wagnis, ist genau das, was unsere Kreationen so erfolgreich und begehrenswert machen.

Die Kundin sieht ein Collier im Schaufenster und betrachtete dieses sonderbare Zusammenspiel von filigranen Goldverstrickungen und rechteckig geschnittenen Saphirsteinen. Was für eine geschmacklose Kombination! denkt man sich zuerst, nicht wahr? Aber dann sieht man genauer hin und ... sehen Sie selbst.«

Hanna öffnete einige Knöpfe an ihrer Bluse und eine schillernde Halskette kam auf ihrer Brust zum Vorschein.

Das Metall der Glieder verschwamm im Sonnenlicht zu einem Geflecht aus goldenem Schein, aus dessen Tiefen, in einem fürs Auge äusserst angenehmen Abstand von ca. sieben Zentimetern, eine Reihe himmelblauer Steine hervorstachen und dem Gold einen durchdringenden Akzent verliehen.

»Zu viel ist schlichtweg zu viel, aber *viel* zu viel – ist wiederrum genau richtig. Merken Sie sich das, Miss Dupont.«

Minna war ganz hingerissen von dem Schmuckstück und so nickte sie eilig. Sie konnte ihre Augen kaum von dem schimmernden Gold abwenden.

Als man soweit war, wurde Minna in eine provisorische Garderobe aus einem mit Tüchern abgeschirmten Teepavillon geführt, nicht weit vom eigentlichen Standort des Shootings entfernt.

Dort traf sie auf die Visagistin, die ihr Gesicht in warmen Herbsttönen schminken würde und auf Jasper, der bereits mit Kleidersäcken beladen bereitstand und sie anstrahlte.

Minna erwiderte sein Lächeln und setzte sich auf den ihr zugewiesenen Stuhl vor den Spiegel. Jasper setzte sich neben sie und während die Frau mit professioneller Präzision an ihr herumwerkelte, die Haare bürstete, in heisse Lockenwickler drehte und in regelmässigen Zeitabständen richtete, hielt er ihre Hand fest in seiner.

In seiner schokoladenbraunen Tweet-Jacke, den haselbraunen Locken, den silbernen Reifen am linken Arm und dem kecken Funkeln in seinen Augen, sah er, wie Minna fand, ein wenig aus wie ein verwöhnter Prinzenbengel, den man ins heutige Jahrhundert verfrachtet hatte.

Kichernd musterte sie seine schlanke Hand und die vielen Ringe, die sie zierte.

Während sie ganz stillhielt, korrigierte Jasper unermüdlich die Visagistin, die offensichtlich für seine Firma arbeitete und die er grosszügiger Weise für dieses Shooting zur Verfügung gestellt hatte.

»Nein, Maya, nicht so hoch, etwas tiefer, die Locken müssen ihr ins Gesicht fallen.«, sagte er, als die Frau ihre Frisur in Angriff nahm.

»Kein Rosa, Maya. Der Herbst steht für satte, dunkle Farben. Nimm' doch dieses Zwetschgenrot, das gefällt mir.«, tadelte er, als sie eine Reihe Lippenstifte vor Minna ausbreite und nach einem dezenten rosa-rot greifen wollte.

Maya die Visagistin, liess die Verbesserungen ihres Chefs wortlos über sich ergehen, was sollte sie schliesslich auch anderes tun? Ihre Arbeitsstelle war so gefragt, dass sie im Falle einer Entlassung binnen Sekunden ersetzt werden könnte.

Doch Minna hatte Mitleid mit mir und so sagte sie zu Jasper gewandt: »Diese Frau weiss was sie tut, schliesslich hat sie sich für diese Stelle mehr als kompetent erwiesen, wenn du sie für diesen Auftrag auserwählt hast. Das muss doch etwas heissen. Lass' sie nur machen, ich vertraue ihr.«

Jasper schnaubte bloss und nahm ihr Gesicht zwischen seine Hände. »Du törichtes Mäuschen«, sagte er und betrachtete sie bedauernd, »in diesem Business musst du mir die Entscheidungen überlassen, Darling. Mit Verlaub, du hast nicht den leisesten Schimmer einer Ahnung, wie hart und rücksichtslos dieses Gewerbe sein kann. Ich weiss was gut für dich ist, glaub mir... und das ist ganz und gar nicht gut. Was soll das? Sie sieht ja aus wie ein Clown! Runter damit, sofort!«, fuhr er seine Arbeitnehmerin an, die Minnas Wangen in einem beinahe ebenso dunklen Ton wie ihre Lippen schminkte.

»Monsieur, bei allem Respekt«, sagte diese zögernd, »ich habe Anweisungen bekommen und denen gehe ich nach, ich erledige nur meine Arbeit.«

»Anweisungen?«, entfuhr es Jasper ungeduldig, »wessen Anweisungen waren es, sie wie eine Dragqueen zu schminken? Meine waren es ganz gewiss nicht!«

»Nein, aber meine.«, erklang eine Stimme hinter ihnen. Minna hob den Blick und erkannte Laurent, wie er lässig im Eingang lehnte und ihr durch den Spiegel hindurch zuzwinkerte.

Jasper biss sich auf die Lippe, er war ausser sich, wollte in Lefeuvres Anwesenheit jedoch bedachtsam bleiben.

»Monsieur, was haben Sie denn bitteschön mit der Garderobe zu schaffen? Sie sind der Regisseur und somit für das verantwortlich was vor der Kamera geschieht. *Ich* bin der Modeberater und somit für die Garderobe zuständig.«

»Guten Tag, Mademoiselle«, sagte Laurent und tat so, als hätte er Jasper nicht gehört, »fühlen Sie sich wohl? Behandelt man Sie auch gut?«

Minna lächelte freundlich. »Mir geht es hervorragend. Noch besser würde es mir jedoch gehen, wenn Sie den Rat des Modeberaters zu Herzen nehmen würden. Schliesslich ist seine Meinung die Wichtigste von allen hier. Wäre dem nicht so, wäre er wohl kaum hinzugezogen worden.«

Laurents Lächeln gefror und er musterte sie nachdenklich. »Nun, ich dachte bloss, es würde Ihnen vielleicht gefallen. Kräftige Farben, schöne Kleider und üppigen Schmuck. Das passt doch zum Herbst, nicht wahr? Und wie Madame Blackmont sagte: zu viel ist zu viel, aber viel-...« – »Ja, ich weiss. Dasselbe hat sie mir auch ans Herz gelegt.«, unterbrach ihn Minna.

Laurent hatte ein gutes Argument, das konnte sie nicht bestreiten. Aber diese Arroganz und diese vollkommene Nichtachtung Jaspers, trieb sie innerlich zur Weissglut.

Wie verhielt es sich zwischen diesen beiden Männern? War Jasper für Laurent bei Nacht und Champagner gut genug, kaum ging jedoch die Sonne auf, wurde er unwichtig?

Wenn es etwas gab, was Minna einem Menschen nicht, und unter gar keinen Umständen verzeihen konnte, dann war es Illoyalität.

»Hören wir uns doch Monsieur Martins Meinung an«, stiess sie zwischen zusammengepressten Zähnen hervor, »das ist genau sein Fachgebiet, was auch immer er sagen wird, wird augenblicklich in Stein gemeisselt.«

Jasper drückte freundschaftlich ihre Hand und legte sofort einen kühlen Bericht ab.

»Dunkle, satte Farben werden mit der Herbstzeit assoziiert, das ist wahr. Deswegen habe ich mich auch für dieses dunkelrot-violett entschieden«, er deutete mit einer halbherzigen Handbewegung auf Minnas Lippen, »die Augen, in diesem Fall sind sie azurblau, werden mit dunklen Farben akzentuiert. Bei ihr passen warme Braun- und Rottöne sehr gut, mit einem Hauch von kaltem Ebenholz, um ihrer Augenpartie mehr Tiefe zu verleihen.

Somit haben wir Augen – und Mundpartie, die Augenbrauen, oder auch der Rahmen des Gesichts genannt, werden in Gelb und Gold gehalten. Das verleiht dem Gesamtbild einen so deutlichen Kontrast, dass man das Gesicht genau ansehen wird. Die blonden Haare bilden einen wunderschönen Hintergrund, sehr angenehm fürs Auge.

Was das Rouge angeht, so verwenden wir bei dir, Minna, heute ein dezentes, frisches, wie ich es nenne Post-Koitus-Rosa. Oder wenn dir diese Bezeichnung lieber ist: ein Rosa, wie man es besitzt, wenn man frisch aus der heissen Dusche tritt. Natürlich, betörend und einfach.

Den Fehler, den Sie begangen haben, Monsieur«, er warf Laurent einen forschen Blick zu, »ist anzunehmen, dass man wie ein Kind sinnlos viele Farbnuancen auf einen Schlag verwenden kann. Das würde doch dem Gesicht noch mehr Ausdruckskraft verleihen, es noch mehr hervorheben, nicht wahr? Nein, falsch! Es würde das Gesicht so sehr überladen, dass das Gesamtbild vollkommen bedeutungslos werden würde, und binnen Sekunden aus jedem Gedächtnis verschwindet.

›Viel zu viel ist gerade gut genug‹, gilt bei vielem in der Mode, gewiss. Aber nicht bei der Schminke einer Frau. Was auch immer heutzutage den Leuten verkauft wird. Nein, bei der Schminke einer Frau gilt das altbewährte ›weniger ist mehr‹.

Stellen Sie sich doch nur mal vor; was würde Ihnen mehr zusagen, eine Frau wie Minna, die ihre Augen und den Mund wunderbar zu betonen weiss, vielleicht noch hie und da einen kleinen Schönheitsfleck setzt, oder eine vollkommen maskierte Dragqueen, deren Gesicht nach dem Abschminken grundverschieden – ja oftmals wegen den Unmengen an Puder und Foundation wie eine angespülte Wasserleiche aussieht?«

Laurent lächelte und hob beschwichtigend die Hände. »Sie haben Recht. Ich würde, ohne zu zögern, eine Frau wie Minna wählen. Bei ihr weiss man wenigstens, was unter der Schminke ungefähr zu erwarten ist.«

Er warf ihr einen impertinenten Blick zu, aber Minna lachte nur und ging nicht darauf ein.

Sie nippte schweigend an ihrer Wasserflasche und lauschte amüsiert der Diskussion der beiden Männer.

»Und was ist mit dem Glitzer-Zeugs?«, hakte Laurent stoisch nach.

»*Glitzer-Zeugs?*«, wiederholte Jasper ungläubig.

Laurent nickte. »Ich habe gehört, dass verwenden die Mädchen heutzutage. Sie machen es sich um die Augen herum, um aufzufallen.«

Nun verlor Jasper – in den Grundfesten seiner Berufung erschüttert – endgültig die Geduld.

»Glitzer, Monsieur? In aller Freundschaft, wollen Sie eine Dame vor die Kamera setzten oder eine billige Zirkushure?«

Und so ging die Diskussion weiter. Erst als Minna fertig geschminkt, und bereit für die Kleider war, wurde dem Streitgespräch ein Ende bereitet. Laurent wurde gebeten, den Pavillon zu verlassen, damit Minna sich mit Hilfe von Jasper und Maya umziehen konnte.

Kurz bevor das Shooting begann, kreuzte Appoline auf. Sie war in ein atemberaubendes Sommerkleid aus Kaschmir und edlem Baptist gehüllt und stolzierte mit so hocherhobenem Kinn, dass Minna fürchtete, sie würde demnächst über einen Stein oder etwas dergleichen stolpern und sich die Knöchel brechen.

»Sie sollte unbedingt auf den Weg achten«, brummte Jasper, der offensichtlich ähnliches dachte wie sie, »oder sie landet bald im Schlamm.«

Die beiden verfielen in ein Gekicher, dass sich nur mühsam im Zaum halten liess.

»Ich werde wohl kurz rüber gehen müssen und sie begrüssen.«, sagte Minna und schickte sich an zu gehen, doch Jasper hielt sie am Arm zurück.

»Warte doch. Lass sie zu uns kommen, du bist hier in das wesentliche Geschehen unmittelbar involviert, wir können dich nicht entbehren.«

Minna schnaubte belustigt. »Du meinst, du *willst* mich nicht entbehren.«

Jasper öffnete den Mund, um zu antworten, doch da trat bereits Appoline an sie heran und warf sich Minna um den Hals.

»Du siehst bezaubernd aus, *ma coeur!*«, rief sie strahlend und presste stürmisch ihre Lippen auf Minnas Mund.

»Nein, halt! Stopp, stopp, stopp!«, brüllte Jasper und riss Appoline rasch von Minna fort.

»Kusch! Fort mit dir! Du ruinierst ihre ganze Ausstattung! Haare, Schminke und Kleider ... weisst du was für ein Aufwand das war? Sorge dafür, dass sie dir nicht mehr zu nahekommt bis die Aufnahmen gemacht sind!«, bellte er Minna zu und zupfte unwirsch an ihren Haaren herum.

Diese schenkte ihrer Freundin ein entschuldigendes Lächeln, zuckte mit den Schultern und achtete darauf, Jasper von nun an nicht mehr von der Seite zu weichen.

Appoline setzte sich zu Laurent und Lady Blackmont in den Gästepavillon und zog für den Rest des Tages eine verbitterte Schnute.

Auch Laurent schien überhaupt nicht erfreut, sie in seiner Nähe zu wissen und so lenkte er seine ganze Aufmerksamkeit auf Hanna und nahm von Appolines Anwesenheit nicht mehr als die allernötigste Notiz.

Minna auf der anderen Seite, hatte die Zeit ihres Lebens. Mit Geschmeide im Wert von über zwanzigtausend Franc am Leib, posierte sie und lächelte, die Kamera vor ihrem Gesicht nicht beachtend, genauso wie Jasper es ihr vorgezeigt hatte.

Sie machte es wunderbar und mit einer naiven, ungekünstelten Leichtigkeit, die allen das Herz wärmte. Laurent war ganz besonders hingerissen. Eigentlich hätte er für das Shooting per se nicht unbedingt anwesend sein müssen, doch er hatte es sich nicht nehmen lassen, sie in voller Natura bei der Arbeit zu beobachten.

Als die Aufnahmen gemacht waren und Lady Blackmont, Laurent und der Fotograf restlos zufrieden gestellt waren, ging das ganze Set gemeinsam ins *Guy Savoy*.

Minna hatte zum Leidwesen Laurents, felsenfest darauf bestanden, dass Appoline sie zum Diner ins Restaurant begleiten durfte.

Hanna Blackmont wiederrum hatte darauf bestanden ihr, Minna, den Schmuck und das an Saum und Ärmeln mit kostbaren Perlen bestickte, ockerfarbene Kleid, welches sie beim Shooting getragen hatte, zu schenken.

16. Kapitel

... Würde ich keinen Schimmer am Horizont sehen, so würde ich niemals auf die Idee kommen, Sie erneut diesem Durcheinander an Gefühlen auszusetzten, dass mein Schreiben in Ihnen gewiss hervorruft ...

Minna sass in ihrem ledernen Fauteuil im Salon und las zum bestimmt zehnten Mal Moores Brief. Jene Zeile bildete den Fokus ihres Interesses. Ein Schimmer am Horizont, was damit wohl gemeint war? Ein Hoffnungsschimmer gewiss, doch in welcher Hinsicht?

Minna rieb sich über die geröteten Augen, auf ihren Wangen klebten getrocknete Tränen.

Das Salz der Tränen juckte auf ihrer Haut, doch sie beachtete es kaum.

Die Zeiger auf ihrer Armbanduhr deuteten auf halb vier, sie hatte die ganze Nacht kein Auge zugetan.

Appolines regelmässiges Schnarchen ertönte aus dem geöffneten Schlafzimmer, ansonsten herrschte totenstille.

Gefühle, so gegensätzlich und widersprüchlich, dass sie ihr beinahe die Brust zerrissen, quälten sie. Sie war ausser sich, wie dreist von diesem Mann sich nach all dieser Zeit so jäh und plötzlich wieder in ihre Gedankenwelt einzunisten, ganz gewiss wohl wissend, dass er noch immer den Schlüssel zu ihren innersten Seelenkammern besass.

Und wie einfältig von ihr, ihn gewähren zu lassen. Sie verfluchte sich selbst, ihre Mutter, der sie dieses ganze Fiasko überhaupt erst zu verdanken hatte und den Tag, an dem sie Dr. Magnus Moore das erste Mal begegnet war.

Sie erinnerte sich so lebhaft, als wäre es erst gestern gewesen.

An einem verregneten Vormittag, annähernd acht Jahre zuvor, hatte es an die Tür ihrer hübschen Villa in Manchester geklopft und er war eingetreten. Minna hatte ihn gemeinsam mit ihrer Mutter (die den jungen Doktor ohne Minnas Wissen eingeladen hatte) bereitwillig willkommen geheissen und ins Wohnzimmer geführt. Einfach so, ohne zu ahnen, was diese Tat für Folgen nach sich ziehen würde.

Würde Minna die Fähigkeit besitzen, die Vergangenheit zu verändern, sie würde es trotz allem nicht tun. Nein, sie würde all die Fehler, all die Torheiten noch einmal begehen. Bereitwillig und ohne zu zögern.

Ein wehmütiges Lächeln breitete sich auf ihren Lippen aus, als sie an Dr. Moore zurückdachte und wie entschieden sie ihn zuerst abgelehnt hatte.

Sie hatte damals bereits auf einer unterbewussten Ebene gespürt, dass dieser Mann ihr Leben grundlegend durcheinanderwerfen würde. Zum Guten, wie auch zum Schlechten.

Wie naiv und arglos sie gewesen war, mit ihren zwanzig Jahren. Altklug und energisch, und dennoch so furchtbar leichtsinnig und unbedacht.

Sie war der festen Überzeugung gewesen, diesen gutaussehenden, verschlossenen Mann besitzen zu können, wenn sie es nur richtig anstellte. Und nun war ihr bewusst, dass es niemals sie gewesen war, die das Rad zum Drehen gebracht hatte. Nicht sie hatte dafür gesorgt, dass die beiden sich näherkamen, sich anfreundeten und sie schliesslich ein inniges Band verknüpfte. Es war er gewesen, er, er, und immer nur er. Er hatte die Fäden gezogen, er hatte die richtigen Taten im richtigen Moment vollbracht, die richtigen Worte im richtigen Moment gesprochen.

Und er war es auch, der sie stets im Glauben gelassen hatte, dass sie die Kontrolle hatte. Über sich, über die Situation und über ihre Gefühle. Er hätte mit ihr umspielen können, wie es ihm beliebt hätte, doch das hatte er nicht getan. Er war ihr mit einer fortwährenden Aura der Gleichheit und des Anstands begegnet. Minna war ihm nun im Nachhinein sehr dankbar dafür.

Dieses hohe Mass an Edelmut und Wohlerzogenheit, welche Magnus Moore als Persönlichkeit ausmachten, rührte Minna noch jetzt und wenn sie daran dachte, überkam sie jedes Mal eine leise Woge der Verehrung.

Man darf sein Herz niemals seinen Kopf regieren lassen, so, oder so ähnlich lautete ein berühmtes Sprichwort. Wer auch immer es war, der es sich ausgedacht hatte, schien niemals aufrichtig geliebt zu haben.

Mit einem Gefühl, als umschliesse eine eiserne Hand ihr Herz, legte Minna den Brief in die Schatulle zurück und griff nach *Mo*. *Mo*. Bis zu diesem Zeitpunkt hatte sie keine Gelegenheit gefunden, sich diesem Werk mit gebührender Aufmerksamkeit zu widmen.

Aber nun war es soweit und der Moment war gekommen, das flüsterte eine verheissungsvolle Stimme in ihrem Inneren.

Mit klopfendem Herzen schlug sie das Inhaltsverzeichnis auf. Mit der nervösen Vorfreude, als suche sie sich ein schmackhaftes Gericht auf einer Menükarte aus, glitten ihre Augen über die zweiundzwanzig Themen, welche dieses Buch umfassten.

Zweiundzwanzig, eine keinesfalls zufällig gewählte Zahl. Bei Signore Morte war nichts dem Zufall überlassen, zumal es bekannt war, dass der Herr nicht an Zufälle geglaubt hatte.

Mit dem recht ansehnlichen Wortschatz, den Minna sich in der italienischen Sprache bis dato angeeignet hatte, würde sie hier gewiss gut durchkommen, dachte sie, als sie die Aufschriften überflog.

Eine Geschichte der Asche – oder die Wechselwirkung des Seins war das dreizehnte Kapitel, *der Schrecken der Geburt* war das erste.

Verführung durch Abscheu – eine Abhandlung der Gegensätze, war das vorletzte Kapitel und das Ende bildete *Reinkarnation, die Schlange streift ihre alte Haut ab*.

So verlockend die Titel allesamt klangen, einer fiel ihr ganz besonders ins Auge und so blätterte sie auf die Seite 222 und begann mit schweissnassen Handinnenflächen zu lesen ...

9. Die Moral der Liebe, oder weshalb die Moral der Liebenden zur Unmoral wird

Bevor auf diese Angelegenheit eingegangen wird, bevor wir gemeinsam die Luft anhalten und tief, tief in die bodenlose Schwere dieser Materie eintauchen werden, müssen erst einmal zwei grundsätzliche Fragen geklärt werden; was ist Liebe? Und, was impliziert Moral?

Moral und Liebe, gleichwertig mit Teufel und Gott.

Zwei Extreme, zwei Todfeinde, schlichtweg zwei Dinge, die sich gegenseitig ausschliessen.

Wer liebt, der ist nicht fähig moralisch zu handeln, wer moralisch handelt, ist nicht fähig zu lieben.

Denn was ist Moral? Fragt man einen Bauern, so zählt dieser die zehn Gebote auf, fragt man einen Geistlichen, so spricht der von Abraham und Jesus. Ginge man und frage einen Monarchen, so deute dieser womöglich wortlos in den Spiegel.

Moral ist Macht. Macht über ein breites Spektrum an Dingen, die den Menschen ausmachen, beziehungsweise in Schach zu halten vermögen.

Der Hirte erzählt seinen Schäfchen von der Moral, so dass diese sich nicht gegenseitig tottrampeln mögen. Der Hirte erzählt seinem Hund von der Moral, so dass dieser den Wolf beisst, wage es dieser, seinen Schäfchen zu nahe zu kommen.

Die Moral entwickelt sich stufenweise und ist abhängig von äusseren Einflüssen. Sie ist nicht angeboren, und das unterscheidet sie so grundlegend von der Liebe, doch dazu kommen wir erst später.

Der Samen der Moral wird in der Kindheit gesät, keimt in der Jugend zu einem vagen Sprössling und verfestigt sich im Erwachsenenalter.

Einem Kind wird moralisches Verhalten durch Belohnung, Strafe und dem Vorführen dargestellt. Und was haftet dem Kindesalter an wie keinem anderen Stadium des Menschseins? Die Fähigkeit – nein der Zwang – zu lernen.

In der Jugend dann, wenn dem Kind angelernt wurde was richtig ist und was nicht, repräsentiert das Gesetz und die alltäglichen Verhaltensregeln den Terminus der Moral.

Als erwachsenes, vernunftbegabtes Wesen dann, beginnt der Mensch sich (lassen die Umwelteinflüsse es denn zu) seine eigene Meinung zu bilden. Angelehnt an die moralischen Ansichten, die ihm in seiner Kindheit eingebläut wurden, wie ein Gewand, welches man kaum noch abzustreifen vermag.

Die Moral wird also gelehrt, doch wie verhält es sich mit der Liebe?

Wie Shakespeare einst sagte: Lieb' ist nicht Liebe, wenn sie vermengt mit Rücksicht, die seitab vom wahren Ziel sich wendet.

Die Liebe ist ein blindes, taubes und eigensüchtiges Wesen. Sie hört nicht auf die Vernunft, somit entsagt sie der Moral und all ihren Prinzipien.

Wer liebt, der lebt. Wer lebt, der jedoch muss nicht unbedingt auch lieben können. Welcher grosse Moralist war jemals für seine grenzenlose Liebe bekannt geworden? Und welcher wahrhaftige Liebende, jemals für seine Bereitschaft sich die Ketten der Moral anlegen zu lassen?

Romeo und Julia, Cleopatra und Antonius und all die anderen Seelen, die im Sturm des zweiten Höllenrings herumgewirbelt werden, fest umschlungen, sich schwörend den anderen nicht loszulassen.

Ein wunderschönes Beispiel, um die Kluft zu verdeutlichen, die zwischen Moral und Liebe herrscht. Zwischen Einsicht, Verstand und dem primitiven Drang sich jemandem ganz und gar hinzugeben.

Sibille und das Bauernmädchen, zwei Gestalten aus meiner Abhandlung über die Gegensätze; zwei Liebende, von Art und Herkunft grundverschieden und doch setzte man sich über die Gesetzte der Moral hinweg und liebte sich. Heimlich, in einem schmutzigen Viehstall, mit dem Wissen im Hinterkopf, Unrecht zu tun und mit der Voraussicht auf ewige Verdammnis.

Die edle Zarin hatte vor Mord und Verleumdung nicht zurückgeschreckt, um ihr kleines Bauernmädchen für sich zu gewinnen. Mord und Verleumdung, zwei Punkte auf der langen Auflistung der Unmoral.

Durch die Augen eines Geliebten erscheint jede Handlung ehrenvoll. Mord, Selbstzerstörung, Hass und Gewalt, ein Liebender begeht diese Taten mit einem Lächeln auf den Lippen, denn er begeht sie für jemand anderes, nicht für sich selbst.

Ein Moralist, der nicht weiss wie heiss die Liebe brennen, und wie stark sie ein unvorbereitetes Herz packen kann, wird in diesen Taten nichts weiter als Wahn und Sinnlosigkeit erkennen. Ein weiteres Beispiel dafür, wie recht er mit seinen Ideen über Verhalten und Menschlichkeit doch hat.

Nicht dem Liebenden ist es, dem wir unsere Aufmerksamkeit und unser Mitleid schenken müssen, sondern dem, der nicht lieben kann und der seinen Sinn darin glaubt, auf andere hinabzublicken und meint, ihre Taten richten zu müssen...

Ein lautes Poltern liess Minna zusammenfahren. Das Buch fiel ihr aus den Händen und landete mit einem dumpfen Geräusch auf dem Boden.

Ärgerlich blickte sie auf und erkannte Appolines Gestalt im Halbdunkel. Sie stand im Türrahmen und rieb sich den Fuss.

»Was machst du denn hier? Es ist mitten in der Nacht! Komm ins Bett.«, klagte sie und trat ungeduldig von einem Bein aufs andere. In ihrem oberschenkellangen Negligé und den zerzausten Haaren sah sie aus wie ein kleiner Engel. Minna seufzte, entschied sich schliesslich dafür die Abfassung ein andermal fertigzulesen und folgte Appoline ins Schlafzimmer.

In dieser Nacht hatte Minna viel Stoff zum Nachdenken. Mortes Arbeit, beziehungsweise den Bruchteil, den sie davon bereits gelesen hatte, hatte sie tief berührt und sie war davon überzeugt, dass ihre Grübeleien auf Mortes abstraktem Fundament Früchte tragen würden.

Eine leise Ahnung beschlich sie, irgendwann in einer besonders üppigen REM-Phase, dass *Die Moral der Liebe, oder weshalb die Moral der Liebenden zur Unmoral wird*, gewisse Berührungspunkte mit ihrem eigenen Problem aufwies, und demzufolge vielleicht auch zu dessen Lösung beitragen könnte.

17. Kapitel

𝒟IE GLIMMENDE SEPTEMBERSONNE HING SCHWER AM WOLKENLOSEN HIMMEL. Die ganze Stadt hatte eine laue Trägheit gepackt und viele Pariser, immerhin die die es sich leisten konnten, sassen in ihren kühlen Wohnungen und hielten ein Mittagsschläfchen.

Minna indes, war weit davon entfernt träge oder gar schläfrig zu sein. Mit einem hitzigen Eifer säuberte sie ihre Wohnung, richtete den Tisch im Salon für den anstehenden Tee an und tischte Sandwiches und Kuchen auf. Ein echter, englischer Nachmittagstee. Minna war entzückt und konnte es kaum erwarten, ihren Gast zu empfangen.

Früher hatte sie nie besonders viel für Besuch übriggehabt, doch dies hatte sich wie so vieles grundlegend geändert. Minna hatte gelernt die regelmässigen sozialen Zusammentreffen wertzuschätzen und sie hatte realisiert, von was für einer immensen Bedeutung sie waren.

Gesellschaften zu geben, wie auch sie zu geniessen, war Minnas Meinung nach mit einem Muskel zu vergleichen. Bei regelmässiger Übung verstärkte sich die Fähigkeit, wenn man es sein liess, verkümmerte sie. Und Minnas sozialer Muskel war bereits recht ansehnlich gewachsen, Aramis-Blaise' bescheidenen Ansprüchen jedenfalls würde es sicherlich genügen.

Zur verabredeten Zeit um fünf Uhr nachmittags, klingelte es schliesslich.

Mit einem ausgesprochen unangenehmen Gefühl stellte Minna fest, dass Aramis nicht allein gekommen war. Eine Frau stand neben ihm im Flur.

Minna seufzte innerlich, lächelte gegen aussen hin jedoch freundlich. Sie konnte sich denken, wer dieser ungebetene Gast war.

»Aramis! Wie schön, dass Sie es so pünktlich geschafft haben. Das muss Ihre Verlobte sein, nicht wahr?«

»Aber natürlich bin ich das.«, erwiderte diese sofort und streckt ihr die Hand mit dem Ring unter die Nase. »Sie haben es sehr ... schön hier. Es muss angenehm sein, sich so viel unnötigen Luxus leisten zu können, ohne sich die leisesten Gedanken über die Budgetierung machen zu müssen.«

Minna bat die beiden herein und schloss die Tür. »Das ist wahr.«

Sie führte ihre Gäste durch die Wohnung in den Salon und deckte rasch noch ein weiteres Besteck. »Ich habe nicht erwartet, dass Sie Ihre Frau mitbringen würden, Aramis. Sie müssen entschuldigen.«

»Ich wüsste nicht, was daran so erstaunlich sein sollte«, fuhr die Verlobte dazwischen, bevor Aramis den Mund aufmachen konnte, »schliesslich gehören wir zusammen. Wo er ist, da bin auch ich und umgekehrt.«

Sie setzten sich, Aramis und Minna vis-à-vis und seine Frau neben ihm. »Ich hatte ja noch gar nicht die Gelegenheit euch einander vorzustellen«, sprach Aramis schliesslich, »Minna, das ist Camille Poissonnier. Engelchen, das ist Minna Dupont, Appolines Lebensgefährtin.«

Die beiden Frauen nickten einander zu, eine merkliche Kühle breitete sich zwischen ihnen aus.

»Sie haben sich also dazu entschieden die Launen dieser unmöglichen Frau ertragen zu wollen.«, sagte Camille mit vorgerecktem Kinn und vor der Brust zusammengefalteten Händen.

Minna, die bei dieser offensichtlichen Ironie beinahe in schallendes Gelächter ausgebrochen wäre, füllte sich rasch den Mund mit Kuchen, um ihr Gekicher zu dämpfen.

»So ist es«, sagte sie schliesslich, »wissen Sie, wenn man weiss wie man mit ihr umgehen muss, dann ist sie ganz entzückend. Ja, sie ist wie eine junge Stute, die man erst einreiten muss.«

»Was soll das denn heissen?«, erwiderte Camille naserümpfend.

»Das heisst«, fuhr Minna geduldig fort, »dass Appoline eine starke Hand braucht, die sie zu führen weiss. Bis dato war es ihre Mutter, nun bin ich es, die ihr den Weg weist.«

Camille blickte entgeistert von der lächelnden Minna zu ihrem schweigenden *fiancé* und wieder zurück. »Ich glaube Sie sollten sich für eine Seite entscheiden, Mademoiselle. Sind Sie nun ihre Geliebte oder ihre Mentorin?«

»Aber das schliesst sich doch nicht zwangsläufig gegenseitig aus«, mischte Aramis sich nun lachend ein, »du kennst meine Schwester nicht so gut wie ich oder Minna es tun, Schätzchen. Minna handelt ganz richtig, ich vertraue ihr und ihrer Ansicht. Appoline besitzt gewisse Flausen, die ihr ausgetrieben werden müssen und niemand wäre dafür besser geeignet als jemand, der sie aufrichtig liebt.«

Camille wollte sich damit nicht zufriedengeben. »Und Sie lieben sie auch, Mademoiselle Dupont?«

»Heiss und innig.«, versicherte Minna lächelnd. Tee und Kaffee wurde ausgeschenkt, Sandwiches verteilt und für einen Moment versanken sie in ein angenehmes Schweigen.

Nach einer Weile ergriff Camille erneut das Wort. Sie schien ihre Zweifel gegenüber Minna immer noch nicht ganz abgelegt zu haben und ihr Tonfall war dementsprechend reserviert.

»Wie ich hörte, sind Sie den Frauen nicht immer so zugetan gewesen, wie Sie es nun scheinbar sind, nicht wahr? Gab es da nicht einmal einen Mann in Ihrem Leben? Vor langer Zeit, meine ich.«

Die Temperatur im Salon schien jäh um zehn Grad gesunken zu sein und Minnas Züge verhärteten sich. Ein dunkler Schatten huschte über ihr Gesicht und ihr Kiefer begann zu mahlen.

»Das ist wahr, wir alle besitzen eine Vergangenheit. Sie gewiss genauso wie ich.«

Nach all dieser Zeit wurde immer noch mit Freude darauf herumgekaut. Es schien den Leuten einfach nicht fade zu werden. Was wurde von Minna denn noch alles abverlangt, bis man diese Sache mit Moore endlich vergass?

»Eine schreckliche Sache, nicht wahr? Ich habe sie damals sehr bemitleidet. Es ist doch immer wieder erschreckend zu sehen, was für furchtbare Menschen es auf dieser Welt gibt. Ich wünsche diesem Mann alles Elend der ... « – »Camille!«, fuhr Aramis scharf dazwischen, als er Minnas flammendem Blick begegnete. »Es reicht. Minna ist dieses Thema offensichtlich äusserst unangenehm.«

»Und wer könnte es ihr verübeln? Wenn ich ein solches Scheusal als Mann gehabt hätte, würde ich mich auch in Grund und Boden schämen.«

Wie sie so dasass mit ihrer schlampig geschnittenen Bobfrisur, die schwarzen Haare stumpf und glanzlos, dem eingefallenen Gesicht, das ihrem olivfarbenen Teint einen unansehnlichen Grünstich verlieh und diesen bohrenden, penetranten schwarzen Käferaugen, lud sie regelrecht dazu ein, von Minna zurechtgewiesen zu werden. Und das tat diese auch.

»Wissen Sie, Camille«, sprach sie stoisch, »lieber würde ich, arglos und liebessüchtig wie ich bin, einen verherenden Misstrauensbruch nach dem anderen ertragen, als mein Leben lang in stetiger, missmutiger Skepsis durch die Welt zu laufen. Ein kleiner Bissen von der süssen Liebesfrucht wiegt zahllose Nächte bitterer Tränen und Kummer restlos auf.

Fortwährende Gehässigkeit ruiniert den Teint und lässt einen rapide altern. Als Frau, die in Zukunft des Öfteren auf Werbeplakaten zu sehen sein wird, kann ich mir das nicht leisten.
Sie sehen, ich bin also im wahrsten Sinne des Wortes gezwungen, mein Leben mit Genuss und Ausschweifungen zu füllen.«

Ausser sich vor Empörung wandte Camille sich ihrem Verlobten zu.

»Du lässt es zu, dass diese ... diese *femme entretenue* so mit mir spricht?«

Minna und Aramis wechselten erstaunte Blicke. Er wirkte schockiert, sie leicht amüsiert.

»Pardon? Eine was?«, hakte Minna mit hochgezogener Augenbraue nach.

»Oh Sie wissen ganz genau was ich meine!«, keifte die Xanthippe zornig, »Sie sind steinreich und das ohne das Sie einen Finger dafür rühren müssen! Es ist doch offensichtlich, dass dieser verrückte Arzt Ihnen als Gegenleistung Ihrer ... Ihrer Aufmerksamkeit, Geld gegeben hat! Es mag ja sein, dass Sie nun in festen Händen sind, aber das hält Sie bestimmt nicht davon ab, sich in der Gesellschaftshierarchie hinaufzuschlafen! Sie benutzten Ihre Weiblichkeit, um Ihren Willen durchzusetzen und dafür ... dafür habe ich kein Verständnis!«

Schwer atmend hielt sie inne und rieb sich die Schweissperlen von der Stirn.

Minna lächelte still in sich hinein. Diese Frau hatte das Prinzip nicht verstanden. Sexualität ist Sinnlichkeit und Sinnlichkeit ist Macht. Eine Frau, die keine Macht ausüben kann, besitzt schlichtweg keine Sinnlichkeit, keinen Reiz.

Eine Frau die weder ihren Körper noch ihren Geist als Waffe einzusetzen weiss, wird scheitern, in allem was sie erstrebt.

Und diese Frau, diese ungebildete, hysterische Furie war ein Musterbeispiel für weibliches Versagen.

Das Weib ist vom Wesen her Schlange ... vom Weib kommt jedes Unheil in der Welt. Jeder Priester weiss das. Jeder Mann weiss das. Und deshalb vergöttern, und fürchten sie sie gleichsam. Die Frau ... *Die Frau.*

»Sagen Sie, Mademoiselle Poissonnier, was fällt Ihnen ein meine Gastfreundschaft in solcher Weise zu entgelten? Sie schikanieren mich hier ohne ersichtlichen Grund in meiner eigenen Wohnung, schämen Sie sich nicht?« Minnas Stimme war ganz leise geworden, auf ihren Lippen ruhte ein aalglattes Lächeln.

Diese Frau machte es ihr viel zu leicht, sie schaufelte sich ihr eigenes Grab, und merkte es nicht einmal.

»Ich bin ausser mir! Wie kannst du Minnas Freundlichkeit nur so mit Füssen treten?«, brüllte Aramis wütend. »Wie Minna ihr Leben finanziert ist ganz allein ihre Angelegenheit und selbst wenn eine glückliche Fügung ihr ein solches Vermögen verschafft hatte, dann ist das bestimmt kein Grund sie deswegen zu verurteilen! *Ich* gönne ihr ihren Erfolg und du tätest gut daran, es auch zu tun, Madame!«

Er erhob sich ruckartig, packte seine keifende Frau beim Handgelenk und zog sie in Richtung Flur davon. »Ich bringe dich nach Hause, dir ist offensichtlich nicht wohl.«, und an Minna gewandt sagte er: »es tut mir schrecklich leid, Mademoiselle. Ich ... ich werde es Ihnen bei gegebener Gelegenheit erklären. Vielen Dank für die Einladung und ... «, aber weiter kam er nicht, denn da waren sie auch schon zur Tür hinaus und Camilles aufgebrachten Ausrufe verstummten.

Die schwere Stille, die darauf folgte, war so drückend, dass Minna, während sie den Tisch abräumte, ein kleines Lied zu summen begann.

»Nun, der Neid ist ein schrecklich hässliches, grünäugiges Ding, nicht wahr?«, sprach sie schliesslich in die Ruhe hinein und brach in heiteres Lachen aus.

Einige Stunde später, die Nacht war bereits hereingebrochen, klingelte Aramis-Blaise erneut an ihrer Tür. Er war gekommen, um sich in aller Aufrichtigkeit für das Verhalten seiner Verlobten zu entschuldigen.

Minna bat ihn herein und sie setzten sich in die Küche. Sie servierte Kaffee und Cognac und musterte ihn dann abwartend.

»Hören Sie«, begann Aramis, nach dem einen grossen Schluck Wein getrunken hatte zögernd, »ich schäme mich fürchterlich für Camille. Ich weiss nicht, wie ich das jemals wieder in Ordnung bringen kann.«

Minna schwieg lange Zeit. Dann richtete sie sich auf, leckte sich über die Lippen und sprach:

»Ihre Verlobte hat Ihnen in ihrer impulsiven Unbedachtheit sämtliche Türen verschlossen. Wenn publik wird, wie sie beide sich bei ihrem Besuch bei mir verhalten haben, sind Sie, mein Guter, weg vom Fenster. Man wird Sie verspotten und belächeln, als undankbar und einfältig abtun und sich hüten, Ihnen je wieder eine Einladung zu schicken.«

Sie legte bedauernd den Kopf schief und seufzte. Aramis' beklemmende Situation war wirklich herzzerreissend. Minna wollte ihn so gerne trösten.

»Das ist mir bewusst, Mademoiselle«, erwiderte Aramis errötend, »Mutters Bemühungen mich in die Gesellschaft zu integrieren werden wohl umsonst gewesen sein.«

Du dummer, kleiner Junge, durchfuhr es sie ärgerlich. *Hat man dir nicht beigebracht ein Mann zu sein?*

Mutter, Mutter, Mutter; dieser Mann war Mitte Zwanzig und verhielt sich wie ein Kind.

Es hatte ganz den Anschein, als bliebe Minna keine andere Wahl, als mit ihm wie mit einem Jungen umzugehen.

»Aber wissen Sie, es ist so«, fuhr Arams eilig fort, »Camille hat mit ... gewissen Problemen zu kämpfen und erhält medizinische Hilfe. Nichts Grosses, ein harmloses Antidepressivum. Aber wenn sie vergisst es zu nehmen – und das kommt manchmal vor – dann wird sie ... na ja ... « »Unpässlich.«, half ihm Minna ungerührt auf die Sprünge.

Aramis lächelte bekümmert. »So könnte man es nennen, ja.«

»Und Sie denken ganz allein einem Versäumnis wie diesem, die Schuld an ihrer Respektlosigkeit geben zu können?«, fragte Minna kühl, die Arme vor der Brust verschränkt.

Aramis blinzelte verwirrt. »Nun, na ja ... ja durchaus. Ich meine, ansonsten ist Camille eine wunderbare Frau. Sie hat sowohl Schwächen wie auch Stärken. Aber das hat doch jeder von uns, nicht wahr?«

»Durchaus«, entgegnete Minna, ihr Temperament langsam aus den Finger gleiten sehend, »aber auf das Verhältnis kommt es an.«

»Bitte, Minna ... « – »Verschwenden Sie meine Zeit nicht mit diesen kindischen Schuldzuweisungen. Die Frage wer hier Unrecht getan hat ist wohl mehr als eindeutig. Wenn Sie gekommen sind, um das Verhalten Ihrer Verlobten rechtfertigen zu wollen, dann dürfen Sie jetzt wieder gehen.«

Das Schloss des männlichen Egos schnappte wie erwartet zu und Aramis sprang auf.

»Ich möchte sie gewiss nicht rechtfertigen!«, rief er erbost, »Minna, ich weiss selbst nicht wie ich an eine solche Frau wie sie es ist, geraten bin, aber nun muss ich es wohl in Kauf nehmen. Bitte, verzeihen Sie mir, das ist alles was ich mir von Ihnen erhoffe.«

Minna nickte bedächtig. Also war sein Auftauchen mit Erwartungen verknüpft, die kein Edelmann jemals auszusprechen wagen würde.

»Sie wollen, dass ich Ihnen verzeihe«, widerholte sie halblaut, »das kann ich nicht. Vielleicht eines Tages, wenn diese Frau dort lebt wo der

Pfeffer wächst aber nicht heute und nicht unter diesen Umständen. Ich nehme eine Respektlosigkeit sehr ernst, Aramis.«

Sie erhob sich ebenfalls, leerte den Branntwein in einem Zug und trat ihm ganz nahe.

»Diese unmögliche Frau hat meinen Stolz verletzt, es wäre nun also mehr als angebracht von Ihnen, mich milde zu stimmen. Es wäre doch immerhin eine Schande, wenn die Bemühungen Ihrer Mutter umsonst gewesen wären und dieses Fiasko bekannt wird ... ich schätze Ihre Mutter sehr.«

Aramis musterte sie zögernd. »Das beruht auf Gegenseitigkeit, Mademoiselle.«, wisperte er leise. »Sie ist ganz hingerissen von Ihnen.«

Er neigte sich vor, benetzte seine Lippen und legte seine Hände an Minnas Hüfte.

»Ich verzeihe Ihnen nicht, aber ich werde kein Wort über diesen Nachmittag verlieren, sollten Sie geneigt dazu sein, sich mit mir zu versöhnen.«

Aramis Atem wurde flacher und er nickte rasch. »Aber natürlich möchte ich das.«

Minna strahlte und stellte sich auf die Zehenspitzen. »Sehr schön, und nun, geben Sie mir einen Kuss.«

Widerstandslos liess Aramis sich in eine Umarmung ziehen und öffnete bereitwillig seine Lippen, um ihren rosigen Mund zu kosten.

18. Kapitel

$\mathcal{E}$INE REISE STAND BEVOR. Minna war eingeladen worden den Herbst über mit Laurent in seinem Sommerhaus an der Côte d'Azur zu verbringen. Es stünde ihr frei, mitzubringen, wen sie wolle.

Sie hatte keine Sekunde lang überlegen müssen, die Entscheidung war schnell getroffen. Und so fuhren sie, Jasper und ihre Tante Aliette an einem schönen Freitagmorgen südwärts in das neunhundertdreissig Kilometer entfernte *Grasse*.

Die Stadt der Düfte, gebaut in den Hügeln der Riviera und durchwirkt mit so viel südländischer Schönheit, dass es jedes Herz erweichen liess, war einer der wundervollsten Orte in ganz Frankreich.

Minna war ausser sich vor Freude, sie liebte *Cannes* und die Lage drumherum. Marseille, ihr Geburtsort war nicht weit entfernt und sie entschied, während ihres Aufenthalts einen kleinen Abstecher dorthin zu wagen.

Appoline würde den Herbst über in Paris gebraucht werden, es stand ausser Frage, dass sie der Herbstkollektion ihrer Mutter ihre Fertigkeiten als wandelnden Kleiderständer beitragen würde und so liess sie, Appoline, ihre Freundin nur äusserst missmutig mit Laurent ziehen. Sie hatte ein mulmiges Gefühl im Bauch und den Verdacht, dass dieser Mann ganz genaue Pläne verfolgte.

Um elf Uhr abends fuhr der Chauffeur die geschwungene Auffahrt zu Laurents Anwesen hinauf. Das Haus, eine grosse, mit turmähnlichen Spitzen versehenen Villa, war im venezianischem Baustil errichtet und auf einer kleinen Anhöhe mit dem Rücken in einen Hang gebaut worden, auf dessen anderer Seite auf kilometerweiten Ebenen Lavendelfelder blühten.

Durch das geöffnete Fenster drang der schwere Duft von warmem Strassenstaub, Lavendel, Jasmin und Rosen ins Wageninnere und lockte Minna sanft aus ihrem Dämmerzustand.

Das Zirpen der Zikaden begleitete die Reisenden, als diese schweigend vor Erschöpfung den im Mondlicht alabasterweiss schimmernden Kiesweg folgten.

Aus den hohen, mit Rundbögen verzierten Fenstern ergoss sich goldenes Licht auf den holzverzierten Balkon und tauchte den Eingangsbereich darunter in einen trüben Schein.

Absolem, Minnas Rüde, wurde von einem Hausangestellten liebevoll in den Hinterhof geführt, wo er versorgt und während des Aufenthalts sein Schlafplätzchen haben würde. Laurent gestattete keine Tiere in seinem Haus, etwas das Minna ihm nicht verübeln konnte.

Die Luft war mild, das Personal gewissenhaft – ihrem Hund würde es hier zweifelsohne gut gehen, daran hatte sie keinerlei Zweifel.

Im marmorausgekleideten Foyer angekommen, wurden sie gebeten kurz zu warten. Minna und Jasper ergriffen jeweils einen Arm von Aliette und führten sie zu einer Sitzgruppe. Die arme Frau war ganz erschöpft und keuchte unaufhörlich. Mit ihren vierundfünfzig Jahren hätte man meinen können, eine solche Reise wäre für sie, um einiges leichter zu bewältigen, doch ihre Lungen waren dank des jahrzehntelangen Rauchens äusserst in Mitleidenschaft gezogen worden und ihr Rheuma wurde mit jedem Jahr schlimmer.

»Du solltest dir an mir und Jasper ein Beispiel nehmen«, tadelte ihre Nichte sie ernst, »wir Rauchen nicht und sieh uns an. Wir sind gesund und munter, während du kaum zu Atem kommst.«

Aber Aliette winkte bloss ab und wühlte in ihrer Handtasche nach ihrem, mit Pfefferminz Wasser besprühten Taschentuch, welches sie sich, kaum hatte sie es aus den Tiefen ihrer Tasche gezogen, eilig an die Nase presste und tief einatmete.

»Wie ungezogen von Ihnen, Mademoiselle«, ertönte eine Stimme von der anderen Seite der Halle, »lassen Sie Ihre Tante doch erst zu Atem kommen, bevor Sie ihr eine Strafpredigt halten. Wie soll sie sich denn so japsend und schnaufend richtig verteidigen können?«

Laurent stand am oberen Ende der Treppe und hielt strahlend die Arme ausgebreitet.

»Willkommen in der Provence, meine Gäste. Fühlt euch bitte ganz wie zu Hause.«

Minna blieb für einen Moment den Mund offenstehen. Sprachlos musterte sie ihren Gastgeber.

Ganz in dunkle Seide gekleidet, mit einer im Licht der Kronleuchter funkelnden Omega am Handgelenk und einem stolzen Lächeln auf den vollen Lippen, wirkte er hinreissender denn je. Der dichte Wimpernkranz war tiefschwarz gefärbt und verlieh seinen hellen Bernstein Augen ein so einnehmendes Leuchten, dass Minna sich seinen Blicken nicht entziehen könnte, selbst wenn sie es gewollt hätte.

In Jasper neben ihr, gingen ganz ähnliche Gemütsregungen von statten, auch er schien sprachlos vor Erstaunen. Überrumpelt wie sie beide waren, übernahm Aliette an dieser Stelle und ergriff das Wort. Sie dankte im Namen aller für die grosszügige Einladung, bestaunte die Villa mit vielen, schmeichelnden Worten und betonte, wie gut der Herr des Hauses heute Abend aussah.

»Oh aber Sie haben ja erst ein Bruchteil dessen gesehen, was es zu sehen gibt!«, rief Laurent lachend, »kommen Sie mit, wir machen einen kleinen Hausrundgang.«

Und so folgten die drei Neuankömmlinge dem Hausherrn artig die Treppe hinauf, durch unzählige Vorzimmer, Flure, Salons und über weitläufige Terrassen mit Blick auf das gewaltige Blumenmeer, welches sich auf der Südseite bis zum Horizont erstreckte, bis sie schliesslich im Nordflügel vor ihren jeweiligen Schlafzimmern standen.

Das Gepäck war bereits hereingetragen worden und wartete schon auf ihre Besitzer als diese eintraten.

In dieser Nacht schlief Minna wie ein Säugling. Tief, traumlos und zufrieden.

Die darauffolgenden Tage verstrichen in einer solch angenehmen Weise, waren gefüllt mit langen Spaziergängen durch die Blumenfelder, Restaurantbesuchen in der Stadt und abendlichen Lustbarkeiten, dass Minna die Probleme, welche sie in Paris zurückgelassen hatte, vollkommen vergass.

Appoline, der Brief von Magnus, Aramis und seine Xanthippe ... nichts als Worte, deren Bedeutung mit jedem Tag weiter verblassten.

Die hochgelegene Lage, die Zerstreuungen, das gute Essen und die frische Luft stärkten nicht bloss Minna, auch Aliette und ihrem Lungenleiden vollbrachte es wahre Wunder.

Das einzige, was hin und wieder einen bleichen Schatten auf Minnas Glückseligkeit warf und ihre Zufriedenheit trübte, war die unangenehme und in ihren Augen überaus peinliche Angelegenheit zwischen Laurent und Jasper.

Anfänglich war sie noch guter Dinge gewesen und hatte sich in der Sicherheit gewogen, dass das – was auch immer es zwischen ihnen war – nicht lange halten würde.

Doch es schien ganz so, als wäre Minnas Gewissheit töricht gewesen, ja um nicht zu sagen gänzlich falsch.

Laurent schien von seinem Erstreben Minna näher zu kommen, abgelassen zu haben und konzentrierte sich nun ganz darauf Jasper zufrieden zu stellen.

Er führte sie jeden Abend mit seinem Sportwagen aus, gesellte sich zu ihnen auf ausgiebige Promenaden und sorgte dafür, dass es ihnen an nichts fehlte. Aber Minnas scharfem Blick entging nicht, dass sich die zuvorkommende Gastfreundschaft stets in eine ganz gewisse Richtung neigte, – in Jaspers.

Nun im Nachhinein hätte sie sich ohrfeigen können, so dumm kam sie sich vor. Warum hatte sie unbedingt darauf bestanden Jasper mitzubringen? Warum hatte sie ihn nicht einfach in Paris zurückgelassen und an seiner Stelle Clément mitgebracht? Der junge Student hatte gerade kürzlich seine Examina bestanden und eine solche Vergnügungsreise mehr als verdient.

Seufzend trat sie nach einem Stein, der mit leisem Geklacker über den ausgetretenen Kopfstein davonkullerte. Die Sonne brannte als wäre es noch immer August, der Schweiss rann ihr in Strömen über die Stirn und das Hemd klebte ihr unangenehm am Rücken und zwischen den Brüsten.

Mit einem flauen Gefühl in der Magengrube sah sie, wie die beiden Männer vor ihr ausgelassen miteinander lachten. Ihre Hände schwangen bei jedem Schritt gefährlich nahe aneinander vorbei und streiften sich manchmal flüchtig.

Sie unterdrückten den jähen Impuls, mit dem beiden aufzuholen und sich zwischen sie zu zwängen. Wie kindisch sie sich aufführte, sie ärgerte sich über sich selbst, und dennoch vermochte sie dieses fiese Stechen in ihrer Brust nicht abzustellen.

Eifersüchtig. Minna lachte spitz auf, als ihr dies bewusstwurde, sie war eifersüchtig. Nicht in tausend Jahren hätte sie geglaubt, jemals diesem schrecklichen Gefühl verfallen zu können und nun war es geschehen.

Kopfschüttelnd liess sie sich noch ein Stücken weiter zurückfallen und tätschelte den geschmeidigen Kopf ihres Hundes, der munter hechelnd neben ihr her trabte.

»Ich bin wohl ein Rad zu viel am Wagen, meinst du nicht auch?«, fragte sie an ihren Vierbeiner gewandt, dieser jedoch schien für menschliche Albernheiten nichts übrig zu haben und reagierte kaum.

Minna seufzte erneut und blieb stehen. Was tat sie hier überhaupt? Diese beiden Gentlemen wollten offensichtlich ihre Zweisamkeit geniessen, sie sollte besser umkehren.

Es wäre vielleicht einfacher gewesen, still und heimlich im Strom der Passanten unterzutauchen und sich bis zu einem nahegelegenen Taxistand mitreissen zu lassen, doch Minna schauderte es vor so viel Rückgratlosigkeit und so atmete sie tief durch, setzte ein breites Strahlen auf und holte zu Laurent und Jasper auf, die gar nicht bemerkt hatten, dass ihre Begleitung gefehlt hatte.

» ... und dort hinten stehen die grosse Parfümerie *Galimard*, wenn du Lust hast können wir sie in den nächsten Tagen besuchen- ... oh! Minna, Sie haben mich vielleicht erschreckt!«

Natürlich habe ich das, du Fuchs, knurrte sie innerlich bitter, *vollkommen vergessen hast du mich.*

»Ich wollte euch beide nur darüber informieren, dass sich hier unsere Wege trennen werden.«, sagte sie und schenkte den beiden Männern nacheinander ein freundliches Lächeln.

Jaspers Miene verdunkelte sich. Besorgt zog er Minna an seine Brust. »Was ist los? Fühlst du dich nicht gut, *ma poupée?* Soll ich dich begleiten?«

Diese war von so seiner Sorge ganz gerührt, konnte diese unbestimmte Abneigung, die seit einigen Tagen in ihr Keimte, jedoch nicht ganz unterdrücken.

»Mir geht es hervorragend«, versicherte sie gelassen, »aber wie ich sehe, benötigt ihr beide meine Aufmerksamkeit nicht länger. Meiner Rolle als Anstandsdame ist hiermit wohlgetan. Adieu, meine Herrschaften.«

Sie wand sich sanft aus Jaspers Griff, nickte ihm zu und lief den Weg zurück, den sie gekommen waren.

Aber sie kam nicht weit. Bereits nach wenigen Metern wurde sie an der Hand gepackt und herumgewirbelt. Laurent war ihr nachgeeilt, offensichtlich ausser sich vor Zorn.

»So danken Sie mir meine Gastfreundschaft?«, bellte er ungehalten, »ganz Paris würde sich ein Auge ausreissen, um mit mir hier in meinem Sommerhaus zu residieren und Sie wollen bereits nach einer Woche wieder abreisen? Einfach so?«

Minna entzog sich seiner groben Umklammerung und trat einen Schritt zurück.

»Sie machen sich lächerlich, Monsieur. Ich bin hier offensichtlich eine Person zu viel, also was kümmert Sie meinen Verbleib? Aliette wird, sofern es Ihnen nichts ausmacht, hierbleiben und gemeinsam mit Monsieur Martin zurückreisen. Der Aufenthalt tut ihren Bronchien sehr gut, ihre Gesundheit wird gewiss davon profitieren.«

Sie wollte ihren Spaziergang fortsetzten, doch Laurent trat ihr entschieden in den Weg. Ein grimmiger Ausdruck verhärtete seinen breiten Mund und liess seine Statur noch grossgewachsener wirken, als sie es in Wirklichkeit war.

»Minna, kann es sein, dass Sie ein bisschen eifersüchtig sind? Denn wenn dem so wäre, könnte ich Ihren Aufruhr durchaus nachvollziehen. Aber wissen Sie was ich nicht nachvollziehen kann?« Er packte sie am Handgelenk und zog sie von der Strasse in eine schmale Seitengasse.

»Sie.«

Laurent platzierte links und rechts von ihr einen Arm, so dass sie ihm nicht entschlüpfen konnte und trat ihr ganz nahe. So nahe, dass Minna sein Parfum in die Nase wehte.

Ihre Augen weiteten sich vor Entsetzten. Sie kannte diesen Duft. Es war *Terre d'Hermès*.

»Wie können Sie es wagen.«, stiess sie tonlos hervor.

Laurents Augenbrauen zuckten verwirrt zusammen und Ratlosigkeit dämpfte seinen Zorn.

»Pardon?«

Minnas Augen füllten sich mit Tränen und sie schluckte hart. »Das kann kein Zufall sein. Sie *wissen* es Laurent, Sie *w*issen es.«

Ihre Stimme erstickte in einem krampfhaften Schluchzen und sie verlor den Halt unter den Füssen. Das war er, der Duft von Magnus Moore. Der Duft, den sie heimlich in ihrer silbernen Schatulle aufbewahrte, mit dem sie all die Jahre über den Brief ihres Doktors parfümiert hatte.

Die Beine knickten unter ihrem Gewicht ein und Minna schlug hart auf den Boden auf.

»Um Himmelswillen, Minna!« Hastig hob Laurent sie in seine Arme und trat nach Hilfe rufend hinaus auf die belebte Strasse.

Minna war mithilfe von Laurent und Jasper wohlbehalten ins Sommerhaus zurückgetragen worden. Ein Arzt war gerufen worden, der einen Hitzeschlag diagnostiziert, und ihr die nächsten Tage über viel Ruhe und Schatten verordnet hatte.

Früh am nächsten Morgen klopfte es an ihrer Schlafzimmertür und Laurent trat ein, sich nach dem Wohlergehen seines Gasts zu erkunden.

Er setzte sich auf den Bettrand und strich ihr schweigend über die schweissnasse Stirn.

Aus den zugezogenen Schalosien sickerte ein Streifen goldenen Sonnenlichts, verfing sich in Minnas blondem Haar und brachte es zum Leuchten.

»Wie geht es Ihnen?«, fragte er nach einer Weile leise. Minna antwortete nicht.

Mit glasigem Blick starrte sie auf ihre gemusterte Bettdecke.

»Ich habe Ihnen einen Lavendelstrauss mitgebracht, frisch vom Feld.«

»Hat Jasper Sie auf die Idee gebracht ihn mir zu pflücken?«

Laurent schmunzelte, sagte jedoch nichts und machte sich daran den Lavendel auf ihrem Nachttischchen herzurichten.

»Ich habe mir gestern grosse Sorgen um Sie gemacht«, sagte er nach einer Weile und sein Gesicht nahm wieder einen ernsten, mitfühlenden Zug an, »als Sie mir da mitten auf dem Asphalt zusammengebrochen sind und ich Esel zu verdattert war, um Sie rechtzeitig aufzufangen... das schlechte Gewissen zerfrisst mich innerlich.«

Minna richtete sich in ihren Kissen auf und griff nach einer Handvoll Lavendelhalme.

»Es ist ja nichts passiert.«

Laurent zuckte unwirsch mit dem Kinn. »Doch ist es, Sie haben sich weh getan. Das ist schrecklich.« Er betrachtete sie einen Moment, dann rückte er ein wenig näher und legte seine Hand auf ihre. Minna zuckte zusammen, sie war warm und weich, sehr gepflegt für eine Männerhand.

Ihre Blicke begegneten sich und ihr Herz machte einen schmerzhaften Hüpfer.

»Sie haben gestern lauter sinnloses Zeugs gemurmelt und fortwährend einen Namen genannt...«, Laurent näherte sich ihr noch ein Stückchen, griff mit der freien Hand nach einer ihrer Haarlocken und wickelte sie sich um den Finger. Währenddessen musterte er sie besorgt, als würde er abschätzen wie viel sie bereits ertragen könnte, »Magnus. Sie haben immer wieder nach einem Magnus gerufen.«

Minna entzog sich seiner Berührung und presste sich die Lavendelblüten unter die Nase, hoffend der intensive Geruch würde den von Laurent, -den von Magnus- überdecken.

»Sie tragen *Terre d'Hermès* von *Hermès*«, wisperte sie leise, ein vorwurfsvoller Ausdruck trat in ihre Augen, »weshalb quälen Sie mich so?«

Laurent erblasste. »Quälen?«, wiederholte er entgeistert, »*Parbleu*, ich möchte Sie doch nicht quälen!«
Er betrachtete sie, als fürchte er einen erneuten Nervenzusammenbruch, als wäre sie nicht ganz bei Sinnen. Zögernd griff er nach ihrer Hand und presste sie an seine Lippen.

»Minna, ich ... « aber Minna hörte ihn nicht länger, ein verboten verdorbener Gedanke hatte sich ihr bemächtigt.

Wenn sie die Augen schloss, könnte sie sich vorstellen *er* sässe neben ihr auf dem Bettrand und e*r* hielt ihre Hand so sanft in seiner.

Der Geruch vermag es die Menschen spielendleicht in seinen Bann zu ziehen, ihnen Dinge vorzugaukeln, sie in Erinnerungen schwelgen zu lassen, kurz; ihnen Schmerz, so wie auch die grösste Wonne zu bereiten.

Ihr Herz machte einen so gewaltigen Sprung, dass es ihr beinahe den Magen umdrehte.

Seit seiner Verhaftung hatte sie sich Magnus nicht mehr so nahe gefühlt wie jetzt, hier in diesem Zimmer, mit einem atmenden, lebenden Wesen neben sich, dessen Duft einem anderen gehörte.

»Das Parfum ... «, wisperte sie mit bebender Stimme, »er trug es auch ... «

Laurent schwieg einen Moment, hinter seiner Stirn arbeitete es, dann begriff er endlich.

»*Mon Dieu!*«, entfuhr es ihm entsetzt, »Sie meinen ... Ihr, Ihr Mann ... wie geschmacklos von mir, wie unerhört! Das wusste ich nicht, Minna, bitte glaube Sie mir! Hätte ich gewusst ... ich hätte niemals ... « Sein Gestotter endete in einem tiefen Seufzer.

»Ich werde es abwaschen«, versichert er, »Sie werden es nie wieder an mir riechen müssen, das verspreche ich Ihnen.«

Minna nickte, erleichtert und enttäuscht gleichermassen. Sie hob den Blick und legte den Lavendel zurück auf den Tisch. »Aber nicht sofort, Monsieur.«

Sie zog Laurent an seiner Krawatte zu sich und schmiegte sich eng an seine Brust, das Gesicht in seiner warmen Halsmulde vergraben, dort wo der Duft am intensivsten wirkte.

19. Kapitel

𝓛AURENT VERHARRTE GANZ STILL. Wie eine Statue sass er da und fühlte das warme Gewicht auf seiner Brust. Er wagte es kaum zu atmen, so sehr war er von ihrer plötzlichen Nähe eingenommen. Er wusste sehr wohl, dass dieser Moment der Zärtlichkeit nicht ihm galt, dass er nicht mehr als das Medium war. Dass es hier um einen ganz anderen Mann ging, dessen Stellenwert er niemals erreichen können würde. Und dennoch genoss er den Moment in vollen Zügen.

Und so wie jeder schöne Moment, ging auch dieser hier viel zu schnell vorbei. Minna begann sich zu regen, schien sich von ihrer Nostalgie zu erholen und setzte sich wieder aufrecht hin.

Ihre grossen, blauen Augen waren verschleiert und ihre geröteten Wangen Tränen benetzt.

Gedankenlos beugte Laurent sich vor und küsste die Tränen fort.

Minna erstarrte unter seiner Berührung, liess ihn jedoch gewähren. Ihre leisen Schluchzer bewogen ihn dazu, sie fest in seine Arme zu schliessen, sich langsam nach hinten ins Bett sinken zu lassen und sie auf seine Brust zu ziehen.

»Möchten Sie über ihn reden?«

Minna seufzte. Da, er hatte es ausgesprochen. Die Frage, nach der sie sich all die Jahre über so verzehrt, und die niemand je zuvor gestellt hatte. Keine Menschenseele.

Hast du den Verstand verloren?, *geht es dir gut?*, *hat er dir weh getan?*, gewiss. Solche Fragen hatte es regelrecht auf sie ein gehagelt, doch *wie geht es ihm, erzähl mir von ihm* oder *wie geht es dir ohne ihn,* solche Wortlaute waren nie erklungen. Niemals, bei niemandem.

Magnus Moore war bereitwillig verschwiegen worden, denn Magnus Moore war nach dem Bekanntgeben seiner unmoralischen Taten, der Gattung Mensch enthoben worden.

Minna zog die Beine an und presste sich enger an Laurents muskulösen, warmen Körper.

»Sie sind der erste, der mir diese Frage stellt ... ich bin Ihnen sehr dankbar dafür.«

Laurent drückte sie zärtlich, sagte jedoch nichts.

»Dr. Magnus Moore ist ein Mann, denn zu beschreiben es mir schlichtweg an Worten fehlt, aber ich werde es dennoch versuchen.« Sie hielt inne, sammelte sich, atmete tief durch und fuhr fort.

»Mir kam es stets so vor, als besässe er einen tiefgreifenden Spalt, der sich durch seine ganze Seelenlandschaft zieht. Einen Bruch sozusagen, einen Abgrund. Auf der einen Seite scheint die Sonne, es ist kalt, es schneit, alles ist vereist, aber man ist glücklich. Ich, jedenfalls, fühlte mich dort stets sehr glücklich. Wie ein Kind, das man in Mütze und Schal gepackt hatte und das früh morgens aufgeregt in den Winter hinausläuft, um im Schnee zu spielen und der tiefen Stille zu lauschen. Diese Metapher ist ganz passend, spinnen wir sie also weiter. Wer warm eingepackt ist und dicke Handschuhe trägt, der erlebt im glitzernden Winterwald die Zeit seines Lebens. Wer diese Ausstattung jedoch nicht besitz, der erfriert jämmerlich ... verstehen Sie?«

Laurent nickte sanft. »Sie hatten diese Ausstattung, und deshalb sind Sie nicht erfroren, als Sie mit den Tiefen seiner Seele in Berührung gekommen sind.«

Minna nickte ebenfalls. »So ist es. Bevor er mich an seiner Seite geduldet hat, hat er mir eine Frage gestellt. Er hat mich gefragt, ob ich dem Winter in seiner Seele trotzen könne, oder ob ich letzten Endes eingehen würde. Ich habe ihm versichert, dass ich unverwüstlicher bin, als man es mir vielleicht ansehen mag.«

»Was wäre geschehen, wenn Sie anders geantwortet hätten?«, fragte Laurent sachte.

Minna antwortete mit einer Akkuratesse, als hätte sie es tief in ihrem Inneren immer schon gewusst. »Er hätte mich getötet.«

»Warum?«

»Weil ich dann seinen Ansprüchen nicht genügt hätte.«

Laurent erschauderte über die Teilnahmslosigkeit, die sich in Minnas Stimme bemerkbar machte. Ein kleiner Teil in ihm, bewunderte sie jedoch dafür.

»Was befand sich auf der anderen Seite des Bruchs in seiner Seele, Minna?«

Minna schluckte hart. »Nichts.«

Bilder tauchten vor ihrem inneren Auge auf. Bilder von Magnus, von seinen grauen, ausdruckslosen Augen, seinem blassen, blanken Gesicht. Dem gänzlich-nicht-Vorhandensein einer Emotion, als sich im Gerichtssaal ihre Blicke gekreuzt hatten.

»Die andere Seite seiner Seelenlandschaft ist beherrscht von einer toten, leblosen Ödnis. Man sagt, in jeder noch so trostlosen Wüste findet man irgendwo Wasser, aber das stimmt nicht. Nicht in seiner.«

Ihre Stimme erstarb und sie versank in einer langen, tiefen Apathie.

»Er hat mir meine tiefsten Ängste entlockt, ohne mich den damit verbundenen Schmerzen auszusetzen. Er hat meine Dämonen entfesselt, sich zwischen uns geworfen und mich vor ihnen beschützt... damals auf unserer therapiebedingten Reise.«

Sie dachte zurück an jenen Nachmittag in Nordirland. An den kalten Strand und den Augenblick, als sie Moore – unter einer wirkungsvollen Mischung eines Betäubungsmittels und einem Schuss Sodium-Thiopental nicht ganz freiwillig – von ihren Albträumen erzählt hatte.

Mit meditativen Bewegungen strich Laurent Minna übers Haar, sich fragend, wie weit er bei ihr wohl gehen durfte.

»Sie haben Ihn wirklich geliebt, nicht wahr?«, fragte er sanft und legte eine Hand an ihre Wange.

Minna lächelte und mit der Kraft einer Detonation zerbrach ihre Brust entzwei. »Nein... nein das ist die falsche Zeitform... Sie sprechen davon als handle es sich um ein Ding der Vergangenheit, aber dem ist nicht so. Ich tue es noch immer.«

Heisse Tränen rannen ihr über die Wangen und sie weinte lautlos in Laurents Kuss hinein, der sich ihr bedachtsam und stetig genähert hatte und ihre heiseren Schluchzer mit seinem weichen Mund erstickte.

»Ich werde deinen Doktor niemals ersetzten können«, flüsterte er leise, als Minna ihm schweigenden in den Armen lag, »aber ich werde alles in meiner Macht Stehende tun um dich glücklich zu machen, *ma puce*.«

Minna schmiegte sich an seine nackte Brust und schlang die Beine um seine Mitte. »Du wirst zurück zu Jasper gehen müssen, nicht wahr? Er ist bestimmt schon wach und fragt sich bereits wo du bist.«

Das leise Zirpen der Zikaden drang durch die geöffnete Balkontür und erfüllte den Raum. Die ersten Sonnenstrahlen erklommen die Berge der Côte d'Azur und tauchten Minnas Haut in einen fahlen Schimmer.

Wie in jeder Nacht seit einer Woche, war Laurent in den frühen Morgenstunden, wenn Jasper tief und fest schlief, zu Minna ins Schlafzimmer geschlüpft und hatte dort mit ihr die wenigen Stunden bis zum Sonnenaufgang verbracht.

Minna war nach ihrer Genesung vom Sonnenstich nicht abgereist, so wie sie es eigentlich ursprünglich vorgehabt hatte. Laurent hatte sie überreden können zu bleiben ... bei ihm, wie er es nannte.

»So ist es«, erwiderte er seufzend, »ich muss gehen, Minna. Es tut mir leid.«

Er erhob sich, schlang sich seinen seidenen Morgenmantel um den nackten Körper und beugte sich herab, um Minna einen zarten Kuss auf die Lippen zu drücken.

»Wirst du diese Nacht wiederkommen?«, fragte sie, bekniffen beim Gedanken daran, dass sie ihren Geliebten den ganzen Tag über ihrem ehemals so ergebenen, treuen Freund überlassen musste.

»Ganz bestimmt, mein Schatz, versprochen.«

Anfangs der dritten Woche in Grasse, war ein kleiner Ausflug nach Marseille vorgesehen.

Man wollte Minnas Heimatort besichtigen und sich nach dem Wohlergehen einiger alten Freunde erkundigen.

Die einstündige Autofahrt in Laurents Mercedes verging merklich wortkarg von statten.

Während er fuhr, wanderten Jaspers Hände, der neben ihm auf dem Beifahrersitz sass, immer wieder seinen Schenkel hinauf.

Minna für ihre Person hatte wohl oder übel mit Absolem auf der Rückbank Vorlieb nehmen müssen. Ihr missmutiger Gesichtsausdruck sprach Bände.

»Sorg' bitte dafür, dass das Tier den Sitz nicht vollsabbert, es ist echtes Leder, verstehst du?«, hatte Laurent ihr mit ernster Miene eingebläut, bevor er ihr schliesslich gestattet hatte den Hund auf den Ausflug mitzunehmen. Als handle es sich bei Minnas getreuem Vierbeiner um ein unreines Ferkel. Sie war empört, zu tiefst gekränkt und überdies schrecklich gedemütigt.

Brodelnd vor Zorn vergrub sie ihre Finger im warmen Fell des Tieres und kraulte ihn, mehr um sich selbst, als ihn zu beruhigen.

»Ein Jammer das du so stubenrein bist«, presste sie zwischen zusammengebissenen Zähnen hervor, »ich denke, ein nasser Sitz wäre nun genau das richtige für unseren Monsieur. Es würde sein Ego ein wenig dämpfen, meinst du nicht auch?«

Jasper, der ihr Gemurmel gehört hatte, brach in lautes Gelächter aus, Laurent hingegen tat, als wäre nichts und fuhr mit ungerührter Miene weiter.

Während Minna sich allmählich aus der Freundschaft zu Jasper herauszuwinden begann und stetig weiter auf einen neutralen, höflichen Abstand ging, schien dieser überhaupt nichts von ihrem wachsenden Groll zu merken.

Es war eine Schande, wie ungerecht das Leben manchmal zu spielen vermochte. Minna wurde den Gedanken nicht los, dass es zwischen ihr und Laurent ganz anders gekommen wäre, hätte sie Jasper nicht eingeladen mitzukommen.

Gegen Mittag hielten sie das Lunch in einem hübschen Strandrestaurant an der Küste mit einem herrlichen Blick aufs Meer.

»Erzähl mir ein wenig vor dir, Minna«, bat Laurent über den Rand seines Weinglases hinweg kauend, »wir kennen uns nun schon ein Weilchen und ich weiss kaum etwas von dir. Wie war es, hier aufzuwachsen? Muss schön gewesen sein.«

Minnas Blick streifte über die beiden ineinander verschlungenen Hände vor ihr auf dem weissen Tischtuch. Laurents' zuckte kurz, als hätte er ihren Blick auf seiner Haut gespürt.

»Es war sehr schön«, sagte sie schliesslich, »aber für meine Verhältnisse ein wenig zu... zu südländisch. Ich schätze diesen Ort für einen begrenzten Urlaub, aber wohnen könnte ich hier nicht mehr.«

»Warum nicht?«, hakte Jasper nach, den Kopf zufrieden seufzend an Laurents Schulter lehnend.

Minnas Griff um das Weinglas verstärkte sich, ansonsten liess sie sich jedoch nichts anmerken.

»Ich bin kein Strandmensch, ich bevorzuge den Norden.«

Laurent nickte verständnisvoll und schenkte ihr ein schmales Lächeln. »Verstehe. Deswegen bist du dann auch nach England gezogen, wo genau hast du gelebt?«

»Manchester.«, sagte Minna, und als das bei Laurent nichts zum Klingeln brachte, fügte sie hinzu: »das ist südöstlich von Blackpool, grob umrissen, kann man sagen, es ist nahezu schnurgerade südlich von Edinburgh.«

Jasper rümpfte die Nase und schnaubte abfällig. »Ich halte nichts von den Schotten, sie sind alle so rüpelhaft und ihr Akzent ist schrecklich!«

Er rieb seine Nase an Laurents Schläfe und verteilte eine Spur zarter Küsse auf seiner Wange.

»Nicht wahr, *mon chéri*?«

Aber Laurent antwortete nicht. Er starrte mit einem beinahe schon flehenden Blick in Minnas Richtung, als wolle er sie stumm um Verzeihung bitten.

Das wichtigste, was du über mich wissen solltest, ist dass ich unter gewissen Umständen sehr grausam sein kann, hallten die Worte ihres Doktors in ihrem Kopf wider.

Erstaunlich, dass sie sich nach so vielen Jahren noch so präzise daran erinnern konnte.

Ein Bruchstück längst vergangener Zeit, wirbelte von den Tiefen ihrer Seele in ihr unmittelbares Bewusstsein empor.

»*Ich habe angeklopft, aber du scheinst mich nicht gehört zu haben.*« *Hatte Magnus Stimme sie damals aus ihren Grübeleien gerissen. Vor sieben Jahren auf den Tag genau. Es war eine sternenklare Nacht gewesen und Minna hatte mit einem Glas Sekt in der Hand in der Badewanne des Hotels gesessen. Sie war bei Moores Anblick tiefer ins warme Wasser gesunken und hatte den Blick abgewendet.*

»*Ich habe nachgedacht.*«

Die vorherrschende Meinung bestand, dass Menschen wie Magnus für Empathie vollkommen unzugänglich sind. Das jedoch ist ein böser Trugschluss. Personen wie Magnus, besitzen regelrecht einen sechsten Sinn für die Empathie, für das Durschauen ihrer Gegenüber. Könnten sie nicht so spielend leicht jede Mimik, jedes Gefühl im Menschen vor ihnen lesen, wären sie keine so hervorragenden Manipulatoren. Genau diese Eigenschaft, diese gesteigerte, sensible Fähigkeit sich in Leute hineinzuversetzen, macht ihren Erfolg aus.

»*Dir bereitet das Gespräch von vorhin im Restaurant schweren Kummer.*«*, bemerkte er und setzte sich auf den geschlossenen Toilettendeckel neben dem Badewannenrand. Beim Dessert hatte er sie kurz zur Seite genommen, auf den Balkon geführt und sie geradehinaus gefragt, ob sie wisse, wohin es ihn des Nachts so oft verschlug und weshalb Detective Inspector Finn McKenzie ein solches Interesse an ihm, dem Doktor, zu haben schien.*

Minna hatte bloss schweigend genickt, seine Hand genommen und ihn zurück zum Tisch geführt.

»*Schütte mir dein Herz aus, ma chérie. Lass mich an deinem Leid teilhaben, ich möchte dir die Last vom Herzen nehmen und sie an deiner Stelle stemmen.*«

Minna hatte tief durchgeatmet, um ihren Mut zu sammeln und hatte endlich die Frage gestellt, auf die er solange gewartet hatte.

»Warum hast du das getan, Magnus? Diese Mädchen ... «, ihre Stimme erstarb.

Magnus hatte sie für ein Weilchen ausdruckslos angesehen, dann sprach er: »Nein, ma chérie. Lass dich nicht in die Irre führen, das sind keine Mädchen. Diese weibischen Geschöpfe sind nichts weiter als misslungener Abschaum. Ich habe sie selbst geprüft und sie haben in sämtlichen Gesichtspunkten versagt. Ich habe ihnen die Gelegenheit geboten sich zu beweisen und sie haben versagt ... es gibt nichts, dass ich mehr verabscheue als wenn man mir die Peinlichkeit aufzwingt, erdulden zu müssen wie man in meiner Gegenwart scheitert.«

Mit einem sanften Lächeln hatte er Minnas Hand ergriffen und sich zu ihr herübergebeugt.

»Das wichtigste, was du über mich wissen solltest, ist dass ich unter gewissen Umständen sehr grausam sein kann ... «

Eine Woge der Euphorie durchwaberte Minnas Magengrube und ihr wurde schrecklich heiss. Mit einem unsanften Ruck in den Eingeweiden, fand sie zurück in die Gegenwart.

Es war ihr, als durchströme ein Überlegenheitsgefühl ihren Körper, wann immer sie an Moore zurückdachte. Als wären diese beiden Dinge existenziell und unzertrennlich miteinander verknüpft.

Und war es denn nicht gerechtfertigt, ihr Gefühl? Magnus Moore hatte sie an seiner Seite geduldet, sie angebetet und auf Händen getragen, machte sie das nicht zwangsläufig zu etwas Größerem?

Erhob diese Tatsache, dass Dr. Magnus Moore sie geliebt hatte, sie nicht unabwendbar jeglicher Gesellschaftsebene?

Minna wusste die Antwort, noch ehe ihr Verstand sie in Worte zu fassen vermocht hatte; ja.

»Nun, Jasper«, sprach sie mit einer Kälte in ihrer Stimme, die die beiden Herrn vor ihr zusammenfahren liess und sie nahm den fallengelassenen Gesprächsfaden wieder auf, »ich vergöttere den schottischen Akzent. Er ist ausdrucksstark, er ist melodisch, etwas das du mit deinem feinen Londoner Gossenjargon vermutlich nicht nachvollziehen kannst.«

Jasper blinzelte so ungläubig, als hätte sie ihm soeben ins Gesicht geschlagen.

»Ach, pardon, ich vergass wie unangenehm dir deine Herkunft ist.«

»Minna, du hattest genug.«, mit einem warnenden Blick entriss Jasper ihr das Weinglas und goss den restlichen Inhalt in den Sand.

Laurent hingegen beharrte ungnädig darauf, das Minna fortfuhr.

»Ich hatte während meines Aufenthalts in England einen Freund, einen treuen, loyalen Freund«, sie legte den Kopf schräg und musterte Jasper nachdenklich, »sein Name war Finn. Er war ein schottischer Polizist, ihm habe ich vieles zu verdanken … die Verhaftung meines Liebhabers zum Beispiel.«

Dem jungen Mann entwich sämtliche Farbe aus dem Gesicht und er erstarrte.

Laurent auf der anderen Seite wirkte interessiert und hing gespannt an ihren Lippen.

»So schrecklich es auch war, etwas lernt man daraus doch immer, nicht wahr? Ich für meine Person habe gelernt, dass selbst der beste Freund einem schonungslos in den Rücken fallen kann.«

»Und wie hast du diesem Verräter seine Tat verdankt?«, fragte Laurent atemlos, ein träumerisches Funkeln in den Augen.

Minna lächelte matt. »Ich habe ihm entschieden den Rücken gekehrt.«

Jaspers Nasespitze erbleichte noch ein wenig mehr und er wirkte, als müsse er sich jeden Augenblick übergeben.

»Geht es dir nicht gut, mein Liebling?«, mit gespielt besorgter Miene griff Laurent nach Jaspers Kinn und betrachtete ihn ausgiebig.

»Du siehst blass aus, wollen wir in den Schatten?« Er zog sein Gesicht zu sich heran und küsste ihn zärtlich.

Minna war sich nicht sicher, ob Laurent ihrer Anspielung verstanden hatte und absichtlich grausam zu Jasper war, oder ob er schlichtweg zu desinteressiert am Wohlergehen seines Freundes war, um sich die Mühe zu machen, jedenfalls flatterte ein letzter Funken Mitleid in Minna auf und sie ergriff Jaspers eiskalte Hand.

»Komm du schwaches Weib, ich zeige dir den Nationalpark, das wird dich wieder zu Kräften bringen. Du siehst ja aus, als hättest du ein Gespenst gesehen.«

Jasper krallte sich an Minnas Arm, einen schrecklich unglücklichen Ausdruck in den Augen.

»Bitte ... «, seine Stimme war nichts als ein raues Flüstern, »ich liebe dich, Darling.«

Minna zog ihn Richtung Parkplatz davon und lächelte matt. »Das du mir das auch ja nicht vergisst.«

Laurent kam wenige Minute später nach, er wirkte gelassen wie immer, heiter summend als wäre nichts geschehen, startete er den Motor und fuhr aus dem alten Hafen in Richtung *Calanque*.

20. Kapitel

Mit einem harten letzten Stoss und einem heiseren Aufschrei wurde Laurent fertig, schweissgebadet löste er sich von Jasper und rollte sich von seinem zerkratzten Rücken.

Schweigend schmiegte Jasper sich an Laurents Brust und schloss die Augen. Auf die goldene Ekstase des Höhepunkts, folgte das flaue, kalte Gefühl eines Tiefstandes.

Seufzend stützte er sich auf die Ellbogen und benetzte Laurents Gesicht mit zarten Küssen.

»Ich liebe dich.«

Aber Laurent war bereits eingeschlafen und hörte ihn nicht.

Mit einem leeren Gefühl in der Brust, welches sich ganz nach bitterkalter Einsamkeit anfühlte, kämpfte er sich aus dem Wirrwarr an Decken, schwang die Beine aus dem Bett und lief nackt hinaus auf den Balkon.

Die Abendsonne hing tief am Horizont, schwer und rund wie der Busen seiner Mutter.

Er seufzte leise, als er an seine Mutter zurückdachte. Er hatte sie geliebt, auch wenn sie ihn und die Familie früh verlassen hatte, um mit einem reichen Russen durchzubrennen.

Jasper konnte es ihr nicht verübeln, sie waren furchtbar arm gewesen, gegen Monatsende waren die Kinder regelmässig gezwungen gewesen in die städtische Suppenküche zu gehen, wo sie dann gemeinsam mit Obdachlosen speisen mussten.

Es war eine schreckliche Zeit gewesen und Jasper wünschte seiner Mutter so viel Glück in ihrem weiteren Lebensweg, wie es ihm gegönnt worden war.

Auch wenn er jedes Jahr eine beträchtliche Summe an seinen Vater und seine vier Geschwister schickte, vermochte er damit dennoch nicht das schlechte Gewissen abzuschütteln, welches ihn überkam, wenn er daran dachte, dass er sie seit seinem Auszug vor sechs Jahren kein einziges Mal besucht hatte.

Ärgerlich wischte er sich über die feucht gewordenen Augen und drehte sich eine Marihuana-Zigarette. Für seine Rückenschmerzen redete er sich selbst ein.

Nach dem ersten, tiefen Zug fühlte er sich ein wenig besser. Er seufzte tief und lehnte sich ans Balkongeländer. Die Aussicht war bezaubernd, ein Blumenmeer soweit das Auge reichte und am Horizont hoben sich die blauen Zacken der *Esterel* ab.

Für einen kurzen Moment dachte er, es hätte angefangen zu regnen, doch dann realisierte er, dass die Tropfen auf seinen Wangen Tränen waren. Er weinte.

Trotz der Demütigung, die sie ihm heute Mittag angetan hatte, sehnte sich Jasper nach der Geborgenheit seiner Freundin. Minna, er brauchte sie nun mehr denn je.

Entschlossen drückte er seine kaum angerührte Zigarette aus, wandte sich um und schlich leise durch Laurents Schlafzimmer zur Tür.

Gerade als er den Türgriff drehen wollte, erklang das durchdringende Piepen des Telefons. Jasper fuhr zusammen, stiess sich seinen Zeh an der Schwelle und tastete fluchend im Halbdunkel nach dem Hörer.

Als er ihn schliesslich von der Gabel gerissen hatte, sprintete er so lautlos wie möglich und soweit es die Telefonschnur zuliess, zurück auf den Balkon, lehnte die Schiebetür von aussen zu und starrte mit wild pochendem Herzen auf den Hörer.

Er hatte die Nummer sofort erkannt. Mit schweissnassen Handinnenflächen nahm er das Gespräch an.

»*Du hast mich lange warten lassen, ich dachte schon du würdest meinen Anruf ignorieren.*«

Meldete sich eine gelangweilt klingende Stimme zu Wort, sie war schneidig und dunkel und sprach das feine Englisch der Oberschicht.

Jaspers Herz vollführte einen Salto und verfiel in einen ungestümen Galopp.

»Ich würde Sie niemals absichtlich warten lassen, Sir.«, keuchte er tonlos. Seine Knie gaben nach und er liess sich auf einen Gartenstuhl sinken.

»*Deine Wortgewandtheit lässt mich wieder einmal staunen.*«, erklang es von der anderen Seite der Leitung eisig.

Jasper schoss die Röte ins Gesicht und er biss sich fest in die Handknöchel.

»Wie kann ich Ihnen zu Diensten sein, Sir?«, fragte er, als er seine Stimme wiedergefunden hatte, »sind Sie gut in Frankreich angekommen? Brauchen Sie irgendetwas?«

»*Ich bin gut eingerichtet, mir fehlt es an nichts. Sag' mir, wie läuft es bei dir? Hast du etwas Neues für mich? Wie geht es dem Mädchen? Hast du es auch artig an die Hand genommen, so wie ich es dir aufgetragen habe?*«

Jasper schluckte hart, seine Hand wanderte beim Klang der vollen, samtig weichen Stimme wie mechanisch seinen Körper hinab.

»Wie Sie es angeordnet haben, Sir.« Er schloss die Augen und unterdrückte ein genüssliches Seufzen.

»Es ist im Moment ein wenig... unwillig, ja das ist ein passendes Wort, unwillig.«

»*Unwillig?*«, die Stimme klang erstaunt.

»Ja, Sir. Es will mit dem Kopf durch die Wand. Ich versuche es davon abzuhalten, aber ich kann ihm nicht rund um die Uhr hinterherlaufen.«

Der Mann auf der anderen Leitung lachte freundlos. »*Oh du wirst, mein Guter. Du wirst ihm rund um die Uhr hinterherlaufen, hörst du mich? Und wenn du sein kleines Dickköpfchen mit Polsterfolie umwickeln musst, du wirst dafür sorgen, dass es nirgendwo aneckt. Wenn ihm etwas geschehen sollte, dann werde ich dir dein Ding, dass du gerade in eben diesem Moment so ungezogen in deiner Hand hältst, zwischen die Zähne nehmen und auf meine ganz eigene Art bearbeiten, verstehen wir uns?*«

Jasper erstarrte und wurde kreidebleich. »Verstanden, Sir.«

»*Wann kann ich mit deiner Rückkehr nach Paris rechnen?*«

»Wir verlassen Grasse anfangs November, also in gut zwei Wochen.«

Sehr gut, ich muss schon sagen, ich werde langsam ungeduldig. Dann also bis in zwei Wochen, Jasper, mein unartiger Junge.«

»Bis in zwei Wochen, Mister Zouche, Sir.«

»Doktor Zouche, mein Freund.«, korrigierte ihn die Stimme sanft, dann legte sie mit einem leisen Lachen auf.

Ein heisses Beben durchfuhr seinen Körper und er fand mit einem verzweifelten Stöhnen Erlösung.

Dieser Mann, dachte er sich benommen, er hatte immer noch Macht über ihn, nach all diesen Jahren war er, Jasper, ihm noch immer willenlos ergeben.

Das regelmässige Quietschen des Bettgestells wummerte schmerzhaft in Minnas Ohren.

Die Laute, die durch die Wand in ihr Schlafzimmer drangen, waren so wild, so animalisch, dass ihr ganz schlecht wurde.

Verzweifelt presste sie sich das Kissen aufs Gesicht, biss sich fest in die Lippen bis sie Blut schmeckte, weinte und tobte in stiller Wut, doch nichts half gegen die Tatsache, dass sie allein in ihrem Bett lag, während ihr Freund nebenan einen anderen nahm.

Als die Geräusche endlich verebbten und eine erdrückende Stille ihren Platz einnahm, wagte Minna sich zu regen. Wie ein kleines Reh horchte sie, kein Zweirückiges Wesen war mehr zu hören und so sprang sie auf und durchquerte den Raum zum Balkon, den sie sich mit Laurents Zimmer teilte. Sie benötigte dringend frische Luft.

Mit Schrecken bemerkte sie, dass er bereits besetzt war. Jasper sass splitternackt auf einem Stuhl und starrte mit verschleiertem Blick in die Ferne. In der einen Hand den Telefonhörer, in der anderen... Minna errötete und sah rasch weg.

»Was für ein Nimmersatt.«, murmelte sie, halb verärgert, halb amüsiert und wandte dem faszinierenden Schauspiel den Rücken zu.

Sie zog die Vorhänge zu, leckte sich über die aufgebissenen Lippen und legte sich wieder ins Bett. Diese Nacht wartete sie vergebens auf Laurent, denn er kam nicht.

An seiner Stelle war Jasper es, der sich gegen Mitternacht in Minnas Zimmer stahl und sich neben sie unter die Bettdecke legte.

»Was willst du denn hier? Kusch!«, brummte Minna verschlafen, als sie ihn neben sich bemerkte.

»Ich kann nicht einschlafen, Darling.«, klagte er leise und legte den Arm um sie.

»Sag das deinem Freund und nicht mir.«

Jasper legte seine Hornbrille aufs Nachttischen, schmiegte sich an Minnas Rücken und vergrub das Gesicht in ihren duftenden Haaren.

»Lass mich heute bei dir schlafen, ich bitte dich. Ich möchte nicht, dass wir uns streiten.«

Minna schwieg, nach einer Weile fragte sie neugierig: »Mit wem hast du vorhin telefoniert? Ich habe dich auf dem Balkon gesehen.«

Jaspers Muskeln verspannten sich und er zögerte. »Mit niemandem, Darling. Einem Kunden.«

Minna schnaubte. »Einem Kunden? Dieser Kunde muss dir aber grosse Freude bereitet haben, so ... zufrieden, wie du ausgesehen hast.«

»Halt den Mund, du Naseweis«, knurrte er genervt, »oder ich verknote dir während du schläfst deine schönen, langen Haare so dermassen, dass du sie nie wieder aufkriegen wirst.«

Minna gluckste nur und kniff ihm zärtlich in den Oberarm.

Die folgenden zehn Tage verbrachte der Gastgeber mit seinen drei Besuchern an der Küste von *Cannes*. Ein schnittiges Motorboot wurde gemietet und tägliche Ausflüge ins Meer und zu den Stränden von *Antibes* gemacht.

An *Hallow's Eve* ging es schliesslich zurück in die kühlen Hügel von Grasse, wo sie alle in Laurents Sommerhaus ein riesiges Bankett erwartete.

Im Großen und Ganzen war es ein gelungener Aufenthalt gewesen, auch wenn die offensichtlichen Zuneigungsbekundungen von Laurent und Jasper dem Ganzen ein wenig Trübheit verliehen.

Am Abend vor der Abreise zurück nach Paris, lag Minna in Laurents Armen im Garten neben dem Pool und starrte hinauf zu den Sternen.

Ein rauer Windhauch wehte und verleitete die beiden, sich noch enger aneinander zu kuscheln.

Jasper war mit Aliette und dem Chauffeur für letzte Besorgungen in die Stadt gefahren und so hatten sie die grosse Villa ungestört für sich allein.

»Wer schaut eigentlich hier nach dem Rechten, wenn du den Rest des Jahres über in Versailles wohnst?«, erkundigte sie sich und blinzelte schläfrig von seiner Brust auf.

»Der Gärtner und das Personal.«, brummte Laurent träge.

Minna kicherte. »Mein Vater hatte auch ein Sommerhäuschen, seines jedoch war nicht in der Nähe eines Strands, sondern weit im Norden. Als er starb, hat Mutter sich gezwungen gesehen mit uns Mädchen dorthin zu ziehen. Die Miete eines gewöhnlichen Häuschens in England war viel leichter zu Stämmen, als es hier in der Provence der Fall gewesen wäre.«

Laurent strich ihr sanft über den nackten Rücken und vergrub das Gesicht in ihren Haaren.

»Davon hast du erzählt ... ja, ich erinnere mich.«

In den folgenden zwei Monaten würde er so eng mit Jasper am Filmprojekt des Parfums arbeiten, dass er kaum Zeit für etwas anderes finden würde, doch danach ... Laurent schürzte die Lippen und betrachtete die Sterne, als suche er dort oben nach einem Hinweis.

»Da wir gerade von Häusern sprechen«, sagte er schliesslich, »deine Wohnung in *Neuilly* in allen Ehren ... aber in meinem Anwesen in Versailles hat es noch sehr viel Platz ... und wenn du Lust hättest, dann wärst du bei mir jederzeit herzlich willkommen.«

Minna seufzte. »Wird Jasper- ...« – »Jetzt hör doch endlich auf, sich bei jeder bietenden Gelegenheit, Jasper ins Gespräch zu ziehen!«, entfuhr es ihm ungeduldig.

»Wie soll das gehen, wo ihr beide doch eine Beziehung führt!«, entgegnete Minna zornig.

Laurent zuckte unwirsch mit dem Kinn und stützte sich auf die Ellbogen, so dass sie gezwungen war ebenfalls aufzusitzen.

»Ich will, dass du bei mir einziehst, Liebling!«, sagte er eigenwillig.

Minna schnaubte entrüstet. »Damit ich euer Gestöhne jeden Abend mitanhören darf? Ich werde ganz gewiss nicht die brave Geliebte für dich spielen, während Jasper sich mit dir in der Öffentlichkeit brüstet! Ich werde *nicht* bei dir einziehen, mir gefällt mein jetziger Wohnort sehr gut!«

Entschlossen reckte sie das Kinn vor und wandte das Gesicht ab. »Und ausserdem würdest du Absolem nicht aufnehmen wollen, du magst ihn nicht.«

Laurent stöhnte entnervt auf und riss ein Grasbüschel aus der Erde. »Um diesen blöden Köter geht es hier nicht! Wenn er der Grund deines Zögerns wäre, nun gut, dann würde ich mich fügen und ihn aufnehmen wenn's denn unbedingt sein muss!«

»Er ist nicht der Grund, Laurent«, sagte Minna nachdenklich, »ich war stets auf die Emanzipation fixiert, mein ganzes Leben richtet sich nach diesem Punkt, und ich werde ihn ganz gewiss nicht aufgeben. Für niemandem, auch für dich nicht.«

Laurents Gesicht erbleichte vor Zorn. Seine zu Fäusten geballten Hände bebten.

»Du lehnst mein Angebot also ab? Du willst nicht bei mir einziehen?«

Minna schüttelte gelassen den Kopf. »Nein, Laurent, das will ich nicht.«

Sie legte ihm eine Hand auf die zitternden Schultern und näherte sich seinem Ohr. »Ich habe es nicht nötig, auf der zweiten Geige zu spielen. Es ist an der Zeit, dass auch ein Monsieur wie du einer bist, das versteht.«

Sie wollte sich erheben, doch Laurent hielt sie zurück. »Verlangst du von mir das ich flehe?«

Seine Stimme war ganz leise geworden. Tränen der Wut und der Enttäuschung glitzerten in seinen Augen.

»Nein, so etwas entspricht nicht meinem Stil.«, erwiderte Minna kühl. Und dann, weil sie es nicht lassen konnte, fügte sie hinzu: »In dieser Hinsicht unterscheiden wir uns beide grundlegend.«

Ein lauter Knall erschallte durch die stille Nacht und Minnas Wange flammte in glühend heissem Schmerz auf.

Ungläubig starrte sie zu Laurent, er wirkte ebenso erschrocken wie sie selbst über das, was gerade geschehen war.

»Du erhebst die Hand gegen mich?«, wisperte sie tonlos. Sie betastete die brennende Stelle, an der er sie geschlagen hatte und erhob sich vom feuchten Rasen.

Eine Mischung aus Zorn und Reue spiegelte sich in seinen Augen wider. Er sprang ebenfalls auf und hiess sie an den Schultern gepackt zum Stehen.

»Geh mir aus dem Weg, Laurent!«, zischte sie leise, die vor Zorn zu schlitzen verengten Augen fest auf ihn gerichtet.

»Nein, Minna. Nicht so lange du mich nicht angehört hast«, erwiderte dieser entschlossen, »ich liebe dich, ich würde alles für dich tun. Das du mir nun mit einer so schändlichen Unterstellung kommst, dass... nein, hör zu.« Sein Griff um Minnas Handgelenk verstärkte sich, als sie versuchte sich davon zu befreien.

»Es geht mir nicht um eine verfluchte Dienstleistung! Ich würde dir die Sterne schenken, wenn ich könnte und nichts im Gegenzug von dir verlangen!«

Seine Wut verrauchte so schnell, wie sie gekommen war und er musterte sie flehend.

»Ich dachte dein grösster Wunsch wäre es mich glücklich machen zu wollen.«, sprach sie leise.

Laurent raufte sich verzweifelt die schulterlangen, zerzausten Haare.

»Und das ist mein voller Ernst, *ma petite puce!*«

Er wirkte ernsthaft verzweifelt, als er sich hinabbeugte und Minnas Gesicht zwischen seine Hände nahm schwammen seine Augen in Tränen.

»Als ich dir das erste Mal in diesem Café begegnet bin, hat sich ein schreckliches Verlangen in mir gebildet und mit jedem weiteren Zusammentreffen, wurde diese Sehnsucht nach dir grösser. Was denkst du, warum ich augenblicklich zugesagt habe, als die Frage aufkam ob *niaise* Appoline erneut im Werbefilm für das *Eau de Toilette* von *un touche de destin* die Hauptrolle übernehmen würde. Das habe ich für dich getan, Minna, um dir näher zu kommen.

Und dann, als ich Jasper auf dieser elenden Charité kennengelernt habe und er mir verraten hat, dass ihr euch gut kennt, da habe ich, ohne zu zögern die Chance ergriffen und dir den Weg für das Shooting freigemacht.«

Minna schnaubte. »Darauf willst du also hinaus, ich soll dir Dankbarkeit zollen.«

»Nein, mein Liebling ... ich ... ich will dich doch nur bei mir haben.« Seine Stimme hatte jegliche Schärfe verloren und die Wut fiel so schnell von ihm ab wie sie gekommen war.

»Du sagst du liebst mich, und dennoch duldest du mich bloss als deine Hetäre.«, sprach Minna gelassen weiter und fixierte ihn unnachgiebig mit ihrem Blick.

»Verlasse Jasper, du hast ohnehin bereits einen unüberwindbaren Keil zwischen unsere langjährige Freundschaft getrieben. Schäme dich!«

Laurent lächelte bekümmert und trat einen Schritt auf sie zu. Die Hand nach ihr ausgestreckt sagte er: »Das kann ich nicht, nicht jetzt, und das weisst du. Jasper ist mein momentaner Geschäftspartner, er ist eine immense Bereicherung für meine Arbeit und umgekehrt bin ich es für ihn ebenso. Die nächsten paar Monate werdet ihr miteinander auskommen müssen, ob es dir passt, oder nicht!« und etwas sanfter fügte er hinzu: »Jasper besitzt meinen Kopf, doch du besitzt mein Herz, *ma chérie*.«

Minna erstarrte, sie war lange nicht mehr so genannt worden.

»Nenne mich nicht bei diesem Namen Laurent, nie wieder.«, fauchte sie bebend vor Empörung.

»In Ordnung, das werde ich nicht, und genau so wenig werde ich jetzt auf dein Drängen hin Jasper verlassen, hörst du? Das wäre der denkbar schlechteste Zeitpunkt überhaupt um mir den CEO einer der bedeutendsten Kosmetikbranche überhaupt als Feind zu machen.«

Die Liebe ist ein gefährliches Unterfangen, ein feuerspuckendes Wesen mit Rasiermesserscharfen Zähnen, dessen Loyalität man sich niemals gänzlich sicher sein kann.

Und aus diesem Grund darf man sein Herz niemals seinen Kopf regieren lassen.

Bittere Worte aus Mortati Mortes *Das Rot der Liebe, oder warum lieben stets bluten bedeutet.*

Minna begehrte Laurent, doch ihre Liebe gehörte ihm nicht, noch nicht ganz jedenfalls. Und aus diesem Grund viel es ihr auch ein wenig leichter, ihren Verstand walten zu lassen und gezielt zu handeln.

»Du böser Mann!« Zornig schlug sie seine Hand fort und stürmte aus dem Garten zurück ins Haus.

Am nächsten Morgen, als alle vier – Minna, ihr Tantchen, Jasper und Laurent – fertig gepackt hatten und bereit für die Abreise waren, ging das Frühstück äusserst hastig und lakonisch vonstatten.

Zwischen Jasper, Laurent und Minna herrschte eine eisige Spannung, und Aliette war so mit ihrem Widerwillen beschäftigt diesen paradiesischen Ort bereits wieder zu verlassen, dass sie kaum etwas davon bemerkte.

Seit dem Streit gestern Abend, hatten Minna und Laurent kaum mehr als die allernötigsten Worte gewechselt. Minna zürnte ihm aus den tiefsten Tiefen ihres Herzens und er und sein Stolz waren wiederrum so beleidigt und verletzt worden, dass er nicht im Traum daran dachte, den ersten Stritt der Versöhnung zu machen.

Gegen Mittag wurde das Gepäck in den beiden Wagen verstaut, die sie zurück nach Hause fahren würden. Minna bestand darauf mit

Aliette im Volvo des Chauffeurs zu fahren, während Jasper mit Laurent in dessen schwarzen Mercedes Limousine stieg.

21. Kapitel

Zurück in Paris, vergrub sich Minna fieberhaft in nächtelangen Studien ihrer Kopie von *Mo. Mo.* Weder von Appoline noch von Jasper oder Laurent wollte sie irgendetwas wissen. Sie war Laurent und dessen Starrköpfigkeit überdrüssig, dieses ganze Theater raubte ihr den letzten Nerv.

Und deshalb empfand sie es als grosse Erleichterung, dass Laurent offenbar den Empfindlichen spielte, denn in den nächsten Wochen über hörte sie nichts von ihm.

Wenn Fragen zum bevorstehenden Parfumfilm aufkamen, wurden sie von Laurents Assistentin übermittelt, oder an Appoline weitergereicht, die sie dann Minna zukommen liess.

Es war lächerlich, aber Minna war nicht zum Lachen zumute. Sie hatte Laurents Ego angekratzt, ein Vergehen, dass sie im Nachhinein bereute.

Der männliche Stolz, ein zartes, empfindsames Wesen, mit dem man mit höchster Bedachtsamkeit umgehen musste, wollte man seine Zuneigung erlangen.

Womöglich hatte sie ihrer beidseitiger Liebe hiermit dem Todesstoss versetzt, etwas, was sie doch so verzweifelt zu vermeiden versucht hatte.

Sie hatte ihn mit ihrer Verhaltensweise erst recht in die Arme von Jasper gescheucht. Sie war keinen Deut besser als Xanthippe es gewesen war, oder Camille.

Tränen der Wut und der Trauer füllten ihre Augen, als sie eines Morgens vor ihrem Spiegel stand und sich ankleidete. Sie fuhr sich so grob mit der Bürste durchs Haar, dass es schmerzte, doch das störte sie nicht, immerhin hatte sie so einen berechtigten Grund zu weinen.

»Du dumme Gans«, schimpfte sie leise mit ihrem Spiegelbild, »du hättest es besser wissen müssen.«

»Was hättest du besser wissen müssen?«

Minna wirbelte erschrocken herum, Appoline stand im Türrahmen und musterte sie neugierig. »Nichts Wichtiges. Wie bist du hereingekommen? Stand die Tür offen?«

Appoline lachte. »Nein, ich habe natürlich den Schlüssel benutzt, den du mir gegeben hast.«

Minna erstarrte. »Schlüssel? Ich habe dir keinen Schlüssel gegeben.«, sagte sie scharf.

Appoline rieb sich ertappt den Ellbogen. »Das ist wahr, Aliette hat mir ihren ausgeliehen.«, gestand sie zaghaft lächelnd.

»Du hast ihren ... warum hat sie ... was redest du da?«, stockte sie entgeistert, die Bürste lag vergessen in ihrer Hand.

»Na ja, da du mir ja wieder seit geraumer Zeit aus dem Weg gehst, sah ich mich gezwungen ... « – »Nein!«, fuhr ihr Minna zornig dazwischen, »nichts, überhaupt nichts, gibt dir das Recht bei mir einzudringen! Dieser Schlüssel ist für Notfälle gedacht!«

Appoline schob trotzig das Kinn vor und ihre Unterlippe begann verdächtig zu beben.

»Das ist ein Notfall! Für mich jedenfalls, ist es einer! Du begehst einen grossen Fehler, wenn du glaubst mich einfach links liegen lassen zu können, wenn dir nicht gerade nach mir ist!«

Seufzend hob Minna die Hand, um ihre schluchzende Freundin zu beruhigen, doch diese wich ihr aus.

»Appoline, du kannst nicht einfach ungefragt in meine Wohnung spazieren, wann immer dir der Sinn danach steht!«, sagte sie sanft, »du hättest mir eine Nachricht schreiben, und um eine Verabredung bitten können.«

Appolines feuchte Augen weiteten sich ungläubig. »Um eine Verabredung bitten? Ich bin kein Betthäschen, Minna! Ich bin deine Partnerin! Du musst mich um jede Tageszeit empfangen, wir führen eine Beziehung.«

Minna schüttelte nur den Kopf und zog sie in den Flur hinaus in die sonnendurchflutete Küche.

»Setz dich.«, sagte sie kühl über die Schulter hinweg, während sie die Kaffeemaschine einschaltete und zwei Tassen aus dem Regal nahm.

»Meine Phasen der Schweigsamkeit sind dir nichts neues, *ma minette*. Mit ihnen hast du mich kennen und lieben gelernt. Deswegen kannst du nicht so ausser dir sein, sag' mir also den wahren Grund.«, befahl sie, wandte sich um und lehnte sich mit vor der Brust verschränkten Armen an die Kücheninsel.

Ihr Gesichtsausdruck war so grimmig, dass Appoline gar nicht erst auf die Idee kam, sich ihrer Aufforderung zu widersetzen. Zögernd kam sie auf das eigentliche Anliegen ihres spontanen Besuchs zu sprechen.

»Na ja«, begann sie unentschlossen, »Laurent hat gestern Abend bei uns diniert und einige Dinge gesagt, die mich nervös werden liessen.«

»Laurent?«, Minna legte die Stirn in Falten, »du meinst Monsieur Lefeuvre?«

Appoline schnaubte abfällig. »Ach hör doch auf, er duzt dich bereits in deiner Abwesenheit, das bedeutet ihr seid euch in Grasse nähergekommen.«

Nun war Minna es, die ihr Missfallen zum Ausdruck brachte. »So wie ich das sehe, sind er und Jasper Martin sich nähergekommen. Ich war nicht mehr als die Anstandsdame.«

Appoline musterte sie scharf. »Schwörst du es?«

Minna lächelte müde, stellte sich hinter ihren Stuhl und nahm ihr Gesicht zwischen ihre Hände. »Ich schwöre es, Primadonna.«

Etwas besänftigt, willigte sie ein mit Minna zu Frühstücken, es war noch früh am Morgen und Appolines Arbeitstag begann nie vor Mittag.

»Es interessiert mich, was Lefeuvre von sich gegeben haben könnte, dass dich so dermassen in deinen Grundfesten erschüttert hat.«, sprach Minna nach einer Weile kauend.

Sie versteckte ihre Anspannung hinter einem amüsieren Lächeln und konzentrierte sich auf ihren Tee.

Während sie mit dem Löffel spielte und hin und wieder an der Tasse nippte, begann Appoline ihr ihr Leid zu klagen.

»Du weisst ja nicht, wie sehr ich unter diesem Mann leide! Er macht mir das Leben schwer, wo er nur kann und ich weiss nicht weshalb. Ich habe ihm doch nichts getan!«

Minna betrachtete sie forschend. Bestimmt war das eine ihrer unsinnigen Übertreibungen, doch wenn wirklich etwas an dieser Geschichte dran war, dann würde sie mit Madame sprechen müssen. Laeticia war die einzige Person, vor der Laurent ernsthaften Respekt besass. Allen anderen tanzte der feine Herr auf der Nase herum.

»Was hat er getan?«, erkundigte sie sich so beiläufig wie möglich.

»Er beleidigt mich!«, stiess Appoline atemlos hervor, »er beleidigt und demütigt mich! Wann immer sich ihm die Möglichkeit bietet, wirft er mir spöttische Kommentare an den Kopf und wie er mich ansieht! Als wäre ich ein schmutziges Tier, dass in seinen Palast eingedrungen wäre! Gestern sagte er, er wäre im Begriff jemanden in seine Villa nach Versailles einzuladen und ich habe ganz genau verstanden, dass er dabei auf dich angespielt hat. Kannst du das glauben? Vor allen Leuten, und das obwohl er doch weiss, dass du mir gehörst!«

Minna verschluckte sich an ihrem Tee und hustete.

»Mich? Oh, ganz bestimmt nicht! Da musst du etwas missverstanden haben. Bei unserer letzten Begegnung waren die Fronten ausführlich geklärt. Dieser Mann hält überhaupt nichts von mir. Nichts Gutes, jedenfalls.«, fügte sie hinzu.

Eine seltsam leichtfüssige Mischung aus Unmut und Amüsement beflügelte sie und spaltete ihr Gemüt sonderbar auf. Auf der einen Seite war sie unvermindert zornig auf Laurent, auf der anderen Seite jedoch glühten ihre Wangen, wann immer sie an ihn dachte.

Appoline wirkte alles andere als überzeugt. »Dann musst du schwerer von Begriff sein, als ich dachte, wenn du wirklich von dieser Meinung überzeugt bist. Dieser Kerl verehrt dich und deswegen will er mich aus dem Rampenlicht drängeln.«

»Dieser Mann will sein verletztes Ego wiederherstellen und deswegen streut er unsinnige Gerüchte unter Leute wie dich, die sie ihm gedankenlos aus der Hand fressen, ohne deren Wahrheit überhaupt anzuzweifeln.«

Appoline strahlte triumphierend. »Aha! Aber *warum* will er seinen Stolz retten? Hm? Was könntest du ihm angetan haben, dass eine solche Reaktion mit sich ziehen könnte?«

Minna lächelte. Dieses Mädchen lernte vom Teufel. Sie musste aufpassen, ihr Intellekt begann langsam auf ihre Freundin abzufärben.

»Ich habe ihm unten in Grasse den Kopf gewaschen. Ich schätze die Verbindung zwischen ihm und Jasper nicht besonders. Es ekelt mich an.«

Appoline warf ihr einen vorwurfsvollen Blick zu. »Was unterscheidet ihre Beziehung von unserer?«, fragte sie gekränkt.

»Sie ist mir zuwider.«, entgegnete Minna schlicht, der Griff um ihre Tasse verstärkte sich.

Appoline drang weiter in sie ein, verlangte ein Erklärung doch Minna gab ihr keine.

Was hätte sie auch sagen sollen? *Ich hasse ihre Liebschaft, weil ich nicht Teil davon bin?*

Ich fühle mich in meinem weiblichen Stolz verletzt, von meinem getreuen Freund so schamlos hintergangen worden zu sein? Was kann dieser Mann Laurent geben, was ich als Frau nicht kann? Wenn ich könnte, würde ich Jasper einen Hang hinunter schupsen und hoffen, er bricht sich den Hals?

Nein, nicht einmal in Gedanken wagte sie es, solch konkreten Formulierungen zu bilden.

Diese nebelhafte, undeutliche Beklemmung in ihr durfte keine Gestalt annehmen.

»Du siehst diese Sache ein bisschen einseitig«, tadelte Appoline, und riss sie somit aus ihren düsteren Gedanken, »Doppelmoral, nennt man das glaube ich.«

Minna nickte bloss und vergrub das Gesicht in ihrer Tasse. Der warme Dunst des Tees legte sich wie ein sanfter Schleier über ihre

Wangen und erinnerte sie an die Berührungen zärtlicher Männerhände.

»Das Individuum ist subjektiv, nicht objektiv. Demensprechend ist es mein volles Recht subjektive Ansichten zu vertreten.«, erwiderte sie leichthin.

Appoline schüttelte den Kopf. »Das verstehe ich nicht. Warum dürfen wir gemeinsam glücklich sein, sie aber nicht?«

Glücklich, Minna lächelte bei diesem Gedanken bitter. Die Einfältigkeit ist eine Garantie zum Glück. Das Unglück, ein Nachteil des scharfen Verstands.

Schweigend kaute sie an ihren Scones, Appoline kaum mehr beachtend dachte sie über die zwanzig jährige Minna nach, und wie einfach ihr Leben im Vergleich zu jetzt gewesen war.

Damals war sie glücklich gewesen, ohne an Verstand oder Geistesschärfe einzubüssen; denn sie war verliebt gewesen, die grösste Form des Glücks überhaupt.

»...Minna? Mein schrecklicher Diogenes, hörst du mich?«

Minna fuhr hoch. »Natürlich, *ma minette*.«

Appoline warf ihr einen zweifelten Blick zu, fuhr dann jedoch ungestört fort.

»... und dann habe ich unten den Postboten angetroffen, ein netter Mann, wirklich! Ganz reizend. Jedenfalls hat er mir ein Kompliment über meine Bluse gemacht, er sagte sie sehe richtig chic aus, war das nicht nett von ihm?«

Sie strahlte und zog einen Stapel Briefe aus ihrer Tasche. »Hier, ich habe sie ihm sogleich abgenommen, um sie dir persönlich hochzubringen.«

Minna betrachtete die Post, als sähe sie so etwas zum ersten Mal, dann blinzelte sie, rieb sich über die Augen und nahm sie Appoline ab.

»Der Postbote hat sie dir gegeben? Einfach so? Meine Post?«, fragte sie entsetzt.

Appoline sprang auf und schnappte ihr ein ganz besonders schweres Exemplar wieder aus den Fingern und grinste breit.

»Was denkst du, von wem der hier ist? Der hat einfach so auf deiner Türschwelle im Treppenhaus gelegen.«, sagte sie, während sie interessiert den unbeschrifteten, blanken Umschlag in ihren Händen betrachtete. »Anonym, wie aufregend!«

Minnas Herz sank und ihr wurde übel. »Gibt mir den Brief.«, forderte sie, bemüht eine ruhige Tonlage zu treffen. Sie wusste nicht weshalb, aber auf einen Schlag schrillten ihr sämtliche Alarmglocken.

Nicht adressierte Umschläge konnten doch gewiss nie etwas Gutes bedeuten. Mit klopfendem Herzen erhob sie sich langsam aus ihrem Stuhl.

»Gib mir den Brief, Appoline, oder ich leg' dich gleich hier übers Knie! Ich sage es nicht noch einmal.«, raunte sie leise.

Mit einer ungeduldigen Bewegung riss sie ihrer Freundin den Umschlag aus der Hand und schob sie, ihre verwirrte Miene ignorierend, Richtung Flur.

»Geh jetzt, ich rufe dich heute Abend an, ja?« Sie drückte Appoline einen flüchtigen Kuss auf die Lippen, reichte ihr Mantel und Tasche und schloss die Tür hinter ihr.

Mit einem Gefühl, als stünde sie unter Storm, rauschte sie zurück in die Küche, zückte ein Messer und schlitzte den unbeschrifteten Umschlag auf.

Ein bogen eng beschriebenes Briefpapier kam zum Vorschein und Minnas Herz drohte stehen zu bleiben.

Meine Liebe Minna Dupont

Die Zeit verstreicht auch ohne unser Zutun, wieder sind einige Monate ins Land gezogen, ohne ein nennenswertes Ereignis hervorzubringen.

Der Winter steht vor der Tür und ich fühle mich daheim. Sie wissen wovon ich spreche? Wie war Ihr genauer Wortlaut noch gleich damals in Irland? ›dein zugefrorener Garten wird irgendwann auftauen, Magnus. Ich höchstselbst, werde dein Frühling sein‹. Ich erinnere mich noch ganz genau an Ihre Worte, Sie haben sie damals mit einer Überzeugung ausgesprochen, die meinen verschneiten Seelengarten beinahe zum Schmelzen gebracht hätte.

Wissen Sie meine Liebe, ich hätte Ihnen sehr gerne geglaubt. Aber es ist nicht einfach, sein Herz vor dem Erfrieren zu bewahren, wenn einem tagtäglich mit nichts als Missgunst und Abscheu begegnet wurde.

Wüsste ich es nicht besser, ich würde wohl dem Glauben verfallen sein, ein wildes Tier zu sein. Eingesperrt, damit es niemanden verletzen kann, eine Last für den Staat und gänzlich unnütz. Man gestattete mir nicht einmal Arbeiten zu verfassen, oder mir die richtigen Bücher zu beschaffen.

Ich hoffe, mir gelingt es Sie mit meiner Melancholie zu unterhalten, jedenfalls stelle ich mir gerne vor, wie Sie meinen Zeilen mit einem spöttischen Lächeln auf den Lippen folgen.

So wie ich es an Ihrer Stelle ebenfalls tun würde.

Da fällt mir ein, Sie vor einiger Zeit gesehen zu haben. Auf dem Innenhof des Gefängnisses hatte man einen annehmbaren Blick auf die Strasse. Auf einem vorbeifahrenden Doppeldecker ist mir eines Tages ein Plakat ins Auge gesprungen. Sie sind das neue Gesicht der Bijoux Royale *Kollektion, wie erfreulich! Es scheint, als würde nun doch langsam etwas aus Ihnen werden. Ich gratuliere Ihnen!*

Sie sind trotz des ganzes Kummers nur schöner geworden, Minna. Ihre kleine Nymphe von der Parfumwerbung kann sich glücklich schätzen, das Bett mit Ihnen teilen zu dürfen.

Ich hoffe Sie sind wohlbehalten und gestärkt vom Herbsturlaub an der Côte d'Azur zurückgekommen und haben sich gut erholt.

Sie besitzen ein Plätzchen in meinen Gedanken,
M. *11.11.'86*

Mit leerem Blick liess Minna den Brief sinken. Das Rascheln des Papiers, als es mit dem schweren Mahagonitisch in Berührung kam, das monotone Ticken der Küchenuhr, das Rauschen des Windes durch die geöffneten Fenster, alles kam ihr viel zu laut vor und drang mit unangenehmem Nachdruck in ihren Verstand vor.

Schweigend heftete sie ihre Augen auf das Zifferblatt oberhalb der Tür. Fünf Umrundungen des Sekundenzeigers und sie hatte sich wieder so weit gefasst, um zwei Fragen in all ihrer Deutlichkeit im Wirrwarr ihrer schwirrenden Gedankenwelt ausmachen zu können.

Woher wusste Moore all diese Dinge? (denn am Urheber dieses Schreibens konnte kein Zweifel mehr bestehen)

Dass Sie mit Appoline verkehrte, nun gut, dass könnte ihm der Klatsch zugeflüstert haben, aber diese spezifische Gewissheit, wann sie sich an der Côte d'Azur aufgehalten hatte und wann sie wieder zurückgekommen war ...

Ihren anfänglichen Verdacht sah sie nun bestätigt: Moore hatte offensichtlich einen Spitzel in ihre Kreise eingeführt. Eine andere Erklärung gab es nicht.

Er hatte es selbst gesagt. ›*Seien Sie unbesorgt, meine Quellen sind zuverlässig* und *keinesfalls auf ihr Leid aus. Im Gegenteil.*‹

Wo sie bei der zweiten Frage angekommen war: wer hatte ihr den Brief vor die Tür gelegt?

Wer war bei ihr so gerne gesehen, dass der *Concierge* ihn ohne Bedenken ins Haus lassen würde?

Ein eisiger Schauer überlief ihr Rückgrat und sie erstarrte. Allein der Gedanke daran, dass es jemand nahestehender sein könnte, liess sie verzagen.

Sorgfältig musterte sie den Umschlag und strich sie die Falten glatt. Kein Absender, keine Briefmarke, keine Adressschrift. Dazu kam noch diese sonderbare Vergangenheitsform, in der er den Brief verfasst hatte ... *wenn einem tagtäglich mit nichts als Missgunst und Abscheu begegnet wurde ... Man hat mir nicht einmal gestattet Arbeiten zu verfassen, oder mir die richtigen Bücher zu beschaffen ...*

Das konnte doch nicht wahr sein. Moore würde doch niemals bei der einfachsten Grammatik einen solch uneleganten Fehler begehen.

Nein, es schien, als habe er es mit voller Absicht in der vollendeten Vergangenheitsform geschrieben. Minna schluckte hart und ihr Herz wurde von einer eisigen Faust umschlungen.

Dann bedeutete dies logischerweise, dass Moore nicht länger im Gefängnis war. Aber wo war er nun stattdessen? Es konnte sich um keinen Ausbruch handeln, andernfalls wären die Zeitungen voll davon.

Es schien fast so, als wäre dieses ganze Prozedere irgendwie in den Schranken der Legalität vonstattengegangen.

Nun erinnerte Minna sich an den Hoffnungsschimmer, von dem im ersten Brief die Rede war und sie verstand endlich.

»Er wollte mich vorwarnen, nicht wahr?«, raunte sie gedankenversunken in die Stille der leeren Küche, »aber natürlich, es ist ganz offensichtlich, dass er mich auf seine Haftentlassung vorbereiten wollte.«

Minna schnaubte, ungläubig ab ihrer eigenen Schwerfälligkeit, schlug sie mit der Faust auf den Tisch. Wie ärgerlich! Wie einfältig von ihr! Ihr hätte es von Anfang an dämmern müssen. Und vielleicht hatte es das auch, doch sie war zu vernünftig gewesen, um diesem Gedanken den bedurften Platz in ihrem unmittelbaren Bewusstsein einzuräumen.

Die Hoffnung, die sie all die Jahre konsequent auf niedrigster Stufe vor sich hin brodeln gelassen hatte, schoss nun mit einer solchen Kraft in die Höhe, dass Minna ganz schwindelig wurde.

Er war frei, er war frei, er war frei.

Diese Enthüllung zog sich wie ein nie endendes Band um ihren Kopf und drohte ihn unter ihrer Bedeutungskraft zu zermalmen.

Angeklagt und verurteilt wegen zwölffachen Mordes, dem Missbrauch von Betäubungsmittel, schwerer Körperverletzung und versuchtem Mord eines Polizeibeamten zu Lebenslänglich ohne Aussicht auf frühzeitige Entlassung.

Wie hatte dieser Fuchs sich da bloss hinauswinden können? Minna war fasziniert.

Mit bebenden Händen griff sie nach ihrem Mobiltelefon und betrachtete es eine Weile nachdenklich.

Sie musste jemanden ins Vertrauen ziehen, musste jemandem ihr Herz ausschütten, andernfalls würde sie schlichtweg einfach platzen. Aber wen? Wer wäre verschwiegen genug? Auf wen hatte sie sich bis dahin stets verlassen können? Wer wäre weiter davon entfernt einen guten Späher für einen einflussreichen Gesetzesbrecher abzugeben?

»...und nun denke ich, mit ziemlicher Sicherheit sagen zu können, dass er aus der Haft entlassen worden ist.«, schloss Minna ihren Redeschwall und musterte ihren Gegenüber aufmerksam.

Jasper beäugte sie für einen Moment so zweifelnd, als fürchte er, sie hätte den Verstand verloren. Dann griff er nach ihrer Hand und tätschelte sie zärtlich.

»Und da bist du dir sicher, Darling?«

Minna nickte ernst. »Ganz sicher.«

Jasper hatte sich trotz Minnas langen Schweigen, unverzüglich auf den Weg gemacht, als er von ihrer Misere erfahren hatte. Ihre Stimme hatte am Telefon so aufgelöst geklungen, dass er Laurent kurzerhand im Café sitzen gelassen, und zu Minna gefahren war.

Nun sassen sie im Salon auf dem Divan, der unbeschrifteten Umschlag lag in Jaspers Schoss.

»Es ist doch offensichtlich, nicht wahr? Hast du dich auf die Vergangenheitsform geachtet? Und dann diese ominöse Sache mit der fehlenden Adressschrift. Er ist wieder auf freiem Fuss, das steht ausser Frage.«

Seufzend legte Jasper den Arm um seine Freundin und zog sie an seine Schulter.

»Denkst du nicht... ich meine, könnte es nicht sein, dass du voreilige Schlüsse ziehst? In dieses Schreiben viel zu viel hineininterpretierst?«

Aber Minna wollte von seinen Bedenken nichts hören. Mit einer ungeduldigen Handbewegung scheuchte sie seine Zweifel fort.

»Ganz bestimmt nicht. Ich weiss es, Jasper. Ich habe es im Gefühl.«

Sie beugte sich vor und küsste ihn flüchtig auf die Wange. »Du glaubst mir doch?«

Der Skepsis stand ihm auf die Stirn geschrieben, dennoch besass er genug Anstand, um für sie zu lügen. »Natürlich, Darling. Ich glaube dir.«

Eine Weile herrschte betretenes Schweigen. Das Ticken der Wanduhr und das gelegentliche Schnauben des Hundes vor ihnen auf dem Teppich waren die einzigen Geräusche, die die Ruhe störten.

Irgendwann wurde es Jasper zu ruhig und er tadelte sich lauter als vielleicht notwendig gewesen wäre, was für ein vergesslicher Esel er doch sei.

Hastig lief er in den Flur zu seiner Tasche und kam mit einer Nachricht in der Hand zurück.

»Das hab' ich fast vergessen, hier das ist für dich!«

Er drückte ihr den Brief in die Hand, aber Minna beachtete ihn kaum. Sie war entgeistert von so viel Taktlosigkeit. So kannte sie ihren Freund gar nicht. Gerade noch klagte sie ihm ihr Herzeleid und nun kam eine so brüske Überleitung.

»Ich war noch nicht fertig, Jasper.«, sagte sie bestürzt. Ihre grossen, blauen Augen füllten sich mit Tränen.

»Ach nun komm«, sagte er und rieb ihr unbeholfen über den Arm, »du hast diesen Kerl vor Jahren das letzte Mal gesehen ... und ausserdem hat eure Liebschaft doch ohnehin nicht besonders lange gehalten. Ihr habt euch doch im Ganzen kaum mehr als eine Handvoll Monate gekannt. Das du wegen ihm nach all dieser Zeit noch so ein sentimentales Theater aufführst, ist nicht gerechtfertigt.«

Darauf wusste Minna nichts zu erwidern. Natürlich hatte er recht, ihr Kopf wusste das, doch ihre Brust schmerzte dennoch unaufhörlich weiter.

Nur um einer Tätigkeit nachgehen zu können, griff sie schliesslich lustlos nach dem teuren Briefpapier und faltete es auseinander.

Eine kurzgehaltene Einladung kam zum Vorschein, als ihr der Absender ins Auge stach, drehte sie sich schnell weg, so dass Jasper nicht über ihre Schulter mitlesen konnte.

Ma chére Minna
Komm' mich diesen Samstag in meinem Haus in Versailles besuchen und bring' einen grossen Koffer mit. – Ich bitte dich.
Ich erwarte dich um die Mittagszeit,
Laurent
PS: Der Hund residiert ausschliesslich in der Küche, und dass er mir keine Flöhe hat!

Nachdenklich liess sie die Einladung sinken. Obwohl es mehr einer Aufforderung, als einer Einladung glich, wenn man sich den überdeutlichen Befehlston vor Augen hielt, der sich durch die wenigen Worte flocht, stahl sich ein mattes Lächeln auf ihr Gesicht.

Sie könnte die Einladung erneut absagen, aber dann würde sie einen riesigen Skandal riskieren. *Tout le monde* würde annehmen, zwischen ihr und Laurent herrsche eine offene Feindschaft, Gerüchte würden kursieren, unschuldige Menschen in irgendwelche Ausgrenzungen hineingezogen werden.

Und ausserdem würde sie somit Laurent endgültig von sich stossen. Für seine Verhältnisse bettelte er bereits regelrecht um ihre Gunst.

Nein, entschied sie entschlossen. Diese Einladung zu seinem Anwesen in Versailles verkörperte eine aufrichtige Entschuldigung und den Wunsch, sich zu versöhnen.

Minna konnte diese Friedensgeste nicht einfach ignorieren. Eigentlich wollte sie das ja auch gar nicht. Sie wollte Laurent wiedersehen, auch wenn das bedeutete, sich eine gewisse Zeit lang mit seinem Lebenspartner herumschlagen zu müssen.

Schlimmer könnte es doch kaum werden, als es ohnehin bereits war. Sie hatte die beiden in Grasse ausgehalten, sie würde es auch hier tun.

»Worum geht es?«, meldete sich Jasper zu Wort und riss sie aus ihren Grübeleien, »was schreibt er dir?«

Neugierig griff er nach dem Brief, aber Minna schlug ihn ihm blitzartig aus der Hand.

»Au!« Entgeistert rieb er sich die Hand. »Warum hast du das getan?«, fragte er sie vorwurfsvoll.

Minna lagen die verlockendsten Anschuldigungen auf der Zunge, doch sie verbiss sich eine Infamie und sagte stattdessen gelassen: »Wenn es dich in irgendeiner Weise ebenfalls betreffen würde, hätte Laurent dich informiert, nicht wahr?«

Sie faltete das Papier zusammen und steckte es sich in die Tiefen ihres Ausschnitts.

Jasper sah grimmig auf den Punkt, wo das Papier verschwunden war. »Das hält mich nicht auf, Darling.«

Minna lächelte freudlos. »Das vielleicht nicht, aber dein Anstand tut es sehr wohl.«

Für den Bruchteil einer Sekunde schien es, als wollte er etwas erwidern, besann sich dann jedoch eines Besseren und nickte bloss.

»Frag Laurent, er wird dir bestimmt ohnehin bald die nötige Auskunft geben.«

Jasper gab sich fürs erste damit zufrieden und verlängerte seinen Besuch bis kurz nach Mittag. Dann verabschiedete er sich, griff nach Mantel und Tasche und trat ins Treppenhaus.

Kaum war er unten zur Tür hinaus und auf die Strasse getreten, steuerte er entschlossen auf die nächste Telefonzelle zu und wählte mit bebenden Fingern eine Nummer.

Nach dem vierten Klingeln meldete sich eine Stimme zu Wort.

»*Bonjour, Jasper.*«

»Bonjour, Dr. Zouche ... «

22. Kapitel

Der Regen prasselte seit Tagen unaufhörlich auf Paris herab. Die Seine drohte über die Ufer zu steigen, die Parkanlagen und Grünflächen verwandelten sich in Sumpflandschaften und die Sonne war von den grauen Wolken gänzlich verschluckt worden.

Der Herbst neigte sich rapide dem Ende zu und der Winter stand vor der Tür.

Minna war wohl die einzige Dame in ganz Paris, die sich über diesen Umschwung freute und nicht in den Süden fuhr.

Sie mochte das regnerische Wetter, wenn sie mit Absolem im Wäldchen war und die Augen schloss, war es, als wäre sie zurück in England.

Den Koffer in der einen Hand und Absolems Leine in der anderen, stieg Minna am festgesetzten Samstag aus dem Wagen und stapfte die breiige Auffahrt hinauf zur im Jugendstil erbauten Villa.

Mit einer leichten Erkältung und wachsenden Zweifel bezüglich der Idee hierherzukommen, kämpfte sie sich die Stufen zum Eingang hinauf und klingelte.

Kaum hatte sie die Hand sinken gelassen, wurde ihr bereits von einem Hausangestellten geöffnet, das Gepäck und den Hund abgenommen und nach einem Dienstmädchen gerufen, die das Tier unverzüglich säubern sollte.

»So würde Monsieur ihren Freund nicht empfangen.«, raunte der Mann ihr vertraulich zu.

Minna lächelte bloss geduldig und schwieg. Sie hatte bisher noch nicht das Vergnügen gehabt, selbst Personal anzustellen und somit hatte sie kaum Erfahrung mit den angebrachten Verhaltensweisen ihm gegenüber. Aus ihren Büchern jedoch, wusste sie, dass man sich nicht zu vertraulich auf die Dienerschaft einlassen sollte und so blieb sie reserviert.

Während der Hund in der Küche in einen Zuber gehievt und ordentlich eingeseift wurde, geleitete der Butler Minna die Treppe hinauf in den Salon.

Laurent stand am Kamin, das rotgoldene Feuer spiegelte sich in seinen bernsteinfarbenen Augen wider und brachte sie regelrecht zum Leuchten.

Die blonden Haare standen ihm wirr vom Kopf, als hätte er sich des Öfteren mit der Hand hindurchgefahren.

Minna blieb im Türrahmen stehen und betrachtete ihn eingehend. Wie feudal er in seinem massgeschneiderten Anzug aussah, wie aristokratisch. So würdevoll und fein. Minna musste an sich halten, ansonsten wäre sie ihm augenblicklich um den Hals gefallen.

»Monsieur, Mademoiselle Dupont ist hier.«, sprach der Butler. Er warf Minna einen verunsicherten Blick zu, als wüsste er nicht recht, ob sie darauf gewartet hatte nach alter Schule angemeldet zu werden, oder ob sie schlichtweg zu überwältigt war, um einen Ton von sich zu geben. Letzteres ging ihm vielleicht nicht durch den Kopf, doch Minna dichtete es zuvorkommender Weise hinzu, schliesslich entsprach es der Wahrheit.

Der grossgewachsene Mann wandte sich um und bedeutete seinem Bediensteten mit einer Handgeste zu gehen.

Als sie allein im Zimmer waren, trat er mit grossen Schritten auf sie zu, packte sie an den Schultern und musterte sie scharf. Seine Augen funkelten zornig, um seinen breiten Mund lag ein harter Zug.

»Sag es und ich werde dich nehmen, gleich hier auf dem Teppich. Sag es nicht, und du wirst von mir persönlich auf nimmer wiedersehen hinausgeworfen.«

Seine Stimme bebte vor Wut und unterdrücktem Verlangen. Minna lächelte sanft zu ihm hinauf und legte ihm eine Hand an die Wange.

»Ich bitte dich um Verzeihung, Laurent.«

Dieser durchbohrte sie förmlich mit seinem Blick, dann seufzte er tief und zog sie an seine Brust.

»Sie sei dir gegeben. Du eigensinniges Weib.« Ungeduldig hob er ihr Kinn an und bedeckte ihr Gesicht mit heissen Küssen.

Schliesslich löste er sich kurz von ihr, schloss die Tür und schickte sich an sein Versprechen in die Tat umzusetzen.

Nach ihrer zärtlichen Versöhnung setzten sich die beiden eingepackt in dicken Schafsfellen hinaus auf den grossen Balkon und nahmen den Nachmittagstee ein.

Warmer Dampf quoll aus der Teekanne und brachte die eisig kalte Polarluft zum knistern.

Die prächtige Grünanlage zu ihren Füssen, welche sich auf der Rückseite der Villa bis zum entfernten Waldrand erstreckte, schillerte vom Reif überzogen glasig im bleichen Dämmerlicht.

»Dein Anwesen ist herrlich, Laurent«, brach Minna nach einer Weile das Schweigen, »ich fühle mich wie zu Hause hier.«

Laurent nickte grimmig, konnte sich ein kleines Lächeln jedoch nicht ganz verkneifen.

»Das freut mich zu hören, *ma puce*. So sollte es auch sein. Ich lass dich so schnell nicht wieder gehen, nun da ich dich endlich wiederhabe.«

Er legte den Arm um sie und betrachtete sie so einnehmend, dass ihr das Blut in die Wangen schoss und sie den Blick senkte.

»Nicht wahr?«, hakte er nach und legte seine Hand unter ihr Kinn, so dass sie gezwungen war ihn anzusehen, »du wirst bei mir bleiben?«

Minna nickte schwach. »Für ein Weilchen wird man mich in Paris bestimmt entbehren können.«

»Du solltest deine Wohnung aufgeben, ansonsten zahlst du für nichts und wieder nichts Miete.«

»Das ist meine Wohnung, Laurent. Sie ist gekauft und bereits abbezahlt, ich werde sie ganz gewiss nicht verlassen. Ich fühle mich sehr wohl dort.«

Ihre Stimme schien die richtige Tonlage getroffen zu haben, denn Laurent drang nicht weiter auf sie ein und schnitt stattdessen ein ganz anderes Thema an.

»Ich habe dir im Westflügel ein Schlafzimmer herrichten lassen. Es ist im Parterre, sozusagen beinahe direkt unter uns und man hat, wie hier oben, eine herrliche Aussicht auf den Park.«

Minna schmiegte sich an seine breite Brust und drückte ihm dankbar die Hand.

»Ich weiss deine Gastfreundschaft zu schätzen.«

Laurent nickte und fuhr sogleich fort: »Jasper war aus einem mir unbegreiflichen Grund überhaupt nicht einverstanden damit dich bei uns zu haben. Ich frage mich woher diese plötzliche Abneigung kommt, er wollte es mir nicht verraten.«

Minna fuhr hoch, als hätte ihr soeben eine unsichtbare Macht einen Elektroshock verpasst.

»Pardon? *Bei uns?* Bedeutet das ihr lebt nun offiziell zusammen?«

Laurent nickte. »Ja, Jasper ist vor einigen Wochen bei mir eingezogen.«

Er musterte sie stirnrunzelnd. »Ich dachte das wäre dir bekannt. Hat er dir nichts gesagt?«

Minna schüttelte den Kopf. »Wir haben uns nicht mehr sonderlich viel zu sagen.«

Laurent zuckte bedauernd die Schultern. »Nun, das ist schade, aber verständlich. Ich habe ihm den Kopf zurechtgerückt Liebling, mach dir keine Sorgen. Das ist immer noch mein Haus und ich entscheide, wer es betritt und wer nicht. Jasper hat meine Entscheidung zu akzeptieren.«

Minna schwieg. Sie fühlte sich elend. Nun da sie es aus seinem Mund gehört hatte, dass sie zusammenlebten, war sie sich nicht mehr so sicher, ob sie die beiden in ihrem Alltag gemeinsam ertragen würde.

Statt dieser unangenehmen Angelegenheit mehr Tiefe zu verleihen, wendete sie sich entschieden einer anderen Sache zu.

»Appoline«, sagte sie und betrachtete ihn aufmerksam, »sie ist am Boden zerstört. Du hänselst sie doch nicht etwa bei der Arbeit?«

Laurent lachte spöttisch und nahm sich viel Zeit an seinem Tee zu nippen, bevor er antwortete. »Hat sie dich damit beauftragt für sie einzustehen?«

»Du beschämst und blamierst sie in aller Öffentlichkeit, Laurent«, erwiderte Minna ernst, »ein solches Verhalten ist unzumutbar, für alle Beteiligten.«

Das Grinsen auf seinen Lippen gefror und ein Schatten zog über sein Gesicht.

»Wenn Appoline ein Problem mit mir hat, dann darf sie sich gerne an mich wenden.«

Minna schnaubte und schüttelte den Kopf. »Das wird sie nicht und das weisst du ganz genau! Sie wird nichts tun, was ihre Rolle in irgendeiner Weise gefährden könnte.«

Laurent zuckte bloss die Achseln und starrte gelangweilt hinaus zu den fernen Baumwipfeln.

Der Moment der Einsicht war vorüber und Minna wusste das. Sie drang nicht weiter auf ihn ein und beliess es fürs erste bei einem mahnenden Blick.

»Weisst du«, begann er nach einer Weile, er küsste sie auf den Scheitel und lächelte breit, »eigentlich habe ich ohnehin vor eure beiden Rollen zu tauschen. Was hältst du davon? Ich finde, du passt viel besser zur Protagonistin als Appolinchen.«

»Das bedeutet, du würdest Appoline die Rolle wegnehmen und sie mir anbieten? Das kannst du nicht tun, Laurent! Sie wäre am Boden zerstört!«

Minna richtete sich kerzengerade auf und musterte ihn vorwurfsvoll. »Und ausserdem sind ihre Szenen doch bereits abgedreht. Meine kleine Nebenrolle wird kaum mehr als zwei, vielleicht drei Nachmittage in Anspruch nehmen und dann sind wir damit durch. Du kannst jetzt nicht alles über den Haufen werfen, nur weil deine Sentimentalität mit dir durchgeht!«

Und während sie etwas von Professionalität wahren und Anstand schimpfte, ging die Terrassentür auf und Jasper trat auf den Balkon.

Die beiden stoben voneinander als hätten sie sich aneinander verbrannt.

Zu ihrer beidseitigeren Erleichterung schien Jasper nichts Verdächtiges wahrgenommen zu haben, er liess sich jedenfalls nichts anmerken und kam sogleich zur Sache.

»Schön dich zu sehen, Darling. Ich hoffe du hast dich bereits gut hier eingerichtet, kann ich dich kurz unter vier Augen sprechen?«

Er überging Laurents fragenden Blick, nahm Minna an der Hand und zog sie hinein in den Flur.

»Was tust du hier?«, fuhr er sie an, sobald die Tür zu war. Er wirkte ausser sich, keuchend rieb er sich über die Stirn und kniff sich in den Nasenrücken.

»In Ordnung, hör zu. Du kannst nicht hierbleiben, auf keinen Fall. Geh wieder, ja?«

Minna entfuhr ein entgeistertes Lachen. »Dieses hohe Mass an Unfreundlichkeit bin ich mir von dir überhaupt nicht gewohnt, ich bin empört! Natürlich werde ich bleiben, Jasper! Laurent hat mich eingeladen, es ist sein Haus und nicht deins. Vergiss das nicht.«

Aus Jaspers Wangen entwich sämtliche Farbe und er lehnte sich entnervt stöhnend an die Wand. »Minna, ich habe seit je her stets das Beste für dich gewollt und das hat sich auch jetzt nicht geändert. Aber das hier ist unmöglich, du musst gehen! Es tut mir leid.«

Hastig wischte Minna sich die aufkommenden Tränen aus den Augenwinkeln und trat nervös von einem Bein aufs andere.

»Du weisst also was hier vor sich geht, nicht wahr?«, fragte sie leise.

Jasper schnaubte abfällig und verschränkte die Arme vor der Brust.

»Ich müsste schon blind *und* blöd gewesen sein, um es nicht gemerkt zu haben.«

Seufzend legte sie ihm eine Hand auf die Brust, er liess sie gewähren.

»Es hätte nicht so kommen müssen, doch das hat es. Nun liegt es an uns das Beste daraus zu machen.«

Jasper starrte mit tränenverschleierten Augen auf sie hinab, Zorn, Schmerz, Wut durchzuckten seine Seelenpforten wie weissglühende Blitze.

»Du warst mir immer eine gute Freundin«, raunte er heiser, »und deshalb werde ich dich dulden.«

Er räusperte sich, nahm die Brille von der Nase und wischte sich ärgerlich über die nassen Augen.

»Und weil du keine andere Wahl hast als hier zu bleiben, das ist mir durchaus bewusst. Dieser freigelassener Verbrecher besitzt schliesslich genaue Kenntnisse darüber wo du wohnst, ich könnte es beim besten Willen nicht verantworten dich nur wegen meinem verletzten Stolz in Gefahr zu wissen.«

Minna schwieg. Aus diesem Blickwinkel hatte sie die Sache noch nie betrachtet. Bis zu diesem Zeitpunkt war sie stets davon ausgegangen, dass Moore ihr nichts Böses wollte, geschweige denn jemals wieder den Nerv besitzen würde sie zu besuchen. Diese Vorstellung klang selbst in ihrem Kopf so surreal, so absurd, dass sie nur darüber lachen konnte.

»Er wird sich aus meinem Leben heraushalten und deren weiteren Verlauf aus sicherer Entfernung beobachten.«

Wie ein Wolf, schoss es ihr durch den Kopf, *der solange im Dickicht der Bäume wartet, bis er einen günstigen Moment als gekommen erachtet und sich an das Lamm anschleicht. Immer näher und näher, gut verborgen im hohen Unterholz.*

Minna runzelte die Stirn und legte nachdenklich den Kopf schräg. Nun da sie sich durch diese Metapher der Materie näherte, erschien es ihr doch nicht mehr ganz so abwegig.

Vielleicht hatte Jasper recht, vielleicht war es tatsächlich Moores Plan sich ihr wieder zu nähern. Ganz langsam, auf leisen Pfoten, so geduldig, dass sie es kaum bemerkte.

Aber Wölfe jagen niemals allein. Nein, allein wären seine Erfolgschancen zu gering.

Ein kalter Schauer kroch ihr über den Rücken und sie zwang sich hastig an etwas anderes zu denken.

»Gehen wir doch runter in die Küche, mir ist nach einem heissen Kaffee, dir auch?«

Jasper zeigte sich einverstanden. »Aber bevor du es dir hier zu gemütlich machst, ein paar Regeln vorab. Keine laute Musik nach elf Uhr, keine Annäherungsversuche an *meinen* Mann, wenn ich in der Nähe bin. Im Falle eines Besuchs oder auf einer Festlichkeit trittst du als unsere gute Freundin auf, hörst du? In der Öffentlichkeit wird nicht herumgeschnäbelt, kein Händchenhalten, kein Flirten, gar nichts! Wenn ich höre, dass das Gerücht umgeht Monsieur Laurent Lefeuvre lässt seine Konkubine gemeinsam mit seinem Partner unter demselben Dach wohnen, dann verliere ich den Verstand und er seinen Ruf!«

Minna kicherte bitter. »Gerücht? Das wäre die falsche Bezeichnung, meinst du nicht auch? ›Tatsache‹ entspräche da schon eher.«

Jasper warf ihr einen herablassenden Blick zu und rauschte an ihr vorbei die Treppe hinunter.

»Wenn ich du wäre, würde ich meine Zunge im Zaum halten. Du bist hier schliesslich nur die Mätresse, Darling.«

Minna schmunzelte still in sich hinein. War ihm denn nicht bewusst wie sehr er sich mit seinen Worten gerade ins eigene Fleisch geschnitten hatte? Sie würde bei Laurent weitaus erwünschter sein als er es sich jemals vorstellen könnte.

Und mit dieser angenehmen Gewissheit im Hinterkopf, setzte sie sich mit Jasper in die Küche, lächelte breit und machten den ersten Zug ihres ausgedehnten Schachspiels, an dessen Ende Jasper endgültig vom Brett sein, und Laurent ihr in den Armen liegen würde.

23. Kapitel

*W*EIHNACHTEN NÄHERTE SICH MIT GROSSEN SCHRITTEN. Versailles und Paris waren von einer, im arktischen Polarwind wie Puderzucker stäubenden, Schneedecke bekleidet.

Die Seine war zugefroren, Eis und Schnee funkelte im Schein der blassen Wintersonne wie abertausende Kristalle.

Die Gärten von *La Villa de Lefeuvre* leuchteten weiss, an den hohen, mit schmiedeeisernen Balkonen verzierten Fenster blinkte fröhlich die Weihnachtsbeleuchtung.

Absolem hatte man einen plüschigen Rentier-Reif auf den Kopf gesteckt, das Personal trug rot-weisse Uniform, in den Fluren und Salons duftete es nach gebackenen Plätzchen und Glühwein, alle schien das Weihnachtsfieber befallen zu haben. Alle, bis auf Minna.

Diese sass seit Tagen in ihrem Zimmer im Westflügel und starrte apathisch hinaus in den verschneiten Garten.

Weder Jasper noch Laurent noch Appoline oder Aliette vermochten sie aus ihrer lustlosen Starre aufzurütteln. Nicht, dass Appoline ein gern gesehener Gast – oder gar unbeschränkten Zutritt zu Laurents Haus hätte. Wenn sie ihre Freundin sehen wollte, dann musste sie stets eine günstige Gelegenheit abwarten und hoffen, dass der Hausherr ausser Haus, und bloss Jasper zugegen war. Dieser hielt zwar auch nicht sonderlich viel von ihr, liess sie jedoch ein.

Bei Laurent hingegen biss sie auf Granit, kein Flehen und kein Wimmern erweichte ihn. Er brachte seine Besitzansprüche klar zum Ausdruck. In seinen Augen war es offensichtlich und in Stein geschrieben, dass Minna, nun da sie bei ihm wohnte, ihm gehörte.

Diese war von ihrem Kummer so eingenommen, dass sie kaum die Kraft fand, sich für Appoline einzusetzen. Der Jahrestag von Moores Verhaftung näherte sich. Bis zu diesem Zeitpunkt hatte sie geglaubt, mit den Briefen, den Gefühlsbädern, Moores Andeutungen und den Kabalen ihres Umfelds zurecht zu kommen, doch nun, da sich der Albtraum zum achten Mal zu jähren drohte, schwand diese Zuversicht. Die Last auf ihren Schultern drückte so schwer, dass sie ihr manchmal regelrecht die Luft zum Atmen nahm. Magnus Moore war frei, ganz bestimmt, an diesen Gedanken hielt sie nach wie vor fest. Doch wo war er? Wie ging es ihm da draussen in der Welt, nach gut acht Jahren strikter Isolation? Und dann diese Krankheit, von der im ersten Brief die Rede war. Minna konnte diesen peinlichen Gedanken nicht ertragen, dass dieser mächtige, einflussreiche Mann, den sie einst vor so vielen Jahren kennengelernt hatte, nun in irgendeiner Weise schwächeln könnte.

Wenn in diesem Menschen noch irgendetwas von jener Persönlichkeit übrig war, die Minna vor so langer Zeit kennenlernen durfte, dann würde er nach seiner Haftentlassung schnurstracks in einen Kurort gefahren sein, um sich ausgiebig zu erholen. Nach *Vichy* vielleicht, oder *Bath*: Oder vielleicht war er gar nicht mehr in Europa. Es könnte doch gewiss sein, dass er nach Amerika gegangen war, um neu zu beginnen, so wie sie es in Frankreich getan hatte.

Dieser Gedanke schlug ihr so hart in die Magengegend, wann immer er auftauchte, dass sie ihn irgendwann verwarf. Nein, Moore war geblieben. Europa ... Europa. Ein Mann mit so viel Geschmack und Formgefühl würde sich keinen anderen Kontinent zur Niederlassung aussuchen als Europa.

In den blauen Tiefen ihres Unterbewusstseins, glitt seit geraumer Zeit eine schmerzliche Sehnsucht durch die kühle Stille. Sie wollte ihn finden, sie wollte ihren Doktor wiedersehen.

Doch ihr Verstand herrschte mit eiserner Kraft über den See der stillen Wünsche und würde unter keinen Umständen zulassen, dass jenes unvernünftige, infantile, vollkommen blauäugige Verlangen an die Oberfläche dringen konnte.

Und somit wirkte die paralytische Gleichgültigkeit, die das blutende Herz so gerne umfasst, wann immer es vor Schmerz zu bersten droht, um es unter seinem grauen Mantel der Lethargie zu hüten.

Wie damals in Grasse, kam Laurent auch hier jede Nacht für einige Stunden zu Minna und teilte mit ihr das Bett.

Je mehr sich die Wintersonnenwende näherte, desto lustloser wurde jedoch seine Geliebte. Alle seine Bemühungen sie irgendwie aufzurütteln, schlugen fehl. Er redete ihr gut zu, tröstete sie, verlor die Nerven, schrie sie an, – nichts vermochte ihr Desinteresse zu mildern

Sie war wie betäubt.

24. Kapitel

*D*ie Premiere des Parfumwerbefilms war nun im Fernseher und für jedermann zu sehen. Applaus brandete auf und die Leute jubelten ausgelassen. *Une touche de destin* war ein voller Erfolg.

Laurent hatte seine Ankündigung schliesslich in die Tat umgesetzt und Minnas und Appolines Rollen getauscht. Trotz der mitschwingenden Grausamkeit war dies ein weiser Schachzug gewesen. Appoline sass mit vor der Brust verschränkten Armen neben der Tür im Salon und starrte missmutig vor sich hin. Sie nahm den Rollentausch sehr persönlich und hatte es sowohl Laurent als auch Minna äusserst übelgenommen.

»Das war Laurents Entschluss, *ma minette*, nicht meiner! Ich habe nichts damit zu tun, du darfst nicht böse auf mich sein.« Minna setzte sich neben ihre Freundin und tätschelte ihr liebevoll die Hand, doch diese reagierte nicht.

La Villa de Lefeuvre war gefüllt mit Paris' bekanntesten Bohème. Modeschöpfer, Regisseure, Filmdarsteller und Diven tummelten sich in den Salons, Korridoren und Gärten und nippten plappernd an ihren Getränken.

Beinahe sämtlicher Bekanntenkreis Laurents' war zugegen und amüsierte sich prächtig.

Madame d'Urélle stand gemeinsam mit Tante Aliette auf dem Balkon und bewunderte die winterliche Dekoration. Laurent sass neben Jasper auf dem Futon und hielt seine Hand, während er lachend Komplimente von seinen Gästen annahm.

Minna, die als Laurents Günstling und aufkommendes Schauspieltalent der Mittelpunkt des Interesses bildete, war so sehr damit beschäftigt Hände zu schütteln, Champagner zu trinken und zu strahlen, dass sie kaum Zeit für ihre gereizte Freundin fand und es somit auch nicht bemerkte, als diese plötzlich fehlte.

Appoline war unbemerkt aus dem Salon geschlüpft, hatte das nächste Badezimmer aufgesucht und sich die Nase gepudert. Als sie wieder hinaustrat, stiess sie mit einer Frau zusammen.

»*Mon Dieu!* Sie haben es aber eilig. Verzeihung.«, keifte die Dame, sie wirkte gestresst und missgelaunt. Erst auf den zweiten Blick erkannte Appoline, wer da vor ihr stand.

»Camille!«, rief sie erstaunt, mit der Hand fuhr sie sich rasch über die Nasenspitze, »wir haben uns schon lange nicht mehr gesehen. Wie geht es dir?«

Ihr Herz flatterte wie ein aufgeschreckter Vogel und ihre Hände zitterten, hastig steckte sie sie in die Rocktasche und zählte innerlich langsam auf zehn, um dem aufkommenden Schwindel entgegenzuwirken.

»Appoline«, die Schwarzhaarige nickte ihr steif zu und schürzte die Lippen, »es ist lange her. Mir und Aramis könnte es nicht besser gehen, wir haben die Hypothek aufs neue Haus endlich in der Tasche, das bedeutet einem Umzug steht nichts mehr im Weg.«

Appoline nickte, sie wirkte unkonzentriert und fahrig.

»Schön, schön.«

»Ich gratuliere dir übrigens«, fuhr Camille ungerührt fort, ein blankes Lächeln breitete sich auf ihren Lippen aus, »auch wenn ich persönlich der Meinung bin, dass dir die Hauptrolle viel besser gestanden hätte als deiner Freundin.«

Appolines Kopf fuhr so ruckartig hoch, dass ihr Genick hätte entzwei springen müssen.

»Ach ja? Du findest das also auch?«

»Aber natürlich!«, versicherte Camille eilig, »Monsieur Lefeuvre hat nicht mit dem Kopf gehandelt, als er diese Entscheidung gefällt hat, das ist gewiss.«

Appolines Augen verengten sich zu schmalen Schlitzen. »Dieser Überzeugung bin ich auch.«

Die Verlobte ihres Bruders musterte sie einen Moment abschätzig, dann bot sie ihr ihren Arm an und lud sie auf ein Glas Champagner ein.

Appoline willigte ein und so machten sich die beiden Damen auf hinunter in den Garten.

In einem abgelegenen Pavillon auf der anderen Seite eines kreisrunden, vereisten Teiches, liessen sich die beiden schliesslich nieder.

Ein beissender Wind wirbelte den Neuschnee über die tintenschwarzen Wiesen.

»Dieser Ring an Mademoiselle Duponts Finger«, begann Camille nach einer Weile, »hast du den ihr geschenkt? Dieser Brillant in der Mitte, *parbleu*; der muss bestimmt ein ganzes Menschenleben gekostet haben! Mein Verlobungsring könnte dagegen aus einem Kaugummiautomaten entsprungen sein.«

Appoline seufzte. »Den hat ihr Monsieur Lefeuvre geschenkt, als Dank für ihre gute Arbeit, hat sie gesagt.«

Camille lachte gackernd auf. »Ach ja? Und das glaubst du ihr? Kein Mann, der noch recht bei Sinnen ist, gibt Summen im zweistelligen Tausenderbereich für eine ›gute Arbeit‹ aus! Ich denke hier verwechselst du Arbeit mit *Arbeit*: Wenn du verstehst…«

Und als Appoline nichts erwiderte, fuhr sie fort: »Ich habe gehört Dupont wohnt jetzt hier. Wie schön, sie muss sie wie eine Prinzessin fühlen!«

»Es ist nur vorübergehend.«

Camille lachte schrill. »Du armes Mädchen, weisst nicht was du willst.«

»Natürlich weiss ich was ich will!«, entgegnete sie empört, Tränen verschleierten ihr die Sicht.

»Ach ja? Du lässt zu, dass d*eine* Freundin die Hure eines anderen Mannes spielt. Ich möchte ja nichts sagen, aber mir wäre das an deiner Stelle unglaublich peinlich. Ich würde so etwas nicht mitmachen.«

»Pardon?« Appoline sprang auf und lachte ungläubig. »Was fällt dir ein, so über Minna zu sprechen?«

»Aber Kind!«, sagte sie müde lächelnd, amüsiert von so viel sichtlicher Einfältigkeit, »hast du die letzten Wochen über den Kopf im Sand vergraben? Siehst du denn nicht, was hier vor sich geht? Monsieur Lefeuvre hält deine Geliebte als seine *femme entretenue*. Den Mann und die Hure gemeinsam unter einem Dach zu haben ... wie dreist.«

Sie schüttelte tadelnd den Kopf und seufzte.

»Ich habe es ja sofort geahnt, seit ich sie das erste Mal gesehen habe, wusste ich was für eine Frau sie ist.«

Appoline versank in tiefes Schweigen. Camille, die den Zweifel, den sie in ihr gesät hatte, augenblicklich keimen sah, fuhr sogleich fort.

»Und dann diese Unverschämtheit, dir in letzter Minute die Rolle wegzunehmen und all die harte Arbeit, die du geleistet hast, zunichte zu machen. Wie viele Nächte hat Mademoiselle Dupont durcharbeiten müssen, um den Ansprüchen von Lefeuvre gerecht zu werden?«

»Vier Nächte«, murmelte Appoline leise, »die letzte Szene wurde bei Sonnenaufgang, statt Sonnenuntergang gedreht, weil uns und dem ganzen Set einfach die Zeit davongerannt ist.«

Camille nickte. Sie wirkte höchst zufrieden. »Und jetzt steht sie dort oben und erntet die Lorbeeren, die eigentlich dir zugestanden hätten, während du hier unten frierst und dir vermutlich eine Erkältung holst.«

Wie aufs Stichwort ging die untere Terrassentür auf und Jasper spähte hinaus in den von lodernden Fackeln erhellten Garten.

»Appoline? Sind Sie es? Kommen Sie herein, hier draussen ist es viel zu kalt! Und ausserdem fragt Minna nach Ihnen, sie sucht Sie bereits.«

Die beiden Frauen warfen sich rasche Blicke zu, dann schlenderten sie zurück zum Haus.

Kurz bevor sie eintraten, beugte Camille sich vor und wisperte Appoline ins Ohr: »Weisst du, ich denke du kannst deiner Freundin einfach nicht das geben was sie braucht. Monsieur Lefeuvre hingegen ... «

Sie überschritten die Türschwelle und wurden sogleich von einer Woge plappernder Gäste getrennt. Während Appoline in Richtung Treppe davongespült wurde, kämpfte Camille sich zur Küche durch, wo sie Sekunden zuvor den kastanienbraunen Lockenschopf von Jasper verschwinden gesehen hatte.

»Monsieur?« Sie zwängte sich an einem innig umschlungenen Liebespaar vorbei und betrat die geräumige Kochnische. Jasper stand am Tresen und war damit beschäftigt eine Weinflasche zu öffnen. Als er Camille hinter sich hörte, wandte er sich um.

»Madame? Kann ich Ihnen helfen?«

Camille schüttelte den Kopf und setzte ein strahlendes Lächeln auf, welches ihre glitzernden Käferaugen jedoch nicht erreichte.

»Nein, Monsieur, aber ich kann Ihnen helfen.«

Jasper seufzte innerlich auf und verschränkte die Arme vor der Brust. Ihm waren solche Situationen nicht fremd, in Wahrheit geschahen sie erstaunlich oft.

»Ich benötige keine Hilfe, Madame. Vielleicht ist es Ihnen entgangen, aber ich bin-...« – »Der Lover von Monsieur Lefeuvre, ja, ja, das ist mir bekannt.«, endete Camille.

Sie trat einen Schritt näher und vergewisserte sich, dass niemand in Hörweite war.

»Darum geht es mir nicht, ich bin aus einem anderen Grund zu Ihnen gekommen.«

Sie lächelte über seinen misstrauischen Blick.

»Lover?«, Jasper klang entrüstet, »Ich bin Laurents Lebensgefährte, Madame.«

Camilles Lächeln weitete sich. »Oh, verzeihen Sie. Wie peinlich. Ich dachte bloss... na ja... so eng wie Monsieur Lefeuvre und Mademoiselle Dupont sich offensichtlich stehen...«

»Eine rein berufliche Verbindung.«, versicherte Jasper gezwungen höflich.

Camille nickte eilig. »Ach so, dann beschenkt Ihr Mann all seine *Mannequins* mit teurem Schmuck und edlen Stoffen? Dieses florentinerrote Kaschmirkleid, dass sie heute trägt hat er ihr gekauft, nicht wahr? Es ist umwerfend! Und erst diese schillernde Perlenkette! Monsieur Lefeuvre besitzt einen erlesenen Geschmack!«

»Woher wissen Sie über die Schenkungen meines Mannes so genau Bescheid?«, wollte Jasper wissen, »und wer sind Sie überhaupt?«

Die Schwarzhaarige reichte ihm die Hand und stellte sich vor.

»Camille Poissonnier, ich stehe in Verbindung mit Madame d'Urélle.«

Jasper runzelte nachdenklich die Stirn, dann erinnerte er sich plötzlich.

»Sie müssen die Freundin von Appolines Bruder sein!«

Camille schürzte unwirsch die Lippen. »Verlobte ... und ausserdem sind sie Halbgeschwister.«

Jasper schnaubte lachend. »Macht das einen signifikanten Unterschied?«

Die Frau musterte ihn abschätzend. »Für mich schon.«

Jasper bot ihr höflicher Weise ein Glas Rotwein an und gemeinsam stiessen sie an.

»Auf Ihren Mann!«, sagte Camille schmunzelnd, »und auf all die Frauen, die von seiner Grosszügigkeit profitieren dürfen.«

25. Kapitel

$\mathcal{K}$AUM WAR DIE FEIER ZU EHREN IHRER UND APPOLINES ARBEIT VORÜBER und die Tage nahmen erneut die grauen Farben des Alltags an, versank Minna erneut in einer unerklärlichen Lustlosigkeit.

Vier Tage vor Weihnachten platzte Laurent schliesslich der Kragen. Es war eine stille, frostklirrende Nacht und der Schnee vor den Fenstern leuchtete im bleichen Mondlicht.

»Wenn du nicht aufhörst mit dieser elenden Lethargie, werde ich dich in die Hände von Ärzten geben müssen, Minna!«, brüllte er ausser sich vor Verzweiflung, dass die Fenster einen Spalt geöffnet waren, schien ihn nicht zu kümmern.

Minna drehte sich um und musterte ihn nachdenklich. Sie hatte den ganzen Abend das Gesicht der Wand zugewandt und mit leerem Blick vor sich hingestarrt.

Dass Laurent neben sie unter die Decke geschlüpft war, hatte sie kaum wahrgenommen.

»Ist das eine Trotzreaktion? Rächst du dich an mir, wegen meiner Beziehung zu Jasper?«

Er war blasser als sonst, die Ringe unter seinen Augen waren so dunkel, dass seine Wangen eingefallen und hohl wirkten.

Sie strich ihm instinktiv über die Stirn und vergrub die Finger zärtlich in seinen Haaren.

»Sprich mit mir, *ma puce*. Ich flehe dich an! Hör auf mich mit deinem Schweigen zu quälen. Siehst du nicht, wie weh du mir damit tust? Ich kann nicht mehr schlafen, weil ich mir andauernd Vorwürfe mache. Wenn dir dieses Zusammenleben zu viel ist, dann sag es mir. Ich werde Jasper bitten auszuziehen, hörst du? Sag es, und ich werfe ihn noch diese Nacht aus dem Haus.«

Minna betrachtete ihn für einen Moment ausdruckslos, dann liess sie ihre Hand sinken und schmiegte sich an seine Brust.

»Ich bin nicht krank, Laurent«, sagte sie schliesslich, die Stimme heiser vom langen Schweigen, »ich brauche keine Ärzte.«

»Was brauchst du dann? Was fehlt dir, Liebes?«, beeilte Laurent sich zu fragen, erleichtert sie endlich wieder sprechen zu hören.

Sie lächelte schwach und antwortete: »Es ist wegen morgen. Der Einundzwanzigste Dezember ist, beziehungsweise war, der Tag von Moores Verhaftung.«

Laurent seufzte. Wortlos zog er sie an sich und verteilte eine Spur federleichter Küsse auf ihren Wangen.

»Dieser Mann ist Teil deiner Vergangenheit, ich bitte dich Minna, lass mich Teil deiner Zukunft sein«, er näherte sich ihrem Ohr und biss ihr zart in die Ohrmuschel, »du musst ihn vergessen, *ma petite puce*.«

Laurent sah ihr eindringlich in die Augen, einen beschwörenden Ausdruck im Gesicht.

»Ich will dich mit niemandem teilen müssen«, er richtete sich ein wenig auf und fuhr in sachlicherem Ton fort, »und deswegen möchte ich, dass du dich von *niaise* Appoline trennst.«

Ein trotziger Zug trat um seinen Mund und seine Kiefermuskeln spannten sich an.

Minna lächelte sanft. »Du besitzt mein Herz, Laurent, was willst du mehr?«

Und als er nicht antwortete sagte sie: »Es ist mir einerlei, wem du deinen Kopf schenkst, aber meiner gehört ganz allein mir. Ich werde mich nicht von Appoline trennen, so wie du dich nicht von Jasper trennen wirst.«

Laurents Brauen zogen sich zusammen und er schnaubte ärgerlich. »Das wirst du, mein Schatz, das steht ausser Frage.«

Das Lächeln auf ihren Lippen verhärtete sich. »Wir werden sehen.«

Sie rappelte sich auf, lief auf leisen Sohlen rüber ins angrenzende Badezimmer und machte sich frisch, dann kehrte sie zurück und verschaffte Laurent das Vergnügen, für das er gekommen war und nach dem er so lange gehungert hatte.

In dieser Nacht schlief Laurent bei Minna. Sie hatte insistiert, dass er bei ihr blieb und so war ihm keine andere Wahl geblieben als sich ihrem Willen zu beugen.

Der darauffolgende Morgen begann für die beiden wie ein ehrliches und rechtschaffenes Paar. Man raunte sich ein ›guten Morgen‹ zu, trat zusammen unter die Dusche und kleidete sich gemeinsam an.

Minna richtete ihm die Krawatte, küsste ihn zum Abschied und wünschte ihm einen erfolgreichen Arbeitstag.

»Ich muss schon sagen, daran könnte ich mich gewöhnen«, lachend schlang er seine Arme um sie und zog sie an seine Brust.

»Ich werde heute gemeinsam mit Monsieur Dubois, dem Co-Produzenten und Jasper dinieren, warte also nicht auf uns, es wird bestimmt spät. Bis heute Abend, *ma puce!*«

Er klopfte ihr grinsend auf den Hintern und rauschte zur Tür.

»Ich werde auf dich warten«, versicherte Minna schmunzelnd, »Ach, und Laurent?«

Er wandte sich um, die Hand bereits an der Türklinke. »Mein Herz?«

Minna schenkte ihm ein schmales Lächeln, sprang leichtfüßig wie ein Reh zu ihm und küsste ihn sanft. »Sorg' dafür, dass Jasper seine Koffer packt.«

Laurents Lächeln gefror und er musterte sie besorgt. Dann atmete er tief durch, schloss die Augen und nickte.

26. Kapitel

... Der Unglaube über das eigene Glück, der Zweifel, die Furcht vor einer Abirrung und einer erneuten Fäulnis. Der Mensch lernt aus dem Schmerz, ein schmerzhafter Weg wird länger währen, als ein netter Spaziergang im Sonnenschein. Wir, die wir den Lebenspfad des Kummers mit Kinderfüssen beschritten haben, werden zögern – sollten wir jemals an eine Gabelung geraten.

So ist es doch viel einfacher, den gewohnten Weg beizubehalten, trotz Leid und Schmerz geradeaus zu gehen, anstatt den Mut aufzubringen die neue Abweichung einzuschlagen und ihr ins Ungewisse zu folgen.

Ein Höhlentier verliert seine Sehkraft, wenn es der Dunkelheit zu lange ausgesetzt ist, wozu benötigt es Augen, wenn es der Sonne nie wieder begegnen wird?

Gleichsam wird ein leidgetränkter Mensch seine Lebenskraft verlieren und seinen inneren Kompass, dessen Nadel stets auf die Gunst des Schicksals zeigt. Wozu soll er denn glücklich sein, wenn er den Anlass dafür nicht mehr finden kann?

Fälle sind bekannt, in denen Kinder, die im Krieg aufgewachsen sind, eingehen, sobald sie in eine sichere, eingebürgerte Umwelt eingebettet werden. Sie verlieren ihren Lebenswillen, sie werden stumpf und leer.

Man geht davon aus, dass die verheerenden Verhältnisse ihrer Kindheit, sie zu solch antriebslosen Hüllen werden liess, doch dieser Meinung bin ich nicht.

Was wenn es nicht an der Vergangenheit liegt, die sie verrotten liess? – sondern an der Gegenwart und die Aussicht auf eine Zukunft? Was, wenn sie sich nicht vor der Vergangenheit fürchten, sondern sich unterbewusst nach ihr zurücksehnen?

Wer im Schatten aufgewachsen ist, der wird sich in jähem Sonnenschein nicht wohl fühlen.

Wem ausschliesslich Leid widerfahren ist, dem ist alltägliche Eintracht nicht geheuer.

Erst wenn wir uns selbst verdeutlichen können, dass ein Individuum stets und unabdingbar ein Produkt seiner Umwelt ist, erst dann ist es uns möglich, etwas an unser Selbst zu verändern.

Konstruieren wir also ein Wesen, dessen Eigenschaften ganz unseren Wünschen und Bedürfnissen entspricht, um dieser Angelegenheit besser auf den Grund gehen zu können.

Was wird benötigt, um ein Rezept herzustellen, dessen Endergebnis auf unsere Frage zu geschneidert ist?

- *Einen vernunftbegabten Menschen*
- *Gewalt*
- *Zeit*
- *Selbstreflektion*
- *Isolation*

Nun müssen diese Eigenschaften nur noch ordentlich zusammengerührt werden und voilà – wir haben eine Persönlichkeit, dessen Erstreben gewiss darauf ausgelegt ist, auf seinem ursprünglichen Weg zu bleiben, gleichgültig wie verlockend die Sonne hinter der nächsten Weggabelung scheinen mag. Unser krankes Wesen wird mit der Zeit vollkommen blind für die Schönheit des anderen Weges, und wenn er die ganze Zeit über parallel zu seinem Pfad verlauft.

Nehmen wir an, auf diesem Pfad der Glückseligkeit steht ein Wanderer. Er winkt und pfeift, lächelt und schreit, unser krankes Wesen wird ihn nicht hören können.

Erst wenn der Wanderer genug hat und es mit festen Händen an der Gurgel packt, energisch hinüber in den Sonnenschein zerrt und ihm die verschlissenen Kleider von der blassen Haut reisst, wird es merken, dass es nicht allein im Wald ist.

Es wird die Augen reiben, sich die Blösse mit den Händen bedecken und in der Hitze der Sonne jämmerlich vertrocknen. Und dann wird sich der eigentlich doch so wohlwollende Wanderer fragen, was er falsch gemacht hat und warum sein krankes Wesen trotz der frischen Luft und trotz des warmen Sonnenscheins schliesslich doch noch eingegangen ist.

So leicht diese Frage zu beantworten ist, so schwierig ist sie zu realisieren.

Unser kleines, krankes Wesen darf nicht berührt werden. Jeder kleine Anstoß von aussen könnte es zum Taumeln bringen, und womöglich auf einem spitzen Stein aufkommen lassen.

Wenn der leidende Mensch nicht aus den tiefsten Senkungen seiner Selbst erneut zu sehen lernt, dann wird es ihm auch kein anderer jemals richtig beibringen können. Er wird lächeln, wann immer sein Umfeld lächelt, er wird jauchzen, wann immer seine Kameraden jauchzen, aber er wird nie verstehen warum er das tut, und welchen Grund die anderen dazu finden.

Und sollte dann doch endlich der Moment kommen, an dem das kranke Wesen auf seinem endlosen Leidenspfad den Kopf hebt und auf der anderen Seite das grüne Gras bemerkt, und wie schön es im goldenen Sonnenlicht schimmert, dann wird es vielleicht den Mut dazu finden hinüber zu springen um es genauer zu betrachten.

Doch so sehr es sich über diesen fremden, neuen Ort auch berauschen lassen mag, die Angst vor der erneuten Abirrung auf den so schmerzlich bekannten Pfad des Leids wird stets an ihm nagen. Es wird nicht verstehen, dass es jedes Recht zum Frohsinn besitzt, der Unglaube über sein eigens Glück wird nie ganz vergehen. Die Selbstsabotage wird im geheimen weiterwirken.

Und es wird sich für den Rest seines Lebens fragen, ob es denn nun wahrhaftig glücklich sein darf, oder ob bei der nächsten Wegbiegung erneut seinen von dunklen Regenwolken überhangenen Leidespfad auf ihn wartet.

Und die Fäulnis wird nie gänzlich schwinden, und das kranke Wesen wird all seine Kraft aufbringen müssen um iesen schwarzen, verrotteten Teil seiner Selbst jeden Tag aufs Neue zurück in seine Schranken zu weisen...

Minna schlug *Mo. Mo. – Die Selbstzerfleischung* mit einem lauten Knall zu und presste sich das schwere Buch an die Brust.

Sie spürte wie sich eine Migräne anbahnte, aber sie ignorierte die Anzeichen und rauschte hinunter in den Wohnbereich. Sie brauchte dringend eine Zerstreuung, ihre Gedanken kreisten hartnäckig über den vorherigen Inhalt und liessen sie kaum zur Ruhe kommen.

Jasper war vor vier Tagen ausgezogen, Laurent hatte sein Versprechen tatsächlich gehalten und ihn gebeten zu gehen. Nun war Minna die Dame des Hauses von *la Villa de Lefeuvre* und besass somit uneingeschränkten Zugang zu sämtlichen Räumlichkeiten und die Pflicht Besuch zu empfangen und regelmässig an Laurents Seite Gesellschaften zu geben.

Üblicherweise empfand sie diese Pflicht als eher lästig, sie kannte kaum ein Gesicht und war sich stets peinlich bewusst, dass *tout le monde* über die Dreiecksaffäre zwischen ihr, Laurent und Jasper sprach. Aber nun empfand sie ein wenig Gesellschaft als angenehme Abwechslung und so setzte sie sich zu Laurent und seinen Gästen ins Rauchzimmer und teilte sich mit ihrem Intimus einen Joint.

Knapp dreissig Kilometer entfernt in einem luxuriösen Hotelzimmer im 1. Arrondissement sass Jasper auf seinem Bett, das Gesicht tief in einer Weinflasche vergraben.

Der schwere Körper neben ihm regte sich kaum, wie erstarrt lag er auf dem Bett und sah hoch zur weissen Decke.

»... deine Bemühungen waren also nicht ausreichend?«

Jasper schüttelte den Kopf. »Nein, Sir. Es ist wie ich bereits sagte sehr stur und... na ja, es ist sein Favorit. Ich war machtlos.«

Der Mann neben ihm lachte leise. Seine blasse Brust schimmerte im gelben Licht des Nachtlichts wie Elfenbein.

»Du hast dich von dem kleinen Miezekätzchen aus dem Haus scheuchen lassen. Das muss sehr demütigend für dich gewesen sein, nicht wahr? Weinst du des Nachts über diesen schwerwiegenden Verlust? – ich wette, du tust es.«

Jasper legte den Wein fort und kauerte sich neben seinem Bettgenossen nieder.

»Ich bitte Sie, meine Gefühle für Lefeuvre sind nichts als ein Bruchteil, dessen was ich für Sie empfinde! Daran hat sich nichts geändert, all die Jahre über habe ich gewartet... wie Sie es mir aufgetragen haben.«

Der Mann überkreuzte die Arme hinter dem Kopf und nickte. Ein gelangweilter Zug umspielte seine geschwungenen Lippen. »Ja, ja, das ist mir bewusst. Du hast gewartet und gewartet und nun erhoffst du dir endlich die Ernte deiner Geduld eintragen zu können. Aber weisst du was mich noch beschäftigt?«

»Nein, Sir, sagen Sie es mir.«

»Diese unglückliche Angelegenheit bezüglich dieser kleinen, faulen Hure... ich denke mein Mädchen hat sich da in etwas verrannt und kommt ohne mein gnädiges Zutun nicht mehr heraus. Was meinst du, mein Guter? Du kennst das Mädel.«

Jasper blickte ruckartig auf, in seinem Gesicht entbrannte ein Feuer. »Ja, Sir! Sie haben völlig recht, dieses Flittchen könnte ihm noch gefährlich werden. Sie besitzt eine Verbündete denke ich, die sie gegen alle möglichen Leute aufhetzt.«

Sein Freund glückste leise, seine langen, geschmeidigen Finger fuhren sanft über Jaspers Wirbelsäule.

»Aufhetzt... so, so. Was für ein ungezogenes Ding.«, seine Hand verharrte an Jaspers Genick und zog sich leicht zusammen, »du kluger Bursche weisst bestimmt, was ich nun von dir verlange, ja?«

Jasper nickte so eilig, dass ihm die braunen Locken ums Gesicht flogen. »Ja, Sir. Ich denke, ich habe verstanden. Aber was, wenn... ich meine...«

»Du wirst mich nicht küssen, ehe du nicht bereit dazu bist mir zu gehorchen, mein Guter.«

Jasper erblasste, seine Augen weiteten sich entsetzt. »Aber nein, Sie missverstehen mich... natürlich werde ich Ihnen folge leisten. Das steht ausser Frage, ich weiss nur nicht wie ich am geschicktesten vorgehen soll...«

Der Mann stiess ein zufriedenes Seufzen aus und griff zielstrebig nach Jaspers Glied. Diesem entfuhr ein überraschter Laut, kaum hatten die Finger sich in Bewegung gesetzt, verging sein Schreck jedoch schlagartig und er stöhnte genüsslich auf.

»Vergegenwärtige dir ihre Schwächen und nutze sie.«, sprach sein Freund gedankenversunken, seine Hand glitt wie mechanisch auf und ab.

»Ich habe es dir bereits in der Vergangenheit gesagt und ich sage es erneut: sorge dafür, dass es nirgends aneckt. Wenn ihm etwas zustossen sollte, wirst du dafür bezahlen, Jasper.«

Der Griff um sein Geschlecht verstärkte sich und Jasper stiess einen Schrei aus, teilweise aus Verzückung, teils aus Schmerz.

»Ja, Sir!«, keuchte er erstickt, die Hände zu Fäusten geballt.

Der Mann beugte sich vor und bedeckte seine schweissgebadete Stirn mit einer Spur federleichter Küsse.

»Sehr schön. Du bist mir ein treuer Freund, Jasper, stets zuverlässig. Sorge dafür, dass das so bleibt.«

»Was werden Sie wegen *ihm* unternehmen, Sir?«, presste Jasper wimmernd hervor.

Ein abgründiger Blick und ein gelangweiltes Lächeln waren Antwort genug.

27. Kapitel

𝒟ɪᴇ Tᴀɢᴇ ᴠᴇʀꜱᴛʀɪᴄʜᴇɴ ᴜɴᴅ Mɪɴɴᴀꜱ ɴᴇʀᴠöꜱᴇ Zᴜꜱᴛäɴᴅᴇ ᴡᴜʀᴅᴇɴ ꜱᴛᴇᴛɪɢ ꜱᴄʜʟɪᴍᴍᴇʀ. Laurent verschrieb ihr auf eigene Faust Unmengen an süssem Wein und Cannabis-Zigaretten, redete ihr gut zu und hielt sie weitgehend von Stresssituationen fern. Wie ein Löwe beschützte er sie. Minna schätzte seine liebevolle Zuvorkommenheit sehr, zumal sie von ihrer Existenz in diesem Ausmass bisher nicht gewusst hatte.

In der dritten Nacht nach Weinachten, lag sie wie die anderen Nächte bisher auch wach. Der Schlaf mied sie vehement, egal was sie versuchte. Weder ausgiebiger Sex noch lange Spaziergänge noch ein sanftes Schlaflied von Laurent vermochten dies zu ändern.

Laurent schlief neben ihr tief und fest aber bei ihr schlug die eindämmende Wirkung des Cannabis' nicht an. Mit leerem Blick starrte sie in die stille Dunkelheit. Ihre Augen fokussierten sich so sehr auf einen unsichtbaren Punkt vor ihr, bis grellschimmernde Punkte durch ihr Gesichtsfeld waberten. Wie ein lautloses Feuerwerk, das seinen Glanz ganz allein für sie entfachte.

In den frühen Morgenstunden gab sie den Versuch einzuschlafen schliesslich auf und schlich sich hinüber ins Badezimmer und kleidete sich an.

Sie huschte die Treppe hinunter ins Parterre, rief leise nach ihrem Hund, der keine Minute später aus der Küche galoppiert kam, warf sich ihren Wollmantel um die Schultern und verliess das Haus.

Ohne einen weiteren Gedanken zu verschwenden, wandte sie sich in nordöstliche Richtung und marschierte durch die kalte Stille davon.

Die Kirchenglocken von der *Ile de la Cité* schlugen gerade Sechs Uhr als Minna mit Absolem an der Seite in die *Avenue Bretteville* einbog. Bis zu den ersten Sonnenstrahlen war es noch weit und die Nacht umschloss Paris noch immer mit festem Griff.

Durchgefroren aber bei sichtlich besserer Verfassung als die Tage zuvor, schloss sie die Haustür auf und stieg die Treppe hinauf zu ihrer Wohnung.

Das Treppenhaus war dunkel, Minna hatte sich nicht erst die Mühe gemacht Licht zu machen, da sie ihre Wohnung buchstäblich blind finden würde.

Zwei Stockwerke hinauf, vierundfünfzig Treppenstufen, dann zwei Schritte nach Links und den Gang hinunter bis man gegen eine Tür stiess.

Doch Minna gelangte gar nicht erst soweit, dank Absolems guter Nase wurde sie einige Meter vor ihrer Wohnungstür aufgehalten. Der Hund war wie angewurzelt stehen geblieben und Minna, die kaum die Hand vor Augen sah, war über ihn hinausgestolpert.

Mit einem dumpfen Geräusch schlug sie auf den Boden auf. Fluchend und sich die schmerzenden Ellbogen reibend, rappelte sie sich auf und tastete nach einem Lichtschalter.

Licht flammte auf und brannte Minna in den Augen. Nun sah sie, weshalb Absolem so abrupt angeschlagen hatte. Vor ihrer Tür auf der Fussmatte lag ein weisser Briefumschlag.

Der hauchzarten Staubschicht zu urteilen, musste er schon längere Zeit dort liegen, zwei – drei Tage vielleicht, mutmasste sie.

Zögernd bückte sie sich und hob ihn auf. *Für meine Liebste* stand darauf geschrieben. Minnas Herz zog sich vor Erleichterung schmerzhaft zusammen, sie kannte diese Handschrift.

Seufzend schloss sie ihre Wohnungstür auf, trat ein und schälte sich aus ihren Winterkleidern.

In ihrer Wohnung war es wegen der langen Abwesenheit eisig kalt und so wickelte sie sich eilig in ihren dicken Kaschmirpullover, bevor sie alle Heizungen aufdrehte und in die Küche ging, um Kaffee zu machen.

Mit einer dampfenden Tasse in der Hand setzte sie sich an den Tisch und öffnete den Umschlag.

Liebste Minna

Da du mich nicht mehr besuchen kommst und ich im Haus von Monsieur Lefeuvre nicht willkommen bin, sehe ich mich gezwungen dir diesen Brief zu schreiben.

Seit Wochen meidest du mich, reagierst nicht auf meine Anrufe und zeigts auch sonst keinerlei Interesse an mir.

Ich sehe keinen Sinn mehr in dieser Sache, du bist mit deinen Gedanken und Gefühlen bereits bei einem anderen ... das habe ich jetzt eingesehen.

Mein Therapeut hat mir geraten dir meine Anliegen schriftlich mitzuteilen, da du auf andere Wege ja nicht zu erreichen bist. Er ist ein ganz wunderbarer Psychiater! Ich habe ihn vor einigen Wochen mit Mutter auf einer Abendgala kennengelernt und er hat mir sofort seine Hilfe angeboten.

Er würde dir bestimmt gefallen, er scheint ganz deinen Geschmack zu treffen – er ist ein Mann.

Die Zeit mit dir war schön, trotz dem vielen Kummer, den du mir bereitet hast, bin ich froh dich kennengelernt zu haben.

Sag' Monsieur Lefeuvre einen Gruss von mir und mache dir um mich bitte keine Sorgen.

In bleibender Liebe,
Appoline

Minna überflog den Brief ein zweites Mal, irgendetwas passte hier nicht zusammen.

Stirnrunzelnd steckte sie den Brief in ihre Hosentasche und griff nach ihrem Telefon.

Nach dem dritten Klingeln meldete sich eine verschlafene Stimme.

»d'Urélle.«

»Madame! Verzeihen Sie die frühe Störung, aber es ist wichtig. Ich wollte mich um Appolines Wohlergehen erkundigen, ist sie zufälligerweise zugegen?«

Laeticia antwortete nicht sofort.

»Sie ist nicht da«, sagte diese schliesslich zögernd, »*sie sagte, sie besuche eine Freundin ... das war vor drei Tagen. Minna, ist alles in Ordnung ... zwischen euch, meine ich?*«

Minna setzte für ein ›alles bestens‹ an, überlegte es sich schliesslich anders und sagte: »Nein, das ist es nicht. Ich bin gerade nach Hause gekommen und habe einen Brief von ihr vorgefunden, darin sagt sie mir Lebewohl.«

Auf der anderen Seite blieb es eine sehr lange Zeit still.

»*Das ist nicht weiter verwunderlich, nicht wahr? Ganz Paris weiss von der Affäre zwischen Ihnen und Laurent Lefeuvre. – aber nein, Sie brauchen sich nicht zu rechtfertigen, wäre Appoline nicht meine Tochter, würde ich Ihnen für diesen klugen Schachzug herzlich gratulieren. Aber wissen Sie ... es gibt da gewisse Leute, die Sie sich damit zum Feind gemacht haben. Appoline ist Ihre kleinste Sorge, Minna, ich habe ihr ordentlich den Kopf zurechtgerückt, nach dem sie mit Camille gemeinsam über Sie getuschelt hat, und wie sie Sie am besten ruinieren könnten.*«

»Pardon?«, Minna war sprachlos vor Entsetzten.

Laeticia lachte schnaubend. »*Minna, Sie waren für mich stets so etwas wie eine Tochter und das hat sich auch jetzt nicht geändert. Nehmen Sie sich Appolines Flausen nicht zu sehr ans Herz, sorgen Sie sich besser um Camille, diese Frau war mir noch nie geheuer und scheinbar hat sie Sie auf dem Kieker.*«

»Aber was könnte ich den getan haben, um sie gegen mich aufzubringen?«

»*Sie sind liebreizend, gutaussehend und reich ... das hat nicht nur sie gemerkt, sondern auch Aramis.*«

Minna nickte, realisierte dann, dass Madame sie nicht sehen konnte und sagte: »Ich verstehe.«

»*Wie geht es Ihnen, Herzchen? So hoch wie Sie nun stehen, müssen Sie aufpassten, nicht wieder hinunterzufallen. Ist Laurent auch gut zu Ihnen? Er kann sich Frauen gegenüber manchmal ein wenig einschüchternd benehmen.*«

»Mir geht es gut, Madame.« Minna spürte, wie ihre Kehle sich zusammenzog und sie räusperte sich.

»*Und was ist mit Monsieur Martin? Eifersüchtige Exmänner können unter Umständen genauso hinterlistig sein wie die Frauen.*«

»Ich denke um Jasper muss ich mir keine Sorgen machen, er war stets treu zu mir. Ich weiss nicht wo er jetzt ist, seit seinem Auszug habe ich nichts mehr von ihm gehört.«

»*Oh!*«, machte Laeticia grimmig, »*ich weiss wo er steckt. Aliette hat mir erzählt, dass sie einen Bekannten besitzt, der im* Hotel Ritz *arbeitet und dort soll er sich seit einiger Zeit einquartiert haben ... mit einem anderen Mann, so munkelt man.*«

»Das hört sich doch gut an.«, erwiderte Minna unsicher. Sie war ganz perplex von so vielen Neuigkeiten.

»*Ich wäre an Ihrer Stelle vorsichtig, Minna. Eine Frau mit Ihren Vorzügen hatte es noch nie leicht, die ganze Menschheitsgeschichte hindurch wurde die* Femme Fatale *geächtet und verfolgt. Halten Sie sich an ihre Freunde und machen Sie sich bewusst, wer Ihnen Schlechtes will.*«

Ein eisiger Schauer überlief ihren Rücken. Wusste Laeticia etwas, was sie nicht wusste?

Hatte sie Camille und deren Eifersucht unterschätzt?

»Ich werde mir Ihren Rat zu Herzen nehmen, Madame. Ich danke Ihnen und bin sehr froh, Sie meine Freundin nennen zu dürfen.«

»*Ich erwarte von Ihnen, dass Sie siegreich sind. Tun Sie was auch immer nötig ist – aber siegen Sie, Minna.*«

Madame d'Urélle gab ihr die Adresse von Appolines Hotel, in das sie abgestiegen sein sollte und verabschiedete sich so warm, wie es nur eine Mutter vermochte.

Minna war ganz gerührt von so viel Liebe und als sie auflegte, hatte sie Tränen in den Augen.

Im Morgengrauen dann, machte sie sich auf den Weg. Sie rief sich ein Taxi, welches sie ins Herz von Paris brachte.

Vor dem *Hôtel Bel Ami* stieg sie aus und bezahlte den Fahrer. Während sie das Foyer betrat, beschloss sie später bei Aliette auf einen spontanen Besuch vorbei zu gehen, ihre Tante wohnte nicht weit entfernt von hier und Minna brannte darauf, mehr über diesen ominösen Männerbesuch von Jasper herauszufinden. Ein Gefühl sagte ihr, dass es an der Zeit war so viel wie möglich über diejenigen Leute in Erfahrung zu bringen, die ihr womöglich aus irgendeinem Grund grollen könnten.

Ohne der Rezeptionistin eines Blickes zu würdigen und entschlossen Schritts, steuerte sie auf die Fahrstühle zu.

Vor der Tür mit der Nummer 137 blieb sie stehen, atmete tief durch und klopfte. Ein rotes Schildchen mit den Worten *Bitte nicht stören* hing an der Türklinke.

Auf dem leeren Korridor herrschte Stille, nichts regte sich, kein Geräusch war zu hören.

Minna wartete einige Minuten, dann klopfte sie erneut. Niemand öffnete.

Stirnrunzelnd machte sie kehrt und eilte zurück zu den Fahrstühlen.

Mit einem breiten Strahlen trat sie an die Rezeption.

»Entschuldigen Sie, Mademoiselle«, sagte sie aufs Geratewohl und schenkte der jungen Frau ein hinreissendes Lächeln, »aber ich fürchte, ich benötige Ihre Hilfe.«

Die Rezeptionistin sah von ihrem Computer auf. Honigblonde Haare, ein tiefer, stilvoller Ausschnitt, grüne Augen und ein feiner, geschwungener Mund – Minna gefiel was sie sah ganz hervorragend.

Ihr Blick huschte über die zierlichen Hände der Hotelangestellten und mit wachsender Zufriedenheit stellte sie fest, dass kein Ring ihre Alabasterhaut beschwerte.

»Wie kann ich Ihnen behilflich sein, Madame?«

Minna zögerte, dann realisierte sie, dass der schillernde Brillantring an ihrer eigenen Hand womöglich gewisse, unglückliche Signale aussendete und verbarg ihn hastig unter ihrem Mantel.

»Nicht ganz«, erwiderte sie kühl, »aber ich verzeihe Ihnen, wenn Sie bereit dazu sind, mir eine gewisse Dienstleistung zu bieten.«

Die grünen Augen der Dame weiteten sich entsetzt und jegliche Farbe wich aus ihrem Gesicht.

»Pardon?«

»Nicht doch«, beeilte Minna sich zu sagen und legte beschwichtigend eine Hand auf ihren Arm, »die Sache ist so: ich werde in Zimmer 137 bei Mademoiselle d'Urélle erwartet und benötige deswegen einen Schlüssel.«

Die Angestellte nickte gefasst und pustete sich eine Strähne aus den Augen.

»Wenn das so ist und Sie erwartet werden, warum gehen Sie dann nicht einfach hinauf und klopfen an?«

Minnas Lächeln weitete sich. »Oh, das habe ich! Aber meine... Kundin scheint noch nicht da zu sein. Wissen Sie, es wurden gewisse Abmachungen getroffen und nun wäre ich dazu verpflichtet Vorkehrungen zu treffen die ich ... nun, die ich ausschliesslich in der intimen Privatsphäre eines Badezimmers vollbringen kann.«

Die Empfangsdame musterte Minna quälend langsam. Ihr Blick glitt an ihr hinunter und wieder hinauf, ehe sie sagte: »Ich verstehe, Sie sind also aus geschäftlichen Gründen hier?«

Minna nickte schweigend.

»Wissen Sie, eigentlich darf ich Ihnen nicht einfach so Einlass zu den Zimmern unserer Gäste gewähren. Vielleicht warten Sie besser auf Mademoiselles Rückkehr und gehen dann gemeinsam mit ihr hoch.«

Minna nickte bedächtig und schürzte die Lippen. »Das wäre natürlich eine Möglichkeit. Aber dann würden wir beide dafür büssen müssen. Ich, weil ich mich nicht vorschriftsgemäss an die Anordnungen meiner Kundin gehalten habe, und Sie, weil dann ans Licht kommt, wie indiskret hier mit den Wünschen der Gäste verfahren wird.«

Sie betrachtete die Frau gemessen, ihre Hand fuhr in zarten Kreisen über deren Unterarm.

»Ich bitte Sie, Mademoiselle...«, ein flüchtiger Blick auf ihr Namensschildchen, »... Mademoiselle Puiset. Helfen Sie einer Schwester in Not.«

Diese wirkte unschlüssig, ratlos wanderten ihre Augen von Minnas Hand zu ihr und wieder zurück.

»Ich ... Sie scheinen mir einen vernünftigen Eindruck zu machen, aber ... ich kann das nicht verantworten.«

Mademoiselle Puiset schluckte und entzog sich Minnas Berührung.

»Aber wenn Sie ausdrücklich von besagtem Gast erwartet werden...«

»Das werde ich.«

Die Dame nickte eilig, wie um sich selbst Mut zu machen und öffnete mit ihrem Schlüssel eine Schublade unter dem Tresen.

»Nun gut, hier bitte sehr. Geben Sie ihn nach verrichteter Dinge bitte umgehend wieder ab, ja?«

Sie überreichte Minna den Schlüssel.

»Selbstverständlich.«

Mit einem triumphierenden Lächeln auf den Lippen schlenderte sie zurück zu den Fahrstühlen und fuhr hoch zu Zimmer 137.

Im Hotelzimmer brannte Licht als Minna eintrat. Das grosse Bett war verwaist und frei von jeglichen Falten, niemand schien darin geschlafen zu haben.

Geistesabwesend öffnete sie Appolines Handkoffer, der unangetastet auf dem Bettende lag.

Kleider, Toilettenetui und Schuhe lagen noch allesamt unberührt an Ort und Stelle.

Minna legte die Stirn in Falten. »Höchst sonderbar.«, murmelte sie leise, während sie aufs Badezimmer zutrat. Die Tür war geschlossen und Minna klopfte aus reiner Gewohnheit an.

Nichts geschah und so entschied sie einzutreten.

Auf der Türschwelle blieb sie wie angewurzelt stehen. Eine Woge heisser Panik übermannte sie und sie erstarrte.

»Appoline?« Ihre Stimme war sonderbar hohl und leer. Sie musste sämtliche Willenskraft aufbringen, um ihre Füsse vorwärts zu bewegen.

Zögernd setzte Minna sich auf den geschlossenen Toilettendeckel und starrte auf den mit dunkelvioletten Flecken übersäten Arm, der unter dem Duschvorhang hervorragte.

»Sprich mit mir.«, hörte sie sich selbst sagen. Mit bebenden Fingern streckte sie die Hand nach dem Arm aus.

Ein unangenehmer, süsslicher Geruch hing in der Luft. *Une touche de destin,* kombiniert mit einem säuerlichen Aroma von Magensaft und Ammoniak.

Minna kratzte all ihren Mut zusammen, atmete tief durch und schob den Vorhang zurück.

Wenn Leute sie später darauf ansprachen, was sie in diesem Moment gefühlt hatte, wusste Minna nichts darauf zu antworten.

»Da war eine Leere, eine eisige Leere die sich quälend langsam in meinem Inneren ausdehnte.«, sagte sie manchmal, oder: »ich weiss es nicht, da war gar nichts. Überhaupt nichts, was ich gefühlt haben könnte. Ich war wie gelähmt und doch sah und hörte ich alles ganz scharf.«

Wie ein Gummiband riss die Verbindung zwischen Minna und ihren Empfindungen entzwei.

Mit leerem Blick sah sie in die ergrauten, glasigen Augen ihrer Freundin, die gross und blind an die Decke starrten. Früher war man der Ansicht, dass der letzte Moment sich für immer in den Augen eines Toten einbrannte, doch Minna erkannte nichts – nichts ausser sich selbst und wie sich ihre Silhouette in Appolines verschleierten Augäpfeln spiegelte.

Die Nasenlöcher lagen unter der schmierigen, von dunkler Flüssigkeit getrübten Wasseroberfläche. Der schwarze Mund stand weit offen und die violette Zunge quoll obszön zwischen ihren Lippen hervor.

Hässlich, schrie eine Stimme in Minnas Kopf. *Sieh doch, wie hässlich sie ist!*

Minna nickte schweigend. Es stimmte, sie war hässlich. Sie war es immer schon gewesen. Ein hässliches Mädchen mit einer hässlichen Persönlichkeit und nun hatte sie ihrem Dasein ein hässliches Ende bereitet.

»Das ist nicht meine Schuld.«, raunte sie leise, während sie vorsichtig eine ihrer Behandschuhten Fingerspitzen ins kalte Badewasser tauchte.

»Du hast deine Entscheidung getroffen, ich hoffe du bist jetzt glücklicher.«

Sie fuhr dem leblosen Körper ein letztes Mal durch die verklebten Haare, erhob sich und wandte sich zum Gehen.

»Ich werde deinen Abschiedsbrief in Ehren halten, *ma minette*.«

Ohne der jämmerlich zusammengesunkenen Gestalt in der Badewanne einen letzten Blick zuzuwerfen, trat sie aus dem Badezimmer und schloss die Tür hinter sich.

Mit einer sanftmütigen Bedachtsamkeit in jeder Bewegung, als führte sie ein wertvolles Ritual durch, griff sie nach dem Hoteltelefon und rief die Polizei.

Während sie auf das Eintreffen der Streifepolizei wartete, lief sie unruhig wie eine Tigerin durch das kleine Zimmer.

Von aussen musste es den Anschein haben, als zermarterte sie sich fieberhaft den Kopf über etwas, doch in Wirklichkeit schwelgte ihr Verstand in einer tauben Leere.

Kein Gedanke, und mochte er noch so simpel gestrickt sein, vermochte den Schock zu durchdringen und Form anzunehmen.

Wie ein Schlafwandelnder liess sie sich schliesslich aufs Bett sinken und betrachtete den Pager ihrer toten Freundin, der in der Ecke des Zimmers auf dem Boden lag.

Minna erhob sich, um ihn aufzuheben, er musste hintergefallen sein oder Appoline hatte ihn in einem Anflug ihrer Launen auf den Boden geworfen.

Das Gerät blinkte auf und offenbarte vier ungelesene Nachrichten.

Entschlossen öffnete sie den Nachrichtenverlauf und – siehe da – es erstaunte sie nicht einmal, den Namen von Camille zu erblicken.

Kurzerhand sendete sie sich den Nachrichtenverlauf der beiden auf ihren eigenen Pager und legte Appolines Exemplar zurück auf den Boden.

Als sie sich vorbeugte, um über den Koffer hinweg zum Kopfende des Betts zu gelangen, fiel ihr etwas ins Auge. Sie schob den Koffer beiseite und betrachtete das glänzende Ding genauer.

Es war ein einzelnes, braun-gelocktes Haar von ungefähr fünfzehn Zentimetern Länge.

Minna rümpfte die Nase und pflückte es von der weissen Bettwäsche.

Sie öffnete das Fenster einen Spaltbreit und warf es hinaus in die kalte Winterluft.

Während Polizei und Spurensicherung ihrer Arbeit nachgingen, wurde Minna in der Lobby von einem stattlichen Inspektor befragt.

»... und Sie haben sie auch nicht berührt?«

»Nur ganz kurz.«

Der Beamten schüttelte den Kopf. »Mademoiselle, Sie dürfen eine Leiche niemals berühren! Haben Sie sie aus ihrer ursprünglichen Position genommen?«

»Nein, Monsieur. Ich habe ihr nur über den Kopf gestrichelt. Und wie Sie sehen, habe ich Handschuhe getragen.«

»Das ist alles?«

Minna nickte. »So ist es, *L'Inspecteur*.«

Der Polizist notierte sich etwas auf seinem Brett und nickte. »Aus welchem Grund haben Sie sich dazu entschlossen, hierher zu kommen? Wie haben Sie Ihre Partnerin überhaupt gefunden?«

»Ich habe einen Brief von ihr erhalten, ich war längere Zeit ausser Stadt müssen Sie wissen und heute Morgen gerade erst zurückgekommen. In diesem Brief standen gewisse Dinge, die bei mir augenblicklich alle Alarmglocken schrillen liessen und so habe ich mit Hilfe ihrer Mutter ihr Hotel ausfindig gemacht und bin hergefahren.«

Der Inspektor musterte sie einen Moment prüfend, dann notierte er sich ihre Angaben.

»Wo waren Sie in den letzten siebzig Stunden, Mademoiselle Dupont?«

»Bei meinem Freund, er besitzt eine Villa in Versailles.«

Der Mann blickte auf. »Und das kann dieser Mann bezeugen?«

»Natürlich«, erwiderte Minna und lächelte schmal, »Monsieur Laurent Lefeuvre ist sein Name. Ich habe die letzten Wochen über ausschliesslich mit und bei ihm verbracht.«

Der Inspektor musterte sie, als wollte er etwas sagen, verkniff es sich dann jedoch und nickte bloss.

»Wie sieht der Ermittlungsstand bis jetzt aus, *L'Inspecteur*?«, erkundigte sie sich, »müssen wir von Selbstmord ausgehen?«

Der Polizist zuckte unwirsch mit den Schultern. »Das kann ich Ihnen beim besten Willen nicht sagen. Aber wir schliessen diese Theorie nicht aus … im Waschbecken waren Spuren von Kokain entdeckt worden, vielleicht war es auch ein unglücklicher Unfall. Nach einer zu hohen Dosis in der Badewanne bewusstlos geworden und ertrunken, so etwas kommt öfters vor als man glauben mag.«

Minna nickte. »Aber dann wären Sie nicht hier.«

Der Inspektor warf ihr einen scharfen Blick zu, erwiderte jedoch nichts.

»Geben Sie mir Ihre Personalien und die Adresse Ihres … Freundes, und dann sind wir hier fürs erste durch.«

Minna gehorchte und wurde danach entlassen. Trotz der Erschöpfung, die sich wie Blei in ihren Gliedern bemerkbar machte, wich sie nicht von ihrem Vorhaben ab, Tante Aliette noch einen Besuch abzustatten.

28. Kapitel

»... Sie ist also wirklich tot?« Aliette sass mit erblassten Wangen im Salon und klammerte sich an Minnas Arm. Sie wirkte entsetzt, behielt jedoch die Fassung, wofür Minna ihr äusserst dankbar war.

»Es ist wahr, ich habe sie mit eigenen Augen gesehen.«

Ihre Tante nickte und wickelte sich bedrückt eine blonde Haarlocke um den Finger.

»Und dir geht es den Umständen entsprechend gut, *mon entfant?*«, erkundigte sie sich besorgt, »hat dich der Anblick nicht zu Tode erschreckt?«

»Ich kann es verkraften, *tantine*. Mach dir um mich keine Sorgen.«

»Ach, diese elende Frau!«, bellte sie aufgewühlt, »ich wusste vom ersten Augenblick an, dass dieses Mädchen nichts als Scherereien bringt. Wie sie sich an dich geklammert hat, das ist keine Liebe, Minna, das ist Wahn!«

»Wahn oder nicht, es ist jetzt vorbei.«, entgegnete Minna geduldig und tätschelte ihrer Tante zärtlich die Hand.

Sie beugte sich vor und schenkte ihnen ein weiteres Glas Cognac ein. Ihre Tante setzte es an die rot geschminkten Lippen und leerte es in einem kräftigen Zug.

»Wurde Laeticia bereits informiert?«

Minna nickte. »Natürlich, die Polizei hat sich darum gekümmert.«

Aliette seufzte tief und eröffnete eine Schimpftirade über all die Unannehmlichkeiten, die ein Suizid mit sich brachten und wie wenig Madame d'Urélle eine solch peinliche Aufmerksamkeit im Moment gebrauchen konnte.

»Sie wird zum Gespött der Leute, man wird ihr die Schuld geben. So ist es immer, die Eltern werden stets für die Vergehen ihrer Kinder geradestehen müssen!«

»Madame d'Urélle ist eine gestandene Frau, sie wird sich von nichts aus der Ruhe bringen lassen.«

Aliette tupfte sich die trockenen Augen und nickte. »Du hast recht, aber ich werde trotzdem zu ihr fahren und ihr meinen Beistand bekunden. Weiss man schon, wann die Beerdigung ist?«

Minna schüttelte den Kopf. »Der Körper wird erst noch obduziert, das dauert seine Zeit. Du wirst Laeticia fragen müssen, es liegt ganz allein in ihrem Ermessen, ein Datum für die Beerdigung ihrer Tochter zu treffen.«

Die Haut ihrer Tante wurde grün. »Du meinst, sie schneiden sie auf? Aber wozu? Es ist doch offensichtlich, dass sie sich selbst umgebracht hat.«

»Sie werden wohl gründlich sein wollen.«, war alles, was Minna dazu einfiel.

Die beiden Damen verfielen in ein bedrücktes Schweigen. Jeder Kopf hing seinen eigenen, kleinen Gedanken nach.

Minna grübelte über die Todesumstände ihrer Freundin, und den ominösen Nachrichtenverkehr zwischen ihr und Camille nach. Aliette für ihre Person, machte sich bereits wieder Sorgen darüber, was die Leute hinter Laeticias Rücken über sie sprechen würden.

»Weisst du«, begann Minna nach einer Weile vorsichtig, »heute Morgen habe ich mit Madame d'Urélle telefoniert. Sie hat mir erzählt, dass Jasper Martin die Trennung von Laurent sehr gut verkraftet zu haben scheint...«

Aliette, erleichtert über diesen ungefährlichen Umschwung, stieg augenblicklich und mit dem grössten Eifer darauf ein, »Oh, ja, so ist es! Ich weiss aus guter Quelle, dass er seit einiger Zeit regelmässigen Besuch empfängt. Es ist immer derselbe Mann, er kommt gegen neun Uhr abends und verlässt das Hotel nie vor dem Morgengrauen.«

Wie immer, wenn sie die Möglichkeit sah Gerede verbreiten zu können, leuchteten ihre Augen, wie die eines Kindes an Weihnachten.

»Und dieser Mann ist dir bekannt?«, hakte Minna weiter nach.

Aliette legte die Stirn in Falten und dachte einen Moment nach, dann sagte sie: »Nein, nicht direkt. Ich habe ihn bisher bloss ein einziges Mal getroffen und das auch nur ganz kurz. Wir begegneten uns auf einer Gala vor gut zwei Wochen auf einem Anwesen eines Freundes in *Montrouge*. Er stellte sich als einen gewissen Doktor Zouche vor. Ein ungeheuer gutaussehender Mann, du hättest ihn sehen sollen! Höflich, zuvorkommend und so charmant!«

»Er ist also Arzt?«

Ihre Tante nickte. »Oh ja, ein Arzt. Er sagte, er besitze seit kurzem eine Stelle in einer Privatpraxis irgendwo im 16. Arrondissement, ich habe da nicht so genau zugehört. Jedenfalls weiss ich noch, dass er irgendetwas psychologisches macht, er ist kein normaler Hausarzt.«

Sie füllte ihr Glas erneut und nippte gedankenversunken. »Laeticia hat mir erst kürzlich erzählt, dass Appoline zu ihm in Behandlung gegangen ist, wenn ich mich nicht täusche.«

Minna fuhr hoch und spitze die Ohren.

»Appoline? Du meinst, sie hat psychologische Hilfe beansprucht? Aber weshalb?«

Aliette zögerte, dann nickte sie steif. »Ich weiss nicht, ob ich mit dir darüber reden sollte. Laeticia hat es mir im vertrauen erzählt ... « – »Ach, Tante! Nun da du davon angefangen hast, hast du gar keine Wahl als fortzufahren. Wer A sagt, muss auch B sagen können! Und ausserdem war ich Appolines Partnerin, es geht mich also sehr wohl etwas an!«, zischte Minna angespannt und hing begierig an Aliettes Lippen.

Diese seufzte theatralisch und gab sich geschlagen.

»Na schön«, sagte sie, »aber das bleibt unter uns, verstanden?«

Minna nickte ungeduldig.

Und so begann Aliette zu erzählen ...

Völlig ausser Atem erreichte Minna die *Villa d'Urélle*. Es war kurz vor Mittag und aus den geöffneten Fenstern wehte das leise Wimmern einer Frauenstimme auf die Strasse.

Es hörte sich an wie ein Geist, der sein Klagelied sang. Minna überlief ein eisiger Schauer.

Von einem Dienstmädchen eingelassen, setzte sie sich ins sonnendurchflutete Vorzimmer und schlug die Beine übereinander. Sie stand förmlich unter Strom, sämtliche Haare standen ihr zu Berge und ihr Herz flatterte wie ein junger Vogel.

Es dauerte eine sehr lange Zeit, bis Minna schliesslich empfangen wurde. Die Kirchenglocken schlugen halb zwei, als Madame endlich ins Zimmer trat und sie begrüsste.

»Verzeihen Sie, dass ich Ihnen nicht eher meine Aufmerksamkeit schenken konnte, Minna. Aber wie Sie sehen, bin ich in sehr schlechter Verfassung...«

Ihre Worte entsprachen vollkommen der Wahrheit. Die Haare stumpf und wirr, immer noch im Morgenmantel gekleidet und mit schwarzen Ringen unter den blutunterlaufenen Augen, sah Laeticia aus, als wäre sie über Nacht mindestens zehn Jahre gealtert.

Ihre üblicherweise in einer vornehmen Blässe strahlende Haut wirkte eingefallen und kränklich, rote Flecken glühten auf ihren Wangen und deuteten auf einen übermässigen Alkoholkonsum hin.

Minna sprang wie von der Tarantel gestochen auf und eilte auf sie zu. Keine Sekunde zu früh, denn im selben Augenblick begann Laeticia gefährlich zu schwanken. Sie packte Madame an den dürren Schultern und half ihr auf die Couch.

»Mein aufrichtiges Beileid, Madame, ich leide mit Ihnen.«

Laeticia vergrub das tränennasse Gesicht in Minnas Haaren und schluchzte.

Sie wirkte so zerbrechlich, so ausgebrannt, dass Minna ganz schwindlig vor Entsetzten wurde und ihr der Gedanke kam, ob mit ihr selbst etwas nicht in Ordnung war. Schliesslich hatte sie Appolines Herz besessen und nun war es erkaltet und nutzlos zwischen ihren Fingern zu einem rohen Fleischklumpen verkümmert. Weshalb schluchzte sie nicht ebenso herzzerreissend wie Madame? Warum herrschte in ihrem Innern, trotz den Umständen entsprechenden Verwirrung, ein solch gefasster Gleichmut?

Je länger sie Laeticia tröstend über den Rücken streichelte, desto klarer wurde ihr, dass diese traurigen Umstände ihr Seelenheil nicht anzugreifen vermochten.

Sie war aufgewühlt, erschöpft und gedankenvoll, aber in gleichem Masse am Boden zerstört wie Madame d'Urélle war sie nicht.

»Ich kann verstehen, dass Sie im Moment keinen Nerv dafür haben, und dennoch werde ich Ihnen ein paar Fragen stellen müssen, Madame.«, begann sie in einem scheinbar günstigen Moment, als Laeticia in ihrem Ärmel gerade nach einem Taschentuch wühlte, um sich die Nase zu putzen.

»Nur zu.«, blaffte diese trocken und rief nach der Haushälterin, sie solle ihnen Tee machen.

»Ich habe der Polizei bereits Rede und Antwort stehen müssen, so unangenehm wie es bei diesen gefühllosen Echsen war, wird es bei Ihnen gewiss nicht werden, Kind.«

Tee, Wein und Kuchen wurde serviert und für einen Moment sagte niemand mehr ein Wort.

Erst als die beiden Damen wieder allein im Zimmer waren, fuhr Madame fort: »Und ausserdem bin ich es dir schuldig, Minna. Du erlaubst mir doch dich zu duzen, nicht wahr? In Anbetracht dieser Umstände, erscheint es mir lächerlich, an das Formgefühl festzuhalten.«

Minna nickte zustimmend und nippte an ihrer Teetasse. »Der Tod einer geliebten Person lässt die Hinterbliebenen stets näher zusammenrücken, sorgen wir dafür, dass hier und heute keine Ausnahme gemacht wird.«

Laeticia lächelte matt und schenkte sich und ihrem Gast grosszügig Wein ein.

»Es ist geschmacklos, wie das Leben manchmal spielt. Erst heute Morgen hast du mich um Appolines Wohlergehen gefragt und ich Eselin habe mir keinen Gedanken zu viel über sie und ihren Verbleib machen wollen. Ich bin dir sehr dankbar, dass du dieser Sache nachgegangen bist und ... und sie gefunden hast.«

Minna, die nicht hergekommen war, um den Leichenfund ein drittes Mal durchzukauen, sondern um konkrete Informationen zu erhalten, lenkte das Gespräch geschickt in die richtigen Gewässer.

»Es ist schrecklich. Tante Aliette war ebenfalls ganz aufgelöst, als ich ihr die traurige Kunde überbracht habe. Ich war vorhin bei ihr, sie richtet dir ihr aufrichtiges Beileid aus und hat den Wunsch geäussert, dich heute Abend noch besuchen zu kommen.«

Laeticia schniefte ein ›so liebeswürdig!‹ und ertränkte ihren Kummer in kostspieligem Bordeauxwein.

»In dem Brief, den deine Tochter mir hinterlassen hat, stand etwas drin, was mich ordentlich verwirrt hat.« Sie musterte die ältere Dame mit der erstaunlich prallen, jugendlichen Haut und fuhr fort: »darin stand, dass du und Appoline einen Arzt kennengelernt habt, den sie wohl des Öfteren aufgesucht haben soll ... «

Aliettes Wangen erglühten und sie zupfte beschämt an ihrem Morgenmantel.

»Das stimmt. *Docteur Zouche* ist sein Name. Ich habe ihn auf meinen Wunsch hin mit Appoline bekannt gemacht und ihr nahegelegt, ihn bei Problemen aufzusuchen ... das hat sie wohl auch getan.«

»Was waren das für Probleme, die sie hatte?«

Laeticia zögerte einen Moment, sie wirkte aus irgendeinem Grund peinlich berührt.

»Nun«, begann sie, »sie hatte wohl gewisse Zweifel, bezüglich eurer Beziehung und ... und deiner Bereitschaft zur Monogamie.«

Sie warf Minna einen prüfenden Blick zu, lächelte dann jedoch schmal.

»Es scheint, als hättet ihr beide zwei verschieden Auffassungen vertreten, was eure Verbindung anbelangt. Bei Dr. Zouche hatte sie ein offenes Ohr, um sich den Kummer von der Seele zu reden.«

Sie seufzte tief und starrte betrübt in ihr Weinglas. »Sehr geholfen hat es allerdings nicht.«

»Scheinbar nicht, nein.«, stimmte Minna zu. Sie war in fieberhafte Grübeleien verfallen. Das bedeutete, ihre Tante hatte tatsächlich die Wahrheit gesprochen, als sie Minna erzählt hatte, dass Appoline ihretwegen einer Therapie zugestimmt hatte. Minna wusste nicht recht, wie sie diese Kränkung aufnehmen sollte. Und war es möglich, dass dieser

Doktor mehr über Appoline und ihre Absichten wusste? Hatte sie ihm womöglich von ihren düsteren Plänen bezüglich ihr, Minna, erzählt?

Es schien so, als bliebe ihr nichts anderes übrig als diesen Dr. Zouche aufzusuchen und ihn zur Rede zu stellen. Ob er nun Jaspers neue Eroberung war oder nicht, sie würde sich da gründlich einmischen müssen. Nach dem Nachrichtenverkehr zwischen Appoline und Camille erst recht.

»Ich möchte dir etwas zeigen...« Sie griff nach ihrer Tasche und zog den Pager heraus, »hier, das habe ich in Appolines Pager gefunden, als ich die Polizei alarmiert habe.«

Sie reichte Laeticia ihr Gerät und musterte sie aufmerksam.

Laeticia betrachtete Minna einen Moment stirnrunzelnd, dann wandte sie sich dem Pager zu und las.

Mit jeder Nachricht, die sie las, nahm ihr Gesichtsausdruck an Bestürzung zu. Als sie geendet hatte, packte sie Minna grob am Handgelenk.

»Geh damit zu Aramis, konfrontiere ihn damit... er wird sich um seine Verlobte kümmern.«

»Madame, bei allem Respekt...«, setzte Minna an, doch Laeticia unterbrach sie ungeduldig, »Tu' was ich dir sage, Kind! Der Inhalt dieser Nachrichten ist nicht auf die leichte Schulter zu nehmen. Geh zu ihm, und du wirst einen treuen Freund dazugewinnen. Wenn du nicht gehst, stehen dir womöglich unangenehme Zeiten bevor. Denn vergiss nicht, Camille ist gerissen, sie weiss ganz genau wie man Leute auf seine Seite zieht. Nun ist es an der Zeit, dass du dasselbe tust.«

Laeticia erhob sich steif und schritt fahrig durchs Zimmer. Sie wirkte angespannt, verbarg ihre innere Unruhe jedoch geschickt hinter einer Mauer eisiger Reserviertheit.

Es war offensichtlich, dass ihr der Komplott, der zwischen ihrer Tochter und Camille geschmiedet worden war, furchtbar unangenehm war. Minna, die den Finger nicht in die Wunde legen wollte, entschied, dass nun der Moment gekommen war, um zu gehen.

Sie erhob sich ebenfalls, leerte ihr Weinglas im Stehen und verabschiedete sich von Madame.

»Geh zu Aramis!«, rief diese ihr hinterher, bevor sie seufzend auf der Couch zusammenbrach und sich für den Rest des Tages nicht mehr rührte.

29. Kapitel

Trotz Madame d'Urélles Drängen, machte Minna sich nicht sofort auf den Weg zu Aramis. Ein Gefühl in ihr bewegte sie dazu, erst jemand anderes aufzusuchen.

Was sie weder Aliette noch Laeticia verraten hatte, war, dass sie nicht bloss Camilles Nachrichten in Appolines Pager gelesen hatte. Das, was ihr wirklichen Grund zur Beunruhigung gab, war die Tatsache, dass Appoline in den letzten drei Wochen ihres Lebens, regelmässigen Kontakt zu Jasper Martin gepflegt hatte.

Das Hotel Ritz lag am nördlichen Ufer der Seine, nahe des Louvre. Minna rief sich ein Taxi, welches sie über die *Ile Saint-Louis* an ihr Ziel brachte.

Da ihr dieses Mal die genaue Zimmernummer unbekannt war, sah sie sich gezwungen sich an der Rezeption anzumelden.

Während die Empfangsdame sich telefonisch bei Jasper nach ihr erkundigte, wartete Minna ungeduldig auf den Zehen wippend vor dem Tresen und kaute zerknirscht auf ihrer Unterlippe.

Nach einer gefühlten Ewigkeit wandte sich die Rezeptionistin wieder ihr zu und sagte in gelangweiltem Ton: »Zimmer 22, Sie werden erwartet.«

Minna machte sich sogleich auf den Weg in die Richtung, die die Empfangsdame ihr gezeigt hatte. Sie wurde überraschenderweise von Jasper auf dem Hotelflur erwartet.

Minna liess die obligatorische Umarmung ungerührt über sich ergehen und trat einen Schritt zurück, um ihn besser anblicken zu können.

»Du siehst gut aus.«, bemerkte sie mit einem schmalen Lächeln.

Jasper nickte nur, antwortete jedoch nichts. Er wirkte angespannt und fuhr sich ständig durch die Locken.

»Wollen wir uns nicht in dein Zimmer setzten? Das, weswegen ich gekommen bin, ist kein Gespräch für den Flur.«

»Wir bleiben hier stehen.«, erwiderte Jasper ruhig. Aus seinen Augen sprach der Ernst, er war offensichtlich nicht für bedeutungsloses Geplänkel aufgelegt.

»In Ordnung.« Minna lehnte sich an die tapezierte Wand und verschränkte die Arme vor der Brust.

»Appoline ist tot.«, sprach sie unverblümt, und auf Jaspers reglose Miene hin: »Aber das weisst du natürlich bereits.«

Er nickte schweigend.

»Ich habe sie aufgefunden ... im *Bel Ami*. Heute Morgen.«

Sie beäugte ihn mit scharfem Blick und fuhr fort: »Man geht von Suizid oder einem Unfall aus. Sie ist in der Badewanne ertrunken.«

»Mein Beileid.«, brachte er krächzend heraus. Schweisstropfen glänzten auf seiner hohen Stirn.

Minna nickte bedächtig und drehte eine kleine Runde, sie schritt den Korridor hinab und wieder hinauf. Als sie wieder auf Jaspers Höhe war, fragte sie: »Wenn ich jetzt in dein Hotelzimmer gehen würde, fände ich da Kokain?«

Sie musterte ihren ehemaligen Freund forschend. Je länger sie ihn betrachtete, desto überflüssiger wurde ihre Frage.

»Du hast sie getroffen, Jasper. Kurz vor ihrem Tod warst du bei ihr.«

Sie trat näher und legte ihm die Hände auf die bebende Brust. »Versuche es nicht zu leugnen, ich habe ihren Pager durchsucht und deine Nachrichten gefunden.«

»Du hast den Pager einer Toten durchwühlt?«

Minna nickte. »Selbstverständlich habe ich das. Und jetzt, fang an zu singen, oder ich werde eigenhändig dafür sorgen, dass sich deine Zunge lockert.«

Jaspers Miene verdunkelte sich, seine zitternden Hände ballten sich zu Fäusten.

»Du wagst es ...«, presste er zischend hervor, »erst stichst du mir meinen eigenen Freund aus, dann siehst du tatenlos zu, wie ich zum Gespött der Gesellschaft werden und nun drohst du mir?«

»Was hast du bei Appoline zu suchen gehabt?«, entgegnete Minna ungerührt. Auch in ihr begann das Blut zu brodeln.

»Ich habe ihr Stoff geliefert«, antwortete Jasper trocken, »ihr Konsum ist völlig aus den Fugen geraten. Sie konnte einfach nicht mehr damit aufhören.«

Minna schnaubte gehässig. »Verzeih mir, aber das kann ich dir nicht glauben. Appoline war die Patientin deines neuen Geliebten. Hat sie ihm etwas über mich erzählt? Hattet ihr beide vor mich zu ruinieren, so wie es Camille bereits die längste Zeit geplant hatte?«

Ihre Stimme war mit jedem Wort leiser geworden. Ein fiebriger Ausdruck huschte über ihr Gesicht und sie lehnte sich haltsuchend an die Wand.

»Du bist paranoid, Minna.«

»Das mag sein, es wäre auch äusserst töricht von mir es nicht zu sein, nun da ich einen riesigen Komplott gegen mich aufzudecken scheine!«

Die Tür zu Zimmer 22 war einen Spaltbreit geöffnet, Minna erkannte, dass sie nur angelehnt war und verstummte auf einen Schlag.

Sie zog Jasper grob zu sich hinunter und wisperte ihm ins Ohr: »Er hört uns zu, nicht wahr? Dein Arzt ist im Zimmer und lauscht jedem Wort mit.«

Jasper entriss sich ihrer Umklammerung und trat einige Schritte von ihr fort.

»Vollkommen paranoid, Minna.«

Kopfschüttelnd wandte er sich zum Gehen, doch sie hielt ihn zurück.

»Ich weiss, dass du in Appolines Hotelzimmer warst. Ich habe dort ein Haar von dir gefunden. Kastanienbraun und gelockt, die Länge stimmt auch.«

Jasper blieb wie angewurzelt stehen, aus seinem Gesicht wich jegliche Farbe.

»Wenn du mir nicht augenblicklich alles erzählst was du weisst, werde ich es der Polizei vorbeibringen und ihnen ans Herz legen, deine Fingerabdrücke zu untersuchen. Du weisst wie diese Dinge laufen, noch geht man von einem Unfall – ja höchstens einem Selbstmord aus … aber wenn herauskommt, dass ein Mann kurz vor ihrem Tod zugegen war …«

Natürlich hatte Minna das Haar heute Morgen fortgeworfen und somit war ihre Drohung gänzlich aus der Luft gegriffen, aber das konnte Jasper ja nicht wissen. Wie erwartet, schnappte die Falle zu.

Zornentbrannt wirbelte er herum und presste sie barsch gegen die Wand. »Du weisst nicht wovon du sprichst, Darling. Du bist vielleicht eine gestandene Frau aber deine Gedankenwelt ist so einfach gestrickt wie die eines Kindes! Wenn du deinen Willen nicht kriegst, wirst du schrecklich skrupellos, weisst du das? Du scheust weder vor Manipulation noch vor Sex oder Drohungen zurück, um deinen Kopf durchzusetzen. Was unterscheidet dich gross vor einer Frau wie Camille?«

Minna, von einer solchen Grobheit völlig überrascht, war völlig sprachlos. Ihre Augen füllten sich mit Tränen.

»Ein Kind, ich sag es doch! Kaum will man dich zurechtweisen, brichst du in Tränen aus. Du kleine Primadonna! Du verstehst einfach nicht, dass es Dinge gibt, die du nicht besitzen kannst und die dir nicht in den Schoss fallen werden!«

»Ich erwarte nichts weiter als Aufrichtigkeit und Loyalität.«, stiess sie erstickt hervor.

»Ich versuche doch nur meinen Weg zu gehen, aber das ist nicht leicht, wenn Leute ständig Steine nach mir werfen! Ich habe genug vom Taumeln, Jasper!«

Jasper liess von ihr ab und rieb sich seufzend über die Stirn. »Ich habe nichts mit Camille am Hut, Darling. Das musst du mir glauben. Appoline hat sich mit mir in Kontakt gesetzt, um an einen Termin mit Dr. Zouche heranzukommen und hin und wieder hat sie mich um ein wenig … Hilfe gebeten, das ist alles.«

Minna versuchte ein zaghaftes Lächeln und nahm das Taschentuch, dass er ihr reichte.

»Und das Kokain hast du von deinem Doktor.«, schloss sie.

Er nickte und seufzte. »Du weisst ja, wie Ärzte so sind.«

Sie senkte den Blick. Ein schwerer Stein rollte sich auf ihren Magen. »Ja ... ja das weiss ich.«

Sie rieb sich über die verquollenen Augen und realisierte zum ersten Mal, wie schrecklich müde sie war.

»Ich werde mit deinem Arzt sprechen, Jasper. Entweder kooperierst du und vereinfachst mir die Angelegenheit, indem du mir seine Kontaktdaten gibst, oder ich werde es selbst herausfinden müssen.«

Jaspers Gesicht entgleiste für einen Moment, er fing sich jedoch rasch wieder und zwang sich zu einem höflichen Lächeln.

»Ich werde sehen, was ich für dich machen kann.«

Minna nickte, verkniff sich ein herzhaftes Gähnen und winkte Jasper zum Abschied, dann machte sie auf dem Absatz kehrt und verliess das Hotel.

Kaum war Minna ausser Sichtweite, entspannte Jasper sich merklich. Er drehte sich um und wollte in seinem Zimmer verschwinden, erstarrte jedoch.

Dr. Zouche stand im Türrahmen und betrachtete ihn mit einer Ausdruckslosigkeit, die ihm sämtliche Nackenhaare aufstellen liess.

»Du hast sie angeschrien«, bemerkte er nachdenklich, »wie unhöflich von dir.«

Jasper, weiss wie die Wand hinter ihm, taumelte dem grossgewachsenen, breitschultrigen Mann förmlich in die Arme.

»Ich ... sie hat mich bedroht ... ich weiss einfach nicht was ich noch tun soll.«

Dr. Zouche bugsierte ihn wortlos ins Zimmer, drehte das Schild auf ›Bitte nicht stören‹ und schloss die Tür.

»Die kleine Mademoiselle will mich also sprechen ... so, so.«

Mit einer erstaunlichen Kraft stiess er den schluchzenden Jasper von sich. Dieser verlor das Gleichgewicht, taumelte und stürzte krachend gegen den kleinen Tresor in der Ecke.

Kaum hatte er wieder festen Halt unter den Füssen, wollte er sich aufrappeln, doch Dr. Zouche trat ihm fest auf die Brust und stiess ihn so auf den Boden zurück.

Keuchend, durch den schweren Stiefel sämtliche Luft aus den Lungen entfleuchend, starrte er zu seinem Geliebten hinauf. Seine braunen Augen waren Schrecken geweitet und schwammen in Tränen.

»Hör auf zu japsen, mein Guter.«, sprach Dr. Zouche, er wirkte bereits wieder gelangweilt. Die Langeweile, eine schrecklich lästige Angelegenheit, die mit einer solchen Hartnäckigkeit an ihm haftete, dass ihm ganz schlecht davon wurde. Er war oft so furchtbar gelangweilt. Die Langeweile, die Monotonie... vermutlich das einzige, wovon Dr. Zouche sich wirklich fürchtete.

»Teile den Sauerstoff in deinen Lungen gut ein und verschwende ihn nicht mit unsinnigem Geweine.«, er warf Jasper einen angewiderten Blick zu und rümpfte die Nase.

Hilflosigkeit, der bei weitem hässlichste Wesenszug eines Menschen. Diese elende Schwäche Jaspers, liess in Dr. Zouche die Galle hochkommen.

»Liebst du mich, *Darling*?«, wollte er mit einem bissigen Lächeln auf den Lippen wissen.

Jasper nickte eilig, hustend und keuchend, den Stiefel von Dr. Zouche auf seiner Brust in den Händen haltend, als wäre er ein zerbrechlicher, kleiner Vogel. Er übte keinen Druck aus, machte keinerlei Anstalten den Fuss von seiner Brust schieben zu wollen.

»Ist das so? Nun, und warum hast du dich dann meinen Anweisungen widersetzt?«

Jasper blickte ratlos zu ihm hinauf, er verstand nicht.

»Ich habe...?«, doch für mehr reichte die Luft in seinen Lungen nicht mehr aus.

Dr. Zouche nahm seinen Fuss von Jaspers Thorax und stellte sich breitbeinig hin.

»Setzt dich aufrecht hin.«, befahl er kalt und begann seine Gürtelschnalle zu öffnen.

Jasper folgte eilig seiner Aufforderung und zog sich hustend und würgend in die Senkrechte.

»Habe ich dir nicht aufgetragen, ihr ein treuer Freund zu sein? Ein Gefährte, auf den sie sich stets verlassen kann? Zu dem sie, ohne nachzudenken hinrennt, sobald etwas in ihrer kleinen Welt zu Bruch geht?«

Er liess Jasper nicht zu Wort kommen und fuhr sogleich fort, »aber stattdessen schiebst du sie immer weiter von dir fort. Wie soll ich aber so an meine Informationen gelangen, wenn du nicht länger ihre erste Anlaufstelle bist, hm? Ich werde mir wohl einen anderen suchen müssen ... Monsieur Laurent Lefeuvre scheint in sehr engem Kontakt mit ihr zu stehen. Vielleicht wende ich mich von nun an besser an ihn.«

Jaspers Gesicht wurde grün und es schien, als müsse er sich allein beim Gedanken an diese Möglichkeit übergeben.

»Bitte ... Sir, ich tue alles was Sie von mir verlangen!«, brachte er krächzend hervor.

»Ich verlange von dir, dass du dich entschuldigst«, sprach Dr. Zouche eisig, »bei Mademoiselle, so wie auch bei mir.«

Die ganze Zeit über hatte er gelassen mit dem Ledergürtel in seiner Hand gespielt, nun legte er die Enden übereinander, spannte ihn an und holte kräftig aus.

Ein hohes Surren, ein lauter Knall wie von einer Peitsche und Jaspers Wange erglühte in hellstem Rot.

Für den Bruchteil einer Sekunde herrschte Totenstille, dann zerriss ein durchdringendes Wimmern die Ruhe.

»Sei still!«, befahl Dr. Zouche ruhig, er wirkte sonderbar angespannt und gelöst zugleich.

»Wenn du einen Laut von dir gibst, werde ich meine Sachen packen und auf Nimmerwiedersehen gehen, Jasper. Verstehst du das?«

Noch ehe Jasper zu einem stummen Nicken ansetzen konnte, traf ihn ein weiterer Schlag, härter und präziser als der zuvor.

Krampfhaft darauf bedacht, nicht zu schreien, biss Jasper sich fest auf die Lippen.

Sein ganzer Körper bäumte sich unter dem brennenden Schmerz auf, seine Wangen mussten in Flammen stehen.

»Du ... wirst ... mich ... nie ... wieder ... enttäuschen ... Jasper!«, auf jedes Wort drosch ein Gürtelhieb auf die zitternde Gestalt nieder.

»Stelle dich mit ihr wieder gut, oder du wirst das ganze Ausmass meines Zornes zu spüren bekommen.«

Ein letzter, harter Schlag auf die Genitalien folgte und dann liess der Doktor den Gürtel sinken. Keuchend rieb er sich den Schweiss von der Stirn. Ein zartes Lächeln ruhte auf seinen Lippen, während er Jaspers zusammengekrümmte Gestalt auf dem Boden betrachtete.

In Situationen wie diesen, wenn er die Geduld verlor und blinder Zorn die Oberhand gewann, geschah es stets, dass Dr. Zouches Gesichtsfeld sich verengte. Immer mehr und mehr, bis nichts mehr Sinn und Ordnung hatte, bis nichts mehr existierte ausser der Hass und die Person, gegen die er gerichtet war.

Nun da der angestaute Zorn aus ihm gewichen war, zog er Jasper an den Schultern hoch und setzte ihn mit dem Rücken gegen die Wand hin.

»Starr mich nicht so entsetzt an, du wusstest ganz genau worauf du dich bei mir einlässt, Schätzchen.«, er strich ihm durch die Locken und vergewisserte sich, dass ihm nichts fehlte.

Die Nase war nicht gebrochen, die Augen, so wie die Zähne waren nicht verletzt worden.

Dr. Zouche war zufrieden. Er hatte die Kontrolle nicht verloren, nicht dieses Mal.

»Du wirst dich für einige Tage draussen nicht sehen lassen können.«, bemerkte er kühl, nachdem er sein Werk ausgiebig betrachtet hatte.

»Ich werde hierbleiben ... so lange wie Sie wollen.«, murmelte Jasper benommen. Vom Schmerz wie betäubt, krallte er sich haltsuchend an Dr. Zouches Hosenbeinen fest.

»Ich werde mich bei ihr entschuldigen, Sir. Sobald mein ... sobald ich wieder anzusehen bin.«

Er verstummte eine Weile und Dr. Zouche liess ihn geduldig wieder zu Atem kommen.

»Das wirst du.«, sagte er schlicht. Jasper nickte eilig, erblasste dann jedoch entsetzt.

»Aber was ist mit ihrer Drohung, Sir? Was, wenn sie tatsächlich zur Polizei geht?«, brachte er keuchend hervor. Seine aufgeplatzten Lippen bluteten.

»Was soll damit schon sein?«, erwiderte Dr. Zouche, während er sich den Gürtel zurück in die Hose steckte, »Mademoiselle hat dich an den Hörnern, Schätzchen. Lass dir von ihr einen Ring durch die Nase stechen und hin und wieder daran zupfen.«

Er lachte leise und leckte sich einen Blutstropfen vom Handrücken.

»Und jetzt tu, wozu du erschaffen wurdest und entschuldige dich bei mir.«

Er öffnete seinen, von einer grossen Schwellung ausgebeulten Hosenschlitz, und trat einen Schritt näher an Jasper heran. Dieser öffnete mechanisch den Mund und seufzte gleichmütig.

30. Kapitel

𝒜RAMIS NEUES HÄUSCHEN lag im Schatten des *Albert-Kahn Musée* und wirkte trotz der für Minnas Empfinden eher schmuddeligen Fassade, recht gemütlich von aussen.

Mit grossen Schritten durchquerte sie den schmucklosen Vorgarten und klingelte.

Eine grimmige Vorahnung beschlich sie, dass nicht Aramis, sondern seine Verlobte ihr öffnen würde und so war es tatsächlich.

»Oh, Minna!«, rief Camille erstaunt, ihre schwarzen Käferaugen weiteten sich.

»Mademoiselle Dupont.«, korrigierte Minna mit einer kühlen Höflichkeit einer eleganten Dame, die sämtliche Xanthippen der Menschheitsgeschichte stets zur Weissglut getrieben hatte.

»Verzeihen Sie mein unangemeldetes Erscheinen, aber ich muss mit Aramis sprechen.«

Sie konnte nicht genau den Finger daraufleger und sagen was es war, aber etwas an dieser Frau ekelte sie schrecklich an. Camille Poissonnier war ihr schlicht und ergreifend zuwider.

»Es ist von höchster Wichtigkeit. Sie wollen doch nicht unhöflich sein ... nicht schon wieder.«, fügte Minna mit einem Lächeln hinzu.

Camille schien für einen Moment zu überlegen, vermutlich kam ihr der verlockende Gedanke dieser Frau kurzerhand die Tür vor der Nase zu zuschlagen. Weiber wie Camille dachten niemals weiter als einen Schritt in die Richtung, die ihnen den meisten Erfolg einbrachte. Dass sie so unglaublich leicht vorherzusehen waren, kam ihnen beim besten Willen nicht in den Sinn.

»Es ist tragisch, Madame ... «, mit einem gespielt mitleidigen Seufzer hatte Minna ihren Stiefel in die Tür gestellt und war mit zwei weiteren Schritten im Hausflur.

»... Dass Ihr treuer Verlobter stets hinter Ihnen die Sache wieder ins Lot bringen muss. Denken Sie doch einen Moment nach, wie sieht das aus, wenn Sie mir am Tag von Appolines Tod den Eintritt in ihres Bruders Haus verweigern?«

Camille schien nicht überrascht, vermutlich hatte Laeticia bereits angerufen, um ihrem Sohn die traurige Nachricht zu überbringen.

»Das ist auch mein Haus!«, echauffierte sie sich lautstark, »was wollen Sie hier? Sie können froh sein, dass mein Verlobter ein so liebeswürdiger Mann ist und Sie nicht augenblicklich auf alles verklagt, was Sie besitzen! Wo Sie doch seine Schwester in den Selbstmord getrieben haben!«

Minna sah sich interessiert um, nicht dass es in diesem Haus viel zu sehen gäbe, das ansprechendste war eine Miniaturausgabe der Barbakane, welche früher die Löwen des Towers of London beherbergte.

»Diese grandiose Idee haben bestimmt Sie ihm ins Ohr geflüstert, nicht wahr?« Neugierig trat Minna näher an das Tischchen und stupste die kleinen Tiere in der Mitte des Bauwerkes vorsichtig mit der Fingerspitze an, welche ihre winzigen Mäuler weit aufgesperrt hatte.

Vermutlich ein Geschenk von Laeticia, mutmasste sie lächelnd. Sie war entzückt von den kleinen Figuren.

»Aus reiner Neugierde, wie stellen Sie sich das vor mit der Verklagung? Worauf möchten Sie mich verklagen? Auf mein Recht, meine Sexualität frei ausleben zu dürfen? Oder darauf, dass ich eine unabhängige, eigenständige Frau bin? Oder, dass ich Ihrem Verlobten eine treue Freundin bin, während Sie darauf aus sind, ihn systematisch von seinem Umfeld zu isolieren?«

Sie richtete sich wieder auf und schlenderte zurück zu Camille, die wie angewurzelt im Flur stehen geblieben war.

Ein sonderbarer Geruch ging von ihr aus. Eine Mischung aus verdorbenen Nüssen, billigem Parfum und Talg.

»Wofür Sie sich auch immer entscheiden mögen, es wird Sie nichts als einen Haufen Geld kosten, den ohnehin bereits zweifelhaften Ruf Ihres Verlobten ruinieren und Sie als das entlarven was Sie immer schon gewesen sind: eine lächerliche, neidische, gehässige Person, die nach dem Glück anderer trachtet, jedoch zu faul ist um für ihr eigenes zu arbeiten.«

In diesem Moment erscholl vom oberen Treppenabsatz ein Ruf.

»Minna? Höre ich da deine Stimme?« Es war Aramis.

»Ich komme hinauf, wenn es dir recht ist!«, rief Minna breit strahlend zurück.

»Ich bitte darum!« Kam es zurück.

Minna schlüpfte aus ihren Stiefeln, stellte sie säuberlich auf eine Schuhmatte und erklomm die Treppe hinauf in den ersten Stock. Kurz bevor sie ausser Sichtweite war, rief sie über die Schultern hinweg: »Ich wünsche Ihnen einen schönen Abend, Madame. Wir sehen uns vor Gericht.«

Aramis lag trotz der bereits einbrechenden Dunkelheit immer noch in seinem Bett. Er hatte sich, seitdem tragischen Anruf seiner Mutter, den ganzen Tag nicht mehr gerührt.

Als Minna eintrat, erfasste sie ein Gestank, so allumfassend, dass es sie beinahe zurück in den Flur getrieben hätte.

Es roch nach Tränen, Trauer und seelischer Verwahrlosung.

Eilig lief sie zu den Fenstern und stiess alle drei weit auf, so dass die kalte Winterluft ungehindert hineinströmen konnte. Dann machte sie Licht und zündete alle Duftkerzen an, die sie finden konnte.

»Ein Mann, der eine Dame ungewaschen, im Schlafanzug und noch immer im Bett liegend empfängt, sollte sich – wenn er auch nicht die Kraft findet aufzustehen – sich doch wenigstens sehr für seine Schwäche schämen.«, bemerkte sie mit dem richtigen Mass an Tadel und Koketterie, dass jedes Männerherz zum Schmelzen brachte.

Sie setzte sich zu Aramis auf den Bettrand und drückte zärtlich seine kalte Hand.

»Ich bin froh dich zu sehen … hat Camille dich eintreten lassen oder musstest du dir gewaltsam Einlass verschaffen?«

Minna lachte leise und strich ihm über die schweissnasse Stirn.

»Wir haben einen Mittelweg gefunden.«

Aramis lächelte matt und ein zartes Rosa blühte auf seinen blassen Wangen auf.

»Mutter hat mich über Appolines ...« – »Sprechen wir nicht davon«, schnitt ihm Minna ungeduldig das Wort ab, »wir wissen alle was geschehen ist, ich habe genug davon es jedes Mal wieder von vorne durchkauen zu müssen.«

Sie griff ungerührt ab Aramis' verwirrter Miene nach ihrer Tasche und zog eine Kopie der Nachrichten heraus, die sie in weiser Vorahnung zuvor in einer Druckerei hatte machen lassen. »Ich bin nicht hier, um den Tod deiner Schwester zu beklagen.«

Als sie das weisse Blatt mit den Nachrichten sorgfältig auseinandergefaltet hatte, räusperte sie sich und begann laut vorzulesen.

»*Liebe Appoline, ich bedanke mich für deinen Anruf, du wirst deine Offenheit ihr gegenüber nicht bereuen.* Mit dieser Nachricht hat sich Camille am 27. Dezember bei Appoline gemeldet. Noch am selben Tag antwortete Appoline: *Ich hielt Minna immer für eine starke, bewundernswerte Frau – das hat sich auch jetzt nicht geändert.*

Am nächsten Morgen erwiderte Camille mit: *Sie ist eine Schlange, das hast du mir am Telefon selbst erzählt. Sie kann einfach nicht genug kriegen, Schmuck, Geld, Männer ... Aramis hat mir erzählt, dass sie ihm bereits eindeutige Avancen gemacht hat.*«

»Wie bitte?«, fuhr dieser perplex dazwischen, »ich habe ihr nie etwas in dieser Art erzählt!«

»Deine Verlobte unterscheidet nicht zwischen Wahrheit und Lüge, mein Freund«, entgegnete Minna eisig und fuhr unbeirrt fort: »Appoline antwortete: *Ich hasse sie, weil ich sie niemals für mich allein haben werden kann. Sie wird immer an einflussreichen, schönen Männern wie Laurent interessiert sein. Wenn ich sie nicht an mich binden kann, werde ich in die Seine springen!*

Dann hat Camille um ein Telefonat gebeten. Vermutlich wollte sie sie beruhigen oder etwas in der Art. Einige Tage darauf ging es jedenfalls wie folgt weiter: *Camille, ich hoffe du hast gut geschlafen, wollen wir uns heute Nachmittag im Luxemburg zum Kaffee treffen?*

Camille: *Sehr gerne, sorg' dafür, dass wir ungestört sein werden. Ich habe mir etwas überlegt, wie wir Minna aus dem Verkehr ziehen können. Ich verrate bloss so viel: ihre Vergangenheit wird sie früher oder später einholen, und wenn es soweit ist, wird ihr ordentlich der Kopf zurecht gerückt ... wir brauchen bloss abzuwarten.«*

Minna seufzte, dann las sie die letzten vier Nachrichten vor, die kurz nach Appolines Tod folgten: *»Wie war deine letzte Sitzung beim Doktor? Hat er sich bereit erklärt?*

Eine Stunde später: *Appoline? Antworte mir!*

Am darauffolgenden Morgen dann: *Dr. Zouche hat sich eben bei mir gemeldet, er erkundigt sich nach deinem Verbleib. Du seist nicht in seiner Praxis erschienen. Der Plan geht ohne deine Kooperation nicht auf, Appoline! Vergiss nicht, sie vögelt in diesem Moment vermutlich gerade deinen unausstehlichen, selbstgerechten, frauenfeindlichen Chef!*

Und die letzte Nachricht, eine Stunde bevor ich in das Hotelzimmer gekommen bin: *Wage es nicht, jetzt kalte Füsse zu bekommen! Wenn du einen Rückzieher machst, werde ich die Sache mit dem Doktor allein durchziehen! Ich denke, er mag mich. Er wird mir schon aus der Hand fressen ... «*

Minna endete und musterte Aramis voller Ingrimm. »Was auch immer deine Verlobte dir ins Ohr geflüstert haben mag, ich denke nun ist klar *wer* von uns beiden Appoline in den Freitod getrieben hat.«

Das wenige bisschen Farbe, dass bis dahin auf seinen Wangen geruht hatte, verschwand schlagartig. »Was hast du jetzt vor?«, fragte er heiser, »was denkst du, was beinhaltet dieser Plan und wer zur Hölle ist dieser Arzt, von dem ständig die Rede ist?«

Minna biss sich nachdenklich auf die Unterlippe. Diese Fragen hatte sie sich selbst natürlich auch schon gestellt. Bezüglich Camilles Plan umschwirrte sie bereits eine vage Vorahnung.

»Ich denke, sie ist darauf aus, meinen Ruf zu zerstören. Du weisst schon, das übliche Prozedere. Falsche Gerüchte streuen, meinen Freundeskreis einnehmen und gegen mich aufhetzen ... vermutlich hat sie sogar vor Laurent gegen mich aufzustacheln. Zutrauen würde ich es ihr.«

Sie endete und verfiel in fieberhafte Grübeleien. »Bezüglich deiner zweiten Frage, tappe ich selbst noch im Dunkeln. Dr. Zouche scheint sich durch sämtliche Begebenheiten zu ziehen, wie ein roter Faden. Ich werde ihn morgen früh aufsuchen ... etwas sagt mir, dass ich damit so wenig Zeit wie möglich vertrödeln sollte.«

»Denkst du, er steckt mit den beiden unter einer Decke?«, fragte Aramis misstrauisch, »du solltest vorsichtig sein, wenn du möchtest, werde ich morgen mit dir zusammen dorthin fahren ... nur zur Sicherheit.«

Minna schüttelte entschieden den Kopf. »Nein, ich denke dieser Arzt wird bloss als Werkzeug benutzt. Vermutlich möchte Camille ihn dazu überreden, ihr irgendwelche Drogen zu verschreiben, die sie mir dann untermischen kann. Das würde auch erklären, weshalb sie so sehr auf Appoline angewiesen war, sie ist ... war bei ihm schliesslich Patientin.«

»Jetzt übertreibst du aber!«, entgegnete Aramis empört. Er kämpfte sich ächzend in den Kissen hoch und lehnte den Kopf gegen das aus billigem Holz gefertigte Bettgestell.

»Camille mag vielleicht vorhaben dich zu ruinieren, aber sie würde dir niemals etwas antun!«

Minna musterte ihn ein Weilchen, dann beugte sie sich vor und strich ihm sanft über die Stirn.

»Appoline ist tot, Aramis. Du bist ihr Bruder, was denkst du, war es ein Unfall?«

Er schluckte hart und schüttelte entschlossen den Kopf. Tränen traten ihm in die blassen Augen.

»Siehst du, ich auch nicht. Was oder vielmehr wer also hätte sie zu einer solch verzweifelte Tat treiben können? Ich, die ich seit Anbeginn unserer Verbindung nie wirklich aufrichtiges Interesse an ihr gezeigt habe, ihr demzufolge also auch nie etwas vorgespielt habe, oder deine Verlobte, die sie manipuliert, sie unter Druck gesetzt und ihr schliesslich gedroht hat?«

»Aber was für einen Grund könnte sie haben, dich so zu hassen?« schluchzte er. Mit seinen grossen, in Tränen schwimmenden Augen, der zitternden Lippen und dem ratlosen Blick, sah er aus wie ein kleiner Junge, der nicht weiss, weshalb er angeschrien wird.

Minna beugte sich automatisch tiefer und küsste seinen Tränen fort.

»Ist das nicht offensichtlich?«, hauchte sie ihm sanft ins Ohr, »geben wir deiner Verlobten einen wirklichen Grund mich zu verabscheuen. Damit täten wir ihr einen grossen Gefallen, meinst du nicht auch?«

In dieser Nacht kehrte Minna nicht nach Versailles zu Laurent zurück. Die Sorgen und Selbstzweifel, die der stattliche Milliardär wegen seiner eigensinnigen Herzensdame in dieser Nacht ausstehen musste, konnte man sich bloss erahnen.

31. Kapitel

Gegen fünf Uhr in der Früh, entzog Minna sich Aramis Umarmung, zog sich eilig an und verliess das Zimmer. Camille schien die ganze Nacht fort gewesen zu sein, wofür Minna nun äusserst dankbar war. Ohne Zeit zu verlieren, stieg sie in ihre Winterstiefel, warf sich den Mantel um und verliess das Haus.

Im Garten empfing sie ein beissend kalter Wind, der direkt aus den tiefsten Gletscherspalten des Nordens zu kommen schien. Die Morgendämmerung warf ein graues Tuch über die, noch tief und fest, schlummernde Stadt und färbte die blätterlosen Bäume schwarz.

Minna mochte den Winter sehr, dieses eisige, dieses frostklirrende, diese Stille und diese winterliche Magie, die in den kahlen Bäumen, der vereisten Erde und den zugeschneiten Hügeln pulsierte. Ein tiefer Friede umfing sie, wann immer sie in den Winter hinausschritt und klärte ihre Gedanken.

Auch nun entfalteten die eisigen Finger des Nordwindes seine Wirkung und trugen Minna eine Idee zu.

Sie würde nicht, wie ursprünglich geplant, zu Jasper ins Hotel fahren und ihn eigenhändig dazu zwingen, ihr die Adresse seines Geliebten zu geben. Nein, etwas in ihrer Bauchgegend drängte sie dazu, erst noch zurück nach Versailles zu fahren und sich mit Laurent zu versöhnen. Ein Gefühl sagte ihr, dass dies von höchster Wichtigkeit war, und so machte sie sich auf den Weg zu den Taxiständen.

Laurent lag nicht in seinem Bett, als Minna die Haustür öffnete und eintrat. Er war die ganze Nacht über wach geblieben und hatte sich den Kopf darüber zerbrochen, was er mit ihr anstellen würde, wenn sie nach Hause kam.

Rastlos wie ein hungriger Tiger ging er im Salon auf und ab, in der Hand ein Whiskeyglas.

Die Nummer einer neuen Bekanntschaft lag vor ihm auf dem Couchtisch und er warf alle paar Sekunden einen hungrigen Blick darauf. Er hatte die Dame vor einiger Zeit auf einer Feier kennengelernt, sie hatte sich damals förmlich an ihn broschiert und ihm ihre Nummer zugesteckt.

Es machte Laurent wahnsinnig, wie fest Minna ihn bereits in ihrer Gewalt hatte. Trotz seiner Wut auf sie, trotz seines verletzten Stolzes und der Ungewissheit, in der sie ihn hatte schmoren lassen, zögerte er anzurufen. Etwas hielt ihn zurück.

Er wusste, er könnte jede Frau haben, doch dieser Gedanke beruhigte ihn nicht länger, so wie er es früher getan hatte. Mittlerweile scherte es ihn kaum noch, wie viele Frauen ihm possierliche Blicke zuwarfen. Er war bloss an einer Frau interessiert, und diese trat in eben diesem Moment ins Zimmer.

Sie sah schrecklich müde und mitgenommen aus. Trotz seinem Entschluss sie gehörig zurechtzuweisen und sie dann für den Rest des Tages im Unklaren über seinen Verbleib zu lassen, mit nichts als dieser ominösen Telefonnummer als Hinweis, konnte er sich einer Woge der jähen Zuneigung nicht erwehren.

Wortlos reichte er ihr sein halbvolles Glas und liess sich neben sie in die Kissen sinken.

»Appoline ist tot.«, brachte sie trocken heraus. Und dann erzählte sie ihm ausführlich was vorgefallen war. Von Camilles Plänen, den Nachrichten und diesem Dr. Zouche jedoch, so wie von Aramis und ihrer gemeinsamen Nacht, verlor sie kein Sterbenswörtchen.

»Und du denkst wirklich es war Selbstmord?«, hakte er stirnrunzelnd nach, als sie geendet hatte.

Minna nickte müde und schmiegte sich fest an Laurents Brust, dabei fiel ihr ein kleiner Zettel mit einer Telefonnummer ins Auge, der verwaist auf dem Tisch vor ihr lag.

»Vielleicht ist sie einfach eingeschlafen und ertrunken«, begann Laurent erneut, »ich meine, wenn man sich in der Badewanne umbringen möchte, schneidet man sich doch für gewöhnlich die Handgelenke auf, nicht wahr? Hat sie das?«

Sie schüttelte den Kopf. »Nein, sie ist einfach ertrunken. Ihre Atemwege waren unter Wasser, ich habe es selbst gesehen.«

Und plötzlich kam ihr ein sonderbarer Gedanke. Sie sah hoch in seine funkelnden Bernsteinaugen und dachte einen Moment nach, dann sagte sie: »Nun bin ich von Appoline getrennt ... war es nicht das, was du immer wolltest?«

»Ich muss gestehen, es fällt mir äusserst schwer, Anteilnahme an deinem Verlust vorzuheucheln.«, entgegnete er sanft lächelnd. Er beugte sich hinunter und küsste sie zärtlich. Dann zog er sie hoch, steckte sich den Zettel mit der Nummer in die Hosentasche und bugsierte Minna zur Treppe.

»Komm, *ma petite puce,* gehen wir ins Bett.«

Sie liess sich widerstandslos mitziehen und fiel, kaum in die Kissen gesunken, in einen ohnmachtsähnlichen, tiefen Schlummer.

Gegen Abend hin erwachte Minna. Trotz der vielen Stunden, die vergangen waren, fühlte sie sich, als hätte sie bloss für ein paar Sekunden die Augen geschlossen.

Laurents Bettseite war verwaist, die Laken kalt. Ächzend kämpfte Minna sich aus der Wolldecke und zog sich ihren Morgenmantel an. Dann machte sie sich auf die Suchen nach ihrem Geliebten.

Im Gästesalon, im linken Flügel, fand sie ihn schliesslich. Er stand mit dem Rücken zu ihr gekehrt am Fenster und sah hinaus in den Park.

»Laurent?«

Minna rieb sich die Augen und trat näher, blieb dann jedoch wie angewurzelt stehen. Der Mann, der sich langsam umdrehte, war nicht Laurent. Nun da sie seine Figur genauer betrachtete, erkannte sie, dass dieser Herr einen halben Kopf grösser war als ihr Freund. Auch die Haarfarbe stimme nicht, die des Fremden waren dunkler als Laurents, und streng nach hinten in den Nacken gekämmt, während seine ihm stets wirr und achtlos auf die Schultern fielen.

»Ihr Freund ist soeben hinaus gegangen, um uns Gläser und Wein zu holen.«

Die silbergrauen Augen des Mannes fanden Minna und weiteten sich. Ein zartes Lächeln trat auf seine geschwungenen Lippen und er legte den Kopf schief um sie eingehend zu betrachten.

»Guten Abend, Minna.«

Eine lange Zeit war nichts weiter als das monotone Ticken der Wanduhr zu hören. Die Zeit schien eingefroren, selbst die Luft schien zu schwer, als dass man sie atmen könnte.

Minnas Lungen verkrampften sich, ihre Eingeweide zogen sich schmerzhaft zusammen.

»Da bist du ja!«, zerriss eine Stimme die unwirkliche Stille. Laurent war eingetreten und strahlte sie an.

»Minna, das ist Monsieur Abraxas Zouche. Ich habe ihn vor einigen Tagen kennengelernt und ihn heute Abend zu uns eingeladen. Ich muss wohl vergessen haben dich darüber zu informieren.«, fügte er schmunzelnd hinzu, als er Minnas Aufzug bemerkte.

Der Fremde lächelte schmal und legte den Kopf auf die andere Seite, wie ein Reptil, dass die Distanz für seinen nächsten Sprung abschätzte.

Minna, die leichenblass geworden war, stand nach wie vor wie versteinert da, die Kehle so verknotet, dass sie keinen Ton herausbrachte.

Mit leeren, grossen Augen starrte sie in das schöne Gesicht und spürte wie aus weiter Ferne, dass ihre innere Festung dahin zu bröseln begann.

»Wir Männer setzten uns und du ziehst dir etwas anderes an, ja?«, schlug Laurent vor, dem die geisterhafte Atmosphäre nicht aufzufallen schien.

Ein Geist. Minna schwankte. Sie sah einen Geist.

Mechanisch bewegten sich ihre Füsse und irgendwann fand sie sich vor ihrem Kleiderschrank wieder, wie sie dahin gekommen war, konnte sie sich nicht mehr erinnern.

Mit sonderbar ruckartigen Bewegungen, als bestünde die Luft aus einem schweren Stoff, streifte Minna sich ihren Mantel von den Schultern und schlüpfte in das erst beste Kleid, dass sie fand.

Die Haare band sie sich achtlos zusammen, sie kam gar nicht auf die Idee nach einer Bürste zu suchen und sie zu kämmen. Alles kam ihr plötzlich so furchtbar dumm und unsinnig vor. Kleider, Bürsten, Unterwäsche und Weingläser. Nichts hatte wirklich eine Bedeutung.

Das einzige, was Minna ganz deutlich vor sich sah, war dieses helle, graue Augenpaar, dass sie durchbohrte und bis auf den Grund ihrer Seele blickte.

Auf nackten Füssen lief sie die Treppe hinunter und huschte zurück in den Salon.

Ein Teil von ihr war bis dahin der festen Überzeugung gewesen, zu halluzinieren und das Zimmer abgesehen von Laurent leer vorzufinden. Durch den Schlafmangel, den Stress und die vielen Geschehnisse, wäre diese Annahme durchaus plausibel gewesen.

Doch dem war nicht so. Der Fremde war nach wie vor vollkommen existent und sass mit einem gefüllten Weinglas in den Händen auf der Couch und lauschte vergnügt schmunzelnd einer Geschichte von Laurent.

»Setz dich zu uns, mein Schatz. Was ist denn los? Du guckst so verstört. Sag unserem Gast hallo, du willst doch nicht unhöflich sein.«

Minna liess sich schweigend neben Laurent nieder und krallte sich krampfhaft an das Glas, das dieser ihr in die Hände drückte.

»Guten Abend.«, presste sie mit einer Stimme hervor, die überhaupt nicht nach ihr selbst klang. Den Blick hatte sie fest auf den Tisch geheftet, sie brachte es nicht über sich diesem Mann erneut in die Augen zu sehen.

»Normalerweise ist sie ein wenig gesprächiger, ich weiss nicht was in sie gefahren ist. Aber sie müssen ein wenig Nachsicht zeigen, Minna macht im Moment eine unangenehme Zeit durch.«

Minna, die bei einer solchen Blossstellung normalerweise mit einem geistreichen, schneidigen Konter geglänzt hätte, nickte bloss mit dem Kopf. Es war nicht klar, ob sie ihren Freund überhaupt gehört hatte.

»Es ist Ihnen verziehen, Fräulein Dupont.« Ertönte die Stimme, die sie vor so vielen Jahren das letzte Mal gehört, und die sie für immer verstummt geglaubt hatte.

Der Mann sprach in akzentfreiem, feinstem Französisch, so wie es sich für die Oberschicht in Paris gehörte.

»Wir alle machen schwierige Zeiten durch ... auch ich komme von einer schwierigen Zeit.«

Dr. Zouche lächelte. Die daumengrosse Narbe auf seiner rechten Wange vertiefte sich, sie erinnerte bei genauerem Betrachten ein wenig an ein Grübchen.

Minna erinnerte sich an die Geschichte, die Magnus Moore ihr vor langer Zeit bei einem Abendspaziergang an der Küste von Galway erzählt hatte.

Magnus Moore, zu jener Zeit zwölf Jahre alt, war ungeduldig und verspielt gewesen wie jeder normale Junge in seinem Alter. Wie jeden Sommer, verbrachte der junge Knabe auch diesen bei seinen Eltern zu Hause, denn junge Burschen aus reichen Familien gingen für gewöhnlich auf ein Eliteinternat, so auch er.

Eines Morgens also, als Moore sich wie so oft weigerte, den Befehlen seines patriarchalischen Vaters zu gehorchen, (er sollte vor dem Frühstück die Hände waschen, was der kleine Junge partout nicht tun wollte), rutschte Mister Moore wie so oft die Hand aus.

Als Magnus Mutter einschreiten wollte, schlug er auch sie und das veranlasste Magnus dazu, zum ersten Mal in seinem jungen Leben wie ein wildgewordener Teufel auf seinen Vater loszugehen. Wenn es etwas gab, was zweifelsfrei über diesen sonderbaren Mann mit Gewissheit zu sagen war, dann war es, dass er seine Mutter zu deren Lebzeiten abgöttisch geliebt hatte. Mit der erschreckenden Präzision eines Uhrwerks, hämmerte der kleine Junge mit seinen knöchernen Fäusten auf die Eingeweide seines Vaters ein. So lange und so vehement, bis Mister Moore seinen Sohn an den Haaren gepackt und in hohem Bogen quer durch den Speiseraum geschleudert hatte, wo der Junge mit einem dumpfen Schlag in eine Vitrine gestürzt war. Daher die Narbe.

Es war das erste und letzte Mal gewesen, dass Magnus Moore ihr, Minna, einen winzigen Einblick in seine geheimnisvolle Vergangenheit gewährt hatte.

»... Das Wichtigste ist doch, dass diese Zeiten nicht zur Regel werden.« Sprach Dr. Zouche, schenkte ihr ein undeutliches Lächeln und wandte sich Laurent zu.

Die beiden Herren verfielen in eine angeregte Unterhaltung von jener Minna kaum die Hälfte verstand. Sie war gedanklich an einem vollkommen anderen Ort. Stück für Stück brachen Erinnerungsfetzen in ihr los und schwebten vom Grund ihres Unterbewusstseins in ihre Erinnerung hoch. Plötzlich konnte sie sich an Begebenheiten erinnern, die sie lange Zeit vergessen geglaubt hatte.

Der Hund im Wald in Nordirland, ihr Doktor, wie er sie mutig vor dem Biest beschützt hatte und sie, wie sie Magnus einen Stock zugeworfen hatte, womit er dem Tier dann eine tödliche Dosis Schläge verabreicht hatte.

Jemand mit einem guten Sinn für Humor würde darüber lachen. Absolem sah haargenau so aus wie jenes Biest im Wald, dass sie beinahe in Stücken gerissen hatte.

Ob sie durch Absolems Adoption ihre Tat von damals wieder bereinigen wollte? Ein Psychiater würde bestimmt zustimmend nicken.

»Minna?«

Sie fuhr zusammen. Beide Männer musterten sie fragend.

»Pardon?«

»Ich habe dich gefragt, ob du morgen mit uns an Laeticias Wohltätigkeitsgala gehen möchtest?«

Minna nickte, ohne dass sie den Sinn seiner Worte verstanden hatte.

»Bist du sicher? Du siehst schrecklich blass aus.«, hakte Laurent besorgt nach.

Sie nickte erneut. »Mir ist bloss ein wenig... unwohl.«

»Nun, wir haben einen Arzt hier ... wenn du möchtest wird Dr. Zouche sich bestimmt bereit erklären-...« – »Nein«, rief Minna eilig, »nein, mir geht es gut.«

Sie erhob sich ruckartig, straffte die Schultern und schluckte fest, um die Fassung wiederzuerlangen.

»Ich habe langsam genug von Ärzten. Vielen Dank.« Sie wandte sich um und rauschte mit wehenden Haaren aus dem Zimmer.

Für die nächste halbe Stunde floh sie sich auf den grossen Balkon im ersten Stock, der mit Blick auf den weitläufigen Garten auf der Hinterseite des Hauses lag.

Minna hatte sich vorgenommen unter freiem Himmel und mit der Unterstützung des eisigen Windes angestrengt über die vergangenen Geschehnisse nachzudenken. Sie von A bis Z chronologisch durchzugehen und ...- aber an dieser Stelle hielt sie inne. Es war vollkommen überflüssig, eine vergeudete Kraftanstrengung.

Sie wusste, noch ehe sie es sich selbst ganz eingestehen konnte, dass all die Antworten bereits da waren, direkt vor ihren Augen. Alle Puzzleteile lagen sorgsam an ihrem Platz und warteten nur darauf in ihrer Gesamtheit betrachtet zu werden.

A–Z. Sämtliche Fragen, die ihr in diesem Moment durch den Kopf schwirrten, trugen die Antwort bereits in sich.

A–Z. Es war nie um etwas anderes gegangen.

Abraxas Zouche. Der Anfang, so wie das Ende. Minna erschauderte und brach in ein hysterisches Lachen aus. Er hatte einen ganz vortrefflichen Sinn für Humor. Sie liess sich auf die fellüberzogene Lounge sinken und seufzte.

Es war er gewesen, er, er, und immer nur er. Die Gazelle bemerkt den Löwen erst dann, wenn er von hinten aus dem Dickicht springt und seine Zähne in ihrem Hinterteil vergräbt.

Minna war ihm direkt in die offenen Arme gelaufen. Bis zum letzten Augenblick überzeugt, die Situation fest im Griff zu haben.

Während sie sich mit zitternden Fingern einen Joint drehte, öffnete sich die Glasfront hinter ihr lautlos und ein Schatten schlüpfte auf die Terrasse hinaus.

Er verharrte einen Moment hinter der Frau, sog ihren vom Wind zu ihm getragenen Duft tief ein und lächelte still. Er war zufrieden, er war glücklich.

»Du wolltest mich sehen, nun bin ich hier.«, erklang eine Stimme. Sie war leise, jedoch laut genug, um deutlich von Minna vernommen zu werden.

Die grossgewachsene Gestalt löste sich aus dem Halbdunkeln und trat ins gelbe Licht der Aussenbeleuchtung. Seine Augen glühten, wie silberne, in Gift getränkte Pfeile, gruben sie sich in Minnas Geist ein und hinterliessen sie verwirrter und bestürzter denn je.

Der Mann liess sich neben sie auf die Couch sinken und blickte ihr tief in die Augen. Er hob die Hand und berührte ihre gerötete Wange.

Der Duft von Terre d'Hermès stieg ihr in die Nase und sie schloss automatisch die Augen.

»Ich träume«, wisperte sie, ihre Lippen bebten, »das ist nichts weiter als ein Traum.«

»Du liegst nicht falsch, stellst du die Frage, Ob nicht nur Traum warn meine Tage. Da mir die Hoffnung ganz entschwand. Bei Tag? bei Nacht? mir unbekannt. In einem Traumbild oder nicht, sie darum weniger entwich? Das, was wir sehn in Zeit und Raum, ist nur ein Traum in einem Traum.« kam es nahe an ihrem Ohr auf Englisch zurück.

»Träume besitzen ein Ende.«

»Nicht, wenn man nicht aufgeweckt wird«, sein warmer Atem strich ihr über die Wangen und hinterliess ein zartes Kribbeln auf ihrer Haut, »und ich werde dafür sorgen, dass du weiter träumen kannst, *ma chérie.*«

Die Wärme seiner Gegenwart verflog so schnell, wie sie gekommen war. Als Minna die Augen öffnete, war sie allein auf dem Balkon.

2. Teil

*»Aber ich will nicht zu verrückten Leuten gehen!«, bemerkte Alice.
»Oh, das kannst du nicht ändern«, sagte die Katze. »Wir sind alle
verrückt hier. Ich bin verrückt, du bist verrückt.«
»Woher weisst du, dass ich verrückt bin?«, fragte Alice.
Du musst es sein«, sagte die Katze, »ansonsten wärst du nicht
hergekommen.«*

1. Kapitel

𝒟IE *Charité* AM DARAUFFOLGENDEN ABEND SOLLTE IN LAETICIAS HAUS STATTFINDEN. Gespendet wurde für den Aufbau einer Einrichtung, welche Drogenabhängigen, unterprivilegierten Menschen Zuflucht und eine Behandlung ermöglichte.

»... Einer der bedeutsamsten Spender, von mir abgesehen natürlich, ist Dr. Zouche«, bemerkte Laurent auf der Fahrt zur Villa d'Urélle, »Er soll über eine Million angekündigt haben, kannst du das glauben?«

Minna schüttelte schweigend den Kopf und blickte starr aus dem Fenster. Die Nacht hatte sich über Paris gesenkt und abertausende Lichter blinkten zu den blassen Sternen empor, als wollten sie ihnen zuwinken.

»Madame d'Urélle ist ganz hingerissen von ihm ... aber wer ist das nicht.«, fügte er lächelnd hinzu.

Minna warf ihm bloss einen scharfen Blick zu, liess sich jedoch nicht zu einer Antwort herab.

»Er ist ein ganz wunderbarer Mann, denkst du zwischen ihm und Jasper besteht etwas Ernstes?«

»Deine Sticheleien lassen mich kalt, Laurent«, versetzte sie schliesslich, ohne den Blick von der vorbeirauschenden Stadt zu wenden, »Dr. Zouche scheint mir nicht der Mann, mit dem gut Kirschen essen ist. Aber nur zu, tu was du für angemessen hältst.«

Laurent brach in ein schallendes Gelächter aus, dass Minna unwillkürlich zusammenzucken liess. Er beugte sich herüber, packte sie am Kinn und drückte ihr einen schroffen Kuss auf den Mund.

»Ach, komm *ma puce*. Wenn du nicht eifersüchtig wirst, macht es überhaupt keinen Spass!«

»Das tut es schon lange nicht mehr.«, erwiderte Minna so leise, dass er sie nicht hörte.

Sie verfiel erneut in den Zustand apathischem Schweigen, von dem Laurent sich insgeheim so fürchtete. Es war wie ein Schleier, den sie sich überwarf und hinter den er ihr nicht folgen konnte.

Minna indessen liess sich wehrlos im Rausch ihres Gedankenstroms mitreissen. Sie hatte bereits vor langer Zeit aufgehört sich gegen ihren eigenen Verstand zu wehren, und angefangen, stets das nützlichste darin, so schmerzhaft es auch sein mochte, herauszuziehen.

Magnus Moore hatte sich wieder in ihr Leben geschlichen. Langsam, sorgfältig, mit einem anderen Namen vielleicht, aber dennoch im Kern unverändert.

Wie hatte dieser Mann es geschafft, sich seiner gerechten Strafe zu entziehen?

Und wie sollte sie mit dieser unwirklichen Situation bloss angemessen umgehen?

Wie würde sie Laurent jemals wieder ungeniert in die Augen blicken können, da nun der Mann, nach dem sie sich all die Jahre über so verzehrt hatte, zurückgekehrt war?

Am Rande wurde ihr gewahr, dass sich ein warmer Druck auf ihrem Oberschenkel ausbreitete, der langsam aufwärts zu wandern begann. Doch Minna war so sehr in ihren Gedanken versunken, dass Laurents Bemühungen, sie zurück zu sich zu locken, vergebens waren.

Vielleicht spürte der charmante Millionär instinktiv, dass ihm seine grösste Eroberung allmählich aus den Händen zu gleiten schien, denn in diesem Moment fasste er einen Entschluss, den die eigenwillige Frau endgültig und für lange Zeit an ihn binden würde.

Mit einem grimmigen Lächeln auf den Lippen, vergrub er sein Gesicht in Minnas duftenden Haaren und presste seinen Mund auf ihren weissen Hals.

Der Wagen war mittlerweile an seinem Ziel angekommen und fuhr nun in die für ihn reservierte Parklücke, direkt vor Laeticias Wohnungstür, was Minnas Stand in Madame d'Urélles Augen noch verdeutlichte, und die beiden stiegen aus.

Kaum hatte Minna ihr Kleid glattgestrichen und Gelegenheit gefunden, ihre Tasche unter der Rückbank hervorzuholen, wurde das elegante Paar von der Gastgeberin begrüsst.

Laeticia stand in einem dunkelgrünen, aus Seide gefertigtem Chanel Kostüm in der geöffneten Haustür und strahlte, als sie ihre junge Freundin erblickte.

Ihr dünner Hals war von einem dicken Kaschmirschal umschlungen, an ihren Ohren baumelten funkelnde Diamanten, ihr dünner Mund strahlte in einem satten Weinrot, und dennoch schien die Frau ein wenig von ihrem üblichen Glanz verloren zu haben. Minna war sich sicher, so enttäuscht und unzufrieden die Dame mit ihrer Tochter auch gewesen sein mochte, letzten Endes hatte sie sie mit ganzem Herzen geliebt.

Minna schloss sie in die Arme und suchte angestrengt nach Worten, die auch nur ansatzweise verrieten, wie sehr sie mit der Mutter ihrer ehemaligen Partnerin mitfühlte. Aber bevor sie auch nur den Mund aufmachen konnte, wurde ihr diese Last abgenommen und Laurent sprach der Dame sein aufrichtiges Beileid aus. Diese warf sich ihm förmlich an den Hals und während er damit beschäftigt war, die aufgelöste Frau hinein zu begleiten und ihr ein Glas Wein zu besorgen, mischte Minna sich unter die Menge und grüsste jeden, der sich gerade anbot, mit einem freundlichen Lächeln und ein paar netten Worten.

Sich in den Gedächtnissen der Leute festsetzten, dies war nun das Gebot der Stunde.

Sie musste Kontakte mit Laeticias direktem Umfeld knüpfen, nun mehr denn je.

Camilles Gegenschlag würde bestimmt nicht mehr lange auf sich warten, nachdem was Minna sich mit Aramis herausgenommen hatte.

Je bekannter Minna bei den richtigen Leuten also war, desto schwieriger war es für Camille, den ersten Eindruck von Minna in den Köpfen der Leute zu verrücken und ihr Gift darin wirken zu lassen.

Aus diesem Grund zeigte sie sich von der besten Seite, plauderte selbst mit den einfältigsten Personen ausgelassen und liess ich sogar dazu ein, mit Gabriel Dubois, dem Alchemisten, wie sie ihn insgeheim gerne nannte, über die Ingredienzen von *une touche de destin* zu diskutieren.

Letzteres stellte sich als sehr amüsant heraus und Minna bemerkte, dass sie und der Parfümeur sehr viele Gemeinsamkeiten besassen.

»Ich besitze ebenfalls einen Hund!«, rief er begeistert, als Minna ihm von Absolem erzählte, »einen Border Collie, ihr Name ist *Pâques*. Sie ist ein wahrer Engel! Wir müssen uns unbedingt einmal bei passender Gelegenheit gemeinsam auf eine kleine Promenade begeben. Wissen Sie was, ich gebe ihnen meine Telefonnummer, dann können Sie mich morgen anrufen und wir klären die Details ... «

Der Abend verlief in einem angenehm heiteren Rhythmus und bald schon hatte Minna vergessen, dass sie nicht bloss wegen des Amüsements hier war, sondern einen taktischen Vernichtungsschlag in die Wege leitete.

Während sie also an ihrem Champagner nippte und die Atmosphäre genoss, schritt der Abend weiter voran und die Stimmung wurde zunehmend ausgelassener.

Gegen Mitternacht dann hielt ein edler Maserati und zwei Männer betraten die Villa.

Der grössere von beiden, ein stattlicher Herr mit schneidigen, aristokratischen Zügen gesellte sich zu der Gruppe plaudernder Gäste. Seine Miene war ausdruckslos, liess jedoch hin und wieder ein subtiles, höfliches Interesse durchscheinen. Der dunkelblaue Seidenanzug verlieh seiner blassen Haut einen milden Schimmer, wie von Marmor, der vom fahlen Mondschein berührt wird.

Sein schönes, von einer sanften Arroganz umgebenes Gesicht, liess die 42 Jahre nicht erahnen, ebenso wenig sein von konsequentem Training gestählter, geschmeidiger Körper. Selbst das aufmerksamste Augenpaar hätte den Mann nicht älter als Mitte dreissig geschätzt.

Kaum war der Gast von der Menschentraube wahrgenommen worden, wurde er mit Komplimenten und einer solch überschwänglichen Aufmerksamkeit überhäuft, dass selbst Laurent, gestanden und gesellschaftlich wie er war, an seiner Stelle augenblicklich das Weite gesucht hätte.

Dieser jedoch schien sich nicht im mindesten unwohl zu fühlen, seine Miene blieb unberührt und glatt, wie ein unbeschriebenes Papier. Das Lächeln auf seinen Lippen wirkte wie eingemeisselt, als würde es für ewig weiterbestehen und durch nichts auf der Welt fortzuwischen sein.

Minna erschauderte. Ein erneuter Beweis für ihre Annahme, dass die Lebensflamme längst in diesem Mann erloschen war.

Und diese Augen, diese leeren, aufmerksamen, kalten Augen.

Ein Reptil, durchzuckte es sie und sie fühlte, wie sich eine schreckliche Hitze in ihren Eingeweiden sammelte.

Minna erinnerte sich an einen Zoobesuch vor einiger Zeit. Sie war mit ihrer Tante im Reptilienhaus gewesen und hatte eine Boa Constrictor beobachtet. Sie war überzeugt gewesen, wenn sie dieses Tier verstehen würde, dann würde sie auch Doktor Moore verstehen können.

Die nächsten drei Wochen über war sie jeden einzelnen Tag in den Zoo gegangen, um stundenlang vor der Glasscheibe der Schlange zu sitzen und sie zu studieren.

Ihre Fress- und Schlafgewohnheiten, die Bewegungen, die sie machte, wenn sie trank, sich reckte oder zügelte. Wie sie ihre Beute fasste und sie ungnädig wie ein Schraubstock unter ihrem Leib zermalmte. Das Leben aus ihm herauspresste, bis sämtliche Knochen barsten und es erstickte.

Eines Tages wurde der zuständige Zoowärter auf die Dame aufmerksam und bot ihr an, ihr die Schlange genauer zu zeigen.

Minna hatte eingewilligt, weil sie davon überzeugt gewesen war, die Schlange nun lange genug beobachtet zu haben, um ihr Verhalten verstehen zu können.

Wehmütig lächelnd strich sie sich über die Narben, die von jenem Nachmittag auf ihrem Oberschenkel zurückgeblieben waren.

Wie töricht sie gewesen war.

Verstohlen warf sie dem Doktor einige Blicke zu.

Sie musste sich selbst doch einräumen, dass er trotz der vielen Jahre im Gefängnis, nicht an Schönheit eingebüsst hatte. Er wirkte stattlich und galant wie Minna ihn in Erinnerung hatte. Zwei Furchen um die Mundwinkel waren das einzige Erkennungsmerkmal seiner erlebten Qualen. Ansonsten war sein Auftreten frisch, leichtfüssig und vornehm, wie das eines jungen Mannes, dem in seinen jungen Jahren noch keinerlei Leid begegnet war. Der ganze Raum schien sich um ihn herum zu versammeln, er bildete den Fokus des Geschehens.

Mit einem Weinglas in der schlanken Hand, trat er auf Madame d'Urélle zu und verwickelte sie ein angeregtes Gespräch. Trotz dem ungünstigen Winkel seiner Position und Minnas Vorsicht, bemerkte er schnell, dass er beobachtet wurde.

Es war mehr ein jähes Gefühl, als eine Erkenntnis basierend auf einer Schlussfolgerung. Seine Nackenhaare stellten sich auf und seine Oberarme begannen zu kribbeln.

Ohne in seiner Erzählung innezuhalten, drehte er den Kopf und ertappte wie erwartet Mademoiselle Dupont, wie sie ihn anstarrte.

Diese hielt seinem bohrenden Blick stand, sie wandte sich nicht ab, wie Abraxas das eigentlich erwartet hätte.

Er schenkte ihr ein sanftes Lächeln und wandte sich wieder seiner Gesprächspartnerin zu. Sie hatte sich verändert, sie war nicht mehr das kleine, zwanzigjährige Mädchen, dass sich verzweifelt um die Gunst ihres frostigen Arztes bemühte.

Sie war gewachsen, von einer zarten Knospe zu einer schönen Rose.

Nachdenklich legte er den Kopf schief, das Lächeln auf seinen Lippen weitete sich. Er konnte es kaum erwarten, sich an ihren Dornen zu stechen.

Abraxas Begleitung indessen, man konnte es sich bestimmt bereits denken, bestand aus einem ziemlich fahrig wirkenden Jasper Martin.

In regelmässigen Abständen strich der junge Mann sich durch die dichten Locken, blickte sich nervös nach Abraxas Verbleib um, als fürchtete er ihn aus den Augen zu verlieren, und trat von einem Bein aufs andere.

Minna, die durch Wein und dem Rausch des Festes, in einer ungewöhnlich versöhnlichen Stimmung war, schlenderte zu ihrem alten Freund in eine etwas ruhigere Nische und begrüsste ihn freundlich.

»Hallo, Darling!«, rief er, bei ihrem Anblick einen halben Meter in die Höhe fahrend, »wie geht es dir?«

»Jasper.«, sie nickte ihm zu, überging seine Frage jedoch gekonnt und sprach ihn stattdessen unverblümt auf sein sonderbares Verhalten an.

»Ach, es ist nichts. Mir geht es ganz hervorragend. Ich bin nur ein wenig nervös wegen ... na ja ... « Er nickte in die ungefähre Richtung Laurents und verdrehte seufzend die Augen.

»Stehen in deinem Hotelzimmer keine Spiegel?«, fragte Minna ungerührt, es hatte den Anschein, als hätte sie ihm überhaupt nicht zugehört.

»Wie bitte? Ich verstehe nicht- ... « – »Deine Schminke ist an gewissen Stellen viel zu dick aufgetragen. Einen solch peinlichen Fauxpas hätte ich dir niemals zugetraut. Ich bin enttäuscht.«

Sie trat ganz nahe an ihn heran und berührte sanft sein linkes Augenlid. Bei der Berührung zuckte Jasper unweigerlich zusammen.

Minnas Blick wanderte zu seinen Lippen hinunter. »Hast du sie aufspritzen lassen?«

Sie kniff ihm in die geschwollene Unterlippe, worauf ihm ein erstickter Schmerzenslaut entwich.

Ihre Augen verengten sich zu Schlitzen und sie trat jäh einen Schritt zurück, als hätte sie sich an Jaspers Gesicht verbrannt.

»Ich wünsche dir einen angenehmen Abend. Ich wäre dir sehr verbunden, wenn du es unterlassen würdest, mir oder Laurent irgendwelche Unannehmlichkeiten zu bereiten.«, sprach sie kurz angebunden, warf ihm einen letzten, undeutlichen Blick zu und verschwand in der Menge.

Sie kämpfte sich aus dem stickig warmen Tanzsaal und suchte den Balkon im oberen Stock auf.

Als sie die Terrassentür aufschob, merkte sie, dass dort bereits jemand stand. Den Rücken zu ihr gekehrt, lehnte Doktor Zouche am Geländer und blickte hinaus in die dunkle Nacht.

Nach einem Moment des Zögerns, gesellte Minna sich zu ihm, räusperte sich und sprach mit belegter Stimme: »Jaspers Gesicht ist ganz dunkelblau ... weshalb ist es das, *Monsieur Zouche*?«

Abraxas schien nicht im mindesten überrascht über ihre plötzliche Gegenwart. Er drehte ihr leicht den Kopf zu und betrachtete sie aus ausdruckslosen Augen.

»Ich habe meine Prinzipien, und wer diesen nicht gerecht wird ... «

»Sie züchtigen ihn!«, hauchte Minna tonlos, die Verwirrung stand ihr ins Gesicht geschrieben, »Sie züchtigen ihn und dass, obwohl Sie doch ganz genau wissen, wie sehr er Sie anbetet!«

Minna wandte ihm den Rücken zu und starrte hinaus in die stille Nacht.

»Können Sie sich noch an den misshandelten Hund aus dem Wald in Bangor erinnern? Er wollte uns töten, weil er aus dem Schmerz gelernt hatte, der ihm zugefügt worden war.«

Zwei grosse Hände umschlossen zu beiden Seiten ihrer Ellbogen das Balkongeländer. Er stand nun so nahe hinter ihr, dass ihm der unverkennbare Geruch ihres warmen Haares in die Nase stieg.

»Jasper ist kein bösartiger Köter, Minna«, kam es nahe an ihrem Ohr, es war kaum mehr als ein rauer Hauch, »er wird sich nicht gegen mich wenden. Und weisst du auch weshalb?«

Seine Hände näherten sich Minnas und umschlossen sie schliesslich sanft.

»Weil er alles was er geworden ist, ganz allein mir verdankt.« Er näherte sich ihrem Ohr und vergrub die Nase in ihrem flatternden Haar.

»Dankbarkeit ist eine hartnäckige Schlinge, Mademoiselle. Und sie lässt einen nur sehr schwer wieder los.«

Minna schnaubte zornig. Es kümmerte sie doch eigentlich überhaupt nicht, in was für absurde Tiefen Jasper sich hineinziehen liess. Er war ein erwachsener Mann und somit selbstverantwortlich. Was wirklich an Minnas Herzen nagte, und was sich bereits seit Jahren immer tiefer in sie hineinfrass, sprudelte aus ihr heraus, als hätte jemand ein Loch in einen Damm gebrochen.

»Sie haben mich ohne ein Wort des Abschieds verlassen!«, Tränen rannen ihr über die geröteten Wangen, »können Sie sich erinnern? Nach der Beerdigung von Desiree Dancy, ihrem letzten ... ihrem letzten Opfer«, das Wort wollte ihr nur mit Mühe über die Lippen, »am Tag Ihrer Verhaftung ... da haben Sie ohne ein Wort der Erklärung Ihre Sachen gepackt und sind gegangen! Seit her habe ich keine Rechtfertigung erhalten ... keine Entschuldigung. Können Sie sich vorstellen, wie schrecklich ich mich deswegen gefühlt habe?«

Für einen Moment herrschte Stille. Dann seufzte er leise und trat zurück. Die angestaute Wärme zischen ihnen verflog schlagartig und nichts als beissende Kälte blieb zurück.

»Was hätte ich denn sagen sollen, Minna? Manchmal ist es besser zu schweigen, wenn man keine Worte findet.«

Er schickte sich an nach ihrer Hand zu greifen, aber sie sprang geschickt einen Schritt zurück.

»Nein!«, zischte sie schwer atmend, Tränen glänzten auf ihren Wangen und verwandelten sich allmählich zu Eis, »Sie haben Ihr Versprechen gebrochen, Magnus! Sie haben mich fallen lassen. Sie sind eingeknickt und ich bin gefallen ... schrecklich tief gefallen.« Ihre Stimme wurde von einem krampfhaften Schluchzen erstickt.

Der aufgewühlte Glanz in seinen Augen erlosch und er lächelte höhnisch.

»Nun, dann hast du bestimmt eine sehr wichtige Lektion gelernt. Man sollte sein Vertrauen in die eigene Unversehrtheit niemals in fremde Hände geben.

Das Leben ist ein Spiel, meine Liebe und wir alle nehmen daran teil. Du kannst mir nicht deine Karten in die Hände drücken und von mir erwarten, dass ich für dich, und an deiner statt, gewinnen werde ... «

Er lachte leise, lehnte sich gegen das kunstvoll verschnörkelte Geländer und musterte sie aufmerksam. Die Woge jäher Gereiztheit verflog so schnell wie sie gekommen war und sein Gesicht glättete sich wieder.

»Es mag sein, dass ich dich fallen gelassen habe ... dass ich dich fallen lassen *musste,* und dass du auf dem harten Waldboden aufgeschlagen bist. Aber ich habe dich nicht von wilden Tieren fressen lassen, Minna. Ich habe dafür gesorgt, dass du deine Wunden lecken, und genesen kannst.«, sagte er sanft und etwas in seinen Augen, diesen stofflosen, silbernen Augen, sagte Minna, dass er die Wahrheit sprach.

2. Kapitel

EIN LAUTER RUF ZERRISS DIE NÄCHTLICHE STILLE und Minna zuckte erschrocken zusammen. Abraxas hingegen, zuckte nicht einmal mit der Wimper.

»Minna? *Ma puce?* Versteckst du dich vor mir? Komm her!«, erscholl die Stimme von Laurent aus dem Innern des überfüllten Hauses. Seine Stimme klang rauer als sonst und seine Zunge stolperte mühselig über die Wörter. Er war offensichtlich betrunken.

Minna erstarrte wie ein Reh im Scheinwerferlicht, ihr Begleiter jedoch handelte geistesgegenwärtig, wie es seiner Natur entsprach.

Blitzschnell fasste er in seine Manteltasche, zog eine Karte heraus und drückte sie ihr in die Hand.

»Ruf mich an, *ma chérie*. Ich bitte dich, gewähre mir die Möglichkeit, mich dir zu erklären.«

Er hob die Hand, fuhr ihr sanft über die Wange und war in der Schnelle eines Wimpernschlags verschwunden.

Die Stelle auf ihrer Wange, wo seine warmen Finger sie berührt hatten, kribbelte als sie die Glastür zurückschob und ins Warme trat.

Laurent erwartete sie im Speisezimmer, wo er am Kopfende des Tisches sass, links und rechts von zwei hübschen, jungen Frauen umgeben und genüsslich an seinem Cognac nippte.

»Da bist du ja, meine Schöne!«, rief er erfreut, als sein verschwommener Blick Minna begegnete, »komm schnell und setz dich zu mir, bevor ich noch eine Dummheit mache.«

Die beiden Mädchen machten der gestandenen Frau nur ungern Platz und als diese sich neben ihren gutaussehenden Begleiter setzte, ihm den Mund bot und ihnen beiden ein strahlendes Lächeln schenkte, verdüsterten sich ihre Gesichter gänzlich und sie trollten sich, bemüht einen ebenso reichen, jedoch nicht ganz so attraktiven Mann zu bezirzen.

Es schlug Ein Uhr, als Abraxas mit Jasper auf den Fersen, den Raum betrat.

Während bis dahin sämtliche Blicke auf Laurent fixiert gewesen waren, schien das plötzliche Auftreten des gutaussehenden Arztes, einen Umschwung zu bewirken.

Man rief ihm Freundlichkeiten zu, insistierte, dass er sich neben sie setzte und auch sonst, schien Laurent für den Moment in den Hintergrund gerückt zu sein.

Minna beobachtete diese Machtablösung mit dem grössten Vergnügen. Ein starkes Déjà-vu überfiel sie und sie erinnerte sich das erste Mal lebhaft an die Machtkämpfe zwischen ihrem Doktor und Finn McKenzie zurück.

Letzterer hatte schliesslich verloren, war buchstäblich gerade noch so mit seinem Leben davongekommen.

Ein unbeschreibliches Gefühl der Genugtuung berührte ihr Herz und sie lehnte sich zufrieden in ihrem Stuhl zurück.

Etwas in ihr erkannte instinktiv, dass es zwischen Laurent und Abraxas ähnliche Formen annehmen werden könnte, würden sie bloss genug lange miteinander in Berührung kommen.

Mit einem warmen Ziehen im Unterleib reckte sie sich vor und wisperte Laurent einige Worte ins Ohr. Dieser nickte eilig und räusperte sich laut.

»Entschuldigen Sie! Verzeihung, ich möchte gerne das Wort ergreifen und eine kleine Frage an Dr. Zouche wagen.«

Das Geplapper der Gäste verebbte und als es schliesslich still war, lächelte Laurent so zufrieden, als hätte er – und nicht seine Begleiterin – diese fabelhafte Idee gehabt.

»*Docteur* Zouche, Sie sind einer der anführenden Spender dieser Charité und dafür möchten wir Ihnen allen danken.«

Applaus brandete auf aber der Angesprochene winkte bloss müde ab.

»Und dennoch kam mir gerade ein Gedanke«, Laurent zwinkerte Minna zu und fuhr fort, »trotz ihrer Grosszügigkeit, muss ich gestehen, dass ich kaum etwas über Sie weiss. Das geht uns bestimmt allen hier so, nicht wahr? Sie sind erst seit kurzem hier in Paris, was haben Sie zuvor getrieben und was hat Sie dazu bewegt, in die Stadt der Liebe zu ziehen? Was war der ausschlaggebende Grund?«

Alle Augen waren neugierig auf Abraxas gerichtet, dieser, der ganz genau wusste, von wem dieser zierliche Seitenhieb ausging, schenkte Minna ein kleines Lächeln, bevor er zu erzählen begann.

»Nun, der ausschlaggebende Grund für meinen Umzug nach Paris...«, ein mattes Glitzern überzog seine Augen und er nahm sich quälend viel Zeit sich über die Lippen zu lecken, bevor er fortfuhr, »... das muss wohl, wie könnte es auch anders sein, die Sehnsucht nach einer Frau sein.«

Er hielt einen Moment inne und liess seine Zuhörerschaft kichern, pfeifen und entzückt aufstöhnen.

»Ich habe meine Privatpraxis in *Grenoble* aufgelöst, habe meine Habseligkeiten gepackt und bin hierhergekommen, mit der Hoffnung im Herzen, sie wiederzufinden. Sie hat mich vor vielen, vielen Jahren verlassen, müssen Sie wissen. Aber das kann ich leider so nicht hinnehmen.«

Ein allgemeiner Freudenruf ertönte und er wurde von allen Seiten ungeduldig aufgemuntert, weiter zu sprechen.

Diese Franzosen, schoss es dem Doktor durch den Kopf, *ohne das Gespür für Diskretion geboren und mit einem Überschuss an Selbstgefälligkeit erzogen*

Schmunzelnd nippte er an seinem Wein und räusperte sich.

»Bis jetzt hatte ich jedoch leider noch kein Glück. Ich finde sie nicht, ich habe keinerlei Anhaltspunkte über ihren genaueren Verbleib... sie könnte genauso gut tot sein und ich würde es nicht wissen...«

Minna entfuhr ein ersticktes Keuchen und sie schlug sich hastig die Hand vor den Mund.

Ein eisiger Schauer lief ihr über den Rücken.

Abraxas liess gelangweilt seinen Blick schweifen und als er ihrem begegnete, legte er leicht den Kopf schief.

»Sie lebt!«, rief eine Stimme und zwei weitere stimmten lautstark zu. »Sie lebt, ganz bestimmt. Sie dürfen die Hoffnung nicht aufgeben. Das dürfen Sie einfach nicht.«

Der Doktor nickte nachdenklich, den Blick unentwegt fest auf Minna gerichtet.

»Vermutlich ... vermutlich.«

»So wie ich das sehe«, beteiligte Minna sich schliesslich an der Unterhaltung, »befinden Sie sich im Moment in der Superposition. Sagen Sie mir, wenn ich mich irre, aber mir kommt es so vor, als würde Ihr Glück ganz allein von den dieser Person herrührenden Umständen und Verwicklungen abhängen und der Frage ob sie die Frau ›ist‹ oder ›nicht ist‹. Aber hier wird es knifflig ... wie finden Sie heraus ob diese verschleierte Person Ihren Erwartungen entspricht, ohne das Endergebnis durch Ihre Hoffnungen und Nachforschungen bereits zu verfälschen?«

Die Lippen des Doktors krümmten sich zu einem Lächeln. Seine eisigen Augen blitzten.

»Es scheint beinahe so, Mademoiselle. Ich werde wohl keine andere Wahl haben als die Kiste kurzerhand zu öffnen und hineinzuspähen.«

»Auf das Risiko hin, dass der Inhalt seit langer Zeit tot ist?«

»Auf das Risiko hin, dass der Inhalt seit langer Zeit tot ist.«, bestätigte Abraxas gelassen.

Der Grossteil der anwesenden Gäste hatte nicht den blassesten Schimmer, worum es bei dieser sonderbaren Unterhaltung ging, dennoch nickten sie zustimmend und hoben die Gläser, als Zeichen für ihre Beipflichtung.

Die einzigen zwei, die nicht in den Beifall der Gäste einstimmten, waren Laurent und Jasper.

Sie beide wirkten eher distanziert dem ganzen Geschehen gegenüber. Jasper, weil diesem von Abraxas genaustens eingeschärft worden war, nicht öfters als unbedingt nötig den Mund aufzumachen und

Laurent, dem offensichtlich irgendein Umstand die Lust an der Feier gedämpft hatte.

Um halb zwei, früher alles alle anderen, bestand er schliesslich darauf zu gehen.

»Ich bin schrecklich müde und du solltest deine gerade erst zurückgewonnene Gesundheit nicht überstrapazieren.«, sprach er auf Minnas fragenden Blick hin, nahm sie bei der Hand und warf ein knappes ›adieu‹ in die Runde.

In seiner Villa in Versailles angekommen, begab Laurent sich augenblicklich zu Bett.

Als Minna ihm eine halbe Stunde später Gesellschaft leisten wollte, schickte er sie mit wenigen Worten fort.

»Ich will allein sein.«, kam es gedämpft zwischen den Kissen hervor, sein Haarschopf blitzte honiggelb inmitten der weissen Laken hervor.

»Du jagst mich aus meinem eigenen Schlafzimmer?« Sie setzte sich auf den Bettrand und fuhr ihm sanft durch die wirren Haare.

»Du wohnst nicht hier, das hast du selbst gesagt.«

»Du drehst dir die Wirklichkeit, wie sie dir gefällt«, Minna beugte sich tiefer und vergrub das Gesicht in seiner Halsmulde, »das imponiert mir sehr.«

Für eine Weile herrschte Stille. Ihr kam bereits der Gedanke, Laurent wäre eingeschlafen, da ertönte seine Stimme nahe an ihrem Ohr und sie klang hellwach.

»Ist der Inhalt tot, *ma puce?*«

Minna schreckte hoch und blinzelte. Laurent hatte sich auf die Ellbogen gestützt und betrachtete sie mit ernster Miene.

»Pardon?«

»Du hast mich schon verstanden.«

»Da muss ich dich leider enttäuschen, ich verstehe ganz und gar nicht.«

Laurent schürzte die Lippen und musterte sie forschend.

»Ich bin nicht dumm, Minna. Ich sehe doch, was hier vor sich geht.«

Minna schluckte, ihr Herz sackte tiefer und sie fühlte, wie sich Galle in ihrem Magen sammelte.

»Dieser Doktor Zouche ... er sieht *ihm* unglaublich ähnlich, findest du nicht?«

»Ihm?«, ihre Stimme gehorchte nicht mehr und traf eine völlig falsche Tonlage.

»Ich kann dir nicht folgen. Würdest du bitte etwas präziser werden.«

Eine warme, starke Hand umschloss ihren Kiefer und zwang sie, in diese hellen, aufmerksamen Augen zu blicken.

»Was auch immer du sagen könntest, insgeheim verzehrst du dich noch immer nach diesem geisteskranken Dreckskerl, versuch nicht es zu leugnen.

Als du Dr. Zouche das erste Mal gesehen hast, bist du förmlich zerflossen vor Entzückung. Ich habe es in deinen Augen gesehen, du hegst ganz offensichtlich grosses Interesse an diesem Doktor. Wer kann es dir verübeln? Er sieht deinem Einstigen unglaublich ähnlich, ist ebenfalls Arzt und ungefähr in seinem Alter. Es ist nur natürlich, dass du dich nach diesem Trugbild verzehrst. Aber eins will ich dir sagen ... «, der Griff um ihr Kinn verstärkte sich, » ... wenn du dich noch einmal so skrupellos in aller Öffentlichkeit an diesen Mann hermachen, ja ihn auch bloss falsch ansehen solltest, werde ich dir ordentlich die Leviten lesen, Abraxas herbeordern, in Stimmung bringen, verführen und dich zwingen dabei zuzusehen. Nach vollendeten Dingen werde ich dir deine Koffer nach unten tragen und dir Lebewohl sagen.«

Minna entzog sich seiner Umklammerung und sprang auf. Schweratmend schloss sie die Augen und zählte innerlich langsam bis neun.

»Deine Impulsivität schmeichelt mir.«, erwiderte Minna trocken, als sie sich wieder gefangen hatte.

»Du hast mich vor allen Leuten lächerlich gemacht.«

»Nichts dergleichen, Laurent. Du bist betrunken.«, entgegnete sie mit ruhiger Stimme.

Laurent starrte sie durch blutunterlaufene, verschleierte Augen an.

»Ich werde heute im Blumenzimmer schlafen. Morgen früh darfst du mir deine Entschuldigung anbieten ... vorausgesetzt, ich bin dann überhaupt geneigt, sie mir anhören zu wollen.«, fügte Minna hinzu, raffte sich auf und schritt forsch zur Tür.

»Ich würde dich lieber tot sehen, als in den Armen dieses Mannes.«, erklang es aus dem dunklen Zimmer, doch Minna reagierte nicht mehr. Mit zwei grossen Schritten hatte sie den Korridor erreicht und war verschwunden.

3. Kapitel

Als Minna am nächsten Morgen die Küche betrat, sass Laurent bereits angezogen und herausgeputzt beim Frühstück.

Eine Sonderheit, da der Herr des Hauses für gewöhnlich bis neun Uhr im Bett zu liegen pflegte und stets erst gegen Mittag bei der Arbeit erschien, dafür jedoch bis tief in die Nacht hinein fortblieb.

Minna warf einen kurzen Blick auf seine Omega und erkannte, dass es wahrhaftig noch viel zu früh war, um seinen Aufzug zu erklären.

»Es ist noch keine sieben Uhr, was treibt dich so früh aus den Federn?«

Laurent war in seine Morgenzeitung vertieft und schien sie überhaupt nicht gehört zu haben, jedenfalls liess er sich nichts anmerken.

Minna schlang von hinten die Arme um seine Schultern und küsste ihn auf den Nacken.

»Ich warte noch auf eine Entschuldigung.«, wisperte sie ihm ins Ohr.

»Da kannst du lange warten.«

»Ich warte nie, Laurent.«

»Ich auch nicht.«

Er leerte seinen Kaffee, griff über den Tisch hinweg nach dem Telefon, wählte eine, ihr sonderbar vertraute Nummer, und entzog sich ihrer Umarmung.

Nach einer kurzen Kraftanstrengung kam ihr scharfes Erinnerungsvermögen mit der Antwort. Es war dieselbe Nummer, wie die, die sie auf dem Zettel auf dem Tisch in Laurents Salon bemerkt hatte, zwei Tage zuvor.

In diesem Moment betrat der Chauffeur den Raum und räusperte sich laut.

»Monsieur, Ihr Gepäck ist im Wagen und wir wären alle soweit.«

Minna runzelte die Stirn und warf Laurent einen fragenden Blick zu.

»Du gehst?«

Dieser nickte, liess das Telefon sinken und erhob sich.

»Ganz recht, ich gehe. Ich werde in Florenz von gewissen Geschäftskollegen erwartet. Die ganze Sache ist sehr spontan, ich wurde gestern Nacht kontaktiert.«

Er sprach in so professionellem, ungerührtem Ton, dass Minna ganz schlecht wurde.

»Und wer ist ›wir‹? Wer begleitet dich?«

Laurent warf ihr einen kurzen Blick zu, dann folgte er dem Angestellten zur Tür.

»Meine neue Assistentin wird mir zur Hand gehen.«

Minna folgte den beiden Männern in den Eingangsbereich. »Wie lange wirst du-...« – »Ich weiss es nicht, Minna«, unterbrach er sie ungeduldig, während er sich seinen Schal ums Gesicht wickelte, »vermutlich vier, fünf Tage. Ich kann es dir nicht sagen.«

Und noch ehe sie zu einer weiteren Frage ansetzten konnte, hatte er sie flüchtig auf den Mund geküsst und war zur Tür hinaus.

Hastig lief sie ins angrenzende Vorzimmer, aus dessen Fenstern man einen hervorragenden Blick auf die Einfahrt hatte und erspähte eine schwarze Limousine. Vor dem Wagen stand eine Frau an die hintere Beifahrertür gelehnt, sie zog gelangweilt an einer Zigarette.

Sie schien anfangs zwanzig, äusserst gutaussehend und der kurze Jupe sprach für sich.

»Sie wird sich eine Lungenentzündung holen, wenn sie sich weiterhin so knapp anzieht.«, sprach Minna bitter, ihre Eingeweide zogen sich schmerzhaft zusammen, als sie sah, wie Laurent die Unbekannte zur Begrüssung links und rechts auf die Wange küsste.

Es waren richtige Küsse, nicht bloss das übliche Luftküssen, wie es vermutlich an dieser Stelle angebracht gewesen wäre.

»Wie kann er es wagen...«

Der schnurrende Motor des Wagens war kaum ganz verklungen, da hatte sie bereits einen Entschluss gefasst.

Ohne ihrem Geistesblitz Gelegenheit für Zweifel aufkommen zu lassen, lief sie zu ihrem Mantel in den Flur zurück und zog das kleine Kärtchen aus der Tasche, welches ihr gestern Nacht zugesteckt worden war.

Wie ging das Sprichwort noch gleich: *Wenn das Leben dir Zitronen schenkt, drückte sie in den Augen deines Feindes aus?*

Die genauen Worte waren unwichtig, Minna war sich sicher, dass der Sinn dahinter derselbe war.

Mit zitternden Fingern wählte sie Dr. Zouches Telefonnummer. Sie fühlte sich stark an den Tag zurückerinnert, an dem sie den Doktor das erste Mal angerufen hatte. Damals, in Manchester, als sie sich dazu entschieden hatte diese surreale, abenteuerliche Reise mitzumachen.

Dieses Mal war sie genauso aufgeregt, vielleicht ein kleines bisschen mehr, denn nun wusste sie, was alles auf dem Spiel stand.

Erregt tigerte sie durch die Küche, bei jedem Piepen schwappte ihr eine Woge eiskalter Nervosität über den Rücken. Und gerade, als sie zu dem Schluss kam, dass der Doktor noch schlafen musste (es war auch gerade erst halb acht) und sie auflegen wollte, knisterte es laut und eine äusserst verschlafene Stimme meldete sich.

»*Dr. Zouche, wie kann ich Ihnen um diese Herrgottsfrühe helfen?*«

Minna hätte beim Klang seiner Stimme beinahe das Telefon fallen gelassen, bekam es jedoch gerade noch zu fassen und beeilte sich zu antworten.

»Ja ... hallo, Monsieur. Guten Morgen, meine ich. Verzeihen Sie die frühe Störung, ich- ... « – »*Minna?*«

Sie blieb wie vom Donner gerührt stehen. Alles was sie vorhatte zu sagen, kam ihr nun vollkommen unsinnig vor. Was hatte sie sich dabei überhaupt gedacht?

Minna beeilte sich den roten Hörer zu drücken, doch der Doktor kam ihr zuvor.

»*Nicht auflegen, Mademoiselle.*« Ein lautes Rauschen, gefolgt von einem Knacken und nun hörte sie seine Stimme so klar und deutlich, als stünde er direkt neben ihr.

»*Wir sind keine Kinder mehr, nicht wahr? Anrufen und dann schnell wieder auflegen, ist heute nicht mehr so angebracht wie früher.*«

Minna räusperte sich, trotz der Tatsache, dass sie völlig allein in der Küche stand, trieb es ihr die Schamesröte ins Gesicht.

»Woher nehmen Sie die Gewissheit, dass ich auflegen wollte, Monsieur?«

Ein leises Lachen war zu hören, dann sprach er: »*Ich hatte das Vergnügen dich einige Monate therapieren und analysieren zu dürfen. Ich kenne dich Minna, vielleicht sogar besser als du dich selbst.*«

»Das mag früher vielleicht so gewesen sein. Ich habe mich verändert.«

»*Der Kern eines Wesens verändert sich nie, Minna. Er bleibt stets derselbe.*«

Um dem Druck Ausgleich zu verschaffen, der sich in ihr gestaut hatte, trat Minna ans Fenster und liess die eisige Morgenluft in die Küche strömen.

Nach dem sie einige Male durchgeatmet hatte, setzte sie sich auf den kalten, Marmor ummantelten Tresen.

»Und da sind Sie sich ganz sicher, Doktor?«

»*Selbst sieben Jahre in Isolation vermögen meine Meinung nicht zu ändern.*«

»Davon würde ich mich gerne selbst überzeugen.«, erwiderte sie schneidiger als beabsichtigt.

»*Ist das deine absonderliche Weise mich um eine Verabredung zu bitten? Ich habe ganz vergessen, wie missraten du bisweilen sein kannst.*«

Für einen Moment herrschte eine drückende Stille, dann brachen beide in schallendes Gelächter aus.

Die unerträgliche Spannung in der Luft entlud sich explosionsartig und Minna fühlte, wie sich die Aufwühlung in ihr legte.

»*Ich erwarte dich heute Mittag um zwölf Uhr am Place de la Concorde, unterhalb des Obelisken.*«, sprach er, als das Gelächter verebbte und seine Stimme klang ganz ruhig, beinahe zärtlich.

»Ich weiss nicht, ob ich heute Zeit dafür finden werde.«, erwiderte Minna, ganz die Dame.

Die Männerstimme lachte erneut, dieses Mal jedoch war es ein trockenes, spöttisches Lachen. Ganz so, wie Minna es in Erinnerung geblieben war.

»*Ach, Minna. Du wirst Zeit dafür finden, du wirst immer Zeit für mich finden. Eine Verpflichtung, die auf Gegenseitigkeit beruht.*«

»Pardon? Ich schulde Ihnen keine Treuepflicht.« Ihre Stimme bebte und der verärgerte Vogel zwischen ihren Rippen, flatterte aufgebracht mit den Flügeln.

»*War es nicht die unerschütterliche Loyalität, die deinen Wesenszug massgeblich bestimmt hat, als wir uns kennengelernt haben?*«, sprach er nach einem Moment des Schweigens, »*Ein einfältiger Verstand würde nun und an dieser Stelle vermutlich den Schluss ziehen, sich doch getäuscht zu haben. Vielleicht hast du dich nach all den Jahren ja doch ein wenig verändert, vielleicht hast du aus unserem damaligen Geplänkel Narben davongetragen. Das mag sein, aber daraus gelernt hast du nicht. Du bist wie ein Vogel, der unaufhörlich gegen die Fensterscheibe prallt, weil er draussen die satten Sonnenstrahlen glimmen sieht.*

Du kannst nicht aufhören dir vorzustellen, wie sich der warme Schein auf deiner Haut anfühlt, du kannst dich nicht mit der Tatsache abfinden, für den Rest deines Lebens in einem Käfig eingesperrt zu sein ... mag er auch noch so komfortabel eingerichtet sein.

Und genau deswegen, wirst du heute um die Mittagsstunde auf dem Place de la Concorde auf mich warten, so wie Marie-Antoinette einhundertdreiundneunzig Jahre zuvor auf ihre Enthauptung gewartet hatte, und lächeln, wenn du mich kommen siehst. Denn, ... «, seine Stimme war mit jedem Wort sanfter geworden, bis es nicht mehr als ein rauer Hauch war, der durch den Hörer zu Minna hindurchdrang, »*... denn im Gegensatz zu der lasterhaften Königin von Frankreich, wird dich nicht der Tod erwarten, sondern das Leben, ma chérie.*«

Minna sprach einige knappe Worte des Abschieds und beendete das Gespräch. Ihre Hände zitterten und ihr war schrecklich übel.

Sie brühte Tee auf, goss einen herzhaften Schluck Bourbon hinzu und legte sich für ein halbes Stündchen auf den Diwan in Laurents Herrenzimmer.

Dieser unerhörte Vergleich zur Witwe Capet, vom aalglatten Doktor bestimmt ganz präzise gewählt, verunsicherte Minna zunehmend.

Rastlos irrte sie die nächsten Stunden durch die grosse Villa, pfiff schliesslich nach ihrem Hund und hastete hinaus in die weissen Gärten.

Haftete tatsächlich ein Fünkchen Wahrheit an dem, was er gesagt hatte? Wurde sie in den Augen der Gesellschaft womöglich als frivol und unklug angesehen? Ja, von manchen gar als hirnlos und unverantwortlich? Bis dahin hatte sie sich nie sonderlich Gedanken darüber gemacht, wie sie in den Köpfen der Frauen scheint, und sich stets bloss mit geballter Kraft um die Gunst der Männer bemüht.

Stellte sich dies nun als fatalen Fehler heraus? Hatte sie die Boshaftigkeit von Camille, die Entschlossenheit von Appoline und die Abneigung Jaspers – der in seiner Art und Weise als halbe Frau anzusehen war – vollkommen unterschätzt?

Keuchend und mit Tränenverschleierten Augen schritt sie durch den weichen Neuschnee.

Ein Abschnitt aus Mortati Mortes ›*Von Affen und Bäumen*‹ kam ihr in den Sinn.

... Der Mann ist vom Wesen her Löwe, stets brüllend und stark, voller aggressiver Sexualmacht. Die Frau hingegen eine weitere Formannahme der Schlange, ruhig, züchtig, diszipliniert; durchs Dickicht schiessend wie ein schwarzer Pfeil, wenn sie den passenden Moment als gegeben sieht und wehe dem, der sich in ihrer Reichweite wiederfindet ...

Seit langer Zeit war Minna sich im Klaren darüber, dass sie mit dem weiblichen Geschlecht gewisse Probleme und Differenzen hatte. Weder ihre Mutter noch Philine, ihre Schwester, noch Appoline waren sonderlich förderlich gewesen, ihr diese Auffassung auszureden, im Gegenteil, sie festigten ihre Ansicht nur noch weiter.

So war es nicht weiter verwunderlich, dass sie es seit je her bevorzugte, sich mit Männern zu umgeben. Hatte man Minna die Wahl gelassen, so hatte diese sich lieber ihre Louboutin von den Füssen gestreift und war mit dem Verlobten ihrer Kontrahentin ins Bett gestiegen, als dieser auch nur eine Minute zulange Gesellschaft leisten zu müssen.

Was sagte dies über Minna aus? Sie wusste es nicht. Seufzend liess sie sich auf die Steinbank vor dem kreisrunden Gartenteich sinken und sah ihrem Hund hinterher, wie er die von der Kälte trägen Fische jagte.

Und nun war sie ernsthaft versucht, jenen Mann wiederzusehen, der vor acht Jahren als einer der meist gehassten Männer ganz Zentraleuropas galt.

Die Drohung Laurents kreiste über ihrem Kopf wie eine Gewitterwolke und dennoch vermochte die Furcht vor dem sozialen Fall, ihren Entschluss nicht zu verrücken.

Sie würde gehen, sie würde, wie Abraxas so treffend gesagt hatte, ein letztes Mal die Flügel spannen, um dem Sonnenschein entgegenzufliegen.

Mit dieser Zuversicht im Hinterkopf, schlug sie den Weg zurück zum Haus ein. Die blasse Sonne stand hoch, es musste bereits später Vormittag sein, wenn sie rechtzeitig in Paris eintreffen wollte, musste sie sich sputen.

Die Kirchenglocken schlugen Zwölf, als Minna den Rand des Platzes errichte.

Ihre Lungen brannten und ihr Mund schmeckte nach Eisen, so wie es üblich war, wenn man sich dafür entschied im Winter einen halben Marathon zu laufen.

Wegen des dichten Verkehrs war sie beim *Champ de Mars* völlig aufgebracht aus dem Taxi gesprungen und hatte die letzten drei Kilometer an der Seine entlang zu Fuss zurückgelegt.

Wie ein verschrecktes Reh, suchte sie sich geschickt den Weg an den Scharren von Touristen vorbei zum Obelisken durch.

Einige Meter vor dem glatten Steinmonument blieb sie wie angewurzelt stehen. Die Menschentraube bildete einen Freiraum, wodurch sie einen guten Blick auf den granitenen Monolithen hatte.

Dort, an die scharfkantige Umzäunung gelehnt, stand Magnus Moore.

Der grossgewachsene, in einen weinroten Kaschmirmantel gekleideten Mann liess den Blick gelangweilt über die zahllosen, fremden Gesichter schweifen. Bei jedem einzelnen hielt er kurz inne als schien er nach etwas darin zu suchen und ging dann, wenn er es gefunden zu haben schien, zum nächsten über.

Als seine silbergrauen Augen Minna in der Menge ausmachten, blitzten sie auf und er lächelte.

In seinen, in Wildleder behandschuhten Händen, funkelte ein silbernes Feuerzeug auf. Die Zigarette zwischen seinen schlanken Fingern, fiel Minna erst beim zweiten Blick auf.

Sie atmete tief durch, streckte sich und marschierte drauf los.

»Seit wann rauchen Sie?«, sprach sie, als sie neben ihn trat.

»Eine lästige Angewohnheit.«, war alles, was er antwortete.

Er nahm die Zigarette zwischen die weissen Zähne und zündete sie an. Da war eine unbestimmte Abwesenheit, die ihn umgab, an die Minna sich erst wieder gewöhnen lernen musste. Diese unterkühlte Abweisung, die in all seinen Worten, Bewegungen und Gesichtsveränderungen mitschwang, liess sie innerlich erschaudern.

Andererseits war da dieses altbekannte Rumoren in ihrem Unterleib, dass ihr signalisierte, das alles seinen geordneten, natürlichen Bahnen folgte.

»Hak dich bei mir ein, du frierst.«, ertönte seine Stimme nahe an ihrem Ohr. Ohne dass sie es bemerkt hatte, hatte er sich dicht neben sie gestellt und betrachtete sie nun sorgfältig.

Minna glaube einen Appetit in seinen leeren Augen aufflammen zu sehen, so ausgehungert wie er sie anstarrte, fühlte sie sich trotz ihres dicken Wintermantels sonderbar entblösst.

Sie zögerte und warf dem ihr angebotenen Arm einen zweifelnden Blick zu.

»Das wäre keine gute Idee, Monsieur. Gewisse Personen würden nichts davon halten, wenn ich mich hier mit Ihnen so sehen lassen würde.«

»Ich verstecke mich nicht. Laurent täte gut daran, mir nicht in die Quere zu kommen und sich nicht in Dinge einzumischen, die ihn nichts angehen.« Diese entschlossene Ungerührtheit, mit der er ihr den Arm hinhielt, machte es ihr unmöglich abzulehnen und so hakte sie sich ein.

Die Tatsache, dass er rauchte, wirkte sonderbar anziehend auf sie. Trotz der vielen Unannehmlichkeiten, die das Rauchen mit sich brachten, konnte man doch nicht von der Hand weisen, dass es beim stärkeren Geschlecht ungeheuer anmutig wirkte.

Gefangen in diesen und jenen ähnlichen, albernen Frauengedanken, entging ihr die von einem Fremden verdächtig gerade auf sie gerichtete Kamera.

Und noch ehe sie etwas hätte erahnen können, war der dreiste Unbekannte in der Menge untergetaucht und verschwunden.

Abraxas hingegen war die Szenerie nicht verborgen geblieben. Genüsslich fühlte er dem prickelnden Gefühl nach, wie sich die kalte Winterluft in seinen Lungen mit dem Nikotin vermische.

Er steuerte zielsicher auf ein kleines, zwischen zwei Friseursalons eingezwängtes Café zu. Trotz der äusseren Fadenscheinigkeit stellte es sich im Inneren als ganz charmant heraus.

Sie setzten sich in eine ruhige Nische, abseits der Fensterfront, welche zur Strasse zeigte, und Abraxas bestellte für sie beide englischen Tee.

»...Oder was hier so als das verkauft wird.«, fügte er zu Minna gewandt hinzu, als die Bedienung verschwunden war.

Diese lächelte. Wie unkompliziert es war, mit ihm zusammen zu sein. All diese schrecklichen Gedanken, die in ihrem Verstand gänzlich neue Dimensionen angenommen hatten, schienen sich nun als völlig unzutreffend heraus zu stellen.

Da war dieses Gefühl in ihren Eingeweiden, dass ihr sagte, dass alles seine Richtigkeit hatte.

Minna war sich noch nicht ganz im Klaren darüber, wo dieses ganze Abenteuer hinführen würde, aber das beängstigte sie nicht länger. Im Gegenteil, wie üblich bei der Aussicht auf ein Abenteuer, empfand sie kindliche Vorfreude und Aufregung.

Sie fühlte sich wie damals im Reptilienhaus, als der Zoopfleger die grosse Schlange in den Armen hielt und Minna sie berührt hatte.

Was beide nicht gewusst hatten, und was zu jenem schrecklichen Unfall massgeblich beigetragen hatte, war die Tatsache, dass das grosse Reptil krank gewesen war.

Man hatte nie herausgefunden was mit der Schlange nicht in Ordnung gewesen war, selbst der Tierarzt war ratlos gewesen.

Tierliebhaber und Verfechter für Tierrechte, waren der Überzeugung gewesen, die Schlange hätte sich schlichtweg zu lange in Einzelhaltung befunden. Die vielen Jahre, gefangen in einem Terrarium hätten das Tier krank gemacht und bissig werden lassen.

Das eine Schlange nicht in Menschenhand gehörte und gänzlich untauglich für jegliche Annäherungsversuche ist, schien niemandem in den Sinn gekommen zu sein.

Minna hingegen schon, und trotzdem hatte sie die Neugierde nicht im Zaum, und ihre Finger nicht bei sich lassen können.

Sie hatte die heisse Herdplatte gesehen und die Hand daraufgelegt. Den Konsequenzen war sie sich durchaus bewusst gewesen, jedoch hatten sie sie nicht davon abgehalten es zu tun.

Es schien, als besässe ihr normaler Menschenverstand in Abraxas Gegenwart keine Macht.

Sämtliche Vernunft löste sich in bedeutungslosen, blauen Nebel auf und hinterliess nichts in Minnas Kopf als eine belanglose Masse.

Als der Tee serviert worden war und Abraxas bemerkte, dass es Zeit wurde seine Begleitung aus der Reserve zu locken, räusperte er sich laut.

»Monsieur Lefeuvre ist also fort, hm?«

Minna schreckte aus den Tiefen ihrer Grübeleien auf und brauchte erst einen Moment, bevor sie auf seinen Gedankenzug aufspringen konnte.

»Oh, ja«, sagte sie zerstreut, »er ist heute Morgen nach Florenz abgereist ... aber, Moment, woher wissen Sie davon?«

Abraxas lachte über ihre vorwurfsvolle Miene und legte amüsiert den Kopf schräg.

»Was denkst du, Minna, *wer* dem guten Geschäftspartner in Florenz Laurent wärmstens ans Herz gelegt hat?«

Minnas Gesicht erbleichte. »Das waren also Sie? Ihnen habe ich es zu verdanken, dass mein Partner mit einer anderen Frau in den Urlaub fährt und sich womöglich ausschweifenden Vergnügungen hingeben wird?«

Sein Lächeln weitete sich. »Oh, das wird gewiss keine Urlaubsreise, das versichere ich dir.«

»Sie sind schrecklich!«

»Ich bin zielorientiert.«

Und als Minna nichts darauf antwortete, beugte er sich vor und schlug einen versöhnlichen Ton an.

»Ach, Minna, verstehst du mich denn nicht? Wie hätte ich dich ungestört sehen können, wenn dein Drache rund um die Uhr zugegen wäre um dich wie seinen Goldschatz zu bewachen?«

»Und Sie sind der edle Ritter, der mich vom bösen Lindenwurm befreien möchte?«, entgegnete Minna scharf.

Abraxas Züge verhärteten sich für einen Moment, verärgert über ihren Mangel an Besonnenheit, wandte er sich ab und liess den Blick durch den Raum schweifen.

Jeden Gegenstand, den seine Augen fanden, galt symbolisch als einen weiteren Grund, seinen Hass – der seit so langer Zeit stets kurz vor dem Siedepunkt stand – noch einen kleinen Moment weiter in den kühlen Tiefen seiner Beherrschtheit gefangen zu halten.

Der Verkaufstresen, die vielen, kreisrunden Tische und Stühle, der polierte Parkettboden, die kleinen Kronleuchter oberhalb ihrer Köpfe ...

Viele gute Gründe, um stoisch zu bleiben. Viele gute Gründe, um zu lächeln, anstatt zu zerstören.

Nach einem Moment der Ruhe, hatte der Doktor sich wieder völlig unter Kontrolle.

Er wandte sich seiner ermüdenden Begleitung zu und sprach gelassen: »Es mag sein, dass ich darauf aus bin dich aus dem Schlund der Drachenhöhle zu befreien, aber denke nicht für eine Minute, dass ich auf der Seite der Ritter stehe.«

Minna, von dieser Bekundung ganz eingenommen, nickte bloss und starrte hinunter in ihre Teetasse.

Abraxas gab der Dame einige Minuten Zeit, um Gelegenheit zu finden, ihre Gedanken zu ordnen, dann kam er auf ein ganz anderes Thema zu sprechen.

»Wie bist du eigentlich hierhergekommen? Du hast doch nicht den törichten Fehler begangen dich von Laurents Chauffeur fahren zu lassen?«

Minna schüttelte den Kopf. »Natürlich nicht, dieser ist ohnehin noch unterwegs, um Laurent dorthin zu bringen, wo auch immer es dem Herrn beliebt.«

Auf seinen fragenden Blick hin fuhr sie fort. »Ich habe ein Taxi genommen, bin beim Eiffelturm ausgestiegen und habe den Rest zu Fuss zurückgelegt.«

»Wie vorsichtig.« Abraxas Augen verengten sich.

»Aber Häuser, besonders die von Reichen, haben Augen und Ohren...«

»Ich habe Jaques und Connère, dem verheirateten Personal Laurents, eine temporäre, inoffizielle Lohnerhöhung gegeben und ihnen gesagt ich würde die nächste Zeit in *Neuilly* verbringen, um gewisse Dinge bezüglich meiner alten Wohnung zu klären.«, sprach sie schlicht.

»Wie unanständig«, erwiderte er an seinem Tee nippend, »Monsieur Lefeuvres Hemmungslosigkeit beginnt langsam auf dich überzugehen.«

Das breite Lächeln auf seinen Lippen strafte seinen Worten Lügen. Er war offensichtlich zufrieden.

Die beiden Leute verharrten bis in den späten Nachmittag hinein in diesem gemütlichen Café, das ihnen Zuflucht vor den scharfen Augen der Pariser Gesellschaft bot und plauderten über Gott und die Welt. Sie sprachen über nichts bedeutungsvolles, jegliche tiefere Materie umgingen sie, gelenkt von Abraxas Feinsinn, geschickt.

Als die Sonne hinter dem Boulogner Wäldchen verschwunden war und von Osten her die Dämmerung aufzog, verliessen sie das Lokal und traten hinaus auf die Strasse.

»Ich werde mich für die nächste Zeit über hier in meiner Wohnung aufhalten«, sprach Minna, während sie neben Abraxas herlief, »werden Sie mich morgen Abend besuchen kommen? ... Sie kennen meine Adresse ja bereits.«

Sie spielte auf den unbeschriebenen Brief an, den sie vor einiger Zeit vor ihrer Wohnungstür gefunden hatte.

»Ich hätte gehofft, wir würden uns gemeinsam in ein Taxi setzten und uns auf die Suche nach einem schönen Restaurant begeben, der Abend ist noch jung.«, entgegnete Abraxas lächelnd.

»Das ist eine schöne Idee«, gab Minna zu bedenken, »aber nein. Ich werde jetzt nach Hause gehen ... allein. Ich habe den Tag mit Ihnen sehr genossen, ich danke Ihnen.«

Sie blieb abrupt stehen, wandte sich Abraxas zu und berührte ihn zaghaft an der Wange. Dann schenkte sie ihm ein Lächeln und entfernte sich in Richtung der bereitstehenden Taxis.

Abraxas Zouche sah der Frau lange nach. Die Kälte, die sich allmählich unter seinen Mantel stahl, nahm er nicht wahr. Das Empfinden von solch trivialen Dingen wie Temperaturen, war in ihm längst abgestorben.

4. Kapitel

Den nächsten Tag über wartete Minna gespannt in ihrer Wohnung auf Abraxas Erscheinen. Sie rechnete fest mit einem Besuch und war um so enttäuschter, als er nicht erschien.

Bis tief in die Nacht hinein nagte ein hartnäckiger Funken Hoffnung an ihr, doch Abraxas kam nicht.

Zwei lange Tage vergingen, ohne dass sie ein Lebenszeichen vom Doktor erhielt.

Am Morgen des dritten Tags dann, als Minna die Hoffnung auf ein Wiedersehen bereits aufgegeben hatte, klingelte es schliesslich.

»Sie haben lange auf sich warten lassen.«, sprach Minna halb verärgert, halb erleichtert, als sie Abraxas die Tür öffnete.

»Ich nehme mir Zeit.«

Sie führte ihren verspäteten Gast wortlos in den Salon und machten ihnen beiden ein Glas Sekt zurecht.

»Ich habe deine Wohnung noch nie von innen gesehen ... äusserst geschmackvoll eingerichtet.«, sprach er, nachdem er sich eine Weile umgeschaut hatte.

Minna hüllte sich in eisernes Schweigen und nippte gedankenversunken an ihrem Glas.

»Du siehst mitgenommen aus, hast du die letzten Nächte wach gelegen und auf mein Eintreffen gewartet?«

»Ganz gewiss nicht.«, erwiderte sie schliesslich trocken.

Abraxas seufzte und musterte sie mit grösstem Bedauern.

»Weisst du, mich anzulügen wird dich nicht weiterbringen und ist nebenbei gesagt schrecklich unklug. Aber was mich wirklich stört, ist dass du verzweifelt versuchst dich selbst zu belügen.«

Er beugte sich vor und umschlang sanft ihr Gesicht mit seinen grossen Händen.

»Du sollst die ganze Welt belügen, mach allen etwas vor, lüge und betrüge, *ma chérie*. Aber niemals und unter gar keinen Umstand darfst du dir selbst etwas vormachen. Du musst stets erbarmungslos ehrlich mit dir sein, darin liegt das Geheimnis der Skrupellosigkeit. Nur so kannst du mit gutem Gewissen lügen, ohne den Sommer deiner innere Seelenlandschaft zu gefährden.«

»Und was ist mit Ihrem Sommer? Was hat Ihre Seelenlandschaft dazu bewegt für immer gänzlich zu gefrieren?«

Der Doktor nahm sich lange Zeit, bevor er antwortete. Seine Stirn war in Falten gelegt, als er sagte: »Versuchst du einem Fisch zu erklären, wie sich das Leben an Land anfühlt?«

»Aber natürlich nicht, das wäre doch vollkommen sinnlos.«

Abraxas lächelte nachdenklich. »Siehst du, und genauso sinnlos ist es, mich nach dem Sommer zu fragen. Denn ich kenne ihn nicht, also sehne ich mich auch nicht nach ihm.«

Minna lachte spitz. »Also wollen Sie mir erzählen, Sie sind seit Ihrer Geburt so … so eisig und frisch? Die menschliche Manifestation eines Wintertags? Was für ein absurder Gedanke.«

Abraxas lachte leise. »Die menschliche Manifestation eines Wintertags«, wiederholte er schmunzelnd, »was für eine malerische Beschreibung.«

Minna wollte sich nicht so einfach damit abfinden, die Neugierde hatte sie gepackt.

»Da muss doch etwas vorgefallen sein … irgendetwas. In Ihrer Kindheit vielleicht, oder als Heranwachsender.«

»Das ist nun nicht das Thema«, versetzte Abraxas gelassen und füllte die leeren Gläser wieder auf, »mich würde es vielmehr interessieren, wie es dir so ergangen ist. Du hast vieles erlebt und ich bin mir sicher, du brennst bereits darauf mir deine Vorwürfe an den Kopf zu werfen.«

Der stattliche Mann kreuzte lächelnd die Arme hinter dem Kopf und lehnte sich zurück.

»Nun, ich will nicht grausam sein – fang an.«

Minna betrachtete ihn für einen Moment verwirrt, nicht sicher, ob er nun scherzte oder im Ernst sprach.

Nichts in seinen grauen Augen liess auf einen Schalk hindeuten, sie glommen so leer und kalt wie eh und je.

Minna, die bis zu diesem Zeitpunkt beharrlich auf Französisch Rede und Antwort gestanden hatte, gab dem charmanten Engländer endlich nach und wechselte auf seine Landessprache.

»Ich habe Ihnen lange Zeit viele schreckliche Dinge an den Hals gewünscht«, gestand sie schliesslich, »aber am allermeisten habe ich mich nach Ihrer Entlassung gesehnt. Nun da dies offenbar der Fall ist, bin ich fassungslos.«

»Man sollte vorsichtig sein, was man sich wünscht.«, erwidere er ungerührt.

Abraxas wusste ganz genau, dass ihr die Frage ›wie‹ auf der Zunge brannte, sie jedoch zu taktvoll war, um sie auszusprechen, und dennoch liess er sich nicht dazu herab, ihr diese Bürde abzunehmen und es an ihrer Stelle anzusprechen.

Er hatte nicht im mindesten ein Gespür dafür, den Leuten in seiner Umgebung Gutes tun zu wollen, oder sie von irgendeiner Unbequemlichkeit befreien zu wollen.

Und so war es Minna überlassen, einen Weg durch dieses Labyrinth von Anstand und fehlerfreiem Benehmen zu suchen, und eine Weggabelung zu finden, die sie ungehindert und im Rahmen des Feingefühls, zur Antwort ihrer Frage führte.

»Nun«, begann sie, »die wichtigste Frage von allen ist wohl, ob Sie sich gut zurechtfinden im alltäglichen Leben. Paris kann für jeden hin und wieder ein wenig einschüchternd wirken ... da kann es schon passieren, dass man sich ein bisschen verloren fühlt.«

Als Abraxas nicht im mindesten auf ihre Worte reagierte und weiterhin wie eine aus Stein gemeisselte Statue zu ihr hinunterblickte, beeilte sie sich fortzufahren.

»Was ich damit andeuten möchte, ist dass ich gerne eine Anlaufstelle für Sie bin, falls Sie darüber nachdenken hier Fuss zu fassen.«

»Das ist mir bereits zu meiner grössten Zufriedenheit gelungen.«, seine Lippen bewegten sich kaum beim Sprechen und dennoch waren die Schwingungen seiner Stimme so stark und ausgeprägt, dass sie den ganzen Raum erfüllten.

Minna senkte den Blick und murmelte: »Natürlich, natürlich.«

Eine zähe Stille dehnte sich über ihnen aus und schien mit jeder verstreichenden Sekunde schwerer zu durchdringen zu sein.

»Aber mein Aufenthalt hier wird ohnehin nicht von Dauer sein.«

Minnas Kopf schoss mit einem Ruck in die Höhe und ihre Augen weiteten sich entsetzt.

»Sie werden gehen? Aber wohin?«

Abraxas schenkte ihr ein mattes Lächeln und zum ersten Mal, seit ihrer Wiedervereinigung, wirkte er müde.

»Ich habe die letzten sieben Jahre in einer einzigen Zelle verbracht ... denkst du, dass ich mich nun in einer so überfüllten, schmutzigen und lauten Stadt wie Paris einsperren lassen werde?«

Er schloss die Augen und fuhr sich sanft über die Schläfe.

»Ich werde hingehen wonach mir der Sinn steht, Minna. Ich habe Geld, ich habe Freiheit ... nichts davon – und ganz gewiss nicht letzteres – werde ich mir je wieder wegnehmen lassen.

Nächsten Monat Rom, übernächsten Monat Neapel, Florenz, die Provence, Monaco ... Amsterdam. Ich kann gehen, wohin ich will. Nichts hält mich auf, ich habe keinerlei Verpflichtungen.«

Eine jähe Woge der Panik erfasste Minnas Verstand. Sie würde ihn wieder verlieren, nun da sie sie ihn gerade erst wiedergetroffen hatte, würde er wieder verschwinden.

»Aber ... aber warum sind Sie überhaupt erst hierhergekommen, wo Sie doch ohnehin nicht viel von der Stadt zu halten scheinen?«

Der Doktor schmunzelte über die silbrigen Perlen, die sich in ihren blauen Augen bildeten.

»Ich wollte dir eine Möglichkeit vor Augen führen ... ja, einen Vorgeschmack auf all dessen, was eventuell bald sein könnte.«

Er zog sich sein moosgrünes Seidenhalstuch von der Brust und trocknete damit ihre Tränen.

Dann liess er es in ihren Schoss fallen und lehnte sich zurück in die weichen Kissen.

»Eine Möglichkeit?«

»Wie schläfst du? Keine Albträume mehr?«

»Was könnte bald sein? Was meinen Sie damit?«

»Ich habe von Jasper erfahren, dass du dich bei Lefeuvre von der Geliebten zur Frau hochgekämpft hast. Was für ein tragischer Fehler. Da fällt mir ein, hat Jasper sich zufälligerweise vor kurzem einmal bei dir entschuldigt?«

»Es war ein Spiel mit hohem Einsatz, und ich habe gewonnen. Und zu Ihrer Frage, nein das hat er nicht, und ich werde es auch nicht tun.«

Abraxas lachte. »Ein Spiel ... wie wahr, aber um welchen Preis hast du gewonnen, Minna?«

»Laurent wäre ein Narr, wenn er an meinen Gefühlen für Sie zweifeln würde, und Sie ebenso.«

»Du spielst also mit offenen Karten?«, wollte er wissen.

Minna schüttelte den Kopf. »Eine kluge Frau spielt nie mit offenen Karten, Monsieur, und mögen sie noch so verheissungsvoll sein.«

Ihre Finger umschlossen die kühle Seide, als würde ihr Leben daran hängen.

Der Engländer richtete sich auf und blickte ihr tief in die Augen, als suche er nach etwas ganz Bestimmten. Dann sprach er leise: »Du hast mir ewigwährende Treue geschworen, weisst du noch? Damals in Irland, vor nun gut acht Jahren ... ich habe es nicht vergessen und genau deswegen bin ich hier.«

Minnas Herz zog sich schmerzhaft zusammen. »Ich weiss, und ich habe es so gemeint.«

Abraxas betrachtete sie flüchtig. Er schien nicht im mindesten überrascht über ihre erneute Zärtlichkeitsbekundung. Er lächelte schmal, als hätte er nichts anderes erwartet und erhob sich.

Fürchtend, dass er bereits gehen wollte, sprang sie auf. Aber Abraxas rührte sich nicht.

Mit pochendem Herzen trat Minna näher und legte ihre Hände auf seine Brust.

»Ich bin erschöpft, es war eine lange Reise.«, raunte er leise. Seine starken Arme umschlangen ihre Leibesmitte und sie schmiegte sich bereitwillig an ihn.

Sie wusste, von welcher Reise er sprach. Auch sie hatte eine dieser schweren, langen Reisen hinter sich und fühlte sich immer noch nicht ganz wiederhergestellt.

»Ich zeige Ihnen das Schlafzimmer.«

Die beiden entfernten sich in den angrenzenden Raum. Die Tür fiel hinter ihnen ins Schloss und Eros spähte seit langer Zeit wieder einmal durchs Fenster hinein, um nach dem Rechten zu sehen.

5. Kapitel

Eingebettet in den sanften Hügeln der Toskana, galt Florenz seit je her als *die* Anlaufstelle für Künstler aus der ganzen Welt.

Auch Laurent bezeichnete sich selbst als Künstler, als Erschaffer und Gestalter moderner Kunst.

Vom Café am Ufer des *Arno* aus, hatte man einen vortrefflichen Blick auf die *ponte alle Grazie*.

Die Sonne schien warm, die Temperaturen waren im Gegensatz zu Nordfrankreich angenehm und seine Assistentin sah in ihrer neuen Garderobe, die er ihr organisiert hatte, bezaubernder aus als je zuvor.

»... Der Anfang wird der Frühling bilden. Man wird sich auf die Natur konzentrieren, hervorheben wie sich die Wein- und Olivengebiete in den *Chianti-Hügeln* verändern, wie die Menschen hier leben und ... « – »Ich habe verstanden«, fuhr Laurent dazwischen, er wirkte gelangweilt und hörte seinem Kunden kaum richtig zu.

»Dokumentarfilme sind normalerweise nicht mein Schwergebiet, aber ich werde sehen, was sich machen lässt.«

Der gutmütige Italiener nickte eilig. »*Stupendo!*«, rief er entzückt und drückte herzlich Laurents Hand.

»Sie werden den Dreh also übernehmen?«, schaltete sich der zweite Geschäftsmann ein. Er war von den Talenten des jungen Franzosen noch nicht überzeugt und bestückte ihn mit zweifelnden Blicken.

»Das ist eine Vier Monatige Aufgabe, der ganze Frühlingszyklus muss dokumentiert und eingefangen werden«, fügte er hinzu, »haben Sie denn die nötige Kapazität dafür?«

»Geduld«, erwiderte Laurent lächelnd, »Sie meinen wohl ob ich genug *Geduld* mitbringen könnte, nicht wahr? Seien Sie unbesorgt, ich denke, ich bin dem Auftrag gerade so gewachsen.«

Der kleinere der beiden Männer lachte schallend und klopfte dem Franzosen auf die Schulter.

»Siehst du, Abbondio, was habe ich dir gesagt? Der Monsieur wird diese Sache fabelhaft meistern! Er hat den nötigen Ehrgeiz, dass sehe ich auf den ersten Blick.«

Der angesprochene Abbondio schnaubte zweifelnd. »Die Gage wird wohl kaum zu Ihrem gewöhnten Standard zählen...«, gab er zu bedenken.

Laurent schmunzelte und sagte: »Solange Sie mich und meine reizende Assistentin hinreichend mit *Chianti* verpflegen, wird mir Ihre Gage, wie auch immer sie ausfallen wird, vollends genügen.«

Das gefiel den beiden Männern und sie stimmten seiner Bedingung lachend zu.

Es wurde noch eine Runde Espresso bestellt, dann verabredete man sich für den nächsten Morgen, um die genauen Details zu besprechen und gegen Mittag erhoben Laurent und seine Assistentin sich. Sie verabschiedeten sich und wollten gerade gehen, da wurde er vom älteren der beiden zurückgehalten.

»Bestellen Sie Signore Zouche einen Gruss von mir!«, rief er lachend.

Laurent blieb wie angewurzelt stehen. Er drehte sich langsam um, die Stirn in Falten gelegt fragte er: »Wie bitte? Sie kennen diesen Mann?« Er fürchtete, sich verhört zu haben.

Der ältere Herr nickte strahlend. »Natürlich, ihm habe ich Ihre Kontaktdaten zu verdanken! Habe ich das nicht erwähnt? Ich habe volles Vertrauen in Sie und Ihre Fertigkeiten, Signore Zouche bürgt für Sie!«

Laurent gab einen unverbindlichen Laut von sich und beeilte sich aus dem Wirrwarr aus Stühlen und runden Tischen herauszukommen.

»Was ist los, Monsieur?«, sprach seine Begleitung besorgt, doch Laurent antwortete nicht.

Sie verliessen das Café und schlenderten schweigend in Richtung der Uffizien davon.

1'170 Kilometer entfernt, sassen Minna und ihr Gast beim Lunch in einem Restaurant nahe des Louvre. Abraxas hatte darauf bestanden, auswärts zu speisen. Er verabscheute es, zu lange in ein und demselben Raum zu sein und verliess die Wohnung regelmässig zu den Essenszeiten.

Den Morgen über hatten sie im Louvre verbracht, wohin sie nach dem Mittagessen zurückkehren würden, denn es gab noch so viel, was Minna ihrem Begleiter zeigen wollte.

»Von Skulpturen war ich seit frühster Kindheit ganz besonders fasziniert.«, berichtete Abraxas kauend.

»Dann werde ich Ihnen die Venus zeigen«, erwiderte Minna begeistert, »Sie werden ganz hingerissen von ihr sein, das verspreche ich!«

Abraxas lächelte schmal. »Ich hatte das Vergnügen bereits in der Vergangenheit. Das ist nicht das erste Mal, dass ich mich an den Schätzen des Louvre ergötze, Minna. Wie kann es sein, dass du trotz deiner überragenden Klugheit, manchmal so töricht bist?«

»Das wird wohl Ihrer Gegenwart verschuldet sein.«, entgegnete sie schlicht und nippte an ihrem Glas, um die brennende Röte auf ihren Wangen zu verbergen.

Abraxas überging ihre Antwort mit der Diskretion eines Gentleman und fragte sie stattdessen: »Und wo liegt dein Hauptinteresse, Minna? Wenn wir nach dem Essen erneut die Glaspyramide durchqueren, wohin treibt es dich zuerst?«

Über diese Frage musste Minna nicht lange nachdenken. »Ich habe einen Hang zu Gemälden, ganz besonders für Ölgemälde aus der Renaissancezeit.«

Und auf Abraxas erhobene Augenbraue, spezifizierte sie eilig: »Nun, *das Narrenschiff* ist eines meiner Favoriten ... kennen Sie es ... « – »Aber natürlich kenne ich es.«, fuhr er ihr lachend dazwischen.

»Wie interpretierst du das Gemälde?«

Minna lächelte und dachte einen Moment nach, dann begann sie zögernd: »Na ja, die gängige Meinung ist doch, dass das Schiff die Kirche symbolisiert und die berauschten Insassen ins Paradies bringen soll.

Wenn man sich jedoch das Schiff genauer ansieht, merkt man schnell, dass es weder einen richtigen Mast noch Segel noch irgendeine Steuervorrichtung und Ruder besitzt.

Das Boot wird niemals irgendwo ankommen und für alle Zeiten auf den Wellen des Meeres dahingleiten, während sich die Insassen amüsieren und sich ihren Lastern hingeben.«

»Was ist mit dem Löffel, dem roten Band, dass in der Luft flattert und dem Baum?«, wollte er wissen.

»Ich vermute, deshalb wird es das ›Narrenschiff‹ genannt. Nur Narren würden mit diesen unsinnigen Hilfsmitteln an ein Gelingen, ein Ziel, ein Resultat, festhalten.

Man betrachte nur einmal den grossen Kochlöffel, der von einem der Insassen als Ruder verwendet wird, alles was das Schiff tun wird, ist sich im Kreis zu drehen. Ein sehr starkes Bild, wenn Sie mich fragen. Die Geistlichen und das Volk sitzen in ein und demselben Boot und hoffen auf eine Ankunft im Himmel, besitzen jedoch nicht die richtige Ausrüstung, um dorthin zu gelangen und fahren letzten Endes immer im Kreis.«

Abraxas nickte bedächtig, im Schein der fahlen Wintersonne wirkte seine Haut noch blasser als üblich und seine Augen glänzten so hell, als wären sie aus Diamanten geschliffen.

»Und die beiden Seelen im Wasser klammern sich verzweifelt an den Bug, der eine bittet, um Nahrung, der andere vermutlich darum, hinaufgezogen zu werden. Aber die Mönche und Nonnen sehen es nicht, weil sie damit beschäftigt sind nach einem fetten Leckerbissen zu schnappen.«

Er nippte an seinem Schaumwein und fuhr fort: »Aus psychologischer Sicht habe ich mein Augenmerk auf den toten Fisch gelegt, der über dem Wasser hängt. Für manche Leute eine unbedeutende Kleinigkeit, aber wer sich ein wenig in der Deutung von Symbolen auskennt, bemerkt schnell die Bedeutung dahinter.

Der Fisch steht für das selbst, für die direkte Verbindung zwischen dem Unterbewusstsein und der Emotionen. Alles Leben entstammt dem Wasser, das Wasser steht für das Unterbewusstsein. Ein toter Fisch symbolisiert somit Emotionen und Triebinstinkte, die nicht im Einklang mit dem direkten Bewusstsein sind. Der Fisch im Gemälde wurde von Menschenhand getötet und an den Baum- die Versinnbildlichung von Vitalität und Leben- gehängt ... was für ein grässlich zynischer Kontrast; und eine erneute Darstellung der emotionalen Kastration, welche die Kirche so routiniert und selbstverständlich vollzieht.«

Minna war ganz hingerissen von seinen Worten, seine Interpretation der Dinge war ihr so noch nicht in den Sinn gekommen und ein Anflug von Verehrung überkam sie.

»Ich geniesse die Gespräche mit Ihnen sehr«, gestand sie freudestrahlend, »Sie erweitern meinen Horizont mit einer solchen Leichtigkeit und Nachhaltigkeit, wie kaum jemand zuvor.«

»Kaum?« Er hob fragend die Augenbraue.

»Nun, wie niemand zuvor.«, bekannte sie errötend.

Abraxas nickte zufrieden und verlangte bei der vorüberrauschenden Kellnerin nach der Rechnung.

Zwanzig Minuten später schlenderten die zwei eingehakt durch die langen, in Marmor und Gold gehaltenen Korridore des Louvre, dessen gewölbten Decken mit grossartigen Bildern und Verzierungen bestückt waren.

»In den Gängen des Louvre fühlt sich selbst das einfältigste Herz reich.«, raunte Minna, die sich an den Kostbarkeiten immer noch nicht sattsehen konnte.

»Ich würde Ihnen ja gerne die Mona Lisa zeigen«, sagte sie, als sie einige Flure später die Skulpturengalerie betraten, »aber diesen Kampf werde ich Ihnen ersparen, wenn's recht ist. Wenn man sich endlich bis zu ihr hindurchgekämpft hat, wird man nach einer Sekunde bereits wieder weitergeschickt, um den anderen Leuten Platz zu machen. Es ist wie eine einzige Schafsherde dort drin, die sich um einen Schluck aus dem Wassertrog zankt.«

»Und alle knipsen Fotos, anstatt das Bild mit dem Herzen anzusehen.«, stimmte er spöttisch lächelnd zu.

Als sie wenig später die breite Steintreppe hinauf stiegen, blieb er vor der *Nike von Samothrake* stehen und betrachtete sie für eine lange Zeit wortlos.

Trotz seiner unbewegten Miene war der Doktor alles andere als gleichgültig. Tief in seinem Inneren durchzuckte ein greller Lichtstrahl die zugefrorene Einöde, als er mit den Augen den Rundungen der marmornen Brüsten folgte, den gigantischen Schwingen hinaufglitt und sich in den rauen Bruchstücken verlor, wo ihr Kopf einst gewesen war.

Wie er so dastand, den Kopf in den Nacken gelegt und die Statue mit seinen Blicken verschlingend, so ganz gedankenverloren und stumm, durchströmte Minna eine Woge der Sehnsucht. Gedankenlos trat sie vor und griff nach seiner Hand. Ohne den Blick von der Siegesgöttin zu wenden, drückte er Minnas Hand. Eine Geste der Zärtlichkeit, weitaus intimer als die langen Stunden letzter Nacht.

»Gehen Sie mit mir zu Psyche und Amor.«, flüsterte sie ihm ins Ohr.

Abraxas verstand und willigte ein. Hand in Hand schlenderten sie zum göttlichen Liebespaar.

Schweigend betrachteten sie den zu Stein erstarrte Augenblick... Eros, wie er nach Zeus Einwilligung, Psyche mit einem Kuss aus dem Totenreich zurückholte, um sie in den Olymp zu bringen, wo sie von der Ambrosia trinken durfte und schliesslich die Unsterblichkeit erlangte.

Und Aphrodite, die trotz ihrer List und Grausamkeit, die Konkurrentin nicht zu vernichten vermocht hatte und nun Seite an Seite mit ihr leben musste, für alle Ewigkeit.

»Vor Eros, dem Gott der Liebe...«, sprach Abraxas, »schwör' mir, deinem Glück immer treu zu blieben.«

Minna schwor es ihm.

»Sehr gut, denn, dein Glück bin ich und nur ich ganz allein.« Er warf ihr einen langen Blick zu, dann trat er von hinten an sie heran und schlang die Arme um ihre Mitte.

»Und der Preis für allumfassendes Glück ist hoch.«

Minna blieb aufrecht und nickte gelassen. Sie hatte sich während seiner langen Abwesenheit verfestigt, der Klebstoff, der ihre Seele zusammenhielt, hatte sich gehärtet.

»Ich verzeihe Ihnen«, sagte sie entschlossen, »Sie haben mich verlassen und nun, da Sie zurückgekommen sind, vergebe ich Ihnen.«

»Sieh sie dir an«, hauchte er ihr ins Ohr und deutete auf die Geliebten, ohne auf ihre Worte einzugehen, »so verletzlich, so liebevoll.«

»Es rührt zu Tränen.«, stimmte sie lächelnd zu.

»Was für eine Verschwendung, körpereigener Flüssigkeiten.«

Minna brach in glucksendes Gelächter aus und hielt sich schnell die Hand vor den Mund, um die stille, in sich gekehrte Atmosphäre der Kunstliebhaber um sie herum nicht zu stören.

»Sie könnten trotz ihrem ausgeprägten Gespür für Geschmack, manchmal doch unglaublich taktlos sein.«, prustete sie hinter hervorgehaltener Hand.

»Taktlos? Nein, ... sentimental? Ganz gewiss nicht.«

»Haben Sie denn kein Bedürfnis zu weinen, wenn sie tief gerührt sind?«, hakte sie neugierig nach.

»Was könnte mich so tief rühren, dass ich deswegen Tränen vergiessen würde?«

Minna kannte die Antwort auf diese doch sehr rhetorische Frage und sagte augenblicklich: »Die Liebe, natürlich.«

Abraxas antwortete mit einem spöttischen Lächeln.

»Haben Sie in Ihrer Zelle denn nie geweint? Niemals?«, fragte sie ungläubig.

Er schüttelte den Kopf, den Blick gebannt auf die Skulptur geheftet.

»Es gibt einen Punkt des Leids«, sagte er nach einer Weile trocken, »der es dir unmöglich macht zu weinen, wenn du ihn überschritten hast.«

Minna kaute nachdenklich auf ihrer Unterlippe, dann sagte sie: »Ich habe oft um Sie geweint ... in den ersten drei Jahren jede einzelne Nacht.«

Abraxas lachte leise. »Frauen weinen und Männer schweigen. So verhält es sich mit der Verarbeitung von Kummer.«

Minna fasste sich ein Herz und fragte: »Sie haben in Ihren Briefen von einer Krankheit des Geistes geschrieben ... was meinten Sie damit?«

Die starken Arme um ihre Hüften zogen sich zurück und die Wärme seines Körpers hinter ihr verschwand jäh.

»Nicht hier, m*a chérie*, und nicht jetzt.«

Den Blick schweifen lassend, schlenderte der grossgewachsene Mann in Richtung Treppen davon. Minna beeilte sich mit ihm aufzuholen und als ihr dies gelungen war, sprach sie keuchend: »Mag- ... Abraxas?«

»Minna?«

»Die Katze lebt.«

Abraxas' Lächeln weitete sich, er griff nach ihrer Hand und drückte sie sanft.

»Ich weiss«, sagte er bedächtig, »ich kann sie im Inneren der Box kratzen hören.«

6. Kapitel

Am folgenden Tag machte Abraxas sich in aller Frühe von Minnas Wohnung auf in die Innenstadt.

Er betrat ein leeres Café und wartete geduldig auf seine Verabredung. Als diese schliesslich kam, ging das Geschäft in organisierter Schnelle von statten.

Die junge Frau begrüsste den Herrn mit einem leichten Lächeln, dieser nickte ihr zu und gebot ihr mit einer Handgeste, sich ihr gegenüber zu setzten.

Während die Dame ihm eine kurze Zusammenfassung von den Geschehnissen in Italien gab, zog Abraxas einen unbeschrifteten Umschlag aus seiner Umhängetasche und schob ihn der Frau zu. Diese warf einen kurzen Blick rein, erkannte die abgemachte Summe und nickte zufrieden.

»Er hat den Auftrag wie erwartet angenommen. Er wird nächste Woche für die ausgemachte Zeit nach Florenz ziehen.«, sprach sie, nachdem sie den Umschlag in ihre Tasche gleiten liess.

»Er wird also für vier Monate ausser Landes sein?«

Sie nickte.

»Wo ist Monsieur Lefeuvre jetzt?«

»Er müsste nun Zuhause in Versailles angekommen sein.«, antwortete sie.

Abraxas warf seiner Kontaktfrau einen prüfenden Blick zu, dann lächelte er charmant und fragte: »Und die Extraaufgabe, die ich Ihnen gegeben habe? Haben Sie die auch erfüllt?«

Er zog sein Scheckbuch und einen Stift aus der Innentasche seines Mantels und kritzelte eine fünfstellige Zahl drauf.

Dann schob er ihr das Papier über den Tisch hinweg zu und musterte sie aufmerksam.

Ohne zu zögern und mit der Kaltblütigkeit, die für eine Prostituierte üblich war, steckte sie den Scheck in den Umschlag und überreichte ihm ihrerseits ein Couvert.

Abraxas scannte den Inhalt prüfend, dann liess er den Briefumschlag lächelnd in den Tiefen seiner Tasche verschwinden.

»Ich bin vollends zufrieden mit Ihnen, Madame.«, sprach er und reichte ihr feierlich die Hand, »die Zusammenarbeit mit Ihnen war ergiebiger, als ich es mir je zu wünschen gewagt habe.«

Die Dame liess sich lächelnd von ihm die Hände küssen und erwiderte: »Es war mir ein ausgesprochenes Vergnügen, Monsieur. Wenn Sie wieder einmal einen Auftrag dieser Art haben sollten, zögern Sie nicht mich zu kontaktieren. Ich stehe Ihnen immer zur Verfügung.«

Abraxas gab ihr noch letzte Anweisungen, wie sie ihre Stelle als Lefeuvres Assistentin am leichtesten verlieren würde, denn nun war sie als diese nicht länger gebraucht, und verabschiedete sich mit jener Kälte, die Abraxas Zouche so überdeutlich anhaftete und die jedem, der ihm begegnete, ganz besonders auffiel.

Zurück im Hotel angekommen, betrat Zouche sogleich Zimmer 22 und verriegelte die Tür von innen.

Jasper lag noch immer im Bett und schlief tief und fest. Abraxas durchquerte den Raum, zog mit einem schwungvollen Ruck die Bettdecke zurück und riss ihn an den Haaren auf den Boden und rüber ins Badezimmer.

So jäh und schmerzhaft aus dem Schlaf gerissen, liess Jasper Abraxas Bosheit schweigsam und mit grösster Verwirrtheit über sich ergehen.

»Komm zu dir!«, befahl dieser ungerührt, während er den bestürzten Jasper ungnädig in die Dusche drängte und ihn mitsamt seinem Pyjama mit eiskaltem Wasser abspritzte.

»Du hast dich bei Mademoiselle nicht entschuldigt wie ich hören musste. Du hast dich meiner Aufforderung ein weiteres Mal widersetzt.«, sprach Abraxas bedauernd.

Dann zerrte er den zitternden Burschen auf den beheizten Fliesenboden, riss ihm ungeduldig die nassen Sachen vom Leib und versetzte ihm eine Reihe harter Fausthiebe auf Leber, Milz, Unterleib und Solarplexus.

Die Hiebe waren so präzise verteilt, so schnell aufeinanderfolgend, dass Jasper keine Zeit für einen Schmerzenslaut blieb und er bloss hustend und keuchend nach Luft ringen konnte.

Abraxas währenddessen, kämpfte mit aller Kraft um Selbstbeherrschung. Ein roter Nebel der Wut überzog sein Blickfeld und erstickte seinen Verstand in heissem Dunst.

»Ich bin enttäuscht, Jasper.«, keuchte er schweratmend, die Hände zu Fäusten geballt.

Ohne dem zusammengekrümmten Bündel Gelegenheit zum Aufatmen zu geben, hievte er Jasper hoch und trug ihn zurück ins Bett.

Mit zwei geübten Handgriffen hatte er Jaspers Hände und Füsse mit Klebeband fixiert.

»Wirst du deine Bestrafung bereitwillig hinnehmen?«, erkundigte er sich.

Jasper nickte benommen, Blut tropfte von seinen aufgeplatzten Lippen auf den weissen Kissenbezug. Abraxas legte nachdenklich den Kopf schief und machte sich gedanklich eine Notiz, dass er den Überzug bei passender Gelegenheit verschwinden lassen werde würde.

»Gut. Ich werde bis tief in die Nacht fort sein, du wirst also ein Weilchen in dieser unglücklichen Position verharren müssen.«

Abraxas musterte den bewegungsunfähigen Jasper lächelnd und strich ihm durch die dichten Locken. Dann drehte er den schweren Körper auf den Rücken, streifte sich einen seiner Silberringe vom Finger und platzierte ihn aufrecht auf Jaspers schweissnasser Stirn.

»Wenn dieser Ring während meiner Abwesenheit davonrollen und von deiner Stirn herunterfallen sollte«, sprach Abraxas gelassen, während er ihm tief in die Augen blickte, »werde auch ich dich fallen lassen, hörst du? Endgültig und unwiderruflich.«

Und ohne auf Jaspers Antwort zu warten, verschwand er im Badezimmer, um sich für die bevorstehenden Ballettaufführung an diesen Abend herzurichten.

Minna würde auch dort sein hatte ihm ein Vöglein gezwitschert, er wollte also sicher gehen, dass sein Auftreten tadellos sein würde.

7. Kapitel

𝒟ɪᴇ *Opéra Garnier* sᴛᴀɴᴅ ᴀᴜғ ᴅᴇʀ ʀᴇᴄʜᴛᴇɴ Sᴇɪᴛᴇ ᴅᴇʀ Sᴇɪɴᴇ, ein Stückchen weiter nördlich des Louvre.

Mit ihrer üppigen Ausschmückung, sowohl aussen wie auch im Innern, dem neobarocken Baustil, der gewaltigen Marmortreppe und der malerischen Deckenfresko im Grand Foyer, bildete das Opernhaus für Abraxas Zouche die ideale Ergänzung. Als dieser in Richtung des in Gold- und Rottönen gehaltenen Zuschauerraums schlenderte, fühlte er sich seit langer Zeit wieder ganz in seinem Element.

Die schmutzigen, lauten Strassen der Stadt waren vergessen, die enge Zelle seiner langen Einzelhaft war, wenn nicht ganz aus seiner Erinnerung getilgt, so doch weit in den Hintergrund gerückt.

Die ihn umringende Schönheit mit jeder Faser seines Körpers geniessend, führte er seine Begleitung zu ihren reservierten Sitzplätzen in eine kleine Loge ganz in der Nähe der Bühne und half ihr den Mantel auszuziehen.

»Sie sind ein wahrer Gentleman.«, gurrte Madame d'Urélle errötend, als Abraxas zum wiederholten Mal ihre Aufmachung komplimentierte.

»Wissen Sie, ich fühle mich ganz besonders. Sehen Sie sich um, keine Frau besitzt eine so anziehende Begleitung wie ich!«

Abraxas lächelte nur, antwortete jedoch nichts. Seine Augen huschten aufmerksam die gegenüberliegenden Logen und Sitzplätzen entlang, auf der Suche nach einer ganz bestimmten Person.

Nicht weit vom Eingang entfernt, beinahe vis-à-vis zu seinem eigenen Sitzplatz, fanden seine Augen schliesslich wonach er gesucht hatte.

»Sie besitzt ein gewisses *je ne sais quoi*, nicht wahr?«, murmelte Laeticia lächelnd, als sie Abraxas Blick gefolgt war und Minna erspähte.

Ihre Begleitung nickte schweigend und winkte der jungen Dame zu, als diese ihn ebenfalls bemerkt hatte.

Minna wirkte überrascht, den Doktor und Laeticia d'Urélle gemeinsam und in solch vertraulicher Weise zu sehen.

Sie war in Begleitung von Laurent, was Abraxas nicht erstaunte, jedoch deswegen nicht weniger missbilligte.

»Mein aufrichtiges Beileid«, er wandte sich wieder der älteren Dame zu und lächelte bedauernd, »wegen Ihrer Tochter, meine ich ... ich hatte bisher keine passende Gelegenheit gefunden die Sprache auf dieses schreckliche Ereignis zu bringen.«

Laeticias Gesicht erbleichte und das Lächeln auf ihrer Lippe erstarb.

»Und Sie denken das hier ist der passende Augenblick?«

Abraxas nickte. »Gewiss. Gibt es einen besseren Zeitpunkt, um den Tod eines Menschen zu betrauern als unter dem Dach von Musik und Poesie?«

Er gab ihr keine Gelegenheit zu antworten und fuhr sogleich fort: »Ist es wahr, dass Mademoiselle Dupont sie gefunden-...« – »Es ist wahr.«, fuhr sie ihm dazwischen, ihre Stimme bebte und ihr Blick war starr auf die Bühne gerichtet.

»Sie haben ihr mit Leibeskräften zu helfen versucht«, fuhr sie fort, Tränen sammelten sich in ihren Augen, »und dafür schulde ich Ihnen ewige Dankbarkeit, Monsieur.«

Sie griff nach seiner Hand und drückte sie.

Abraxas erwiderte ihr Lächeln und sagte in bescheidenem Ton: »Appoline hatte sich längst entschieden, meine Hilfe kam zu spät.«

Das Licht erlosch und Laeticias Schluchzen ging in den ersten Klängen von Beethovens Mondscheinsonate unter.

In der Pause entschuldigte Abraxas sich, drängte sich durch die bunte Masse an Gästen und setzte sich zu Minna ins gegenüberliegende Hochparterre. Laurent war gemeinsam mit seinem Gefolge ins innewohnende Restaurant der Oper gegangen, während Minna darauf bestanden hatte sitzen zu bleiben.

»Kaum ist der Drache fort, scharwenzelst du um seinen Schatz.«, sprach sie, als sie Abraxas in der Reihe hinter sich bemerkte. Sie hatte nur darauf gewartet, dass er sich bei bietender Gelegenheit zu ihr setzten würde und war über sein Kommen nicht im mindesten erstaunt.

Eine warme Hand legte sich auf ihren weissen Nacken und seine Stimme erklang ganz nahe an ihrem Ohr. »Wie entschieden der Drache den Schatz auch bewachen mag, gehörten tut er ihm nicht.«

Minna lächelte und wandte sich um. »Ach ja? Wem gehört er dann?« Wollte sie wissen.

Abraxas lachte leise und seine Lippen berührten flüchtig ihren Hals.

»Du gehörst mir, *ma chérie*. Ausser mir gibt es niemanden auf dieser Welt, der dir das Wasser reichen könnte.«

»Wie kannst du dir da so sicher sein?«, fragte Minna errötend.

Die Hand auf ihrer Schulter glitt zu ihrer Wange hinauf und drehte ihr Gesicht sanft zu sich.

»Ich lasse mich nicht irreleiten, ausserhalb meiner Selbst ist alles tot.«

Er sprach die Worte in vollkommen ersten Ton und musterte sie dabei so intensiv, dass Minna sich für einen Moment dem Gedanken hingab, dass er damit recht haben musste.

»Du bist nicht der einzige Mann auf dieser Erde.«, hauchte sie leise.

»Wie kannst du dir da jemals wirklich sicher sein?«, entgegnete er, die Augen hungrig auf ihre roten Lippen geheftet.

»Die Liebe will Beweise.«

»Die soll sie bekommen.«

Er beugte sich noch etwas tiefer, um ihren Mund zu küssen, da fiel sein Blick auf etwas Funkelndes in ihrem Schoss.

Verwirrt sah er genauer hin und erkannte einen schmalen Ring an ihrer liken Hand.

Für einen Moment schien es, als wäre er auf seinem roten Sitzplatz zu Eis gefroren, dann erhob er sich ruckartig, packte Minna am Ellbogen und bugsierte sie in eleganter Schnelle in eine abgegrenzte, leerstehende Loge, welche mit zwei schweren Vorhängen vor neugierigen Blicken Schutz bot.

»Was hat das zu bedeuten? Sprich!«, forderte er eisig, die Augen zu schmalen Schlitzen verengt.

Er fasste Minna ums Handgelenk und betrachtete den Ring mit so viel Abscheu, als hätte dieser ihm ein persönliches Leid zugefügt.

»Laurent hat mir heute Nachmittag den Antrag gemacht«, sprach Minna würdevoll und entzog sich seinem Griff, »und ich habe ja gesagt.«

Abraxas schloss die Augen und rang um Fassung. Eine heisse Woge des Zorns peitschte seine Eingeweide und verlieh ihm eine Gänsehaut.

»Du wirst also heiraten.«, murmelte er schliesslich, die Augen immer noch geschlossen haltend.

»So ist es.«, bestätigte sie.

»Das ist sonderbar, ich habe mir dich nie in der Rolle der Ehefrau vorstellen können.«

»Vielleicht nicht als die deine.«, entgegnete sie trocken.

Abraxas öffnete die Augen und betrachtete sie ausdruckslos. Minna, die das Gewissen plagte, trat auf ihn zu und legte ihm die Hand auf die Brust.

»Ein Schlag ins Gesicht mit einem weissglühenden Eisen hätte mich nicht mehr irritieren können als diese Offenbarung.«, gestand er kühl.

»Wenn du durch den Nebel der Impulsivität und der Eifersucht hindurchspähst, was erkennst du dahinter?«, wisperte sie ihm mit einem beschwörenden Blick ins Ohr.

»Die Entschlossenheit einer Frau.«, antwortete er hart, ohne ihre Liebkosungen zu würdigen.

Minna senkte den Blick und schmiegte sich an ihn.

»So ist es, Abraxas. Ich habe meine Entscheidung getroffen und nun liegt es an dir, sie zu billigen.«

»Warum möchtest du nicht meine Frau werden?«

»Ist das ein Antrag?«, Minna schmunzelte, »zwei an einem Tag, das muss ein Rekord sein.«

»Ich kann dir alles bieten was er kann und noch viel mehr.«, beharrte Abraxas gelassen.

»Ich könnte nicht mit dem Mann verheiratet sein, den ich aufrichtig und bedingungslos liebe«, erwiderte Minna entschieden, »was für eine schreckliche Vorstellung!«

Abraxas seufzte, warf ihr einen letzten, frostigen Blick zu, drängte sie sachte von sich und schickte sich an die Loge zu verlassen.

Bevor er endgültig verschwunden war, meinte Minna ihn noch murmeln zu hören: »Schwachheit, dein Name ist Weib!«

Traurig lächelnd, wartete sie eine Handvoll Herzschläge, dann verliess sie die Loge ebenfalls.

Warum hatte sie ja gesagt? Eine gute Frage. Minna setzte sich auf ihren Platz und rieb sich mit bebenden Händen die Schläfe.

Der Ring an ihrem Finger fühlte sich unsagbar schwer an und sie ertappte sich immer wieder dabei, wie sie ihn vor den Augen der anderen Leute zu verbergen versuchte.

Sie hatte schlichtweg keine andere Möglichkeit gesehen als ja zu sagen. Wenn sie auch weiterhin und für ihr restliches Leben diesen gewöhnten Standard an Luxus leben wollte, ohne von ihrer Tante abhängig zu sein, dann musste sie Laurent heiraten.

Ihr Bankkonto war gut gefüllt – *noch*. Aber was würde in zwanzig Jahren sein? In dreissig?

Mit einem einzigen Wort, mit zwei kleinen Buchstaben war für den Rest ihres Lebens ausgesorgt. Die Gelegenheit war zu wunderbar gewesen, als dass sie nein hätte sagen können. Es war ein Wink des Schicksals gewesen und Minna war ihm gefolgt.

»Erwartest du, dass ich einen Ehevertrag unterschreiben werden?«, hatte sie ihn nach ihrer Einwilligung gefragt.

Laurent hatte nur gelacht, sie an sich gezogen und durch den Raum gewirbelt.

»Ganz gewiss nicht, *ma puce*«, hatte er geantwortet, »du bist meine Frau und somit ist es deine Aufgabe mein Geld mit ganzen Händen auszugeben! Mach dir keine Sorgen, hörst du? Nie wieder sollst du dir um Geld auch nur den kleinsten Gedanken machen.«

Minna war eine zu wohlerzogene Dame, um ihrem zukünftigen Ehemann zu widersprechen und so hatte sie sich seine Worte zu Herzen genommen.

Während Minna sich das Gewissen mit stichhaltigen und logischen Argumenten reinwusch, standen Laurent und Abraxas im Wandelgang beisammen und führten eine ungezwungene Plauderei.

Abraxas beglückwünschte seinen Freund zu dessen Verlobung mit der Kaltblütigkeit einer Schlange, während dieser allen Leuten, die es hören wollte, strahlend über seine Vermählung erzählte.

Es dauerte nicht lange und bald wusste die ganze Stadt, dass einer der begehrtesten Männer von Paris in den Stand der Ehe eingehen würde.

Und trotz der Endgültigkeit, die eine Verlobung für so manchen Rivalen mit sich brachte, war Abraxas nicht im mindesten besorgt. Im Gegenteil, wenn er seinen hinderlichen Stolz beiseiteschob erkannte er klar, was für einen grossen Dienst Minna ihm mit ihrer Einwilligung erwiesen hatte, denn nun hatte er, Abraxas, einen wahren Grund, um sich mit geballter Kraft und mit gerechtfertigtem Ehrgefühl auf Laurent zu konzentrieren. Das Spiel ging somit in die zweite Runde.

8. Kapitel

$\mathcal{T}$IEF IN DER NACHT KEHRTE ABRAXAS INS HOTEL ZURÜCK. Jasper lag in derselben Position auf dem Bett, wie er ihn verlassen hatte. Sein Ring balancierte nach wie vor auf dessen schweissnasser Stirn. Abraxas war zufrieden.

Er durchtrennte das Klebeband an Jaspers Füssen und Händen, rieb ihm die wunden Stellen und die vor Anstrengung zitternden Muskeln mit einer kühlenden Salbe ein und legte sich zu ihm ins Bett.

Jaspers Verstörtheit blieb ihm nicht verborgen und er machte sich mit aller Zärtlichkeit, die ihm noch innewohnte und zur Verfügung stand, daran Jasper für sein langes Ausharren zu belohnen.

»Ich verzeihe dir deine Vergehen.«, hauchte er ihm sanft ins Ohr, während er ihm mit den Fingern leicht durch die Locken fuhr.

Seine Stimme war so sanft und seine Brührungen so zärtlich, dass Jasper genüsslich die Augen schloss und sämtliche Zweifel und Ängste losliess.

»Minna will mich nicht mehr in ihrer Nähe haben«, sprach er leise, »ich wollte mich bei ihr entschuldigen, dass glauben Sie mir doch, nicht wahr, Sir?«

»Natürlich, mein Lieber.«, entgegnete Abraxas. Seine Hände glitten Jaspers Oberkörper entlang und verloren sich an dessen südlichster Stelle.

»Weisst du«, sprach er nach einer Weile, eine Spur federleichter Küsse auf Jaspers Hals verteilend, »du kannst Minna noch auf einer anderen Art und Weise um Vergebung bitten ... «

Und auf Jaspers von Ehrgeiz gepackten Blick hin, flüsterte Abraxas ihm seinen Anweisungen zu.

Den nächsten Tag verbrachten Abraxas und sein treuer Freund damit zu, die genaueren Einzelheiten der bevorstehenden Angelegenheiten zu besprechen.

»Madame d'Urélle hat mir gestern erzählt, dass am fünfundzwanzigsten Februar die Beerdigung ihrer Tochter stattfinden wird«, informierte ihn Abraxas beim Lunch, »ich werde leider nicht daran teilnehmen können, so gerne ich dies auch würde. Ich habe wichtige Pflichten, denen ich nachgehen muss. Und deswegen wirst du mich an Appolines Beisetzung vertreten.«

»Das ist in zwei Wochen!«, rief Jasper, ein Ausdruck des Entsetzens breitete sich auf seinem Gesicht aus, »Sie wollen mich allein dorthin schicken? Ich werde Madame d'Urélle und Minna nicht in die Augen sehen können...«

»Minna wird nicht dort sein.«, entgegnete Abraxas und nippte stoisch lächelnd an seinem Sekt. Seine kalten Augen funkelten.

»Wie bitte? Das verstehe ich nicht.«

»Das brauchst du auch nicht.«, erwiderte er mit einer solch gebieterischen Miene, dass Jasper sich augenblicklich fügte.

»Du wirst tun was ich dir auftrage, alles andere überlässt du mir.«, fügte Abraxas in milderem Ton hinzu und griff nach Jaspers Hand.

Dieser nickte eilig und lächelte schwach.

Wie üblich wurde sein Lächeln von seinem Gegenüber nicht erwidert.

»Ich werde lange fort sein«, fuhr Abraxas fort, »du wirst also genug Zeit haben meine Wünsche in die Tat umzusetzen.«

Jasper nickte erneut. Es schien, als würde ihm beim alleinigen Gedanken an das Bevorstehende speiübel.

»Darf man fragen, wie lange Sie gedenken fort zu sein?«, hakte er vorsichtig nach, ohne es zu wagen ihm in die Augen zu blicken.

»Einen Monat, vielleicht länger. Sorge dafür, dass die Angelegenheit, von der gestern die Rede war, vor dem zehnten März ausgeführt und abgeschlossen ist.«

Abraxas musterte ihn forschend und fügte hinzu: »Das ist sehr wichtig, hast du das verstanden?«

»Verstanden, Sir. Sie können sich ganz auf mich verlassen.«, antwortete Jasper mit grimmiger Entschlossenheit.

Abraxas nickte zufrieden und winkte nach der Rechnung.

Fünf Tage später, standen Minna und Laurent eng umschlungen im Foyer, während der Chauffeur schnaufend einen schweren Koffer nach dem anderen zur Haustür hinaustrug.

»Drei lange Monate. Du wirst mir fehlen.«, murmelte Minna seufzend, das Gesicht in seiner Brust vergraben.

»Du wirst mich mindestens einmal im Monat besuchen kommen müssen«, entgegnete er zärtlich, »das ist schliesslich deine Aufgabe, du musst deinem Verlobten mit allen dir nur möglichen Mitteln zur Seite stehen.«

Minna lächelte traurig und zog sein Gesicht zu sich hinunter, um ihn zu küssen.

»Bist du sicher, dass du nicht mitkommen willst?«, forschte er zum dritten Mal an diesem Morgen nach.

»Das geht nicht, Laurent«, antwortete sie geduldig, »ich werde hier in Paris bleiben.«

Laurent beäugte sie stirnrunzelnd, es gefiel ihm ganz und gar nicht, dass sie sich so vehement weigerte mit ihm zu gehen und er hatte bereits eine Ahnung, woran das liegen könnte.

»Wenn mir zu Ohren kommen sollte, dass du dich während meiner Abwesenheit wieder mit Doktor Zouche getroffen hast, oder ihn auch nur angesehen haben solltest...«, er liess den Satz unvollendet, denn in eben diesem Moment klopfte es an der geöffneten Haustür und, als hätte er sich beim Klang seines Namens spontan mitten aus der Luft manifestiert, stand Abraxas im Flur.

Dieser musste Laurents Worte zweifelsfrei gehört haben, liess sich jedoch nichts anmerken und begrüsste seinen Freund strahlend. Minna, die vor Entsetzten wie gelähmt war, hingegen würdigte er kaum eines Blickes.

»Ich wollte mich noch angemessen bei Ihnen verabschieden, Laurent«, sprach er, »ich hoffe, Sie können mir mein so plötzliches Erscheinen verzeihen.«

Laurent erwiderte seine Begrüssung nicht ganz so überschwänglich, er wirkte verwirrt und vielleicht sogar ein wenig verärgert.

»Seien Sie nicht albern«, erwiderte er, »es ist mir eine Freude!«

Die beiden Herren verschwanden durch eine Tür in ein kleines, gemütliches Vorzimmer und Minna wurde unbeachtet zurückgelassen, was dieser jedoch sehr gelegen kam. Um nichts in der Welt hätte sie mit den beiden in ein und demselben Raum sitzen wollen. Allein beim Gedanken daran, erschauderte sie.

Woher wusste Laurent, dass sie und Monsieur Zouche sich während seiner Abwesenheit getroffen hatten? Verwirrt liess sie sich auf einen Diwan, nahe des Eingangs nieder. Ihr war ganz übel.

Im Vorzimmer währenddessen herrschte eine so eisige Spannung, dass selbst Erebos sich in Anwesenheit dieser beiden Männer unwohl in seiner Haut gefühlt hätte.

Von der vorherigen Höflichkeit war nichts mehr vorhanden, jedenfalls war dies bei Laurent der Fall. Er betrachtete Abraxas mit so viel offener Abscheu und Missgunst, dass es an ein Wunder erinnerte, dass Abraxas ihm nicht augenblicklich das Genick entzweibrach.

Denn wenn es etwas gab, was dieser noch mehr verabscheute als die Langeweile oder die Schwäche, dann war es Unhöflichkeit.

»Was wollen Sie?«, bellte Laurent ungehalten, die Hände zu Fäusten geballt.

»Nun«, machte Abraxas gelassen, sich interessiert in dem kleinen, von schweren Wandbehangen und hohen Bücherregalen verzierte Zimmer umschauend, »zu Ihrem eigenen Nutzen, gehen wir doch davon aus, dass Sie mir zuvorkommender Weise einen Sitzplatz und ein Getränk angeboten haben, und ich diese dankend abgelehnt habe. Da nun die nötigen Höflichkeiten ausgetauscht wären, komme ich direkt zur Sache, soll ich?«

Er deutete Laurents eisernes Schweigen als Einwilligung und zog einen weissen, unbeschrifteten Umschlag aus seiner ledernen Umhängetasche.

»Wenn ich Ihnen einen gutgemeinten Rat geben darf...«, Abraxas zeigte ihm die Fotos, die seine Prostituierte aus Florenz mitgebracht hatte, »Sie sollten in Zukunft wirklich vorsichtiger sein, wen Sie anstellen lassen. Es war geradezu lachhaft einfach meine kleine Professionelle bei Ihnen einzuschleusen, dass enttäuscht mich ein wenig, wie ich gestehen muss.«

Mit aufmerksamem Blick verfolgte er jede Gemütsregung, die sich im Gesicht seines Gegenübers vollstreckte.

Verwirrung, Entsetzten und schliesslich blinder Zorn.

Mit der Entschlossenheit eines Bären wollte Laurent sich auf ihn stürzen, doch Abraxas sprang ihm leichtfüssig aus dem Weg und rief: »Na, na. Nicht übermütig werden. Wenn ich Sie wäre, mein Guter, würde ich meine Manieren behalten. Blicken Sie doch einen Moment für mich in diesen Spiegel, ja?«

Und er deutete, nachdem er die pikanten Fotos von Laurents nächtlichen Abenteuer unversehrt in seiner Tasche gleiten liess, auf den Wandspiegel, der in einer Ecke stand.

Laurent folgte instinktiv seiner Anweisung.

Sämtliche Farbe wich aus seinem bis dahin karmesinroten Gesicht und er erstarrte.

Auf der Mitte seiner glatten Stirn blinkte ein roter Punkt still vor sich hin.

Instinktiv huschten seine vor Schreck geweiteten Augen Richtung Fenster.

»Wer sind Sie?«, keuchte er starr vor Entsetzten.

Abraxas zog die Vorhänge noch ein Stückchen weiter zurück und summte eine süsse Melodie, als das bleiche Sonnenlicht auf seine Haut fiel.

»Sie wissen wer ich bin, mein Guter.«

Laurent schüttelte heftig den Kopf. »Das glaube ich nicht. Ich habe noch nie von einem Abraxas Zouche gehört. Sie sagen Sie kommen aus

Grenoble, aber dort gab es in den letzten Zwanzig Jahren nicht einen einzigen Psychiater mit diesem Namen.«

»Sie haben also gewisse Nachforschungen über mich angestellt?«, er schnalzte nachdenklich mit der Zunge und legte den Kopf schief, »wie bedauerlich. Die Neugierde, was für ein lästiger Wesenszug.«

»Wer sind Sie?«, wiederholte Laurent.

Abraxas liess sich in einen Sessel vor dem Kamin fallen und betrachtete ihn für eine lange Zeit ausdruckslos.

Dann stahl sich ein mattes lächeln auf seine Lippen und er sagte: »Ich bin ein Mann, der Ihnen alles nehmen wird, woran Ihr Herz jemals gehangen hat, sollten Sie auf die Idee kommen mir weiter nachzustellen oder mir gar in die Quere zu kommen.«

Laurent schluckte hart, seine Augen huschten zu Abraxas Ledertasche.

»Und wen ich Sie in Frieden lassen sollte?«

Abraxas Lächeln weitete sich. »Das werden Sie, davon bin ich überzeugt.«

Er erhob sich und gab ein Zeichen, worauf der rote Punkt auf Laurents Stirn augenblicklich erlosch.

Die Hand bereits auf der Türklinke, wandte er sich noch einmal um.

»Ach, und Laurent? Sollten Sie Minna noch ein einziges Mal drohen, werde ich davon erfahren ... genauso wie ich von Ihrer geschmacklosen Nachstellung erfahren habe. Sie setzten wildfremde Leute auf Minna an während Sie ausser Landes sind, lassen sie überwachen und fotografieren. Wie geschmacklos.«

Er winkte zum Abschied und schloss die Tür hinter sich. Auf dem Flur begegnete er Minna, die aufgeschreckt wie ein Reh zurückwich.

Abraxas konnte sich ein Schmunzeln nicht verkneifen. Er schlenderte auf sie zu und betrachtete sie aufmerksam von oben herab.

»Du hast gelauscht, nicht wahr?«

Sie nickte schweigend und errötete.

»Wie ungezogen«, tadelte er kopfschüttelnd, »hast du auch gehört was ich über die Neugierde gesagt habe?«

Ein unwilliger Zug trat um ihren Mund, was Abraxas vor Entzückung erweichen liess.

»Nicht nur impertinent und unartig, sondern auch noch dickköpfig«, er trat vor und zog sie schwungvoll an sich, »genauso habe ich dich in Erinnerung.«

Er hauchte ihr die Andeutung eines Kusses auf die Stirn und rauschte Richtung Ausgang davon.

»Du wirst im Verlauf der nächsten Tage Nachricht von mir erhalten.«, rief er ihr über die Schultern zu, dann war er fort.

Einen Moment später erschien Laurent im Türrahmen, er sah blass und verstört aus, wollte auf Minnas Fragen was denn los sei jedoch nicht antworten und begab sich in grösster Eile in den bereitstehenden Wagen.

Minna sah der davonfahrenden Limousine lange nach.

Abraxas hielt Wort. Drei Tage später erhielt Minna einen Anruf von ihm. Er hielt sich kurz und gab ihr zu verstehen, dass sie ihre Koffer packen, und sich noch an diesem Tag zu seiner zeitweiligen Wohnung in die *rue de rivoli* im Stadtviertel *Marais* begeben sollte.

Minna, die mittlerweile nichts mehr so schnell in Erstaunen versetzten konnte, kam seiner Aufforderung mit dem beklemmenden Gefühl der Aufregung in der Brust nach.

Sie wusste nicht recht was hier vor sich ging, aber sie spürte instinktiv, dass es von grosser Bedeutung sein musste.

Und so kam es, dass sie wie abgesprochen noch am selben Tag auf Abraxas Türschwelle erschien, einen grossen Koffer in der Hand und ein zaghaftes Lächeln auf den Lippen.

Nach dem Abraxas seinen Gast begrüsst hatte, führte er ihn in den geräumigen Wohnraum, den Koffer trug er nach nebenan ins Schlafzimmer.

»Wo hast du deinen vierbeinigen Freund gelassen?«, erkundigte er sich, nachdem er Minna mit einem Glas Wein versorgt und sich neben sie gesetzt hatte.

»Absolem ist bei Tante Aliette in den besten Händen.«, sagte sie, den Blick wie gebannt durch den in Gold und Weiss gehaltenen Raum schweifen lassend.

Abraxas besass ein auffallendes Gespür für die Kombination von Farben und Materialien.

Sämtliche Holzmöbel waren mit feinen, goldenen Ornamenten verziert, während die eierschalweissen Wände mit Büchern und Landschaftsbildern mit schlichten Ramen behangen waren, was dem Raum so ein gewisses, von einem hellen Glanz durchdrungenen Leben einhauchte und ihn trotz der subtilen Eleganz, nicht langweilig wirken liess.

»Das ist schade.«, bemerkte Abraxas, seine Augen fixierten Minna so eindringlich, als stillte ihr Anblick einen Hunger, der hinter seinen Augäpfeln wütete.

»Ich schätze die Gegenwart von Hunden.«, er schenkte ihr ein undeutliches Lächeln und griff nach einem kleinen, silbernen Glöckchen, welches vor ihnen auf dem Tisch stand.

Ein silberheller Klang ertöte und einen Atemzug später betrat eine Person den Raum.

»Da wir gerade von Hunden sprechen...«, Abraxas winkte die zögerlich stehen gebliebene Gestalt näher und wies mit einer leichten Geste auf den Boden zu seinen Füssen.

»Normalerweise ist der Canidae nicht in der Lange zu sprechen... der hier jedoch schon.« Er fuhr dem niedergekienten Jasper durch die dichten Locken und schmunzelte.

»Nicht wahr, mein Guter? Sprich.«

Jasper wich seinem durchbohrenden Blick aus und murmelte ein leises: »So ist es, Sir.«

Abraxas wandte sich mit dem Oberkörper Minna zu und griff nach ihrer Hand.

»Aber er wird nicht sprechen, so ist es doch, oder nicht?«

»Nicht, wenn Sie es mir untersagen, Sir.«, kam es vom Fussboden.

Mit der Fussspitze übte Abraxas einen leichten Druck auf seine vor ihm liegende Hand aus, worauf Jasper ruckartig zu ihm hochblickte.

»Du darfst meine Begleitung ruhig begrüssen, oder ist dir nicht danach zumute?«

Jasper wandte sich blitzartig an Minna und begrüsste sie so förmlich, als wäre er ihr noch nie zuvor begegnet.

Minna war so entsetzt von diesem Schauspiel, dass sie keinen Ton über die Lippen brachte.

»Brrr, was für eine eisige Stimmung«, machte Abraxas, der es sichtlich zu geniessen schien, »vielleicht sollte ich mir etwas anziehen, sonst hole ich mir womöglich noch eine Erkältung ab euch beiden.«

Zufrieden entliess er Jasper mit einer weiteren Geste und als dieser den Raum verlassen hatte, sagte er: »Jasper bewohnt ein kleines Zimmer hier bei mir, das Hotel ist uns beiden auf Dauer zu lästig geworden.«

Minna, von den ausgedrückten Abgründen ihres Gegenübers irritiert, nickte bloss schweigend und starrte auf den Punkt, auf dem Jasper gekauert hatte.

»Du siehst schrecklich blass aus, *ma chérie*«, bemerkte er, »dir scheint die Verlobung nicht gut zu bekommen. Ich habe dich gewarnt, hättest du doch bloss auf mich gehört.«

Er füllte ihr Glas auf und drückte es ihr sanft an die Lippen.

»Nicht, dass du jetzt noch irgendeine Wahl hättest. Du *wirst* Laurent heiraten, das ist sonnenklar.«, fügte er in beiläufigem Ton hinzu.

Minna nickte wie betäubt und schluckte so lange, bis das Glas leer war.

»Eine Bitte hätte ich aber ... «, Abraxas liess ihren Ringfinger in seinen Mund gleiten und umschlang das von ihrer Haut gewärmte Weissgold mit seiner Zunge.

Als er ihren Finger wieder frei gab, war der Ring verschwunden.

Er küsste sie und liess den Ring in ihren Mund übergleiten, dann liess er von ihr ab und flüsterte ihr ins Ohr: »dort wo wir hingehen werden, verlasse ich mich auf deine Diskretion. Vergiss den Ring für den nächsten Monat und quäle mich nicht länger mit seinem Anblick.«

Sein warmer Mund schien Minna aus ihrer Starre gerissen zu haben, als sich ihre Blicke kreuzte, glomm der scharfe Verstand aus ihnen.

»Wir gehen fort? Für einen ganzen Monat?«, wiederholte sie schneidig, nachdem sie den Ring in ihre Hand gespuckt hatte.

Abraxas nickte geduldig. Und auf ihren fordernden Blick hin klärte er sie über seine Reisepläne auf und über den Platz, den er ihr darin zugedacht hatte.

Minna demonstrierte ihm ihre Einwilligung wortlos und dennoch ganz unmissverständlich.

9. Kapitel

Sᴄʜ ɪɴ Aʙʀᴀxᴀs Sᴄʜʟᴀғᴢɪᴍᴍᴇʀ ɪɴ ᴅᴇɴ Aʀᴍᴇɴ ʟɪᴇɢᴇɴᴅ, sprachen sie mit leiser Stimme über die bevorzustehende Reise.

Eine gemeinsame Reise, abermals und von Neuem. Minna war in tiefen Gedanken versunken. Erinnerungsfragmente von ihrer letzten gemeinsamen Reise tauchten vor ihrem inneren Auge auf und trübten die Vorfreude, die sie gepackt hatte.

Damals war sie glimpflich davongekommen, damals hatte sie das Ganze für ein Spiel gehalten.

»Rom ... «, hauchte sie, mehr zu sich selbst als zu Abraxas, »ich war noch nie in Rom.«

Der schwere Arm um ihre Hüfte zog sie enger an sich. »Es ist wunderbar, es wird dir dort gefallen, ganz bestimmt.«

»Du warst also schonmal dort?«

Abraxas nickte träge. »Unzählige Male.«

Minna rollte sich von seiner Brust und stützte sich auf die Ellbogen, um ihm besser in die Augen sehen zu können. Nach einem Moment voll besorgter Grübeleien, rang sie sich schliesslich durch und stellte die Fragen, die sie seit so langer Zeit mit sich herumgeschleppt hatte.

»Wie verhält es sich eigentlich mit deinem Gewissen? Kommen die zwölf Seelen, die du aus ihren Hüllen befreit hast, dich nachts in deinen Träumen besuchen, oder sind sie nichts weiter als kleine Kieselsteine auf dem Pfad deiner Vergangenheit?«

Diese unschuldige Neugierde, die aus Minnas Augen sprach, machten es Abraxas unmöglich, über ihre Wissbegier zornig zu werden.

Er schenkte ihr ein mattes Lächeln und vergrub das Gesicht in ihren Haaren.

»Ich existiere, alles andere ist unwichtig.«, sprach er schliesslich.

»Das beantwortet meine Frage nicht.«

»Doch ... doch, das tut es.«

Minna wollte etwas darauf erwidern, doch als sie seinem Blick begegnete, überlegte sie es sich anders und fragte stattdessen betont beiläufig: »Nun da du dich offensichtlich dazu entschieden hast, Jasper als Hausklave zu halten, wer wird sich um seine Firma kümmern? Wer wird seinen Posten als CEO übernehmen?«

»Ach, Minna«, machte er träge, die Augen bereits geschlossen, »hast du es denn immer noch nicht verstanden? Jasper Martin hat nie wirklich existiert, alles was er war, was er trug und was er sagte, habe ich ihm zuvor vorgeschrieben. Jasper lebt nur, weil ich es ihm anfänglich ausdrücklich gestattet habe. Er war nie der CEO von *E.X.E.*, er war bloss die kleine Marionette, die mit ihrem Gesicht für die Öffentlichkeit herhalten musste ... er war stets bloss *meine* Marionette, und ich habe die Fäden gezogen.«

»Du bist der Inhaber von *E.X.E*?«, wiederholte Minna fassungslos. »Aber wie?«

Abraxas richtete sich seufzend auf, machte Licht und gebot Minna mit einer Handgeste aufzustehen. Sie setzten sich in die Küche und während er seinem Gast eine heisse Schokolade machte, sprach er: »Hast du dich nie gefragt, woher ich mein gewaltiges Vermögen habe?«

Minna zögerte einen Moment, dann sagte sie: »Na ja ... McKenzie sagte damals du stammtest aus reichem Haus ... «

»Richtig«, Abraxas nickte, erfreut, dass sie sich noch so gut daran erinnern konnte, »und woher meine Eltern ihr Vermögen haben könnten, hast du auch darüber nachgedacht?«

Minna verneinte errötend. Sie hatte sich tatsächlich nie Gedanken über Abraxas Ursprung, geschweige denn seiner Familie gemacht. Nun im Nachhinein schämte sie sich ein wenig.

»*Elements of Engrace* wurde 1960 von meiner Mutter gegründet. Das X in *E.X.E* steht für das Unbekannte, das unerforschte. Und Mutter wollte es finden, das Unbekannte, das Höchstmass an Schönheit ... das Höchstmass an Perfektion, – kurzum: vollkommene Makellosigkeit. Woher ich das so genau weiss? Mutter hat es mir jeden Abend ans Herz gelegt. ›Magnus‹, hat sie stets zu sagen gepflegt ›gut ist nicht gut genug, du sollst stets nach der Perfektion in den Dingen suchen, wer in deinen Augen nicht perfekt ist, ist es nicht wert von dir geliebt zu werden‹. Ich habe mir ihre Worte zu Herzen genommen.

Nach ihrem Tod stand ich mit sechzehn Jahren plötzlich mit einer eigenen Firma da. Bis zu meiner Volljährigkeit hatte ich rechtlich gesehen noch keine richtige Vollmacht über den Betrieb und so wurde meinem Vater die Zuständigkeit übertragen, während ich mit erreichter Volljährigkeit seinen Posten übernehmen würde, stünde mir dann der Sinn danach. Dem war jedoch nicht so und ich fokussierte mich mit ganzer Kraft auf mein Medizinstudium, während mein Vater sich um die Firma kümmerte. Vor gut sieben Jahren dann, ich sass seit einem Jahr in Einzelhaft, erreichte mich die Kunde, dass mein Vater gestorben sei. Da mir zu diesem Zeitpunkt buchstäblich die Hände gebunden waren, musste ich mir also einen Vertreter suchen. Doch damit nicht genug, ich wollte mich gänzlich aus dieser Sache herausziehen, nirgends sollte ein Hinweis bestehen, der irgendwie auf mich zurückführen könnte. Ich brauchte also keinen Stellvertreter, ich musste meinen Posten ganz abtreten und meine Rechte schweren Herzens verkaufen … und das habe ich auch getan und zwar an Jasper. Nun, jedenfalls sollte es für die Öffentlichkeit so erscheinen.«, fügte er mit einem kleinen Lächeln hinzu.

»Das Geld des CEOs floss selbstverständlich in meine Richtung, ich habe sämtliche, wichtigen Entscheidungen getroffen und ich war es auch, der Jasper vor sechs Jahren nach Paris geschickt und auf dich angesetzt hat.«

Auf Minnas Frage, weshalb er sich so energisch von seiner vererbten Firma trennen wollte, antwortete Abraxas bloss mit einem bedauernden Lächeln.

»Du hast mich also all die Jahre über bewachen lassen.«, wiederholte sie. Sie war so verwirrt und bestürzt über diese plötzliche Offenbarung, dass sie kaum die Kraft fand richtig wütend zu werden.

»Du denkst doch nicht im Ernst, dass ich dich hilflos und gänzlich ohne Schutz in dieser grossen, weiten Welt zurückgelassen hätte?«, entgegnete Abraxas stirnrunzelnd.

Er ergriff ihre Hand und drückte sie sanft. »Jasper war mein verlängerter Arm, m*a chérie*, nichts weiter. Er stand dir zu jeder Zeit zur Verfügung. Falls dir meine bescheidene, finanzielle Aufmerksamkeit nicht ausgereicht hätte, – wovon ich damals eigentlich ausgegangen bin-, wäre Jasper augenblicklich für dich da gewesen, um deine Bedürfnisse zu decken. Das du so vehement darauf bestehen würdest von niemandem Hilfe anzunehmen, hätte selbst ich nicht vorausahnen können.«

Er endete und warf ihr, an seiner Tasse nippend, einen amüsierten Blick zu.

»Aber warum um Himmels Willen hat Jasper mir nie irgendetwas davon erzählt- ...« – »Weil ich es ihm verboten habe.«, fiel er ihr ins Wort. In seinen Augen blitze es und Minna erkannte, dass sie ihren Wissensdurst drosseln musste. Ihre ständigen Fragen nagten an Abraxas Nerven, die wenn auch stählern und hart, dennoch nach all den Jahren in Gefangenschaft noch nicht ganz wiederhergestellt waren.

Und dennoch brannte ihr eine letzte Frage auf der Zunge, die sie sich nicht verkneifen konnte.

»Warum ausgerechnet Jasper? Woher kennst du ihn und was hat er getan, um dich so von seiner offensichtlichen Ergebenheit zu überzeugen?«

Aber Abraxas Zeitfensterchen der geduldigen Beantwortung ihrer unbeholfenen Fragerei war endgültig geschlossen und so erhielt sie nichts weiter als jenes, undeutliche Lächeln, hinter welchem er sich stets zu verbergen wusste.

Mit der Bemerkung, dass es bereits spät sei, und dass sie morgen eine anstrengende Reise machen würden und somit genügend Schlaf bräuchten, führte er Minna zurück ins Schlafzimmer.

Der nächste Morgen war überwogen von einem eisigen Nieselregen, dessen Nässe durch sämtliche Kleiderschichten kroch. Der Schnee auf den Strassen verwandelte sich in eine braune, kalte Masse und verlieh der Stadt eine schäbige Düsternis, die Minna in ihrem Vorhaben nur noch weiter bestärkte, nämlich mit Abraxas ohne einen weiteren Gedanken an mögliche Hindernisse und Zweifel zu verschwenden, nach Rom zu reisen und Laurent und ihre bevorstehende Vermählung für ein Weilchen zu vergessen.

Den Ring hatte sie sicher in ihrem Portemonnaie verstaut, während der Zeit in Italien würde sie ihn nicht mehr hervornehmen.

Während die Tage verstrichen und die beiden Liebenden sich Roms Zerstreuungen hingaben, lange Promenaden durch die Stadt und entlang des Tibers machten, abends in den exklusivsten Restaurants speisten und die schönsten Theaterstücke besuchten, hielt Jasper wie abgesprochen in Paris die Stellung.

Mit einer nervösen Entschlossenheit und einer stetig wachsenden Ruhelosigkeit, sah er dem Tag von Appolines Beisetzung entgegen.

Er wusste ganz genau was von ihm verlangt wurde, Abraxas hatte ihm die Aufgaben ganz genau eingebläut, und dennoch liess sich ein Hauch von Restzweifel nicht abschütteln.

Jasper fürchtete sich, mehr als jemals zuvor.

10. Kapitel

Mit leerem Blick starrte er auf das schneeweisse Gefäss, welches unscheinbar in der ihm vorgesehenen Schneise in der Wand stand.

Asche.

Jasper war schrecklich übel. Seine Hände zitterten und so verbarg er sie hinter dem Rücken, damit die umstehenden Trauergäste nichts von seiner Aufwühlung bemerkten.

Laeticia d'Urélle stand zitternd und mit verweinten Augen neben ihm, den ganzen Morgen über hatte sie ihn keines einzigen Blickes gewürdigt. Jasper wusste nicht, dass sie ihm die Schuld für den Tod ihrer Tochter gab. Er wusste nicht, dass Minna Laeticia den Nachrichtenverkehr zwischen ihm und Appoline gezeigt hatte.

Während er so dastand und sich mit jeder verstreichenden Sekunde unbehaglicher fühlte, und während Madame d'Urélle mit eisernem Willen um Beherrschung rang, Monsieur Martin nicht augenblicklich dem Mausoleum zu verweisen und ihn zum Teufel zu jagen, betrat eine Person die Ruhestätte. Sie war gänzlich in weiss gekleidet, als würde sie ihre Teilnahmslosigkeit und ihr Desinteresse dadurch hervorheben, und für jeden ersichtlich machen wollen. Das enganliegende Chanel Kostüm wirkte so deplatziert an ihr, wie eine frischgestrichene, goldene Fassade an einem verkommenen Waldhäuschen.

»Madame!«, rief sie laut und liess so jeden im Raum unwillkürlich zusammenzucken.

Mit einem tiefen Seufzer lief sie zu Laeticia und umarmte sie flüchtig.

»Camille«, entgegnete diese müde und rang sich ein schmales Lächeln ab, »wie schön, dass Sie kommen konnten. Wo ist Aramis? Ich warte schon den ganzen Morgen auf ihn!«

»Oh, er kommt jeden Moment. Er sucht noch einen Parkplatz.«, erwiderte Camille mit einem solch breiten Lächeln im Gesicht, dass Laeticia ganz schwindlig wurde.

»Wo ist Mademoiselle Dupont? Ich sehe ihren Freund Monsieur Martin dort, aber ihr bin ich noch nicht begegnet.«

Madame d'Urélles eingefallenen Wangen erbleichten und sie erstarrte.

»Minna konnte leider nicht kommen«, brachte sie angespannt hervor, »sie ist nun verlobt und muss somit ihren Pflichten nachkommen und ihren Mann auf seinen Reisen begleiten.«

»Und sie konnte nicht noch ein paar Tage warten bis die Beisetzung ihrer geliebten Freundin vorbei ist?«, hakte Camille ungläubig nach, »wie schade, sie muss sich schreckliche Gewissensbisse machen ... nun mehr denn je.«

»Minna ist in Gedanken bei uns.«, versicherte Laeticia mit Nachdruck, dann entschuldigte sie sich und ging für ein Weilchen an die frische Luft, wo sie endlich auf ihren Sohn stiess und ihn sogleich in Beschlag nahm.

Camille nutze diese Gelegenheit geschickt, nach dem sie mit allen Trauergästen ein paar Worte gewechselt und ihr aufrichtiges Bedauern ausgedrückt hatte, gesellte sie sich zu Jasper, der tief in Gedanken versunken auf dem angrenzenden Parkplatz stand und eine Zigarette rauchte.

»Diese Dinger bringen Sie noch um.«

Jasper blickte auf und seine Miene versteinerte, als er Camille erkannte.

»Vielleicht ist genau das die Absicht dahinter.«, erwiderte er trocken und vergewisserte sich mit einem raschen Blick, dass niemand anderes in Hörweite war.

»Es überrascht mich, Sie hier anzutreffen«, fuhr Camille ungerührt fort, »ich wusste nicht, dass Sie Appoline so gut gekannt haben.«

»Das habe ich nicht.«

»Das ist wahr, Sie waren nur ihr Drogendealer.«

Jasper schnaubte abschätzig und trat seine Zigarette aus. »Hören Sie«, begann er und trat ihr ganz nahe, »ich kenne Weiber wie Sie. Weiber, die nicht wissen was gut für sie ist, die ihre bemerkenswert schlecht gepuderten Nasen in Dinge reinstecken, die sie nichts angehen.«

Er musterte sie für einen Moment, dann fragte er: »Woher wissen Sie eigentlich davon?«

Camille, von seiner unmittelbaren Nähe die Nase rümpfend, sagte: »Jeder weiss davon. Ihre Pager Nachrichten sind an Madame d'Urélle durchgesickert und von da aus ... nun Sie wissen ja was für eine Schnattergans meine Schwiegermutter ist.«

Jaspers Gesicht erbleichte, doch dann, ganz langsam, schlich sich ein Lächeln auf seine blassen Lippen.

»Ach ja, ist das so?«, er nickte bedächtig und machte ein paar Schritte Richtung Wagen, dann blieb er stehen und legte den Kopf schräg, so wie Abraxas es zu tun pflegte, wann immer er seinen Gegenüber abschätzte.

»Sie denken nicht sehr weit, kann das sein?« Und auf Camilles verwirrten Blick hin sprach er gelassen: »Wenn Laeticia an den Nachrichtenverlauf zwischen mir und Appoline gekommen ist, dann offensichtlich auch an Ihren, Mademoiselle.«

Er lachte über ihr sichtliches Unbehagen. »Jasper der Drogendealer ... damit kann ich leben. Was haben Sie für einen Namen, Camille? Können Sie mit Ihrem ebenfalls leben?«

Camille verfiel in beharrliches Schweigen, den Blick zu Boden gesenkt dachte sie fieberhaft nach.

»Woher wissen Sie von mir und Appoline?«, fragte sie schliesslich, ihre Augen blitzten zornig.

Jasper dachte an die vielen, langen Gespräche zwischen ihm und Abraxas im Hotel zurück und er lächelte grimmig.

»Ein Vöglein hat es mir gezwitschert.«

Camilles Wangen färbten sich karmesinrot, wutentbrannt schritt sie auf Jasper zu.

»Ich werde Ihnen mal etwas sagen Monsieur!-....« – »Nein, *ich* sage Ihnen etwas«, unterbrach er sie, »wenn Sie weiterhin auf diese offensichtliche Art und Weise gegen Minna Dupont intrigieren, werden Sie in Madame d'Urélles Fadenkreuz geraten. Nun da Appoline tot ist, wird Laeticia sich noch energischer an Minnas Person ergötzen und sie wird gewiss nicht zulassen, dass ihrer Favoritin etwas zustossen könnte.«

... Und Laeticia ist noch dein kleinstes Problem, Miststück, fügte er in Gedanken hinzu.

Zu seinem grossen Überraschen, verflog Camilles Zorn mit einem Schlag und ihre Stirn legte sich in Falten. Nachdenklich schritt sie vor ihm auf und ab, der Schnee knirschte unter ihren Stiefeln und durchschnitt die Stille des Friedhofs.

Nach einer Weile blieb sie stehen und beäugte Jasper forschend.

»Sie haben sehr unter dieser Frau gelitten«, sprach sie ruhig, »und dennoch verteidigen Sie sie immer noch mit der Inbrunst eines Löwen... weshalb?«

Jasper schwieg.

»Minna hat Ihnen Ihren Mann ausgespannt, Sie tatenlos zum Gespött der Gesellschaft werden lassen und ist nun mit ihrem – oder sollte ich besser sagen mit *Ihrem* – Verlobten in Florenz, während Sie mit der Asche ihrer Vergangenen hierstehen und einer der mächtigsten Frauen ganz Paris ein Dorn im Auge sind.«

Jaspers Miene verdüsterte sich. »Woher wissen Sie davon?«

»Ist das nicht offensichtlich? Laeticia sagte vorhin sie wäre mit Lefeuvre abgereist, dieser wiederrum ist doch nach Florenz, wenn ich mich nicht irre.«

»Doch, doch... so ist es, Sie haben recht.«, versicherte Jasper nachdenklich, auch seine Wut war im Keim erstickt.

»Dieser Frau muss Gerechtigkeit widerfahren... und Ihnen auch, Jasper.«, sie trat vor und legte ihm eine Hand auf die Schulter.

Jasper reagierte nicht, er war tief in Gedanken versunken.

»Wir beide haben unter dieser Frau Verluste erfahren müssen. Sie haben ihren Mann an sie verloren und ich meinen. Finden Sie nicht auch, dass das ungerecht ist?«

Jasper atmete tief durch, dann nickte er steif, Tränen sammelten sich in seinen braunen Augen und er blinzelte sie rasch fort.

»Sehen Sie«, sie rieb ihm aufmunternd über den Arm und wühlte mit der anderen Hand in ihrer Tasche.

»Hier«, sie zückte ein kleines Notizbuch und einen Stift, schrieb ihre Nummer auf eine leere Seite und riss sie heraus, »ich biete Ihnen meine Freundschaft an, rufen Sie mich an, wenn Sie reden möchten.«

Sie drückte ihm den Zettel mit ihrer Telefonnummer in die Hand, schenkte ihm ein mitfühlendes Lächeln und ging zurück zu ihrem Verlobten und dessen Mutter.

Jasper betrachtete das Papier in seiner Hand lange, dann steckte er es in die Manteltasche und rief sich ein Taxi.

An diesem Abend sass Jasper lange mit dem Telefon in der Hand da. Die Nummer von Abraxas prangte in grellen Ziffern auf dem Display, aber er zögerte sie anzurufen, wie es eigentlich von ihm erwartet wurde.

Etwas in ihm hielt ihn zurück, etwas in ihm war nach dem Gespräch mit Camille zutiefst verunsichert.

Nach langem hin und her, liess er sein Telefon schliesslich unbenutzt auf dem Couchtisch liegen und begab sich zu Bett.

Mit einem Glas Portwein in der Hand, sass Laurent in seiner Suite und starrte tief in Gedanken versunken aus dem Fenster.

Die Lichter von Florenz blinkten so hell wie die Sterne und verfärbten den tintenblauen Nachthimmel in ein wässeriges Grau.

Das *Palazzo Vecchietti*, ein edles Hotel aus dem sechzehnten Jahrhundert, bot Laurent trotz seiner schönen Baukunst, den traumhaften Balkonen und der stilvollen Inneneinrichtung, nicht die Zerstreuung, die er sich erhofft hatte.

Seine Gedanken waren düster und nahmen sämtliche Aufmerksamkeit ein, die ihm innewohnte. Er konnte die Gewissheit nicht abschütteln, dass seine Verlobte in eben diesem Moment mit demjenigen zusammen war, den ihn kurz vor seiner Abreise vor einer Woche so schamlos erpresst hatte und sich ihm womöglich mit grösster Freude hingab, ohne den kleinsten Gedanken an ihn, Laurent, zu verschwenden.

Tränen der Wut traten ihm in die Augen und er umklammerte das Glas so fest, dass es zerbrach.

Achtlos presste er sich eine Stoffserviette auf die Wunde und schob die Scherben mit der Schuhspitze unter eine Kleiderkommode. Ohne sich weiter um seine blutende Hand zu kümmern, setzte er sich aufs Bett und klappte eine Reihe Bücher auf.

Zielstrebig und zum vielleicht zwanzigsten Mal ging er im Telefonbuch Grenobles Arztpraxen durch, er liess ein grosses Zeitfenster offen, suchte bis in die siebziger Jahre zurück auch wenn er wusste, dass das verrückt war, und dennoch fand er wie immer keinen einzigen Hinweis auf einen Psychiater namens Doktor Abraxas Zouche.

Laurent suchte bis früh in die Morgenstunden, erweitere seine Recherchen auf ganz Ostfrankreich, aber nirgends war ein Anhaltspunkt zu finden. Es schien erneut als existiere Monsieur Zouche überhaupt nicht. Diese Schlussfolgerung überraschte ihn nicht im mindesten, seit seiner Abreise hatte sich ein Verdacht ihn ihm zu regen begonnen und den sah er nun bestätigt.

Monsieur Zouche war eine falsche Identität, die Frage, die sich Laurent nun stellte war, weshalb dieser Mann auf ein solch drastisches Mittel zurückgreifen musste. Was oder wer hatte ihn dazu getrieben?

Wer war dieser Unbekannte, der sich so hartnäckig an seiner Verlobten zu interessieren schien? Und weshalb hatte er sich nicht die Mühe gemacht seine vermeintlichen Spuren in Grenoble ein wenig glaubhafter darzustellen. Warum schien es diesem Mann nicht im Geringsten etwas auszumachen, dass seine Lüge bezüglich seiner Vergangenheit so schnell aufgedeckt worden war?

Während Laurent nachdenklich auf seine noch immer blutende Schnittwunde starrte, dämmerte es ihm.

Die Pflichten eines Regisseurs, vollbrachte er am darauffolgenden Tag in grösster Eile und Fahrigkeit. Kaum war die kraftlose Märzsonne untergegangen und die Szenen des Tages fertig gedreht, kehrte Laurent zurück in seine Hotelsuite, um seine Recherchen weiterzuführen.

Ein ehrgeiziges Fieber hatte seinen Geist gepackt und liess ihn nicht mehr los.

Mit einem mulmigen Gefühl im Magen, welches von Unwohlsein und grösster Nervosität herrührte, suchte er in den Büchern, die er aus der Bibliothek ausgeliehen hatte, nach alten Zeitungsberichten aus dem Jahr 1978.

Bisher hatte er stets genug Taktgefühl besessen, um Minnas Vergangenheit ruhen zu lassen und so wenig wie nur möglich darauf zurückzukommen, aber die momentanen Umstände zwangen Laurent dazu seinen Anstand beiseite zu schieben.

Es dauerte nicht lange und er war auf zahllose Artikel gestossen. Sämtliche Medienberichte über den Fall von *Mister Beau*, dazu über ein Dutzend Fotos der Urteilsverkündigung. Trotz der acht Jahren, die vergangen waren, erkannte Laurent ihn augenblicklich wieder. Er brauchte nur in die silbernen, toten Augen dieses Mannes zu schauen und sämtliche Nackenhaare stellten sich auf.

Er war es.

Doktor Zouche war Magnus Moore.

11. Kapitel

$\mathcal{A}$ₘ Mᴏʀɢᴇɴ ᴅᴇs 28. Fᴇʙʀᴜᴀʀs erhielt Jasper unerwarteten Besuch in der *rue de rivoli*.

Offiziell bezog er als Abraxas Partner gemeinsam mit ihm die grossräumige Wohnung und beteiligte sich zur Hälfte an der Miete, wofür ihm Abraxas auch dementsprechende Freiheiten bezüglich seiner alltäglichen Entscheidungen in dessen Abwesenheit liess.

»Ich dachte, Sie könnten vielleicht ein wenig Gesellschaft brauchen.«, erklärte Camille ihr plötzliches Erscheinen, als Jasper sie auf der Türschwelle erblickte.

»Ich habe Sie nicht kontaktiert.«, erwiderte er.

Er liess sie dennoch herein und begleitete sie in die grosse Küche, es widerstrebte ihm sie in den stilvolle Salon Abraxas' zu führen, dessen war sie als Person in Jaspers Augen einfach nicht wertvoll genug.

»Ich weiss. Das bedeutet aber nicht, dass Sie es sich nicht ernsthaft überlegt haben, nicht wahr?«

Jasper antwortete nicht und bot ihr stattdessen in aller Förmlichkeit eine Tasse Kaffee an, welche Camille annahm, ohne sich dafür zu bedanken.

»Wo ist Ihr Mann?«, erkundigte sie sich, als er sich zu ihr an den Tisch gesetzt hatte im Plauderton, »ist er arbeiten?«

»Monsieur Zouche ist zurzeit in Rom beschäftigt.«, antwortete Jasper trocken.

»Ach ja?«, Camille hob erstaunt die Augenbrauen, »geschäftlich oder privat, wenn Sie mir meine Neugierde erlauben?«

»Das tue ich nicht.«

Camille bemerkte Jaspers eisige Entschlossenheit und wurde ebenfalls energischer.

»In Ordnung, ich merke, dass Sie mich nicht ausstehen können. Das ist mir vollkommen gleichgültig, auch ich mag Sie und Ihren sonderbaren Lebensstil nicht besonders.«

Sie warf ihm einen vernichtenden Blick zu und beugte sich vor.

»Aber hier geht es nicht um uns beide. Hier geht es um Minna Dupont.«

Jasper lächelte spöttisch. »Sie scheinen sich ja richtig in diese Frau verbissen zu haben. Was könnte sie Ihnen bloss angetan haben, was Sie so entschlossen macht sie ruinieren zu wollen?«

Camille betrachtete ihn für einen Moment forschend, dann erzählte sie ihm von Minnas Dreistigkeit, bezüglich ihres, Camilles, Verlobten. Wie sie Aramis am Tag von Appolines Leichenfund in dessen Haus verführt, und die Nacht bei ihm verbracht hatte, während Camille gezwungen war bei einer Freundin zu übernachten.

»... Sie besitzt eine solche Dreistigkeit, dass ich mich gezwungen sehe einzuschreiten!«, endete sie schwer atmend vor Zorn, »dieses Miststück nimmt sich ohne Skrupel alles was sie will, Männer, Geld, schöne Geschenke... das ist nicht gerecht, Monsieur Martin! Dieser Frau muss das Handwerk gelegt werden!«

Jaspers Miene wirkte nachdenklich als er sagte: »Wissen Sie, Camille, ich kann Sie verstehen. Der Neid und die Eifersucht sind zwei schrecklich grausame Geschwister.«

»Sie sehen das also genau so?«, fragte sie begierig, ihre glänzenden, schwarzen Augen blitzten aufgebracht, »dieser Frau haben Sie es zu verdanken, dass Sie einen Mann wie Lefeuvre verloren haben und nun mit diesem... diesem sonderbaren Arzt vorliebnehmen müssen.«

Beim Gedanken an Doktor Zouche rümpfte sie unbewusst kurz die Nase, was Jaspers Aufmerksamkeit jedoch nicht entging.

»Dieser sonderbare Arzt, wie Sie ihn nennen, besitzt die Gabe, sämtliche meiner Bedürfnisse restlos zu stillen.«, versicherte Jasper kühl.

»Minna Dupont hat ein Auge auf ihn geworfen.«

»Minna Dupont ist verlobt.«

»Und Sie denken wirklich, dass hält sie auf?«, Camille lachte, »Wie bedauerlich.«

Und als Jasper nichts darauf erwiderte, fuhr sie fort: »Glauben Sie mir, bald schon wird sie sich Monsieur Zouche an den Hals werfen und Sie, mein Lieber, werden wieder ganz allein dastehen. Sie werden alles an diese Frau verlieren ... alles.«

Camille erhob sich und nickte dem verblüfften Jasper zum Abschied zu.

»Denken Sie an meine Worte, Monsieur. Kontaktieren Sie mich, sobald Sie zur Besinnung kommen. Sie werden es nicht bereuen.«

Mit diesen Worten verliess Camille die Wohnung. Den ganzen Heimweg über ruhte ein Lächeln auf ihren Lippen, sie witterte Triumph in der Luft.

Zur selben Zeit stand Laurent in einer Telefonzelle im Zentrum der Stadt, nahe der *Santa Maria Novella* und wartete ungeduldig mit dem Höher am Ohr darauf, dass sich in der anderen Leitung etwas regte.

Sein Herz raste und seine Stirn war von kaltem Schweiss bedeckt. In regelmässigen Abständen warf er einen raschen Blick durch die Glasscheibe, um sich zu vergewissern, dass er nicht beobachtet wurde.

Eine Stimme in ihm schrie, dass sein Verfolgungswahn vollkommen absurd wäre, und das war er bestimmt auch. Aber dennoch konnte Laurent dieses beklemmende Gefühl nicht abschütteln, welches sich seit jenem Tag der Abreise von Paris in ihm zu regen begonnen hatte.

An der wahren Identität von Abraxas Zouche bestand für ihn keinen Zweifel mehr, und trotzdem wollte er endgültige Gewissheit, bevor er sich weiter über diese Sache den Kopf zerbrach.

Nach dem dritten Versuch kam er endlich durch. Eine gelangweilt klingende Stimme meldete sich auf Englisch: »*Wandsworth Prison, Mister Bentley am Apparat.*«

Laurent zählte innerlich langsam auf drei, dann antwortete er mit klarer, fester Stimme: »Guten Tag, Mister Bentley, mein Name ist Dr. Abraxas Zouche. Ich rufe an, um mich über einen Ihrer Insassen zu erkundigen ... sein Name ist Magnus Moore.«

»Worum geht es denn?«, forschte der Mann an der anderen Leitung nach, seine Stimme klang argwöhnisch, er vermutete in Laurent womöglich einen dreisten Journalisten, der nach einer alten Story hungerte.

»Ich rufe im Namen meiner Patientin an, – Minna Dupont. Sie gehört sozusagen zu Mister Moores Familie.«, die letzten Worte gingen ihm so widerwillig über die Lippen, dass ihm ganz übel wurde.

»Und weiter?«

»Miss Dupont wünscht genauere Auskünfte über Dr. Moores Zustand zu erhalten. Aus persönlichen Gründen hat sie mir aufgetragen, mich an ihrer Stelle nach seinem Wohlergehen zu erkundigen.«

Die raue Männerstimme brach in ein keuchendes Gelächter aus.

»Nun, da werden Sie Ihre Patientin enttäuschen müssen. Mister Moore, dieser Bastard, ist seit gut zehn Monaten tot.«

»Tot?«, Laurents Stimme überschlug sich vor Erstaunen.

»Tot«, bestätigte Mister Bentley ungerührt, *»ist irgendwie an verschreibungspflichtige Substanzen gekommen und hat sich in seiner Zelle vergiftet, kurz nachdem er einen letzten Brief geschrieben hat. Muss wohl sein Abschiedsbrief gewesen sein, deswegen wurde er auch nicht aufgemacht und geprüft, sondern ungeöffnet an die angegebene Adresse verschickt, das macht man hier jetzt so. Ich finde das zwar komisch, aber meine Meinung zählt natürlich wie immer überhaupt nicht. Muss wohl so eine Aktion sein um unsere Anstalt in ein besseres, humaneres Licht zu rücken.«* Die raue Stimme brach in keuchendes Gelächter aus.

Laurent wollte gerade den Mund aufmachen, um nachzufragen, an wen dieser Brief geschickt wurde, aber dann überlegte er es sich besser und sagte stattdessen in einer tadellosen Imitation von Doktor Zouches üblicher, unterkühlter Art: »Und dieser Abschiedsbrief sollte wohl an Mademoiselle Dupont gehen, richtig?«

»Richtig«, bestätigte der Gefängniswärter, *»was meinen Sie mit ›sollte‹? Hat die Hinterbliebene den Brief etwa nicht bekommen?«*

»Würde ich Sie anrufen und um Informationen bitten, wenn es so wäre?«, entgegnete Laurent, seine Hände zitterten so sehr, dass ihm beinahe der Höher aus den Fingern geglitten wäre.

»*Oh je.*«, der Mann schien einen Skandal zu wittern, dementsprechend nervös sprach er: »*So etwas ist uns noch nie – und ich meine wirklich noch nie – passiert! Da muss ein Fehler vorliegen, ein Missverständnis! Vielleicht ist der Brief an eine andere Adresse zugestellt worden, oder ausversehen abhandengekommen. Wie dem auch sei, wenden Sie sich an Ihre örtliche Poststelle, auf unserer Seite kann der Fehler nicht liegen. Wir nehmen unsere Pflichten sehr ernst.*«

Laurents Gesicht erblasste. Minna musste den Brief offensichtlich bekommen und gelesen haben. Sie musste die ganze Zeit über gewusst haben, dass Moore seinen Ausbruch geplant und in die Tat umgesetzt hatte. Deswegen hatten sich die beiden auch seit ihrem ersten Zusammentreffen in seiner, Laurents, Villa in Versailles so gut verstanden.

»Wir werden den Brief finden, seien Sie unbesorgt«, sprach er, die Stimme bebend vor Wut fügte er hinzu: »und Sie sind sich ganz sicher, dass Magnus Moore tot ist?«

»*Hundertprozentig, Doktor. Der Totenschein wurde ausgestellt und auch ein Plätzchen auf dem* Highgate Cemetery *hat dieser Dreckskerl bekommen.*«

»Warum wurde niemand darüber informiert? Es stand auch nirgendwo in der Zeitung.«

»*Dr. Moore hat ausdrücklich darauf bestanden, dass niemand von seinem Ableben – sollte es denn irgendwann eintreffen – informiert wird. Weder die Medien noch irgendwelche Privatleute.*«

Und als wäre ihm erst nun die Ironie des ganzen aufgefallen, fügte er rasch hinzu: »*Ihnen erzähle ich es, weil Sie unter der Schweigepflicht stehen. Sie werden mit dieser Information doch mit gebührlicher Diskretion umgehen, nicht wahr, Doktor?*«

»Sie und Mademoiselle Dupont können sich ganz darauf verlassen.«, sagte Laurent zähneknirschend, verabschiedete sich mit wenigen Worten und legte auf.

Mit einem mulmigen Gefühl in der Magengrube, machte er sich auf den Weg in ein nahegelegenes Restaurant. Dort angekommen bestellte er sich ein Martini und versank in düstern Grübeleien.

Magnus Moore war Abraxas Zouche, daran bestand keinen Zweifel mehr. Er war nicht tot, ganz gewiss nicht. Irgendwie hatte dieses Scheusal es geschafft, sich aus der Schlinge zu ziehen.

Woran ebenfalls kein Zweifel bestand war, dass dieser Mann seine, Laurents, Verlobte in seiner Gewalt hatte und ihn mit Fotos erpresst hielt, die, würden sie an die Öffentlichkeit kommen, das Aus für seinen Ruf bedeuten könnten.

Noch nicht einmal verheiratet und schon betrog er seine junge, charmante, bezaubernde Frau, die Madame d'Urélles Gunst genoss wie sonst niemand anderes. Ganz Paris würde ihn verabscheuen.

Bitter vor sich hinstarrend, nippte Laurent an seinem Drink und wünschte sich zum ersten Mal in seinem Leben, jemand anderer zu sein.

12. Kapitel

𝒟ɪᴇ Lɪᴄʜᴛᴇʀ ɪɴ ᴅᴇʀ *Avenue de Bretteville* Nᴜᴍᴍᴇʀ 21 ᴡᴀʀᴇɴ ᴀᴜs, die Besitzerin jener Wohnung im dritten Stock war fort.

Flink und mit geübter Ruhe, machte sich eine schmale, grossgewachsene Gestalt an der Eingangstür zu schaffen. Keine Minute verging, da hatte sie das Schloss geöffnet, eilig verstaute sie ihre Werkzeuge in der Hosentasche und schlüpfte ungesehen in den dunklen Treppengang.

Ohne das Licht anzumachen, tastete sie sich mithilfe ihrer Taschenlampe in den dritten Stock vor und wiederholte das gleiche Ritual, welches sie vorhin vollzogen hatte mit der Wohnungstür.

Auch diese hielt ihrer fein ausgeklügelten Technik nicht lange stand und gab bald darauf den Weg in den Flur frei.

Lautlos trat die Gestalt über die Schwelle und schloss die Tür hinter sich. Erst als sie sich durch geduldiges Lauschen vergewissert hatte, dass auch wirklich niemand ausser ihr in der Wohnung war, betätigte sie den Lichtschalter.

Im Vorbeigehen zog sie, nach dem sie in alle Räume einen kurzen, prüfenden Blick geworfen hatte, sämtliche Vorhänge zu, so dass kein Licht nach draussen auf die Strasse dringen konnte.

Als sich die unbekannte Frau schliesslich in Sicherheit wog, begann sie ihre Recherche.

Mit präziser Schnelligkeit, die verriet das dies nicht ihre erste Tat dieser Art sein konnte, begann sie sämtliche Räume und Zimmer zu durchsuchen.

Man hatte ihr genau gesagt wonach sie suchte und dass es für sie von allerhöchstem Interässe wäre.

Nun brauchte sie nur noch zu hoffen, dass die Eigentümerin dieser geschmackvollen Wohnung dieses Objekt ihrer Begierde nicht mit auf ihren Ausflug genommen hatte.

Im Schlafzimmer schliesslich, auf dem Grund einer silbernen, mit doppeltem Boden ausstaffierten Schmuckschatulle, welche randvoll mit irgendwelchen Briefen gefüllt war, stiess sie auf ein in Samt eingeschlagenes Buch.

»Mo. Mo.«, las die Unbekannte den Titel halblaut. Stirnrunzelnd nahm sie das Buch an sich und schlug es auf dem Bettrand auf.

Ihr war die deutsche Literatur sehr wohl bekannt – sie selbst war mütterlicherseits Deutsch, was sie jedoch irritierte, war dieser sonderbare Buchumschlag und dazu kam noch, dass der Namen des Autors fehlte.

Je länger sie mit ihren behandschuhten Fingern durch die Seiten blätterte, desto eindeutiger wurde, dass es sich hierbei nicht um die Geschichte eines kleinen Mädchens mit einem viel zu grossen Mantel und einer klugen Schildkröte handelte.

Die hohlen Wangen der Frau erbleichten, als sie die ersten Zeilen von *Der Plural von Chaos* las. Mit einem leisen Fluch klappte sie das Buch zu und liess es eilig in ihre Umhängetasche gleiten. Da war es! Sie hatte es gefunden!

Zögernd warf sie einen letzten Blick auf die glänzende Schatulle, dann legte sie sie zurück an ihren Platz, löschte das Licht, öffnete die Vorhänge wieder und verliess lautlos wie ein Schatten das schlafende Haus.

Noch in dieser Nach traf sich die Unbekannte, welche sich so mühelos Zutritt zu Mademoiselle Duponts Wohnung verschafft hatte mit ihrer Klientin in einem luxuriösen Revuetheater auf den *Champs-Élysées*.

Die beiden Frauen trafen sich vor dem grell leuchtenden Eingang des früheren Schwimmbads, welches nun zu einem der bezauberndsten Cabarets ganz Paris zählte.

»Sie sehen aus als stünden Sie bis zum Hals in Scheisse.«, begrüsste sie die Schwarzhaarige, die wahrhaftig beim Anblick der kunstvoll geschminkten Tänzer und Tänzerinnen, welche während einer kurzen Zigarettenpause auf der Strasse standen, eine solch angewiderte Miene zog, dass ihr Gesicht feindseliger wirkte als je zuvor.

»Madame Åström.«, sie nickte der Blonden kurz zu und folgte ihr eher widerwillig am Türsteher vorbei ins ganz in himmelblau und Gold gehaltene Foyer und weiter in den herrlichen, samtroten Speisesaal, der den Blick auf die Bühne öffnete.

Die Gäste wurden so während des Essens wunderbar unterhalten, genau wie es sich gehörte.

Die beiden Frauen setzten sich vis-à-vis an den Rand der Bühne und als beide bestellt und der Kellner sich entfernt hatte, kam Sophia aufs Eigentliche zu sprechen.

»Ich habe die Wohnung wie angeordnet untersucht, jedoch nichts Verdächtiges finden können. Das einzige was ich fand...«, ihre bleistiftdünnen Lippen kräuselten sich bei dem Gedanken, »...war eine weitere Bestätigung für mich, dass diese Person aus dem Weg geräumt werden muss. Sie mischt sich in Dinge ein, die sie nichts angeht, das könnte ihr noch gefährlich werden.«

Camille nickte, die sparsam bekleideten, mit vielen bunten Federn und Glitzer ausstaffierten Tänzerinnen nicht beachtend sagte sie über den Tisch gebeugt: »Sie hatte Zeit genug ihren Kopf aus der Schlinge zu ziehen. Nun ist es zu spät, sie wird für ihre Taten geradestehen müssen.«

Sophia, die grosse, blonde Schwedin, kostete ihre *Bouillabaisse* stirnrunzelnd, sie war der französischen Küche nicht sonderlich zugetan.

»Ich bin ganz Ihrer Meinung«, sprach sie als sie runtergeschluckt hatte, »diese Person hat mir mein rechtmässiges Eigentum gestohlen indem sie einen jungen, naiven Studenten für ihre Zwecke missbraucht hat.«

»Ist das wahr?«, Camille wirkte ernsthaft entsetzt.

Sophia nickte bühnengerecht. »Er hat es mir selbst erzählt. Hat sich unsterblich in Mademoiselle verliebt und wollte ihr verzweifelt gefallen. Aber nachdem öffentlich wurde, dass sie nun mit irgendeinem reichen Schnösel verlobt sei, hat er seine Loyalität ihr gegenüber aufgegeben und ihr endgültig den Rücken gekehrt.«

»Sie meinen er ist nun zur Besinnung gekommen?«

Sophia nickte erneut.

»Und er ist wütend auf sie?«

»Schrecklich wütend. Sie hat ihn an seinem Ego böse erwischt, muss ich sagen.«

Camille versank in tiefen Grübeleien, eine Idee keimte in ihrem Kopf.

Ohne den Geschmack ihres *coq au vin*, geschweige denn die betörenden Geschehnisse auf der Bühne richtig zu würdigen, ass sie.

Nach einer Weile riss sie Sophia, deren eisblauen Augen wie gebannt auf die umherwirbelnden Tänzer geheftet waren mit einem lauten Räuspern aus ihrer Starre.

»Was würden Sie sagen, wäre es möglich diesen Studenten...«

»Clément.«

»...Clément«, wiederholte Camille lächelnd, »wäre es möglich, diesen Clément auf unsere Seite zu ziehen?«

»*Unsere* Seite?«, Sophias Augenbraue schoss in die Höhe, »ich erledige bloss meine Arbeit. Was Sie vorhaben, ist ganz Ihnen überlassen. Solange ich ordentlich bezahlt werde, bin ich bei allem dabei.«

Camille nickte zufrieden. »Das ist gut, dann sind wir schon drei... mit Clément dem Studenten vier.«

Sophia fragte nach, wer die andere Person sei, je mehr Leute involviert waren desto gefährlicher wurde das ganze Unterfangen.

»Oh!«, machte Camille kichernd, »das wird Ihnen gefallen! Sie werden Ihn bald kennenlernen, er ist ein Mann, der ebenso viel an dieses Weib verloren hat wie ich... vielleicht sogar mehr als wir alle zusammen.«

»Nein, das werde ich nicht«, sagte sie entschieden, »niemand ausser Ihnen wird von meiner wahren Funktion in dieser ganzen Sache je erfahren, hören Sie? Sie werden diesem Mann nichts von mir erzählen, gar nichts. Schwören Sie!«

Camille war der Widerwille ins Gesicht geschrieben, aber sie schwor dennoch. Sie brauchte diese Frau, ohne sie würde der ganze Plan in sich zusammenfallen.

Nachdem Sophia sich wieder beruhigt hatte, kam sie mit professioneller Gefühlslosigkeit auf den Preis zu sprechen.

»Diese hübsche, erfolgreiche Frau ist nahtlos in die gehobene Gesellschaft von Paris eingebettet. Sagen Sie mir, Camille, wie hoch ist der Preis, ein gähnendes Loch in diesen Kreis zu reissen?«

»Hören Sie auf mit diesen Spielchen und nennen Sie mir einfach eine Zahl.«, forderte Camille ungerührt. Sie war entschlossen, dass sah Sophia ihr an.

Lächelnd kritzelte diese eine siebenstellige Summe auf ihre Serviette und schob sie ihrer Klientin zu.

Diese, die keinen Augenblick erstaunt über den Preis war, kopierte die Summe in ihr Scheckbuch, riss die Seite heraus und händigte sie an Sophia aus.

»Und Sie werden auch gewiss die Mittel haben, um mir zu geben, wonach ich verlange?«

Camille nickte entschlossen. »Das wird kein Problem sein. Sie bekommen Ihr ... Honorar, das versichere ich Ihnen.«

Als der Vorhang fiel und die Pause einsetzte, drängten sich die beiden Frauen aus dem stickigen Ambiente und setzten sich auf der Strasse angekommen auf eine Bank, nahe dem Eingang.

Während Sophia gelassen an einer Zigarette zog und das Gesicht dem eisigen Nachtwind zuwandte, fragte Camille schliesslich sichtlich nervös: »Wie werden Sie es tun? Haben Sie schon eine konkrete Idee?«

Sophia bliess ihr zur Antwort Zigarettenrauch ins Gesicht.

»In Ordnung«, presste diese hustend hervor, »solange Sie es *machen*, soll es mir recht sein.«

»Es wird geschehen.«, versicherte die Schwedin stoisch.

Sie blieb ein paar Herzschläge ruhig sitzen, dann stand sie auf, zertrat die Zigarette unter ihren Stiefeln und trat auf die Strasse. Sie warf einen prüfenden Blick in beide Richtungen und sagte, bevor sie ging: »Aber etwas würde mich noch interessieren. Wie sind Sie eigentlich auf mich gestossen? Wie haben Sie mich gefunden und was veranlasst Sie, ausgerechnet mich zu nehmen?«

Camille musterte sie für einen Moment eingehend, dann trat sie zu ihr und sagte: »Nun... Sie wurde mir von jemandem empfohlen, dessen Identität ich zu seinem Schutz Geheimhalten werde. Er hat mir versichert, dass Sie gut sind, sehr gut. Und vollkommen skrupellos, also genau das, was ich brauche.«

Mit einem letzten, förmlichen Händedruck lief Camille die Strasse davon und verlor sich bald darauf in der Dunkelheit.

Als sie sich vergewissert hatte, dass sie fort war, lief Sophia in die nächste Telefonzelle und wählte eine Nummer.

»*God kväll, Doktor.*«

»*God kväll, Sophia.*« meldete sich eine sanfte Männerstimme zu Wort.

»*Hast du zu solch später Stunde etwa noch Neuigkeiten für mich?*«

»Es läuft alles, wie Sie es vorhergesehen haben. Der Junge wird miteingeschlossen, so wie der andere auch.«

Auf der anderen Leitung blieb es einen Moment still, ein Zeichen, dass er zufrieden war.

»*Das war auch nicht anders zu erwarten*«, sprach der Doktor, »*ich werde dafür sorgen, dass mein Hündchen sich die Sache genauer anguckt... sie alle ein wenig beschnuppert. Apropos Hündchen, hast du ihn auch artig im Auge? Er scheint mir aus irgendeinem Grund zu zürnen, er ist ganz schweigsam.*«

»Denken Sie er ist eingeknickt?«, fragte Sophia stirnrunzelnd.

»*Das denke ich nicht, aber sei dennoch zu jeder Zeit bereit.*«, antwortete die Stimme kühl.

»Sie brauchen es bloss zu sagen, dann werde ich augenblicklich übernehmen.«, versicherte Sophia mit einem Hauch von Leidenschaft in der Stimme.

Die Person auf der anderen Seite des Anrufs überging ihre erregten Worte und fragte stattdessen: »*Was ist mit dem Gegenstand? Hast du ihn gefunden?*«

Sophia nickte eilig, merkte dann, dass er sie nicht sehen konnte und bejahte.

»*Sehr gut ... ich will ihn haben. Bring ihn bei passender Gelegenheit bei meiner Wohnung vorbei, ja? Ich werde ihn mir anschauen, sobald ich wieder zurück bin.*«

»Alles was Sie wollen.«

»*Und die elende Natter, hat sie zugebissen? Wie viel ist ihr mein Mädchen wert?*«

»Zwei Millionen Franc.«

Ein leises Lachen ertönte, es klang so amüsiert und ausgelassen, dass Sophia unweigerlich errötete.

»*Wie ungezogen ... und nun belästige mich nicht länger mit deiner Gegenwart, meine Zeit ist kostbar. Vi hörs, Sophia. Hej så länge.*«

Sophia beeilte sich zu verabschieden, doch er hatte bereits aufgelegt.

13. Kapitel

Vier Anrufe in Abwesenheit, und dass allein in den letzten vierundzwanzig Stunden. Jasper liess sein Telefon mit bebenden Händen auf den Tisch sinken und schluckte hart. Er war nervös, der Angstschweiss glänzte auf seiner blassen Stirn. Er hatte Abraxas vier Mal warten lassen, sich in den zehn Tagen seiner Abwesenheit kein einziges Mal gemeldet und sich auch sonst in keiner Weise für ihn nützlich gemacht.

Er war unartig, er gehorchte nicht.

Jedes Mal, wenn Jasper an Abraxas Enttäuschung dachte, die er wegen ihm bestimmt erleiden musste, wurde ihm speiübel. Es lag nicht in seiner Natur, sich den Anweisungen eines anderen Mannes, und vor allem denen von Abraxas, zu widersetzen.

Und dennoch brachte er es nicht über sich, Monsieur Zouche anzurufen.

Mit einem schrecklich beklemmenden Gefühl in der Brust, als hielte eine eiserne Hand sein Herz umschlossen, zog er sich Mantel und Stiefel an, verliess die Wohnung in der *rue de rivoli* und trat in den eisigen Schneeregen hinaus.

Das Morgengrauen senkte sich düster und schwer über die Strassen und Dächer von Paris hinab und versinnbildlichte für den jungen Mann auf dessen Schultern bereits so viel Kummer lastete, eines der schrecklichsten Omen überhaupt: das Omen der Einsamkeit.

Jasper fürchtete sich vor dieser grauen Leere, die ihn immer dann heimsuchte, wenn er allein war. Ohne einen Geliebten, ohne einen Felsen in der Brandung.

Er war einer dieser traurigen Seelen, die sich ohne jemand anderes an ihrer Seite niemals wirklich komplett, niemals wirklich vollkommen fühlten.

Während der Taxifahrt befiel in eine solch lähmende Furcht, dass er kaum im Stande war einen klaren Gedanken zu fassen.

Bei Sonnenaufgang hatte das Taxi *Silly – Gallieni* erreicht und im Schatten einer kahlen Baumgruppe, zwei Strassen weiter von Jaspers eigentlichem Ziel geparkt.

Die wenigen Minuten bis zu Camille Poissonniers Haus lief Jasper zu Fuss.

In seinem Kopf wirbelte ein Sturm, den er nur mit grosser Kraftanstrengung zu kontrollieren wusste.

In seiner Jeanstasche summte sein Pager zum gefühlt hundertsten Mal, aber er ignorierte es.

Was er hier tat, war schrecklich, es war grauenhaft, das war ihm bewusst, und dennoch musste es geschehen. Abraxas musste zum ersten Mal in seinem Leben enttäuscht werden.

Gegen zehn vor Neun, erreichte er schliesslich das Häuschen und klingelte.

Camille schien nur auf ihn gewartet zu haben, jedenfalls war sie nicht im mindesten überrascht ihn zu sehen.

»Kommen Sie herein, Monsieur ... ich mache uns Kaffee.«

Man begab sich in die Küche, welche zum Garten hinaus in einem eleganten Wintergarten endete, in dem bereits jemand sass, als Jasper eintraf.

»Das ist Monsieur Martin.«, sprach Camille und gebot Jasper mit einer Handgeste, sich neben den jungen Mann zu setzten.

»Clément Delac, es freut mich Ihre Bekanntschaft zu machen.«, er reichte Jasper die Hand.

»Angenehm.«, war alles, was dieser erwiderte. Er setzte sich in einen Sessel mit Blick auf den grauen Garten und sprach kein einziges Wort. Während Camille in der Küche Kaffee machte, würdigte er Clément keines Blickes.

Als diese zurückkehrte, war sämtliche bis eben noch vorhanden gewesene Gastfreundschaft von ihr abgefallen und sie fragte während sie die Tassen füllte in schneidigem Ton: »Haben Sie regelmässigen Kontakt zu Minna Dupont?«

»Nein.«, antwortete Jasper.

»Also wissen Sie nicht wo sie im Moment ist? Bei Lefeuvre scheint sie jedenfalls nicht zu sein.«

»Woher wissen Sie das?«

»Ich habe meine Wege an Information heranzukommen.«, war alles was sie sagte.

»Sie ist bei ihm«, sprach Jasper schliesslich, bitter in seine Tasse hinein starrend, »bei Doktor Zouche in Rom.«

Sowohl Camille wie auch Clément verschluckten sich an ihren Getränken und husteten.

»Ist das wahr?«, würgte Camille ungläubig hervor, nachdem sie wieder zu Atem gekommen war.

»Natürlich ist es wahr, meinen Sie, ich würde mir so etwas ausdenken?«, entgegnete Jasper mit der unterkühlten Gelassenheit eines in ihrem Stolz verletzten Eheweibs.

»Pflegen Sie regelmässigen Kontakt zu Monsieur Zouche?«

»*Doktor* Zouche«, zischte er, »und nein, im Moment herrscht eisernes Schweigen ... von meiner Seite jedenfalls.«

»Beweisen Sie es. Zeigen Sie mir Ihren Pager.«, verlangte Camille ungnädig.

Jasper händigte ihr ohne Widerstand sein Gerät aus und liess sie, während sie es oberflächlich durchsuchte, nicht aus den Augen.

»Sehen Sie, ich gehe nicht einmal mehr ran, wenn es piept.«, sagte er stoisch, als er sah wie Camille die vielen Nachrichten begutachtete.

»Sie sind sehr zornig auf ihn, nicht wahr? ... und auf sie.«

»Mein Hass richtet sich ganz allein auf sie. Er folgt bloss seinen naturgegebenen Trieben. Sie hingegen verfolgt ein klares Ziel.«

Camille gab ihm seinen Pager zurück und beäugte ihn scharf. »Und das wäre?«

Jasper liess ihn gemächlich in seine Tasche gleiten und beugte sich dann langsam vor. Seine Miene war so grimmig, dass Clément rasch den Blick senkte, als sich ihre Augen kreuzten.

»Minna Dupont ist eine promiskuitive, Geld besessene Egomanin, die vor nichts zurückschreckt, um an ihr Ziel zu kommen. Was ihr Ziel ist, wollen Sie wissen? Ist das nicht offensichtlich? Sie strebt nach Macht. Es mag Ihrer scharfen Beobachtungsgabe entgangen sein, aber Doktor Zouche ist ein unglaublich mächtiger Mann. Mächtiger als Monsieur Lefeuvre es jemals sein wird, mächtiger sogar als Madame d'Urélle.«

»Und wenn sie Doktor Zouche in Besitz genommen hat, dann besitzt sie auch dessen Macht.«, schloss Clément leise. Seine Augen funkelten beim Gedanken an seine ehemalige Geliebte.

Er schien ein Paradebeispiel dafür zu sein, wie schrecklich schnell Leidenschaft in Hass umschlagen konnte, und dafür, dass diese beiden Dinge in vielerlei Hinsicht eng beieinander wohnten, ja oftmals ein und demselben Ursprung entstammen.

Camille erzählte den beiden Herrn nichts von letzter Nacht, so wie sie es Sophia versprochen hatte. Alles was sie sagte war: »Sie müssen sich keine Sorgen machen, Herrschaften. Für Minna Duponts Untergang ist gesorgt. Es wird geschehen, Sie haben mein Wort darauf.«

Jaspers Wangen erbleichten unmerklich. »Pardon? Sie haben bereits Schritte in diese Richtung unternommen?«

»Ich habe gewisse Vorkehrungen getroffen.«, erwiderte Camile nickend.

»Die keine weiteren Massnahmen zu der Vollbringung Ihres Plans bedürfen?«, schaltete sich nun auch Clément ein. Er wirkte ebenso blass wie die weisse Wand hinter ihm.

Camilles Lächeln war den beiden Herrn Antwort genug.

»Das einzige was ich nun von Ihnen beiden verlange«, sprach sie, nach dem die Spannung in der Luft zum Zerreissen angeschwollen war, »ist jeweils ein kleiner Beitrag in Höhe von einer Million Franc als...nun als Honorar für meine und jemand weiteres Bemühung, könnte man sagen.«

Nun verlor der junge Student endgültig den Kopf.

»*Comment?* Eine Million Francs? *Pardieu!* Wie soll ich denn an so viel Geld kommen? Das ist unmöglich!«

Camille überging seine verzweifelten Ausrufe und wendete sich an Jasper.

Dieser wusste ihren Blick richtig zu deuten und sagte: »Ich werde für die Summe aufkommen, Mademoiselle. Monsieur Delac...«, er warf dem Studenten einen angewiderten Blick zu, »... Monsieur Delac wird sich gewiss auf anderer Art und Weise bei Ihnen und mir erkenntlich zeigen.«

Ohne ihn zu Wort kommen zu lassen, fuhr er fort. »Sie haben vorhin erwähnt, dass Sie die Hilfe einer weiteren Person in Anspruch nehmen?«

»Das ist für Sie vollkommen unbedeutend.«, versicherte Camille rasch. Jasper musterte sie lange, drang jedoch nicht weiter in sie ein.

»Wann wird diese Sache in Angriff genommen?«, fragte er stattdessen, er hatte sich bereits zum Gehen erhoben.

»Das steht noch in den Sternen«, erwiderte Camille lächelnd, »aber es wird gewiss nicht mehr lange dauern. Die Tage der feinen Mademoiselle sind gezählt.«

Sie begleitete Jasper, der sich mit einem steifen Kopfnicken bei Clément verabschiedet hatte noch zur Tür.

»Ich bedanke mich für Ihre grosszügige Kooperation.«, sagte sie im Flur angekommen, ihre schwarzen Augen glänzten beim Gedanken an so viel Geld.

»Eine Kleinigkeit.«, versicherte Jasper abwehrend und trat zur Tür hinaus in die Kälte.

An der Hauptstrasse angekommen, hielt er einen Moment inne. Gedankenverloren ging er im Kopf die Dinge durch, die Camille unvorsichtigerweise gesagt hatte.

»Es ist noch jemand viertes involviert«, murmelte er leise vor sich hin, »das ist schlecht... sehr schlecht.«

Verbissen grübelte er nach wer diese Person sein könnte. Es war gewiss niemand, den er kannte. Vermutlich kannte Camille sie selbst nicht.

Der Summe nach zu urteilen, musste es sich um einen *Chasseur de primes* handeln. Die Skrupellosigkeit, mit der Camille diese Sache in Angriff nahm, entsetzte Jasper.

Es führte ihm deutlich vor Augen, wie sehr er diese Frau unterschätzt hatte und wie weit diese zu gehen bereit war, um ihre Kontrahentin aus dem Weg zu räumen.

Nun hatte er keine andere Wahl mehr, er musste handeln und zwar augenblicklich.

Entschlossen machte er kehrt und lief zurück zu Camilles Haus.

Dort angekommen, hielt er sich nicht mit der Haustür auf und lief stattdessen an ihr vorbei nach hinten in den Garten, wo er vor dem gläsernen Ausbau stehen blieb und zwischen den
Zugefrorenen Scheiben hindurch ins Innere spähte.

Auf der Couch sassen schemenhaft Camille und Clément, engumschlungen und sich wild küssend.

Auch das hatte Jasper nicht vorhergesehen, was ihn jedoch als getreuen Diener so erfolgreich machte, war die Fähigkeit blitzschnelle Entscheidungen zu treffen und zu improvisieren.

Er zog sich lautlos zurück, verwischte seine Fusspuren im matschigen Schnee und trat auf den Gehweg.

Während er sich die schulterlangen Haare zu einem Dutt hochband und sich seine Wildleder Handschuhe anzog, glitt sein Blick über die Fenster im ersten Stock. Direkt oberhalb der Eingangstür stand eines offen. Gewandt zog Jasper sich an der Regenrinne hinauf, stiess sich mit den Füssen ab und sprang flink in den Fensterrahmen.

Im nächsten Augenblick war er im Inneren des Hauses verschwunden.

Lautlos wie ein Schatten huschte er den Gang entlang und verschwand im Badezimmer.

Mit wenigen, geübten Handgriffe hatte er seine Umhängetasche geöffnet, ein gläsernes Fläschchen herausgenommen und mithilfe der darin enthaltenen Pipette ein paar Tropfen auf die Leitung der Gasheizung geträufelt. Danach befestigte er ein Sturmfeuerzeug auf der Hinterseite und verband dessen Deckel mit einem ausgeklügelten, selbstgebauten Zeitschalter, der ihn zur festgelegten Zeit aufschnappen lassen würde.

Jasper stellte die Uhr auf hundertvierzig Minuten ein, dann verliess er das Haus ungesehen auf dieselbe Art, wie er es betreten hatte.

Ruhig schlenderte er die Hauptstrasse entlang und schlug den Weg in Richtung des Boulogner Wäldchens ein.

Er würde ein gutes Stück zu Fuss gehen und sich dann irgendwo in der Nähe der *Porte Dauphine* ein Taxi in die Innenstadt nehmen, entschloss er mit einer sonderbaren Ruhe im Geist.

Erst als er die Universität erreicht hatte und dort auf sein Taxi wartete, zog er sich in die nahegelegene Telefonzelle zurück und rief endlich Abraxas an.

»Camille hat jemanden auf Minna angesetzt.«, sprudelte es aus ihm heraus, noch ehe Abraxas auf der anderen Seite etwas sagen konnte.

»*Ich weiss, ich habe ihr die Person empfohlen.*«, erklang dessen Stimme gelassen.

Jasper erstarrte. »Wie bitte?«, verwirrt betrachtete er seine Stiefel, als sähe er sie zum ersten Mal.

»Warum? ... Ich verstehe nicht.«

»*Du dummer Junge*«, sprach Abraxas ohne jede Spur einer Gemütsbewegung in seiner Stimme, »*warum, warum? Weil ich wusste, dass diese Frau auf Minnas Tod aus ist. Ich war Appolines Therapeut, weisst du nicht mehr? Sie hat mir von Camilles grausamem Plan erzählt, kurz bevor sie sich das Leben genommen hat.*«, der letzte Satz triefte nur so vor Zynismus.

»*Jedenfalls, habe ich die Gefahr erkannt und sie mir zu Nutzen gemacht, so wie ich es immer tue. Camille suchte nach einem, für Geld zu kaufenden, Racheengel und ich habe ihr einen geliefert.*«

»Aber ... aber warum haben Sie mich darüber nicht informiert?«, rief Jasper aufgelöst.

Seine Lippen bebten und er vergrub seufzend das Gesicht in seinen Händen.

»*Wenn du meine Anrufe angenommen hättest, hätte ich es getan, mein Guter.*«, erwiderte Abraxas kühl.

Jasper schwieg, Tränen funkelten in seinen Augen.

»*Da wäre noch etwas*«, fuhr Abraxas ungerührt fort, »*dieser Racheengel fordert bestimmt ein gewisses Honorar, könnte ich mir denken. Diese ganze, unangenehme Tragödie haben wir alle ganz allein dir zu verdanken, deswegen wirst au du es sein, der diese Person, trotz unverrichteter Dinge, bezahlen wird. Verstehen wir uns?*«

»Natürlich, Sir. Ich habe die Gefahr, die von dieser Frau aus geht, nicht früh genug erkannt und durch mein Verschulden wäre Minna beinahe etwas zugestossen. Das kann ich mir nicht verzeihen, niemals.«

»*Ich ebenso wenig.*«, entgegnete Abraxas hart. Die ganze Sache schien ihn doch nicht ganz so kalt zu lassen, wie er sich Jasper gegenüber gab.

»*Diese Angelegenheit werde ich dir niemals verzeihen können, Jasper. Aber du hast die Gelegenheit meinen Zorn zu dämpfen … wie geht es mit dem Auftrag voran, den ich dir gegeben habe?*«

Jasper, der eine Chance witterte seinen Geliebten versöhnlich zu stimmen, sprach hastig: »Die Angelegenheit ist ausgeführt. Sie werden bald erfahren, wie die Sache zu Ende gegangen ist«

Abraxas schwieg, was Jasper vor Erleichterung aufatmen liess. Er war mit ihm zufrieden.

»*Ich bin ganz zuversichtlich. Ach, und Jasper, mein Schönling … eines noch.*«

»Sir?«

»*Ich habe keinen Augenblick an deinem Gehorsam gezweifelt, du hast mir deine Loyalität oft genug bewiesen. Ich bin sehr zufrieden mit dir.*«

Das monotone Piepen ertönte, Abraxas hatte aufgelegt. Aber das störte Jasper nicht, er blickte wie gebannt auf den matschigen Schnee unter seinen Stiefeln und konnte sein Glück kaum fassen.

Abraxas war zufrieden mit ihm, er war stolz auf ihn.

Mit Tränen der Freude in den Augen, stieg er in das vorgefahrene Taxi und verbrachte den restlichen Tag in der *Folies Bergère*, wo er, zur aufrichtigen Freude von allen Beteiligten, einige seiner alten Freunde wiedertraf.

Das Konzert war ein Erfolg. Die Gesellschaft, in der er sich befand, war eine Wohltat. Den Sekt, den er kostete, ausgezeichnet. Jasper war glücklich.

14. Kapitel

»... Ah, du schrecklicher Mann!«, kam es unter Abraxas wimmernd hervor, »du tötest mich! Jetzt ist es ... endgültig soweit! Du elendes Scheusal!«

Keuchend vergrub Minna ihre Fingernägel in seinem muskulösen Rücken und biss sich fest auf die Unterlippe.

Er quittierte ihr ersticktes Klagen mit einem heiseren Lachen und verdoppelte seine Bemühungen.

»Hör auf zu jammern, mein Engel; andernfalls werde ich mich dazu genötigt fühlen, dir einen wahrhaftigen Grund ... ahhh .... dafür zu geben.«, hauchte er ihr ins Ohr, während seine warme Zunge den Rundungen ihrer Ohrmuschel folgte.

Seufzend und vor Wonne ganz zerfliessend, umschlang sie seinen vor Schweiss glänzenden Oberkörper und dämpfte ihre genüsslichen Schreie an seiner Schulter.

»Diese Qualen! ... Ich halte es nicht länger aus!«

Zitternd vor Verlangen, räkelte sie sich unter Abraxas schwerem Körper und vergrub die Hände in den weichen Kissen.

»Du wirst noch ein Weilchen aushalten *müssen, ma chérie*«, knurrte er, ihre Schulter mit heissen Küssen verschlingend, »sieben lange Jahre habe ich auf dich warten müssen ... ahh, sei nun also artig und spiel' noch ein kleines Momentchen mein Hürchen, ja?«

»Du ... Biest!«, stiess Minna hervor, die Augen vor Lust halb geschlossen, liess sie sich von ihm in galoppierender Geschwindigkeit dem Höhepunkt entgegentreiben.

Gerade als Minna fürchtete, vor Wollust einer Ohnmacht nahe zu kommen, fand Abraxas mit einem letzten, harten Stoss Erlösung.

Schwer atmend rollte er sich von seiner Angebeteten herunter und zog sie genüsslich seufzend an seine Seite.

Nach einem Moment der Erholung hob Abraxas den Kopf und beäugte Minna ausgiebig.

»Na siehst du, du lebst noch. Du kleines, empfindliches Jammerkätzchen.«

Diese warf ihm schweigend einen prüfenden Blick zu.

»Ach, hör auf zu schmollen und küss mich stattdessen lieber.«, sagte er schmunzelnd, als er Minnas vorwurfsvollem Blick begegnete.

»Du und dein Liebeszepter habt meine Festung nicht nur gestürmt und eingenommen, sondern ganz und gar in Stücke gerissen! Kein Stein steht mehr auf dem anderen dort unten.«

Abraxas setzte sich auf, stiess ihre Hand fort und schickte sich an die Sache genauer anzuschauen.

»Was soll das? Fort du Bösewicht! Wir haben schon genug gelitten.«

Leise lachend liess er sich vor das Bett auf die Knie sinken und spreizte ihre Beine auseinander.

»Lass mich doch nur ganz kurz nach dem Rechten sehen, meine süsse, widerspenstige Patientin. Ich bin schliesslich ein gewissenhafter Arzt.«

Mit einer fliessenden Handbewegung hatte er zwei seiner Finger in ihrer Spalte versenkt und umschloss nun mit seinen weichen Lippen sanft ihre Perle.

»Ahh, Himmel!«, entfuhr es Minna, sie vergrub die Hände in seinen Haaren und lehnte sich genüsslich in den Kissen zurück, »so etwas... schönes... wunderbares! Ah... ich bitte dich, halte dich... mit deinen Zähnen doch ein wenig zurück, ja? Aua, du beisst mich ja ganz ordentlich! Du furchtbarer Mann!«

»Zapple doch nicht so herum, du ungezogene Patientin!«, kam es von Abraxas gedämpft, der in höchstem Genuss den süssen Blütensaft von ihrer Rose kostete und leckte und ihre Blütenblätter mit seinen Zähnen genießerisch seufzend liebkoste.

»Wie soll ich dich denn untersuchen können, wenn du dich andauernd so bewegst?«

Kichernd umschlang sie mit ihren Schenkeln seinen Kopf und presste seinem hungrigen Mund sehnsüchtig ihr zartes Becken entgegen.

Als die Sonne über der den schiefen, sandfarbenen Dächern aufging und der strahlende Tag sich Rom bemächtigte, sassen Minna und Abraxas bereits frisch und munter auf dem eleganten Balkon des *Grand Meliá Rome* Hotels beim Frühstück.

Die schlanken Palmen und Pinien wiegten sich träge im kühlen Morgenwind und die Geräusche der Stadt drangen über die hohe Mauer zu den wenigen Gästen, die bereits auf wahren und sich am grossen Pool ausstreckten.

»Kannst du dich noch an Madame Styx erinnern? Ich habe dir damals in Bangor von ihr erzählt.«, sprach Abraxas plötzlich, den Blick aufmerksam über den Park schweifen lassend.

Minna sah von ihrem Teller auf und blickte ihn für einen Moment fragend an, dann ging ihr ein Licht auf.

»Ich erinnere mich«, sagte sie, »diese Krankenschwester aus jener Nervenklinik, in der du deine Spezialisierungsjahre vollzogen hast, nicht wahr?«

Abraxas nickte, die Augen fortwährend auf die Bäume gerichtet. »So ist es. Ich denke oft an sie. Leider weiss ich nicht, was aus ihr geworden ist, aber die Geschichten, die sie mir anvertraut hat, geben mir bis heute Stoff zum Nachdenken...«, er verstummte und nippte an seinem Espresso.

So spielend leicht wie es war Minnas Neugierde zu packen, so schwer war es aus Abraxas mehr heraus zu kitzeln. Ob er mit voller Absicht ihr Feuer entfachte um es dann ausgehungert niederbrennen und erlöschen zu sehen? Vermutlich, doch wie auch immer es sich verhielt, Minna hatte mit den Jahren an jener scharfkantigen Entschlossenheit gewonnen, die kein nein zulässt. Sie war energischer geworden – erbarmungsloser.

»Ein Spiel am Morgen? Das gefällt mir sehr. Ich fange an; was hat dich vor nun gut acht Jahren dazu bewegt mich für deine ... deine Abenteuer auszusuchen?«, wollte sie wissen.

Abraxas schenkte ihr ein Lächeln.

»Gut, ich versuche es erneut. Was hast du mit dieser ganzen Sache am Hut? Camille, Appoline, Jasper ... sie alle sind früher oder später irgendwie mit dir in Berührung gekommen und so wie ich dich zu kennen glaube, steckt da eindeutig mehr als reiner Zufall dahinter.«

Nun erlosch sein geduldiges Lächeln, und ein harter Zug trat um seinen Mund.

»Minna ich dulde dich an meiner Seite und in meinem Herzen, aber nicht in meinem Kopf.«

»Warum nicht?«, sie beugte sich über den Tisch vor und beäugte ihn ungnädig, »was mein Zeus, ist so zerbrechlich in dir, dass du es mit geballter Kraft vor der ganzen Welt verborgen halten musst?«

Abraxas beugte sich ebenfalls ein wenig vor und berührte sachte ihre Wange. »Ich halte nichts von körperlicher Bestrafung, weisst du. Ich tue es nicht gern, ob du mir glaubst oder nicht. Aber wenn man mir nicht gehorcht, dann kann ich unter Umständen- ... « – »Sehr grausam sein, ich weiss.«, schloss Minna lächelnd, sie erinnerte sich an seine Worte.

»Jasper gehorchte mir nicht und so habe ich ihm mit meinem Gürtel das Gesicht zerschlagen ... Appoline gehorchte nicht und so ist sie ertrunken ... jede Ursache zieht eine Wirkung nach sich, das ist nur natürlich.«

Er küsste Minnas vor Erstaunen erstarrtes Gesicht und flüsterte ihr leise ins Ohr: »Es mag sein, dass du dich ein wenig verändert hast in all den Jahren, ich, habe das ebenfalls. Ich gehe keine Kompromisse mehr ein und ich lasse mir nicht von einem Persönchen wie dir auf der Nase herumtanzen, so reizend und süss du auch sein magst. Sag mir also lieber gleich, ob du meinen Kopf in Zukunft unbehelligt lässt, oder ob ich dir die Wirkung deiner Impertinenz vorzeigen soll.«

Schweigend sass Minna da, den Blick starr auf ihre Hände gerichtet, ihr Herz wummerte ihr schmerzhaft gegen die Rippen und sie fühlte sich, als würde ihr jeden Augenblick übel werden. Schliesslich nickte sie steif, darum bemüht Fassung zu bewahren.

»Meine Angelegenheiten und Vorhaben sind nicht im Geringsten von Bedeutung für dich, verstehst du das endlich? Alles was ich von dir verlange ist dein Vertrauen, kannst du mir das bedingungslos schenken?«, fügte er in sanfterem Ton hinzu und das Funkeln in seinen Augen verglühte.

»Ja, Abraxas.«, antwortete Minna gelassen, ein harter Glanz schimmerte in ihren Augen, den Abraxas so noch nie zuvor bei ihr gesehen hatte.

»Aber etwas muss ich dazu noch loswerden, deine Drohung scheint mir gar sehr ruppig. Eine solche Grobheit hätte ich dir niemals zugestanden, das schockiert mich.«

Abraxas, dem die Wendung, die dieses Spiel annahm, allmählich wieder zusagte, umrundete den Tisch und setzte sich dicht zu ihr auf die Bank.

»Du darfst mir deine zierlichen Messerchen in Herz und Seele stechen so oft du willst, aber niemals in meinen Kopf, *ma chérie.*«, seine Lippen strichen bei jedem Wort, das er sprach, sanft über ihre Schläfe.

Minna schloss seufzend die Augen und nickte. Sie konnte ihm nicht böse sein, sie hatte sich über seine Grenzen hinweggesetzt und es grenzte an ein Wunder, dass sie es heil und unbeschadet zurück auf sicheres Terrain geschafft hatte.

»Erzähl mir von Madame Styx.«, bat sie leise, bemüht ihn versöhnlich zu stimmen begann sie eine Spur Küsse auf seinem Schlüsselbein zu verteilen.

»Dann musst du aber aufhören mich ständig aus dem Konzept zu bringen.«, entgegnete Abraxas.

Minna lachte, »Dazu wäre ich doch gar nicht in der Lage.«

Er liess seinen Blick ein letztes Mal über die Bäume schweifen, dann sagte er: »Wie ich dir bereits damals erzählt habe, sind Madame Styx gewisse, unglückliche Geschehnisse in ihrer Kindheit wiederfahren. Sie hat mir einmal eine Geschichte erzählt, die bei mir einen bleibenden Eindruck hinterlassen hat, möchtest du sie hören?«

Minna nickte, das Gesicht in seinem Hemd vergraben lauschte sie seiner sanften Stimme.

»Man pflegte damals regelmässige Sommerferien in der Provence und im Süden Italiens zu machen. Madame Styx, zu dieser Zeit ein kleines Mädchen von sieben, vielleicht acht Jahren, hatte ganz besonders auf diesen Reisen unter ihres Vaters Xanthippe zu leiden.

Man hat sich ihr, bei jeder sich bietenden Gelegenheit entledigt und gehofft, sie würde endgültig verloren gehen. Bei Promenaden, Ausflügen an den Strand, Rundgängen in der Stadt. Aber Madame Styx hat jedes Mal zurückgefunden, sie war hartnäckig und ausdauernd geblieben und hat stets den richtigen Weg gefunden, was ihr schliesslich in vielerlei Hinsicht das Leben gerettet hat.

Mit dreizehn Jahren dann, folgte der erste Suizidversuch ... nun frage ich dich, *ma puce*«, ein vor Hohn triefendes Lächeln glitt über seine Lippen, »was denkst du, weshalb hat Madame Styx nach ihrem Triumph, ihre elende Stiefmutter zu überleben, dann doch aufgeben wollen?«

Minnas Gesicht erglühte, als wäre ihr soeben eine Erkenntnis gekommen.

»Selbstsabotage.«, sprach sie leise, in Gedanken Mortati Mortes *Die Selbstzerfleischung* betrachtend.

Wie hatte der grosse Philosoph es beschrieben?

... Und sollte dann doch endlich der Moment kommen, an dem das kranke Wesen auf seinem endlosen Leidenspfad den Kopf hebt und auf der anderen Seite das grüne Gras bemerkt, und wie schön es im goldenen Sonnenlicht schimmert, dann wird es vielleicht den Mut dazu finden hinüber zu springen um es genauer zu betrachten.

Doch so sehr es sich über diesen fremden, neuen Ort auch berauschen lassen mag, die Angst vor der erneuten Abirrung auf den so schmerzlich bekannten Pfad des Leids wird stets an ihm nagen. Es wird nicht verstehen, dass es jedes Recht zum Frohsinn besitzt, der Unglaube über sein eigens Glück wird nie ganz vergehen. Die Selbstsabotage wird im geheimen weiterwirken ...

»Die Selbstsabotage«, wiederholte Abraxas nachdenklich, »so ist es. Sie ist einer der wohl schrecklichsten und tödlichsten Dämonen, die einen Geist heimsuchen können und bei weitem am schwersten auszutreiben.«

Er fuhr Minna sanft mit den Fingern durchs Haar und betrachtete wie gebannt einen unsichtbaren Punkt oberhalb ihrer im Sonnenlicht rosarot schimmernden Ohrmuschel.

»Man ist der Auffassung, dass eine Langzeit Depression oftmals – wenn sie denn nicht erblich bedingt ist – durch eine von Schuld geplagte und deshalb gänzlich gestörte Selbstreflexion zu Stande kommt. Man fühlt sich schuldig, weil man sich selbst ist und nicht jemand anderes und daraus resultiert Hass

Wusstest du, dass auch Tiere imstande sind depressive Züge anzunehmen? Nein? Nun, sie leben das Leben, das ihnen gegeben ist ... und wenn man es ihnen auf irgendeine Weise wegzunehmen oder einzudämmen versucht, dann werden sie darunter leiden, das nennt man dann reaktive Depression.«

Minna lauschte aufmerksam, sie wusste, dass Abraxas nicht länger von Madame Styx sprach.

»Und du hast gelitten.«

»Wir haben beide gelitten.«

Abraxas schenkte ihr ein schmales Lächeln und erhob sich. »Aber weisst du was sie, im Gegensatz zu der eigentlichen Störung, so wertvoll macht? Sie besitzt stets einen begründeten Anfang – und stets ein Ende.«

Minna stand ebenfalls auf und folgte ihm zurück ins Hotelzimmer.

»Man könnte sie also als die funkelnde Kehrseite der Depression betrachten; ihre kleine Schwester, die im Gegensatz zu ihr, stets nur gutes hervorbringt?«

»Nicht Gutes, *ma chérie*. Sinnvolles.« Abraxas zog sich einen Pullover an, warf sich seine Umhängetasche über und öffnete die Tür.

»Die Depression als Krankheit, lässt ihren Wirten nur sehr selten wieder los und ist oftmals tödlich. Die Depression als Reaktion auf die Umwelt jedoch, könnte man mit einem Mantel vergleichen, den die vor Kälte zitternde Seele so lange umschliesst, bis die Temperaturen sich ändern. Aus einer reaktiven Depression geht man immer stärker hervor als man ursprünglich war. Aus ihrer, wie du es nennst grossen Schwester, geht man oftmals tot hervor.«

Er hielt Minna lächelnd die Tür auf und folgte ihr in die Eingangshalle.

»Den Unterschied zu erkennen, darin liegt die Kunst.«

»Und Madame Styx?«, hakte Minna nach, »welche Art von Depression hat sich ihr bemächtigt?«

Abraxas musterte sie einen Moment, dann zuckte er wortlos die Schultern.

»Ich habe nicht die leiseste Ahnung.«

Sie durchquerten den sonnendurchfluteten Park und traten auf die belebte Strasse hinaus.

Eingehakt schlenderten sie in Richtung Vatikanstadt, um sich den Petersdom anzusehen und sich vom blutigen Prunk der katholischen Kirche verzaubern zu lassen.

15. Kapitel

Nachlässigkeit von Sanitärsanierungsarbeiten führt zu Tragödie

Am Abend des 07. März ereignete sich in einem Einfamilienhaus in Silly-Gallieni, Boulogne – Billancourt, eine Tragödie.

Eine defekte Gasleitung führte gegen 18:00 Uhr zu einer gewaltigen Explosion. Als die Feuerwehr Minuten später eintraf, stand das Haus bereits in meterhohen Flammen. Während eine Person mit schweren Verbrennungen und einer Rauchvergiftung gerettet werden konnte, kam jegliche Hilfe für die zwei weiteren Hausbewohner zu spät, sie erlagen beide noch im Haus ihren Verletzungen.

Die Identität der Opfer konnte bisher nicht zweifelsfrei festgestellt werden, man geht jedoch davon aus, dass es sich bei einem der beiden männlichen Toten um den Hausbesitzer handelt. Die schwerverletzte Überlebende wurde auf die Intensivstation befördert, ihr Zustand wurde als kritisch eingestuft.

Die Polizei konnte nach sorgfältiger Untersuchung keinen Hinweis auf Fremdeinwirkung feststellen...

MINNA ÜBERREICHTE ABRAXAS DIE ZEITUNG, so dass dieser den Artikel ebenfalls lesen konnte.

Seine Augen folgten den Zeilen und wurden mit jeder Sekunde glasiger. Als er den Abschnitt zu Ende gelesen hatte, gab er Minna die Zeitung zurück und rauschte wortlos aus dem Zimmer hinaus auf den Balkon.

Die eisige Nachtluft umschlang ihn wie ein nasser Mantel und die Dunkelheit auf dem Hotelgelände war so drückend, dass seine Gestalt von keinem der anwesenden Gäste, welche in einem Gartenpavillon ein paar Meter entfernt, bemerkt wurde.

Während er an der zum zerreissen angespannten Telefonschnur knabberte, wählte er Jaspers Nummer. Ungeduldig warf er einen flüchtigen Blick über die Schulter. Minna sass lautlos weinend auf dem Bett, das Gesicht in den Händen vergraben.

Abraxas schürzte die Lippen und wandte sich wieder dem Park zu, sie konnte warten, er würde sie später trösten. Das hier hatte Vorrang.

»*Ich habe alles in meiner machtstehende versucht, Sir, wie hätte ich ahnen können, dass…*« Aber weiter kam der aufgelöste Jasper auf der anderen Seite nicht.

»Schweig still!«, bellte Abraxas, die vor Zorn bebenden Hände zu Fäusten geballt, »habe ich dir nicht eine ganz klare Aufgabe gegeben? *Sie*, Jasper! Und nur *sie* ganz allein! Wegen deiner Nachlässigkeit sind zwei vollkommen unwichtige Personen gestorben aber diejenige, auf die ich dich angesetzt habe, die hat auf zauberhafte Art und Weise überlebt. Verflucht, wie soll das mit dir weiter gehen? Kann ich mich denn gar nicht mehr auf dich verlassen?«

Unter heftigen Schluchzern brachte Jasper hervor: »*Der Mann sollte erst um zwanzig Uhr nach Hause kommen, ich habe seine Gewohnheiten ganz genau bedacht und miteinberechnet, wie hätte ich ahnen können, dass er an diesem Abend früher nach Hause kommt und seine Verlobte beim herumhuren erwischt?*«

Abraxas schloss die Augen und atmete tief durch. »Nun gut, Jasper. Hör auf zu weinen, ich hasse das. Erzähl mir stattdessen lieber ganz genau was vorgefallen ist.«

Jasper begann schniefend von seinem Besuch bei Camille am vorherigen Morgen zu erzählen und wie er dort auf Clément, den Studenten, gestossen war. Wie er seine Arbeit, die Abraxas ihm aufgetragen hatte, pflichtbewusst und mit höchster Sorgfalt vollbracht hat und dann gegangen sei.

»*… Im Nachhinein ist die wahrscheinlichste Erklärung, dass Monsieur de Proux die beiden in flagranti erwischt, Camille kurzerhand in den Garten geworfen und sich Clément vorgeknöpft hat. Während des Kampfes geschah schliesslich zur abgemachten Zeit die Explosion … die beiden Männer haben es voll abgekriegt, aber Camille, die ja im Garten stand, hatte mehr Glück. Sir … Monsieur … wenn dieser elende Mann nicht früher zurückgekommen wäre, wäre der Plan reibungslos aufgegangen.*«

»Wo ist sie jetzt?«, fragte Abraxas ungerührt.

»*Man hat sie ins Georges-Pompidou gebracht.*«

»Wie ist ihr Zustand?«

»*Kritisch, sie liegt nach wie vor auf der Intensivstation.*«

Und nach einem Moment der Stille, sprach er zaghaft: »*Meinen Sie ... soll ich vielleicht- ...* « – »Nein, das wäre viel zu riskant«, schnitt ihm Abraxas kühl das Wort ab, »die Franzosen sind vielleicht ordinär, aber nicht dumm. Wenn du dort hineinspazierst und nach einer gewissen Patientin fragst und diese dann wenig später plötzlich unter mysteriösen Umständen stirbt – denkst du nicht, das würde gewisse Leute stutzig machen?«

Jasper schwieg bekümmert.

»Wie dem auch sei«, sprach Abraxas schliesslich, »wir können die Sache nicht rückgängig machen, was geschehen ist, ist geschehen. Du wirst dich in der nächsten Zeit ruhig verhalten, hörst du? Geh deinen kleinen Vergnügungen nach, triff dich mit Freunden, trete ganz unbesorgt und fröhlich in der Öffentlichkeit auf. Du bist ab nun von meinen Aufgaben entbunden also tu was du am besten kannst und schlaf dich durch Paris.«

»*Pardon?*«, Jaspers Stimme brach vor Entsetzen.

»Du hast mich ganz richtig verstanden, du bist frei. Flieg davon, mein kleiner Schmetterling, das Glas ist geöffnet.«

Abraxas beendete das Telefonat und rieb sich seufzend über die Schläfe. Jasper war ausgeleiert – verschlissen. Er war ihm nicht länger nützlich, er erfüllte seine Aufgaben nicht.

Eine andere Nummer eingebend, sah Abraxas hoch zu den funkelnden Sternen.

Fernes Gelächter und das Klirren von Gläsern drangen zu ihm herüber, in seinem Kopf herrschte Totenstille.

Nach einer Minute oder zwei, drückte er auf ›anrufen‹. Es dauerte kaum zwei Sekunden, da meldete sich eine kalte Frauenstimme.

»*Herr Doktor, wie kann ich Ihnen behilflich sein?*«, sprach sie in akzentfreiem Deutsch.

Abraxas liess sich auf die angrenzende Gartenbank nieder und vergrub die nackten Füsse im kalten Kies.

»Sophia, meine Schöne. Es tut gut deine Stimme zu hören.«, erwiderte er in Englisch.

Stille.

»Jasper ist nicht länger von Nutzen für mich, ich habe ihn ... entlassen.«, das letzte Wort betonte er lächelnd.

»Verstanden, Herr Doktor. Soll ich mich um ihn kümmern?«

Abraxas lachte leise, er warf den Kopf in den Nacken und beobachtete weiter die Sterne. »Nein, meine Teure. Jasper Martin ist wie ein heller Stern. Früher oder später kollabiert er unter seiner eigenen Last, bricht zusammen und verglüht ... «

»Sicher?« Eine Frage, die er bei Jasper nie toleriert hatte, bei ihr lächelte er bloss.

»Vollkommen sicher, mein Engelchen.«

Er streckte seine müden Glieder und liess die eisige Nachtluft in starken Zügen in seinen Körper strömen.

»Wie geht es dir? Wo hältst du dich gerade auf?«

»Westberlin ... bei meiner Familie.«, antwortete Sophia zögernd.

»Ahhh, ja«, machte Abraxas, »du hast sie also nach Deutschland gebracht? Was hat euch aus Schweden vertrieben?«

»Die Deutschen besitzen eine höhere Toleranzgrenze als wir ... sie sind blind und ignorant. Sicherer für uns.«

»Und mein unartiges Mädchen ergreift die Gelegenheit beim Schopf. Sehr gut. Aber tanz ihnen nicht zu sehr auf der Nase herum, die Deutschen mögen abgestumpft und schwach geworden sein, aber die ausländischen Sicherheitsdienste, die dort ihr Unwesen treiben, sind es ganz gewiss nicht.«

»Verstanden.«

Eine Weile betrachtete Abraxas den schwarzen Nachthimmel, dann sagte er: »Ich werde dir morgen eine kleine Summe überweisen. Nimm sie und sorge dafür, dass du für dich und deinen kleinen Junge eine sichere Unterkunft findest. Ich besitze Kontakte in Bremen, wenn ihr es bis dorthin schafft, seid ihr sicher. Ich gebe sie dir morgen durch.«

»Womit habe ich das verdient?«, Sophia klang sichtlich gerührt, ihre Stimme bebte.

»Du bist eine Mutter, du musst deinem Kind Schutz bieten können und wenn du das nicht tun kannst, dann tue ich es. Sieh es als kleine Aufmerksamkeit, für all das, was du bereits für mich getan hast und in Zukunft noch tun wirst.«

Sophia brach in einen von Schluchzern geprägten Dankesschwall aus, den Abraxas nur mit Mühe unterbrechen konnte.

»Es ist gut, Sophia. Weine nicht, ich kann es nicht mitansehen, wenn Frauen weinen. Bring deinen Sohn nach Bremen, übergib ihn meiner Kontaktperson und er wird sicher sein. Lass die Hälfte der Summe, die ich dir morgen zukommen lassen werde, dort und nenne meinen Namen, sie werden wissen, was von ihnen verlangt wird. Sobald du das getan hast, steigst du in einen Privatjet, den ich dir rüberschicken werde und kommst zurück nach Paris. Ich werde dich und deine Treffsicherheit dort brauchen.«

Sophia willigte sofort ein und wollte gerade zu einer erneuten Danksagung ansetzten, da sagte Abraxas: »Ach und Sophia?«

Mein Herr?«

»Geh, sobald du in Paris angekommen bist, bei meiner Wohnung vorbei und nimm dir Jasper an die Brust. Er schuldet dir noch zwei Millionen Franc und die wirst du dir von ihm nehmen...falls dir dann sonst noch irgendwelche Ideen in den Sinn kommen könnten, wenn du ihm diesen kleinen Besuch abstattest... sei dir gewiss, dass du mein vollstes Einverständnis hast zu was auch immer du dich dann gerade in der Stimmung fühlen magst. Der Gegenstand, von dem bei unserem letzten Gespräch die Rede war... hast du ihn bereits wie abgesprochen artig in meinen Briefkasten gelegt?«

Eine lange Zeit herrschte Stille.

»Wie ungezogen, du hast erst einen Blick hineingeworfen, nicht wahr? Du konntest deine Neugierde nicht im Zaum halten und hast der Versuchung nachgegeben.« Abraxas schmunzelte und zündete sich eine Zigarette an.

»Deine Unart soll dir verziehen sein. Sorge dafür, dass du es bei deinem Besuch bei Jasper mitbringst.«

»Ich verstehe, sehr wohl, Herr Doktor.«

Abraxas beendete das Gespräch. Gemütlich zog er an seiner Zigarette und schickte sich schliesslich an, seine vollkommen aufgelöste Geliebte zu trösten.

16. Kapitel

$\mathcal{Z}$UR SELBEN ZEIT IN FLORENZ. Laurent war trotz seiner einnehmenden Arbeit mit dem Dokumentarfilm, keineswegs untätig gewesen. Bezüglich Magnus Moore war er bereits einige Schritte weitergekommen.

Nach nächtelangen Recherchen hatte er endlich die Anstalt ausfindig machen können, in der Moore damals seine Spezialisierungsjahre vollbracht hatte. Das war keine leichte Sache, da jene Nervenheilanstalt von damals, heute unter einem anderen Namen als eine Rehabilitationsklinik galt.

Das *Circle's Hospital,* heute als *rehabilitation clinic Sunside* bekannt, war 1363 südlich von London auf dem Land erbaut worden.

Laurent lief ein Schauer über den Rücken, als er durch die alten Fotos des Gebäudekomplexes klickte. Etwas an diesem Ort liess ihn erschaudern.

Mehr oder weniger wahllos, wählte er die Nummer einer, auf der Kontaktseite der Klinik angegebenen Psychiaterin, die dort arbeitete.

Beim vierten Versuch kam er schliesslich durch.

»*Dr. Diana Rudolf.*«

»Guten Tag, hier spricht Lefeuvre, dürfte ich Ihnen ein paar Fragen stellen?«

Ein leises Seufzen war zu hören, dann ertönten schritte, ein Geräusch als wäre eine Tür geschlossen worden und dann herrschte Stille.

»Madame?«

»*In Ordnung, aber bitte schnell, ich habe viel zu tun. Sie sind doch von der Polizei, nicht wahr? Was wollen Sie denn schon wieder von mir? Ich habe ihrem Kollegen bereits gesagt, dass ich keine Informationen herausgebe.*«

Laurent, irritiert über diese Frage, verneinte eilig.

»Ich rufe als Privatperson an«, versicherte er, »ich habe Sie im Telefonbuch entdeckt und da hat sich mir die Frage erschlossen, ob Sie vielleicht jemanden kennen, der vor 1971 dort gearbeitet hat. Sie wissen schon... vor der grossen Gebäudesanierung.«

Auf der anderen Seite blieb es für einen langen Moment ruhig, Laurent fürchtete bereits sie hätte aufgelegt, da sagte sie in einer sonderbar gefassten Stimme: »*Nein, ich kenne niemanden... ich bin die einzige.*«

»Sie?«, fragte er erstaunt.

»*Wer sind Sie und was wollen Sie von mir?*«, fragte sie, das Misstrauen in ihrer Stimme war überdeutlich zu hören.

Stirnrunzelnd trat Laurent durch seine Suite und blieb beim Fenster stehen.

»Ich habe ein paar Fragen an sie. Es handelt sich um einen Mann, der von 1965 bis 1971 seine Spezialisierung in dieser Anstalt gemacht hat. Sein Name ist Magnus Moore. Sagt Ihnen das etwas?«

Dr. Rudolf antwortete nicht.

»Wie lange arbeiten Sie bereits dort?«, hakte Laurent nach.

»*Im Oktober 1970 habe ich als Pflegerin angefangen.*«, sprach sie mit belegter Stimme.

»Aber dann müssen Sie ihn gekannt haben!«, rief er aus.

»*Hören Sie*«, sagte sie schneidig, »*ich spreche nicht über diese Sache, niemand tut das. Dieser Mann hat seine gerechte Strafe erhalten... aber da ist er einer von wenigen. Hier geht es nicht um mich oder Dr. Magnus Moore, hier geht es um viel mehr. Ich lege jetzt auf.*«

»Nein, nein! Ich bitte Sie! Moore ist tot! Wovor Sie sich auch immer fürchten, es kann Ihnen nichts mehr geschehen«, die Lüge glitt ihm so leicht über die Lippen, als spräche er die Wahrheit, »ich handle nicht im Auftrag von irgendeiner Polizei, Madame. Ich bin der Verlobte von Minna Dupont. Sagt Ihnen dieser Name etwas? Natürlich, Sie haben damals bestimmt die Zeitungen gelesen.«

Und als er sah, dass sie noch immer in der Leitung war, fuhr er eilig fort. »Minna kann nicht loslassen und deswegen möchte ich so viel Licht in die dunkle Vergangenheit dieses Mannes bringen, wie nur irgend möglich.«

Ihre Stimme klang brüchig als sie sagte: »*Er ist tot? Sind Sie sich sicher?*«

»Schwören Sie mir, dass Sie diese Information für sich behalten.«

Sie schwor es.

Und nach einem Moment der Stille, sagte sie: »*Und nun schwören Sie mir, folgende Sache ebenfalls für sich zu behalten. Kein Sterbenswörtchen, zu niemandem.*«

Laurent schwor es.

Nach einem weiteren Moment des Zögerns, begann Dr. Rudolf endlich das Schweigen zu brechen.

»*Setzten Sie sich, falls Sie stehen, das wird eine lange Geschichte ... als ich vor knapp acht Jahren in den Zeitungen erfahren habe, dass Moore der gesuchte Mister Beau ist, hat mich diese Information nicht im Geringsten überrascht.*

Ich bin an jenem Tag im Gerichtssaal gewesen als sein Urteil verkündet worden war, müssen Sie wissen. Bei keinem hat dieser Mensch – oh ja, Monsieur Lefeuvre, schnauben Sie nicht, denn dieser Mann war trotz allem ein Mensch – aber wo war ich ... ah ja, bei keinem hat Mister Moore reagiert, ausser bei Miss Dupont, die nebenbeigesagt direkt vor mir gesessen hat, und mir. Ich erinnere mich, als wäre es gestern gewesen, als diese leeren, toten Augen, die meine gefunden haben, ist ein Funke gesprungen und er hat gelächelt. Er hat mich wiedererkannt.

Das arme Mädchen vor mir musste gedacht haben das Lächeln hätte ihr gebührt, denn sie ist augenblicklich zusammengebrochen.

Mister Moore hat den Kopf gehoben und dem weinenden Mädchen lange nachgesehen, dann als sie ausser Sichtweite war, hat er sich erneut mir zugewandt und die Hand gehoben, wie zum Gruss. Ich habe ihn erwidert und ihm somit etwas gegeben, was man ihm geraubt hatte – die Gewissheit einer von uns zu sein – ein Mensch unter Menschen.

Sie wollen wissen, ob ich Ihn während unserer gemeinsamen Arbeit hier im Circle's gekannt habe? Mein Guter, ich habe mich um ihn gekümmert, als es sonst keiner getan hat.

Ich habe ihn in die Arme geschlossen, als alle anderen den Blick gesenkt haben und von ihm zurückgewichen sind.«

»Was hat er getan? Warum sind alle andere vor ihm zurückgewichen?«, wollte Laurent wissen, eine wahnhafte Neugierde hatte ihn gepackt.

»*Nun kommen wir zu dem Teil, über den Sie mir Stillschweigen geschworen haben*«, ein tiefes Seufzen erklang, dann sprach sie weiter, »*Mister Moore war mit seinen zweiundzwanzig einer der ehrgeizigsten und begabtesten Absolventen, die wir je gehabt haben. Bald schon genoss er bei den Ärzten Sonderrechte, durfte sämtliche Räumlichkeiten und Labore ohne schriftliche Genehmigung betreten und dergleichen. In seinem dritten Jahr wurde er zum ersten Mal gefragt, ob er an einer Forschungsarbeit teilnehmen möchte, um das Ganze ein wenig kennenzulernen. Er hat natürlich sofort eingewilligt und so hat man ihn zu Block 2 mitgenommen.*

In diesem Block ... Mister Lefeuvre ... was ich Ihnen nun erzähle ...« –
»Wird niemals eine Menschenseele erfahren.«, versicherte Laurent, den Atem anhaltend.

»*Nun, in Block 2 herrschten drei Personen über sämtliche Abläufe. Doktor Eisenberg war für die Überwachung und Ausführung der Experimente zuständig, Mister Tentant, der Pfleger, für die Willigkeit der Forschungssubjekte und ich schliesslich, war für das Wohl – wenn man das so nennen kann – jener Patienten verantwortlich.*

In Block 2 der Circle's Nervenheilanstalt für psychisch Kranke, wurden Experimente durchgeführt, die an Grausamkeit kaum zu überbieten sind. Jeden Morgen am ersten Tag des Monats, wurde ein Exemplar – ein Patient – von Doktor Eisenberg persönlich ausgesucht, hinüber in Block 2 gebracht und von ihm ›genauer angeguckt‹ wie er es gern zu nennen pflegte. Manchmal wurden Substanzen wie Heroin, verschiedene Tiergifte in unterschiedlichen Dosen und Tilidin in Kombination mit visuellen Faktoren verwendet um weiss Gott was für Resultate zu erzielen, die der Herr Doktor unbedingt für seine Studien benötigte. Diese Giftexperimente fanden stets an den U's statt, wie wir sie nannten – den unter achtzehn Jährigen –, da diese am weitaus widerstandsfähigsten waren und ihr Stoffwechsel am schnellsten arbeitete. Andere Dinge, wie das ... nun, das manipulieren von anatomischen Prozessen wurde stets an den geistig Behinderten durchgeführt.

An anderen Tagen, ganz besonders dann, wenn die Patienten unartig waren oder nicht gehorchen wollten, wurden sie zu Magnus Moore geschickt, der sehr schnell Gefallen an Doktor Eisenberg und dessen Methoden gefunden hat und für seine grausamen Bestrafungen berüchtigt war.

Eines Tages, ich erinnere mich, kam Moore zu uns in den Mitarbeiterpausenraum und erzählte Dr. Eisenberg, er hätte ein eigenes Experiment gewagt und er, der Doktor, dürfe gerne seine Abhandlung darüber lesen, wenn es ihn interessiere.

Kurz gesagt, wurde das Verhalten von zwei Männern im selben Alter, mit derselben körperlichen Statur und der gleichen DNA studiert, die über den Zeitraum von Wochen auf engstem Raum beieinander waren. Ohne Nahrung und mit ständigen, akustischen Störfaktoren wie zum Beispiel schrecklich laute Musik oder das ewige Abspielen von Fingernägeln, die über Glas oder Schultafel kratzten...jedenfalls, hat nur der Stärkere der beide überlebt und sowohl Aggression wie auch Hunger wurden in seinem Fall gestillt. Dr. Eisenberg war begeistert von den Resultaten. Ich denke, ich muss nicht erst erwähnen, welche deutsche Persönlichkeit und deren Werken Magnus Moore zu solchen Experimenten inspiriert hat.«

»Sie meinen...«, Laurents Stimme erstarb und er versuchte es erneut, »Sie meinen, Moore hat dafür gesorgt, dass sich zwei...zwei eineiige Zwillinge gegenseitig...auffrassen?«

Dr. Rudolfs Schweigen war Antwort genug.

»Was wurde aus dem anderen Zwilling?«

»Hat sich noch am selben Tag erhängt...ich habe ihm ein Stück Seil ins Zimmer geschmuggelt. Wie gesagt, ich war für das Wohl der Patienten zuständig.«

»Und Sie haben tatenlos zugesehen? Sie haben einfach so mitgemacht?«

»Ich habe Dr. Eisenberg gehorcht, den Patienten wo ich konnte Leid erspart und Magnus mit aller Kraft, die ich noch hatte, versucht aus dieser elenden Hölle hinauszuwerfen. Aber er hat sich geweigert zu gehen...es hat ihm dort gefallen, er hat dort einen Sinn für sich gefunden.«

Erschüttert sass Laurent auf seinem Bett, Tränen liefen ihm wie Rinnsale über die Wangen aber er spürte sie nicht.

»Waren... waren dort auch Kinder? Babys?«

»*Keine Babys, nein. Das jüngste Kind, das wir hatten, war zwölf zu der Zeit.*«

»Hat es überlebt?«

»*Es hat überlebt... dank mir. Ein kleines Mädchen war es. Der Vater hat es nach der Trennung von seiner Frau bei uns abgegeben. Er war auf der Durchreise, von Deutschland zurück in seine Heimat nach Skandinavien. Er hat Dr. Eisenberg gut gekannt, dieser hat ihm versprochen, gut auf das Mädchen aufzupassen und der Vater hat sich leicht überzeugen lassen. Er wollte sie nicht, kümmerte sich nicht länger um ihr Schicksal, sobald er sie losgeworden war. Das kleine Ding hat mich sehr an mich selbst erinnert und so habe ich schnell eine tiefe Zuneigung entwickelt. Jeden ersten Tag des Monats habe ich das arme Ding mit Hausarbeiten und Einkäufen in die Stadt überhäuft, habe sie von morgens bis abends durch die Gegend gescheucht, so dass sie bloss keine Zeit hatte um sich irgendwo sehen lassen zu können, wo der Herr Doktor ihr womöglich über den Weg laufen konnte. Für ganze zwei Jahre ging alles gut, bis zu jenem Tag, als ich mit einer Wintergrippe im Bett lag und das dumme Mädchen sich dazu entschlossen hatte, mir nicht zu gehorchen. Es sollte mir Suppe machen, doch stattdessen ist es rüber in den Jungenblock geschlichen... ein sehr frühreifes Ding, war sie. Immer neugierig, immer kichernd, wenn sie einen Mann auch nur von weitem gesehen hat. Am Abend dieses Tages klopfte es dann an meiner Zimmertür und ein Hausmädchen teilte mir mit, dass ein verletztes Tier draussen im Hof ganz laut Schreie. Es sei in einem Eisenkäfig gefangen. Ich kämpfte mich also aus meinem Bett und humpelte so schnell ich konnte hinaus auf den Innenhof. Als ich mit meiner Lampe näherkam, erkannte ich, dass es sich bei der zugeschneiten, winselnden Kreatur im Hundezwinger nicht um ein Tier handelte, sondern um mein Mädchen. Splitterfasernackt kniete es im Neuschnee, halb tot und kaum noch atmend. Ich wusste, dass in dieser verfluchten Anstalt nur eine Person in Frage kam, die zu solch einer Grausamkeit fähig war. Ich liess nach Dr. Eisenberg rufen, der das Kind sofort eigenhändig befreite, er besass die Schlüssel, wissen Sie.*

Mit einem strahlenden Lächeln nahm er das halbtote Ding in die Arme und flüsterte ihm zu: ›der gute Doktor wird sich dich einmal ein wenig genauer angucken ... nur keine Sorge, dir wird es bald besser gehen‹. In dieser Nacht habe ich Magnus an den Ohren aus dem Bett gezogen, ihn übers Knie gelegt und ihm den Hintern blau und grün geschlagen. Aber wissen Sie, was das Schlimmste war? Ich habe mit dieser Tat nicht ihn bestraft, ich habe mich selbst bestraft. Jeder Schlag mit dem Rohrstock hat mir tief in die Seele geschnitten, während Magnus die Bestrafung wortlos und ohne einen Laut über sich lassen hatte. Ich bin mir nicht einmal sicher, ob er die Prügel überhaupt gespürt hat.

Warum hast du das getan?, habe ich immer wieder gerufen, sie ist doch noch ein Kind! Aber als ich ihm in die Augen geblickt habe, da habe ich realisiert, dass Magnus meine Worte nicht verstand.

›Sie ist in die Männerdusche geschlichen und hat mich angesehen‹, hat er gesagt. ›Sie hat mich angesehen und gelacht, ich musste sie bestrafen‹.

Ein Jahr später wurde Sophia, das war ihr Name, von Magnus so heftig gezüchtigt, dass sie von Dr. Eisenberg eigenhändig entlassen wurde. Sie war schlichtweg ein Störfaktor und Eisenberg wollte nicht riskieren, dass Magnus von sich aus ging. Was aus ihr geschehen ist, weiss ich bis heute nicht. Wir haben nie wieder ein Wort miteinander gesprochen ... «

Laurent sass mit tränenüberströmtem Gesicht da, er war sprachlos.

»Sie werden Moore mit Rechtschaffenheit hassen, und dazu haben Sie auch jedes Recht. Aber bitte ersparen Sie diesem Mädchen – dieser Minna – die Qual und sprechen Sie in ihrer Gegenwart nicht abwertend von diesem Mann, das wird ihr nämlich nicht helfen.«

Und noch ehe er etwas darauf erwidern konnte, hatte sie aufgelegt.

Verwirrt und verloren sass er auf dem Bettrand und starrte sein Telefon an. Wo war er hier bloss hineingeraten? Sämtliche Entscheidungen, die er je gefällt hatte, ob klein oder gross, hatten ihn letzten Endes genau hierher geführt wo er nun war – ins Visier eines geisteskranken Monsters.

Laurent schwirrte der Kopf und er schaffte es gerade noch rechtzeitig ins angrenzende Badezimmer, um sich zu übergeben.

Jemand von der Polizei hatte bei ihr angerufen. Jemand musste sich ebenfalls für diesen elenden Ort interessieren, aber aus welchem Grund?

Keuchend taumelte er auf allen Vieren zurück zu seinem Bett, zog sich daran hoch und fiel bewusstlos in die weichen Kissen.

17. Kapitel

Die Rehaklinik *Sunside* war auf dem Hang eines Hügels erbaut worden mit der Vorderseite dem Osten zugewandt, so dass die Patienten morgens die Sonne durch ihre Fenster sehen konnten. Das Hauptgebäude war komplett renoviert und erneuert worden. Wo früher graue Fassaden und Backstein herrschte, dominierte nun Glas, helle Farben und sauberer Putz.

Die Patienten fühlten sich wohl dort, aufgenommen. Die Betten waren stets sauber und weich, die Mahlzeiten mit viel Fürsorge zubereitet und das Personal freundlich und zuvorkommend. Vieles hatte sich verändert seit 1971 der staatliche Entscheid gefallen war, *Circle's* mitsamt seinen beklemmenden Gerüchten dem Erdboden gleichzumachen.

Dr. Alexander Bates war der derzeitige Chefarzt von Sunside und ein Philanthrop durch und durch. Generöser Wohltäter, liebevoll im Umgang mit ›seinen Kindern‹, wie er seine Patienten gerne nannte, und hervorragender Psychiater, galt er in seinen Kreisen als einer der erfolgreichsten und beliebtesten Ärzte ganz Englands.

Unter dem Personal ging schon lange das Gerücht um, dass Dr. Bates und Dr. Rudolf weit mehr vereinigte als die Arbeit, und dieses Gemunkel schien wohl zu stimmen, denn wie jeden Montagnachmittag legte er seinen weissen Kittel um Punkt sechzehn Uhr ab, pflückte draussen im Garten eine der ersten Narzissen und machte sich dann pfeifend auf den Weg zu Dr. Rudolfs Büro in den Nordflügel.

Vor ihrer Tür angekommen, zupfte er seine Frisur zurecht und klopfte an.

Das siegessichere Lächeln auf seinen Lippen verwandelte sich in ein nachdenkliches, als nach dem dritten Klopfen immer noch niemand öffnete.

»Diana?« Vorsichtig drückte er die Türklinke und betrat den Raum. Dort sass sie an ihrem Schreibtisch, den Kopf auf die Arme gestützt, starrte sie mit glasigen Augen vor sich hin.

»Diana! Was ist den los?«, hastig stürzte Dr. Bates zu ihr und wollte ihre Hand nehmen, da brach sie in sich zusammen. Ihr Kopf schlug mit einem lauten Knall auf das Mahagoniholz und der schwere Körper rutschte vom Stuhl auf den Boden.

Entsetzt starrte der Arzt auf die leeren Ampullen, welche auf den Teppich gekugelt waren und auf die Spritze, die immer noch halb in Dr. Rudolfs Armbeuge steckte.

Dr. Bates klaubte mit zitternden Fingern die Ampullen zusammen und las die Aufschrift. Eine scheinbar wahllos zusammengestellte Mixtur aus starken Opiaten und Schmerzmitteln.

Dr. Diana Rudolf war tot.

18. Kapitel

*I*N DER *rue de rivoli* BRANNTE NOCH LICHT, als Sophia um Mitternacht die nassen Stufen zur Haustür hochstieg. Sie drückte die Klingel und wurde augenblicklich eingelassen.

»Haben Sie jemand anderen erwartet?«, sprach sie, als Jasper ihr die Wohnungstür öffnete und sie überrascht betrachtete.

»Wer sind Sie?«, wollte er wissen. Er schwankte leicht im Türrahmen, seine braunen Augen waren rotgerändert und schimmerten in einem milchigen Glanz, den Sophia anfangs nicht recht einordnen konnte.

Vermutlich war er betrunken, oder hatte sonst irgendeine Substanz intus, mutmasste sie.

»Wer sind Sie?«, wiederholte Jasper ungehalten, »und was wollen Sie?«

Die grossgewachsene Frau drängte ihn wortlos zur Seite, betrat den Flur und schloss die Tür hinter sich.

Während sie, gefolgt von Jasper, in den Salon rauschte, liess sie ein verschnürtes, viereckiges Packet in einen der weichen Sessel im Vorzimmer fallen und zog den Mantel aus.

Ohne von Jaspers Aufregung Notiz zu nehmen, bediente sie sich an der Karaffe und schenkte sich ein grosses Glas Cognac ein.

Nach einigen Schlucken wandte sie sich um und liess den Blick prüfend durchs Zimmer gleiten, als suche sie nach etwas Bestimmtem. Dann zog sie sämtliche Vorhänge zu und machte sich an ihrem Rucksack zu schaffen.

Als sie sich schliesslich Jasper zuwandte, sagte sie in gebrochenem Französisch: »Zwei Millionen Francs, Monsieur. Sie haben eine Stunde Zeit.« Sie liess sich in auf die Couch sinken, in ihren Händen glomm das Metall einer *Glock* dumpf im Licht der Lampe.

Den Blick wie gebannt auf die Waffe gerichtet, taumelte Jasper aus dem Raum, packte im Vorbeigehen Mantel und Brieftasche und verliess die Wohnung mit einem tauben Gefühl in der Brustmitte.

Während seiner Abwesenheit, blieb Sophia ruhig auf der Couch sitzen. Hin und wieder nippte sie an ihrem Glas oder verlagerte das Gewicht ihres, aus rostfreiem Metall gefertigten Beines, so dass ihr Stumpf nicht schmerzte.

Die Zeit verstrich und bald schwoll ein leises Geräusch an. Es wurde stetig lauter und deutlicher, bis sie realisierte, dass das zusammenhangslose Gemurmel aus ihrem eigenen Mund kam.

Sophie ertränkte ihren seelischen Verfall in noch mehr Alkohol, so wie sie es seit langer Zeit zu tun pflegte, auch wenn Abraxas ihr stets davon abriet.

»Es lässt deine Hände zittrig werden und stumpft deinen Verstand ab.«, sagte er dann immer in tadelndem Ton, wenn er von ihren Exzessen erfuhr.

Abraxas. Sophie hasste und liebte ihn gleichermassen. Sie liebte ihn und seinen Hass, ganz besonders wenn dieser sich gegen sie richtete. Sie hasste seine Distanziertheit und hasste seine Nähe. Sie liebte seinen Zorn und die Kontrolle, die er auf sie ausübte.

Ihre frühere Psychiaterin hatte ihr stets gesagt, sie trinke, um sich nicht an die Dinge erinnern zu müssen, die damals geschehen waren. Doch das stimmte nicht. Sophie trank, *um* sich zu erinnern.

Jedes Mal, wenn sie jenseits von Realität und Gegenwart betrunken war und auf der Schwelle zur Ohnmacht stand, öffnete sich eine verschlossene Tür in ihrem Kopf und sie erinnerte sich wieder.

Erinnerte sich an jenen Tag, als sie, vierzehn Jahre alt, in die Männerdusche geschlichen war und Abraxas in all seiner natürlichen Herrlichkeit erblickt hatte. Wie dieser sie gepackt hatte und wortlos in sie eingedrungen war. Ihr während des Höhepunkts ins Gesicht geschlagen und sie nach verrichteten Dingen nackt in den Hundezwinger in den Hof gesperrt hatte. Doktor Eisenberg, ein schrecklicher Mann, hatte sie nach ihrer Befreiung begutachtet und ihre Blutung gestillt. Er hatte zweifelsohne gewusst, was mit ihr, Sophia, geschehen war und hatte augenblicklich vorbeugende Massnahmen getroffen, um sie vor einer Schwangerschaft zu schützen.

»Wirst du jemandem davon erzählen?«, hatte er sie gefragt. Sophia hatte den Kopf geschüttelt und dann hatte sie gehen dürfen.

In dieser Nacht hatte sie in ihrem Bett gelegen und Abraxas ewigwährende Treue geschworen. Und dieses Versprechen hatte sie bis zum gegenwärtigen Tag gehalten.

Das Knarren einer Tür liess Sophia aufschrecken. Vor ihr stand Jasper, in seiner Hand erkannte sie ein dickes Bündel Banknoten.

»Jetzt bin ich so gut wie bankrott, ist es das, was Sie wollen?«, schleuderte er ihr zornig mitsamt des Geldes entgegen.

Sophia fing das Bündel lässig in der Luft auf und liess es in ihrer Tasche verschwinden, dann erhob sie sich und deutete mit der Waffe auf die Couch.

»Setzten.«

Jasper kam ihrem Befehl naserümpfend nach und liess sich in die Kissen fallen.

»Was wollen Sie denn noch von mir? Ich bin ruiniert! Mein ganzes Leben verwandelt sich in einen reinen Albtraum!«

»Sie haben kein Leben.«, sagte sie gelassen. »Ihr Leben hat niemals Ihnen gehört. Sie haben nur existiert, weil *er* es so wollte.«

Jaspers Gesicht erbleichte schlagartig. Langsam schien sein vernebelter Verstand zu begreifen, wer diese Frau geschickt haben könnte.

Mit unbewegter Miene zog Sophia ein Taschentuch hervor, rieb die Waffe damit ab und streifte sich dann ihre Winterhandschuhe über. Dann beugte sie sich dicht zu Jasper hinunter und wisperte ihm etwas ins Ohr.

Beim Hinausgehen vergewisserte sie sich noch einmal, dass sie das Paket auch wirklich abgelegt hatte, dann verliess sie die Wohnung und trat in die kalte Nacht hinaus.

Die *Glock* hatte sie in Abraxas Salon gelassen. Sie war keine zehn Meter weit gegangen, da zerriss ein gedämpfter Schuss die Stille.

Sophia lächelte und setzte ihren Weg fort.

19. Kapitel

Der gemietete Privatjet von Madame d'Urélle glitt ruhig durch die sternenklare Nacht. Die Lichter und Berge der Schweiz wurden weit unter der Maschine von dichten Wolkenbänken verborgen.

Auf Laeticias Lippen ruhte ein strahlendes Lächeln. Ihre von Champagner und Freude glänzenden Augen suchten in regelmässigen Abständen mit grösster Nachdrücklichkeit die ihrer Begleitung, doch Doktor Zouche blickte in beharrliches Schweigen gehüllt aus dem runden Fenster und tat so, als würde er ihre brennenden Blicke nicht spüren.

Des Doktors kühler Verstand war mitsamt seinem Blick in ferne Weiten entschwunden.

Während seine Augen die tintenschwarzen Wolken weit in der Tiefe unter ihm in sich hineintranken, fragte er sich, was wohl geschehen würde, würde der Pilot sich entscheiden ein wenig höher zu fliegen ... und noch ein wenig, und noch ein kleines bisschen. So lange zu steigen, bis die Schnauze des Flugzeugs die Erdatmosphäre durchbrechen, und in den erdnahen Weltraum eintreten würde. Und wenn die klitzekleine, instabile Blechbüchse gefüllt mit noch winzigeren Erdwürmchen einfach weiterfliegen würde? Sich jenseits der Magnetosphäre in den interplanetaren Raum begeben, und vom Sonnenwind und dem Teilchenstrom erfasst und geröstet werden würde?

Abraxas malte sich aus, wie Laeticia d'Urélle dann wohl aussehen mochte. Wäre sie dann immer noch so strahlend schön? Würde sie dann immer noch seelenruhig an ihrem Drink nippen und vor sich hinlächeln?

Vom sanften Absenken des linken Flügels aufgeschreckt, schlugen auch Abraxas Gedanken eine andere Richtung ein und der gutaussehende Doktor dachte an seine Frau, die von nun an offiziell einem anderen Mann gehörte.

Er rief sich Minnas Hochzeitkleid ins Gedächtnis und wie schön sie darin ausgesehen hatte. Wie sie und Monsieur Lefeuvre, der ihm, Abraxas, mit ausgesuchter Höflichkeit entgegengekommen war, im kleinen Kreis ihrer engsten Freunde, – das waren Aliette, Laeticia und er selbst -, in einem geschmacklosen Raum des Standesamtes sich ewigwährende Treue geschworen hatten.

Minnas Wangen waren während der Zeremonie die ganze Zeit über blass gewesen. Ihre Miene unbewegt und beherrscht, nur das Zittern ihrer schlanken Hände hatten ihre innere Unruhe verraten. Als die Förmlichkeit vorüber gewesen war und die Gäste sich draussen vor der Eingangstür auf einen Spaziergang zu einem nahegelegenen Restaurant versammelt hatten, war Monsieur Lefeuvre gezwungen gewesen, Madame Lefeuvre zu stützen.

Den ganzen Abend hatte sie kein einziges Mal den Blick gehoben, hatte Doktor Zouches Anwesenheit kaum zur Kenntnis genommen und auch sonst nicht mehr als es der Anstand gebot gesprochen.

Abraxas hatte den Abend ausserordentlich genossen. Der Wein war gut gewesen, die Speisen exzellent, und Madame Lefeuvres Beklemmung hatte sowohl zu der Szenerie als auch dem Doktor ein Höchstmass an Amüsement beigetragen.

Während der Jet sich gegen halb Ein Uhr morgens zur Landung in Paris vorbereitete, grübelte Abraxas darüber nach, was sein unartiges Juwel in diesem Augenblick wohl gerade machte.

Er warf einen kurzen Blick auf seine Rolex und sah, dass sie und ihr Ehegatte nun in Reykjavik angekommen sein mussten; dem ausgesuchten Ziel für die zweiwöchigen Flitterwochen.

Trotz der pünktlichen Landung um Ein Uhr, verschlug es Doktor Zouche erst gegen Neun Uhr morgens zurück in seine Wohnung in die *rue de rivoli*.

»...Wo ich in der Zwischenzeit gewesen bin?«, wiederholte Abraxas freundlich lächelnd die Frage des Inspektors, nachdem er Jasper bei seiner Heimkehr tot auf der Couch vorgefunden und sogleich die Polizei gerufen hatte.

»Ich bin gestern Nacht gerade erst von einem einmonatigen Urlaub aus Rom zurückgekehrt.«

»Und weswegen haben Sie erst jetzt – Stunden später – die Polizei alarmiert?«, forschte der Inspektor nach, den Blick durch den Salon schweifen lassend.

»Ich habe die Nacht gemeinsam mit einer Bekannten in ihrer Wohnung verbracht und bin vor wenigen Minuten gerade erst nach Hause gekommen.«, antwortete Abraxas. Im Augenwinkel beobachtete er, wie man den leblosen Körper in einen Leichensack hievte und diesen zumachte. Das Geräusch des Reisverschlusses befriedigte ihn, ein weiteres Kapitel war somit abgeschlossen.

»Haben Sie eine Ahnung, weshalb sich Ihr Lebenspartner erschossen haben könnte?«

Abraxas, erstaunt über eine solch brüske Frage, sah auf und begegnete dem eher desinteressierten Gesichtsausdruck des Beamten.

»Nun«, begann er zögernd, sich die Arme um den Oberkörper schlingend wie um sich selbst zu umarmen, »Jasper hatte gewisse Probleme mit ... mit Betäubungsmitteln, Sie verstehen?«

Er schluckte hart und blinzelte, um die aufkommenden Tränen niederzukämpfen.

Der Beamte nickte und endlich schien etwas in seinen müden Augen zu erwachen. Er zog ein Taschentuch aus seiner Jacke und drückte es dem Doktor lächelnd in die bebenden Hände.

»Dazu kommt noch«, brachte Abraxas unter Anstrengungen heraus, »dass er Spielsüchtig war und einen Grossteil seines Vermögens regelmässig in Casinos verprasste. Ich habe ständig auf ihn eingeredet ... ihn angefleht Hilfe anzunehmen, doch er ... er wollte nicht.«

Der Beamte nickte mitfühlend und notierte sich etwas.

»Das würde auch erklären, weshalb er am Abend seines Suizids sein ganzes Konto leergeräumt hat. Wir haben Monsieur Martins Kontoauszüge geprüft. Denken Sie, er könnte die Kontrolle verloren, und sein ganzes Geld beim Glücksspiel verspielt haben?«, schaltete sich ein weiterer Polizist ein, der gerade mit dem Funkgerät in der Hand den Raum betreten hatte.

Abraxas zuckte hilflos mit den Achseln und rieb sich die Tränen aus den Augenwinkeln.

»Das wäre ein starkes Motiv, Monsieur. Denken Sie nicht auch?«, schaltete sich der Inspektor in sanftem Ton wieder ein.

Abraxas nickte stumm und lehnte sich mit geschlossenen Augen in den Türrahmen.

Nachdem die Beamten sämtliche Fragen zur Zufriedenheit beantwortet sahen und das von verkrustetem Blut und Fäkalien versaute Sofa aus dem Haus geschafft worden war, verabschiedeten sich die Polizisten mit tröstenden Worten, man bat den Doktor noch, seine Personalien aufzugeben, so dass die Polizei im Falle irgendwelcher Unklarheiten auf ihn zurückkommen könnte und dann fiel die Wohnungstür ins Schloss und Stille kehrte ein.

Abraxas trocknete sich die Augen, schlenderte in die Küche und dachte über einer Tasse starken Tees über die kürzlich geschehenen Begebenheiten nach.

Trotz des Zeitmangels und seiner Vorsicht, der Leiche nicht zu nahe zu kommen, hatte er mit den scharfen Augen eines Fachmannes, in wenigen Augenblicken sagen können, dass Jaspers Tod noch nicht lange eingetreten sein konnte.

Er schätzte, dass der Suizid nicht länger als dreiundsiebzig Stunden her sein konnte, vielleicht waren es auch keine achtundvierzig Stunden.

Das bedeutete, Sophias Besuch musste am 09. oder 10. April stattgefunden haben.

Abraxas nippte genüsslich an seinem Tee und dennoch, etwas hemmte seine Zufriedenheit.

Die Couch war sündhaft teuer gewesen, weshalb hatte dieser elende Dummkopf sich auch gerade dort umbringen müssen?

20. Kapitel

𝓘ɴ ᴅᴇɴ ᴅᴀʀᴀᴜꜰꜰᴏʟɢᴇɴᴅᴇɴ Tᴀɢᴇɴ sorgte Abraxas mit geballter Konzentration dafür, seinem getreuen Diener ein ordentliches Begräbnis zu organisieren.

Von der Inschrift bis zu den Blumen, die auf das Grab gepflanzt werden würden, kümmerte er sich so energisch und dennoch mit so viel detailverliebter Geduld um die letzte Ruhestätte seines Freundes, dass ganz Paris zu tiefst gerührt von seinen Anstrengungen war.

Madame d'Urélle begleitete den Engländer in dieser Zeit, so wie eine Mutterkuh ihr lahmendes Kalb begleiten würde. Mit einer stetigen Trauer in den Augen und einem mitfühlenden Lächeln auf den Lippen.

Sieben Tage nach seinem Tod, wurde Jasper Martin schliesslich der Erde übergeben. Auf dem *Montparnasse Cemetery* am Fuss einer Trauerweide zeugte eine grosse, mit prunkvollen Ornamenten verzierte Marmorplatte von Jaspers Überresten, die unter der Erde im stillen Reich der Dunkelheit ruhten.

Die von Abraxas gewählte Inschrift lautete wie folgt: *Die Gewissheit, dass die Stille des ewigen Nichts am Ende auf uns alle wartet, besitz eine tröstende Kraft.*

»Welch trostlose Worte.« Sprach Laeticia, die an Abraxas herangetreten war und über seine Schulter den Grabstein betrachtete.

Dieser zog fragend die Augenbraue hoch. »Trostlos? Ganz gewiss nicht, Madame. Im Gegenteil.«

»Das verstehe ich nicht, Monsieur.«

»Ob reich oder arm, intelligent oder dumm... treu oder bösartig, wir alle werden nach unserem Tod ins Reich des Nichts und des Vergessens entschwinden. Kein Leid nehmen wir dorthin mit, keine Erinnerungen, keinen Fortbestand. Sagen Sie mir, Madame, gibt es einen schöneren Gedanken?«

Laeticia öffnete den Mund, schloss ihn jedoch wieder und legte die Stirn in Falten.

Abraxas lächelte und griff nach ihrer Hand.

»Weder Sie noch ich noch sonst ein Mensch auf dieser Welt ist von wirklicher Bedeutung. Denken Sie wirklich, ich meine, sind Sie ernsthaft davon überzeugt, dass irgendjemand sich die Mühe machen würde, ausgerechnet für Sie oder mich einen speziellen, massgeschneiderten Ort zu schmieden – sich für uns nach unserem Ableben ein weiteres Schicksal auszudenken?

Welch solipsistisches Gedankengut. Der Mensch ist wahrlich das egoistischste Tier, welches die Natur je hervorgebracht hat.«

Das amüsierte Lächeln auf seinen Lippen behagte Madame d'Urélle nicht, und dennoch übte dieser Doktor eine so starke Anziehungskraft auf sie aus, dass sie sich ihm nicht entziehen konnte.

»Das bedeutet...«, sie atmete tief durch und blinzelte die Tränen fort. »... Sie sind davon überzeugt, dass diejenigen, die den Freitod wählen... nicht... nicht bestraft w-...« Ihre Stimme brach und sie schluchzte.

Abraxas betrachtete die weinende Frau einen Augenblick, dann legte er ihr sanft den Arm um die Hüfte und zog sie an sich.

»Doch Madame. Sie werden bestraft. Sie werden von ihren Hinterbliebenen beschimpft und verflucht, weil diese ihnen dorthin nicht folgen können. Denken Sie nicht, dass dies Bestrafung genug ist?«

»Oh, Monsieur!«, sie vergrub das Gesicht an seiner Schulter und liess sich in seine Arme fallen.

»*Ma pauvre petite fille! Mon pauvre garçon*«, schluchzte sie leise, »*je vous aime, mes enfants, je vous aime!*«

Abraxas redete mit tiefer, beruhigender Stimme auf sie ein und stützte sie geduldig den Weg zurück zum Ausgang.

»Appoline hat Sie verehrt, Madame. Ihr war bewusst, dass sie von Ihnen geliebt wurde.«

»Hat sie Ihnen das gesagt?« Ein Hoffnungsschimmer durchzuckte ihre glasigen Augen.

»*Oui, Madame.* Und Ihr Sohn wusste das ganz gewiss ebenso.«

Er half ihr in den Wagen und fuhr sie zurück zu ihrer Wohnung, wo er pflichtbewusst bei ihr verweilte, bis ihr Gemütsaufruhr sich wieder geglättet hatte.

Die Frühlingssonne schien warm und kräftig ins Arbeitszimmer, welches in einem schlichten und dennoch feinfühlig auf Eleganz bedachten Stil gehalten war und mit seinem hellen Parkett und den samtüberzogenen Sesseln, den Patienten einen unaufdringlichen Eindruck von Neutralität und Sicherheit suggerierte.

Gegenüber von Doktor Zouche sass eine hochgewachsene, drahtige Frau. Ihre arktisch blauen Augen waren so stechend und blitzten so kalt, dass sie eher alarmierend als anziehend auf andere wirkten.

Abraxas Lippen waren schmal und sein Blick von einer bedenklichen Wachsamkeit erfüllt. Er war nicht erfreut über den unaufgeforderten Besuch.

»Was kann ich für dich tun, Sophia? Ich kann mich nicht daran erinnern, dich hierher eingeladen zu haben. Woher weisst du überhaupt wo ich arbeite?«

Der starre Blick der Frau senkte sich rasch. »Ich bitte um Verzeihung, Herr Doktor, aber ich konnte nicht länger warten, ich *musste* Sie sehen! Nun da mein Sohn in sicheren Händen ist da ... da fühle ich mich ganz allein, wissen Sie? Und als ich hörte, dass Sie wieder in Paris sind ... «, »Woher hast du meine Adresse, Sophia?«, wiederholte Abraxas ungnädig.

Sophia kaute fieberhaft auf der Unterlippe, dann sagte sie: »Ich bin Ihnen heute Morgen hierher gefolgt als sie von Ihrer Wohnung aus zur Arbeit sind.«

Die feinen Augenbrauen des Doktors wanderten in die Höhe.

»Nein, Sophia, nein. So etwas geht nicht, ich habe dir befohlen still zu sitzen und nicht, mir zu folgen. In Zukunft wirst du tun was man dir sagt, dazu wurdest du schliesslich erzogen.«

Sein Tonfall hatte nicht den Hauch eines Tadels und dennoch zuckte Sophia zusammen als hätte er ihr soeben ins Gesicht geschlagen.

»Natürlich, mein Herr.«, antwortete sie. Doch das genügte dem Doktor nicht. Er erhob sich aus seinem Sessel, richtete sich die Krawatte und zog seinen Besuch unsanft auf die Füsse.

»Deine andauernde Dickköpfigkeit ist mir zuwider, Sophia. Wirst du denn nie lernen? Seit über zwanzig Jahren dulde ich nun schon dich und deine Flausen, doch allmählich langweilen mich deine schmachtenden Blicke und deine unermüdlichen Versuche, mich mit deinem unvollkommenen Körper bezirzen zu wollen. Weisst du, vollkommen egal was du für mich tust oder tun wirst, es wird mir niemals genügen, hörst du? Du bist einfach nicht ... *genug*.«

Er nahm ihr kantiges Gesicht zwischen seine grossen Hände und sie schloss seufzend die Augen.

»Nichts was Sie sagen, könnte meine Entschlossenheit Sie zu lieben, ins Wanken bringen. Und wenn Sie mich mit einem Stock halb tot prügeln würden, würde ich, sobald ich wieder stehen könnte, zu Ihnen zurücklaufen. Sie müssten mich schon töten, um mich loszuwerden.«

Abraxas lächelte und wischte mit dem Daumen eine Träne aus ihrem Augenwinkel.

»Nun ist es der Stolz, der aus dir spricht.«

»Nein Herr, es ist die reine Wahrheit.«

Schallend schlug er ihr ins Gesicht. »Immer musst du mir widersprechen.«

Ein gedämpftes Stöhnen drang ihr über die Lippen. Ihr war bewusst, dass ihr Herr sie nicht wirklich bestrafte. Denn wenn er dies vorgehabt hätte, dann hätte er sie ganz einfach aus seiner Praxis verbannt. Eine Frau wie Sophia lechzte förmlich nach den Demütigungen und der Arroganz eines Mannes, so wie sie Zärtlichkeit und Hingabe als Schwäche erachtete.

Abraxas drückte seinen Besuch mit dem Rücken gegen seinen Schreibtisch und musterte sie dabei fortwährend mit einer unschuldigen Aufmerksamkeit, die an einen kleinen Jungen erinnerte, der eine Spinne unter einer Lupe betrachtete.

»Möchtest du wissen, weshalb ich dich in *Circle's* vor so vielen Jahren nicht beseitigt habe?«

Sophie nickte, ihr Atem stockte.

»Weil ich in deinen Augen gesehen habe, wie sehr du es genossen hast von mir missbraucht zu werden. Du bist ein Mensch, der durch zugefügten Schmerz und äusserlichem Zwang aufblüht, solche Exemplare wie dich gibt es selten.«

Seine schmalen Finger suchten sich einen Weg ihre Wirbelsäule hinab.

»Wenn Leute wie du an Leute wie mich geraten, dann verletzten Leute wie ich nicht diejenigen, die wir aufrichtig lieben ... sondern Leute wie dich, und du bist dankbar dafür.«

Abraxas hielt einen Moment inne und ein Bild von Minna tauchte vor seinem inneren Auge auf. Er lächelte kurz und fuhr fort.

»Im Ganzen betrachtet ist das doch ganz edelmütig, findest du nicht auch?«

Als Antwort nahm Sophia seine weichen Hände zwischen die ihre und bedeckte sie mit Küssen.

Der Doktor musterte sie und sprach unbeirrt weiter.

»Wenn ich mich nach Schönheit und Zärtlichkeit sehne, dann schliesse ich meine schöne Frau in die Arme ... wenn es mich danach drängt meinem angestauten Zorn ein Ventil zu geben, dann nehme ich deinen Dienst in Anspruch. Verstehst du nun, wo dein Platz ist, oder muss ich noch deutlicher werden?«

Er beugte sich zu ihr hinunter und fesselte ihren Blick mit seinen hell leuchtenden Augen.

»Du bist meine Hure, Sophia, und das wirst du auch für immer bleiben.«

Diese öffnete den Mund, um etwas zu sagen, wurde jedoch von einem durchdringenden Piepen gestört.

Ohne den Blick von ihrem Gesicht zu nehmen, griff er nach dem Hörer des Telefons und murmelte: »Doktor Zouche, wie kann ich Ihnen helfen?«

Seine Kieferpartie verhärtete sich unmerklich als er wortlos der Stimme lauschte.

Sophia fragte sich gerade, wer diese Person sein könnte und was sie getan haben könnte, um den Doktor so zu verärgern, als er mit einem ›nicht der Rede wert‹ auf Englisch auflegte.

Einen Moment herrschte Stille, dann rauschte er an ihr vorüber und trat ans Fenster.

»Ich habe gerade einen Anruf aus dem Wandsworth Prison erhalten.«, begann er in nachdenklichem Ton.

»Man hat sich noch einmal in aller Förmlichkeit bei mir für den verloren gegangenen Brief entschuldigt, den Mister Moore Mademoiselle Dupont vor einiger Zeit, und kurz vor seinem Ableben, an sie geschrieben hat...«

Sophias Wangen erbleichten. »Herr?... Ich verstehe nicht?«

Abraxas verschränkte die Hände vor der Brust und legte die Stirn in Falten.

»Ich auch nicht, meine treue Freundin. Aber das werde ich bald.«

Er wandte sich ruckartig um und setzte sich an seinen Schreibtisch. »Ich habe da bereits einen Verdacht.« Und ohne weiter von Sophia Notiz zu nehmen, begann er mit hitzigem Eifer seine Nachforschungen.

Sophia, der bewusst war, wie zwecklos der Versuch wäre, in diesem Zustand etwas aus ihrem Herrn herauszubekommen, griff nach ihrer Tasche und verliess mit einem leisen ›auf Wiedersehen, Herr Doktor‹ die Praxis.

21. Kapitel

𝐴ᴍ Aʙᴇɴᴅ ᴅᴇs 25. Aᴘʀɪʟs erwartete Doktor Zouche mit angespannter Ungeduld die Rückkehr seiner Angebeteten. Sophia hatte seine ausführliche Zurechtweisung von vergangener Woche, wieder auf ihren zugedachten Platz in den Hintergrund gescheucht, genau dort wo Abraxas sie haben wollte.

Gegen zehn Uhr abends dann, rollte ein Taxi unten auf der Strasse vor und kurze Zeit später klingelte es an seiner Tür.

Mit einer Aura gelassener Galanterie, liess er Minna ein, nahm ihr den Koffer ab und verstaute ihn in seinem Schlafzimmer. Bei seiner Rückkehr sass sie auf dem neuen Futon, den er kurz nach Jaspers Ableben erworben hatte.

»Ich bin glücklich, wieder hier zu sein.«, sagte sie, nach einer kurzen Pause, in der Abraxas sie mit seinen Augen förmlich aussaugte. »Island ist fantastisch! Du musst es dir bei passender Gelegenheit einmal ansehen.«

Er deutete ein Lächeln an, sagte jedoch nichts.

»Wo ist Jasper?«, erkundigte sie sich nach einem raschen Blick in alle Richtungen.

»Fort.«

Minnas veilchenblaue Augen weiteten sich. »Du meinst, er ist ausgezogen, ja? Und er kommt nie wieder zurück?«

»Es würde mich höchstermassen erstaunen, wenn doch.«

Mit einem freudigen Aufschrei warf sie sich Abraxas an die Brust. »Meine Wünsche wurden erhört! Welcher lieben Fee habe ich dieses Glück zu verdanken?«

Er vergrub das Gesicht in Minnas goldenem Haar und lächelte schweigend vor sich hin.

Diese Nacht schlief der Doktor seit langer Zeit wieder tief und fest durch. Keine Gedanken kreisten wie Aasgeier über seinem Kopf, keine Gefühle der Missgunst und der Eifersucht hielten ihn wach. Sein Juwel lag wohlbehütet in seinen Armen, alles war gut.

Der Frühling brachte neue Kraft in die flach pulsierenden Adern Paris. Die besorgten Wolken auf der Stirn der Franzosen verflogen, die düsteren Blicke hellten sich allmählich auf, – man lächelte sogar hin und wieder. Die Ausstrahlung der Stadt schien sich zu verändern, die Strassen wirkten freundlicher, die Cafés und Restaurants gemütlicher.

Mit dem warmen Wind vom Süden, kamen auch die aufgelegten Touristen zurück und mit ihnen ein Hochgefühl allgemeiner Zufriedenheit.

Auch das Paar aus der *rue de rivoli* befand sich in jenem unerklärlichen Glücksgefühl, dass vielleicht, oder vielleicht auch nicht mit der Jahreszeit in Verbindung gebracht werden könnte.

Während Minna also ihren kleinen Zeitvertreiben nachging und sich in der Ruhe ihrer gesicherten Lebensgrundlage sonnte, war Abraxas mit einem beinahe wahnhaften Fieber damit beschäftigt einer Sache nachzugehen, die – wie er sagte – von allerhöchster Wichtigkeit war.

Minna verstand seine Sorge zwar nicht, fügte sich aber dennoch ganz seinen Launen und Maximen. Wenn er sich in sein Arbeitszimmer zurückzog, störte sie ihn nicht, wenn er mitten in der Nacht mit schweissbedeckter Stirn zu ihr ins Bett stieg, um sich einer fleischlichen Zerstreuung hinzugeben, liess sie ihn bereitwillig gewähren.

Sie tat nichts, was ihren Geliebten in irgendeiner Weise verärgern könnte, und dennoch wurde Abraxas von Tag zu Tag rastloser. Wie ein hungriger Tiger im Käfig.

Und es dauerte nicht lange, da erkannte das Raubtier, dass ein saftiges Stück Fleisch direkt vor seiner Nase lag. Minna ertappte Abraxas immer öfters dabei, wie er sie mit einem sonderbaren Blick anstarrte, den sie so noch nie bei ihm gesehen hatte.

Es schien, als vergässe er zunehmend, dass Minna seine Tigerin war.

Ihre Persönlichkeit setzte Staub an, ihr Verstand verlor an Biss. Sie wurde immer mehr zum Lämmchen und das gefiel dem Doktor nicht.

Ich werde dir wehtun, wenn du mich nur lässt. Dachte er bei sich, seine zahnlose Tigerin betrachtend. *Lass nicht zu, dass ich dir weh tue, mein Engel.*

Und so kniff er ihr absichtlich in den Schwanz, wenn sie ihm zu träge wurde, versenkte seine Zähne in ihrem Nacken, wenn er sie begattete und wetzte die Krallen, wann immer sie ihm seine schutzlose Flanke zeigte.

Dieses Spiel nahm immer sonderbarere Formen an, bis Minna eines Tages genug hatte und zum Gegenschlag ansetzte. So friedliebend sie auch war, eine solche Unverschämtheit duldete sie nicht.

Nach dieser zierlichen Vergeltung ihrerseits, die aus nicht mehr als einem scharfen Wort und einem kühlen Blick bestand, glätteten sich die Wogen wieder und Abraxas war zufrieden.

Minna realisierte in ihrem ausgedehnten Studium Abraxas, dass dieser eine gewisse Resonanz ihrerseits brauchte, ein kleiner, gezielter Stoss in die Seite hin und wieder, um ihm zu signalisieren, dass sie noch da war.

Und obwohl die Tage in jenem frivol fliessenden Rhythmus dahingingen, der für Liebende dem Alltäglichen entsprach, erntete Minna immer häufiger ein entnervtes Seufzen oder einen herablassenden Blick, wenn sie sich zu energisch an ihren Geliebten wandte.

Es wirkte fast so, als wäre Abraxas so sehr von seinem Anliegen eingenommen, dass er für niemanden auf dieser Welt mehr Zeit fand, auch nicht für Minna.

Diese, die durch die Launen ihres Freundes keinesfalls an Frohmut verlor, widmete sich fortan einer Sache, die ihr seit längerer Zeit auf dem Herzen lag.

Camille Poissonnier.

Minna hatte nach ihrer Rückkehr in Paris erfahren, in welchem jämmerlichen Zustand sich die Frau befand, – und in welchem Krankenhaus.

Wegen den schweren Verbrennungen in ein künstliches Koma versetzt, vegetierte Camille nun Stunde um Stunde – Tag um Tag auf der Intensivstation vor sich hin.

Nun da Abraxas keine grosse Ablenkung mehr für Minnas wachen Geist bot, lenkte sich ihre Aufmerksamkeit ganz und gar diesem einen Problem zu.

Diesem letzten Problem, könnte man sagen. Dem letzten Bauern, zwischen Minna und ihrem Sieg.

Eine weitere Woche, gefüllt mit Gedanken und Ideen, die von Tag zu Tag immer konkretere Formen annahmen, verstrich und mit jedem Atemzug denn sie tat, wurde ihr die Aufgabe deutlicher, die sie zu erfüllen hatte.

Am darauffolgenden Morgen machte sich Minna auf den Weg ins *Georges-Pompidou*. Ihr Gemütszustand war ausgeglichen und erholt, hinter ihrer glatten Stirn brodelte ein Entschluss.

Ich erwarte von Ihnen, dass Sie siegreich sind. Tun Sie was auch immer nötig ist – aber siegen Sie, Minna ... Die Worte von Madame d'Urélle hallten ihr von der Schädeldecke und begleiteten sie bis ins Krankenhaus.

Dort angekommen, erfuhr Minna, dass Camille nicht länger auf der Intensivstation lag. Sie war vor wenigen Tagen aufgewacht und somit verlegt worden.

Auf das Angebot der Krankenschwester hin, sie zu Mademoiselle Poissonniers Zimmer zu begleiten, willigte Minna ein. Sie folgte ihr einen langen Korridor entlang, eine Treppe hinauf und in einen ruhigen Flügel des Krankenhauses, wo sie vor Nummer 122 stehenblieben.

» ... Und sie ist ansprechbar, haben Sie gesagt?«, versicherte sie sich, die Hand bereits auf der Türklinke. Die Krankenschwester nickte zögernd.

»Theoretisch betrachtet durchaus ... jedoch weigert sich die Patientin seit ihrem Erwachen mit irgendjemandem von uns ein Wort zu sprechen.«

Minna nickte und betrachtete nachdenklich durch die Glasscheibe hindurch Camilles Gestalt, welche sich bewegungslos unter der weissen Bettdecke abzeichnete.

»Das wird reichen. Mademoiselle wird nicht mit mir sprechen müssen, solange sie im Stade ist *zuzuhören*.«

Ohne der Krankenschwester weitere Beachtung zu schenken, öffnete sie die Tür und trat ins Zimmer. Auf dem Tischchen neben dem Krankenbett stand eine Vase voller Tulpen.

Minna fand, dass sie irgendwie traurig aussahen. Vermutlich, weil sie nicht oft genug angeschaut wurden. Diesen Vorwurf machte sie selbstverständlich Camille, die mit geschlossenen Augen im Bett lag, die knöchernen Hände über der Bettdecke gefaltet wie bei einer Toten.

Gesicht und Arme lagen frei, der Rest ihres Körpers war, wie Minna bald erfahren würde, schwer bandagiert und durch schwere Verbrennungen und unzähligen Knöchelbrüchen im Rippen- und Oberschenkelbereich, wer in Mitleidenschaft gezogen worden.

»*Bonjour Camille.*«, begrüsste Minna die liegende Patientin mit einem sanften Lächeln und setzte sich zu ihr ans Bett.

Camille fuhr zusammen und öffnete blinzelnd die Augen. Als sie Minna erkannte, erstarrte sie. Minnas Lächeln weitete sich. »Aber, aber, meine Liebe. Sie haben doch nicht wirklich gedacht, dass ich Ihnen in einer solch hilflosen Notlage fernbleiben würde? Nein, ganz gewiss nicht. Es war bloss eine Frage der Zeit, bis ich Ihnen meinen gebührenden Besuch abstatten würde.«

Sie überging Camilles entsetzten Gesichtsausdruck und winkte die im Türrahmen stehen gebliebene Schwester heran.

»Bringen Sie doch bitte einen Rollstuhl für Mademoiselle Poissonnier, ja? So blass wie sie ist, wird ihr ein kleiner Spaziergang draussen im Park bestimmt guttun.«

Das Gesicht der Krankenschwester hellte sich auf und sie strahlte. »Eine wunderbare Idee!«

In Windeseile wurde ein Rollstuhl arrangiert, die Patientin mithilfe eines Arztes vorsichtig hineingesetzt und dann fuhr man mit dem Lift hinunter ins Erdgeschoss.

Draussen im Parkgelände angekommen, verabschiedete sich die Schwester und überliess es Minna, Camilles Rollstuhl zu stossen. Diese übernahm die Aufgabe sehr gewissenhaft und schritt in gelassener Ruhe einen von Bäumen gesäumten Weg entlang, der abseits des Gebäudekomplexes zu einem kleinen Teich führte.

Dort angekommen, sicherte sie die Räder, schloss für einen Moment die Augen und ordnete, für das was nun kam, die Gedanken. Als sie den Moment für gekommen sah, schlug sie die Augen wieder auf und liess sie über die grünen Baumkronen schweifen, die hinter dem Teich in den Himmel wuchsen.

»Wissen Sie, was uns beide unterscheidet?«, fragte Minna nach einer Weile, den Blick starr über Camilles Kopf auf die silberne Wasseroberfläche geheftet.

»Es ist der Antrieb, Mademoiselle«, fuhr sie auf Camilles Schweigen hin fort, »jene Kraftquelle, die in unserer Brust wirkt und uns aufrichtet, wenn wir drohen einzuknicken.«

Obschon Camille noch immer keinen Ton von sich gab, war Minna überzeugt, dass sie aufmerksam lauschte.

»Ihre Kraftquelle besteht darin, Ihrem Umfeld die Kraft zu rauben. Sie erniedrigen und intrigieren, zetern und betrügen, wann immer Ihnen jemand zu mächtig erscheint.

Ich schöpfe meinen Antrieb, in dem ich liebe, verführe, reizend auftrete und den Männern meine Achtung zu Füssen lege ... *Bien sûr, Mademoiselle!* – schnaufen Sie nicht so abfällig, ich gebe es ganz offen zu; ich verehre das männliche Geschlecht, und Sie sollten das ebenfalls tun. Wenn Sie nur halb so viel von der Welt verstehen würden wie angebracht, dann wüssten Sie, dass weibliche Bösartigkeit ein zweischneidiges Schwert ist, dass letzten Endes stets auf seinen Führer zurückfällt.

Sie missgönnen jeder Venus ihre Errungenschaft, weil Sie ganz genau wissen, dass kein Mann eine Xanthippe wie Sie jemals ertragen könnte ... «

Minna endete, hob ihren Blick und umkreiste den Rollstuhl. Vor der Schwarzhaarigen blieb sie schliesslich stehen und beugte sich auf Augenhöhe hinunter.

»Sie wünschen sich meinen Tod, nicht wahr?«

Camilles schwarze Käferaugen funkelten heimtückisch zu ihr empor.

Minnas Lippen krümmten sich zu einem bedauernden Lächeln.

»Ihre Hässlichkeit widert mich an, Camille, Sie sind so schrecklich wertlos.«

Sie trat vor, entsicherte mit ihrem Fuss den Stoppmechanismus und gab dem Rollstuhl einen sanften Stoss.

Das Gefährt rollte klappernd vom Weg ab, über die grasbewachsene Anhöhe und stürzte in den grossen Teich.

Minna betrachtete die sanften Wellen, die über das Ufer zu ihren Stiefeln überschwappten und folgte ihnen bis zu der Stelle, an der Camilles schwarzer Schopf verschwunden war.

»Du warst eine abstoßende Kreatur«, sprach sie, »ich war gezwungen es zu tun, es ist zu meinem eigenen Wohl.«

Sie wandte sich ab, atmete tief die süsse Frühlingsbrise ein und lief Richtung Hauptstrasse davon.

»... und sind wir denn nicht alle für unser eigenes Wohl verantwortlich?«, murmelte sie leise, der warmen Sonne auf ihrem Gesicht nachfühlend.

22. Kapitel

$\mathcal{Z}$ U IHRER GROSSEN VERWIRRUNG fand Minna bei ihrer Rückkehr Abraxas Wohnung nicht leer vor.

Auf der Couch im Salon erwartete sie bereits Besuch.

Eine Frau, in weisser Schwesternuniform gekleidet, sass in einer Ecke des Zimmers. In ihrem Schoss lag ein Mobiltelefon.

»Wer sind Sie?« Wie angewurzelt blieb sie stehen und beäugte die Fremde argwöhnisch.

»Wo ist Abraxas? Hat er sie eingelassen? Wissen Sie wo er ist, ich habe ihn seit vorgestern Abend nicht mehr gesehen – ... « aber weiter kam sie nicht, da war die Frau bereits auf den Füssen und hatte sie grob an der Schulter gepackt.

»Was für ein dummes Mädchen!«, zischte die Fremde in gebrochenem Französisch.

»Um Himmels willen! Was findet der Herr Doktor bloss an Ihnen?«, fügte sie auf Deutsch hinzu und musterte die zierliche Frau, die sie über einen ganzen Kopf überragte, abfällig.

Ärgerlich, und ohne sie zu Wort kommen zu lassen, zog sie Minna mit sich ins Schlafzimmer, riss ungeduldig den Schrank auf und begann wahllos Kleidungsstücke und Wertsachen in eine Reisetasche zu stopfen.

Bei genauerem Betrachten stellte Minna mit Erschaudern fest, dass der Frau ein Bein fehlte.

»Aber Moment!«, rief sie plötzlich, »sind Sie nicht Sophia? Wir haben uns vor einigen Monaten getroffen. Geht es um das Buch? Da sind Sie umsonst gekommen, ich kann es nämlich selbst nicht mehr finden, ich muss es irgendwo verloren haben.«

Währenddessen hatte Sophia die Tasche fertig gepackt und wandte sich nun mit vor Zorn geblähten Nüstern zu ihr um.

»Um dieses blöde Buch geht es nicht! Das hat es nie! Wie unüberlegt von Ihnen die Poissonnier auf eine solche Weise zu eliminieren! Jeder hätte Sie sehen können! Was denken Sie, wie lange wird es dauern, bis man auf Sie kommen wird? Ich schätze wenige Tage, Doktor Zouche ist der Meinung, es werden höchstens ein paar Stunden sein.«

Minna erblasste.

»Ihr Herr hat gut daran getan mich im Krankenhaus einzuschleusen und ein Auge auf Camille zu haben. Er hat eine solche Reaktion Ihrerseits bereits vermutet. Wie töricht von Ihnen, wie schrecklich dumm!«

»Mein Herr?«, wiederholte Minna verwirrt. Doch Sophia ging erneut nicht auf ihre Frage ein und bugsierte sie stattdessen ungeduldig zurück in den Flur.

»Woher zum Teufel kennen Sie Abraxas?«, wollte sie scharf wissen und schob Sophias Hände von sich, als diese ihr in die Jacke helfen wollte.

»Doktor Zouche ist ein mächtiger Mann, und mächtige Männer haben Vertraute.«, war deren vage Antwort.

»Wo ist Abraxas?«

»Fort.«

»Wohin gehen wir?«

»Weg von hier.«

»Kommen wir je wieder hierher zurück?«

»Nein.«

Sophia umklammerte mit hartem Griff ihr Handgelenk und zog sie hinaus auf die offene Strasse, wo bereits ein schwarzer Wagen auf sie wartete.

»Wohin gehen wir?«, drängte Minna erneut.

»Einsteigen.«

Sie wurde schroff auf den Sitz gestossen, dann setzte sich ihre ungalante Kameradin neben sie und kaum war die Autotür zugefallen, brauste der Fahrer in rasantem Tempo davon.

Während der Fahrt wurde Minna von Sophie ein Dokument zugeschoben.

Diese überflog das Blatt und warf der Schwedin einen irritierten Blick zu.

»Monsieur Lefeuvres Lebensversicherung? Was soll ich damit? Und wessen Unterschrift ist das? Ich habe das noch nie zuvor gesehen.«

»Der Herr Doktor hat mich damit beauftragt, Sie darüber in Kenntnis zu setzten. Die Versicherungssumme ist bereits auf Ihrem neuen Konto.«

Minna hob entsetzt den Blick, um nachzufragen, erkannte in Sophias kalten Augen jedoch bereits die Antwort.

Eine Stunde später bog der Wagen auf ein abgelegenes Grundstück, ausserhalb von *Créteil* ein, dass im Schatten einer schmalen Waldzunge als Flugplatz für Privatleute diente.

Wie betäubt, liess Minna sich von Sophia über den Platz und die Treppe hinauf in den bereitstehenden Privatjet führen.

In der hintersten Reihe traf sie auf Abraxas, der mit einem Plastikbecher Chianti in der Hand in einem roten Buch blätterte.

Als die beiden Frauen eintraten, hob er den Blick.

»Ah, da bist du ja endlich!«, rief er entzückt und wies mit der Hand auf den freien Platz neben sich, »komm mein Liebling, setzt dich.«

Minna tat wie ihr geheissen, während Sophia die Tür zum vorderen Teil der Maschine öffnete und mit einem lauten Freudenschrei auf die Knie sank.

»Sieh doch, Mama! Ich darf dem Piloten auf dem Schoss sitzen!«, durchdrang eine Stimme die Stille.

»Ganz toll, mein Schatz! Komm, lass mich dich umarmen! Ich habe dich so lange nicht mehr gesehen!«

Minna reckte neugierig den Hals und erspähte durch den Türspalt hindurch einen flammend roten Lockenkopf, der sich an Sophias magere Schulter drückte.

»Das ist Emrin, ihr Sohn.«, wisperte Abraxas ihr zu, als er ihrem fragenden Blick begegnete.

Schweigend liess sie sich in den Sitz sinken und starrte aus dem runden Fenster hinaus in die anbrechende Dämmerung.

»Abraxas?«, fragte sie nach einer Weile zögernd. »Wird sich nun alles verändern?«

Abraxas sah von seiner Lektüre auf und schenkte ihr ein sanftes Lächeln.

»Ja, *ma chérie,* das wird es.«

Die Warnlichter oberhalb ihrer Köpfe blinkten auf und die Maschine setzte sich schwerfällig in Bewegung.

Die Schnauze des Jets stieg hoch in die Lüfte, dem schwarzen Nachthimmel und dessen stillen Wolkendecken entgegen.

Das rote Buch in Abraxas Händen besass einen schwarzen Schriftzug auf der Vorderseite.

Mo. Mo.

Ihre beiden Blicke begegneten sich. Minna wollte die Hand danach ausstrecken, doch er hielt das Buch entschieden fest.

»Nun gut«, sprach sie in serviler Gutmütigkeit, »dann lies' mir vor.«

Abraxas räusperte sich und begann mit sanfter Stimme zu erzählen, so dass nur sie allein seinen Worten lauschen konnte...